Nele Neuhaus

Monster

NELE NEUHAUS

Monster

Kriminalroman

Ullstein

Wir verpflichten uns zu Nachhaltigkeit
• Papiere aus nachhaltiger Waldwirtschaft und anderen kontrollierten Quellen
• Druckfarben auf pflanzlicher Basis
• ullstein.de/nachhaltigkeit

MIX
Papier
FSC FSC® C014496

ISBN: 978-3-550-20225-4

Gesetzt aus der Sabon LT Pro
Satz: Pinkuin Satz und Datentechnik, Berlin
Druck und Bindearbeiten: GGP Media GmbH, Pößneck
Printed in Germany

Für meine Schwestern
Claudia und Camilla

Danke, dass ihr immer für mich da seid.

Wer mit Ungeheuern kämpft, mag zusehn,
dass er nicht dabei zum Ungeheuer wird.
Und wenn du zu lange in einen Abgrund blickst,
blickt der Abgrund auch in dich hinein.

Friedrich Nietzsche,
Jenseits von Gut und Böse

Dieses Buch ist ein Roman. Die Handlung ist komplett erfunden. Manche der von mir beschriebenen Verbrechen haben so oder auf ähnliche Weise stattgefunden. Ortsnamen, Namen von Opfern, Angehörigen und Tätern wurden von mir verfremdet.
Hingegen sind sämtliche Romanfiguren, ihre Eigenschaften, ihre Handlungen, die Ereignisse und Situationen, die sich daraus ergeben, fiktiv und frei von mir erfunden. Ähnlichkeiten mit lebenden oder bereits verstorbenen Figuren sind rein zufällig und nicht von mir beabsichtigt.

Personenregister

Das K11 in Hofheim:
Oliver von Bodenstein, Erster Kriminalhauptkommissar, Leiter des K11
Pia Sander, ehem. Kirchhoff, Kriminalhauptkommissarin
Dr. Nicola Engel, Kriminaldirektorin und Leiterin der RKI Hofheim
Kai Ostermann, Kriminalhauptkommissar
Kathrin Fachinger, Kriminaloberkommissarin
Cem Altunay, Kriminalhauptkommissar
Tariq Omari, Kriminaloberkommissar
Christian Kröger, Kriminalhauptkommissar, Leiter des Erkennungsdienstes
Merle Grumbach, Opferbeauftragte der RKI Hofheim
Stefan Smykalla, Pressesprecher der RKI Hofheim
Tanja Gatzke, Hauptkommissarin, Leiterin der Soko

Prof. Dr. Henning Kirchhoff, Leiter des Instituts für Rechtsmedizin, Frankfurt
Ronnie Böhme, Sektionshelfer

Dr. Julius Rosenthal, Oberstaatsanwalt Frankfurt
Jörg Heidenfeld, Staatsanwalt Frankfurt

Personen in alphabetischer Reihenfolge:

Philipp Altvater, Interner Ermittler des BKA
Sophia von Bodenstein, Olivers Tochter
Quentin von Bodenstein, sein Bruder
Anne Böhlefeld, Lissys Mutter
Jörg Böhlefeld, ihr Ehemann und Lissys Vater

Jonas Böhlefeld, sein Bruder
Walid Bouaziz, Programmierer
Markus Burkhardt, Mitarbeiter des BKA
Hannelore Fachinger, Kathrins Großmutter
Ewald Fritsche, Leiter der Bereitschaftspolizei
Konstantin Hawelka, Richter am Landgericht Frankfurt
Irmgard Freitag, Pias Mutter
Turgay Karaman, Metzger aus Bad Camberg
Christine Kelmendi, Astrologin und Medium
Werner Kolbe, Nachbar von Böhlefelds
Sara Korbmacher, beste Freundin von Lissy Böhlefeld
Viola Korbmacher, Saras Mutter
Farwad Mahmoudi, abgelehnter Asylbewerber aus Afghanistan
Volker Mazanek, Bestatter
Dr. Jan Pfefferkorn, Strafverteidiger
Daniel Radloff, Kindsmörder
Ulrike Radloff, seine Mutter
Dr. Christoph Sander, Pias Ehemann und Direktor des Opel-Zoos
Professor Karim Sharityar, Dolmetscher und Ylvas Adoptivvater
Ylva Sharityar, Tochter von Jörg Böhlefeld
Wolf Sollberg, Pilzzüchter im Taunus
Udo Szameit, Strafverteidiger
Dennis Weinert, Mathe- und Sportlehrer
Leona Weinert, seine Frau
Marco Wesenick, Geschäftsführer von BluSky Lager
Marcella, Lynn, Julika und Paula, Lissys Freundinnen

Neun Tage später

Er ging durch sein Haus, zum letzten Mal. Das junge Pärchen, dem er es verkauft hatte, würde sich freuen, wenn es schon vor Weihnachten einziehen konnte; ihr Baby sollte jeden Tag zur Welt kommen.

Der Dielenboden fühlte sich rau und vertraut an unter seinen nackten Füßen, und er musste daran denken, wie sie ihn damals ausgesucht hatten. Eigentlich hatten sie klassisches Fischgrät-Parkett haben wollen, aber dann waren sie per Zufall in diesem Laden gelandet und hatten die Alternativen gesehen. Sie hatten sechs oder sieben Bretter zur Auswahl mitgenommen und im Wohnzimmer ihrer kleinen Zweizimmerwohnung auf den fleckigen Teppichboden gelegt. Dutzende Male waren sie über die Bretter gelaufen, hatten sie befühlt und in die Sonne gelegt, hatten über Optik und Haptik diskutiert, um sich schließlich für diese Diele zu entscheiden: amerikanische Eiche, gebürstet und weiß gekälkt mit umlaufender Fase, dreischichtig aufgebaut – wunderschön und hochwertig und eigentlich viel zu teuer. Langsam stieg er die Treppe hoch bis ins Dachgeschoss, dachte daran, wie sie den Speicher zu einem Kinderzimmer umgestaltet hatten. Jetzt war der große Raum völlig leer. Sein Blick fiel auf den Türrahmen. Zehn Striche. Immer am 16. Dezember hatte er Jakob gemessen. Das war ihr Ritual geworden. Er ging in die Hocke, betrachtete den letzten Strich, den er auf den Tag genau heute vor fünf Jahren gemacht hatte. Am 16. Dezember 2014. An Jakobs elftem Geburtstag.

Er erhob sich mit einem Seufzer und ging durch den leeren Raum. Blieb vor dem Bild stehen, das er an die Wand geheftet hatte. Drei Personen und ein kleiner, gefleckter Hund vor blauem Himmel und einer gelben Sonne. *Papa, Mama, Jakob, Bella, Timendofer Strant* hatte Jakob daruntergeschrieben.

Er streckte die Hand aus und berührte das Bild, dessen Papier im Laufe der Zeit wellig geworden war.

»Papa kommt zu dir, Jakob«, flüsterte er. »Zu Mama, Bella und dir.«

Er drehte sich um und ging langsam die Treppe hinunter. Leere Bücherregale, leere Schränke, leere Sideboards. Alles, was einmal sein Leben ausgemacht hatte, war schon weg. Er blickte nicht mehr ins Schlafzimmer, in dem er beinahe zwanzig Jahre lang eingeschlafen und aufgewacht war. Fünfzehn glückliche Jahre und fünf Albtraumjahre. Auch am Badezimmer ging er vorbei. Dort hatte er eben ein letztes Mal geduscht. Er hatte sie von sich abwaschen müssen. Ihren Geruch. Sie hatte gestern Abend unerwartet vor der Tür gestanden, mit zwei Pizzen und zwei Flaschen Rotwein unterm Arm. Eigentlich hatte er sie nicht reinlassen wollen. Er konnte sie nicht mehr sehen. Sie widerte ihn an. Nein, mehr noch, er hasste sie. Weil er sich ihrer nicht erwehren konnte. Sie hatte ihn wieder bedrängt. Sich regelrecht in ihn hineingebohrt mit ihrer Bettelei. So, wie sie es immer gemacht hatte. So, wie sie ihn dazu gebracht hatte, Dinge zu tun, die er nie in seinem Leben hatte tun wollen. Sie hatte keine Ahnung, was heute geschehen würde, weil ihr andere Menschen völlig gleichgültig waren. Sie benutzte sie nur.

Jetzt lag sie auf dem Boden der Gästetoilette. Der Raum hatte kein Fenster. Dafür eine stabile Tür, die aus Platzgründen nach innen aufging. Sie konnte sie nicht einfach eintreten.

Um 8:32 Uhr verließ er zum letzten Mal sein Haus. Er nickte der Frau mit dem Mops zu, die er beinahe jeden Morgen sah, öffnete die Garage und setzte sich in sein Auto. Er fuhr rückwärts aus der Garage und warf einen letzten Blick auf das Haus, ihr Nest, das sie so sehr geliebt hatten.

»Leb wohl, Haus«, sagte er leise. Dann gab er Gas und fuhr Richtung Autobahn.

Er hatte an alles gedacht. Alles perfekt geplant. Heute war es endlich so weit. An Jakobs sechzehntem Geburtstag.

Es konnte losgehen.

Samstag, 7. Dezember

Den ganzen Vormittag über war der Schnee das Hauptgesprächsthema bei den wenigen Kunden, die den Weg in die Apotheke fanden. Am späten Freitagabend hatte es angefangen zu schneien, und seitdem rieselte der Schnee aus tief hängenden Wolken, wie ein dichter weißer Vorhang. Den Räumfahrzeugen der Stadt gelang es kaum, die Straßen frei zu halten, und wer sich am frühen Morgen die Mühe gemacht hatte, den Schnee vom Bürgersteig vor seinem Haus zu schippen, der konnte eine halbe Stunde später wieder von vorne anfangen. Die weiße Pracht, die einen viertel Meter hoch auf Autos, Hausdächern und Mülltonnen lag, erinnerte Anne Böhlefeld an ihre Kindheit. Damals hatte es in jedem Winter so viel Schnee gegeben, und in ihrer Erinnerung war er wochenlang liegen geblieben, nicht so wie heutzutage, wo sich der Schnee auf den Straßen binnen weniger Stunden in grauen Matsch verwandelte. Sie fand es beruhigend, dass es schneite, so wie früher, als es noch vier Jahreszeiten gegeben und niemand von Klimawandel gesprochen hatte.

Die Kunden brachten die feuchte Kälte und Schneematsch an den Schuhen in den Verkaufsraum der Apotheke, die Jüngeren beklagten sich, weil sie ihre Autos freischaufeln mussten, die Älteren fürchteten, sie könnten stürzen und sich die Knochen brechen, und Anne dachte, dass es so typisch deutsch war, in allem immer nur das Negative zu sehen. Ihrer guten Laune konnte es heute aber nichts anhaben, denn sie hatten gestern einen so kurzweiligen Abend verbracht wie schon lange nicht mehr. Jörg und sie waren bei Freunden zum Krimidinner eingeladen gewesen, und sie hatten so viel gelacht, dass Anne heute Muskelkater im Bauch hatte.

Gegen Mittag versiegte der zäh tröpfelnde Strom der Kunden völlig.

»Bei dem Schnee kommt wohl keiner mehr«, meinte die Chefin. »Ihr könnt ruhig Feierabend machen. Ich schließe dann ab.«

Tatsächlich schneite es unverdrossen weiter, und es waren kaum noch Autos unterwegs. Mehrere Kunden hatten erzählt, dass keine Busse mehr fuhren und die S3 ihren Betrieb eingestellt hatte, weil ein Baum auf die Oberleitung gefallen war. Anne nahm ihr Smartphone aus der Tasche. Lissy hatte sich noch nicht gemeldet. Sie tippte ihrer Tochter rasch eine Nachricht und bot ihr an, sie bei ihrer Freundin Sara abzuholen, damit sie nicht durch den Schneefall laufen musste. Dann schaute sie die Bestellungen durch.

»Die Frau Kreuzer aus der Falkenstraße hat angerufen«, sagte Anne. »Sie traut sich nicht aus dem Haus. Ich bringe ihr die Medikamente vorbei, wenn ich nach Hause fahre.«

Sie checkte ihr Smartphone. Keine Antwort von Lissy. Seltsam. Sie rief den Chat auf. An der Nachricht, die sie eben geschickt hatte, war nur ein graues Häkchen. Lissy war zuletzt gestern Abend um 19:22 Uhr online gewesen. Anne schluckte und wählte Lissys Nummer. *Der Teilnehmer ist vorübergehend nicht erreichbar …* Ein hohles Gefühl breitete sich hinter ihrem Brustbein aus, und sie hatte plötzlich einen sauren Geschmack im Mund. Vorübergehend nicht erreichbar. Grauer Haken an der WhatsApp-Nachricht. Das war vollkommen unmöglich. Ihre Tochter war mit ihrem Smartphone quasi verwachsen, sie schaltete es niemals aus und achtete beinahe panisch darauf, dass der Akku immer ausreichend geladen war. Anne rief die *Wo ist*-App auf. Lissy nannte sie scherzhaft die »Stalking-App«, hatte aber nichts dagegen, dass Anne jederzeit sehen konnte, wo sie sich gerade befand. Kurz zeigte die App den Standort von Lissys Handy in Niederhöchstadt an, und Anne durchzuckte ein freudiger Schreck, aber dann las sie *LisBoe2003@t-online.de, Eschborn, Steinbacher Straße, vor 19 Stunden.* Und dann war das Symbol verschwunden. Aktuell kein Standort.

Anne ging in den Aufenthaltsraum und schloss die Tür hinter sich. Sie wählte Jörgs Nummer. Hätte Lissy ihr Handy verloren, oder wäre es ihr gestohlen worden, hätte sie Mittel und Wege gefunden, ihre Mutter unverzüglich über die größtmögliche Katastrophe im Leben eines Teenagers zu informieren. Nein, es gab einfach keine schlüssige Erklärung dafür, weshalb Lissy seit gestern Abend um 19:22 Uhr nicht mehr online gewesen war.

»Geh schon ran«, murmelte Anne, die linke Hand auf ihr Brustbein gepresst, aber ihr Ehemann meldete sich nicht.

Sie atmete tief durch. Der Schreck schlug in bange Ahnung um. Wen konnte sie anrufen? Sara? Nein, wohl besser deren Mutter. Sie kannte Viola Korbmacher eher flüchtig von Schulveranstaltungen und ein paar Treffen mit anderen Müttern. Ihre Finger zitterten, als sie durch das Telefonbuch auf ihrem Smartphone scrollte, bis sie unter K die Nummer von Saras Mutter gefunden hatte.

»Bitte sei da«, flüsterte sie, während das Handy sich ins Netz wählte und die Verbindung aufbaute. »Bitte sei da, Lissy. Bitte hab dein Handy verloren. Bitte hab einfach nur vergessen, es aufzuladen. *Bitte, bitte, bitte, lieber Gott, lass sie einfach noch schlafen …*«

»Hallo, Anne!« Der überraschte Tonfall von Viola Korbmacher fuhr ihr wie ein Schlag in die Magengrube. »Das ist aber nett, dass du anrufst! Wie geht's dir?«

»Hallo, Viola.« Anne versuchte, nicht panisch zu klingen. »Sag mal, schlafen die Mädchen noch? Ich wollte Lissy anrufen, aber ihr Handy ist aus.«

»Ähm …«

Anne hörte auf zu atmen. Dieses winzige Zögern rührte an etwas, das in jeder Zelle ihres Körpers lauerte, seit dem Moment, in dem sie Lissy zum ersten Mal in ihren Armen gehalten hatte: Es war die schreckliche, nie verstummende Angst jeder Mutter, ihrem Kind könnte etwas zugestoßen sein.

»Lissy war nicht bei uns«, sagte Viola verwundert. »Sara ist vorhin mit ihrem Vater in den Alten Kurpark gefahren. Sie helfen am Stand vom Sportverein. Heute ist doch Weihnachtsmarkt hier in Bad Soden.«

»Aber … ich dachte … also … Lissy hat mir erzählt, dass sie bei euch übernachten will«, stammelte Anne.

»Nein, tut mir leid«, erwiderte Viola, und ihre Stimme klang nach *Tja, meine Liebe, da hat dich deine Tochter wohl angelogen.*

»Danke«, flüsterte Anne und beendete das Gespräch. Sie ließ sich auf das schmale Bett sinken, rief erneut Lissys WhatsApp-Chat auf und kämpfte gegen die Panik an, die sie zu verschlingen drohte wie eine schwarze Flutwelle. Ihre Gedanken überschlugen sich. Hatte Lissy wirklich gesagt, dass sie bei Sara übernachten wollte? Oder hatte sie vielleicht zu Marcella oder Lynn oder zu einer anderen Freundin gehen wollen? Warum rief Jörg nicht zurück? Anne las die letzte Nachricht, die Lissy ihr gestern Abend um 19:18 Uhr geschrieben hatte: *War voll super auf der Eisbahn, laufen grad zum Zug. Bis morgen, hab dich lieb.*

Anne presste die Lippen zusammen und scrollte im Chatverlauf nach oben. Sie zögerte einen Moment, dann tippte sie auf die Sprachnachricht, die ihre Tochter ihr um 15:17 Uhr geschickt hatte. *»Hey, Mama«*, ertönte Lissys Stimme. *»Sara und ich laufen jetzt hier los. Ich hab die Küche aufgeräumt. Mein Zimmer mach ich morgen, wenn ich zurück bin. Wir treffen uns um vier mit Marcella und Lynn und den anderen im Skulpi und laufen dann zur Eisbahn. Und heut Abend würden wir dann alle bei Sara übernachten. Wir wollen Plätzchen backen, für den Weihnachtsmarkt morgen, du weißt schon. Sagst du mir noch mal Bescheid, ob das okay ist? Hab dich lieb!«*

Ein stechender Schmerz durchfuhr Annes Herz. Sie schloss die Augen.

***

Später konnte sie sich nicht mehr daran erinnern, wie sie nach Hause gekommen war. Sie war ins Haus gestürzt und die Treppe hochgerannt, hatte die Tür zu Lissys Zimmer aufgerissen, in der irrationalen Hoffnung, ihre Tochter schlafend im Bett vorzufinden. Aber Lissys Bett war leer und das Zimmer so unordentlich, wie sie es gestern hinterlassen hatte. Schranktüren und Schubladen standen offen, überall lagen achtlos hingeworfene Klamotten, auf dem Schreibtisch herrschte ein Chaos aus Schulsachen, Schminkzeug, Bastelkram.

Alle Kraft war aus Annes Körper gewichen. Sie war auf der obersten Treppenstufe zusammengesackt, und da saß sie nun und versuchte, ihre Gedanken unter Kontrolle zu bekommen. *Wo bist du, Lissy?*

Sie schrak auf, als plötzlich ihr Handy klingelte. »Lissy!«, schoss es ihr durch den Kopf, aber zu ihrer bodenlosen Enttäuschung war es nur Viola Korbmacher.

»Ist Lissy aufgetaucht?«, erkundigte sich Saras Mutter.

»Nein«, antwortete Anne mit mühsam beherrschter Stimme. »Ihr Handy ist aus. Ihr Handy ist normalerweise nie aus.«

»Ich habe Sara angerufen«, sagte Viola. »Sie weiß leider auch nicht, wo Lissy sein könnte. Aber sie hat mir erzählt, dass sie sich gestern Abend wegen irgendetwas gestritten haben. Lissy war sauer und wollte von Niederhöchstadt aus zu Fuß nach Hause laufen.«

»Gestritten? Worüber denn?«, flüsterte Anne.

»Ich weiß es nicht.«

Nein. Das war unmöglich. Lissy und Sara waren wie Pech und Schwefel. Sie stritten sich nie.

»Es tut mir leid, Anne. Wenn ich irgendwie helfen kann …«

Anne drückte das Gespräch weg. Unten fiel eine Tür ins Schloss.

»Anne?« Jörg tauchte am Fuß der Treppe auf. Er rieb seine Finger an einem öligen Lappen ab. Offenbar hatte er an seinem Motorrad herumgebastelt und deshalb sein Handy nicht gehört. »Hast du den Tafelspitz beim Metzger abgeholt?«

Ihre Blicke begegneten sich. Er sah so entspannt und gut gelaunt aus wie seit Monaten nicht mehr. Der Abend gestern hatte ihm Spaß gemacht. Der Abend, an dem sie ausgelassen gelacht und zu Hause noch Sex gehabt hatten, während Lissy womöglich etwas zugestoßen war.

»Ich kann Lissy nicht erreichen«, flüsterte Anne, weil sie ihrer Stimme nicht traute. »Ihr Handy ist seit gestern Abend aus. Und sie hat gar nicht bei Sara übernachtet. Jörg, ich glaube, ihr ist etwas passiert.«

Sie hoffte, er würde lachen, würde sagen: Sie ist doch in der Garage und hilft mir, aber das tat er nicht. Er starrte sie an, es dauerte ein paar Sekunden, bis er begriff.

Sie telefonierten alle Bekannten und Freunde ihrer Tochter ab. Ohne Erfolg. Marcella und Lynn hatten nichts von Lissy gehört, bestätigten aber unabhängig voneinander, dass sich Lissy und Sara auf dem Weg von der Eislaufbahn zum S-Bahnhof Niederhöchstadt in die Haare bekommen hätten. Worum es bei dem Streit gegangen war, wussten sie nicht. Die zwei Mädchen, die auch bei Sara übernachten wollten, um Plätzchen zu backen und gemeinsam ein paar Folgen ihrer Lieblingsserie *Riverdale* zu schauen, waren enttäuscht gewesen, als Sara sie nach dem Streit mit Lissy ziemlich grob ausgeladen hatte. Sara, Paula und Julika waren mit der S-Bahn nach Bad Soden gefahren, Marcella und Lynn zu Fuß weitergelaufen. Lissy war ein Stück vor ihnen gegangen, dann aber abgebogen.

»Wir gehen zur Polizei«, entschied Jörg. »Es schneit seit Freitagabend. Wenn Lissy etwas passiert ist, wenn sie verletzt ist und irgendwo liegt, dann …«

Er musste den Satz nicht zu Ende sprechen.

Sonntag, 8. Dezember

Der Himmel war wolkenlos und blassblau. Nach den starken Schneefällen der vergangenen Tage war die Temperatur über Nacht um fast zehn Grad gesunken, und nun war es viel zu kalt, als dass es noch einmal schneien könnte. Der jähe Kälteeinbruch hatte die kahlen Zweige der Bäume und Büsche mit Raureif überzogen, und die matte Wintersonne ließ Milliarden Eiskristalle funkeln.

Kriminalhauptkommissarin Pia Sander hatte schon kurz vor Sonnenaufgang das Haus verlassen, um mit dem Hund einen ausgiebigen Schneespaziergang zu unternehmen, denn am späten Vormittag würde sie Christoph zum Adventsbrunch mit wichtigen Großsponsoren des Opel-Zoos in die Villa Rothschild in Königstein begleiten. Beck's war beim Anblick des Schnees in einen wahren Freudentaumel geraten und hatte sich immer wieder mit Geschirr und Leine in der weißen Pracht gewälzt. Pia war schon nach ein paar Hundert Metern nass geschwitzt und völlig außer Atem.

»Langsam, Beck's! Ich hab leider nur zwei Beine!«, keuchte sie. »Gleich darfst du ja rennen!«

Beck's jaulte auf, als ob er verstanden hätte, und zerrte noch stärker vorwärts, sodass Pia stolperte und bäuchlings in den hohen Schnee fiel. Sofort kam der Hund angesprungen und versuchte, ihr das Gesicht zu lecken. Normalerweise war er nicht mehr so ungestüm, sondern ausgesprochen gut erzogen, aber der Schnee ließ ihn in alte Verhaltensmuster zurückfallen. Eine Viertelstunde später hatten sie das Mammolshainer Tal erreicht. Um diese frühe Uhrzeit hatte noch kein Mensch im hohen Schnee eine Spur hinterlassen, und Joggern würde sie heute wohl auch kaum begegnen, deshalb klippte sie die Schleppleine aus dem Geschirr und gab Beck's das Signal, dass er frei laufen durfte. Zu beobachten, wie leichtfüßig und mühelos ihr Hund durch den Schnee stob, erfüllte Pia mit einem warmen Glücksgefühl. Beck's rannte in weiten Kreisen über die verschneiten Äcker und Wiesen, völlig ziellos und aus purer Lebensfreude. Ganz versunken in diesen herrlichen Anblick hätte Pia beinahe das Klingeln ihres Handys überhört. Sie zog den rechten Handschuh aus und nestelte das Telefon aus der Brusttasche ihrer Jacke.

»Mist!«

Die Nummer der Zentrale leuchtete im Display auf. Das verhieß an einem Sonntagmorgen um neun nie etwas Gutes. Kurz spielte Pia mit dem Gedanken, einfach nicht dranzugehen, aber ihr Pflichtgefühl gewann die Oberhand.

»Hallo, Pia, leider muss ich dir den Sonntag verderben«, sagte der Kommissar vom Dienst. »Wir haben einen Leichenfund in Schwalbach.«

»Ich habe heute keine Bereitschaft«, antwortete Pia.

»Laut Plan doch. Du und Bodenstein«, sagte der Diensthabende. »Und der kommt wegen dem Schnee nicht bis zur Straße, deshalb rufe ich dich an. Kröger und seine Leute sind schon auf dem Weg. Und die Rechtsmedizin ist auch informiert. Bei der Leiche handelt es sich möglicherweise um eine Sechzehnjährige aus Sulzbach, die seit gestern vermisst wird.«

Scheiße! Eine tote Sechzehnjährige. Pia seufzte. Christoph würde nicht sehr erfreut sein, wenn sie ihm mitteilte, dass sie ihn leider nicht zu dem wichtigen Termin begleiten konnte. Aber vielleicht schaffte es ihr Chef doch noch irgendwie mit seinem Porsche vom Gutshof mitten im Wald bis zur Landstraße, dann konnte sie wieder verschwinden.

»Wer hat die Einsatzleitung?«

»POK Rothaus von der Polizeistation Niederhöchstadt. Seit heute Morgen ist eine Hundertschaft von der BePo aus Mühlheim vor Ort.«

»Alles klar. Ich bin noch mit dem Hund unterwegs. Wo muss ich hin?«

»Zum Tennisklub in Schwalbach«, sagte der KvD. »Brauchst du eine Adresse?«

»Nein danke, ich weiß, wo das ist.«

Pia pfiff nach Beck's, der mit weit heraushängender Zunge und glücklich leuchtenden Augen angelaufen kam. Sie klippte die Leine wieder ins Geschirr und überlegte. Wahrscheinlich war sie von hier aus schneller zu Fuß bei der Tennishalle in Schwalbach, als wenn sie erst durch den ganzen Wald zurück nach Hause laufen würde, um von dort mit dem Auto nach Schwalbach zu fahren. Christoph konnte sie nicht abholen, er war schon in den Zoo gefahren. Und selbst wenn, wäre er mit dem Auto wahrscheinlich gar nicht bis hierher gelangt. Aber anrufen musste sie ihn trotzdem. Sie tippte auf seine Nummer und wappnete sich innerlich. Christoph meldete sich prompt mit einem »Na, ist irgendwo eine Leiche gefunden worden?«. Als könnte er hellsehen.

»In der Tat«, erwiderte Pia. »In Schwalbach. Leider habe ich heute Bereitschaft, und mein Chef kommt wegen des Schnees nicht vom Hof.«

»Wieso hast du Bereitschaft? Du weißt doch schon seit ein paar Wochen von dem Brunch! Ich gehe doch recht in der Annahme, dass du mich angerufen hast, um mir zu sagen, dass du es nicht rechtzeitig schaffen wirst.« In Christophs Stimme schwang ein sarkastischer Unterton mit, den er ihr gegenüber in letzter Zeit häufiger anschlug.

»Es tut mir leid. Ich muss vergessen haben, den Dienstplan zu ändern«, sagte sie und ärgerte sich sofort darüber. Christoph entschuldigte sich nie dafür, wenn er als Direktor im Zoo Überstunden machen oder Wochenenddienste übernehmen musste, was erheblich öfter vorkam als in Pias Job, und sie hatte ihm noch nie Vorwürfe gemacht, wenn er gemeinsame Pläne über den Haufen warf, weil wieder irgendetwas Unvorhergesehenes im Zoo passiert war und er glaubte, ohne ihn würde dort der komplette Betrieb zusammenbrechen.

»Hoffentlich vergisst du nicht, den Dienstplan für Weihnachten zu ändern.«

»Das habe ich längst getan.« Am 20. Dezember würde Christophs Tochter Annika samt Familie für vier Wochen aus Australien anreisen. Zwar würden sie bei Toni und Lukas unterkommen, weil die ein größeres Haus hatten, aber Christophs älteste Tochter Andrea aus Hamburg würde bei ihnen wohnen, und am ersten Weihnachtsfeiertag hatte Christoph seine drei Töchter inklusive Familien zum Mittagessen eingeladen. »Und ich versuche auf jeden Fall noch zum Brunch zu kommen.«

»Das glaube ich nicht. Du wolltest doch von Anfang an nicht hingehen«, unterstellte er ihr. Das war ungerecht. Und es stimmte nicht.

»Ich wäre wirklich lieber bei einem Brunch in einem gemütlichen Restaurant, als mir bei dieser Kälte eine tote Sechzehnjährige anzugucken und ihre Eltern zu informieren«, entgegnete Pia verärgert.

»Na, mal wieder die Leichenkarte. Die sticht ja immer«, sagte Christoph süffisant und beendete das Gespräch.

Kopfschüttelnd stapfte Pia weiter. Es wäre übertrieben, zu behaupten, sie hätte sich auf diesen Brunch gefreut, aber sie hatte fest vorgehabt mitzugehen, ja, sie hatte sogar gestern Abend schon ihre Garderobe bereitgelegt und war extra früh mit dem Hund rausgegangen.

Eine knappe Dreiviertelstunde später hatte Pia die Tennishalle in Schwalbach erreicht. Auf dem großen Parkplatz standen mehrere Streifenwagen, ein Notarztwagen und Busse der Bereitschaftspolizei. Viele Uniformierte waren vor Ort, aber auch jede Menge Zivilisten. Beim Anblick der Beamten der Hundertschaft, die bereits im Aufbruch begriffen waren, schob Pia alle Gedanken an Christoph und den Sponsorenbrunch beiseite, und ihr Gehirn schaltete in den Polizistenmodus. Wie immer, wenn sie zu einem Leichenfundort gerufen wurde, verspürte sie ein leichtes Flattern im Magen. Die Fälle, mit denen das K11 zu tun bekam, waren nie angenehm, aber wenn es um Kinder und Jugendliche ging, fiel es besonders schwer, die dringend notwendige innerliche Distanz zu wahren.

Pia blickte sich auf der Suche nach Kollege Rothaus um, konnte den Dienststellenleiter der Polizeistation Eschborn aber nirgendwo entdecken. Da löste sich ein Mann aus einer Gruppe von Bereitschaftspolizisten und kam quer über den Parkplatz auf sie zugestiefelt. Pia erkannte Polizeihauptkommissar Ewald »die Legende« Fritsche, Leiter der Hundertschaft der Bereitschaftspolizei Mühlheim. Den Spitznamen trug er, seitdem er vor zwanzig Jahren bei einem von der US-Army jährlich veranstalteten Scharfschützenwettbewerb einen Rekord aufgestellt hatte, den nie jemand gebrochen hatte. Fritsche, drahtig und durchtrainiert wie ein Dreißigjähriger, war schon Ausbilder bei der BePo und Dozent an der Polizeihochschule gewesen, als Pia im Herbst 1989 bei der Polizei angefangen hatte. Man munkelte, er habe jede Möglichkeit der vorzeitigen Pensionierung ausgeschlagen, aber im nächsten Jahr wurde er zweiundsechzig, und dann musste er in Pension gehen, ob er wollte oder nicht, denn das war Vorschrift.

›Noch jemand, der sich für unersetzlich hält‹, dachte Pia zynisch.

»Na, Pia. Geht's gut?« Er grinste. »Zufällig mit dem Hund in der Gegend?«

»Hallo, Ewald.« Pia ignorierte die blöde Bemerkung. »Wo ist Kollege Rothaus? Der KVD sagte mir, dass er den Einsatz leitet.«

»Rothaus ist am Leichenfundort.« Fritsche klärte Pia in knappen Worten über die Lage auf. Die sechzehnjährige Larissa Böhlefeld aus Sulzbach war am gestrigen Samstag von ihren Eltern auf der Polizeidienststelle Niederhöchstadt als vermisst gemeldet worden. Die angeforderte Hundertschaft hatte zunächst das Gebiet östlich von Schwalbach abgesucht. Heftiger Schneefall hatte den Einsatz eines Hubschraubers mit Wärmebildkamera unmöglich gemacht und die Suche erschwert. Bei Einbruch der Dunkelheit hatte man abbrechen müssen, zumal nicht klar gewesen war, wo man überhaupt suchen musste. Heute hatte man bei Sonnenaufgang die Suche fortgesetzt, aber es war der Hund eines Spaziergängers gewesen, der hinter einem Marienbildstock unter vierzig Zentimetern Schnee eine weibliche Leiche erschnüffelt hatte, und das an einer völlig anderen Stelle als der, an der man gesucht hatte.

»Wir haben die Leiche nicht angefasst, nur den Schnee entfernt«, schloss Fritsche seinen Bericht. »Die Kleidung stimmt mit der Beschreibung überein, die die Eltern gegeben haben. Wir gehen deshalb davon aus, dass es sich um die gemeldete abgängige Person handelt.«

Die abgängige Person. Das trockene Behördendeutsch konnte wirklich gruselig sein.

»Eure SpuSi-Leute und der Rechtsmediziner sind übrigens schon vor Ort.« Er wandte sich zum Gehen. »Wir rücken jetzt ab. Fünf Mann habe ich Rothaus zur Tatortsicherung zugesagt.«

»Okay, danke.« Pia nickte. »Ach, Ewald, wo ist der Spaziergänger, der die Leiche entdeckt hat?«

»Ich habe ihn nicht gesehen. Dem war's wohl zu kalt.« Fritsche schnaubte verächtlich.

»Hat jemand seinen Namen und seine Adresse notiert?«

Der Leiter der Bereitschaftspolizei runzelte die Stirn.

»Was für einen Hund hatte er dabei?«

»Keine Ahnung. Den habe ich auch nicht gesehen.«

»Weiß das vielleicht einer von deinen Leuten?«

»Möglich.« Ohne Pia aus den Augen zu lassen, rief er einen Namen. Ein junger Kollege kam sofort angelaufen.

»Wer hat mit dem Typen gesprochen, dessen Köter die Leiche entdeckt hat?«

»Äh ... ich ... ich weiß es nicht«, antwortete der junge Beamte unsicher.

»Warum nicht, du Null?«, schnauzte Fritsche ihn an. »Rausfinden! Sofort!«

Der junge Mann errötete bis unter die Haarspitzen und entfernte sich eilig. Pia verspürte Mitleid mit ihm.

»Wie habt ihr erfahren, dass die Leiche gefunden wurde?«, wollte sie wissen. »Ihr habt doch eigentlich an einer ganz anderen Stelle mit der Suche angefangen, oder?«

Fritsche schob das Kinn vor. Sein Gesicht rötete sich, und zwischen seinen buschigen Augenbrauen erschien eine Falte. Mindestens so legendär wie seine Schießkünste war sein Jähzorn.

»Was soll das hier werden, Mädchen?«, blaffte er und stemmte die Hände in die Seiten. »Willst du mir was unterstellen?«

»Warum so empfindlich, du altes Arschloch?«, dachte Pia und

ließ die diskriminierende Anrede unkommentiert. Früher war es für viele Vorgesetzte gang und gäbe gewesen, Polizeibeamtinnen herabzusetzen und zu schikanieren, weil sie der Meinung waren, Frauen hätten bei der Polizei nichts zu suchen. Fritsche, dieser Dinosaurier in Uniform, war glücklicherweise einer der letzten dieser aussterbenden Art von Macho-Chefs. Seine aggressive Reaktion weckte Pias Argwohn. Gab es irgendein Versäumnis?

»Nein, warum sollte ich das tun?«, entgegnete sie betont harmlos. »Das war nur eine Frage. Ich muss mir einen Überblick über die Lage verschaffen, denn mein Chef will sicher gleich Details von mir erfahren.«

Sie standen sich gegenüber und starrten sich an. Pia hatte nicht vor, den Alten die Oberhand gewinnen zu lassen. Beck's spürte die plötzliche Spannung. Sein Körper versteifte sich, ein dumpfes Knurren drang aus seiner Kehle, und als Fritsche einen halben Schritt auf Pia zu machte, ging er mit gefletschten Zähnen nach vorne.

»Aus!«, kommandierte Pia scharf, und Beck's wich gehorsam zurück, ließ den Leiter der BePo aber nicht aus den Augen.

»Pass auf dein Scheißvieh auf!«, zischte Fritsche wütend.

»Gib mir so schnell wie möglich Bescheid, wenn du herausgefunden hast, wie der Spaziergänger heißt und wo er wohnt«, sagte Pia. »Schönen Sonntag noch!«

Damit ließ sie den vor Zorn kochenden Fritsche stehen und stapfte los.

»Du bist doch der Allerbeste!«, raunte sie ihrem Hund zu. »Von mir aus hättest du den alten Deppen ruhig mal in den Hintern zwicken können.«

»Wau!«, machte Beck's und wedelte mit dem Schwanz.

Sie liefen an der Tennishalle und den verschneiten Tennisplätzen vorbei, immer in einer der beiden Fahrspuren, die wahrscheinlich der VW-Bus von Krögers Team hinterlassen hatte. Den Weg am Bach und auch das vergitterte Marienbildnis in einem weiß getünchten Häuschen kannte Pia, denn sie ging hier gelegentlich mit dem Hund spazieren oder Fahrrad fahren. Sie war gerade auf Höhe des Tierheims, als hinter ihr ein seltsames Schnarren ertönte, und sie drehte sich um. Ein autoähnliches Gebilde in Olivgrün knatterte durch die Fahrspuren auf sie zu, und Pia staunte nicht schlecht, als sie hinter dem Lenkrad ihren Chef erkannte. Sie trat zur Seite und hätte im tiefen Schnee das Gleichgewicht verloren, wenn sie sich nicht an der Hundeleine hätte festklammern können. Bodenstein bedeutete ihr, auf die andere Seite zu gehen und einzusteigen. Pia musste kräftig an der Beifahrertür rütteln, damit sie sich öffnen ließ. Mit einem eleganten Satz sprang Beck's in das Gefährt und begrüßte Bodenstein überschwänglich. Pia ließ sich auf den Beifahrersitz fallen und klopfte ihre Stiefel aneinander, um den Schnee unter den Sohlen loszuwerden.

»Gurte gibt's nicht«, informierte Bodenstein sie. »Und Vorsicht – der Sitz könnte nach hinten kippen.«

»Klingt ja vertrauenerweckend.« Pia schob Beck's zwischen ihre Knie und griff nach der Haltstange, die vor das Handschuhfach montiert war. Sie sah sich im Fahrzeuginnern um. Bodenstein trat die Kupplung, das Getriebe ächzte, aber das Auto tuckerte los. »Was ist das für ein Ding?«

»Ein DKW Munga«, antwortete Bodenstein. »Baujahr 1961. Genauso alt wie ich also. Mein Vater hat das Auto vor vierzig Jahren aus Bundeswehr-Beständen gekauft. Es wird eigentlich nur benutzt, um damit im Wald herumzufahren. Aber es hat permanenten Allradantrieb mit immerhin 44 PS und kommt überall durch. Im Gegensatz zu meinem Porsche.«

Er trug einen gefütterten Overall mit Tarnflecken, eine Pelzmütze mit Ohrenklappen und Handschuhe.

»Der Waldarbeiter-Look steht dir.« Pia musterte ihren Chef amüsiert von Kopf bis Fuß. »Irgendwie kernig. Der Mann aus den Bergen.«

»Leider funktioniert die Heizung ungefähr seit 1976 nicht mehr.« Bodenstein grinste schief. »Ich wollte mir keine Lungenentzündung holen, deshalb habe ich mir von meinem Bruder die richtigen Klamotten für eine Winterfahrt mit dem Munga geliehen.«

Mühelos pflügte das kleine Fahrzeug durch den tiefen Schnee.

»Was hast du mit Kollege Fritsche angestellt? Ich habe angehalten, um ihn zu begrüßen, aber er hat mich nur angeraunzt, du wüsstest schon alles und er habe keine Zeit, mir alles noch mal zu erzählen.«

»Ich habe ihn bei einem Fehler ertappt.« Pia gluckste belustigt. »Er hat wohl versäumt, Namen und Adresse des Spaziergängers aufzunehmen, dessen Hund die Leiche gefunden hat.«

»Oh. Okay.«

»Hat es mit deinem Scheidungstermin geklappt am Freitag?«, fragte Pia.

»Ja, hat es«, antwortete Bodenstein. »Kurz und schmerzlos. Scheidung Nummer zwei habe ich hinter mir.«

»*Glückwunsch* ist wohl nicht das richtige Wort, aber so was in der Richtung«, sagte Pia.

»Da hast du leider recht.« Bodenstein verzog das Gesicht. »Danke.«

Mit einer zweiten gescheiterten Ehe war er keine Ausnahme im Kollegenkreis. In kaum einem anderen Beruf war die Scheidungsrate so hoch wie bei der Polizei. Pia hatte selbst bereits eine Scheidung hinter sich, und in ihrer zweiten Ehe kam es in letzter Zeit auch öfter zu Spannungen. Vermutlich lag das auch an ihrem Ex-Mann, genauer gesagt an dessen Krimis, in denen ein fiktiver Frankfurter Rechtsmediziner und seine Ex-Frau, eine Kriminalhauptkommissarin, die Hauptrollen spielten. Henning gab sich keine große Mühe, das Personal seiner Bücher zu verfremden, und Eingeweihte erkannten natürlich die lebenden Vorbilder seiner Figuren, die Schauplätze und auch die Kriminalfälle, die er in seinen Romanen verarbeitete. Beim K11 in Hofheim war man stolz darauf, das reale Vorbild für die Krimis zu sein, die höchst erfolgreich und immer in den Bestsellerlisten zu finden waren, Christoph indes ärgerte sich darüber, dass der Zoodirektor in Hennings Büchern ein komischer Sidekick war, eine durchaus liebenswerte, aber unbeholfene Figur, die dem echten Christoph in keiner Weise entsprach.

Erst vor ein paar Wochen war Hennings dritter Krimi erschienen und sofort auf Platz 1 der Bestsellerliste geschossen, mittlerweile gab es Anfragen zu Filmrechten und Lizenzverkäufe in andere Länder, und Christoph hatte die Nase voll davon, mit dem Namen der Romanfigur angesprochen zu werden. Pia argwöhnte jedoch, dass sein eigentliches Problem die Tatsache war, dass sie beruflich immer noch mit Henning verbunden war. Außerdem hatte es Christoph noch nie so richtig gefallen, dass sie beim K11 ständig mit Mord und Totschlag zu tun hatte. Ein paarmal hatte sie in den letzten zwölf Jahren eher halbherzig erwogen, sich ihm zuliebe in ein anderes Kommissariat versetzen zu lassen, aber sie war Mordermittlerin mit Leib und Seele. Außerdem mochte sie ihre Kollegen. Kai, Cem, Kathrin, Tariq, Christian und nicht zuletzt Bodenstein und Nicola Engel waren im Laufe der Jahre zu ihrer »Arbeitsfamilie« geworden. Man kannte und schätzte sich und konnte sich zu hundert Prozent aufeinander verlassen, wenn es darauf ankam.

»Was wissen wir bisher?«, fragte Bodenstein.

Pia schüttelte die Gedanken an Christoph und Henning ab und wiederholte die Fakten, die Fritsche ihr genannt hatte.

An der Wegabzweigung stand eine uniformierte Beamtin und öffnete das Polizeiabsperrband, als sie Bodenstein trotz seiner Ohrenklappen-Fellmütze erkannte. Auf dem Hügel oberhalb des Bachlaufs hatten sich bereits erste Schaulustige eingefunden. Einige stapften über die verschneiten Wiesen hügelabwärts; in ihrer Sensationslust und der Gier auf makabre Details ließen sie sich nicht von Schnee und Eis und am wenigsten von Polizeiabsperrungen abhalten. Es würde ganz sicher nicht mehr lange dauern, bis eine erste Drohne über dem Leichenfundort kreiste.

»Ich frage mich immer, woher die Leute so schnell wissen, wenn irgendwo was passiert ist«, wunderte sich Pia.

»Facebook, Instagram.« Bodenstein zuckte die Schultern. »Und wenn irgendwo eine Hundertschaft mit Suchhunden aufkreuzt, fällt das auf.«

»Ja, das ist mir schon klar. Ich lebe ja nicht hinter dem Mond«, erwiderte Pia. »Aber warum sie gleich losrennen und gaffen müssen, das werde ich wohl nie verstehen.«

»Vielleicht haben sie einfach ein langweiliges Leben«, vermutete Bodenstein. »Und sowas peppt es auf.«

Unter dem Schnee befand sich ein asphaltierter Weg, der dem Lauf des Schwalbachs nach Sulzbach folgte und unterhalb der Kleingärten vorbei an der Ausflugsgaststätte Ponderosa nach Sossenheim, zum Arboretum und nach Eschborn führte. Im Sommer bildeten die hohen Bäume einen schattig grünen Tunnel, und der Weg war bei Spaziergängern, Joggern oder Radfahrern gleichermaßen beliebt. Jetzt hatte der Frost die Landschaft in ein Winterwunderland verwandelt.

Hinter einer Kurve in einer Senke parkten die beiden blauen VW-Busse der Spurensicherung, zwei Streifenwagen, ein Einsatzfahrzeug der Freiwilligen Feuerwehr Schwalbach und ein schwarzer SUV mit Frankfurter Kennzeichen.

»Na, schau einer an. Herr Dr. Kirchhoff ist persönlich hergekommen«, stellte Bodenstein fest. Seitdem Pias Ex-Mann vor einigen Jahren die Leitung des Rechtsmedizinischen Instituts in Frankfurt übernommen hatte, fuhr er nur noch selten selbst zu Leichenfundorten, sondern überließ diese Arbeit seinen Mitarbeitern.

»Wahrscheinlich braucht er Stoff für einen neuen Krimi«, brummte Pia.

Bodenstein hielt hinter Hennings Auto an. Einige Beamte der Bereitschaftspolizei sicherten den Fundort gegen Schaulustige. Unter der Aufsicht von Christian Kröger, dem Leiter des Ermittlungsdienstes bei der RKI Hofheim, waren mehrere Feuerwehrleute gerade damit beschäftigt, Holzplanken vom Weg bis hinter den Marienaltar in den Schnee zu legen. Bodenstein stieg aus. Beck's stemmte die Vorderpfoten gegen das Armaturenbrett und blickte neugierig durch die Windschutzscheibe.

»Lass bloß den Hund im Auto, Pia!«, rief Kröger. »Das würde noch fehlen, wenn der hier herumrennt. Die übereifrigen BePos haben mir schon den ganzen Fundort kontaminiert!«

»Du hast es gehört«, sagte Pia zu ihrem Hund. »Du bleibst schön hier.«

»Sie haben doch wirklich den Schnee weggekratzt und die Jacke, die über dem Gesicht der Leiche lag, entfernt«, beschwerte Kröger sich. Die Spurenlage an einem Fund- oder Tatort zu verändern, bevor alles fotografiert und exakt dokumentiert worden war, war in seinen Augen ein Sakrileg.

»Von uns war's keiner«, mischte sich eine Beamtin der BePo ein.

»Dann war's ganz sicher *die Legende*«, knurrte Kröger verärgert. »Fritsche glaubt ja immer, er könnte alles besser als jeder andere.«

Die jungen Polizisten grinsten verstohlen.

Pia ging zu ihrem Chef, der mit Martin Rothaus, dem Leiter der Polizeistation Niederhöchstadt, sprach. Rothaus war erleichtert, dass die Kriminalpolizei übernehmen würde, und brachte sie auf den neuesten Stand. Gestern, gleich nachdem die Eltern die Vermisstenanzeige erstattet hatten, hatten Rothaus und eine Kollegin die Freundinnen der verschwundenen Larissa Böhlefeld befragt, aber keine von ihnen hatte gewusst, wo sich ihre Freundin aufhalten könnte. Rothaus hatte eine Hundertschaft, Suchhunde und einen Hubschrauber angefordert. Er hatte alles richtig gemacht und trotzdem keine Chance gehabt, das Mädchen lebend wiederzufinden. Nicht zum ersten Mal fragte Pia sich, warum die Kollegen aus Niederhöchstadt nicht sofort die Kripo eingeschaltet hatten, die mit solchen Großlagen bedeutend mehr Erfahrung hatte als die Schutzpolizei.

***

In den letzten vierundzwanzig Stunden hatte Anne Böhlefeld in einem Zustand zwischen Albtraum und Hölle gelebt, jetzt war sie innerlich vollkommen taub. Das, was um sie herum geschah, fühlte sich nicht real an. Sie überließ es Jörg, mit all den Menschen zu sprechen, die in ihr Haus eingedrungen waren, in ihr Nest. Die Polizisten hatten Lissys Zimmer betreten; sie hatten all ihre Sachen angefasst und fotografiert und sich Notizen gemacht, sie hatten einfach alle Schubladen geöffnet und durchsucht, in die Schränke geschaut, sogar die Matratze von Lissys Boxspringbett umgedreht, als ob dort irgendeine Information versteckt sei, die ihnen helfen würde, ihre Tochter zu finden. Anne hatte im Türrahmen gestanden und ihnen zugesehen, die Arme vor der Brust verschränkt, so fest, dass ihre Fingernägel sich in ihre Oberarme gegraben hatten, weil sie sonst auseinandergebrochen wäre und diese Leute angeschrien hätte. Das Zimmer war Lissys Reich, selbst ihren Eltern gewährte sie nur eingeschränkt Zugang, und sie respektierten das, denn Lissy war kein kleines Kind mehr, sondern eine junge Frau, die ihren Rückzugsort und ihre kleinen Geheimnisse brauchte und haben durfte. Was jetzt mit ihrem Zimmer geschah, fühlte sich an wie eine Vergewaltigung, und Anne war machtlos dagegen, sie konnte es nicht verbieten, denn diese Menschen wollten ja nur helfen, Lissy zu finden.

Ihre Lissy. Ihr Kind. Ihre Tochter, die seit achtundvierzig Stunden verschwunden war.

Wann haben Sie Ihre Tochter zuletzt gesehen? Wann haben Sie zuletzt von ihr gehört? Mit ihr gesprochen? Wann hat sie Ihnen das letzte Mal geschrieben oder eine Sprachnachricht geschickt? Was hatte Larissa am Freitagabend vor? Mit wem war sie unterwegs? Hatten Sie Streit mit Ihrer Tochter? Ist sie vielleicht weggelaufen? Gibt es jemanden, zu dem sie hingehen würde? Hat sie einen Freund, von dem Sie vielleicht nichts wissen? Hat sie möglicherweise Liebeskummer? Wurde sie gemobbt?

Mit jeder Frage, die die Polizisten Jörg und ihr gestellt hatten, war ihr Lissy ein bisschen mehr entglitten, und sie hatte sich furchtbar geschämt, weil sie zu ihrer Bestürzung gemerkt hatte, dass sie auf die meisten dieser Fragen keine Antworten hatte. Immer wieder hatten Jörg und sie sich ratlos angeschaut und die Schultern gezuckt. Wurde Lissy gemobbt? Gab es jemanden, in den sie verliebt war? War sie wirklich mit ihren Freundinnen auf der Eislaufbahn am Skulpturenpark in Niederhöchstadt gewesen oder vielleicht ganz woanders? Rauchte Lissy? Nahm sie Drogen? Wurde sie von irgendwem bedroht? Hatte sie vor jemandem oder irgendetwas Angst? Hat sie sich in letzter Zeit verändert?

Anne hatte geglaubt, ein gutes und vertrauensvolles Verhältnis zu Lissy zu haben und sie zu kennen, aber da hatte sie sich getäuscht. Sie wusste überhaupt nichts. Sie kannte von ihrer sechzehnjährigen Tochter nur das, was diese sie sehen ließ, und die Fragen der Polizisten machten ihr das schmerzhaft deutlich. Für was für eine Sorte Eltern mussten die sie halten?

»*Wo bist du, Lissy?*«, fragte sie sich immer wieder. »Warum kommst du nicht nach Hause?«

Ihre Tochter war so arglos, so kindlich noch, völlig unvorbereitet auf die Grausamkeiten, die das Leben mit sich bringen konnte. Selbst mit ihren sechzehn Jahren war sie manchmal noch ein kleines Mädchen, das jeden Abend für ein paar Minuten kuscheln wollte und auf ihre Wunschliste zu Weihnachten unter anderem eine Einhorn-Fleecedecke und eine Harry-Potter-Studiotour in London geschrieben hatte.

Anne hatte sich mit Lissys Lieblingskuscheltier, einem zerknautschten Schäfchen, auf die oberste Stufe der Treppe gesetzt, um all den wohlmeinenden Menschen zu entkommen. Ihre Mutter war da. Und ihre Schwester, die gestern Abend trotz des Schnees extra aus Koblenz gekommen war. Jörgs Bruder Jonas und seine Frau Susi. Werner und Karin, die Nachbarn links. Sabine und Freya, das Lesbenpärchen von gegenüber. Timo und Tanja, die Nachbarn rechts. Fremde. Polizisten, die dauernd etwas wollten: Kaffee, das WLAN-Passwort, Klopapier.

Jörg ging es besser, wenn er redete. Das war schon immer so gewesen. Er war der Gesprächige von ihnen beiden, sie diejenige, die mit wenigen Worten auskam. Sie hörte seine Stimme. Sie wusste, dass er im Wohnzimmer war, wo der Fernseher ohne Ton lief.

»Frau Böhlefeld? Kann ich irgendetwas für Sie tun?« Diese Polizistin in Zivil tauchte am Fuß der Treppe auf. Die *Opferbeauftragte*. Was für eine schreckliche Berufsbezeichnung. »Wollen Sie etwas essen?«

»Nein. Ich will einfach nur hier sitzen«, erwiderte Anne abweisender als beabsichtigt. Sie konnte all diese Menschen nicht mehr ertragen, ihr Getuschel, die verstohlenen mitleidigen Blicke, die sie dazu zwangen, sich zu beherrschen, statt sich einfach gehen zu lassen, zu weinen und die Angst um ihr einziges Kind herauszuschreien. Unablässig bedrängten sie sie. Möchtest du einen Tee? Magst du dich mal etwas hinlegen? Kann ich etwas für dich tun?

Nein. Nein. NEIN.

Die Polizistin ging in die Küche. Als Opferbeauftragte war sie sicherlich einiges gewohnt.

Anne lehnte den Kopf an die Wand. Sie wusste, dass sich nichts verändert hatte, aber wie unter Zwang rief sie immer wieder Lissys WhatsApp-Chat auf und die *Wo ist?*-App. Sie wusste, dass es keine Wunder gab. Jeder hier wusste das. Anne kannte die Fälle, in denen Kinder und Jugendliche spurlos verschwanden, aus der Presse, und sie kannte die Statistik. Neunundneunzig Prozent aller verschwundenen Jugendlichen tauchten wohlbehalten wieder auf, die meisten schon innerhalb der ersten vierundzwanzig Stunden nach ihrem Verschwinden. Aber es gab eben auch dieses eine Prozent, für das es nicht gut ausging. Immer, wenn sie über solche Fälle wie den der sechzehnjährigen Rebecca Reusch gelesen oder etwas im Fernsehen gesehen hatte, hatte sie insgeheim gedacht: *Gott sei Dank ist es nicht mein Kind*! Wurde sie jetzt für diese egoistischen Gedanken bestraft?

Wieder klingelte es an der Haustür. Irgendwer öffnete. Eine aufgeregte Stimme. Unruhe. Jemand kam die Treppe hoch. Jörg. Er ergriff ihre Hand. Er weinte. Anne hatten ihren Mann noch nie weinen sehen.

»Nein«, bat sie ihn. »Nein, nein, bitte sag es nicht, sag es nicht!«

»Sie haben sie gefunden«, flüsterte Jörg mit tränenerstickter Stimme. »Anne, sie haben unsere Lissy gefunden. Sie ist tot.«

***

Kröger und seine Techniker fotografierten die Leiche und sicherten so viele Spuren, wie es ihnen möglich war.

»Dürfen wir mal schauen?«, fragte Bodenstein.

»Ja«, antwortete Kröger. »Aber bleibt auf den Planken. Es sind sowieso schon zu viele Leute hier herumgetrampelt.«

»Natürlich«, beruhigte Bodenstein den Chef der Spurensicherung. Er balancierte vorsichtig um das Häuschen herum, das den Marienaltar beherbergte, und Pia folgte ihm. Dahinter ging es einen mit Bäumen und Unterholz bestandenen Abhang hoch. Die Spurensicherer hatten das Gestrüpp abgeschnitten und die Leiche sorgfältig vom Schnee befreit. Die tote junge Frau lag in einer Kuhle zwischen Abhang und Mauer. Sie lag auf der Seite, als ob sie schlafen würde, die Knie angezogen, der linke Arm abgeknickt unter dem Kopf.

»Sie muss vor Einsetzen des Schneefalls abgelegt worden sein, denn unter ihrem Körper befand sich kein Schnee«, sagte Kröger. »Über Kopf und Oberkörper lag die Jacke. Als ob man sie zugedeckt hätte.«

Er deutete auf eine cremeweiße Daunenjacke mit Kapuze und Kunstfellkragen, die ein Stück weit entfernt auf dem Boden lag, daneben steckte die kleine Tafel mit der Nummer 2 im Schnee.

»Gibt es Hinweise auf Fremdeinwirkung?«, fragte Bodenstein. Er hatte die Fellkappe unter dem Kinn aufgeknotet und die Ohrenklappen standen von seinem Kopf ab wie die Henkel einer Tasse.

»Auf den ersten Blick nicht«, räumte Kröger ein.

»Das heißt, sie könnte sich hierhergelegt und die Jacke selbst über sich gezogen haben?« Gerade zu Beginn von Ermittlungen musste man in jede Richtung denken, und Jugendliche taten oft die seltsamsten Dinge, besonders unter dem Einfluss von Drogen oder Alkohol.

»Theoretisch ja.« Kröger schürzte nachdenklich die Lippen. »Aber hätte sie sich nicht eher in das Häuschen gelegt statt dahinter?«

Pia ging in die Hocke und betrachtete das tote Mädchen aus der Nähe. Die blauen Lippen, die sich nie mehr zu einem Lächeln verziehen würden. Die Finger, die nie wieder etwas anfassen würden. Das dunkelblonde, zu einem Zopf geflochtene Haar, das nie mehr im Wind flattern würde. Wie mochte die junge Frau ausgesehen haben, als sie gelebt hatte? Auf jeden Fall schien sie Wert auf ihr Äußeres gelegt zu haben: Die Wimpern waren getuscht, auf den geschlossenen Lidern klebten Reste von bronzefarbenem Lidschatten. Sie trug einen farblich darauf abgestimmten Pullover in einem warmen Braunton, und selbst die Farbe ihrer Ohrstecker, winzige Blütenblätter, passte zu Lidschatten und Pullover. Dagegen bildete der jeansblaue Baumwollschal, der um ihren Hals geschlungen war, einen deutlichen Kontrast.

Pia wurde schwer ums Herz. Ohne zu ahnen, dass sie sterben würde, hatte sich die junge Frau geschminkt, ihr Haar zu einem Zopf geflochten und sich angezogen. Was hatte sie vorgehabt?

Wen hatte sie getroffen? War sie von jemandem enttäuscht worden und hatte sich deshalb hier verkrochen? Hatte sie vielleicht sterben wollen? Erfrieren war ein vergleichsweise angenehmer Tod, besonders dann, wenn man von Alkohol oder Drogen benebelt war.

In über zwanzig Jahren beim K11 hatte Pia schon viel gesehen, aber der Tod eines Kindes oder Jugendlichen vermochte sie noch immer zu erschüttern. Es war das Schlimmste in ihrem Job: ein junges Leben, das brutal zerstört worden war, bevor es hatte gelebt werden können.

»Handelt es sich bei ihr um die vermisste Person?«, hörte sie Bodenstein fragen.

»Mit hoher Wahrscheinlichkeit ja«, antwortete Kröger. »Die Ohrstecker und die Kleidung stimmen mit dem überein, was die Eltern bei der Vermisstenmeldung angegeben haben.«

»Habt ihr ein Handy gefunden? Ausweispapiere? Eine Tasche?«

»Nein, nichts. Liegt womöglich alles unter dem Schnee. Und frag mich nicht nach irgendwelchen Spuren. Wegen des Schnees ist die Spurenlage eine Katastrophe. Ich kann auch momentan nicht sagen, ob der Fundort der Tatort ist.«

Pia ging zurück zum Weg. Sie sog tief die frostkalte Luft in ihre Lungen und zog die Kapuze ihrer Daunenjacke über den Kopf. Henning Kirchhoff stand unter dem Dach des Bildstocks, neben ihm der Alukoffer mit seinem Equipment. Er hatte sich bereits einen weißen Overall angezogen und schien ganz versunken in den Anblick des Marienbildes.

»Na, Henning«, begrüßte Pia ihren Ex-Mann. »Wieder mal auf der Suche nach Inspiration, oder was führt dich an einem Sonntagmorgen hierher?«

»Hallo, Pia!« Henning drehte sich zu ihr um, ohne auf ihre spitze Bemerkung einzugehen. »Wusstest du, dass dieses Bildnis eine Darstellung des sogenannten *Kreuzes der Einheit* ist? Auf der Rückseite des Originals stehen drei Sätze in lateinischer Sprache, einer davon lautet *Clarifica te.*« Er wies auf den Schriftzug unterhalb des Bildes. »Aber dort steht *Clarifica me, Johannes, 17.* Siehst du das? Das ist ein Fehler.«

»Wieso ein Fehler? Was meinst du?« Pias Blick wanderte über das Marienbild, das durch Gitterstäbe vor Vandalismus geschützt war. Auf einem Bord unterhalb des Bildes und auf dem Fußboden standen zahlreiche Grablichter, erloschene Kerzen und Vasen mit erfrorenen Blumen. Obwohl sie schon Dutzende Male mit dem Hund an diesem Altar vorbeigelaufen war, hatte sie diese Details nie richtig wahrgenommen. Hatte es wohl irgendeine Bedeutung, die sie nicht erkannte, weshalb die Leiche des Mädchens ausgerechnet hier lag?

»Es müsste korrekterweise *Clarifica te* heißen«, fuhr Henning fort. »Wörtlich übersetzt heißt das *Verherrliche dich*. Es soll so viel bedeuten wie *Mach dich deutlich, zeige, welche Macht du im Reiche Gottes hast*, und bezieht sich auf Maria, die Mutter Jesu. Deshalb steht dieser Satz häufig an Marienaltären. Aber hier steht *Clarifica me, Johannes, 17*.«

»Ja. Und? *Me* oder *Te*, wen interessiert das schon?« Pia beschäftigten ganz andere Dinge. Wieder mal typisch für Henning, sich über eine solche Haarspalterei Gedanken zu machen.

»*Et nunc clarifica me tu Pater apud temet ipsum claritatem quam habui priusquam mundus esset apud te**«, zitierte er in fließendem Latein. »Das ist die Stelle aus Kapitel 17 des Johannes-Evangeliums, in der eindeutig Gott, der Vater, angesprochen wird. Das passt nicht zu einem Marienaltar, verstehst du?«

»Nicht so wirklich.« Pia verdrehte die Augen. Ihr Ex-Mann war zweifellos einer der gebildetsten Menschen, denen sie jemals begegnet war. Nicht ohne Grund hatte sie sich während der sechzehn Jahre ihrer Ehe ständig unzulänglich gefühlt, denn in intellektueller Hinsicht hatte sie ihm und seinen gelehrten Freunden nie das Wasser reichen können.

»Leider kann ich kein Latein, wie du weißt. Aber wenn du auf Hebräisch aus der Bibel zitieren würdest, wäre ich echt beeindruckt«, frotzelte sie.

»Das Neue Testament wurde ursprünglich in griechischer

---

* Und nun verherrliche du, Vater, mich bei dir selbst mit der Herrlichkeit, die ich bei dir hatte, ehe die Welt war.

Sprache aufgezeichnet. Vielleicht in Teilen auch auf Aramäisch. Aber nicht auf Hebräisch«, entgegnete Henning mit dieser milden Nachsicht, mit der er sie früher sofort auf die Palme gebracht hatte. Heute störte es sie nicht mehr.

»Was sind das bloß für Leute, die hierherkommen, Blumen hinstellen und Kerzen anzünden?«, wunderte sich Pia.

»Menschen, die Trost suchen.« Henning betrachtete sie prüfend. »Wie geht's dir?«

»Gut. Und dir?«

Nie und nimmer würde sie ausgerechnet ihrem Ex-Mann sagen, dass sie Streit mit Christoph hatte.

»Auch gut. Ist alles okay?«

»Abgesehen davon, dass hinter dieser Hütte eine tote Sechzehnjährige liegt und wir ihren Eltern das mitteilen müssen, geht's mir gut«, antwortete Pia ruppiger als beabsichtigt. Bevor Henning darauf antworten konnte, tauchte Kröger auf.

»Wir sind fertig, Doc«, sagte er. »Sie können jetzt an die Leiche. Aber wenn es Ihnen lieber ist, können wir sie auch hierherbringen.«

»Danke«, erwiderte Henning. »Hier könnte ich tatsächlich besser arbeiten als im Schnee.«

»Gut, dann holen wir sie.«

Die von Herzen kommende Feindschaft, die die beiden Männer jahrelang kultiviert hatten, gehörte der Vergangenheit an, genauso wie ihre kindischen Streitereien an Schauplätzen von Verbrechen, die alle Beteiligten stoisch ertragen hatten. Bodenstein hatte die Theorie, dass Kröger sich von Kirchhoff endlich angemessen wertgeschätzt fühlte, weil er sich in der fiktiven Figur Kris Krüger, dem durchaus positiv gezeichneten Chef der Spurensicherung in Hennings Kriminalromanen, wiedererkannte. Aber in Wirklichkeit wusste niemand, warum die beiden ihr Kriegsbeil begraben hatten.

Henning streckte die Hand aus, als ob er Pia berühren wollte, besann sich aber anders und ließ den Arm wieder sinken. Sein Blick fiel auf Bodenstein, und er hob eine Augenbraue. »Hallo, Oliver! Bist du auf einer Polarexpedition?«

»Mit jedem Winter scheint mir die Kälte mehr auszumachen«, erwiderte Bodenstein. Sein Handy begann zu klingeln, und er ging ein Stück zur Seite, um zu telefonieren. Pia steckte ihre Hände in die Jackentaschen und sah zu, wie Christian Kröger und zwei seiner Mitarbeiter die Leiche der jungen Frau auf dem Fußboden vor dem Marienbildnis ablegten. Es war ein grotesker Anblick, denn Leichenstarre und Minusgrade sorgten dafür, dass ihr steifer Körper in derselben Stellung blieb, in der sie aufgefunden worden war.

Kirchhoff begann mit der Leichenschau.

Bodensteins Schritte knirschten im Schnee. Er wirkte verärgert.

»Das war Merle Grumbach«, sagte er. »Sie ist seit gestern Nachmittag bei den Eltern von Larissa Böhlefeld und sagt, gerade habe jemand an der Haustür geklingelt und den Eltern mitgeteilt hat, dass man die Leiche ihrer Tochter gefunden hat.«

»Wie bitte?« Pia drehte sich um. »Woher weiß dieser Jemand das denn?«

»Ach, verdammt!« Bodenstein schnalzte ärgerlich mit der Zunge. »Christian, wie sicher bist du, dass es sich um das vermisste Mädchen handelt?«

»Ganz sicher.« Kröger zückte sein Smartphone und rief das Foto auf, das die Eltern für die Vermisstenanzeige zur Verfügung gestellt hatten. Bodenstein und Pia betrachteten es und verglichen es mit dem Gesicht der Toten.

»Ja, das ist sie«, bestätigte Pia.

»Gut. Dann sollten wir zu den Eltern fahren, bevor sie hier auftauchen«, beschloss Bodenstein.

»Wartet noch einen Moment«, hielt Henning sie zurück. Er hatte den Schal vom Hals des Mädchens entfernt. »Kommt mal her.«

Bodenstein, Kröger und Pia traten näher an die Leiche heran.

»Seht ihr das? Das ist eine deutliche Drosselspur, die höchstwahrscheinlich von einer Drosselhandlung mit dem Schal stammt.« Henning wies auf einen bläulichen Streifen, der sich um den Hals der Leiche zog. Dann deutete er auf die rechte Gesichtshälfte des Mädchens. »Hier sind Spuren von Gewalteinwirkung gegen den Gesichtsschädel zu erkennen. Lasst euch nicht davon irritieren, dass die Leichenflecken hellrötlich sind. Das liegt an der Kälte und hat etwas mit der Reoxygenierung des Hämoglobins zu tun. Sobald die Leiche in die Wärme kommt, werden die Leichenflecken nachdunkeln. Am Hinterkopf finden sich unterhalb der Hutkrempenlinie ebenfalls Spuren stumpfer Gewalt, die jedoch eher für einen Sturz aus geringer Höhe sprechen. Genaueres kann ich euch erst nach der Obduktion sagen, aber ich bin mir ziemlich sicher, dass die junge Frau durch äußere Gewalteinwirkung gestorben ist und nach ihrem Tod hier abgelegt wurde.«

Bodenstein richtete sich auf und stieß einen Seufzer aus. Bisher hatten sie es nur mit einer Vermisstensache zu tun gehabt, aber jetzt ging es um ein Verbrechen, womöglich sogar um Mord.

»Kann man herausfinden, wann es am Freitagabend angefangen hat zu schneien?«

»Habe ich schon überprüft«, erwiderte Kröger. »Laut meteorologischen Daten hat der Schneefall hier am Freitagabend gegen 21:30 Uhr eingesetzt. Wir lassen uns den genauen Zeitpunkt natürlich noch vom Deutschen Wetterdienst bestätigen.«

***

»Ich habe das ganze Team informiert«, sagte Pia. »Cem ist noch auf dem Rückweg von einer Hochzeitsfeier in Berlin, aber Kai, Kathrin und Tariq fahren gleich ins Büro.«

»Kai soll Frau Dr. Engel und die Presseabteilung informieren.« Bodenstein saß vorgebeugt hinter dem Lenkrad des Munga und hielt Ausschau nach einem Parkplatz, aber die Straße in dem Neubaugebiet am Ortsrand von Sulzbach, in der sich das Haus von Larissa Böhlefelds Eltern befand, war hoffnungslos zugeparkt, und zwischen den parkenden Autos türmten sich Schneeberge. Beck's lag zufrieden auf der Rückbank. Er mochte es, wenn er dabei sein durfte.

»Den beiden habe ich natürlich auch geschrieben«, antwortete Pia. »Hier findest du keinen Parkplatz. Stell dich doch einfach an die Bushaltestelle.«

»Das ist verboten.« Bodenstein kämpfte mit dem Schalthebel.

Nach mehreren vergeblichen Versuchen gelang es ihm schließlich, den Rückwärtsgang, und er fuhr zurück bis auf die Hauptstraße.

»Bushaltestelle – oder Fußmarsch durch den Schnee«, sagte Pia, ohne von ihrem Handy aufzublicken.

»Du verführst mich zu illegalen Handlungen.« Bodenstein lenkte den Munga in die Haltebucht der Bushaltestelle, stieg aus, setzte die Pelzmütze mit den Ohrenklappen ab und entledigte sich des gefütterten Tarnoveralls, was er sofort bedauerte. Die eisige Kälte drang durch sein Sakko und die dünne Stoffhose.

»Hast du keine Jacke dabei?«, fragte Pia.

»Mhm«, brummte er nur. »Komm, sehen wir zu, dass wir das hinter uns bringen.«

Die Nachricht vom Tod eines Angehörigen zu überbringen, gehörte zu den unerfreulichsten Aufgaben in ihrem Beruf. Es war furchtbar, sehenden Auges das Leben oft ganzer Familien zu zerstören, und obwohl er nur der Bote war, verspürte Bodenstein jedes Mal ein schlechtes Gewissen.

Die Bürgersteige waren gewissenhaft vom Schnee befreit worden, auch vor dem Haus der Böhlefelds hatte jemand Schnee gefegt und gestreut. Hauptkommissarin Merle Grumbach erwartete sie im Vorgarten.

»Was machst du denn eigentlich hier?«, wollte Bodenstein von ihr wissen.

»Kollege Rothaus aus Eschborn hat mich gestern angefordert. Aber ich muss zu einem KIT-Einsatz nach Idstein. Verkehrsunfall mit zwei Toten«, erwiderte Merle. »Hier kann ich sowieso nicht mehr viel ausrichten. Die Eltern haben komplett dichtgemacht. Seid ihr ganz sicher, dass es Larissa ist?«

»Ja, leider«, sagte Pia. »Und so, wie es aussieht, ist sie einem Gewaltverbrechen zum Opfer gefallen.«

»War ja zu befürchten.« Merle Grumbach setzte sie rasch über die familiären Zusammenhänge in Kenntnis. »Jörg Böhlefeld, der Vater, Ingenieur in der Automobilbranche, beruflich viel unterwegs. Hoch emotional und hyperaktiv. Anne Böhlefeld, die Mutter, Apothekerin, arbeitet in der Taunus-Apotheke in Schwalbach. Sie ist ungefähr zehn Jahre jünger als ihr Mann. Schwer einzuschätzen, hat sich und ihre Gefühle bisher eisern im Griff. Früher haben sie übrigens in Schwalbach gewohnt, sind erst vor zwei Jahren in dieses Haus gezogen. Larissa ist – oder war – ihr einziges gemeinsames Kind, der Vater hat aber aus einer früheren Beziehung noch eine ältere Tochter, Mitte zwanzig ungefähr. Sie ist auch da.«

»Wer ist noch im Haus?«, erkundigte sich Pia.

»Die Mutter von Anne Böhlefeld, die Schwester, der Bruder von Jörg Böhlefeld mit Frau, mehrere Freunde und Nachbarn und die ältere Tochter von Larissas Vater«, zählte Merle auf. »Bis auf die Schwester von Anne Böhlefeld wohnen alle hier in der Nähe, die meisten in Sulzbach. Die Eltern sind also betreut, werden mit Essen versorgt. Sie lehnen beide professionelle Hilfe ab. Gestern hatte ich den Eindruck, dass sie …«

Im Haus wurden Stimmen laut. Die Haustür wurde aufgerissen. Es gab ein Handgemenge. Mehrere Männer versuchten, einen bulligen Glatzkopf daran zu hindern, das Haus zu verlassen.

»Der mit der Glatze ist Jörg Böhlefeld, der Vater«, sagte Merle mit gesenkter Stimme.

»Lasst mich los, lasst mich los!«, schrie Böhlefeld und wehrte sich heftig, aber zwei Männer hielten ihn unerbittlich an den Armen fest. »Ich muss zu Lissy, ich muss zu meinem kleinen Mädchen, lasst mich doch los!«

Der Mann war völlig außer sich. Tränen liefen über sein gerötetes Gesicht.

»Herr Böhlefeld«, sprach Merle Grumbach den Tobenden an. »Das hier sind meine Kollegen Hauptkommissar Bodenstein und Hauptkommissarin Sander vom K11 in Hofheim. Sie leiten die Ermittlungen.«

Böhlefeld hielt keuchend inne. Ungeachtet der Kälte trug er nur Jeans und ein schwarzes T-Shirt, das beeindruckend muskulöse Arme sehen ließ, und hätte Merle vorhin nicht seinen Beruf erwähnt, hätte Bodenstein den Mann für einen Bauarbeiter gehalten, für einen Landschaftsgärtner oder für jemanden aus dem Milieu.

»Wo ist meine Tochter?«, krächzte er heiser. »Was ist mit ihr passiert? Warum kommt keiner und sagt uns, was wirklich los ist?«

»Wir sind jetzt da, Herr Böhlefeld«, sagte Bodenstein ruhig. »Dürfen wir hereinkommen? Wir möchten mit Ihnen und Ihrer Frau sprechen.«

Böhlefelds Atem ging schwer. Sein Blick irrte hin und her, dann starrte er Bodenstein ein paar Sekunden aus geröteten Augen an, bis die Botschaft sein Gehirn erreicht hatte. Schlagartig wich seine Körperspannung. Die beiden Männer ließen ihn los, blieben aber neben ihm stehen, bereit, jederzeit wieder einzugreifen.

»Wir sind da, wenn du uns brauchst«, sagte einer von ihnen, ein dunkelhaariger Mittvierziger.

Böhlefeld nickte nur. Er forderte Pia und Bodenstein mit einer knappen Kopfbewegung auf, sein Haus zu betreten.

»Warten Sie hier. Ich hole meine Frau«, presste er hervor und ging die Treppe hoch. Für Höflichkeit fehlte ihm die Kraft.

Bodenstein sah sich um. Sein Blick fiel auf eine Anrichte aus dunklem Holz, über der ein goldgerahmter Spiegel hing. Neben einer holzgeschnitzten Madonna stand ein gerahmtes Foto, das ein lächelndes Mädchen zeigte, daneben brannte eine Kerze.

An den großzügigen Vorraum mit Anrichte und Garderobe, in dem Böhlefeld sie zurückgelassen hatte, schloss sich auf der rechten Seite eine zum Wohnzimmer offene Küche an: groß und hell mit bordeauxroten Hochglanzfronten und jeder Menge modernem Schnickschnack, den Bodenstein aus Karolines Küche kannte. Mehrere Frauen werkelten darin herum, angestrengt bemüht, nicht nach den Polizisten im Foyer zu schauen. Der Duft von frisch aufgebrühtem Kaffee wurde vom Geruch von Knoblauch, Salbei und gebratenem Fleisch überlagert. Im Wohnzimmer saßen Leute am Esstisch oder standen zusammen und unterhielten sich leise.

»Darf ich fragen, wer Sie sind?«, wandte Pia sich an die beiden Männer, die Böhlefeld eben festgehalten hatten, und zückte Notizbuch und Kugelschreiber.

»Ich bin Jonas Böhlefeld«, sagte der Dunkelhaarige. »Jörgs jüngerer Bruder. Wir wohnen auch hier in Sulzbach.«

»Werner Kolbe«, stellte sich der andere Mann vor, der von ähnlicher Statur war wie der Hausherr und den Bodenstein deshalb für dessen Bruder gehalten hatte. »Meine Frau und ich wohnen nebenan. Sind mit Jörg und Anne befreundet.«

Die beiden zogen sich diskret zurück, als Böhlefeld in Begleitung seiner Frau die Treppe herunterkam. Anne Böhlefeld hielt sich sehr aufrecht, mied aber jeden Blickkontakt. Mit einer Hand hielt sie ein Plüschtier fest an ihre Brust gepresst, mit der anderen umklammerte sie ein Smartphone.

Jörg Böhlefeld bat Bodenstein und Pia, ihnen zu folgen, vorbei an der Anrichte mit der Madonna bis zu seinem Arbeitszimmer am Ende des Flurs. Bodentiefe Fenstertüren boten einen herrlichen Weitblick über die tiefverschneiten Felder Richtung Schwalbach bis zum Altkönig. Böhlefeld konnte von seinem Schreibtisch aus die Bäume sehen, die den Bachlauf des Schwalbachs säumten. Die Stelle, an der Larissas Leiche gefunden worden war, war keine fünfhundert Meter Luftlinie von ihrem Elternhaus entfernt. Sobald die Eltern das erfuhren, würden sie bei jedem Blick aus diesem Fenster an nichts anderes mehr denken können.

Böhlefelds machten keine Anstalten, sich zu setzen.

»Es … es tut mir aufrichtig leid, aber wir müssen Ihnen die Mitteilung machen, dass Ihre Tochter Larissa gefunden wurde«, sagte Bodenstein. »Sie lebt nicht mehr.«

Jörg Böhlefeld schluchzte auf, sein Brustkorb hob und senkte sich bebend, er schloss kurz die Augen und ballte die Hände zu Fäusten.

»Sie wurde ermordet, nicht wahr?« Zum ersten Mal blickte Anne Böhlefeld Bodenstein an. Ihre Stimme klang neutral, ihre Miene war ausdruckslos. Es machte den Eindruck, als hätte sie sich besser unter Kontrolle als ihr Ehemann, wahrscheinlicher war jedoch, dass sie unter Schock stand oder unter dem Einfluss eines Beruhigungsmittels.

»Es gibt Hinweise darauf, dass Ihre Tochter Opfer eines Gewaltverbrechens geworden ist«, bestätigte Bodenstein.

Jörg Böhlefelds Gesicht verzog sich zu einer Grimasse.

»Wurde sie … wurde sie vergewaltigt?«, flüsterte er heiser.

»Dazu kann ich Ihnen noch nichts sagen«, erwiderte Bodenstein. »Sie war aber vollkommen bekleidet.«

Böhlefeld streckte die Hand nach seiner Frau aus, aber die bewegte sich ein paar Zentimeter zur Seite, wollte seine Berührung nicht. Daraufhin verlor er die Fassung und verließ fluchtartig das Zimmer.

»Bitte, nehmen Sie Platz.« Anne Böhlefeld wies mit der Hand, mit der sie ihr Smartphone umklammerte, auf einen Tisch, auf dem sich Unterlagen und Kataloge stapelten. Sie war sehr schlank, eher apart als hübsch, das naturblonde Haar war zu einem Bubikopf geschnitten, der ihre klaren Gesichtszüge androgyn wirken ließ. Blasse Haut, graublaue Augen. Ihr einziger Schmuck ein schlichter goldener Ehering an der rechten Hand.

»Wollen Sie etwas trinken? Einen Kaffee? Oder einen Tee?«

»Gerne einen Kaffee«, entgegnete Bodenstein freundlich. »Schwarz, bitte. Ohne Milch und Zucker.«

»Für mich auch«, sagte Pia. »Ich komme mit und helfe Ihnen.«

Anne Böhlefeld wollte protestieren, aber Pia ließ sich nicht abwimmeln.

Bodenstein sah sich um. An der Wand neben der Tür hing eine Fotocollage. Die Fotos erzählten die Geschichte einer fröhlichen und abenteuerlustigen Familie im Laufe der Jahre. Larissa als Baby, als Kleinkind, mit Schultüte und Zahnspange, mit Hund, mit Katze, mit einer jungen Frau, wahrscheinlich ihrer Halbschwester. Urlaubsbilder mit Palmen, Wasser, Bergen oder Schnee. Jörg Böhlefeld, noch mit Haarkranz und vierzig Kilo weniger auf den Rippen, als Gleitschirmflieger, Skifahrer, am Steuer einer Motorjacht und eines Rennautos. Anne Böhlefeld als Bergsteigerin, Skifahrerin, mit Larissa, mit ihrem Mann. Sechzehn Jahre im Zeitraffer. Aus dem pummeligen Baby wurde eine hübsche junge Frau.

Bodensteins Blick wanderte über die Rücken der Fachbücher in den Regalen, über Miniaturmodelle von Autos, ein ganzes Regalbord voller Schneekugeln aus aller Herren Länder.

»Die erste Schneekugel habe ich Lissy aus Finnland mitgebracht«, sagte Jörg Böhlefeld. Bodenstein hatte den Mann nicht hereinkommen hören und fuhr erschrocken herum. Böhlefeld trat neben ihn, nahm eine Glaskugel aus dem Regal, die eine finnische Flagge und einen winzigen Elch umschloss, und betrachtete sie versonnen. Er hatte seine Fassung einigermaßen zurückgewonnen, aber sein Gesicht war von Tränen und Kummer verwüstet. »Irgendwann war es eine Tradition. Von jeder Reise habe ich Lissy eine Schneekugel mitgebracht. Später … später hat sie diese Dinger auch selbst gekauft und mir geschenkt, wenn sie irgendwo war. Die letzte Kugel hat sie … hat sie aus Berlin mitgebracht. Von der Klassenfahrt im Oktober. Diese Schneekugeln … das war Lissys und mein Ding.« Seine Stimme brach. Er stellte die Schneekugel vorsichtig zwischen die anderen. »Ich habe noch eine ältere Tochter, sie ist sechsundzwanzig. Es hört sich vielleicht gemein an, aber … Ylva war … ein Unfall, wenn Sie verstehen, was ich meine. Das mit ihrer Mutter und mir war nur ein One-Night-Stand. Ich habe Ylva auch gerne, aber Lissy … Lissy war unser Wunschkind. Anne und ich waren schon zehn Jahre lang zusammen, bis sie endlich schwanger geworden ist. Lissy ist auf künstlichem Weg gezeugt worden, weil es anders nicht klappte. Meine Frau wollte das erst nicht. Sie sagte, wenn der liebe Gott nicht will, dass ich ein Kind habe, dann muss ich das akzeptieren.« Er stieß einen tiefen Seufzer aus. »Aber ich habe sie dazu gedrängt. Ich … ich wollte unbedingt ein Kind mit ihr. Nach dem vierten Mal hat es endlich funktioniert. Wir waren glücklich. Sechzehn Jahre lang. Jetzt … jetzt ist sie tot, unsere Lissy. Und meine Frau sagt, das ist Gottes Strafe dafür, dass wir die Natur überlisten wollten.« Er wandte sich Bodenstein zu, Tränen liefen ihm über die Wangen. »Was, wenn wir daran schuld sind, dass unsere Lissy sterben musste?«

Fünfundzwanzig Jahre als Mordermittler hatten Bodenstein seelisch abgehärtet, aber die abgrundtiefe Verzweiflung dieses Mannes, dessen ganze Welt in Stücke brach, traf ihn unmittelbar ins Herz.

»Ich weiß, dass es Sie im Moment nicht trösten wird«, sagte er zu Böhlefeld. »Aber wir werden denjenigen finden, der Ihre Tochter getötet hat. Das verspreche ich Ihnen.«

Pia schaltete die Diktierfunktion ihres Smartphones ein und legte es zwischen Anne und Jörg Böhlefeld auf den Tisch.

»Danke, dass Sie sich bereit erklärt haben, uns einige Fragen zu beantworten«, eröffnete Pia das Gespräch. »Es tut uns sehr leid, dass wir Sie damit behelligen, aber wir haben jetzt eine andere Situation als gestern, deshalb müssen wir Ihnen manche Fragen, die Sie unseren Kollegen vielleicht schon beantwortet haben, noch einmal stellen. Bitte sagen Sie, wenn es Ihnen zu viel wird oder wenn Sie eine Pause brauchen.«

»Fangen Sie an.« Anne Böhlefeld zuckte die Schultern. Noch immer hielt sie das Plüschtier an ihre Brust gepresst. Ihr Smartphone hatte sie vor sich auf den Tisch gelegt. Alle paar Sekunden tippte sie auf das Display, als erwartete sie eine wichtige Nachricht. »Fragen Sie, was Sie fragen müssen.«

Jörg Böhlefeld saß neben seiner Frau. Die beiden machten das Schlimmste durch, was Eltern widerfahren konnte, doch schon jetzt war die Distanz zwischen ihnen spürbar.

»Wollen Sie wissen, wann ich unsere Tochter zuletzt gesehen habe?«, fragte Anne Böhlefeld. »Wann ich zuletzt von ihr gehört oder mit ihr gesprochen habe? Wann sie mir das letzte Mal geschrieben oder eine Sprachnachricht geschickt hat? Oder interessiert es Sie, ob unsere Tochter geraucht oder Drogen genommen hat oder einen Freund gehabt hat, von dem wir nichts gewusst haben, weil wir schlechte Eltern sind? Vielleicht wollen Sie ja wissen, ob wir Streit mit unserer Tochter hatten, ob sie weggelaufen ist oder ob sie Liebeskummer hatte oder in der Schule gemobbt wurde!«

Ein kurzer Seitenblick von Pia genügte, und Bodenstein übernahm das Gespräch. Er schlug genau den richtigen Tonfall an, die perfekte Mischung aus Mitgefühl und Sachlichkeit, und wie beinahe jeder Mensch reagierte auch Anne Böhlefeld auf seine ruhige Souveränität, indem sie sich ein wenig entspannte. Sie ließ ihr Smartphone in Ruhe, und ihr leerer Blick füllte sich mit Leben.

Obwohl das Gespräch aufgezeichnet wurde, machte Pia sich Notizen zu sämtlichen Namen, die Anne Böhlefeld erwähnte, Uhrzeiten, familiären Details. Es war bewundernswert, wie das Ehepaar alles offenlegte, um die Ermittlungen zu unterstützen.

Die meisten Menschen empfanden es als Zumutung, wenn die Kripo in ihrem Privatleben herumschnüffelte.

Nach einer Viertelstunde hatten sie einen ersten Überblick über die Ereignisse bis zu dem Zeitpunkt, als Larissa Böhlefeld – Lissy – am Freitagabend ihr Handy ausgeschaltet hatte. Als Nächstes würden sie mit den Freundinnen und Klassenkameraden sprechen müssen, mit denen sich Lissy am Freitagnachmittag auf der provisorischen Eislaufbahn im Skulpturenpark in Niederhöchstadt getroffen hatte.

»Vielen Dank, dass Sie unsere Fragen beantwortet haben«, sagte Bodenstein nun. »Jetzt würden wir noch gerne Lissys Zimmer sehen, wenn Sie uns das gestatten.«

»Warum fragen Sie nicht, ob Lissy zu Hause Ärger hatte?«, wollte Anne Böhlefeld wissen. »Das war Ihren Kollegen gestern unglaublich wichtig.«

»Gestern war es auch noch wichtig.« Jörg Böhlefeld ergriff zum ersten Mal das Wort. »Gestern ist die Polizei noch davon ausgegangen, dass Lissy womöglich weggelaufen ist. Aber jetzt wissen sie, dass sie tot ist. Es spielt keine Rolle mehr, ob sie zu Hause Ärger hatte oder nicht.«

Anne Böhlefelds Kiefer spannte sich an.

»Ach so. Ich verstehe.« Sie schob ihren Stuhl ruckartig nach hinten und stand auf. »Kommen Sie mit. Ich zeige Ihnen Lissys Zimmer.«

***

Als dreifacher Vater verspürte Bodenstein eine kurze Hemmung, ehe er die Türklinke herunterdrückte und das Zimmer im ersten Stock des Hauses betrat. Im Leben aller Teenager kam früher oder später der Zeitpunkt, ab dem Eltern in ihrem Reich unerwünscht waren. Plötzlich war die Tür, die sonst immer sperrangelweit offen gestanden hatte, geschlossen, und handgemalte Warnschilder, die spontanen Zutritt auf Allerstrengste untersagten, wurden ans Türblatt geklebt. So war es bei Lorenz und Rosalie gewesen und jetzt auch bei Sophia. Sein Blick begegnete dem von Anne Böhlefeld, die sein Zögern bemerkt hatte.

»Es sieht hier genauso aus, wie … Lissy das Zimmer verlassen hat.« Sie verschränkte wieder die Arme vor der Brust. »Die Polizisten haben gestern nur ein Stofftier und Lissys Kuschelkissen mitgenommen. Für … für den Suchhund.«

Das Zimmer von Larissa Böhlefeld ähnelte in puncto Chaos dem von Bodensteins Kindern: überall lagen Klamotten und Schuhe herum – auf dem Boden, über einem Sessel und dem Schreibtischstuhl, Schranktüren und Schubladen standen offen, der hellgraue Teppichboden war kaum zu sehen. Über das Boxspringbett war eine Hello-Kitty-Kuscheldecke geworfen, am Kopfteil häuften sich Berge von Kuscheltieren und Kissen. So weit ein ganz normales Teenie-Zimmer. Ungewöhnlich für ein Mädchen waren jedoch die Fanartikel von Eintracht Frankfurt. Das Kopfteil ihres Bettes schmückte ein schwarz-weißer Fanschal, an der Wand über dem Schreibtisch hing ein Trikot von Filip Kostić Im Bücherregal lehnte eine Autogrammkarte von Kevin Trapp.

»Die Leidenschaft für die Eintracht«, sagte Bodenstein. »Hatte Lissy die von ihrem Papa?«

»Mein Mann ist schon immer Fan von Eintracht Frankfurt, aber Lissy hat nie Interesse gezeigt. Irgendwann im Sommer sind Sara und sie plötzlich begeisterte Eintracht-Fans geworden. Mein Mann hat sie sogar einmal mit ins Stadion genommen.« Ein kurzes Lächeln zuckte bei dieser Erinnerung um Anne Böhlefelds Mund, erlosch aber sofort.

»Wissen Sie, ob Ihre Tochter ein Tagebuch geführt hat?«, erkundigte sich Pia.

»Nein, ich glaube nicht. Ich habe zumindest nie eins gesehen.«

Auf dem Fußboden neben dem Bett lag ein Nikolausstiefel aus rotem Filz, daneben zerknülltes Geschenkpapier. Ein Tannenzweig, Mandarinen, Schokokugeln.

»Lissy hat vom Nikolaus neue Handschuhe bekommen. Solche, mit denen man den Touchscreen vom Handy bedienen kann«, sagte Anne Böhlefeld tapfer, und Bodenstein fiel ein, dass der Tag von Lissys Verschwinden der 6. Dezember gewesen war. Nikolaus. »Und dazu noch einen Schlüsselfinder mit Bluetooth. Sie verschlampt ihren Schlüsselbund so oft und muss stundenlang suchen.«

Darauf wussten weder Bodenstein noch Pia etwas zu erwidern. Solches Leid zu sehen und nicht mit Mitgefühl darauf reagieren zu dürfen, war unendlich schwer. Aber es war für Angehörige in einer Situation wie dieser wichtig, dass Polizisten sachlich und professionell blieben, genauso wie Seelsorger oder Notärzte. Für Umarmungen, Verständnis und Tränen waren Verwandte und Freunde zuständig, nicht die Polizei. Die durfte keine Emotionen zeigen.

»Sie können Lissys Schul-iPad mitnehmen. Es liegt auf der Anrichte im Eingang«, sagte Anne Böhlefeld. »Ich habe Ihnen außerdem Lissys Passwörter für Instagram, TikTok, Snapchat, ihre Cloud und so weiter aufgeschrieben. Und ihre Handynummer und die PIN für ihr Handy.«

»Danke, Frau Böhlefeld. Das ist sehr hilfreich«, erwiderte Bodenstein.

»Würden Sie dann jetzt bitte, bitte gehen?«, flüsterte Lissys Mutter.

»Ja, natürlich.« Sie würden wiederkommen müssen, denn es gab leider noch viele Fragen zu stellen. Aber für heute musste es reichen.

Schweigend gingen sie die Treppe hinunter. Bodenstein nahm das iPad und den Zettel mit den Passwörtern an sich.

»Herr Bodenstein, warten Sie!« Anne Böhlefeld kam die Treppe hinunter, die Hello-Kitty-Kuscheldecke in den Händen. Ihre Augen wirkten riesig in ihrem schmalen Gesicht. Sie hielt Bodenstein die Decke hin.

»Bitte«, flüsterte sie. »Nehmen Sie sie mit. Lissy braucht ihre Decke. Sie friert doch immer so schnell.«

***

Im Besprechungsraum des K11 hatten Kai Ostermann, Kathrin Fachinger und Tariq Omari alle Vorbereitungen getroffen, die für eine neue Ermittlung in einer Leichensache notwendig waren. An die äußerste linke Seite der noch leeren Whiteboards hatte Kai LARISSA BÖHLEFELD geschrieben und daneben ein Foto des Mädchens geheftet, das er von ihrem Instagram-Profil kopiert und ausgedruckt hatte. Pia hatte, noch von Böhlefelds Haus aus, die Datei mit dem Gesprächsprotokoll in die K11-Chatgruppe geschickt, und Kathrin, Kai und Tariq waren nun dabei, die ersten Details auf die Whiteboards zu übertragen. Gleichzeitig mit Bodenstein und Pia traf Cem Altunay ein, wie üblich in Anzug und blütenweißem Hemd, sein einziges Zugeständnis ans Wochenende war sein Dreitagebart.

Das Team des K11 verteilte sich rings um den Besprechungstisch. Kathrin hatte Kuchen besorgt, eine große Schale mit selbst gebackenen Weihnachtsplätzchen auf den Tisch gestellt und die zweite Kerze auf dem Adventskranz, den sie vor zwei Wochen mitgebracht hatte, angezündet.

»Wann schaffst du es denn eigentlich noch, Plätzchen zu backen?« Pia nahm sich einen mit Marmelade gefüllten »Spitzbuben« und betrachtete ihn bewundernd, bevor sie ihn in den Mund schob und genüsslich zerkaute. »Und dann auch noch so viele verschiedene Sorten! Wahnsinn!«

»So was mache ich in der Zeit, die andere Leute mit Eltern, Kindern, Haustieren und Partnern verbringen.« Kathrin freute sich über Pias Lob. »Das Singleleben hat nicht nur Nachteile. Wenn du willst, kann ihr dir die Rezepte schicken.«

»Manchmal finde ich den Gedanken an ein Singleleben auch ganz verlockend.« Pia griff nach einer Kokosmakrone. Sie dachte an die Eltern von Larissa Böhlefeld, für die seit heute Mittag nichts mehr so war wie vorher und es auch nie mehr sein würde. Wie banal waren ihre und Christophs gelegentliche Kontroversen im Vergleich zu einer solchen Tragödie!

Bodenstein betrat den Besprechungsraum mit einem Becher dampfenden Kaffees in der Hand, gefolgt von Pressesprecher Stefan Smykalla, Christian Kröger und der Chefin der RKI, Dr. Nicola Engel, in Jeans und Kaschmirpullover und fast ungeschminkt. Alle begrüßten Pias Hund, der sie immer dann ins Büro begleitete, wenn Christoph ihn nicht mit in den Zoo nehmen durfte, dann bedienten sie sich begeistert an Plätzchen und Käsekuchen, nur Nicola Engel verschmähte die kalorienreiche Versuchung.

»So«, sagte sie nach einem kurzen Blick in die Runde. »Was haben wir?«

Pia schlug ihr Notizbuch auf und blätterte zu den Notizen von heute.

»Gestern um 15:15 Uhr wurde die sechzehnjährige Larissa Böhlefeld aus Sulzbach von ihren Eltern auf der Polizeistation Eschborn als vermisst gemeldet, nachdem sich herausgestellt hatte, dass sie in der Nacht von Freitag auf Samstag nicht bei einer Freundin übernachtet hatte, wie sie es ihrer Mutter erzählt hatte«, trug sie vor. »Zuerst hatten die Eltern sämtliche Freundinnen abtelefoniert, dann sind sie zur Polizei gegangen. Wegen des starken Schneefalls und der hereinbrechenden Dunkelheit wurde die Suchaktion am Samstag abgebrochen. Larissa war am Freitagnachmittag zusammen mit ihrer besten Freundin Sara … äh …« Pia konsultierte kurz ihre Notizen. »… Sara Korbmacher mit der S-Bahn von Sulzbach nach Niederhöchstadt gefahren, um sich dort mit anderen Freundinnen und Klassenkameraden auf der Eislaufbahn im Skulpturenpark zu treffen. Larissa und ihre besten Freundinnen Sara, Marcella und Lynn besuchen die 10. Klasse der Alexander-von-Humboldt-Schule in Schwalbach und kennen sich zum Teil schon seit dem Kindergarten. Verabredet war, dass Larissa von Freitag auf Samstag bei Sara in Bad Soden übernachten würde, aber die beiden gerieten auf dem Weg von der Eislaufbahn zur S-Bahn-Station in, und Larissa beschloss kurzfristig, zu Fuß nach Hause zu laufen.«

»Von der S-Bahn-Station in Niederhöchstadt bis zum Haus der Böhlefelds in Sulzbach ist es eine Strecke von ungefähr 2,5 Kilometern«, ergänzte Kai. Er saß hinter seinem aufgeklappten Laptop und futterte bereits das zweite Stück Käsekuchen. »Zu Fuß braucht man eine gute Dreiviertelstunde, plus/minus.«

»Um 19:18 Uhr hatte Larissa ihrer Mutter noch eine Nachricht geschrieben, dass es beim Eislaufen toll gewesen sei und sie jetzt gerade zur Bahn laufen würden. Aber nachdem sich die Mädchen um kurz vor halb acht an der S-Bahn-Station in Niederhöchstadt getrennt haben, hat Larissa ihr Handy ausgeschaltet«, fuhr Pia fort. »Keine ihrer Freundinnen hat danach noch etwas von ihr gehört.«

»Dann muss ihre Entscheidung aber wirklich sehr spontan

gewesen sein«, warf Kathrin zweifelnd ein. »Innerhalb von ein paar Minuten hat sie die Pläne für den Abend über den Haufen geworfen?«

»Ja, offenbar«, antwortete Pia. »Kommt mir auch seltsam vor.«

»Wieso?«, wollte Cem wissen. »Teenager entscheiden sich dauernd um.«

»Dazu werden wir die Freundinnen morgen befragen«, sagte Bodenstein, bevor sich eine Diskussion entspinnen konnte. »Ich halte es für möglich, dass sie anders antworten als gestern, jetzt, wo Larissa tot ist.«

»Wer hat die Leiche des Mädchens gefunden?«, fragte Nicola Engel.

»Der Hund eines Spaziergängers«, antwortete Christian Kröger. »Heute Morgen gegen 9:50 Uhr. Die Hundertschaft der Bereitschaftspolizei und die Suchhundestaffel aus Mühlheim waren um 7:00 Uhr angerückt, aber sie suchten an einer anderen Stelle, nämlich zwischen der L3005 und dem nordöstlichen Stadtrand von Schwalbach.«

»Warum dort?«, fragte Cem.

»Zwei Freundinnen hatten am Freitagabend beobachtet, dass sie in diese Richtung gelaufen ist, als sie aus der Unterführung, die unter der L3005 hindurchführt, herauskamen«, erwiderte Kröger.

Er schilderte die Auffindesituation von Larissas Leiche hinter dem Marienbildstock und Henning Kirchhoffs Vermutung.

»Um den Hals der Toten war ein Baumwollschal gewickelt, und es ist eine deutliche Drosselspur zu sehen, außerdem hat Kirchhoff stumpfe Gewalteinwirkung gegen Hinterkopf und Gesicht festgestellt. Mehr kann er uns erst morgen nach der Obduktion sagen.«

»Die Leiche von Larissa Böhlefeld wurde übrigens nicht einfach hinter diesem Häuschen abgeladen und ins Unterholz geworfen«, sagte Pia. »Jemand hat sie sorgfältig in eine Kuhle zwischen der Rückwand und dem dahinter befindlichen Abhang gebettet. Sie lag auf der Seite mit angewinkelten Beinen und einem Arm unter dem Kopf, als ob sie schlafen würde.«

»Kopf und Oberkörper waren mit ihrer Jacke zugedeckt«, ergänzte Kröger. »Ob der Fundort auch der Tatort war, kann ich noch nicht sagen. Wir müssen noch viel Schnee bewegen oder abwarten, bis es getaut hat. Bisher haben wir weder Larissas Rucksack noch ihr Handy gefunden. Sicher ist aber, dass die Leiche vor Einsetzen des Schneefalls am späten Freitagabend abgelegt worden sein muss, weil sich unter ihrem Körper kein Schnee befand.«

»Und das schränkt den Tatzeitraum deutlich ein«, meldete sich Bodenstein zu Wort. »Larissa Böhlefeld muss am Freitagabend zwischen 19:30 Uhr und spätestens 23:00 Uhr gestorben sein.«

»Wir werden noch genauere Wetterdaten vom Deutschen Wetterdienst bekommen«, sagte Kröger. »Aber gegen 20:45 Uhr wurde der Niederschlag intensiver.«

»Ist Larissa wohl selbst den Weg an den Tennisplätzen und am Tierheim vorbei gegangen, oder hat der Täter sie dorthin gebracht?« Pia runzelte die Stirn. »Hinter dem Tierheim, das sie übrigens gut kannte, weil sie dort nach der Schule stundenweise gearbeitet hat, gibt es keine Straßenbeleuchtung mehr. Und es wäre auf jeden Fall ein Umweg gewesen. Der kürzeste Weg zu ihrem Elternhaus ist der gut beleuchtete Fußgängerweg parallel zur Straße zwischen Schwalbach und Sulzbach.«

»Vielleicht wollte sie ja gar nicht nach Hause«, warf Kathrin ein.

»Möglich.« Bodenstein nickte.

»Das Nachtatverhalten deutet auf jeden Fall darauf hin, dass zwischen Täter und Opfer eine Beziehung bestand«, meinte Kai Ostermann. »Und dass er sie so hingelegt und sorgfältig mit ihrer Jacke zugedeckt hat, könnte bedeuten, dass er seine Tat bedauert. Eine emotionale Wiedergutmachung.«

»Wieso ›er‹?«, fragte Cem. »Kann es nicht auch eine Frau gewesen sein?«

»Er – der Täter. Generisches Maskulinum.« Kai verzog das Gesicht. »Verlang bloß nicht von mir, dass ich gendere.«

»Quatsch! Das meine ich doch gar nicht«, entgegnete Cem. »Meine Frage lautet: Ist es denkbar, dass Larissa nicht von einem Mann, sondern von einer Frau getötet wurde?«

»Im Moment ist alles denkbar«, sagte Bodenstein und räusperte sich. »Morgen früh findet die Obduktion statt, an der Pia und ich teilnehmen werden. Danach wissen wir mehr. Falls bis dahin nicht irgendjemand die Tat gestanden hat – wovon ich nicht ausgehe – werden wir Familie, Nachbarschaft und den gesamten Freundes- und Bekanntenkreis unter die Lupe nehmen. Freundinnen, Klassenkameraden, die Tierheim-Leute, den Sportverein, in dem Larissa Böhlefeld aktiv war und so weiter. Bis dahin werten wir das aus, was wir bisher wissen.«

Pias Blick fiel auf die Uhr über der Tür. Verdammt, es war schon Viertel nach vier! Vor den Fenstern war es dunkel. Der Brunch für die Großspender des Opel-Zoos war längst vorbei. Christoph würde kein Wort mehr mit ihr reden.

»Die Presse hat übrigens schon Wind von der Sache bekommen, und in den sozialen Medien wird heftig spekuliert, was los ist. Noch ist kein Name im Spiel, aber das wird nicht mehr lange dauern, denn die ersten Reporter und Fernsehteams waren heute Nachmittag schon am Leichenfundort, und aktuell sind auch Pressevertreter vor dem Haus der Eltern.« Pressesprecher Smykalla war besorgt. »Sollten wir nicht besser eine Pressemitteilung rausschicken?«

»Nein. Vorerst keine Pressemitteilung«, sagte Bodenstein.

Pia erhob sich. Sofort sprang Beck's auf.

»Ich muss los.« Sie schlüpfte in ihre Jacke und suchte nach ihrem Rucksack, bis ihr einfiel, dass sie ihn heute gar nicht dabeigehabt hatte. »Wir sehen uns morgen früh. Schönen Abend!«

Sie eilte den Flur entlang und die Treppe hinunter, Beck's trabte neben ihr her. Ein Blick aufs Handy – Christoph hatte sich nicht bei ihr gemeldet. Pia wünschte auch dem jungen Kollegen an der Pforte einen schönen Abend und lief die Treppe hinunter. Wo hatte sie bloß ihr Auto abgestellt? Erst nachdem sie mit Beck's an der Leine volle fünf Minuten den Parkplatz nach ihrem Mini abgesucht hatte, fiel Pia ein, dass sie am Morgen ja zu Fuß zur Tennishalle gelaufen war. Was für ein Mist!

Sie marschierte zurück ins Gebäude, an der Wache vorbei durch die Sicherheitsschleuse Richtung Treppe. Im Treppenhaus kam ihr Kathrin entgegen.

»Hey, hast du was vergessen?«

»Allerdings.« Pia verzog das Gesicht. »Ich habe gar kein Auto dabei. Ich bin ja heute Morgen zu Fuß nach Schwalbach gelaufen.«

»Kein Problem. Ich fahre jetzt sowieso nach Hause und kann einen Schlenker über Bad Soden machen«, bot Kathrin an. Sie gingen hinaus auf den Parkplatz zu Kathrins Privatwagen. Beck's sprang in den Fußraum des Beifahrersitzes.

»Glaubst du, ich habe eine frühe Form von Alzheimer?«, fragte Pia ihre Kollegin, als sie zehn Minuten später Richtung Autobahn fuhren. »In letzter Zeit vergesse ich andauernd irgendetwas.«

»Nein, glaube ich nicht«, entgegnete Kathrin. »Du bist vielleicht manchmal ein bisschen abgelenkt. Ist mit Christoph und dir alles okay?«

»Wieso fragst du?« Pia war überrascht.

»Wegen deiner Bemerkung vorhin.«

»Welche Bemerkung?«

»Über das Singleleben.«

»Ach so, das!« Pia schüttelte den Kopf. »Das habe ich nur so dahingesagt. Wegen dem Leichenfund habe ich Christoph heute bei einer Veranstaltung versetzt, zu der ich ihn eigentlich begleiten wollte, deshalb ist er sauer. Das beruhigt sich auch wieder.«

Kathrins Handy, das sie in den unbenutzten Aschenbecher geklemmt hatte, klingelte. Sie warf einen Blick aufs Display und furchte die Stirn. »Sorry, da muss ich kurz drangehen.«

»Klar.«

»Hey«, hörte Pia ihre Kollegin sagen. »Du, ich sitze gerade im Auto. Ich melde mich … oh … okay … hm … hm … okay.«

Kathrin fuhr, das Telefon am Ohr, mit einer Hand am Steuer am Main-Taunus-Zentrum vorbei Richtung Bad Soden. Sie beendete das Gespräch, als sie sich an der Kreuzung in Schwalbach auf die Linksabbiegerspur einordnete, und schob das Smartphone unter ihren Oberschenkel.

»Handy am Steuer. Bußgeld und ein Punkt in Flensburg«, neckte Pia sie.

»Ich weiß«, antwortete Kathrin nur. Sie wirkte plötzlich angespannt.

»Schlechte Nachrichten?«, fragte Pia.

»Nee, nee. Alles gut.«

»Du kannst mich vorne am Krankenhaus rauslassen. Beck's muss noch ein paar Meter laufen.«

Kathrin fuhr in die Einfahrt, die für Rettungswagen reserviert war, und hielt an.

»Danke fürs Mitnehmen«, sagte Pia.

»Kein Thema. Bis morgen!«

»Ja, bis morgen!«

Pia nahm die Abkürzung quer über das Krankenhausgelände und bog hinter der Kita in den beleuchteten Fußweg ein, der parallel zur Straße durch den Wald führte. Obwohl es noch gar nicht so spät war, war keine Menschenseele unterwegs. Beck's hob ein paarmal das Bein und verrichtete sein Geschäft im tiefen Schnee abseits des Weges. Ein Mann kam ihnen entgegen. Ein paar Meter entfernt blieb er unter einer Laterne stehen, kramte in seinen Jackentaschen. Schaute er zu ihr herüber? Was suchte er in seinen Taschen? Wenn sie Beck's nicht dabeigehabt hätte, wäre ihr jetzt ein bisschen mulmig zumute. Der Mann setzte sich wieder in Bewegung, aber er lief nicht so wie jemand, der ein festes Ziel hatte. Pia verkürzte die Leine, damit der Hund direkt neben ihr herlief. Der Mann starrte sie mit ausdrucksloser Miene an, ging aber vorbei, ohne sie anzusprechen, und Pia ertappte sich dabei, wie sie aufatmete.

War es bei Larissa Böhlefeld am Freitagabend ähnlich gewesen? War sie ihrem Mörder zufällig begegnet? Hatte sie den unbeleuchteten Weg am Bach entlang gewählt statt den hell erleuchteten Fußweg neben der Straße, und war ihm dort in die Arme gelaufen? War er ein Bekannter, vielleicht aus dem Tennisverein oder vom Tierheim? Oder hatte sie ihren Mörder gar nicht zufällig getroffen? Ihre Auffindesituation sprach dafür, dass es irgendeine Art von Beziehung zwischen ihr und dem Täter gegeben hatte.

In Gedanken versunken überquerte Pia die Straße und lief am Waldrand hoch, dort war alles geräumt und gestreut. Fast rechnete sie damit, dass Christoph nicht zu Hause sein würde, aber als sie um die Kurve bog, sah sie den Pick-up des Opel-Zoos vor der Garage stehen.

Montag, 9. Dezember

Henning hatte die Obduktion von Larissa Böhlefeld auf acht Uhr morgens gelegt, weil er wusste, dass das K11 dringend auf Ergebnisse wartete und die Ermittlungen von dem abhingen, was er herausfinden würde. Was er, der in der Hausmeisterwohnung im Dachgeschoss des Instituts für Rechtsmedizin hauste, dabei nicht bedacht hatte, war der Berufsverkehr Richtung Innenstadt. Deshalb hatte Pia sich wohlweislich schon um Viertel vor sieben auf den Weg nach Hofheim gemacht. Glücklicherweise konnte Christoph den Hund heute mit zur Arbeit nehmen. Entgegen ihren Befürchtungen war seine schlechte Laune gestern Abend verraucht gewesen, als sie nach Hause gekommen war. Die Veranstaltung war erfolgreich gewesen, es hatte erfreulich großzügige Spendenzusagen für den Neubau der Flusspferdeanlage gegeben.

Gerade als Pia auf den Parkplatz der RKI fuhr, rief Bodenstein an und teilte ihr mit, dass er sie aufgrund mehrerer Komplikationen leider nicht zur Rechtsmedizin begleiten konnte. Der Munga sprang nicht an, und das Garagentor, hinter dem sein Porsche stand, war zugefroren. Sie versicherte ihm, sie werde das auch allein schaffen, überlegte kurz, ob sie sich einen Dienstwagen holen sollte, und entschied sich dann, mit ihrem Privatauto zu fahren, das inzwischen angenehm geheizt war. Der Verkehr stockte bereits auf der Erdbeermeile Richtung Kriftel, und als sie es nach zwanzig Minuten im Schritttempo endlich bis zur Autobahn geschafft hatte, konnte sie von der Brücke ein kilometerlanges Meer aus roten Rücklichtern auf vier Spuren sehen.

»So ein blöder Mist!«, fluchte Pia.

Es war jeden Winter dasselbe: Sobald die Temperaturen unter

den Gefrierpunkt sanken und die Möglichkeit bestand, dass die Straßen glatt werden könnten, krochen die meisten mit sechzig über die Autobahn, obwohl diese dank Tonnen von Streusalz brottrocken war.

»*... und jetzt zur A66, Wiesbaden Richtung Frankfurt*«, tönte die muntere Stimme des Radiomoderators aus den Lautsprechern. »*Elf Kilometer zäh fließender Verkehr zwischen dem Krifteler Dreieck und der Abfahrt Eschborn nach einem Unfall. Es steht nur ein Fahrstreifen zur Verfügung. In der Gegenrichtung ...*«

Pia drehte das Radio leiser und beschloss, eine andere Strecke nach Frankfurt zu nehmen. Sie fuhr auf die Autobahn in Richtung Wiesbaden und verließ die A66 an der nächsten Abfahrt. Auf der B40 fuhr sie an Sindlingen und Schwanheim vorbei direkt nach Niederrad und schaffte es tatsächlich, den Dienstwagen um Viertel vor acht auf dem letzten freien Parkplatz am Institut für Rechtsmedizin abzustellen, das sich in einer schönen alten Jugendstilvilla an der Kennedyallee befand.

Vor dem »Kundeneingang«, wie die Mitarbeiter des Instituts den für die Anlieferung der Leichen bestimmten Hintereingang nannten, warteten zwei Leichenwagen, mit Kundschaft an Bord, wie Pia vermutete. Sie drängte sich durch eine Gruppe von Studenten, die vor dem Haupteingang des Gebäudes herumstanden. Vor Hennings Büro traf sie auf Oberstaatsanwalt Julius Rosenthal, der mit der Straßenbahn gekommen war.

»Vierzig Minuten und dreimal umsteigen! Was für ein Sozialstress am frühen Morgen«, beklagte er sich. »Aber mit dem Auto kommt man ja überhaupt nicht mehr durch diese Stadt. Es ist wirklich zum Verzweifeln!«

»Auch außerhalb der Stadt kommt man mit dem Auto nirgendwo mehr durch«, bestätigte Pia. »Höchstens noch mit Blaulicht.«

»Guten Morgen, Pia! Morgen, Rosenthal!« Henning Kirchhoff kam den holzgetäfelten Flur entlang, vor seiner hochgewachsenen Gestalt im weißen Kittel wichen die Studenten, die vor den geöffneten Türen des Hörsaals am Ende des Flurs auf den Beginn der Vorlesung warteten, respektvoll zurück. »Können wir anfangen?«

»Unbedingt«, brummte der Oberstaatsanwalt. »Ich habe heute einen vollen Terminkalender.«

Sie folgten ihm hinaus in den Flur und die Treppe hinunter in den Keller, wo sich die beiden Sektionsräume befanden.

»Hi, Pia, wie geht's?« Ronnie Böhme, der dienstälteste Sektionshelfer des Instituts, kam ihnen entgegen.

»Hi, Ronnie! Mir geht's gut. Danke«, erwiderte Pia. »Und dir? Alles klar?«

»Bis auf die Tatsache, dass ich von den Herren Professoren nach Strich und Faden ausgenutzt werde und es niemanden kümmert, dass ich bald zusammenbreche, geht's mir gut«, entgegnete Böhme mit einem vorwurfsvollen Seitenblick auf seinen Chef.

»Ach ja? Und was ist mit den *Damen* Professoren? Von denen gibt's hier schließlich auch einige«, zog Henning ihn auf. »Fühlen Sie sich von denen etwa nicht ausgenutzt? Ich sage nur Frau Doktor Wiedelmann …«

»Pah!«, schnaubte Böhme verärgert und wurde tatsächlich rot. »Immer Späße auf meine Kosten machen, das kann er, der Chef. Jaja.«

Pia begrüßte Hennings Mitarbeiter und Kollegen, die in der Teeküche standen und Kaffee tranken, bevor es mit der Arbeit losging, dann folgte sie Henning in Sektionsraum 1.

Die Leiche von Larissa lag nackt, bleich und schutzlos im grellen Licht auf dem Metalltisch. Wahrscheinlich hatten die Bestatter am Fundort die Totenstarre brechen müssen, um den Leichnam in den Zinksarg legen und transportieren zu können, doch jetzt, gut achtundvierzig Stunden nach Eintritt des Todes, hatte sie sich wieder vollkommen gelöst. Man hatte die Leiche von Kopf bis Fuß geröntgt und durch den Computertomografen geschoben, dann hatte man jeden Zentimeter ihrer Haut mit Folien abgeklebt, um damit Spuren von Fasern und fremde DNA zu sichern. Auch in ihrem Haar hatte man nach Spuren gesucht, unter ihren Fingernägeln und in allen Körperöffnungen.

Pia betrachtete das ebenmäßige Gesicht des toten Mädchens und erinnerte sich daran, wie Larissas Mutter Bodenstein die Kuscheldecke gegeben hatte. *Lissy braucht ihre Decke. Sie friert doch immer so schnell.* Pia lief ein Schauder über den Rücken. Sie musste schlucken. Lissy würde nie mehr frieren. Sanft strich sie über die kalte Wange des toten Mädchens.

»Wir finden heraus, wer dir das angetan hat«, sagte sie leise. »Das verspreche ich dir, Lissy.«

***

Um Punkt neun Uhr rief Dr. Konstantin Hawelka, Vorsitzender Richter der 6. Großen Jugendstrafkammer am Landgericht Frankfurt, die Hauptverhandlung in der Strafsache gegen Ömer Pekcan und Metin Yerlikaya auf und stellte die Anwesenheit aller Verfahrensbeteiligten fest. Heute, am fünften Verhandlungstag, sollte die letzte Zeugin, die Neurologin und Unfallchirurgin Frau Dr. Zahide Rafoud von der BG Unfallklinik, in die das Opfer am Tattag eingeliefert worden war, gehört werden, dann war die Beweisaufnahme durch.

Die beiden Angeklagten, die sich grinsend neben ihren Verteidigern herumfläzten, waren Hawelka aus vorherigen Strafverhandlungen sattsam bekannt, denn trotz ihres noch jungen Alters von achtzehn und neunzehn Jahren besaßen beide bereits ein langes Strafregister. Hatten sie als Jugendliche noch recht harmlos mit Ladendiebstählen, Schwarzfahren, Vandalismus, Ruhestörung, Körperverletzung und Verstößen gegen das Betäubungsmittelgesetz angefangen, so saßen sie nun wegen versuchten Mordes mit bedingtem Tötungsvorsatz, gefährlicher Körperverletzung und besonders schwerem Raub vor ihm. Bisher waren sie immer mit Bewährungsstrafen davongekommen; Metin Yerlikaya war sogar einmal im Rahmen einer intensivpädagogischen Auslandsmaßnahme auf Kosten der Steuerzahler für vier Monate auf einem Segelschiff durchs Mittelmeer geschippert – genützt hatte es offensichtlich nichts. Bei jugendlichen Straftätern stand der Erziehungsgedanke im Vordergrund, nicht die Strafe, aber diesmal würden die beiden ins Gefängnis wandern, dagegen konnten auch ihre cleveren Verteidiger nichts ausrichten.

Das Duo hatte am frühen Abend des 7. April aus lauter Langeweile und Frust den sechsundvierzigjährigen Chemiefacharbeiter

Werner Schneider am Bahnhof in Frankfurt-Höchst mit Schlägen und Tritten ins Gesicht, gegen Kopf und Rücken so schwer verletzt, dass der Mann mehrfach operiert und für mehrere Wochen in ein künstliches Koma versetzt werden musste. Das Opfer hatte ein Polytrauma erlitten, alle Gesichtsknochen bis auf den Unterkiefer waren zertrümmert, und er hätte an seinem Blut oder Mageninhalt ersticken können, denn die Täter hatten ihn einfach liegen gelassen, sich mit dem Geld aus der Brieftasche des Opfers Drogen gekauft und den Rest in einem Wettbüro verzockt. Werner Schneiders Überleben, da waren sich die behandelnden Ärzte und die gehörten Gutachter einig, war pures Glück gewesen.

Die Zeugin wurde aufgerufen. Dr. Rafoud, eine zierliche dunkelhaarige Frau in den Vierzigern, die seit vielen Jahren an der BGU als Neurochirurgin arbeitete, betrat den Raum, grüßte und nahm auf dem Zeugenstuhl Platz. Hawelka wies sie auf ihre Wahrheitspflicht hin, die Ärztin beantwortete routiniert die Fragen zu ihrer Person. Sie schilderte detailliert die von ihr festgestellten Verletzungen des Opfers, dann stellte Hawelka die einzige Frage, die er an die Ärztin hatte.

»Wie ist die Prognose für den Geschädigten aus ärztlicher Sicht?«

»Neben den gravierenden körperlichen Verletzungen hat der Geschädigte auch ein schweres Trauma erlitten«, erwiderte Dr. Rafoud. »Es ist sehr wahrscheinlich, dass Panikattacken und Angstzustände als Folge seiner Verletzungen auftreten werden.«

Die Angeklagten feixten. Sie taten so, als würde sie all das, worüber hier gesprochen wurde, überhaupt nichts angehen. Hawelka überlegte, ob er sie deshalb ermahnen sollte, aber dann ließ er es sein. Es würde sowieso nichts nützen.

»Durch die Verletzungen des Hirns sind weiterhin neurologische Ausfälle möglich«, fuhr die Ärztin unbeirrt fort. »Aus meiner Sicht ist es höchst fraglich, ob der Geschädigte jemals wieder ein selbstständiges Leben führen und seiner Tätigkeit als Chemiefacharbeiter nachgehen kann.«

Verteidiger Pfefferkorn stellte der Ärztin noch ein paar Fragen. Es war abscheulich, wie er versuchte, eine chronische Vorerkrankung des Opfers für die neurologischen Spätfolgen des brutalen Überfalls durch seinen Mandanten verantwortlich zu machen, aber Dr. Rafoud ließ sich nicht beirren und blieb bei ihrer Beurteilung.

»Ich bin mit meinem Beweisprogramm fertig«, sagte Hawelka, nachdem Dr. Rafoud entlassen worden war. »Wenn es keine Anträge mehr gibt, ist die Beweisaufnahme damit abgeschlossen.«

Die Sachlage schien einfach zu sein, deshalb hatte er im September die Hauptverhandlung auf fünf Prozesstage terminiert, aber als er gesehen hatte, wer sich den Angeklagten als Pflichtverteidiger hatte beiordnen lassen, war ihm sofort klar gewesen, dass es mindestens doppelt so lange dauern würde. Die Strafverteidiger Dr. Jan Pfefferkorn und sein Kollege Udo Szameit waren berüchtigt dafür, Hauptverhandlungen mit einer Flut von Anträgen in die Länge zu ziehen, und so hatte es Hawelka nicht überrascht, dass beide gleich am ersten Prozesstag mehrere Anträge gestellt hatten, noch bevor der Staatsanwalt die Anklage verlesen hatte. Es gehörte zu ihrem Repertoire, Staatsanwälten, Richtern und Gutachtern respektlos ins Wort zu fallen, deshalb waren sie bei den Kammern und auch bei der Staatsanwaltschaft alles andere als beliebt.

»Herr Vorsitzender, ich möchte einen Antrag stellen«, meldete sich dann auch prompt Pflichtverteidiger Szameit zu Wort, und Hawelka spürte, wie sich sein ohnehin schon überempfindlicher Magen zu einem festen Knoten zusammenzog.

»Ja, bitte, Herr Verteidiger«, sagte Hawelka.

Die Schuld der Angeklagten war unbestreitbar. Sie hatten einen Mann aus einer Laune heraus halb tot geschlagen und bisher keinen Funken Reue gezeigt. Szameit und Pfefferkorn hatten alle juristischen Möglichkeiten ausgeschöpft und konnten nun nicht mehr verhindern, dass Metin Yerlikaya und Ömer Pekcan in den Knast wandern würden, für eine lange Zeit. Also mussten sie etwas anderes aus dem Hut zaubern, und offenbar hatten sie etwas gefunden.

»Ich stelle einen Antrag wegen Befangenheit des Schöffen Bertram Glöckner«, diktierte Szameit direkt ins Protokoll und konnte nur mit Mühe ein zufriedenes Lächeln unterdrücken. »Ich habe soeben erfahren, dass Herr Glöckner bei Facebook auf eindeutig fremdenfeindliche Äußerungen in Bezug auf die Situation in Flüchtlingslagern in Griechenland mit einem zustimmenden Kommentar reagiert hat, nämlich einem Daumen-hoch-Emoji. Das hat er nicht etwa vor ein paar Jahren getan, sondern genau eine Woche vor Beginn der Hauptverhandlung. Mein Mandant, der einen Migrationshintergrund hat und gläubiger Muslim ist, zweifelt deshalb an der Unvoreingenommenheit des Schöffen.«

Wenn dieser Vorwurf der Wahrheit entsprach, dann hatten Szameits Leute tatsächlich auf den letzten Drücker etwas ausgegraben, das die Hauptverhandlung unter Umständen zum Platzen bringen konnte. Musste der Schöffe ersetzt werden, würde das ganze Verfahren abgebrochen und neu angesetzt werden. Noch einmal würden sämtliche Zeugen, die Gutachter und der Anwalt des Geschädigten gehört werden müssen. Ein immenser Zeitaufwand, und am Ende würden die beiden Angeklagten wahrscheinlich trotzdem im Gefängnis landen.

»Das Gericht wird diesem Vorwurf sofort nachgehen«, entschied Hawelka. »Die Hauptverhandlung wird unterbrochen und heute in einer Woche, am Montag, den 16. Dezember um 9:30 Uhr fortgesetzt.«

Er sah die Enttäuschung auf dem Gesicht des Opferanwalts. Die Resignation in der Miene des Staatsanwalts. Hörte die Entrüstung in der Stimme des Schöffen, der den Vorwurf vehement und den Tränen nahe zurückwies. Er sah das zufriedene Lächeln auf Szameits Lippen, das Grinsen, mit dem sich Pfefferkorn die Hände rieb, und wie die Angeklagten in höhnischem Triumph ihre geballten Fäuste gegeneinanderschlugen. Niemand von ihnen dachte an das Opfer und dessen Familie, an die Schmerzen, die man dem Mann zugefügt hatte. Niemand von ihnen interessierte sich auch nur im Geringsten dafür, dass der Geschädigte für den Rest seines Lebens unter den Folgen dieser brutalen Gewalttat leiden musste. Diese so offen zur Schau gestellte Gleichgültigkeit war der eine Tropfen, der das Fass zum Überlaufen brachte. Dr. Konstantin Hawelka, seit vierzehn Jahren Vorsitzender Richter der 6. Jugendstrafkammer am Landgericht Frankfurt, traf eine Entscheidung, die er seit Monaten vor sich hergeschoben hatte. Sobald ihm das bewusst wurde, verspürte er Erleichterung. Es war viel einfacher als gedacht. Vielleicht auch deshalb, weil ihn die Konsequenzen seiner Entscheidung nicht mehr schreckten.

***

Die Obduktion von Larissa Böhlefeld hatte pünktlich um acht Uhr mit der äußeren Leichenschau begonnen. Oberstaatsanwalt Julius Rosenthal und Pia hielten sich im Hintergrund und verfolgten schweigend das Geschehen. Sie waren nur Zuschauer bei dieser Veranstaltung, die einem strikt vorgegebenen Protokoll folgte. Hier unten im Keller des Instituts schien sich nie etwas zu verändern. Ronnie Böhme murrte wie immer vor sich hin, ein eifriger Doktorand assistierte, und Henning arbeitete konzentriert und hingebungsvoll und diktierte sämtliche Befunde in das Mikrofon, das ihm um den Hals hing. Diese Atmosphäre, sogar der Anblick der Leiche, die mit geöffnetem Brustkorb im grellen Schein der Lampen auf dem Sektionstisch lag, waren vertrautes Terrain für Pia, denn während ihrer Ehe mit Henning hatte sie hier unzählige Stunden verbracht. Zuerst hatte sie ihm nur dabei zusehen dürfen, wie er Leichen sezierte, Schädel öffnete, Organe untersuchte, unter den Fingernägeln von Brand- oder Wasserleichen nach DNA-Spuren oder Fasern suchte, und wie es ihm gelang, aus kleinsten Knochenfragmenten Rückschlüsse auf das Individuum zu ziehen, zu denen sie gehört hatten, später hatte sie ihm zur Hand gehen dürfen.

Eine Assistentin betrat den Sektionsraum und machte sich am Laptop zu schaffen, der auf einer Arbeitsfläche stand.

»Die Bilder vom Kopf-CT«, sagte sie und ging wieder.

»Ah, sehr gut.« Henning setzte sich auf den Rollhocker und betrachtete die Aufnahmen der Computertomografie von Larissa Böhlefelds Schädel, dann bedeutete er Pia und Oberstaatsanwalt Rosenthal, näher zu treten. »Wir haben hier zwei Bruchsysteme. Typisch für kurz aufeinanderfolgende Gewalteinwirkung – erst Schlag, dann Sturz auf den Hinterkopf. Und hier sieht man einen

Längsbruch an der Schädelbasis, was die Blutaustritte aus Nase, Mund und den Gehörgängen schon vermuten ließen«, sagte er und nickte seinem Assistenten auffordernd zu.

»Solche Brüche entstehen durch einen Sturz mit dem Hinterkopf auf eine Fläche. Dabei verformt sich der Schädelknochen derart, dass die sogenannte Stirn-Hinterkopf-Achse verkürzt wird und die Schädelseiten nach außen weichen.« Der Doktorand glänzte mit seinem Wissen. »Infolgedessen kommt es an der Schädelbasis zu einem durch die Zugkräfte bedingten Längsbruch. Außerdem erkennt man auf den Bildern Brüche der knöchernen Augenhöhlenwände. Die entstehen dadurch, dass der Schädel beim Aufprall auf einen harten Untergrund abrupt abgebremst wird, die Augäpfel aber erst Bruchteile von Sekunden später an die knöcherne Umgrenzung der Augenhöhle, die Orbita, prallen.«

»Korrekt«, nickte Henning.

»Ist sie an den Kopfverletzungen gestorben?«, wollte Pia, die das alles schon oft gehört hatte, wissen. Auch Oberstaatsanwalt Rosenthal, der diskret auf seinem Smartphone herumgetippt hatte, horchte wieder auf. Handelte es sich womöglich gar nicht um Mord, sondern um einen Unfall mit Todesfolge?

»Nein, todesursächlich war ein akuter Sauerstoffmangel im Gehirn, hervorgerufen durch Erdrosseln«, zerstörte Henning seine Hoffnung. »Wie eben bereits erwähnt, weist die Leiche außer der Drosselmarke am Hals eindeutige Stauungszeichen auf: Petechien in Gesicht, Augenbindehäuten und Mundschleimhaut.«

»Gut, danke.« Pia nickte.

»Das Drosselwerkzeug ist mit ziemlicher Sicherheit der blaue Schal, der um ihren Hals gewickelt war«, fuhr er fort. »Wir haben jede Menge genetisches Material am Schal, der Kleidung, auf der Haut und an den Haaren des Mädchens sichern können. Wir können das komplette Spurenmaterial übrigens noch heute in unserem eigenen Labor analysieren. Das geht vielleicht schneller, als wenn wir es erst nach Wiesbaden schicken.«

»Ja, das ist okay«, stimmte Pia zu. »Gab es irgendwelche Abwehrverletzungen?«

»Keine. Sie hatte Handschuhe an und eine dicke Jacke. Falls

sie sich gewehrt hat, hat das keine Spuren an ihrem Körper hinterlassen.«

»Wurde sie vergewaltigt?«

»Nein. Sie war noch Jungfrau.«

»Wann ist der Tod eingetreten?«, fragte Rosenthal.

»Irgendwann Freitag Nacht«, antwortete Henning. »Genauer lässt sich der Todeszeitpunkt aus rechtsmedizinischer Sicht nicht bestimmen.«

»Könnte sie nicht auch schon früher auf den Hinterkopf gestürzt sein?«, wollte Pia wissen. »Sie war am späten Nachmittag mit Freundinnen auf der Eislaufbahn.«

»Hm.« Henning wiegte nachdenklich den Kopf. »Das ist jetzt bloße Spekulation, aber ein solch gravierendes Schädel-Hirn-Trauma mit Gehirnbeteiligung führt mit relativer Sicherheit zu Benommenheit oder sogar einer Bewusstlosigkeit, die je nach Schweregrad bis zu einer Stunde andauern kann. Ich halte es für unwahrscheinlich, dass sie nach diesem Verletzungsbild noch herumlaufen und sprechen konnte.«

»Für unwahrscheinlich – aber nicht unmöglich?«, hakte Pia nach.

»Für äußerst unwahrscheinlich«, antwortete Henning. »Gleich nach dem Sturz dürften aus Nase und Ohren Blut und Hirnflüssigkeit ausgetreten sein. Und als sekundäre Folge von Hirnverletzungen dieser Art bildet sich innerhalb kürzester Zeit ein Hirnödem. In diesem Fall hatte sich noch kein nennenswertes Ödem ausgebildet, daher gehe ich davon aus, dass sie nach dem Sturzgeschehen nicht mehr lange gelebt hat. Maximal zehn bis zwanzig Minuten.«

»Okay.« Diese Informationen reichten Pia aus.

»Ach, eins noch«, hielt Henning sie zurück. »Auf ihrem Gesicht haben wir eine Mischung aus verschiedenen Proteinen, Immunglobulinen und Kochsalz festgestellt.«

»Aha. Und was bedeutet das?«

»Das ist Tränenflüssigkeit. Sie muss geweint haben, kurz bevor sie gestorben ist.«

***

An der Alexander-von-Humboldt-Schule in Schwalbach hatte die Nachricht vom Tod einer Schülerin bereits die Runde gemacht. Die Stimmung unter den Schülern, die ihnen auf dem Weg zum Hauptgebäude der Schule begegneten, war gedrückt.

Es war große Pause, und im weitläufigen Foyer standen junge Leute in kleinen Grüppchen herum, unterhielten sich mit gedämpften Stimmen, ein paar Mädchen umarmten einander und weinten.

Der Direktor, seine Stellvertreterin, die Klassenlehrerin der 10 B, die Larissa Böhlefeld besucht hatte, die Schulpsychologin und zwei Sozialarbeiter erwarteten sie im Schulsekretariat, mit betroffenen Mienen. Der Direktor, ein stattlicher, krisenerprobter Mann Mitte fünfzig mit aschgrauem Haar und Vollbart, hatte sich in einen schwarzen Anzug gezwängt, der ihm wahrscheinlich zuletzt vor fünfzehn Jahren gepasst hatte.

»Wir mussten bedauerlicherweise schon einige Male mit dem Tod von Schülern umgehen«, sagte er betrübt. »Krankheit, Suizid und Unfälle. Wissen Sie schon, wie Lissy … Larissa Böhlefeld ums Leben gekommen ist?«

»Ja«, antwortete Bodenstein. »Wir gehen derzeit davon aus, dass sie Opfer eines Gewaltverbrechens geworden ist.«

»Opfer eines Gewaltverbrechens?«, wiederholte der Direktor bestürzt. »Großer Gott! Die armen Eltern!«

»Wir würden gerne mit Larissas Freundinnen sprechen«, erinnerte ihn Pia.

»Aber natürlich. Die Mädchen erwarten Sie schon. Ich habe mit den Eltern telefoniert. Bis auf Julikas Eltern haben alle einer Befragung zugestimmt, solange jemand von der Schule dabei ist.«

Gefolgt von Klassenlehrerin, Sozialarbeitern und der Psychologin führte der Direktor sie zu einem Klassenzimmer im Erdgeschoss, das die Schulleitung für die Gespräche zur Verfügung stellte. Bevor sie den Raum betraten, ergriff die Klassenlehrerin das Wort.

»Bei uns hieß Larissa übrigens immer nur Lissy«, sagte sie und kämpfte gegen die Tränen. »Marcella, Lynn, Paula, Julika und Lissy sind seit dem ersten Schultag eine feste Clique. Zum Teil kennen sie sich seit vielen Jahren. Sara, Lissys beste Freundin, ist vor zwei Jahren dazugekommen, zu Beginn der achten Klasse. Das nur als Erklärung.«

Sie legte die Hand auf die Türklinke. Zögerte kurz. Blickte ihren Chef an.

»Wer von uns geht mit rein?«

»Am besten Sie und eine weitere Person, der die Mädchen vertrauen«, sagte Pia.

Sie einigten sich darauf, dass das die Schulpsychologin war. Der Direktor und die beiden Sozialarbeiter blieben im Flur zurück.

Die vier Mädchen hatten sich hinter den Tischen in der letzten Reihe des Klassenraums verschanzt und drängten sich zusammen, wie ein Rudel verängstigter Tiere.

»Hallo«, begrüßte Bodenstein sie und präsentierte seinen Kripo-Ausweis. »Ich bin Kriminalhauptkommissar Bodenstein von der Kriminalpolizei Hofheim. Das sind Hauptkommissarin Sander und Oberkommissar Omari. Wir sind wegen eurer Freundin Lissy hier. Ihr habt ja schon gehört, dass sie gestern tot aufgefunden worden ist. Dazu möchten wir euch unser herzliches Beileid aussprechen.«

»Danke«, flüsterte ein dunkelhaariges Mädchen, die anderen nickten nur, tauschten verstohlene Blicke. Sie bemühten sich tapfer um Haltung, aber unter der aufgesetzten Coolness war ihnen ihre Verunsicherung deutlich anzusehen. Zögernd diktierten sie Tariq ihre Namen, Adressen, Telefonnummern und die Namen ihrer Eltern und nickten zaghaft, als ihre Klassenlehrerin ihnen mitteilte, dass ihre Eltern einer Befragung durch die Kripo zugestimmt hatten.

Marcella fasste schließlich den Mut, eine Frage zu stellen.

»Was ist denn mit Lissy passiert?« Sie schien die Wortführerin der Clique zu sein. Stark geschminkt und pummelig, das lackschwarze Haar sorgfältig geglättet, mit grellbunten Gel-Fingernägeln, wirkte sie älter und reifer als ihre Freundinnen.

»Wir gehen derzeit davon aus, dass Lissy am Freitagabend einem Gewaltverbrechen zum Opfer gefallen ist«, erwiderte Bodenstein.

»Oh mein Gott!« Marcella presste entsetzt die Hände auf den Mund. Paula und Lynn rissen schockiert die Augen auf und brachen in Tränen aus, sie hielten sich schluchzend an den Händen fest. Sara starrte Bodenstein wie versteinert an, dann senkte sie den Blick, zog ihren Rucksack an ihre Brust und verschränkte die Arme.

Pia verspürte Mitleid mit ihnen. Das, was jetzt auf sie zukam, würde keine von ihnen mehr loslassen. Ein Mord beschmutzte jedes Leben, das mit ihm in Berührung kam, für immer.

»Ein *Gewaltverbrechen*?« Marcella hatte sich zuerst von dem Schock erholt. »Das heißt, Lissy ist *ermordet* worden?«

»Ja, das befürchten wir«, bestätigte Bodenstein. »Wir möchten herausfinden, was passiert ist, und dazu brauchen wir eure Hilfe. Lissys Mutter hat uns erzählt, dass ihr am Freitagnachmittag zusammen auf der Eislaufbahn in Niederhöchstadt gewesen seid.«

Erst zögernd, dann immer flüssiger schilderten die Mädchen, wie sie sich am Freitag in der Schule spontan zum Besuch der Eislaufbahn im »Skulpi« verabredet hatten, nicht nur die Clique, sondern auch andere Klassenkameraden. Der Skulpturenpark in Niederhöchstadt war ein beliebter Treffpunkt bei Jugendlichen und während der Adventszeit bot die provisorische Eislaufbahn einen zusätzlichen Anreiz. Familien mit kleinen Kindern und Jugendliche trafen sich dort, es war viel los, und ja, natürlich wurde auch Alkohol konsumiert. Die Mädchen hatten sich Schlittschuhe ausgeliehen und aufs Eis gewagt, sie hatten Glühwein getrunken und viel Spaß gehabt. Als Lynn zufällig mitbekommen hatte, dass Lissy bei Sara übernachten wollte, hatten die vier anderen auch dabei sein wollen, so wie früher, als sie noch jünger gewesen waren und regelmäßig reihum Pyjama-Partys veranstaltet hatten. Sara hatte zugestimmt, wenn auch nicht sonderlich begeistert, aber auf dem Weg zur S-Bahn waren sie und Lissy in Streit geraten, und die Stimmung war gekippt. Lissy war einfach weitergelaufen und hatte sogar ihr Handy, und Sara hatte daraufhin die anderen Mädchen ausgeladen. Julika, Sara und Paula, die alle drei in Bad Soden wohnten, waren in die S-Bahn gestiegen, Marcella und Lynn waren Lissy mit einigem Abstand durch die Unterführung Richtung Schwalbach gefolgt.

Als ihnen bewusst wurde, dass sie in diesem Moment ihre Freundin Lissy zum letzten Mal gesehen hatten, fingen Lynn und

Paula wieder an zu weinen. Stockend und immer wieder von Schluchzern unterbrochen erzählten die Mädchen von Lissy, wie sie gewesen war: bei Fremden ein bisschen schüchtern, in der Clique aber fröhlich, großzügig und für jeden Spaß zu haben. Sie war gut in Sport und Englisch und schlecht in Mathe und Physik gewesen, hatte ihren Job im Tierheim geliebt, Volleyball und Tennis gespielt und irgendetwas in der Kirchengemeinde gemacht.

»Hatte Lissy eigentlich einen Freund?«, erkundigte sich Pia.

Die Mädchen guckten sich an, zuckten die Schultern, schüttelten die Köpfe. Nein, von einem Freund wussten sie nichts. Lissy war, was Jungs betraf, ziemlich schüchtern gewesen. Genauso einig waren sie sich darüber, dass Lissy keine Drogen genommen hatte. Alkohol hatte sie nur ganz selten getrunken und nicht geraucht.

Der erste Schock ließ nach und mit ihm die Konzentration.

Lynn ließ Paulas Hand los und flüsterte ihr etwas ins Ohr. Marcella zog ungeniert ihr Handy hervor und tippte aufs Display.

»Gab es in letzter Zeit Ärger oder irgendwelche Konflikte?«

Wieder wurden Blicke gewechselt.

»Nee.« Das war Marcella.

»Obwohl, es gab schon mal Ärger«, sagte Paula unsicher.

»Aber nix Krasses«, versicherte Lynn. »Ist ja normal, irgendwie.«

Sara hatte zu alldem nichts gesagt. Sie starrte mit glasigem Blick vor sich hin, und obwohl sie dicht neben ihren Freundinnen saß, schien sie nicht wirklich dazuzugehören. In ihrer Individualität unterschied sie sich auch optisch deutlich von den anderen Mädchen – kinnlange dunkle Locken statt glatt gebügeltem schulterlangem Haar, abgekaute Fingernägel statt Gel, Jeans und grauer Schlabberpulli statt uniformer Polyesterblusen und Stoffhosen.

»Hatte Lissy sich verändert? War sie irgendwie anders als sonst?«

Wieder Zögern. Wieder ein Blickwechsel, von dem Sara ausgeschlossen blieb. Und wieder war es Marcella, die als Erste das Wort ergriff. Bestimmt. Keinen Widerspruch duldend.

»Nö. Lissy war wie immer.«

Der Gong zur Fünf-Minuten-Pause ertönte. Die Mädchen wurden unruhig. Auch Paula und Lynn konnten sich nicht länger beherrschen und holten ihre Smartphones hervor. Fünfzehn Minuten ohne Handy war für diese Generation von Nomophobikern das absolute Maximum des Erträglichen.

»Gibt's noch was oder können wir gehen?«, fragte Marcella.

»Wir haben jetzt PoWi«, fügte Lynn hinzu. »Da kriegen wir die Arbeit zurück.«

»Das war's. Ihr könnt gehen. Vielen Dank«, erwiderte Bodenstein. »Sara, würdest du bitte noch ganz kurz bleiben?«

Marcella, Lynn und Paula rafften eilig ihre Sachen zusammen, grabschten ihre Smartphones und verließen fluchtartig das Klassenzimmer, ohne sich zu verabschieden. Noch bevor die Tür richtig ins Schloss gefallen war, hörte man im Flur ihr Gelächter.

Sara Korbmacher war auf ihrem Stuhl sitzen geblieben, den Rucksack an die Brust gepresst.

»Die werden jetzt sofort überall rumerzählen, dass Lissy umgebracht worden ist, diese blöden Kühe.« Der Abscheu in ihrer Stimme war unüberhörbar. »Ich wette, sie posten es gleich. Und sie werden so tun, als wären sie Lissys beste Freundinnen gewesen. Dabei hatten wir keinen Bock mehr auf die. Eigentlich gab's die Clique seit letztem Sommer gar nicht mehr.«

»Du warst Lissys beste Freundin, nicht wahr?« Pia nahm in der vorletzten Reihe Platz.

»Ja«, erwiderte Sara.

»Was ist am Freitagabend passiert? Worüber habt ihr euch gestritten?«

»Eigentlich war's kein großes Ding.« Sara hob die linke Hand an den Mund, zupfte mit den Zähnen an der Nagelhaut des Daumens. »Lissy hatte ganz plötzlich miese Laune. Sie meinte, sie habe Kopfschmerzen und wollte lieber nach Hause. Da war ich sauer, weil ich mich mega auf die Übernachtung gefreut hatte. Und weil ich die anderen am Hals hatte.«

Sara verstummte. Geduldig wartete Pia darauf, dass das Mädchen weitersprach. Schweigen war oft das beste Mittel, Menschen zum Reden zu bringen, denn nur die wenigsten konnten die Stille ertragen. Sara Korbmacher war keine Ausnahme.

»Vielleicht war Lissy ja sauer auf mich, weil ich den anderen erlaubt habe, auch bei uns zu übernachten. Aber gegen Marcella kann man kaum was ausrichten.«

»Kann ich verstehen«, sagte Pia verständnisvoll. »Hast du Lissy das mit den Kopfschmerzen geglaubt?«

»Ja, klar. Wieso nicht?« Zum ersten Mal suchte Sara Pias Blick, wenn auch nur ganz kurz, aber die zwei Sekunden reichten Pia, um zu erkennen, dass das Mädchen log und sich deshalb unwohl fühlte.

»Sie hätte ja trotzdem mit euch mit der S-Bahn fahren können. Von Niederhöchstadt bis nach Sulzbach ist es ganz schön weit zu Fuß. Und am Freitagabend war das Wetter schlecht. Es war kalt, und es hat angefangen zu schneien«, sagte Pia. »Mittags seid ihr doch auch zusammen mit der S-Bahn zum Eislaufen gefahren, oder?«

»Ja.«

»Könnte es sein, dass Lissy noch etwas vorhatte? Etwas, wovon sie dir nichts erzählt hat?«, wagte Pia einen Schuss ins Blaue. Dieser Gedanke war ihr gerade gekommen. Hatten sie und ihre Freundinnen sich früher nicht auch gegenseitig Übernachtungsalibis gegeben, wenn sie etwas tun wollten, von dem ihre Eltern nichts erfahren sollten?

»Hä? Nee. Was sollte sie denn vorgehabt haben? Das hätte sie mir erzählt, hundert Prozent.« Sara zog die Augenbrauen hoch. Sie schüttelte den Kopf und wich Pias Blick aus. »Ich muss jetzt auch los. PoWi. Die Arbeit.«

Sie stand auf, schulterte den Rucksack und ging.

Pia und Bodenstein bedankten sich bei der Klassenlehrerin und der Psychologin.

»Sara Korbmacher lügt«, sagte Tariq. »Sie weiß irgendetwas und will es uns nicht sagen.«

»Das glaube ich auch«, pflichtete Bodenstein ihm bei.

»Ihre beste Freundin ist ermordet worden! Wir sollten sie nicht zu sehr unter Druck setzen«, sagte Pia. »Lassen wir ihr etwas Zeit.«

***

Lissy war tot. Das konnte doch nicht sein! Was war bloß passiert? Sie sei *»einem Gewaltverbrechen zum Opfer gefallen«*, hatten die Bullen in ihrer Bullensprache gesagt. Wieso konnten sie nicht einfach sagen, was passiert war? Und warum hatte sich die verdammte Marcella getraut, den Bullentypen zu fragen, ob Lissy ermordet worden war, und nicht sie?

Sara lag auf dem Bett in ihrem Zimmer. Sie hatte alle Kerzen auf der Fensterbank angezündet und die Lichterkette eingeschaltet, und am liebsten hätte sie Musik gehört, aber das ging nicht, denn sie wusste, dass sie niemals wieder ihre Playlist hören konnte, weil sie heulen würde und nie mehr aufhören könnte, wenn sie *In my mind* oder *Lieblingsmensch* oder irgendein anderes von ihren Liedern ohne Lissy hören müsste. Sie konnte erst dann zusammenbrechen, wenn sie herausgefunden hatte, was am Freitagabend passiert war, nachdem Lissy in der Unterführung verschwunden war, ohne sich umzusehen. Vorher durfte sie auf keinen Fall in diesen schwarzen Abgrund stürzen, der sich vor ihr aufgetan hatte, als Mama sie am Samstag angerufen und gefragt hatte, ob sie wüsste, wo Lissy sei. Am Freitagabend, nachdem sie diese lästigen Trullas losgeworden war, hatte sie gespannt darauf gewartet, dass Lissy sich wie verabredet bei ihr melden würde, aber das hatte sie nicht getan. Um zehn Uhr war Sara schon ein bisschen sauer auf Lissy gewesen. Ab Mitternacht hatte sie sich Sorgen gemacht, weil Lissy ihr auf keine ihrer Nachrichten geantwortet hatte, und schließlich hatte sie bei Lissy angerufen, aber ihr Handy war ausgeschaltet gewesen. Da hatte sie irgendwie schon geahnt, dass etwas schiefgelaufen sein musste.

Diese blonde Bullentante war mit ihren schlauen Fragen der Wahrheit ziemlich nah gekommen. Ja, Lissy hatte vorgehabt, sich am Freitagabend mit IHM zu treffen, deshalb hatten sie ja überhaupt nur diesen Plan geschmiedet. Lissy hatte ihren Eltern erzählt, dass sie bei ihr übernachten, und natürlich hatten sie das geglaubt. Dummerweise hatte Julika das mit dem Übernachten mitbekommen, und prompt hatten sich die vier selbst eingeladen und Lissys Plan damit um ein Haar ruiniert. Lissy und ihr war deshalb nichts anderes übrig geblieben, als einen Streit zu faken.

Wie besprochen hatte Lissy ihr Handy in den Flugmodus gestellt – das tat sie immer, wenn sie wegen irgendetwas angepisst war, das wussten alle. Eigentlich hatte sie aber dann ihr Handy wieder einschalten und ihren Live-Standort über WhatsApp mit Sara teilen wollen, damit sie immer sehen konnte, wo sie war.

Durchs Zugfenster hatte Sara noch einen kurzen Blick auf Lissy erhascht, als sie die Unterführung des S-Bahnhofs auf der anderen Seite verlassen hatte, ins Gespräch vertieft mit einem Typen in einer zweifarbigen Jacke mit Kapuze auf dem Kopf. Wer war das gewesen? Auf jeden Fall nicht ER. Sara wusste, wer ER war. Lissy nannte ihn »Damon«, so wie eine der Hauptfiguren in ihrer absoluten Lieblingsserie *Vampire Diaries*, weil sie fand, er würde ihm ähnlich sehen, was totaler Quatsch war. Es war das letzte Mal, dass sie ihre Freundin gesehen hatte. Nicht zu wissen, was an Lissys Plan so schrecklich schiefgelaufen war, trieb Sara an den Rand des Wahnsinns. Und es gab keinen Menschen auf der Welt, mit dem sie darüber sprechen konnte, ohne Lissys Geheimnis zu verraten und sich selbst in allergrößte Gefahr zu bringen.

Dienstag, 10. Dezember

Pia saß an ihrem Schreibtisch, die Lesebrille auf der Nase und einen Becher Kaffee neben sich, und tippte mithilfe ihrer Notizen und der Tonaufnahmen die Einsatzberichte ins Vorgangsbearbeitungssystem ComVor ein. Früh am Morgen konnte sie am besten arbeiten. Außer ihr war noch niemand im ersten Stock, der ihre Konzentration störte.

Erst als sie alle Berichte fertiggeschrieben hatte, fiel ihr auf, dass sich Kollege Fritsche nicht mehr bei ihr gemeldet hatte, obwohl er es ihr versprochen hatte. Vielleicht war er eingeschnappt und hatte die fehlende Information direkt an Kathrin weitergegeben, die die Aufgabe der Hauptsachbearbeiterin übernommen und gestern bereits Fall- und Spurenakten angelegt hatte. Kröger hatte seinen Bericht auch gestern am späten Abend noch in die elektronische Fallakte hochgeladen. Aber Pia stieß nirgendwo auf den Namen, den sie suchte.

»Da hat die Legende wohl so richtig Mist gebaut«, murmelte Pia, nicht ohne einen Anflug von Schadenfreude.

Nach und nach trudelten ihre Kolleginnen und Kollegen ein, und pünktlich um sieben Uhr versammelten sich Bodenstein, Christian Kröger, Cem Altunay, Kai Ostermann, Tariq Omari, Kathrin Fachinger und Pia zur Morgenrunde um den großen Tisch im Besprechungsraum.

Pia fasste die Ergebnisse der gestrigen Obduktion zusammen.

»Das Drogenscreening war übrigens negativ«, sagte sie. »Und Larissa hatte bei ihrem Tod auch keinen Alkohol im Blut.«

»Tariq und ich haben gestern noch ihre iCloud und ihre Social-Media-Aktivitäten überprüft«, übernahm Kai. »In der Cloud sind

12456 Fotos und 1672 Videos gespeichert. Es wird dauern, bis die alle gesichtet sind. Sie hatte Accounts bei Instagram, Pinterest, Snapchat und TikTok, wobei sie vor allen Dingen bei Instagram und TikTok aktiv war. Bei Instagram hatte sie 148 Follower und folgte 471 Konten. Beiträge gibt es kaum, dafür hat sie wohl häufig ›Storys‹ gepostet, die nach 24 Stunden wieder verschwinden. In den ›Highlights‹ haben wir viele Inhalte gefunden. Es ging in erster Linie um die Tiere im Tierheim und um Cosplay-Conventions, an denen sie teilgenommen hat.«

»Was ist das denn?«, fragte Pia.

»Cosplayer verkleiden sich als Figuren aus Mangas oder Videospielen«, erklärte Tariq. »*Cos*tume *Play*, Kostümspiel, kommt ursprünglich aus Japan. Cosplayer schneidern ihre Kostüme selbst, und auf den Conventions gibt es Wettbewerbe, wer das beste Outfit hat oder am besten in seiner Rolle performt. Das Finale der Deutschen Meisterschaften findet übrigens jedes Jahr auf der Buchmesse in Frankfurt statt.«

Als er das sagte, erinnerte sich Pia, die im Oktober von Henning auf die Buchmesse eingeladen worden war, an die Massen von jungen Leuten in fantasievollen bunten Kostümen, die durch die Messehallen geströmt waren und das Außengelände bevölkert hatten.

»Seit dem Sommer hatte Larissa Böhlefeld eine Vorliebe für Eintracht Frankfurt entwickelt, vor allen Dingen für Torwart Kevin Trapp und Flügelstürmer Filip Kostić «, fuhr Kai fort. »Alles, was wir bisher von Larissas Social-Media-Aktivitäten überprüft haben, ist unauffällig und typisch für Teenager in dem Alter.«

»Irgendwelche Kontakte zu Jungs?«, wollte Bodenstein wissen.

»Nein. Bei ihren Unternehmungen sind zwar auch mal Jungen dabei, aber wohl vorwiegend Klassenkameraden. Uns ist niemand Spezielles aufgefallen.«

»Wir haben gestern bis zum Einbruch der Dunkelheit noch tonnenweise Schnee geschaufelt und nach Rucksack und Telefon gesucht«, sagte Kröger, als er an der Reihe war. »Ohne Erfolg. Heute machen wir weiter, aber ich fürchte, wir müssen warten, bis die Temperaturen steigen und der Schnee schmilzt. Ich wage aber die Vermutung, dass das Mädchen bereits tot war, als man ihre Leiche hinter dem Bildstock abgelegt hat.«

»Hat Kollege Fritsche jemandem von euch den Namen des Hundespaziergängers mitgeteilt, der Lissys Leiche gefunden hat?«, erkundigte sich Pia, aber alle schüttelten die Köpfe.

»Pia und ich sprechen noch mal mit den Klassenkameradinnen von Lissy Böhlefeld«, verteilte Bodenstein die Aufgaben. »Wir müssen herausfinden, warum sie die Strecke lieber zu Fuß gehen wollte. Cem, finde bitte heraus, ob es am S-Bahnhof in Niederhöchstadt und am Park-and-ride-Parkplatz Überwachungskameras gibt. Tariq und Kai, ihr beschäftigt euch weiter mit dem Inhalt ihrer Cloud und dem Schul-Tablet. Kathrin, du setzt dich mit dem Provider von Lissy Böhlefelds Mobiltelefon in Verbindung. Wir brauchen so schnell wie möglich ein Bewegungsprofil.«

»Geht klar, Chef.« Kathrin nickte. »Ich rufe auch sofort Fritsche an und mach ihm Druck.«

Das Telefon, das mitten auf dem Besprechungstisch stand, klingelte. Kai nahm das Gespräch entgegen und lauschte aufmerksam, bevor er wieder auflegte.

»Das war das Labor der Rechtsmedizin. Sie haben Ergebnisse geschickt«, verkündete er, klappte seinen Laptop auf und öffnete eine Mail, die gerade eingegangen war. Normalerweise dauerte es Tage, bis ein genetischer Fingerabdruck erstellt war, aber bei Tötungsdelikten, besonders wenn es sich bei den Opfern um Kinder oder Jugendliche handelte, beeilten sich die Labortechniker immer.

»An dem blauen Schal, mit dem sie unzweifelhaft erdrosselt wurde, an Larissa Böhlefelds rechter Hand, der rechten Wange, an ihrem Pullover, der Jeans und der Innenseite der Jacke wurde neben ihrer eigenen eine männliche DNA festgestellt«, las Kai vor. »An der Vorderseite der Jacke, an ihrem Mund und den Fingern der rechten Hand gibt es noch eine weitere männliche DNA, darüber hinaus wurden noch verschiedene andere molekulargenetische Spuren gesichert, weibliche und männliche, aber zum größten Teil im Mikrospurenbereich.«

Dabei handelte es sich höchstwahrscheinlich um ganz normale

biologische Spuren, die ihre Eltern, Freundinnen oder Zufallsbegegnungen zum Beispiel beim Eislaufen unabsichtlich an ihr hinterlassen haben mochten. Aber weil es eben auch die DNA von Lissys Mörder sein konnte, mussten alle festgestellten genetischen Spuren mit der DNA-Analyse-Datei beim Bundeskriminalamt abgeglichen werden. Vielleicht hatten sie Glück, und es gab einen Treffer.

***

Die 10 B hatte gerade Deutsch, als Bodenstein und Pia in Begleitung des Direktors das völlig überheizte Klassenzimmer im ersten Stock betraten. Der Geruch, den dreißig Jugendliche ausdünsteten, eine intensive Mischung aus altem Schweiß, Haarspray, süßlichem Teenie-Parfüm und Käsefüßen, erinnerte Pia an das Aroma des Elefantenhauses im Opel-Zoo. Ein Stuhl in der dritten Reihe war leer. Jemand hatte ein gerahmtes Foto von Lissy Böhlefeld auf ihren Tisch gestellt und eine schwarze Schleife um ihren leeren Stuhl gebunden.

Auf Bodensteins Frage, ob irgendjemand Lissy am vergangenen Freitag nach 19:30 Uhr in Schwalbach oder Sulzbach gesehen habe, gab es nur leere Blicke, Kopfschütteln und Achselzucken als Antwort. Pia hoffte, dass sich Sara Korbmacher melden würde, aber das Mädchen starrte demonstrativ aus dem Fenster.

»Ich glaube, Lynn und ich haben am Freitagabend was gesehen.« Das pummelige Mädchen mit dem lackschwarzen Haar und den bunten Gelfingernägeln, das sich gestern schon als Wortführerin hervorgetan hatte, meldete sich. »Sollen wir Ihnen das hier, vor allen Leuten, sagen?«

»Nein, kommt bitte kurz mit nach draußen«, bat Bodenstein sie und signalisierte dem Direktor, sie hinauszubegleiten. Marcella Schäfer sprang auf, ergriff das Mädchen, das neben ihr saß am Handgelenk und zog sie mit. »Komm schon, Lynn!«

Neben der vitalen, energiegeladenen Marcella wirkte die magere Lynn farblos und blutleer. Ihr Unbehagen war ihr deutlich anzusehen.

»Aaaalso«, begann Marcella eifrig und Pia seufzte innerlich.

Das Mädchen gehörte zu der Sorte Mensch, die jede Chance nutzten, um im Mittelpunkt zu stehen. »Wir sind alle zusammen an der Eislaufbahn losgelaufen. Sara hat uns eingeladen, bei ihr zu übernachten. Das machen wir oft, mal bei der einen, dann bei der anderen.«

Sie schilderte ausführlich, was sich auf dem Weg von der Eislaufbahn bis zur S-Bahn-Station abgespielt hatte, und schmückte ihre Erzählung mit unwichtigen Details aus, bis Bodenstein sie freundlich bat, endlich zur Sache zu kommen.

»Wollen Sie jetzt hören, was wir gesehen haben oder nicht?« Marcella funkelte Bodenstein an, woraufhin dieser resigniert nickte. »Also, Lissy und Sara haben sich voll gestritten, den ganzen Weg durch den Skulpi. Und dann ist Lissy plötzlich weggerannt. Sara war stinkwütend und hat zu uns gesagt, wir könnten alle nach Hause fahren. Sie hätte keinen Bock mehr, dass irgendwer bei ihr übernachtet. Die S-Bahn aus Richtung Frankfurt ist gerade gekommen, Sara, Paula und Julika sind losgerannt, um sie noch zu kriegen. Die müssen ja alle nach Bad Soden. Lynn und ich sind durch die Unterführung gelaufen – wir wohnen beide in Schwalbach –, und auf der anderen Seite haben wir Lissy gesehen. Und sie war nicht alleine.« Marcella machte eine dramatische Pause, vergewisserte sich, dass ihr Publikum aufmerksam zuhörte. »Sie hat mit einem Typen gequatscht.«

Wieder eine Kunstpause, aber Bodenstein und Pia hüteten sich, ihren Redefluss mit Fragen zu unterbrechen.

»Ich glaube, der ist aus der S-Bahn ausgestiegen. Wir haben nämlich nicht gesehen, dass er in die Unterführung reingegangen ist«, fuhr Marcella schließlich fort. »Er hatte 'ne Kapuze aufm Kopf und so 'ne zweifarbige Daunenjacke an.«

Mit einem Blick erteilte sie der blassen Lynn das Wort.

»Oben silbern oder weiß und unten dunkel«, hauchte das Mädchen.

»Sie sind durch die zweite Unterführung nur ein paar Meter vor uns hergelaufen«, übernahm wieder Marcella. »Lynn und ich haben überlegt, ob wir uns in der Pizzeria vorne an der Rossertstraße 'ne Pizza holen sollten, aber wir hatten irgendwie beide mehr Bock auf Döner. Wir sind also die Limesstraße runtergelaufen. Die Lissy und der Typ so zwanzig Meter vor uns her auf der anderen Straßenseite. Die sind dann in die nächste Straße links eingebogen, und wir sind weiter geradeaus, weil wir ja zum Dönerladen bei der Feuerwehr wollten.«

»Hattet ihr den Eindruck, dass Lissy den Mann gekannt hat?«, wollte Bodenstein wissen.

»Ja, absolut.« Marcella nickte mit Nachdruck und versetzte Lynn mit dem Ellbogen einen Stoß, woraufhin diese gehorsam nickte. »Die haben ganz intensiv gequatscht.«

Bodenstein und Pia bedankten sich bei den Mädchen, die wieder ins Klassenzimmer zurückgingen – die eine erleichtert, die andere ein wenig enttäuscht, dass der Augenblick der Wichtigkeit schon vorbei war.

»Warum haben sie uns das nicht gestern schon erzählt?« Pia steckte ihr Notizbuch in ihren Rucksack.

»Das sind Teenager. Wir sind die Kripo«, entgegnete Bodenstein. »Sie mussten erst etwas Mut fassen.«

Sie wandten sich zum Gehen.

»Lissy hatte sich mit einem Jungen verabredet und die Übernachtung bei ihrer Freundin nur als Alibi nutzen wollen. Und Sara war in diesen Plan eingeweiht«, sagte Pia, als sie die Treppe hinuntergingen. »Genau wie ich es vermutet habe. So was haben wir doch alle früher gemacht.«

»Was haben wir früher gemacht?«, fragte Bodenstein verständnislos.

»Die beste Freundin als Alibi fürs erste Mal benutzt«, antwortete Pia. »Oder was anderes, von dem die Eltern nichts erfahren sollten.«

»Tatsächlich?« Bodenstein lächelte schief. »Wie mir scheint, habe ich früher einiges verpasst.«

»Tja, bei euch Blaublütern mag das anders sein«, grinste Pia. »Vor allem, wenn man in einem Schloss umgeben von eigenen Ländereien wohnt. Womöglich warst du ja selber der Grund, weshalb sich ein Haufen Mädchen zu gerne Alibis bei ihren besten Freundinnen verschafft hätten. Aber man hatte dich wahrscheinlich schon bei deiner Geburt einer Fürstentochter aus dem Hochadel versprochen.«

»Wie üblich neigst du zu völliger Übertreibung«, schmunzelte Bodenstein. »Und wie üblich bin ich froh, eine Kollegin zu haben, der nichts Menschliches fremd ist. Denn ich glaube, dass du recht haben könntest, was Lissy Böhlefeld betrifft.«

Pia war sich nicht ganz sicher, ob sie das, was Bodenstein gesagt hatte, als Kompliment verstehen sollte, aber bevor sie etwas antworten konnte, klingelte ihr Handy. Es war Kathrin.

»Hör zu«, sagte sie mit gesenkter Stimme. »Ich habe gerade einen Anruf vom LKA gekriegt. Eine männliche DNA, die an Larissa Böhlefelds Kleidung und Körper festgestellt worden ist, hat einen Treffer in der Datenbank ergeben. Und was für einen! Ihr solltet so schnell wie möglich herkommen.«

***

In der Schule gab es nur noch ein einziges Thema: den Mord an Lissy. Die wildesten Gerüchte und Spekulationen machten die Runde, und auch wenn sich niemand traute, Sara offen darauf anzusprechen, erfuhr sie natürlich, was hinter ihrem Rücken über Lissy geredet wurde. In der Fünf-Minuten-Pause hatte sie es gerade noch rechtzeitig aufs Klo geschafft. Der Auftritt von den Bullen im Deutschunterricht hatte sie so aus der Fassung gebracht, dass sie sich hatte übergeben müssen. Sie konnte nicht sagen, was Lissy am Freitagabend vorgehabt hatte! Unmöglich! Und ohne irgendeinen Beweis konnte sie den Bullen sowieso nichts von ihrem Verdacht erzählen.

Ringsum klappten Türen und rauschten Klospülungen, Fetzen von Unterhaltungen und Gekicher drangen an ihr Ohr. Sara kauerte auf dem Fußboden neben der Kloschüssel, der kalte Schweiß stand ihr auf der Stirn, und ihre Beine fühlten sich an wie Gummi.

Der Gong ertönte. Die Pause war vorbei. Sie hätte so gerne mit jemandem über all das gesprochen, aber es gab niemanden, dem sie genug vertraute.

In der nächsten Stunde hatte sie Physik. Der Physiksaal war drüben, im B-Gebäude, aber ihr Rucksack lag noch im Klassenraum. Garantiert würde sie wieder dauernd irgendetwas vergessen, jetzt, wo Lissy nicht mehr da war. Lissy, die immer so super organisiert gewesen war und an alles gedacht hatte. Lissy, mit der sie über alles hatte sprechen können. Lissy, die beste Freundin, die sie jemals gehabt hatte.

Mühsam stemmte sich Sara an der Wand der Toilettenkabine hoch, schloss die Tür auf und wankte zu den Waschbecken. Aus dem Spiegel starrte ihr ein bleiches Wesen mit eingefallenen Wangen und verquollenen Augen entgegen. Was hatten Marcella und Lynn wohl den Bullen erzählt? Was wussten die beiden, was sie selbst nicht wusste? Sie hatte es sich mit ihnen ziemlich verscherzt, als sie sie am Freitagabend kurzfristig ausgeladen hatte. Marcella würde ihr nichts verraten, aber vielleicht würde ihr Lynn erzählen, was sie mit der Kripo geredet hatten, wenn sie sie mal alleine erwischte. Sara verließ die Damentoilette und schleppte sich im Strom der Schüler den Flur entlang. Und dann, auf der Treppe, die hoch in den ersten Stock führte, sah sie IHN. Damon. Dunkles Haar, tief liegende blaue Augen, kantiges Kinn. Er kam direkt auf sie zu, und Sara blieb stehen, wollte ihn ansprechen, aber sie traute sich nicht, und er ging an ihr vorbei, ohne sie zu bemerken. Für ihn war sie einfach irgendein Gesicht in der Masse. Jemand rempelte sie an, und Sara setzte sich wieder in Bewegung. Damon hatte ausgesehen wie sonst auch, und das irritierte sie. Hätte er nicht am Boden zerstört sein müssen, weil Lissy tot war? Oder wenigstens ein bisschen traurig? Er musste es doch erfahren haben, jeder an der Schule wusste es! Auf einmal überfielen Sara Zweifel, die sich schon früher immer mal wieder in ihr geregt hatten, wenn Lissys Geschichten zu unglaublich klangen. Was, wenn das, was ihre beste Freundin ihr so alles von sich und Damon erzählt hatte, in Wirklichkeit nur Spinnerei und Wunschträume gewesen waren? Könnte das sein? Aber es hatte doch immer alles so realistisch geklungen. Und wieso hätte ihre beste Freundin, vor der sie keine Geheimnisse hatte, sie anlügen sollen?

Sara betrat den leeren Klassenraum, ging zu ihrem Platz und bückte sich nach ihrem Rucksack. Ihr Blick begegnete dem von Lissy. Das Foto, das Patrick und Julika ausgesucht hatten, war vor ein paar Wochen auf der Klassenfahrt in Berlin entstanden. Lissy sah darauf wahnsinnig hübsch aus, noch viel hübscher, als sie sowieso gewesen war. Ihre Augen strahlten, ihre Wangen waren gerötet, sie lachte glücklich. Etwas in Sara zersprang in tausend Stücke. Nur wenige Sekunden bevor Patrick dieses Foto mit seinem Handy gemacht hatte, hatte Lissy ihr erzählt, wie Damon sie am Abend in dem Klub hinter den Säulen zum ersten Mal geküsst hatte.

Plötzlich konnte Sara die Schule keine Sekunde länger ertragen. Sie nahm es diesen Leuten, die Lissy gar nicht gekannt hatten, übel, wie sie sich schluchzend umarmten, mit geheuchelter Betroffenheit Stofftiere und Blumen am Eingang der Schule ablegten, nur um sich Sekunden später die Tränen abzuwischen, Fotos von den Blumen und Teddybären unter *#trauerumlissy* auf Instagram und TikTok zu posten und zu spekulieren, ob Lissy wohl vergewaltigt worden war oder nicht. Das war so ekelhaft! Niemandem ging es wirklich um Lissy, sondern nur um die gruselige Sensation, dass ein Mädchen, das ihnen vielleicht mal über den Weg gelaufen war, ermordet worden war. Die Schulleitung und die Lehrer kapierten gar nichts, ebenso wenig die Schul-Sozialarbeiter, die frierend vor der Lissy-Gedenkecke am Schuleingang herumlungerten und vergeblich darauf warteten, dass ihre Gesprächsangebote von irgendwelchen verstörten Schülern angenommen werden würden. Niemand wollte reden, denn es war ihnen scheißegal, dass Lissy Böhlefeld tot war. Wenn überhaupt, wollten sie Gossip erfahren.

Sara warf ihren Rucksack über die Schulter und lief los, die Flure entlang und die Treppe hinunter, quer durch die leere Eingangshalle, den Blick gesenkt. Scheiß auf Physik! Die Noten standen sowieso schon fest. Sie musste hier raus. Irgendwohin, wo sie in Ruhe nachdenken konnte. Sara stieß die Eingangstür auf, ignorierte den Berg an Blumen und Stofftieren und Fotos von Lissy und stürmte die Treppe hinunter.

»Sara?« Ausgerechnet Frau Puttmann-Böhm, ihre Biolehrerin, kam ihr zwischen Turnhalle und Parkplatz in Begleitung von einem der Sportlehrer entgegen. »Geht es dir nicht gut?«

Was für eine bescheuerte Frage! Sara wollte zuerst einfach weitergehen, aber dann blieb sie stehen und starrte die Frau an, die erst im Sommer die 10 B übernommen hatte und seitdem fast durchgehend krank gewesen war.

»Nee, mir geht's nicht gut«, antwortete sie sarkastisch. »Vielleicht haben Sie es noch nicht mitgekriegt, aber meine beste Freundin ist ermordet worden. Ach stimmt, Sie haben Lissy ja eigentlich gar nicht gekannt, Sie waren ja immer krank. Aber ich, ich hab sie gut gekannt. Und ich bin traurig, weil sie tot ist und weil ich sie vermisse.«

Es tat irgendwie gut, jemanden zu schockieren. Der konsternierte Ausdruck auf dem Gesicht ihrer Lehrerin linderte für einen Moment den Schmerz in Saras Innerem.

»Es … das … natürlich, das tut mir leid«, stammelte Frau Puttmann-Böhm peinlich berührt, der Sportheini sagte gar nichts, sah aber aus, als wäre ihm die ganze Situation unangenehm.

»Ich muss nach Hause«, antwortete Sara. »Meine Mutter holt mich ab.«

Sie ging einfach weiter. Das war natürlich gelogen. Aber ihr war es völlig egal, ob sie wegen Schwänzens Ärger kriegen würde oder nicht. Ihre beste Freundin war tot. Und sie hatte einen schrecklichen Verdacht.

***

»Farwad Mahmoudi ist illegal über die österreichische Grenze nach Deutschland eingereist und hat am 23. November 2016 ohne Vorlage von Personaldokumenten auf dem 5. Polizeirevier in Frankfurt einen Asylantrag gestellt«, trug Kai Ostermann vor. »Weil er angegeben hatte, minderjährig zu sein, ist er vom Jugendamt in Obhut genommen und in einer afghanisch-deutschen Pflegefamilie in Sulzbach untergebracht worden. Er hat eine Integrationsklasse an einer Schule in Rödelheim besucht, schnell Deutsch gelernt und galt als vorbildlich integriert, bis er im April 2018 eine Mitschülerin vergewaltigt hat. Sie konnte sich befreien, hat sich aber bei der Flucht vor ihm verletzt. Mahmoudi ist danach mit dem Fahrrad zu seiner Pflegefamilie nach Sulzbach gefahren und hat sich nach Angaben seiner Pflegeeltern völlig normal benommen.«

Aufgebrachtes Gemurmel brandete auf. Kriminaldirektorin Dr. Nicola Engel hatte die Mitarbeiter sämtlicher Kommissariate der RKI Hofheim in den großen Aufenthaltsraum der Wache zitiert und Oberstaatsanwalt Rosenthal mitgebracht. Die Stimmung war angespannt. Der Mord an einer Sechzehnjährigen war ohnehin eine schlimme Sache. Dass an ihrem Körper und ihrer Kleidung genetische Spuren eines wegen Vergewaltigung verurteilten afghanischen Flüchtlings festgestellt worden waren, verlieh dem Fall zusätzliche Brisanz.

Vor vier Jahren, auf dem Höhepunkt der Flüchtlingskrise, hatte ein großer Teil der Bevölkerung die Flüchtlinge willkommen geheißen, aber die anfängliche Euphorie war schnell erloschen, nachdem man gemerkt hatte, dass nicht nur Bürgerkriegsflüchtlinge aus Syrien mit ihren Familien gekommen waren, sondern vor allen Dingen Hunderttausende junger Männer aus Nordafrika, Afghanistan, Eritrea und den Subsaharastaaten. In den überfüllten Behelfsunterkünften kam es immer öfter zu gewalttätigen Konflikten zwischen den auf engstem Raum zusammengepferchten jungen Männern, und in der Bevölkerung wuchsen Angst und Ablehnung. Jede von Migranten verübte Straftat erfuhr automatisch große öffentliche Aufmerksamkeit und sorgte für einen weiteren Rückgang der gesellschaftlichen Akzeptanz und des Engagements für Flüchtlinge.

»Farwad Mahmoudi ist erst am 4. Dezember aus der U-Haft entlassen worden«, fuhr Kai Ostermann fort. »Denn nachdem …«

»Ich denke, er ist wegen Vergewaltigung verknackt worden«, rief jemand dazwischen. »Wieso haben sie den Kerl laufen lassen?«

Jeder der Anwesenden dachte sofort an den Fall einer Freiburger Medizinstudentin, die im Oktober 2016 von einem afghanischen Flüchtling vergewaltigt und ermordet worden war. Gab es hier Parallelen?

»Sein Anwalt hatte Rechtsmittel eingelegt, deshalb wurde das Urteil nicht rechtskräftig, und er ging zurück in U-Haft, statt in den regulären Strafvollzug«, antwortete Ostermann auf den Zwischenruf. »Aber der Anwalt hat außerdem beim OLG Haftbeschwerde eingelegt, weil Mahmoudi wegen erheblicher Verzögerungen im Prozess schon achtzehn Monate in U-Haft gesessen hatte und damit die Dauer der U-Haft die Freiheitsstrafe überstiegen hätte. Deshalb ist er noch vor Beginn des Berufungsverfahrens entlassen worden.«

»Der Prozess hat unter anderem deshalb so lange gedauert, weil wir ein Altersgutachten in Auftrag gegeben hatten«, meldete sich Oberstaatsanwalt Rosenthal zu Wort. »Wir hatten nämlich vom ersten Moment an erhebliche Zweifel an dem Alter, das Mahmoudi in seinem Asylantrag angegeben hatte. Das Gutachten hat dann auch zweifelsfrei ergeben, dass er bei seiner Einreise nicht sechzehn Jahre alt gewesen ist, sondern mindestens schon dreiundzwanzig. Er ist jetzt also sechsundzwanzig Jahre alt und war deshalb nicht mehr nach Jugendstrafrecht zu verurteilen.«

»Und kaum auf freiem Fuß, hat der Kerl nichts Besseres zu tun gehabt, als sich gleich wieder an einem Mädchen zu vergreifen«, murrte jemand. Andere stimmten ihm zu. Bodenstein erkannte, dass es höchste Zeit war, einzugreifen und ging nach vorne zu Kai.

»Leute, beruhigt euch jetzt mal«, tönte seine sonore Stimme durch den Raum. »Bisher ist überhaupt nicht erwiesen, ob dieser Mann irgendetwas mit dem Tod von Larissa Böhlefeld zu tun hatte. Seine DNA war nur eine von mehreren genetischen Spuren, die an Kleidung, Haar und Körper des Opfers festgestellt worden sind. Weil aber zu befürchten ist, dass dieser Fall großes öffentliches Interesse erregen wird, richten wir eine Soko ein. Ich möchte diesen Fall so schnell wie möglich aufklären, am besten noch vor Weihnachten. Und ich erwarte von jedem hier Sachlichkeit und ein abgestimmtes Vorgehen mit größtem Fingerspitzengefühl, damit nichts eskaliert. Auf keinen Fall dulde ich irgendwelche fremdenfeindlichen Äußerungen. Ich hoffe, das hat jeder verstanden.«

Er schaute in die Gesichter seiner Kolleginnen und Kollegen, mit denen er zum Teil seit vielen Jahren zusammenarbeitete, erkannte bei manchen von ihnen Widerwillen, Zorn und Frust und ahnte, was in ihnen vorging. Er kannte die Realität, mit der Polizeibeamte beinahe täglich konfrontiert waren, genauso wie die neuesten Statistiken des Bundeskriminalamts und der Europäischen Kommission zur Kriminalität im Kontext von Zuwanderung. Kaum eine Woche verging ohne Messerstechereien in Erstaufnahmeeinrichtungen und Asylbewerberunterkünften, nicht selten mit tödlichem Ausgang. Immer öfter wurden Schutzpolizisten in Ausübung ihrer Pflicht attackiert und verletzt, und das erschreckte und erzürnte selbst die erfahrensten Polizisten. Selbst abgelehnte Asylbewerber, die schwerste Straftaten begangen hatten, durften nach EU-Recht nicht zwingend abgeschoben werden, sondern im Land bleiben. Farwad Mahmoudi war genau so ein Fall.

Bodenstein hoffte inständig, dass Mahmoudi nicht Lissy Böhlefelds Mörder war, denn das würde nicht nur eine öffentliche Debatte auslösen.

»Weiß man, wo sich der Spurengeber aufhält?«, fragte eine Kollegin vom Betrugsdezernat.

»Ja«, antwortete Kathrin Fachinger an Bodensteins Stelle. »Das Sozialamt hat ihn nach der Haftentlassung in einem ehemaligen Hotel in Eschborn untergebracht, das vom Main-Taunus-Kreis zur Unterbringung von Flüchtlingen angemietet worden ist. Eine Streife ist schon auf dem Weg und bringt ihn hierher.«

Kriminaldirektorin Dr. Nicola Engel signalisierte Bodenstein mit einer leichten Kopfbewegung, dass sie ihn unter vier Augen sprechen wollte. Sofort.

»So, das war's fürs Erste«, sagte Bodenstein in die Runde. »Wer Fragen hat, wendet sich an Ostermann oder Fachinger.«

Kai saß hinter seinem Laptop und war schon dabei, die Soko einzurichten.

»Ich gehe mal davon aus, dass du die Soko leitest, Chef«, sagte er. Eine beiläufige Feststellung, keine Frage.

»Nein, das machst du«, erwiderte Bodenstein.

»Äh … was? Ich?« Kai blickte verblüfft von seinem Laptop auf. »Warum?«

Auch Kathrin, Tariq und Cem waren erstaunt. Üblicherweise

übernahm Kai die Führung der Ermittlungs- und Spurenakte, er war derjenige, der über jedes Detail Bescheid wusste und alle Fäden in der Hand hielt.

»Du bist nach mir der Dienstälteste«, begründete Bodenstein seine Entscheidung. »Kathrin hat die Aufgabe als Hauptsachbearbeiterin übernommen. Da ist es nur logisch, dass du diesmal die Soko leitest.«

»Oh, Chef, das ist aber echt … also … das ist echt 'ne coole Sache«, stotterte Kai erfreut und wurde sogar ein bisschen rot. Bodenstein klopfte ihm auf die Schulter, auch Cem, Pia und Tariq gratulierten ihm.

»Machen wir uns an die Arbeit, Leute«, sagte er. »Cem und Tariq, ihr übernehmt die Befragungen der Nachbarn und des Bekannten- und Familienkreises von Larissa Böhlefeld. Nehmt so viele Leute mit, wie ihr braucht. Ich will, dass wir die letzten Stunden und Minuten im Leben des Mädchens genau nachvollziehen können. Pia, wir beide fahren zu den Eltern, wenn ich mit der Chefin gesprochen habe.«

»Gehen Sie nur durch«, sagte Nicola Engels Assistentin, als er das Vorzimmer betrat. »Die Tür ist offen.«

Nicola stand am Fenster und blickte hinaus.

»Du wolltest mich sprechen?«

»Ja.« Sie drehte sich um. »Mach bitte die Tür zu.«

Bodenstein kam ihrer Bitte nach. Sie forderte ihn nicht auf, Platz zu nehmen, deshalb blieb er stehen.

»Ich habe jetzt gleich einen Telefontermin mit dem Polizeipräsidenten«, sagte sie. »Dieser Fall wird große öffentliche Aufmerksamkeit bekommen, und ich erwarte von euch, dass ihr euer Bestes gebt, um ihn so schnell wie möglich aufzuklären.«

»Selbstverständlich.« Bodenstein nickte, aber diese dämliche Floskel, die Vorgesetzten immer so schnell über die Lippen kam, verärgerte ihn. Hatten er und seine Kollegen etwa jemals nicht ihr Bestes gegeben, um einen Fall schnellstmöglich aufzuklären?

Nicola Engel betrachtete ihn aufmerksam.

»Was?«, fragte er.

»Warum überlässt du ausgerechnet diesmal Ostermann die Soko-Leitung?«

»Du hast doch gehört, was ich gesagt habe«, entgegnete Bodenstein. »Ostermann ist einfach mal an der Reihe. Ich habe vollstes Vertrauen in ihn.«

»Ja, ich habe gehört, was du gesagt hast«, sagte Nicola Engel. »Aber ich glaube dir nicht ganz, dass es dir um Ostermann geht.«

»Bei seinem letzten Beurteilungsgespräch im Herbst hat er mir gegenüber geäußert, dass er gerne mehr Verantwortung übernehmen würde und sich nach zwölf Jahren eine Beförderung wünscht.«

»Und dann überlässt du ihm ausgerechnet bei diesem heiklen Fall die Leitung der Soko?«

»Jeder Fall, der eine Soko nötig macht, ist heikel.« Normalerweise mischte Nicola Engel sich nicht in seine Personalentscheidungen ein, aber sie sagte nur selten etwas, ohne Hintergedanken zu haben. »Wenn du mit Ostermann nicht einverstanden bist, sag es mir. Dann übertrage ich Cem oder Pia die Aufgabe.«

»Warum machst du das nicht selbst, wie sonst auch?«

»Was soll das, Nicola?« Bodenstein runzelte die Stirn. »Worauf willst du hinaus?«

Nicola seufzte und setzte sich hinter den Schreibtisch.

»Die Presse zerreißt uns in der Luft, wenn uns irgendein Fehler unterläuft«, erwiderte sie. »Der Polizeipräsident und der Innenminister werden mich fragen, warum sich der erfahrenste Ermittler der RKI Hofheim ausgerechnet in einem Fall wie diesem in die zweite Reihe stellt.«

»Du kannst die Herren beruhigen. Ich stehe nicht in der zweiten Reihe«, widersprach Bodenstein. »Ich leite die Ermittlungen. Du weißt doch selbst, dass der Soko-Leiter viel technischen und organisatorischen Kram zu erledigen hat. Ostermann kann das sehr viel besser als jeder andere hier. Er hält mir und dem Team damit den Rücken frei.«

»Hm. Der Polizeipräsident erinnert sich womöglich an das Gespräch, das du mit ihm geführt hast, bevor du dein Sabbatical angetreten hast. Und natürlich weiß er von deiner Leberspende an

Cosima. Er könnte glauben, du fühltest dich mit der Doppelaufgabe … nun ja … überfordert.«

Sie verstummte, aber Bodenstein ahnte, dass da noch mehr war.

»Sprich weiter«, forderte er seine Chefin auf.

»Du bist siebenundfünfzig«, sagte sie. »Seit fünfzehn Jahren Leiter des K11 mit einem Jahr Unterbrechung …«

»… und mit einer Aufklärungsquote von einhundert Prozent«, merkte Bodenstein an.

»Ja, das ist richtig. Aber es gibt Kollegen, die Ambitionen auf deinen Job haben. Niemand von hier«, schob sie rasch nach. »Aktuell liegt allerdings eine Stellentauschanfrage über die Gewerkschaft vor. Ein hochqualifizierter Kollege aus Baden-Württemberg …«

»… der zehn Jahre jünger ist als ich«, ergänzte Bodenstein.

»Vierzehn Jahre jünger als du«, bestätigte Nicola. »Überdenke deine Entscheidung noch mal, Oliver. Es sähe besser aus, wenn du auch die Leitung der Soko innehättest.«

Das Telefon auf ihrem Schreibtisch begann zu klingeln.

»Da muss ich rangehen«, sagte sie. »Halt mich bitte auf dem Laufenden. Engmaschig.«

»Natürlich.« Bodenstein nickte ihr zu und verließ ihr Büro.

Auf dem Flur blieb er stehen, einen Moment lang war er wie betäubt. Es war fair von Nicola, ihn zu warnen, dass an seinem Stuhl gesägt wurde. Als er vor fünf Jahren dringend eine Pause gebraucht und die Leitung des K11 von sich aus abgegeben hatte, hatte sie zunächst nur wenig Verständnis für seine Entscheidung gezeigt: ein Jahr Sabbatical mit der Option, ganz auszusteigen. Er hätte sogar in Kauf genommen, dass ihm seine Pensionsansprüche verloren gehen würden. Aber genau betrachtet hatte Nicola ihn damals geschützt, denn sie hatte dafür gesorgt, dass seine Stelle intern besetzt wurde, nicht von einem externen Kollegen, der sicherlich nicht so einfach ins zweite Glied zurückgetreten wäre wie Pia, als er nach einem Jahr die Arbeit wiederaufgenommen hatte, als einfaches Mitglied des Teams, mit achtzig Prozent statt Vollzeit. Er hätte es dabei belassen, aber Pia hatte ihm seine alte Position angeboten, und er hatte ihr Angebot schließlich angenommen.

Seit vier Jahren hatte er wieder die Leitung der Abteilung inne, und es waren der Job und seine Kollegen gewesen, die ihm geholfen hatten, die schwierigen Jahre seiner Ehe mit Karoline zu überstehen.

Er hatte nie etwas anderes als Ermittler sein wollen und sich deshalb zu Nicolas Leidwesen nie darum bemüht, die Karriereleiter hochzuklettern. Irgendwann, wenn die Erfolge seiner Abteilung ausblieben oder er einen Fehler machte, würde man ihn wegloben oder ihm irgendeinen Bürojob im Polizeipräsidium anbieten. Aber damit, dass man ihm einfach einen Jüngeren vor die Nase setzen könnte, hatte er nicht gerechnet. Viele Kollegen in seinem Alter zählten insgeheim die Tage bis zu ihrer Pensionierung, er jedoch nicht. Er dachte noch lange nicht ans Aufhören. Und ganz sicher würde er sich nicht so einfach seinen Job streitig machen lassen. Vielleicht eines Tages von Pia oder von Cem, aber ganz sicher nicht von einem Dreiundvierzigjährigen aus Baden-Württemberg.

Er kehrte ins Erdgeschoss zurück. Vor der Tür des Bereitschaftsraumes, der sich unter Kais Regie bereits in eine Soko-Zentrale verwandelte, standen Cem, Kathrin, Pia, Oberstaatsanwalt Rosenthal und Christian Kröger mit Pressesprecher Stefan Smykalla zusammen. Kai hätte sicher Verständnis dafür, wenn er ihm die Leitung der Soko wieder abnehmen würde. Aber zum Teufel, das hatte er nicht vor! Er würde seine Entscheidungen nicht von vagen Drohungen aus der Chefetage beeinflussen lassen.

»Der Richter hat einen Haftbefehl für Mahmoudi ausgestellt«, teilte Oberstaatsanwalt Rosenthal mit.

»Gut.« Bodenstein nickte und wandte sich an den Leiter der Spurensicherung. »Wie sieht es bei euch aus, Christian?«

»Wir haben sämtliche Mülleimer im Stadtgebiet von Schwalbach und Niederhöchstadt durchsucht, aber nichts gefunden. Auch nicht in der Kleingartenanlage und dem Bachlauf zwischen Schwalbach und Sulzbach. Keine Spur von Handy oder Rucksack«, erwiderte Kröger. »Eine weitere Suche am Leichenfundort macht erst Sinn, wenn der Schnee geschmolzen ist.«

»Cem?«

»Die Auswertung der Aufnahmen aus der Überwachungsanlage

der S-Bahn-Station in Niederhöchstadt hat ergeben, dass am Freitagabend um 19:22 Uhr zwölf Personen die aus Frankfurt kommende S-Bahn verlassen haben. Aus dem Wagen Nummer 6 ist ein Mann mit einer zweifarbigen Daunenjacke und einer Kapuze auf dem Kopf ausgestiegen. Bei ihm könnte es sich um Mahmoudi handeln. Außerdem konnte man sehen, dass drei jugendliche Mädchen in den Wagen Nummer 3 gestiegen sind.«

»So weit scheint die Geschichte also zu stimmen, die uns die Freundinnen der Getöteten vorhin erzählt haben«, sagte Pia. Ihr Handy begann zu klingeln. Sie entschuldigte sich, ging ein Stück den Flur hinunter und blieb neben dem Getränkeautomaten stehen. Bodenstein beobachtete, wie sich ihr Gesichtsausdruck veränderte.

Kai gesellte sich zu ihnen.

»Ich habe gerade mit der Ausländerbehörde telefoniert«, sagte er. »Mahmoudis Asylantrag ist damals abgelehnt worden, weil er sich unter Vortäuschung falscher Angaben Leistungen erschlichen hat, die ihm nicht zustanden. Er hat behauptet, erst sechzehn zu sein, war aber in Wirklichkeit schon über zwanzig. Man hat ihm allerdings trotzdem den Status als subsidiär Schutzberechtigter zuerkannt, weil er aus einer Region Afghanistans stammt, in der er möglicherweise verfolgt werden könnte. Nach seiner Entlassung aus der U-Haft letzte Woche ist er zusammen mit seinem Anwalt bei der Ausländerbehörde vorstellig geworden, wegen der Transferleistungen. Man hat ihm die Wohnstelle in Eschborn zugewiesen, weil ihm kein Platz in einer Asylbewerberunterkunft zusteht. Außerdem hat man eine Residenzpflicht verhängt. Das bedeutet, dass er sich nirgendwo anders aufhalten darf als in der ihm zugewiesenen Unterkunft. Anderenfalls verliert er seinen Anspruch auf Geldzuwendungen.«

In diesem Moment ging die Tür der Wache auf, der PvD kam heraus.

»Ah, Bodenstein«, sagte er. »Die Kollegen haben den Verdächtigen unter der angegebenen Adresse nicht angetroffen. Die Tür seiner Wohnung stand offen, deshalb haben sie sich dort umgeschaut. Seine Kleidung und persönliche Dinge sind da. Ein Mitbewohner hat bestätigt, dass er Mahmoudi noch heute Morgen gegen neun Uhr gesehen hat.«

»Na spitze!« Cem rollte die Augen. »Der Kerl hat sich aus dem Staub gemacht, trotz Residenzpflicht. Was jetzt?«

»Die Streife soll an der Wohnung von Mahmoudi bleiben«, entschied Bodenstein. »Vielleicht ist er nur kurz unterwegs und kommt wieder nach Hause. Tariq, du fährst hin und verstärkst die Kollegen.«

»Sollen wir ihn zur Fahndung ausschreiben?«, wollte Cem wissen.

»Damit warten wir noch«, entgegnete Bodenstein.

»Sein Name ist leider schon durchgesickert«, sagte der Pressesprecher. »In den sozialen Medien ist die Hölle los, und bei mir läuft das Telefon heiß.«

»Wie kann denn so etwas passieren?« Bodenstein blickte konsterniert in die Runde. Nein, von seinen Leuten war das sicher niemand gewesen, aber bei einigen der Kollegen, die vorhin so aufgebracht reagiert hatten, hielt er es durchaus für möglich. Er durfte jetzt auf keinen Fall die Kontrolle über den Informationsfluss verlieren.

»Na gut, dann schreiben wir ihn zur Fahndung aus«, sagte er daher. »Aber wir suchen ihn lediglich als Zeugen, das muss klar sein. Kai, du kümmerst dich darum. Ist die Telefonhotline eingerichtet?«

»Ja. Die Telefone sind besetzt.«

Pia kehrte zurück.

»Ich muss leider weg, Chef.« Sie wirkte besorgt. »Das war gerade ein Kollege von der Polizeidienststelle in Bierstadt. Eine Streife hat meine Mutter auf der Landstraße aufgegriffen, nur in Hausschuhen und Strickjacke, durchfroren und völlig orientierungslos. Zum Glück hatte sie ihr Portemonnaie mit Personalausweis und dem Zettel mit meiner Telefonnummer dabei.«

»Ach je, natürlich, fahr nur«, sagte Bodenstein sofort. »Kathrin kann mich auch zu den Böhlefelds begleiten.«

***

Bodenstein nutzte die kurze Fahrt nach Sulzbach, um Kathrin über die Familienverhältnisse der Böhlefelds in Kenntnis zu setzen.

»Hörst du mir eigentlich zu?«, fragte er seine jüngere Kollegin, die konzentriert auf ihrem Handy herumtippte. »Was schreibst du da die ganze Zeit?«

»Ich bin multitaskingfähig«, behauptete Kathrin und steckte ihr Smartphone weg. »Ich habe alles gehört, was du gesagt hast. Ich soll Augen und Ohren aufsperren und dich reden lassen.«

»Du hast offensichtlich *nicht* alles gehört«, antwortete Bodenstein und bog am ehemaligen Autokino nach Sulzbach ein. »Ich möchte, dass du in der Nähe der Mutter bleibst. Mütter kennen ihre Töchter für gewöhnlich besser als Väter. Wenn du irgendwelche zusätzlichen Informationen aus ihr herauskitzeln könntest, wäre das gut.«

Bodenstein fand einen Parkplatz an der Hauptstraße. Es war nicht mehr ganz so kalt wie in den letzten Tagen, und der Schnee begann allmählich zu schmelzen. Vor dem Haus der Böhlefelds hatten viele Leute als Zeichen ihrer Betroffenheit und ihres Mitgefühls Grablichter in den Schnee gestellt, Blumen und Kuscheltiere, handgeschriebene, an Lissy adressierte Briefe und Fotos abgelegt.

Auf Bodensteins Klingeln öffnete eine junge dunkelhaarige Frau die Haustür einen Spaltbreit und spähte misstrauisch über die vorgelegte Sicherheitskette.

»Was wollen Sie?«, fragte sie abweisend.

»Guten Abend! Wir sind von der Kriminalpolizei aus Hofheim.« Bodenstein hielt seinen Kripoausweis hoch. »Wir möchten gerne mit Jörg und Anne Böhlefeld sprechen. Es geht um Lissy.«

»Ach so. Moment!«

Die Tür wurde geschlossen und kurz darauf ganz geöffnet.

»Hallo«, sagte Bodenstein freundlich und stellte Kathrin und sich vor.

»Ich bin Ylva Sharityar«, erwiderte die junge Frau. »Ich bin Lissys Halbschwester. Kommen Sie bitte mit. Jörg und Anne sind im Wohnzimmer.«

Das war also die ältere Tochter, die Jörg Böhlefeld bei ihrem letzten Gespräch so uncharmant als »Unfall« bezeichnet hatte. Im Gegensatz zur blassblonden und eher zarten Lissy sah ihre Halbschwester Ylva mit den großen, dunklen Augen unter fein geschwungenen Augenbrauen, der hübschen Nase und dem Schmollmund aus wie Angelina Jolie in jungen Jahren. Allerdings hatte sie die untersetzte Statur ihres Vaters geerbt.

Sie folgten der jungen Frau durch die Diele und die Küche ins Wohnzimmer, dabei fiel Bodenstein auf, dass das gerahmte Foto der lächelnden Lissy neben der holzgeschnitzten Madonna auf der Anrichte entfernt worden war, genauso wie die Kerze, die bei seinem letzten Besuch gebrannt hatte. Gestern hatten sie noch Hoffnung gehabt und die heilige Maria um Hilfe angefleht. Vergeblich. Welch Ironie des Schicksals, dass Lissys Leiche ausgerechnet hinter einem Marienaltar abgelegt worden war.

Auf dem Herd köchelte irgendetwas Wohlriechendes vor sich hin. Eine ältere und eine mittelalte Frau waren mit dem Abwasch beschäftigt, eine dritte Frau schnitt Gemüse klein. Sie warfen Bodenstein neugierige Blicke zu und erwiderten seinen Gruß. Freunde oder Familie kümmerten sich um Lissys Eltern, das war gut. Im Wohn- und Esszimmer waren ein halbes Dutzend Leute versammelt. Bodenstein erkannte auf dem Sofa neben Böhlefeld dessen jüngeren Bruder und seine Frau, außerdem den muskelbepackten Nachbarn, der Böhlefeld gestern festgehalten hatte. Am Esstisch saßen Anne Böhlefeld, ein hagerer, grauhaariger Mann und zwei Frauen, die auch gestern schon hier gewesen waren. Bei ihrem Eintreten brachen die Gespräche ab. Alle starrten sie an.

»Jörg, Anne, die Leute von der Kripo wollen mit euch sprechen«, kündigte Ylva an. »Sollen wir euch allein lassen?«

»Nein, nicht nötig.« Jörg Böhlefeld kam mühsam vom Sofa hoch. Er trug dieselbe Kleidung wie am Vortag, auf seinen Wangen und seinem Kopf sprossen dunkle Stoppeln. Anne Böhlefeld schob ihren Stuhl zurück und stand auf. Wie gestern hielt sie ihr Smartphone umklammert, als hätte sie Angst, einen wichtigen Anruf zu verpassen. Auch sie hatte sich nicht zu irgendeiner Art von Körperpflege aufraffen können. Ihr Haar war strähnig, sie war bleich, und ihre Augen wirkten übergroß in ihrem schmalen

Gesicht. Die Distanz, die zwischen ihr und ihrem Mann herrschte, war deutlich Im Augenblick schienen sie beide nicht in der Lage, sich gegenseitig Trost zu spenden, aber vielleicht war es für Trost auch noch zu früh.

Bodenstein hätte ihnen gerne mitgeteilt, dass man denjenigen, der ihre Tochter getötet hatte, schon festgenommen hatte, denn er wusste, dass diese Nachricht die einzige war, die Angehörige eines Mordopfers hören wollten. Aber bisher kannten sie nur den Namen einer Person, die sie mit Lissy in Verbindung bringen konnten, und diese Person war noch immer verschwunden.

»Es gibt Ergebnisse aus der Rechtsmedizin und dem Kriminallabor, die wir mit Ihnen besprechen möchten«, sagte er. »Wollen wir kurz in Ihr Arbeitszimmer gehen, Herr Böhlefeld?«

»Unsere Familie und Freunde werden sowieso erfahren, was Sie uns sagen«, erwiderte Böhlefeld. »Dann können sie es auch gleich hören.«

»Wir möchten aber gerne mit Ihnen und Ihrer Frau allein sprechen«, beharrte Bodenstein. Er nahm an, dass die Anwesenden diesen Wink verstehen und rücksichtsvoll den Raum verlassen würden. Doch niemand rührte sich. Die Frauen in der offenen Küche hatten aufgehört zu spülen und Gemüse zu schneiden. Alle starrten ihn erwartungsvoll an, aber Bodenstein dachte nicht daran, vor all diesen Leuten über das Ergebnis der Obduktion zu sprechen. Nicht darüber, wie Lissy gestorben war, noch wo und in welcher Liegeposition sie aufgefunden worden und dass sie bei ihrem Tod noch Jungfrau gewesen war. Diese Details enthielten Täterwissen, und das würde er nicht vor all diesen fremden Leuten, von denen es einige möglicherweise weiterverbreiten würden, offenbaren.

»Haben Sie Lissys Handy gefunden?«, fragte Jörg Böhlefeld. »Ein iPhone 11 Pro in Roségold. Sie hat es erst im Oktober von ihren Großeltern geschenkt bekommen. Zu ihrem 16. Geburtstag.«

»Nein, das haben wir leider noch nicht gefunden«, entgegnete Bodenstein.

Stille.

»Warum sind Sie hier, wenn Sie uns nichts zu sagen haben?«, fragte Jörg Böhlefeld unfreundlich.

»Wir haben Ihnen durchaus etwas zu sagen«, antwortete Bodenstein. »Aber es handelt sich um sensible Informationen, über die wir nur mit Ihrer Frau und Ihnen sprechen möchten.«

Endlich fiel der Groschen. Böhlefeld führte sie wieder in sein Arbeitszimmer. Seine Frau folgte ihnen.

»Sagt Ihnen der Name Farwad Mahmoudi etwas?«, fragte Bodenstein.

Jörg Böhlefeld ballte die Hände zu Fäusten, und Anne Böhlefeld stöhnte gequält auf und verließ das Zimmer. Kathrin warf Bodenstein einen raschen Blick zu und folgte ihr.

»Hat der sie umgebracht?«, presste Böhlefeld hervor.

Vom Flur her drang die erregte Stimme von Anne Böhlefeld zu ihnen, dann knallte irgendwo im Haus eine Tür.

»Darauf gibt es keinen Hinweis. Aber im Labor wurden an Lissys Kleidung und Körper verschiedene genetische Spuren festgestellt, unter anderem die von Mahmoudi«, sagte Bodenstein so behutsam wie möglich. »Genetische Spuren sind nicht automatisch ein Tatnachweis.«

Er bekam keine Antwort. Jörg Böhlefeld starrte durch das bodentiefe Fenster hinaus in den verschneiten Garten, über den sich die Dunkelheit gesenkt hatte. Seine Hände öffneten und schlossen sich zu Fäusten.

»Kann es sein, dass Lissy Mahmoudi gekannt hat?«, fragte Bodenstein. »Zwei Schulfreundinnen haben am Freitagabend gesehen, wie Ihre Tochter mit einem Mann gesprochen hat und in seiner Begleitung nach Schwalbach gelaufen ist. Bei ihm könnte es sich um …«

»Ich will das nicht hören!«, flüsterte Böhlefeld. »Ich kann's nicht ertragen. Quälen Sie uns nicht dauernd mit Fragen.«

Es hatte keinen Sinn mehr, nachzuhaken. Bodenstein verließ das Arbeitszimmer und hoffte, dass Kathrin auch bald kommen würde.

Im Windfang vor der Haustür wartete Ylva. Sie war ganz blass und blickte ihn mit einer Mischung aus Angst und Verzweiflung an.

»Anne hat mir gerade gesagt, dass Farwad etwas mit ... mit Lissys Tod zu tun hat«, sagte sie mit gesenkter Stimme.

»Kennen Sie den Mann?«, fragte Bodenstein.

»Ja, sogar ziemlich gut. Er hat nämlich anderthalb Jahre lang bei uns gewohnt.«

»Ich habe gehört, dass man ihn in einer afghanischen Familie untergebracht hatte, weil er als unbegleiteter Minderjähriger eingereist ist«, entgegnete Bodenstein.

»Ja, das stimmt. Das Jugendamt hatte ihn bei uns untergebracht. Mein Adoptivvater ist Afghane. Er lebt seit vierzig Jahren in Deutschland, ist Professor an der Uni Frankfurt. Weil er mich adoptiert hat, als meine Mutter und er geheiratet haben, heiße ich mit Nachnamen Sharityar«, erklärte Ylva. »Wir engagieren uns ehrenamtlich bei der Flüchtlingshilfe der Evangelischen Kirche. Und mein Vater ist oft als Dolmetscher in Erstaufnahmeeinrichtungen tätig, oder wenn es irgendwo Probleme gibt.«

Ylva biss sich auf die Unterlippe. Eine Träne quoll aus ihrem Auge und rollte über ihre Wange, dann eine zweite. Sie wischte sie mit dem Handrücken weg. »Lissy war ganz oft bei uns. Wir wohnen ja nur ein paar Straßen entfernt. Sie hat immer gesagt, wir wären ihre Zweitfamilie. Und Farwad ... der war für mich wie ein kleiner Bruder. Aber ... er war nie ehrlich zu uns. Er hat gelogen, wegen seinem Alter. Und dann hat er dieses Mädchen vergewaltigt, eine Schulkameradin. Vielleicht hätte er sie sogar umgebracht, wenn sie nicht hätte weglaufen können.«

Ylvas dunkle Augen schwammen in Tränen. Bodenstein kramte in der Tasche seines Mantels und fand ein zerknautschtes Päckchen Papiertaschentücher, das er ihr reichte.

»Danke.« Sie putzte sich die Nase und tupfte sich die Tränen von den Wangen.

»Hatten Sie Kontakt mit ihm, nachdem er aus der U-Haft entlassen wurde?«, wollte Bodenstein wissen.

»Nein!« Ylva schüttelte heftig den Kopf. »Ich will nichts mehr mit Farwad zu tun haben! Mein Vater hat ihn im Gefängnis besucht und ihm geschrieben, aber ich ... ich kann ihm nicht verzeihen, dass er meine Eltern so enttäuscht hat. Sie haben ihm vertraut, ihn wie einen Verwandten bei sich aufgenommen. Aber er hat nur gelogen und alles zerstört, was gut war.«

»Ylva …«, sagte Bodenstein freundlich. »Das ist ein sehr schöner, ungewöhnlicher Name. Woher kommt er?«

»Der Name hat altnordische Wurzeln.« Kurz zuckte die Andeutung eines Lächelns um ihre Mundwinkel. »Er bedeutet so viel wie ›Wölfin‹. Ich mag ihn auch. Es gibt ihn nicht so oft.«

Die Ablenkung funktionierte. Die junge Frau entspannte sich etwas.

»Halten Sie es für möglich, dass Lissy sich am Freitagabend mit Farwad getroffen hat?«, fragte Bodenstein vorsichtig.

Ylva überlegte einen Moment.

»Wenn, dann heimlich«, erwiderte sie schließlich. »Nach der Sache mit der Vergewaltigung hat ihre Mutter ihr verboten, mir und Mama im Flüchtlingscafé zu helfen. Aber ich glaube, Lissy hatte sowieso den Spaß daran verloren. Es sind ein paar unschöne Dinge passiert, und die Kirche hat das Flüchtlingscafé schließen müssen. Lissy hat dann angefangen, im Tierheim zu arbeiten.«

***

Ihre Mutter hatte Pizzabrot gebacken und extra eine Hühnersuppe gekocht, aber Sara hatte kaum etwas davon gegessen. Sie lag auf ihrem Bett, die Arme hinter dem Kopf verschränkt, und starrte an die Decke. In ihrem Leben gab es nichts, was sie nicht an Lissy erinnerte. Als sie vor zwei Jahren neu in die Klasse gekommen war, hatte die Lehrerin sie neben Lissy gesetzt, und seitdem waren sie wie siamesische Zwillinge gewesen. Seelenverwandte vom ersten Moment an. *You're my sister from another mister*, war ihr Motto gewesen. Sie hatten die gleiche Musik gemocht und dieselben Filme, sie hatten für dieselben Schauspieler geschwärmt und Cosplay geliebt. Stundenlang hatten sie auf dem Dachboden Kostüme geschneidert und anprobiert. Sie waren zusammen zu Cosplay Conventions in ganz Deutschland gereist, einmal sogar in die Niederlande. Nie war ihnen der Gesprächsstoff ausgegangen, sie hatten immer etwas gehabt, worüber sie reden und lachen konnten. Sie hatten zusammen für die Schule gelernt und gekocht und gebacken. In zweieinhalb Jahren hatten sie sich nicht ein einziges Mal gestritten. Und das Schönste war gewesen, dass sie einander vertraut hatten. Sie hatten gar nicht permanent zusammen rumhängen müssen. Eifersucht hatte es zwischen ihnen nicht gegeben und auch keinen Neid.

Sara wimmerte und krümmte sich zusammen wie ein Embryo. Der Schmerz war nicht mal das Schlimmste. Viel schlimmer war das Gefühl der Verlassenheit, das sie jedes Mal überfiel, wenn ihr bewusst wurde, dass sie nicht mal schnell Lissy anrufen oder antexten konnte, um ihr etwas zu erzählen. Sie würde nie mehr Lissys Stimme hören, nie mehr mit ihr über ihre albernen Insider lachen oder über die blöden Hühner in ihrer Klasse lästern. Und es gab niemanden mehr, mit dem sie die Erinnerungen an ihre gemeinsam erlebten Abenteuer teilen konnte.

Sara war schrecklich traurig gewesen, als ihre geliebte Oma im Frühjahr gestorben war. Aber das hier war kein Vergleich. Oma war über neunzig gewesen. In dem Alter darf man schon mal sterben, hatte Lissy gesagt, da hat man sein ganzes Leben gelebt. Ja, mit neunzig zu sterben war wohl irgendwie okay. Aber doch nicht mit sechzehn. Das war … unnormal. Nicht richtig. Und ungerecht. Wieso hatte der liebe Gott zugelassen, dass Lissy ermordet worden war?

Sara warf einen Blick auf ihr Handy, um nachzuschauen, ob Marcella oder Lynn ihr mittlerweile geantwortet hatten. Sie hatte es lautlos gestellt, denn dauernd poppten irgendwelche Nachrichten auf. Bei TikTok und Instagram war die Hölle los, auch im Klassenchat auf WhatsApp. Sara loggte sich auf ihrem Tablet beim Schulportal ein. Am Mittwoch würde in der Sporthalle eine Gedenkfeier für Lissy stattfinden! Nur beim bloßen Gedanken daran wurde Sara übel. Damon würde garantiert auch dort sein. Er hatte sicher keine Ahnung, was Lissy ihr alles erzählt hatte. Was würde er tun, wenn er das wüsste? Es konnte ihm nicht recht sein …

Sie scrollte mit der linken Hand durch die Nachrichten auf ihrem Handy.

Ah, endlich war eine Antwort von Marcella da! Eine Sprachnachricht, viereinhalb Minuten lang! Sara setzte sich auf und lauschte Marcellas Stimme. Sie hatten den Bullen erzählt, dass sie am Freitagabend beobachtet hatten, wie Lissy mit einem Typen, der die Treppe von den Gleisen runtergekommen war, vom S-Bahnhof weggelaufen war. Der Typ hatte eine zweifarbige Daunenjacke angehabt und eine Kapuze auf dem Kopf. Sie hatten geredet, als ob sie sich kennen würden, und waren vor Lynn und Marcella durch die zweite Unterführung hergelaufen und dann, in Schwalbach, in die erste Straße eingebogen.

Eine zweifarbige Daunenjacke und eine Kapuze. Den Typen hatte Sara auch gesehen. Sie hatte keine Ahnung, wer das gewesen war. Auf jeden Fall nicht Damon.

Es klopfte an der Zimmertür, und Sara drückte auf Stopp.

»Sara?« Ihre Mutter. »Darf ich reinkommen?«

»Ja, klar.«

Die Tür ging auf, und ihre Mutter steckte den Kopf herein.

»Gerade eben in der Hessenschau kam die Suchmeldung nach einem Mann, der am Freitagabend mit Lissy gesehen worden sein soll.« Sie klang aufgeregt. »Sie haben sogar ein Foto gezeigt. Die Kripo hält es wohl für möglich, dass es sich bei ihm um den Täter handelt.«

»Okay.« Sara wartete, bis ihre Mutter wieder die Tür hinter sich geschlossen hatte, dann öffnete sie ihr Tablet und googelte. Landete auf der Website der Polizei Hessen. Klickte auf »Aktuelle Fahndung im Fall der getöteten Larissa J«. Sie erwartete beinahe, ein Foto von Damon zu sehen, aber stattdessen … *oh nein!* Das konnte ja wohl nicht wahr sein!

»Farwad!«, flüsterte sie entsetzt. War er der Typ gewesen, den sie vom Zug aus mit Lissy gesehen hatte? Den auch Marcella und Lynn beobachtet hatten? Farwad war letzte Woche aus dem Knast gekommen, und sie hatten sich mit ihm treffen wollen, um zu überlegen, wie es weitergehen konnte mit Evren und ihm. Heimlich, natürlich! War es ein Zufall gewesen, dass Farwad und Lissy sich am Freitagabend begegnet waren? Oder hatten sie sich verabredet, ohne ihr davon zu erzählen? Aber es gab keinen Grund, warum Lissy ihr das hätte verschweigen sollen. Oder doch? Hatte sie sich in Wirklichkeit gar nicht mit Damon, sondern mit Farwad treffen wollen? Nein, nein, nein! Das konnte nicht sein! Dieses Treffen mit Damon war wochenlang ihr Hauptgesprächsthema gewesen, seit diesem Kuss auf der Klassenfahrt. Die Begegnung mit Farwad musste Zufall gewesen sein. Ein Zufall mit tödlichem Ende.

***

Es war mittlerweile zweiundzwanzig Uhr und Farwad Mahmoudi noch immer nicht in seine Unterkunft zurückgekehrt. Nach einer Besprechung mit Nicola Engel und dem Leiter der Schutzpolizei, zu der sich der Polizeipräsident und ein Staatssekretär aus dem Innenministerium per Video zugeschaltet hatten, hatte sich Bodenstein in sein Büro zurückgezogen, um in Ruhe nachdenken zu können. Wie immer, wenn die Bevölkerung um Mithilfe gebeten wurde, hagelte es in der Soko-Zentrale Hinweise, und die Telefone der Hotline klingelten im Sekundentakt. Die meisten dieser Hinweise würden sich als wertlos entpuppen, trotzdem musste jeder einzelne registriert und verfolgt werden, denn einer von ihnen konnte derjenige sein, der sie auf die Spur des Täters brachte.

Auf der Rückfahrt nach Hofheim hatte Kathrin ihm ihren Eindruck von Anne Böhlefeld geschildert, und Bodenstein hatte sich darüber gewundert, dass Kathrin diese beinahe mit Händen zu greifende Spannung im Haus der Böhlefelds überhaupt nicht bemerkt zu haben schien. Hatte sie nicht gesehen, dass es dem verwaisten Elternpaar ganz und gar nicht gelang, gemeinsam zu trauern? Dass sie nicht die Nähe des anderen suchten, sondern sogar mieden?

Bodenstein bedauerte, dass Pia nicht dabei gewesen war. Kathrin war zweifellos eine gute Polizistin – zielstrebig, belastbar, scharfsinnig und fähig, gesunde Distanz zu ihren Fällen zu wahren, aber im Gegensatz zu Pia fehlten ihr die nötige Empathie und vielleicht auch die emotionale Intelligenz, um die feinen zwischenmenschlichen Schwingungen wahrzunehmen, die sich hinter dem Offensichtlichen verbargen.

Er blätterte in der noch dünnen Akte, die vor ihm auf dem Schreibtisch lag. Betrachtete die Fotos, die Krögers Leute am

Leichenfundort gemacht hatten. Dachte darüber nach, wie sich Lissys Eltern verhalten hatten. Er überlegte, Pia anzurufen, verwarf den Gedanken aber wieder. Sie hatte mit ihrer Mutter sicherlich gerade genug zu tun. Just in diesem Augenblick klingelte sein Handy. Es war Pia.

»Ich wollte dich auch gerade anrufen«, meldete er sich. »Wie geht's deiner Mutter?«

»Wahrscheinlich besser als mir.« Pia klang müde. »Sie schläft jetzt.«

»Was war denn eigentlich los?«

»Angeblich wollte sie zum Friedhof laufen und wusste dann plötzlich nicht mehr, wo sie war«, erwiderte Pia. »Gott sei Dank ist nichts passiert! Die Kollegen haben ihr Tee und Kekse gegeben, und da konnte sie sich wieder an ihren Namen und ihre Adresse erinnern. Ich glaube, sie trinkt nicht genug, isst nicht richtig und nimmt ihre Tabletten nicht regelmäßig. Darauf hat früher immer mein Vater geachtet.«

»Mensch, das tut mir leid, Pia«, sagte Bodenstein. »Kann ich irgendetwas für dich tun?«

»Im Moment nicht, aber vielen Dank für dein Angebot.« Pia gähnte. »Ich muss mich mal schlaumachen, welche Möglichkeiten es für häusliche Betreuung gibt. Essen auf Rädern zum Beispiel. Und ich weiß von einer Bekannten, dass die Caritas Leute schickt, die die Medikamenteneinnahme überwachen. Ich hab nur keine Ahnung, was das kostet und was davon die Krankenkasse übernimmt.«

»Kannst du sie denn allein lassen?«

»Ja, ja, hier im Haus ist das kein Problem, da kennt sie sich aus«, antwortete Pia. »Ich bin gerade dabei, überall Zettel hinzukleben, so wie es Heike Wersch für ihren dementen Vater gemacht hat, du erinnerst dich. *Schuhe und Jacke anziehen! Kühlschranktür schließen! Herd ausschalten! Klo abziehen!* Solche Sachen.«

»Gute Idee.« Bodenstein schmunzelte. »Solange du deine Mutter nicht irgendwo ankettest.«

»Mir fehlt gerade die Kraft, um darüber zu lachen«, entgegnete Pia und gähnte wieder. »Ich will ihr so viel Autonomie wie möglich lassen, aber es ist heikel, weil sie jeden Ratschlag als Bevormundung versteht und auf stur schaltet. Wir hatten ja nie das beste Verhältnis.«

Sie redeten noch kurz über Pias Mutter, dann wollte Pia wissen, ob Mahmoudi mittlerweile festgenommen worden war und wie es bei Böhlefelds gelaufen war. Bodenstein berichtete, was sich in den letzten Stunden ereignet hatte.

»Hm. Könnte Mahmoudi bei seinem Anwalt untergekrochen sein?«, überlegte Pia.

»Ich kann mir nicht vorstellen, dass Dr. Pfefferkorn jemanden wie Mahmoudi in seiner schicken Sachsenhäuser Altbauwohnung verstecken würde. Dem geht's doch nur um den Sieg vor Gericht, nicht um seine Mandanten.«

»Du hast recht«, stimmte Pia ihm zu. »Was ist mit seiner früheren Pflegefamilie? Könnte er dort Unterschlupf gesucht haben?«

»Nein, das glaube ich auch nicht.« Bodenstein erzählte ihr, was er von Ylva Sharityar, der Unfall-Tochter von Jörg Böhlefeld, erfahren hatte. »Da kann er sich wohl nicht mehr blicken lassen.«

Er seufzte und fuhr sich mit der Hand durchs Haar. »Ich fürchte, er hat sich abgesetzt oder ist untergetaucht«, sagte er.

»Und hat all sein Zeug zurückgelassen?«, entgegnete Pia. »Glaube ich nicht. Wenn er bis morgen früh nicht wiederaufgetaucht ist, sollten wir die Möglichkeit ins Auge fassen, dass ihm etwas zugestoßen ist. Vielleicht hat er einen Unfall gehabt. Er kann in Streitereien geraten sein.«

»Der Innenminister will, dass wir morgen eine Pressekonferenz abhalten, aber der Polizeipräsident hält das für verfrüht. Ich übrigens auch«, sagte Bodenstein. »Das Interesse der Öffentlichkeit ist zwar gewaltig, aber wir wissen noch viel zu wenig.«

»Ich würde auch lieber warten, bis wir irgendetwas vorzuweisen haben«, antwortete Pia. »Nicht, dass irgendwelche rechten Gruppierungen den Namen Mahmoudi zum Anlass für ausländerfeindliche Ausschreitungen nehmen.«

»Das sehen wir auch so. Bist du morgen früh da?«

»Natürlich. Ich bleibe heute Nacht hier bei meiner Mutter. Morgen früh um sieben bin ich im Büro«, versprach Pia.

Bodenstein wünschte ihr eine gute Nacht, schnappte sich die Akte und ging wieder nach unten. Gestern war er noch optimistisch gewesen, dass sie den Fall schnell lösen würden. Aber jetzt war er sich nicht mehr so sicher. Farwad Mahmoudi hatte Lissy Böhlefeld gut gekannt. Welchen Grund sollte er gehabt haben, sie zu töten? Und selbst wenn er es getan, wenn er sie erdrosselt und geschlagen hätte, hätte er ihre Leiche wirklich durch Dunkelheit und Schneefall bis zu dem Marienaltar geschleppt, um sie dahinter so sorgfältig zu drapieren, als ob sie schliefe? Nein, das passte alles nicht richtig zusammen.

Gerade als er die Soko-Zentrale betrat, klingelte sein Handy. Es war Ylva Sharityar, der er vorhin seine Visitenkarte gegeben hatte. Sie entschuldigte sich für die späte Störung, und dann sprudelte es nur so aus ihr heraus. Natürlich hatte ihr Vater nicht auf Bodensteins Bitte gehört, sondern den anwesenden Verwandten, Nachbarn und Freunden brühwarm von Farwad erzählt und behauptet, die Polizei würde ihn als Lissys Mörder suchen.

»Es war so schlimm, wirklich.« Die junge Frau war völlig aufgelöst und den Tränen nahe. »Die haben so schreckliche Sachen gesagt, weil sie dachten, ich wäre schon weg.«

»Was haben sie denn gesagt?«, wollte Bodenstein wissen.

»Die Asylbewerber wären kriminelles Gesocks und der letzte Abschaum, und es sei ja kein Wunder, dass so was passiert, weil wir die alle ohne Kontrolle reingelassen hätten.« Ylva schluchzte auf.

Bodenstein hörte ihr eine Weile zu, dann versuchte er, die aufgeregte junge Frau zu beschwichtigen, aber ihm war klar, was das bedeutete. Wenn die Pressekonferenz morgen stattfand, bestand das Risiko, dass außer den Vertretern der Presse noch andere Leute auftauchten. Leute, die gegen die Asylpolitik der Bundesregierung protestieren würden, was ihr gutes Recht war, aber rein gar nichts mit dem Mord an Larissa Böhlefeld zu tun hatte. Es war gut möglich, dass es nicht bei friedlichen Meinungsäußerungen bleiben würde.

Mittwoch, 11. Dezember

Als die Haustür ihres Elternhauses hinter ihr ins Schloss fiel, verspürte Pia eine Erleichterung, für die sie sich sofort schämte. Nicht nur für sie, auch für ihre Mutter war es neu, dass sie so viel Zeit miteinander verbrachten, denn ihr Verhältnis war nie eng gewesen. Pia war gleich nach dem Abitur zu Hause ausgezogen, um in Frankfurt Jura zu studieren. In jenem Sommer war sie mit einer Freundin nach Frankreich in den Urlaub gefahren, dort hatte sie einen Mann kennengelernt, für sie ein Urlaubsflirt, nicht mehr. Doch der Mann hatte sie in Deutschland ausfindig gemacht, sie über Monate hinweg gestalkt, um schließlich in ihre Studentenwohnung einzubrechen und sie brutal zu vergewaltigen. Dieses schlimme Ereignis war der Grund gewesen, weshalb sie das Studium abgebrochen und sich bei der Polizei beworben hatte. Ihre Eltern hatten über diesen Vorfall nie mit ihr gesprochen, aber ihr Vorwurf, sie habe es sich selbst zuzuschreiben, wenn sie sich mit irgendwelchen Männern einließ, hatte sie über ihre Schwester Kim schließlich doch erreicht und tief verletzt. Ihr Vater hatte vierzig Jahre bei der Hoechst AG Schicht gearbeitet. Sie waren jedes Jahr in dasselbe Ferienapartment in Südtirol gefahren und hatten an Ostern und Pfingsten Busreisen mit der Kirchengemeinde und dem Kegelklub unternommen. Für Pias Arbeit als Kriminalpolizistin hatten sie kein Verständnis gehabt, für den Job ihrer Schwester als Forensische Psychiaterin allerdings auch nicht. Sie waren zufrieden gewesen mit ihrem Leben, das sich auf Kirche, Gartenarbeit und ihren Kegelklub beschränkt hatte, und wenn Pia nicht hin und wieder angerufen oder sie besucht hätte, hätte sie seit Jahren nichts mehr von ihnen gehört. Als ihr Vater vor zwei

Monaten gestorben war, war das nur für ihre Mutter eine Überraschung gewesen. Jeder andere hatte den Hinterwandinfarkt längst kommen sehen, denn er hatte schon sein halbes Leben lang Herzprobleme gehabt, die er stur ignoriert hatte. Insofern war es fast ein Wunder gewesen, dass er überhaupt zweiundachtzig Jahre alt geworden war. Zum Glück hatte ihre Mutter ein belastbares soziales Netzwerk. Bis Pia eine gute Lösung für sie gefunden hatte, würden sich die verschiedenen Nachbarinnen und Freundinnen um sie kümmern.

Um fünf vor sieben war sie auf der Autobahn, etwas später als geplant. Die Nachrichten liefen, und sie drehte die Lautstärke etwas hoch.

»*… kam es in der Nacht zum Mittwoch in Schwalbach im Main-Taunus-Kreis zu Ausschreitungen*«, tönte die Stimme des Nachrichtensprechers aus den Lautsprechern. »*Eine Gemeinschaftsunterkunft wurde mit Steinen und Farbbeuteln attackiert. Verletzt wurde niemand, die Bewohner kamen mit dem Schrecken davon. Die Polizei vermutet, dass die Tat in Zusammenhang mit der Ermordung einer sechzehnjährigen Schülerin aus Sulzbach steht. In diesem Zusammenhang fahndet die Polizei nach einem 26-Jährigen aus Eschborn …*«

»Verdammt!« Pia gab Gas und fuhr zwanzig Minuten später auf den Parkplatz der RKI.

Im Besprechungsraum des K11 im ersten Stock war das ganze Team inklusive Nicola Engel versammelt, als Pia eintraf. Der Staatssekretär aus dem Innenministerium war per Video zugeschaltet.

»Eine Öffentlichkeitsfahndung war in dieser Situation absolut unsensibel«, wetterte er gerade vom Fernsehbildschirm an der Wand herab. »Wie konnte es dazu kommen, dass der volle Name des Mannes bekannt geworden ist?«

»Bei einer öffentlichen Personenfahndung ist es üblich, den vollen Namen der gesuchten Person anzugeben«, erwiderte Nicola Engel, aber der Staatssekretär redete einfach weiter. »Wie sollen die Leute sonst wissen, nach wem wir suchen?«

»Wir wissen doch alle, dass gewisse rechte Gruppierungen nur auf einen solchen Anlass warten, um Aktionen wie die gestern Nacht durchzuziehen! Da hat Ihnen völlig das Fingerspitzengefühl gefehlt, Herrn Bodenstein! Und Ihnen auch, Frau Kriminaldirektorin!«

»Mit Verlaub, Herr Staatssekretär«, erwiderte Bodenstein, bevor Nicola Engel das Wort ergreifen konnte. »Eine öffentliche Fahndung war und ist meiner Meinung nach alternativlos. Farwad Mahmoudi wird explizit nicht als Mordverdächtiger gesucht, sondern als Zeuge, und ...«

»Auf solche Feinheiten hören diese Leute doch nicht«, schnaubte der Staatssekretär. »Jetzt haben wir den Salat! Bald brennen vielleicht noch Unterkünfte! Und wir müssen diese Pressekonferenz abhalten, wir kommen nicht drum herum. Das wird uns gleich alles um die Ohren fliegen! Wir können noch von Glück sagen, dass es letzte Nacht keine Toten und Verletzten gegeben hat!«

Er redete sich immer mehr in Rage. Bodenstein war nicht anzusehen, was er dachte. Seine Miene war wie aus Stein gemeißelt.

»Sie werden gleich bei der PK mit auf dem Podium sitzen, Herr Bodenstein, und können sich wegen dieser völlig verfrühten und unnötigen Öffentlichkeitsfahndung als fremdenfeindlich und rassistisch beschimpfen lassen!«

»Wären Sie kein Politiker, sondern Ermittler, dann wüssten Sie, dass ich nicht anders handeln konnte«, nutzte Bodenstein eine Atempause des Staatssekretärs für eine Entgegnung. »Wir haben den Mord an einer sechzehnjährigen Schülerin aufzuklären. Der genetische Fingerabdruck von Mahmoudi war nur der erste von vielen, die an der Leiche festgestellt worden sind. Im Gegensatz zu allen anderen Spurengebern war es aber ausgerechnet Mahmoudi, der von zwei Zeuginnen zusammen mit dem späteren Mordopfer gesehen worden ist. Nur deshalb wollen wir mit ihm sprechen. Im Übrigen wäre ich ganz genauso verfahren, wenn der Mann nicht Mahmoudi, sondern Meier oder Schmidt heißen würde. Es geht hier nicht um eine Ethnie und auch nicht darum, ob jemand vorbestraft ist oder nicht, hier geht es einzig und allein darum, einen wichtigen Zeugen zu finden, der uns möglicherweise helfen kann, einen Mord aufzuklären.«

»Na, das können Sie ja gleich der Presse erklären!«, blaffte der Staatssekretär verärgert.

»Bleiben wir doch bitte sachlich«, schaltete sich Nicola Engel ein, aber da wurde der Bildschirm an der Wand dunkel, der Beamte aus dem Innenministerium hatte die Videokonferenz grußlos verlassen. Nur Sekunden später klingelte das Handy von Nicola Engel. Die Kriminaldirektorin rollte die Augen und verließ den Besprechungsraum.

Pia bewunderte ihren Chef für seine Fähigkeit, auch in der hitzigsten Diskussion Ruhe zu bewahren. Sein Tonfall blieb immer gelassen, und das verschaffte ihm einen klaren Vorteil gegenüber all jenen, die die Fassung verloren und anfingen herumzuschreien.

»Ihr habt gehört, was der Herr Staatssekretär meint«, sagte er nun. »Nach wie vor hat die Fahndung nach Farwad Mahmoudi oberste Priorität. Aber wir müssen auch alle anderen genetischen Spuren, die an Lissys Böhlefelds Körper und Kleidung festgestellt wurden, überprüfen. Pia und Kathrin, ihr fahrt noch mal in die Schule und bittet die Klassenkameraden und Freundinnen von Lissy Böhlefeld, die am Freitag auf der Eisbahn waren oder irgendwie in Kontakt mit Lissy gekommen sind, um Speichelproben für eine Ausschlussanalyse.«

»Dafür müssen wir erst die Genehmigung der Eltern einholen«, gab Kathrin zu bedenken. »Die sind alle noch minderjährig.«

»Dann kümmert euch darum«, erwiderte Bodenstein. »Tariq, hast du den früheren Pflegevater von Mahmoudi kontaktiert?«

»Ja, Professor Sharityar wartet auf meinen Anruf.« Tariq Omari nickte. »Er wurde mir übrigens auch als Dolmetscher empfohlen.«

»Gut. Bitte ihn, dich zu dem Haus zu begleiten, in dem Mahmoudi wohnt. Sprecht noch mal mit den Bewohnern. Und danach besucht ihr alle Gemeinschaftsunterkünfte im Main-Taunus-Kreis. Fragt herum, ob dort jemand Mahmoudi kennt. Bewohner, Flüchtlingshelfer, Sozialarbeiter.«

»In Ordnung.« Tariq nickte.

»Cem, du machst weiter mit den Befragungen. Nimm so viele Kollegen mit, wie du brauchst.«

»Alles klar.«

»Kai, wie steht es mit dem Bewegungsprofil von Lissy Böhlefelds Handy?«

»Wir haben es gestern Abend noch vom Provider erhalten«, antwortete Kai. »Das Handy war am Freitagabend zuletzt um 19:22 Uhr aktiv. Da hatte es sich in die Funkzelle eingewählt, in der sich die S-Bahn-Station in Niederhöchstadt befindet. Danach wurde das Telefon aus- oder in den Flugmodus geschaltet, es war seitdem nicht mehr zu orten.«

»Ich möchte, dass das Handy, ein iPhone 11 Pro in Roségold, und auch der Rucksack von Lissy mit Foto in die Fahndung genommen werden. Pia und Kathrin, fragt die Klassenkameraden, welche Handyhülle Lissys Handy hat und erkundigt euch auch nach Farbe und Marke des Rucksacks. Wenn die nichts wissen, fragt Anne Böhlefeld.«

Das Telefon auf dem Besprechungstisch klingelte. Kai nahm ab. Gleichzeitig bekam Bodenstein eine Nachricht von Nicola Engel.

»Dr. Pfefferkorn ist unten«, sagte Kai. »Der Anwalt von Mahmoudi. Er will mit dir sprechen, Chef.«

»Er muss warten.« Bodenstein stand auf. »Ich bin bei Frau Dr. Engel.«

***

Konstantin Hawelka betrat das Landgerichtsgebäude und stellte sich an der Schlange an, die sich vor der Sicherheitskontrolle gebildet hatte. Er hielt sein Smartphone ans Ohr und tat so, als wäre er in ein Gespräch vertieft. Die Leute ließen einen in Ruhe, wenn sie glaubten, dass man telefonierte. Und er wollte nichts mehr, als in Ruhe gelassen zu werden und sein Büro zu erreichen, ohne von irgendwem angesprochen zu werden. Die täglichen Höflichkeitsfloskeln und Alltagsroutinen erschöpften ihn.

In der heutigen Hauptverhandlung waren die Gutachter an der Reihe, der Rechtsmediziner und ein Forensischer Gerichtspsychiater, der den drogensüchtigen Intensivtäter, der im Februar in einer Spielhalle mehrere Gäste und Angestellte mit einer Machete erheblich verletzt hatte, begutachtet und seine volle Schuldfähigkeit festgestellt hatte. Hawelka kannte den einundzwanzigjährigen Jewgenij A., seitdem dieser mit vierzehn Jahren zum ersten Mal vor Gericht gestanden hatte. Immer war er davongekommen, hatte schlaue Anwälte und milde Richter gefunden. Aber diesmal würde es keine Nachsicht mehr geben. Eine Strafe war nichts wert, wenn sie immer nur angedroht, aber nie angewendet wurde. Das wusste jeder Mensch, der Kinder großgezogen hatte. Irgendwann musste man durchgreifen, sonst wurde man unglaubwürdig. Je früher, umso besser. Hawelka hatte keine Angst vor einer Urteilsaufhebung in einer Revision. Es kümmerte ihn schon längst nicht mehr. Er war nur sich selbst und seinem Gewissen Rechenschaft schuldig. Was andere Richter taten, war ihm egal. Ein gemeingefährlicher, gewaltbereiter Kerl ohne den Hauch von Impulskontrolle wie Jewgenij gehörte seiner Meinung nach in den Knast, und zwar für sehr, sehr lange Zeit.

Hawelka hatte die Sicherheitskontrolle hinter sich gebracht und vergaß für einen Moment, das Handy ans Ohr zu halten. Prompt sprach ihn jemand an.

»Guten Morgen, Konstantin. Hast du es schon gehört?«

»Hallo, Julius«, erwiderte Hawelka und blieb stehen. »Was soll ich gehört haben?«

Oberstaatsanwalt Julius Rosenthal war einer der wenigen Menschen, die Hawelka noch ertragen konnte. Er war ein Mann für die schwierigen Fälle, ein besonnener Jurist mit Rückgrat und klarem moralischem Kompass, der sich nicht einschüchtern ließ. Und er war ungefähr in Hawelkas Alter, keiner von den überehrgeizigen Jungspunden, von der es bei der Staatsanwaltschaft einige gab.

»Farwad Mahmoudi«, sagte der Oberstaatsanwalt. »Der junge Mann, den du letzte Woche wegen Vergewaltigung verurteilt hast und der nach der Haftbeschwerde seines Anwalts auf freien Fuß gesetzt wurde. Er wird im Zusammenhang mit dem Mord an einer Sechzehnjährigen gesucht.«

»Ja, ich hab's gehört. Die Geschichte ist ja in allen Medien.« Hawelka seufzte. »Mein Büro hat gestern schon Interviewanfragen abwimmeln müssen.«

Für die Presse und die Öffentlichkeit war natürlich er der Sündenbock, weil er einen Kriminellen hatte laufen lassen. Dabei war die ganze Sache viel komplexer, als sie insbesondere von der Boulevardpresse dargestellt wurde. Der Rechtsbeistand des Angeklagten hatte über Monate hinweg alles getan, um die Hauptverhandlung in die Länge zu ziehen: Er hatte einen Beweisantrag nach dem anderen gestellt, war wegen Überarbeitung der Verhandlung ferngeblieben und zwischendurch für mehrere Wochen krank gewesen. Und die Staatsanwaltschaft hatte auch ihr Scherflein dazu beigetragen, denn sie hatte ein Altersgutachten von Farwad Mahmoudi in Auftrag gegeben. Es hatte sage und schreibe acht Monate gedauert, bis es fertig gewesen war. Letztlich spielte es keine Rolle, warum der Prozess so ausgeufert war: Mahmoudi hatte zu lange in U-Haft gesessen, das OLG hatte der Haftbeschwerde von Mahmoudis Verteidiger nachgeben und den Mann aus der U-Haft entlassen müssen.

»Es ist sowieso egal, wie viel Mühe man sich gibt und wie man urteilt.« Hawelka blickte Rosenthal an. »Immer legt eine Partei Rechtsmittel ein. Fällt das Urteil zu mild aus, seid ihr es von der Staatsanwaltschaft. Urteilen wir zu streng, geht die Verteidigung in Revision.«

»Ja, es scheint ein Spiel geworden zu sein, bei dem es nur noch ums Gewinnen geht«, stimmte der Oberstaatsanwalt zu.

»Und wir Richter sind die Hampelmänner, die sich von den Anwälten alles gefallen lassen müssen«, entgegnete Hawelka bitter.

»Uns Staatsanwälten geht es auch nicht viel besser«, sagte Rosenthal. »Ich vermisse Anwälte, denen es wirklich um das Recht geht.«

»Das tue ich auch«, pflichtete Konstantin Hawelka dem Staatsanwalt bei. »Die Täter, die vor mir sitzen, werden immer brutaler. Viele sind unbelehrbare Wiederholungstäter, die ich nach einer Weile wiedersehe. Ich habe es fast nur noch mit jungen Männern mit Migrationshintergrund oder mit Asylbewerbern zu tun. Jede Verhandlung zieht sich in die Länge, weil wir Dolmetscher brauchen.«

»Ich weiß.« Rosenthal nickte. »Das ist die neue Realität an deutschen Gerichten.«

»Viele Leute haben keinen Respekt mehr, weder vor der Polizei noch vor der Justiz«, klagte Hawelka. »Und als Richter hat man keine wirkliche Handhabe gegen diese Kriminellen, die sich nicht an unsere Gesetze und die Regeln unserer Gesellschaft halten.«

»Ich erlebe jeden Tag dasselbe«, brummte Rosenthal. »Du bist einer der wenigen Richter hier am Landgericht, die sich überhaupt noch trauen, die volle Härte des Gesetzes auszuschöpfen.«

»Und was habe ich davon?« Hawelka verzog das Gesicht. »Ich halte einen einsamen Rekord als der Richter, dessen Urteile am häufigsten von der nächsthöheren Instanz aufgehoben werden. Aber eigentlich ist mir das egal. Ich bin nur dem Gesetz und meinem Gewissen verpflichtet.«

»Guter Mann.« Oberstaatsanwalt Rosenthal lächelte und klopfte Hawelka leicht auf den Arm. »Wir bräuchten mehr Richter wie dich, Konstantin. Richter mit Mumm.«

Hawelka nahm die Treppe in den zweiten Stock, und Rosenthal ging zum Übergang, der über die Gerichtsstraße hinweg zu Gebäude C führte.

»Mehr Richter wie mich«, murmelte Hawelka und musste lächeln. »Ja, die sollte es geben.«

***

Bodenstein stand in dem kleinen Foyer zwischen der Wache und der Tür des Soko-Raums und wartete auf Nicola Engel, den Pressesprecher der RKI und den Leiter der Schutzpolizei, um mit ihnen zur Stadthalle zur Pressekonferenz zu fahren, auf der man im Innenministerium bestand. Er vertrieb sich die Wartezeit, indem er den Strafverteidiger Dr. Jan Pfefferkorn beobachtete, der ungeduldig in der Schleuse, dem Vorraum vor der Sicherheitstür, die vom wachhabenden Beamten per Knopfdruck geöffnet werden musste, auf und ab ging. Alle paar Sekunden warf der Anwalt einen Blick auf seine Armbanduhr. Er prüfte sein Spiegelbild in der Glasscheibe zur Wache, fuhr sich mit der Hand über sein rotblondes Haar, zog den Bauch ein und zupfte an seinem Hemdkragen herum, der eitle Pfau.

Strafverteidiger waren bei den Ermittlungsbehörden keine sonderlich beliebte Spezies, und auch umgekehrt waren Polizei und

Staatsanwalt ein rotes Tuch für Strafverteidiger und deren Mandanten. Aber für die meisten Anwälte gehörte die Einhaltung der Regeln, die ein Strafprozess erforderte, zum Berufsethos. Nicht für Dr. Pfefferkorn. Er war ein arroganter Schnösel mit schlechten Manieren, berüchtigt für sein aggressives Auftreten. Vor Gericht suchte er grundsätzlich Streit, stellte Befangenheits- und unsinnige Beweisanträge, kam oft absichtlich zu spät und scheute nicht davor zurück, Richter, Staatsanwälte, Zeugen, Gutachter und die Anwälte der Nebenklage übel zu beleidigen. Auch Bodenstein war schon von ihm in einer Hauptverhandlung, in der er als Zeuge hatte aussagen müssen, unfair angegangen worden. Er hatte sich von dem aalglatten Typen in Designerjeans und rahmengenähten italienischen Schuhen, der seinen Adelstitel immer wieder provozierend betont hatte, nicht einschüchtern lassen, und letztlich war dessen Mandant für das, was er getan hatte, hinter Gitter gewandert.

Die Kriminaldirektorin kam mit dem Leiter der Schutzpolizei im Schlepptau den Flur entlang.

»Das ist doch Dr. Pfefferkorn«, sagte sie. »Was will der hier?«

»Er ist der Anwalt von Mahmoudi. Ich habe ein paarmal versucht, ihn zu erreichen, aber vergeblich«, antwortete Bodenstein. »Jetzt will er plötzlich mit mir reden, aber ich lasse ihn ein bisschen schmoren.«

»Wir müssen los«, sagte die Kriminaldirektorin. »Du hast fünf Minuten.«

»Die reichen aus«, versicherte Bodenstein und öffnete die Sicherheitstür der Schleuse.

»Hallo, Herr Dr. Pfefferkorn.« Bodenstein sparte sich jede Höflichkeitsfloskel, er verzichtete auf einen Händedruck und darauf, dem Anwalt seine Chefin vorzustellen. »Wir haben versucht, Sie zu erreichen. In Ihrem Büro hieß es, Sie seien nicht zu sprechen.«

Nicola Engel und der Leiter der Schutzpolizei gingen an Pfefferkorn vorbei hinaus ins Freie, wo bereits ein Wagen wartete.

»Ich möchte meiner Empörung darüber Ausdruck verleihen, wie die Polizei meinen Mandanten Farwad Mahmoudi behandelt«, dröhnte Anwalt Pfefferkorn mit einer Lautstärke, als stünde er hundert Meter von Bodenstein entfernt. »Eine Öffentlichkeitsfahndung mit Klarnamen und Foto ist ein klarer Verstoß gegen die schutzwürdigen Interessen meines Mandanten! An jedem Stammtisch in ganz Deutschland hat längst eine Vorverurteilung stattgefunden, von einer objektiven Berichterstattung in den Massenmedien kann wohl kaum die Rede sein.«

»Ihr Pathos können Sie sich für Ihre Plädoyers aufheben. Und Sie müssen auch nicht schreien. Ich stehe direkt vor Ihnen und höre sehr gut«, erwiderte Bodenstein. »Eine aufwendige Öffentlichkeitsfahndung nach Ihrem Mandanten wäre nicht nötig gewesen, wenn sich Herr Mahmoudi dort aufhalten würde, wo er sich aufhalten soll. Trotz Residenzpflicht ist er seit Montag nicht in seiner Wohnung anzutreffen. Wissen Sie, wo er sich derzeit aufhält?«

»Nein, das weiß ich nicht«, sagte Pfefferkorn einige Dezibel leiser. »Aber ich möchte noch einmal ...«

»Mahmoudi wurde von Zeugen am Freitagabend mit dem späteren Opfer gesehen«, fiel Bodenstein dem Anwalt ins Wort. »Dazu wollen wir ihn befragen. Und zwar so schnell wie möglich. Also: Hat Ihr Mandant Freunde oder Verwandte in Deutschland, zu denen er gereist sein könnte?«

»Das weiß ich nicht.« Der Verlauf, den das Gespräch nahm, gefiel dem Anwalt offensichtlich nicht.

»Wann haben Sie ihn zuletzt gesehen, Herr Pfefferkorn?«

»Letzte Woche. Ich habe ihn am Untersuchungsgefängnis abgeholt und ihn zur Ausländerbehörde in Hofheim begleitet. Anschließend habe ich ihn zu der Unterkunft gefahren, die ihm zugewiesen wurde. Das war's. Danach habe ich nichts mehr von ihm gehört.«

»Wie kann man ihn erreichen? Besitzt er ein Handy?«

»Auf der Ausländerbehörde hat er keins gekriegt«, sagte Pfefferkorn, diesmal in Zimmerlautstärke. »Und ich habe ihm auch keins besorgt.«

»Helfen Sie uns, Ihren Mandanten so schnell wie möglich zu finden«, sagte Bodenstein und schlug den Kragen seines Mantels hoch. »Bevor er womöglich einer aufgebrachten Menschenmenge in die Hände fällt.«

»Wenn das der Fall ist, ist das Ihre Schuld, Herr von Bodenstein«, behauptete Pfefferkorn.

»Wohl kaum.« Bodenstein öffnete die Tür und hielt sie auf. Der Anwalt verstand die Geste.

»Ich wollte sowieso gerade gehen«, schnaubte er verärgert.

***

Pia und Kathrin erfuhren im Sekretariat der Alexander-von-Humboldt-Schule, dass in diesem Moment in der Sporthalle eine Gedenkfeier für Larissa Böhlefeld stattfand. Eine der Sekretärinnen bot an, sie dorthin zu begleiten, aber Pia war der Meinung, es reiche aus, wenn sie ihnen den Weg erklärte.

Über tausend Schülerinnen und Schüler und das Lehrerkollegium hatten sich versammelt. An der Kopfseite der Halle war ein Podium errichtet und an der Kletterwand dahinter ein großes Schwarz-Weiß-Foto von Lissy mit einem schwarzen Trauerflor angebracht worden. Als Pia und Kathrin in der Eingangstür der Halle stehen blieben, trat gerade die Klassenlehrerin der 10 B ans Mikrofon und sprach über Lissy. Anschließend betraten Marcella und Lynn das Podium. Die beiden fanden bewegende Abschiedsworte, und viele der Schülerinnen weinten, hielten sich an den Händen oder umarmten sich. Danach ertönte ein Song, den Pia schon oft im Radio gehört hatte und der viele der Anwesenden zu Tränen rührte, nicht nur die Schüler. Als die letzten Akkorde des schnulzigen Liedes verklungen waren, begann sich die Versammlung aufzulösen, Schüler und Lehrer strömten an ihnen vorbei ins Freie. Tränen wurden abgewischt, Handys hervorgezogen. Das Leben ging weiter.

»Ich hätte echt gedacht, dass die beste Freundin irgendetwas sagen würde«, meinte Kathrin. »Siehst du sie irgendwo?«

»Nein«, erwiderte Pia. »Ich denke, der geht das Ganze zu nah.«

Die Freundinnen von Lissy Böhlefeld und ihre Klassenkameraden blieben in der Sporthalle. Zwei Jungen nahmen das Foto von der Kletterwand ab.

»Sie sind ja schon wieder hier«, begrüßte der Direktor Pia und Kathrin wenig freundlich.

»Ja, tut mir leid«, erwiderte Pia. »Uns wäre es auch lieber, wenn der Fall schon gelöst wäre, aber das ist er leider nicht. Wir müssen noch einmal mit den Schülern der 10 B sprechen.«

»Den Schülern und Schüler*innen*, denke ich«, entgegnete der Direktor spitz. »Es ist Ihnen vielleicht nicht bewusst, aber ich muss jedes Mal die Eltern darüber informieren, wenn Sie mit den jungen Leuten sprechen wollen. Worum geht es?«

Pia wollte sich den Schuldirektor nicht zum Feind machen, schließlich tat der Mann nur, was er tun musste.

»Wir möchten diejenigen Schüler – und natürlich auch Schülerinnen –, die am Freitagabend mit Larissa Böhlefeld Kontakt hatten, bitten, freiwillig eine Speichelprobe abzugeben, damit wir die genetischen Spuren, die wir an Kleidung und Körper gefunden haben, analysieren und ausschließen können.«

»Das dürfen Sie nicht«, widersprach der Schuldirektor. »Für so etwas brauchen Sie einen richterlichen Beschluss.«

»Doch, das dürfen wir. Wir sind die Polizei, und es geht hier um ein Kapitalverbrechen«, antwortete Pia. »Das können Sie übrigens in der Strafprozessordnung unter § 81e und f nachlesen. Aber natürlich werden wir Speichelproben nur mit Genehmigung der Erziehungsberechtigten nehmen.«

In dem Moment kamen Lissys Mitschüler aus der Sporthalle. Die Mädchen hatten verweinte Augen, die Jungen waren schweigsam.

Pia sprach Marcella an und fragte sie nach Sara Korbmacher.

»Die Sara ist heute nicht in die Schule gekommen«, erwiderte das Mädchen und blieb stehen. »Ihr geht's total mies. Für sie ist das alles noch schlimmer als für uns.«

»Kann ich verstehen«, sagte Pia verständnisvoll. »Ihr habt eine wirklich schöne Rede gehalten, Lynn und du.«

»Danke.« Marcella lächelte ein bisschen.

»Sag mal, könntest du mir Saras Handynummer geben?«

»Normal würd ich das nicht machen, aber weil Sie von der Polizei sind, ist das glaub ich okay.« Marcella zog ihr Smartphone hervor. Pia bewunderte, wie geschickt sie nur mit dem Daumen auf dem Touchscreen herumwischte. »Haben Sie ein iPhone?«

»Äh, ja. Wieso?«

»Dann kann ich Ihnen den Kontakt airdroppen«, erwiderte Marcella.

»Äh ... wie geht das?«, fragte Pia.

Marcella hob die sorgfältig gezupften Augenbrauen und schenkte ihr einen ungläubig-amüsierten Blick.

»Okeee, Sie sind der Papier-und-Stift-Typ. Wie meine Oma. Aber der hab ich's auch neulich beigebracht«, sagte das Mädchen, und Pia fühlte sich prompt uralt. »Holen Sie mal Ihr Handy raus. Dann zeig ich's Ihnen.«

»Nein, sag mir die Nummer lieber.« Pia zückte ihr Notizbuch und einen Stift.

»Äh ... die weiß ich doch nicht auswendig«, gab Marcella zu.

»Okeeee, du bist der Ich-hab-mein-Gehirn-im-Handy-Typ«, konterte Pia. »Ich warte, bis du sie gefunden hast.«

»Sie sind auf jeden Fall cooler als meine Oma«, stellte Marcella fest und diktierte Pia die Handynummer von Sara Korbmacher.

»Vielen Dank.« Pia lächelte. »Ach, eins noch. Kannst du dich erinnern, was für eine Handyhülle das iPhone von Lissy hatte?«

»Ja, klar. Wir haben alle dieselbe. So 'n Apple-Fake aus Silikon.« Marcella lächelte jetzt auch. »Ich könnte Ihnen ja den Link schicken, wo wir sie bestellt haben, aber dazu bräuchte ich Ihre Nummer.«

»Dann mache ich einfach ein Foto von deiner Handyhülle«, erwiderte Pia.

»Bitte sehr!« Marcella hielt ihr Smartphone hoch, und Pia machte ein Foto davon. »Lissy hatte übrigens eine in Aquamarin, passend zu ihrem Tablet. Das war ihre Lieblingsfarbe.«

***

Bodenstein blätterte auf der Fahrt zur Stadthalle den aktuellen Pressespiegel durch, den der Pressesprecher zusammengestellt hatte. In allen großen Tageszeitungen und Online-Portalen hatte es der Mordfall Larissa Böhlefeld auf die erste Seite geschafft. Die Schlagzeile, dass die Sechzehnjährige mutmaßlich von einem abgelehnten und wegen Vergewaltigung verurteilten Asylbewerber ermordet worden war, ließ die Emotionen hochkochen. Je nach Seriosität und politischer Richtung variierte die Tonalität der Berichterstattung, aber alle stellten die Frage, ob ein wegen eines Gewaltverbrechens vorbestrafter Asylbewerber überhaupt noch als subsidiär schutzberechtigt gelten dürfe.

Mit Sorge erkannte Bodenstein, dass Dr. Pfefferkorn recht hatte: Die Vorverurteilung des jungen Mannes war in vollem Gange. Es schien niemanden zu kümmern, dass es bisher nicht den geringsten Beweis für eine Täterschaft Mahmoudis gab.

Nach einer kurzen Fahrt stiegen sie vor der Stadthalle aus. Mit Unbehagen konstatierte Bodenstein die Ü-Wagen von allen deutschen Fernseh- und Radiosendern, die auf dem Parkplatz standen. Schaulustige drängten sich auf den Stufen des Chinon-Centers, Pressevertreter bildeten eine Schlange vor der Akkreditierungsstelle im Foyer der Stadthalle. Einen solchen Andrang hatte Bodenstein zuletzt vor sieben Jahren anlässlich der Pressekonferenz im Fall des Taunus-Snipers erlebt.

Eine dunkle Limousine mit Wiesbadener Kennzeichen rauschte auf den Parkplatz. Der Fahrer sprang heraus, eilte um das Auto herum und riss die rechte Hintertür auf.

»Dein ganz spezieller Freund, der Herr Staatssekretär«, stellte Nicola Engel fest.

Bodenstein graute vor dieser Pressekonferenz, auf der er nur sagen konnte, dass es bisher keinen Verdacht gab, wer Lissy Böhlefeld ermordet haben könnte.

Die Leute auf der Treppe des Einkaufszentrums wurden unruhig. Vereinzelte Zwischenrufe wurden laut.

»Einfach weitergehen, Herr Staatssekretär«, sagte Nicola Engel, aber der Mann hörte nicht auf sie. Er ging zu den Leuten hin. »Was zum Teufel tut er da?«

Erste Pressevertreter hatten gemerkt, dass vor der Stadthalle mehr los war als drinnen, und eilten mit Mikrofonen und Kameras bewaffnet nach draußen, wo eine Diskussion zwischen dem Staatssekretär und den zunehmend aufgebrachten Leuten entbrannte.

»Schluss jetzt! Wir gehen«, zischte Nicola Engel, aber der Staatssekretär ignorierte sie.

»Die allermeisten Flüchtlinge verhalten sich anständig in unserem Land«, sagte er. »So, wie es gute Gäste tun.«

Weiter kam er nicht, denn die anwesenden Zuschauerinnen und Zuschauer, die sich bis dahin friedlich verhalten hatten, brachten ihn mit Pfiffen und Beschimpfungen zum Schweigen.

»He, Sie da!«, rief eine Frau von den Stufen des Einkaufszentrums herab. »Haben Sie Kinder?«

»Wir haben Angst, unsere Kinder allein aus dem Haus zu lassen!«, rief die nächste Frau aufgebracht. »Wie kann es sein, dass unsere Kinder in unserem Land nicht mehr sicher sind und im Bus, in der S-Bahn und auf dem Schulweg von Ausländern und Asylanten angequatscht und bedroht werden?«

Andere stimmten ihr lautstark zu.

»Was ist denn mit dem Kerl, den die Polizei sucht?«, rief ein Mann. »Der hat ein Mädchen vergewaltigt! Warum ist der nicht im Gefängnis? Da läuft doch irgendwas falsch in unserem Land!«

»Liebe Leute, ich rufe Sie alle zur Besonnenheit und zum Vertrauen in die Arbeit unserer Polizei auf«, sagte der Staatssekretär mit bewundernswerter Furchtlosigkeit und hob die Hände, dann wandte er sich an die Journalisten. »Vermeiden Sie bitte jegliche fremdenfeindliche Vorverurteilung in Ihrer Berichterstattung.«

»Wollen Sie uns etwa vorschreiben, was wir schreiben dürfen?«, rief eine Journalistin. »Das stinkt ja nach Zensur!«

Die Presseleute stürzten sich begeistert auf die empörten Zuschauer, hielten ihnen Mikrofone hin und nahmen O-Töne auf.

Bodenstein schob den Staatssekretär vor sich her durch die Eingangstür der Stadthalle, heilfroh, nicht noch mit Gegenständen oder Obst beworfen zu werden.

»Sind Sie von allen guten Geistern verlassen?«, herrschte die Kriminaldirektorin den Staatssekretär an. »Wir haben doch vorhin am Telefon besprochen, wie das hier ablaufen soll. Wie kommen Sie dazu, mit den Leuten zu reden?«

»Sie sind doch schuld an dem Aufruhr! Diese unsinnige Öffentlichkeitsfahndung hat die Leute völlig verunsichert«, verteidigte sich der Beamte aus dem Innenministerium.

»Offenbar haben Sie nicht verstanden, um was es hier geht«, blaffte Nicola Engel. »Wir haben einen Mord aufzuklären!«

In dem Raum im ersten Stock, in dem die Pressekonferenz stattfinden sollte, wussten der Polizeipräsident und Oberstaatsanwalt Rosenthal schon, welche Szenen sich unten vor der Stadthalle abgespielt hatten. Beide waren genauso verärgert wie die Kriminaldirektorin. Und der Pressesprecher der RKI machte es nicht besser, als er besorgt darauf hinwies, dass auf Twitter schon eine Diskussion darüber losgebrochen war, ob in einem Fall wie diesem die Herkunft des Täters thematisiert werden dürfe oder nicht.

»Jemand schreibt, es sei schlimm, den Mord an einer sechzehnjährigen Schülerin politisch zu instrumentalisieren. Flüchtlinge würden unter Generalverdacht gestellt, indem man publik mache, aus welchem Land der mutmaßliche Täter stammt. Bald würden die ersten Flüchtlingsheime brennen.«

»Großer Gott!«, sagte Bodenstein. »Mahmoudi ist ja noch nicht einmal der mutmaßliche Täter, dafür gibt es bis jetzt keinen einzigen Beweis. Wir wollen ihn nur befragen.«

»Eine Pressekonferenz zu diesem Zeitpunkt ist sowieso ein Fehler«, murrte der Leiter der Schutzpolizei. »Was wollen wir der Presse denn eigentlich mitteilen?«

»Nur das, was wir bis jetzt wissen«, entgegnete Nicola Engel mit grimmiger Miene. »Wir beschränken uns auf die Fakten und bitten darum, dass sich Zeugen melden. Nur Bodenstein und ich werden sprechen, sonst niemand. Wenn wir alles gesagt haben, was zu sagen ist, stehen wir auf und gehen. Haben Sie mich verstanden, Herr Staatssekretär?«

Pünktlich um elf ging es los. Nicola Engel und Bodenstein schilderten abwechselnd die bisherigen Erkenntnisse. Sie beschränkten sich auf die Fakten und betonten, dass Farwad M. nur einer von mehreren Spurengebern und damit möglicherweise tatverdächtig sei, es aber zu diesem Zeitpunkt der Ermittlungen falsch und kontraproduktiv sei, ihn als »mutmaßlichen Täter« zu bezeichnen. Wichtig sei, den Mann zu finden, um mit ihm sprechen zu können.

Der Pressesprecher hatte eine Karte vorbereitet, die per Beamer an die Leinwand hinter dem Podium projiziert wurde.

»Wir bitten mögliche Zeugen, die am Abend des 6. Dezember in der Gegend zwischen dem S-Bahnhof Niederhöchstadt und Schwalbach eine Beobachtung gemacht haben, sich zu melden.« Bodenstein stand auf und deutete auf den betreffenden Bereich auf der Karte. »Aus ermittlungstaktischen Gründen können wir zu diesem Zeitpunkt keine Angaben zur Auffindesituation oder der Todesursache von Larissa Böhlefeld machen. Alle notwendigen Informationen finden Sie in der Presserklärung. Danke für Ihre Aufmerksamkeit.«

Die anwesenden Journalisten und Zuhörer verhielten sich diszipliniert und professionell, und Bodenstein war erleichtert, dass alles gut über die Bühne gegangen war, nachdem Nicola Engel letzte Fragen beantwortet und ein paar abschließende Worte gesprochen hatte.

Der Kleinbus war unterdessen um die Stadthalle herumgefahren. Der Polizeipräsident, der Leiter der Schutzpolizei, Oberstaatsanwalt Rosenthal, Nicola Engel und Bodenstein stiegen ein.

»Leider denken viele meiner Beamten ganz ähnlich wie die Leute da draußen«, sagte der Leiter der Schutzpolizei. »Besonders, seitdem es immer mehr Angriffe von Migranten auf Polizeibeamte gibt. Es ist nicht verwunderlich, dass es unter all diesen Menschen, die in überfüllten Erstaufnahmeeinrichtungen zusammengepfercht werden und keine Chance auf Asyl, einen Zugang zum Arbeitsmarkt oder Integration haben, auch welche gibt, die kriminell sind«, sagte der Polizeipräsident. »Sie kommen aus Ländern, in denen Krieg herrscht. Oder aus patriarchalischen Systemen, in denen Gewalt gegen Frauen an der Tagesordnung ist.«

»Politische Diskussionen und die Aufregung in der Öffentlichkeit machen unsere Arbeit nicht gerade einfacher«, mischte sich Bodenstein ein. »Wir wissen, dass das Mädchen Mahmoudi gekannt hat, sogar ziemlich gut. Vielleicht hat sie ihn nur zufällig getroffen.«

»Hat der Staatssekretär recht und die Öffentlichkeitsfahndung war ein Fehler?«, überlegte Nicola Engel ungewohnt selbstkritisch.

»Nein«, widersprach Bodenstein. »Wir müssen diesen Mann unbedingt finden! Er ist im Moment unser wichtigster Zeuge. Und unser einziger.«

»Welche anderen Spuren verfolgen Sie denn außer dieser?«, wollte der Polizeipräsident wissen.

»Wir hoffen, dass sich Zeugen melden, die Mahmoudi und Larissa Böhlefeld am Freitagabend gesehen haben«, antwortete Bodenstein. »Außer Mahmoudis DNA hat man im Labor ja auch noch viele andere genetische Spuren von unbekannten männlichen und weiblichen Personen gefunden. Ich hätte gerne eine Genehmigung dafür, dass wir diese DNA-Spuren auch auf Alter, Augen- und Haarfarbe der Spurengeber sowie auf ihre biogeografische Herkunft analysieren lassen.«

Für einen Moment herrschte Stille.

»Ausgeschlossen.« Der Polizeipräsident schüttelte den Kopf. »Das ist unzulässig.«

»Der § 81e ist doch gerade erst dahingehend geändert worden«, entgegnete Bodenstein.

»Aber nicht, was die biogeografische Herkunft betrifft. Zumindest nicht bei uns in Hessen«, sagte Oberstaatsanwalt Rosenthal. »Augen-, Haar- und Hautfarbe sowie Alter und Geschlecht der Person. Alles andere ist illegal.«

»Es würde ein Vermögen kosten, alle Speichelproben, die wir von Personen aus Lissy Böhlefelds sozialem Nahfeld nehmen, auf diese Weise analysieren zu lassen. Außerdem dauert es Wochen, bis es Ergebnisse gibt«, winkte Nicola Engel ab. »Nein, das müssen wir anders hinkriegen. Der § 81e ist und bleibt ein zahnloser Tiger.«

***

Die Resonanz auf die Pressekonferenz kam einer medialen Katastrophe gleich. Dank der ungeschickten Äußerungen des Staatssekretärs war aus dem Mordfall Larissa Böhlefeld ein Politikum geworden, und im Internet und in den sozialen Medien kochte die Empörung hoch. Besonnene Stimmen wurden niedergebrüllt, beunruhigte Menschen wurden als Nazis beschimpft. Bodenstein hegte die ernsthafte Befürchtung, dass es für Farwad Mahmoudi schlimme Folgen haben könnte, wenn er statt der Polizei einem aufgebrachten Mob in die Hände fiel. Um die Sicherheit der Bewohner der Flüchtlingseinrichtungen zu gewährleisten, hatte der Polizeipräsident einen Rund-um-die-Uhr-Schutz durch mindestens eine Streifenwagenbesatzung angeordnet.

»Professor Sharityar und ich waren in allen Unterkünften des Kreises«, berichtete Tariq Omari bei der Nachmittagsbesprechung im K11. »Die Bewohner sind verschreckt und behaupten, Mahmoudi nicht zu kennen. In dem Haus, in dem er untergebracht worden ist, haben wir niemanden angetroffen. Alle Wohnungen stehen leer.«

»Wieso das?«, fragte Kathrin erstaunt.

»Die Leute sind weg. Sie haben Angst«, erwiderte Tariq. »Fast alle Bewohner aus den Gemeinschaftsunterkünften in Schwalbach und Sulzbach, die keine Residenzpflicht haben, haben sich über Nacht auf den Weg zu Bekannten und Verwandten irgendwo in Deutschland gemacht. Sie haben Angst vor fremdenfeindlichen Übergriffen.«

»Aber gegen die meisten Flüchtlinge hat ja niemand etwas«, entgegnete Kathrin. »Nur gegen solche, die hier kriminell werden.«

»Vielleicht würdest du auch kriminell werden, wenn du keine Perspektive mehr für dein Leben sehen würdest«, gab Cem zurück.

Kathrin öffnete den Mund zu einer Erwiderung, aber Pia kam ihr zuvor, um die Meinungsverschiedenheit zwischen den beiden im Keim zu ersticken.

»Hat der Professor etwas über Mahmoudi gesagt?«, fragte Pia.

»Ja.« Tariq nickte. »Er hat ihn als intelligent und selbstbewusst bezeichnet. Mahmoudi hat schnell gut Deutsch gelernt und wollte sich integrieren. Der Professor hätte ihm keine Gewalttaten zugetraut. Er hat ihn mehrfach in der U-Haft besucht, ihm Briefe geschrieben. Mahmoudi hat seine Tat bereut, sich beim Opfer und dessen Familie entschuldigt. Dass er jetzt Lissy umgebracht haben soll, kann Sharityar nicht glauben.«

Natürlich. Niemand wollte wahrhaben, dass jemand, den man gut kannte, fähig war, einen anderen Menschen zu töten.

»Was gab es heute in der Schule?«, wollte Bodenstein wissen.

»Dreizehn freiwillige DNA-Proben«, sagte Kathrin. »Wir mussten auf die Einverständniserklärungen der Eltern warten, deshalb hat es eine Weile gedauert, aber jetzt ist alles auf dem Weg ins Labor.«

»Wir sind in eine Gedenkstunde für Lissy in der Schulturnhalle geplatzt«, ergänzte Pia. »Die Einzige, die nicht da war, war Sara Korbmacher. Ich habe ihre Handynummer bekommen und versucht, sie anzurufen, aber sie ist nicht drangegangen.«

»Wir müssen unbedingt mit ihr sprechen«, sagte Bodenstein. »Aber geben wir ihr noch einen Tag.«

Die Tür ging auf, und Kai kam herein.

»Sorry, dass ich zu spät bin«, sagte er. »Ich habe gerade mit einer Frau telefoniert, die am Freitagabend um kurz vor einundzwanzig Uhr an der Asylbewerberunterkunft an der Hessenallee vorbeigelaufen ist. Ursula Meininger, zweiundsechzig, kam vom Einkaufen im Lidl-Markt in Niederhöchstadt und war auf dem Weg zu ihrer Wohnung in Schwalbach. Ihr ist eine junge Frau in einer hellen Jacke mit Pelzkapuze aufgefallen, die vor dem Gebäude stand und sich mit einem Mann unterhalten hat. Die beiden haben geraucht. Gesichter hat sie nicht erkannt. Der Mann hatte eine Kapuze über dem Kopf.«

»Wie glaubwürdig ist die Zeugin?«, fragte Bodenstein.

»Ich würde sagen, ziemlich glaubwürdig«, erwiderte Kai. »Sie geht regelmäßig an der Unterkunft vorbei, zum Einkaufen oder auf dem Weg zur S-Bahn. Sie sagt, die junge Frau sei ihr aufgefallen, weil sie dort nur selten Frauen sieht, die solche Jacken tragen und rauchen.«

Pia stand auf und betrachtete die Umgebungskarte, die an einem der Whiteboards hing. Mit dem Zeigefinger verfolgte sie den Weg, den die Zeugin gegangen sein wollte und legte den Kopf schief, um die Straßennamen zu lesen.

»Laut Aussagen ihrer Freundinnen hat Lissy nicht geraucht«, warf Bodenstein ein.

»Aber die Beobachtung von Marcella und Lynn würde Sinn ergeben«, sagte Pia. »Lissy und der unbekannte Mann sind ihrer Aussage nach in die erste Straße links nach der Unterführung eingebogen. Das ist der Hausener Weg. Und der führt direkt zur Asylbewerberunterkunft an der Hessenallee.«

»Aber wieso sollen sie dorthin gegangen sein?«, fragte Kathrin. »Mahmoudi hat nicht dort gewohnt.«

»Vielleicht war er mit jemandem verabredet, der dort wohnt«, spekulierte Bodenstein. »Er ist mit der S-Bahn gekommen, hat zufällig in der Unterführung Lissy getroffen, die er lange nicht mehr gesehen hat. Lissy wollte zu Fuß nach Sulzbach laufen und begleitete ihn ein Stück.«

Hatten sie ein weiteres Puzzlestück entdeckt? Was hatte es zu bedeuten? Machte es Mahmoudi verdächtiger oder weniger verdächtig, dass er sich so unbefangen mit Lissy Böhlefeld in der Öffentlichkeit gezeigt hatte? Wo war der junge Mann bloß?

***

Er lag hellwach auf einer schmalen Pritsche in einer Zelle mit einem Fußboden aus Backsteinen. Stahlrohre reichten bis zum Boden, von Rost und Grünspan überzogen, aber stabil. Das hatte er schon ausprobiert. Sie bewegten sich keinen Millimeter, selbst wenn er mit seiner ganzen Kraft an ihnen zerrte oder sich mit Anlauf gegen sie warf. Das Einzige, was ihm das eingebracht hatte, waren Blutergüsse, eine geprellte Schulter und Schürfwunden.

Die Luft in diesem Verlies war dumpfig und feucht, aber es war nicht wirklich kalt. Eine vergitterte Glühbirne an der gewölbten Backsteindecke verbreitete schummeriges Licht.

Er hatte keine Ahnung, wo er sich befand und wie er an diesen seltsamen, nach Schimmel stinkenden Ort gekommen war. Seine letzte Erinnerung war, dass er morgens das Haus seiner Mutter verlassen hatte und zur Bushaltestelle gelaufen war, um zur Arbeit zu fahren. Danach kam der Filmriss. Er zermarterte sich das Gehirn, aber da war keine Erinnerung an die Entführung in seinem Kopf. Wie lange das her war, konnte er auch nicht beurteilen. Längst hatte er jedes Zeitgefühl verloren, denn hier gab es keinen Unterschied zwischen Tag und Nacht. In unregelmäßigen Abständen kam eine maskierte Gestalt und stellte ihm wortlos etwas zu essen hin – immer Kartoffelsalat und kalte Würstchen, alles industriell gefertigt, zu fettig und zu salzig. Aber er war nicht verwöhnt. Im Knast war das Essen auch nichts Besonderes gewesen. Der Maskierte brachte auch Wasser in Anderthalb-Liter-Plastikflaschen. Eine Billigmarke, von der er noch nie gehört hatte. Besteck gab es keines, nur einen Plastiklöffel, der zu weich war, um etwas anderes damit zu machen, als den Kartoffelsalat zu löffeln. Der Kübel für seine Exkremente war kein einziges Mal geleert worden, seitdem er hier war, und verströmte einen bestialischen Gestank, trotz Deckel. Auf seine Fragen bekam er nie Antworten. Er hatte schon geschrien und getobt und gebettelt. Alles vergeblich. Es gab keine Reaktion. Manchmal lag er weinend auf der Pritsche. Hin und wieder zwang er sich dazu, Liegestützen und Sit-ups zu machen, um fit zu bleiben. Hier war es tausendmal schlimmer als im Gefängnis. In den Gefängnissen, die er kannte, war es hell und vergleichsweise sauber gewesen. Er hatte einen Fernseher gehabt und Tageslicht und Hofgang. Er hatte mit Menschen sprechen können, auch wenn er in einer Einzelzelle gesessen hatte, zehn Jahre lang. Aber vor allen Dingen hatte er gewusst, weshalb er im Knast gewesen war. Er hatte gewusst, wie viel Uhr es war und welcher Tag, und er hatte die Tage bis zu seiner Entlassung zählen können. Hier wusste er nichts. Gar nichts. Niemand sprach mit ihm. Er hatte nichts zu lesen. Es gab nichts zu tun. Die Orientierungslosigkeit machte ihn wahnsinnig.

Er war nicht allein in diesem Loch. Da waren noch zwei andere Männer. Beide waren nach ihm hergebracht worden. Er hatte beobachtet, wie die Maskierten sie hereingetragen hatten, bewusstlos, mit verbundenen Augen. Danach hatte er sie nicht mehr gesehen, obwohl sie keinen halben Meter von ihm entfernt waren. Er konnte sie nicht berühren, das verhinderten die dicken Mauern zwischen den Zellen. Und sie konnten nicht miteinander kommunizieren, denn seitdem er hier war, drang aus unsichtbaren

Lautsprechern Musik. Dröhnend laute, schreckliche Musik, die niemals aufhörte. Die er selbst dann noch hörte, wenn er sich die Ohren zuhielt. Die reinste Folter.

Plötzlich spürte er, wie sich der Luftdruck veränderte. Das war immer der Fall, wenn jemand kam. Zuerst hatte er das nicht gemerkt, aber mittlerweile reagierten seine Sinne sensibel auf kleinste Veränderungen. Wenig später betraten Männer den Raum vor den Zellen. Drei Männer in schwarzer Kleidung mit Sturmhauben über den Köpfen und Handschuhen an den Händen. Er lag bewegungslos auf der Pritsche. Sein Herz hämmerte gegen seine Rippen. Ihm war übel vor Angst. Aber die Männer wollten nicht zu ihm. Er hörte jemanden schreien. Die Musik war zu laut, als dass er etwas hätte verstehen können. Und dann sah er den Mann, der in der Zelle neben ihm eingesperrt gewesen sein musste. Er war nicht viel älter als er selbst. Blondes, strähniges Haar. Ein schmutziges Hemd, das früher mal weiß gewesen sein musste. Nackte Füße. Kurz traf ihn ein Blick aus weit aufgerissenen Augen, voller Todesangst. Er wollte die Augen schließen, um nicht mit ansehen zu müssen, was sie mit dem Mann machten. Denn dasselbe, das ahnte er, würde ihm bevorstehen, wenn nicht ein Wunder geschah. Aber er konnte nicht. Er musste einfach sehen, was passierte. Die schwarz gekleideten Männer stießen den blonden Mann zu Boden. Legten ihm Handschellen an und klebten ihm den Mund zu, obwohl er sich heftig wehrte. Und dann schleiften sie ihn weg. Wieder veränderte sich der Luftdruck. Er ahnte, dass es sinnlos war, auf die Rückkehr des Mannes zu warten.

***

Pia hatte das Gefühl, gerade erst eingeschlafen zu sein, als sie vom Klingeln ihres Handys aus dem Tiefschlaf gerissen wurde. Sie schreckte hoch, tastete auf dem Nachttisch herum und warf das Gerät aus Versehen auf den Boden. Pia schaltete die Nachttischlampe an und kroch auf dem Boden herum, bis sie das Handy gefunden hatte. Kurz vor Mitternacht. Hoffentlich war nichts mit ihrer Mutter! Nicht, dass sie jetzt auch nachts draußen herumlief! Dann war die Fußkette echt eine Überlegung wert.

»Pia Sander?«, meldete sie sich, auf das Schlimmste gefasst.

»Tut mir leid, wenn ich dich geweckt habe«, sagte der Diensthabende. »Auf der L3031 zwischen Waldems und Bad Camberg ist ein Mann von einem Auto erfasst und getötet worden.«

Sie hatte Bereitschaft, das war Pech. Nichts mit ihrer Mutter, das war gut.

»Ich fahre hin«, sagte sie. »Hast du Omari erreicht? Er hat auch Bereitschaft.«

»Ja, der ist schon unterwegs.«

Pia stand mit dem Telefon in der Hand da und kämpfte gegen ihren inneren Schweinehund, der ihr zuflüsterte: *Tariq kriegt das auch alleine hin. Leg dich wieder hin und schlaf noch ein bisschen.* Es war zu verlockend, den Anruf zu ignorieren, sich einfach wieder im kuschelig warmen Kokon ihrer Bettdecke zusammenzurollen und weiterzuschlafen. Aber ihr Pflichtgefühl siegte und sie widerstand der Versuchung. Beck's hatte sie aufmerksam beobachtet und erhob sich aus seinem Korb, als er verstand, dass seine Herrin nicht bloß aufs Klo gehen würde. Er streckte sich und gähnte, war aber sofort bereit zum Aufbruch.

»Ich muss dich wohl mitnehmen«, sagte sie zu ihm. Christoph war seit gestern auf einer Tagung in Basel, und sie konnte nicht absehen, wie sich der Unfall mit Todesfolge entwickelte. Ein Blick auf die Wetter-App auf ihrem Handy verhieß eine klare, bei minus neun Grad eisig kalte Nacht, ohne Niederschläge. Diese extreme Kälte noch vor dem kalendarischen Winteranfang war genauso ungewöhnlich wie Trockenheit und Hitzewellen im Sommer. Pia zog vorsichtshalber ihren halben Kleiderschrank an und nahm noch eine zusätzliche Jacke mit, und weil nicht damit zu rechnen war, dass es mitten im tiefsten Wald Kaffee geben würde, zapfte sie am Kaffeeautomaten drei Tassen Caffè Crema und füllte sie in eine Thermoskanne. Beck's stand schon an der Tür zur Garage und wedelte eifrig mit dem Schwanz. Pia zog ihm den ungeliebten Fleece-Pullover und das Geschirr an und ließ ihn in die Hundebox springen.

Knapp fünfzehn Minuten nach dem Anruf setzte Pia das Auto rückwärts aus der Garage und fuhr durch den nachtschlafenden

Ort Richtung Königstein. Die Straßen waren leer und alle Ampeln blinkten gelb, deshalb kam sie schnell voran.

Nur noch neun Tage, bis Christophs Familie aus Australien anreisen würde. Bis jetzt hatte sie noch kein einziges Weihnachtsgeschenk besorgt, und sie wusste auch nicht, wann sie das erledigen sollte. Gestern hatten sie sich deswegen gestritten, auch wegen der Organisation für die Übernachtung der Gäste, denn in den ehemaligen Kinderzimmern der Mädchen standen noch immer Umzugskartons und Möbel, von denen sie nicht wussten, was mit ihnen passieren sollte. Christoph fand, es sei noch Zeit genug, und Pia hatte ihm vorgeworfen, er würde das zu sehr auf die leichte Schulter nehmen.

Sie fuhr durch den Königsteiner Kreisel, am Kurbad vorbei und die B8 hoch in Richtung Glashütten und versuchte, den Gedankenspiralen Einhalt zu gebieten.

Hinter Glashütten bog sie nach Oberems ab und fuhr durch Wüstems nach Reichenbach. Sie fuhr viel zu schnell, aber die Fahrbahn war trocken, und auf den schmalen Landstraßen, die sich durch die tiefen Taunuswälder schlängelten, begegnete ihr nur selten mal ein anderes Fahrzeug. Am Parkplatz Tenne verließ sie die L275 und bog auf die L3031 Richtung Bad Camberg ab. Quer über der Fahrbahn parkte ein Streifenwagen mit blinkendem Blaulicht. Pia legitimierte sich mit ihrem Kripo-Ausweis und durfte durchfahren. Nach ungefähr zwei Kilometern fiel Licht durch die winterkahlen Bäume. Die Straße war voller Menschen und Einsatzfahrzeugen von Feuerwehr und Polizei. Zwei Rettungswagen. Die Unfallstelle war von einem Scheinwerfer taghell erleuchtet. Pia hielt in einiger Entfernung an und stieg aus. Sie zog Jacke und Handschuhe an, steckte die Thermoskanne ein und marschierte los. Auf dem Trittbrett des einen Rettungswagens saß eine junge Frau in eine goldfarbene Thermofolie gehüllt, sie schien unter Schock zu stehen. Zwei Rettungssanitäter kümmerten sich um sie. Im anderen Rettungswagen wurde noch jemand behandelt.

Ein Auto klemmte, auf dem Dach liegend, zwischen dem Straßengraben und einem Baum. Feuerwehrleute waren damit beschäftigt, Pulver über ausgelaufenes Öl und Benzin zu streuen.

Neben der Gestalt, die leblos auf dem Asphalt lag, hockte ein Mann, der im Licht einer Taschenlampe den Toten betrachtete. Seine Silhouette kam Pia vertraut vor.

»Hey.« Tariq kam ihr entgegen.

»Ist das da mein Ex bei der Leiche?«

»Ja, das ist er«, bestätigte Tariq. »Er war zufällig in der Gegend.«

»Zufällig, aha.« Pia hob die Augenbrauen. »Was ist hier passiert? Wer hat in dem Auto gesessen?«

»Zwei junge Leute, ein Pärchen. Kamen von der Weihnachtsfeier seiner Firma in Limburg. In dem roten Nissan, der auf ihn zugelassen ist.« Tariq deutete auf das Autowrack. »Wohnen beide in Mauloff. Sie saß am Steuer, er auf dem Beifahrersitz. Sie waren ungefähr mit 80 Stundenkilometern unterwegs. Der Tote muss plötzlich aus dem Wald auf die Fahrbahn gelaufen sein. Er ist direkt vor ihr Auto getaumelt. Sie konnte nicht mehr ausweichen, hat ihn frontal erwischt. Er ist in die Windschutzscheibe gekracht und dann über das Auto geschleudert worden.«

»Alkohol?«

»Eine unbedeutende Menge. Die Fahrerin hat 0,1 Promille.«

Sie gingen zu der Leiche, die verkrümmt mitten auf der Straße lag. Der Asphalt ringsum war schwarz vom Blut.

»Hallo, Henning! Was machst du denn um diese Uhrzeit im tiefsten Hintertaunus?«, begrüßte Pia ihren Ex-Mann.

»Hallo, Pia.« Dr. Henning Kirchhoff knipste die Taschenlampe aus und erhob sich aus der Hocke. »Ich hatte gestern Abend eine Lesung in Montabaur und war gerade auf dem Heimweg, als ich den Anruf bekam, dass es hier einen tödlichen Verkehrsunfall gegeben hat.«

»Wer hat dich denn angerufen?«, fragte Pia verwundert.

»Spielt doch keine Rolle«, erwiderte Henning ein wenig verlegen.

»Sag bloß, du hörst noch immer den Polizeifunk ab!« Pia grinste belustigt. Tariq verfolgte neugierig den Wortwechsel.

»Wie du wohl weißt, meine Liebe, bin ich dazu befugt«, sagte Henning würdevoll.

»Andere Leute hören im Auto Musik«, gluckste Pia. »Oder Hörbücher.«

»Bin ich ›andere Leute‹?«, entgegnete Henning spitz.

»Nein, das bist du ganz sicher nicht. Was kannst du uns sagen?«

»Männlich, Ende zwanzig, Anfang dreißig. Guter körperlicher Zustand«, erwiderte Henning, erleichtert, das Thema wechseln zu können. »Abgesehen davon, dass er tot ist, natürlich.«

»Du warst schon witziger.« Pia betrachtete die Leiche, die keinen besonders schönen Anblick bot, Gesichtszüge waren kaum noch zu erkennen. »War er etwa barfuß unterwegs? Bei diesen Temperaturen?«

»Ja, offensichtlich.« Henning ging wieder in die Hocke und richtete den Strahl seiner Taschenlampe auf den Hals des Toten. »Und diese Verletzungen hier an seiner Kehle und an seinen Armen stammen sicher nicht von der Kollision mit dem Auto oder vom Aufprall auf den Asphalt.«

»Sondern?« Pia hockte sich neben Henning hin Tariq auf die andere Seite der Leiche.

»Darf ich mir das auch angucken?« Der Einsatzleiter der Freiwilligen Feuerwehr Bad Camberg war dazugekommen, und Tariq machte ihm ein Stück Platz. Im grellen Licht der Taschenlampe betrachteten sie die schauerlichen Wunden.

»Meiner Meinung nach sind das Bissspuren von einem Tier«, sagte Henning. »Einem ziemlich großen Tier.«

»Von einem Wolf vielleicht?«, fragte Pia und hob den Kopf. »Gibt es hier Wölfe in der Gegend?«

»Nein«, sagte der Feuerwehrmann. »Hier gibt's momentan keine. Und wenn es welche gäbe: Wölfe sind scheu. Die fallen keine Menschen an.«

Henning wies auf den zerfetzten Hals des Mannes.

»Kehlkopf und Speiseröhre hängen heraus.« Er ließ das Licht der Taschenlampe über den Körper des Toten wandern. »Hier, schaut euch die Hände und Unterarme an. Voller Bisswunden. Der Mann war schon vor der Kollision mit dem Fahrzeug schwer verletzt. Die Verletzungen am Hals hätten höchstwahrscheinlich früher oder später zum Tode geführt. Der Unfall hat es nur schneller beendet. Ich werde es erst bei der Obduktion genau feststellen, aber ich denke, bei dem Aufprall auf die Straße ist die Halsschlagader abgerissen. Das würde zumindest das viele Blut erklären.«

»Wie kommt er mitten in der Nacht in den Wald?« Pia richtete sich wieder auf. »Barfuß und ohne Jacke. Hat er irgendetwas bei sich, womit man ihn identifizieren kann?«

»Nein, nichts.« Tariq schüttelte den Kopf. »Es sieht aus, als wäre er vor irgendetwas auf der Flucht gewesen.«

Pia blickte sich um. Ringsum nur Bäume.

»Was ist hier in der Nähe?«, erkundigte sie sich bei dem Feuerwehrmann.

»Also, direkt in der Nähe ist von hier aus gar nichts.« Der Mann machte eine vage Handbewegung in die Richtung, aus der Pia gekommen war. »Da unten im Tal liegt Steinfischbach, ein Ortsteil von Waldems.«

»Und was ist auf der anderen Seite, hinter dem Wald?«, wollte sie wissen. »Wenn ich es richtig verstanden habe, ist das Unfallopfer von dort oben aus dem Wald auf die Straße gelaufen.«

»Hm.« Der Feuerwehrmann kratzte sich nachdenklich unter seinem Helm. »Hinterm Wald Richtung Riedelbach, da gibt's die Pilzbunker.«

»Aha. Und was ist das?«

»Eine Bunkeranlage aus dem Zweiten Weltkrieg. Nach dem Krieg haben die Amis das Gelände übernommen und später die Bundeswehr«, wusste der Feuerwehrmann. »Seit den Achtzigern stand das ganze Ding leer und ist vor sich hin gegammelt. Vor ein paar Jahren hat ein Typ das ganze Areal gepachtet. Er züchtet in den Bunkern im großen Stil Pilze.«

»Was für Pilze?«, fragte Tariq skeptisch. »Pilze zum Essen oder *magic mushrooms*?«

»Ich weiß nur von normalen Pilzen«, erwiderte der Hinterwäldler. »Champignons. Austernpilze. Shiitake. So 'n Kram halt. Beliefert Supermärkte in ganz Deutschland. Sie müssen nicht glauben, dass die Shiitake-Pilze bei Rewe aus Japan kommen. Die kommen hier aus dem Taunus.«

»Auf jeden Fall umweltverträglicher, als wenn sie mit dem Flugzeug aus Fernost kämen«, fand Tariq.

»Wie kommt man von hier aus zu diesem Pilzdings?«, wollte Pia wissen.

Der Feuerwehrmann erklärte ihr den Weg.

»Das sind ungefähr zwanzig Kilometer. Man muss um den ganzen Wald herumfahren.«

»Willst du jetzt echt dahin?«, fragte Tariq.

»Nein.« Pia rieb ihre behandschuhten Hände. Ihre Nase war eiskalt, und sie fror trotz ihrer warmen Kleidung. »Aber morgen.«

Aus Richtung Bad Camberg traf ein Abschleppwagen ein, gefolgt von einem Leichenwagen und den blauen Bussen der Spurensicherung. Henning klappte seinen Koffer zu und streifte die Handschuhe von den Händen.

»Ich bin hier fertig«, sagte er. »Schickt ihr mir die Leiche ins Institut?«

»Ja, klar. Ich kümmere mich darum.« Tariq nickte und schaute Pia an. »Du kannst ruhig nach Hause fahren, wenn du willst. Ich hab hier alles im Griff.«

»Ich weiß. Und ich nehme dein Angebot dankend an.« Pia lächelte ihren jüngeren Kollegen an. Mit seinem ernsthaften Eifer erinnerte Tariq sie manchmal ein bisschen an Beck's. »Lass die Gegend nach einem abgestellten Auto absuchen. Irgendwie muss das Unfallopfer ja hierhergekommen sein.«

»Mach ich, natürlich«, sagte Tariq. Pia klopfte ihm kurz auf den Arm und ging hinüber zu Henning, der mit Christian Kröger bei der Leiche stand.

»Habt ihr schon mal von einer Bunkeranlage aus dem Zweiten Weltkrieg hier im Taunus gehört, in der Pilze gezüchtet werden?«, fragte sie.

»Nein«, antwortete Kröger. »Aber um Berlin herum und in Polen gibt es viele Pilzzuchten in ehemaligen Bunkern, weil da drin immer dieselbe Temperatur und eine ideale Luftfeuchtigkeit herrscht.«

»Okay. Dann schaue ich mir das Ding morgen mal an.«

Kröger ging los, um sich einen Schutzoverall anzuziehen und sein Equipment zu holen.

»Wollen wir noch an der Autobahnraststätte einen Kaffee trinken gehen?«, fragte Henning zu Pias Überraschung.

»Leider bin ich über Oberems gekommen«, antwortete Pia. »Mein Auto steht auf der anderen Seite der Absperrung. Aber wenn es dir nur ums Koffein geht, ich habe Kaffee dabei.«

Sie hielt ihm die Thermosflasche hin.

»Eigentlich ist der Kaffee zweitrangig«, räumte Henning ein. »Ich wollte hören, wie es deiner Mutter so geht.«

»Meiner *Mutter*?« Pia war überrascht. »Nachts um halb zwei mitten im Wald?«

»Deshalb wollte ich ja zur Raststätte fahren. Irgendwie ist sonst nie Zeit für ein Gespräch. Ich habe gehört, ihr geht es nicht so gut.«

Pia fragte sich, woher er das schon wieder erfahren hatte. Manchmal war es ihr beinahe unheimlich, wie gut Henning über sie Bescheid wusste.

»Ja, das stimmt. Neulich ist sie nur in Hausschlappen auf der Landstraße unterwegs gewesen und war völlig orientierungslos.«

»Ach je. Die arme Irmi! Das tut mir sehr leid«, sagte Henning.

Es berührte Pia, dass er ihre Mutter spontan »Irmi« nannte. Manchmal vergaß sie, dass die beiden ein sehr herzliches Verhältnis gehabt hatten. Nach anfänglicher Skepsis wegen seiner Berufswahl – Henning hatte kurz nach ihrer Hochzeit im Juni 1990 seine Facharztausbildung als Rechtsmediziner an der Charité in Berlin angefangen – hatte ihre Mutter ihren Schwiegersohn ins Herz geschlossen und ihm immer, wenn er zu Besuch kam, sein Lieblingsessen »Himmel und Erde« gekocht.

»Glücklicherweise hat sie ja die Leute aus der Kirchengemeinde und dem Kegelklub. Sie ist tapfer und beklagt sich nie, aber natürlich ist sie traurig. Ich habe keine Ahnung, wie lange sie noch alleine in dem großen Haus bleiben kann. Mindestens dreimal pro Woche bin ich bei ihr, fahre mit ihr einkaufen und leiste ihr Gesellschaft. Sie freut sich immer, wenn ich Beck's mitbringe. Ist irgendwie eine seltsame Fügung des Schicksals, dass ausgerechnet ich diejenige von uns Geschwistern bin, die sich um unsere Mutter kümmert. Dabei hatten wir uns nie viel zu sagen.«

»Kümmert sich dein Bruder wenigstens auch, oder überlässt er dir alles?«, wollte Henning wissen. »Nach Kim brauche ich wohl gar nicht erst zu fragen.«

»Kim war ja noch nicht mal auf Papas Beerdigung«, sagte Pia. »Und Lars würde Mama lieber heute als morgen in ein Altersheim abschieben. Aber so weit ist sie noch nicht.«

»Und wie geht es dir?«

»Ach, geht schon.« Zu ihrem Schrecken war Pia plötzlich den Tränen nahe. Wie kam sie dazu, mit ihrem Ex-Mann mitten in der Nacht auf einer Straße im Hintertaunus über ihre Mutter zu reden? Aber es schien ihn wirklich zu interessieren, und das war gerade mehr, als man von Christoph behaupten konnte.

»Ich muss los«, sagte sie mit belegter Stimme. »Ich habe den Hund im Auto. Der erfriert mir, wenn ich noch länger hier herumstehe.«

»Na klar. Dann ein andermal. Gute Nacht.«

»Gute Nacht«, antwortete sie und war froh, verschwinden zu können. Henning, der sich schon zum Gehen gewandt hatte, blieb noch einmal stehen.

»Pass auf dich auf, Pia«, sagte er ernst. »Ich mach mir ein bisschen Sorgen um dich.«

Im Licht der Scheinwerfer des Feuerwehrautos konnte Pia das Gesicht ihres Ex-Mannes gut erkennen. Die freundliche Intensität, mit der er sie betrachtete, berührte etwas in ihrem tiefsten Innern. Zu ihrem Schrecken brannten ihr plötzlich Tränen in den Augen. Schnell wandte sie den Kopf ab. Auf keinen Fall durfte Henning sehen, dass sie kurz davor war zu heulen.

»Das musst du nicht. Mir geht's gut«, sagte sie und hoffte, dass ihre Stimme fest klang. »Gute Nacht!«

Sie eilte durch die Dunkelheit zu ihrem Auto, aufgewühlt und beschämt. Wie erbärmlich es war, dass ein paar freundliche Worte ausreichten, um sie zu Tränen zu rühren! Und ausgerechnet von Henning, ihrem Ex-Mann, der sie früher nie so angesehen hatte, so besorgt und … ja, verdammt noch mal, so *liebevoll*.

Pia stieg ins Auto, und da war es aus mit ihrer Selbstbeherrschung. Sie brach in Tränen aus. Was war bloß mit ihr los? Sie war doch sonst nicht so dünnhäutig! Aber irgendwie fühlte sie sich von ihren Geschwistern komplett im Stich gelassen, was ihre Mutter betraf. Und Christoph hatte fünfzehn Leute zu Weihnachten eingeladen und kümmerte sich um gar nichts! Er fuhr einfach für ein paar Tage nach Basel, überließ ihr die Sorge für den Hund, obwohl sie gerade auch wirklich viel Arbeit hatte. Schluchzend wendete sie das Auto auf der schmalen Landstraße, und als sie durch die dunkle Nacht fuhr, fühlte sie sich so einsam wie selten zuvor in ihrem Leben.

Donnerstag, 12. Dezember

»Willst du heute wirklich schon wieder arbeiten gehen?« Jörg stand in der Tür des Badezimmers und sah zu, wie sie sich schminkte.

»Du warst doch gestern auch im Büro«, erwiderte Anne Böhlefeld, ohne den Blick von ihrem Spiegelbild abzuwenden. »Ich drehe durch, wenn ich noch länger hier herumsitze.«

... und deine Tochter, deinen Bruder und seine Frau, die Nachbarn und meine Mutter ertragen muss. Die verheulten Augen von Ylva. Das Stammtischgeschwätz der Männer. Die fettige Hausmannskost, die meine Mutter produziert. Die Art, wie alle verstummen, wenn ich einen Raum betrete. Das sprach sie nicht laut aus. Es wäre undankbar, denn sie alle wollten ja nur helfen. Trost spenden. Seit Sonntag, seitdem die Polizei ihnen die Nachricht überbracht hatte, dass Lissy tot war, hatte Anne kaum einen ungestörten Moment gehabt, außer in den Nächten, in denen sie nicht geschlafen, sondern im Internet gegoogelt hatte, wie man sich als Mutter eines ermordeten Kindes verhalten sollte. Sie hatte sich daran erinnert, dass es ihr irgendwie anstößig vorgekommen war, wenn Frauen, die ihre Männer verloren hatten, am nächsten Tag wieder einkaufen gegangen waren. War es von Angehörigen Verstorbener unfair, wenn sie zu früh wieder in der Öffentlichkeit auftauchten? Der Tod war ein Tabuthema, ganz besonders der Mord an einer Jugendlichen. Was erwarteten die Leute von ihr? Wie sollte sie sich verhalten? Durfte sie einfach wieder in den Supermarkt gehen, oder brachte sie andere damit in die Lage, ihr womöglich am Kühlregal oder an der Käsetheke kondolieren zu müssen?

Anne versuchte, ihre Situation rational anzugehen. Sie hatte

Foren besucht, in denen sich verwaiste Eltern austauschten, hatte Blogs von Müttern gelesen, die Kinder verloren hatten, und sie war zu der Erkenntnis gelangt, dass es kein Universalrezept gab. Jeder Mensch ging anders mit einem Verlust, wie sie ihn erlitten hatten, um. Und auch für Jörg und sie gab es kein Richtig oder Falsch. Sie trauerten unterschiedlich, und es war schwer, das zu akzeptieren. Jörg brauchte Gesellschaft. Er musste reden, über Lissy und über das, was passiert war. Für ihn war es wichtig, sich abzulenken, zu essen und zu trinken und zu weinen. Anne brauchte das Gegenteil. Sie wollte allein sein. Sich in ihrem Bett verkriechen, vor der Welt verstecken. Jörg hatte dieses Bedürfnis nicht gesehen, so, wie er nie ihre Bedürfnisse sah. Er verstand einfach nicht, dass der Schmerz um Lissy ihr gehörte, dass sie ihn mit niemandem teilen wollte. Sie wollte nicht, dass andere Leute diesen Schmerz mit irgendwelchen Plattitüden zerredeten und unter Bergen von Essen erstickten.

Zum dritten Mal rutschte der Eyeliner ab, und Anne musste den Strich mit einem Wattestäbchen abwischen.

»Warum guckst du mich so an?«, fuhr sie ihren Ehemann an.

»Du fehlst mir«, antwortete er. »Du bist so weit weg.«

»Ich bin doch da«, antwortete sie genervt. »Ich bin die ganze Zeit da.«

»Aber du bist abweisend zu mir«, warf er ihr vor. »Du schaust mich nicht mal mehr an. Warum? Was habe ich falsch gemacht? Ich habe doch auch meine Tochter verloren.«

Anne presste die Zähne so fest zusammen, bis sie das Gefühl hatte, ihre Kiefer würden splittern. Letzte Nacht war ihr noch etwas klar geworden: Ihre Ehe würde den Verlust von Lissy nicht aushalten, denn ihre Liebe zu Jörg als Mann hatte sich im Laufe der Jahre in Liebe zu ihm als Lissys Vater verwandelt. Lissy war weg und damit auch der Grund, diesen Mann, der da in der Badezimmertür stand, zu lieben. Lissy war ihr gemeinsames Projekt gewesen, alles hatte sich um sie gedreht: um ihr Wohlbefinden, ihre Hobbys, ihre Schulnoten, ihre Freundinnen, ihre Wünsche, ihre Zukunftspläne. Ohne Lissy gab es nichts mehr, was sie zusammenhielt.

»Im Gegensatz zu mir hast du noch ein Kind«, sagte sie und warf den Eyeliner in die Schublade. Sie würde der Welt ungeschminkt entgegentreten. »Verstehst du das? Du hast noch Ylva! Ich, ich habe *alles* verloren. Mein Ein und Alles. Mein Baby! Und ich werde auch keins mehr kriegen, denn dafür bin ich zu alt.«

Jörg schwieg.

»Und du hast erlaubt, dass Lissy mit Ylva und ihrer bescheuerten Gutmenschen-Mutter in die Flüchtlingsheime geht, obwohl ich strikt dagegen war!«, warf sie ihm vor. »Da hat sie diesen Kerl kennengelernt! Wenn herauskommt, dass dieser Typ sie umgebracht hat, dann … dann …«

Sie brach ab. Vorwürfe nützten nichts. Und Drohungen auch nicht. Nichts würde ihre Lissy zurückbringen.

»Was ist, wenn die Polizei noch mal mit uns sprechen will, und wir sind beide nicht da?« Jörg ging nicht auf das ein, was sie gesagt hatte. Typisch für ihn, der Konflikte am liebsten vermied. Deshalb hatte er Lissy auch immer alles erlaubt. Er hatte es nie ertragen können, wenn sie mal sauer auf ihn gewesen war.

»Sie werden uns schon finden, wenn sie was von uns wollen«, erwiderte Anne. »Lässt du mich bitte vorbei?«

Doch statt zur Seite zu gehen, machte er einen Schritt auf sie zu und streckte beide Arme nach ihr aus, um sie zu umarmen. Ihr Körper versteifte sich. Sie wich vor ihm zurück. Er ließ verletzt und enttäuscht die Arme sinken.

»Bitte nicht«, flüsterte sie. »Ich ertrage das im Moment nicht.«

***

»Wir haben mit über fünfzig Menschen aus dem näheren Umfeld von Larissa Böhlefeld gesprochen«, sagte Cem Altunay. »Alle haben mehr oder weniger das Gleiche über sie gesagt: Sie war hilfsbereit, großzügig, höflich, zurückhaltend. Niemandem will in letzter Zeit irgendeine Veränderung an ihr aufgefallen sein.«

Das Team des K11 hatte sich zur Morgenbesprechung zusammengefunden. Kathrin hatte wieder zwei Dosen mit selbst gebackenen Weihnachtsplätzchen mitgebracht, und jeder bediente sich. Tariq und Pia sahen müde aus, kein Wunder, sie hatten sich wegen des tödlichen Verkehrsunfalls im Hintertaunus die Nacht um die Ohren geschlagen. Bodenstein hatte gerade erst von dem Einsatz erfahren und machte sich nun Vorwürfe, weil er nicht mitbekommen hatte, dass Pia einen Bereitschaftsdienst nach dem anderen übernahm, trotz der Belastung durch ihre Mutter. Hätte er nicht viel eher bemerken müssen, dass es ihr nicht gut ging? Natürlich beklagte Pia sich nicht. Das tat sie nie.

»Wir haben mit der Leiterin des Tierheims und ein paar ehrenamtlichen Mitarbeitern gesprochen«, fuhr Cem fort. »Es hat alle schockiert, dass Lissys Leiche nur ein paar Hundert Meter vom Tierheim entfernt gefunden worden ist. Sie kannten sie seit über einem Jahr und haben sie als hilfsbereit, tierlieb, fleißig und zuverlässig beschrieben. Eine Veränderung wollen sie an ihr nicht bemerkt haben. Zuletzt war sie am Donnerstag vor ihrem Tod im Tierheim gewesen, zusammen mit ihrer Freundin Sara. Die beiden haben bei der Nachmittagsfütterung geholfen, den Außenbereich der Hunde sauber gemacht und waren dann noch mit einem Hund, den Lissy wohl besonders gerngehabt hat, spazieren.«

Von ihrer Volleyballtrainerin und den Mädchen aus ihrer Mannschaft im Sportverein war Lissy ganz ähnlich charakterisiert worden. Überall herrschten Entsetzen und tiefe Betroffenheit, aber hilfreiche Hinweise hatte niemand geben können.

»Von den direkten Nachbarn der Böhlefelds hat keiner mehr das Mädchen am Freitagabend gesehen«, beendete Cem seinen Bericht. »Die letzten waren wohl die Klassenkameradinnen und die Zeugin aus Schwalbach, die Lissy vor der Flüchtlingsunterkunft gesehen haben will.«

Farwad Mahmoudi war noch immer nicht in seiner Wohnung aufgetaucht. Nach wie vor wurde das Gebäude in Eschborn überwacht.

»Die Medien halten sich noch mit Kritik an unserer Arbeit zurück«, sagte Pressesprecher Smykalla. »Dafür kriegt der Staatssekretär aus dem Innenministerium ganz ordentlich sein Fett weg, auch in der überregionalen Presse, angeblich deshalb, weil sich die Leute von ihm nicht ernst genommen fühlten.«

Kriminaldirektorin Nicola Engel ging nicht darauf ein.

»Im Fall Larissa sind wir keinen Schritt weitergekommen«, stellte sie fest. »Oder sehe ich das falsch?«

»Nein, leider nicht«, entgegnete Kai. »Gestern gab es zwar wieder einen Haufen Anrufe und Mails, aber bisher war nichts dabei, was neu wäre oder weiterhelfen könnte.«

»Wie werden Sie jetzt vorgehen?« Diese Frage war an Bodenstein gerichtet.

»Wir gehen weiter allen Hinweisen nach«, erwiderte er. »Außerdem sprechen wir noch einmal mit Sara Korbmacher, der besten Freundin von Larissa Böhlefeld. Sie war gestern nicht in der Schule und ist nicht ans Telefon gegangen. Und natürlich geht die Fahndung nach Farwad Mahmoudi weiter.«

Da zum Fall Lissy Böhlefeld fürs Erste alles gesagt war, leitete er zu dem Toten ohne Schuhe über, der gestern Nacht im Hintertaunus vor ein Auto gelaufen war.

»Wir kennen seine Identität noch immer nicht«, sagte Tariq, nachdem er die Situation am Unfallort und den Zustand des Toten beschrieben hatte. »Nirgendwo im Umkreis von zwanzig Kilometern ist ein abgestelltes Auto entdeckt worden. Wir wissen nicht, woher er gekommen ist und warum er bei dieser Kälte barfuß unterwegs war. Professor Kirchhoff wird heute um zehn Uhr die Obduktion vornehmen, dann erfahren wir hoffentlich, woran er gestorben ist.«

»Ich bin die Vermi/Utot-Datenbank durchgegangen«, ergänzte Kai Ostermann. »Es gibt keine Vermisstenanzeige, die auf den Toten passen würde.«

»Wer fährt in die Rechtsmedizin?«, fragte Bodenstein in die Runde. »Pia, kannst du das machen?«

»Ich würde gerne diese Pilzfarm in Augenschein nehmen und mich in der Gegend umschauen und umhören«, entgegnete Pia. »Irgendwo muss der Mann schließlich hergekommen sein.«

»Ich kann zur Obduktion fahren«, bot Tariq an. »Mach ich gerne.«

»Na dann, okay.« Bodenstein nickte.

»Zu dieser Pilzgeschichte habe ich übrigens ein bisschen recherchiert«, meldete sich wieder Kai zu Wort. »2003 hat die Bundeswehr das Gelände dem Land Hessen verkauft. Vor ein paar Jahren hat es ein Wolf Sollberg gepachtet und eine Firma namens *Taunus Pilze GmbH* gegründet.«

»Wow! Da hatte ja mal jemand richtig viel Fantasie«, spottete Cem. »*Taunus Pilze GmbH!* Auf den Namen muss man erst mal kommen!«

Alle schmunzelten, bis auf Pia, deren Blick abschweifte, wenn sie sich unbeobachtet glaubte.

»Sollberg züchtet in den ehemaligen Bunkern verschiedene Sorten Pilze und verkauft sie deutschlandweit an den Großhandel«, fuhr Kai fort. »Auf der Website wird angegeben, dass sie bis zu 500 Tonnen Pilze pro Jahr produzieren.«

»Was versprichst du dir von einem Besuch dort?«, wandte sich Nicola Engel an Pia.

»Irgendwo muss der Mann hergekommen sein«, erwiderte Pia. »Es hat den Anschein, als ob er vor irgendetwas auf der Flucht gewesen ist. Womöglich vor einem großen Tier.«

»Vor einem Wolf vielleicht?«, fragte Bodenstein. »Im Taunus tauchen immer mal wieder Wölfe auf.«

»Der Feuerwehrmann meinte, in der Gegend gebe es momentan keine Wölfe«, sagte Pia. »Keine Ahnung, woher er das weiß. Vielleicht ist der Tote ja einem durchziehenden Wolfsrudel begegnet. Das erklärt aber nicht, warum er keine Schuhe und keine Jacke angehabt hat. Ich habe mir auch die *Taunus Pilze*-Website angeschaut. Außer Pilzen produzieren sie dort übrigens Lammfleisch für türkische Lebensmittelläden. Sie besitzen eine eigene Schafherde. Es gibt Fotos auf der Website und sogar ein Werbevideo. Darauf werden die Schafe und Lämmer gezeigt, die von Herdenschutzhunden bewacht werden. Diese Hunde sind groß genug, um solch massive Bissverletzungen zu hinterlassen. Der Hals des Mannes war zerfetzt, und seine Arme und Hände waren Hackfleisch, nicht wahr, Tariq?«

»Absolut.« Tariq verzog das Gesicht. »Besser kann man es nicht beschreiben.«

Nicola Engel überlegte einen Moment.

»In Ordnung«, entschied sie dann. »Oliver, du und Pia, ihr

schaut euch auf der Pilzfarm um, solange nichts Dringenderes anliegt. Sollte sich bei der Obduktion herausstellen, dass der Mann möglicherweise Opfer eines Verbrechens geworden ist, werden wir den Fall ans LKA abgeben.«

»Wieso das denn?«, protestierte Tariq. »Das ist *mein* Fall!«

»Das spielt keine Rolle.« Die Kriminaldirektorin blieb unnachgiebig. »Wir haben mit den Mordermittlungen im Fall Lissy Böhlefeld genug zu tun.«

***

»Papa und ich fahren jetzt.« Saras Mutter streckte den Kopf zur Tür herein. »Wenn irgendetwas ist, ruf mich jederzeit an, okay?«

»Mach ich.«

»Ich habe Bircher-Müsli für dich im Kühlschrank. Und es ist noch Hühnersuppe von gestern da, falls du heute Mittag Hunger bekommst.«

»Danke, Mama.« Sara zwang sich zu einem schwachen Lächeln. »Das ist lieb von dir. Bis heute Abend!«

»Bis heute Abend, Spätzchen!«

Auch ihr Vater sagte ihr noch Tschüss. Sie waren beide so verständnisvoll und fürsorglich, Sara schämte sich ein bisschen, weil sie ihnen nicht die Wahrheit sagte, weshalb sie auch heute nicht in die Schule gehen wollte. Ihr graute davor, Damon zu begegnen. Sie wusste selbst, dass sie ihm nicht ewig aus dem Weg gehen konnte, aber sie fühlte sich im Moment einfach nicht stark genug, ihn zu sehen.

Sara hatte im Internet gelesen, dass Lissy *erdrosselt* worden war. Sie hatte nicht genau gewusst, was das war, und deshalb nachlesen müssen. Bei Wikipedia hatte sie die Definition gefunden: *Erdrosseln bedeutet die Strangulation eines Lebewesens durch Zuziehen einer Schlinge. Meist tritt der Tod durch Atemstillstand ein.* Seitdem ging es ihr noch schlechter, weil sie dauernd daran denken musste, was ihre beste Freundin in den letzten Minuten und Sekunden ihres Lebens wohl gespürt und gedacht hatte, bevor sie das Bewusstsein verloren hatte.

Das Gefühl, mitschuldig an Lissys Tod zu sein, quälte Sara in jeder Sekunde. Als gute Freundin hätte sie niemals zulassen dürfen, dass sie sich allein mit Damon traf!

Auf der Website der Polizei gab es im *Fall Larissa Böhlefeld* eine Bitte um »Mithilfe der Bevölkerung«. Mit »Bevölkerung« war auch sie gemeint. Die Polizei bat sie also um Mithilfe, sie persönlich! Aber was, wenn sie sich irrte und ihr Verdacht falsch war? Wenn es gar nicht stimmte und sie Damon zu Unrecht bei den Bullen anschwärzte? Dann würde sie ihres Lebens nicht mehr froh werden. Und wie sollte sie sich in Zukunft ihm gegenüber verhalten? Wenn sie ihm ewig aus dem Weg ging, dann begriff er vielleicht, dass Lissy ihr etwas erzählt hatte. Und wenn er wusste, dass sie wusste, dass ... ach, verdammt! Sie kam so nicht weiter. Was sie brauchte, waren Beweise.

Sara wälzte sich auf den Rücken, stopfte sich ein zweites Kissen unter den Kopf und entsperrte ihr Handy. Gestern hatte sie fünf Anrufe von einer unterdrückten Nummer bekommen. Marcella hatte der blonden Bullentante ihre Nummer gegeben, also war die das wahrscheinlich gewesen. Sara rief ihren WhatsApp-Chat mit Lissy auf. Seit Tagen scrollte sie immer wieder durch den Chat, checkte Lissys Instagram, TikTok und Snapchat-Profile, einfach alle Nachrichten, die sie sich im vergangenen halben Jahr geschickt hatten, aber Lissy hatte nie irgendetwas geschrieben, was als Beweis durchgehen könnte. Sie war in ihren Formulierungen immer vage geblieben, hatte verklausulierte Bezeichnungen und Spitznamen benutzt, die nur Sara verstanden hatte.

»Keine Beweise!«, hatte sie immer geflüstert und verschwörerisch gegrinst. Sie hatte ja nicht ahnen können, dass es irgendwann einmal wichtig und hilfreich sein könnte, Beweise zu haben.

Und während Sara über all das nachdachte, was Lissy und sie gemeinsam vorgehabt hatten – zur *Anime Japan* nach Tokio fliegen, für den Führerschein anmelden, das erste Halbjahr der E-Phase in Kanada auf eine Highschool gehen – und was sie nun nicht mehr zusammen machen konnten, wurde irgendeine Assoziation in ihrem Unterbewusstsein aufgewirbelt. Lissy hatte sich wegen irgendeiner Sache krass geärgert, aber sie hatte ihr nie gesagt, warum. Aber je intensiver sie darüber nachgrübelte, was es gewesen war, desto weniger ließ sich der Gedanke greifen. Hatte es mit der *Anime Japan* zu tun, für die sie tatsächlich zwei Einladungen ergattert hatten? Oder mit dem Semester auf Vancouver Island? Mit Damon? Oder mit etwas völlig anderem?

***

Es fühlte sich gut an, wieder in der Apotheke zu sein. Ihre Chefin und die Kolleginnen hatten sie herzlich begrüßt, sie hatten sie umarmt und geweint und ihr kondoliert. Alle hatten Lissy gut gekannt, und ihre Betroffenheit und Trauer war echt. Anne hatte in dem Sommer angefangen in der Taunus-Apotheke zu arbeiten, in dem Lissy in die erste Klasse der Geschwister-Scholl-Schule gekommen war. Natürlich hatte es sich längst auch unter den Kunden herumgesprochen, was geschehen war, und bei den Mitarbeitern der umliegenden Arztpraxen. Weil Anne vermeiden wollte, dass sich die Kunden ihretwegen unbehaglich fühlten, hatte sie vorgeschlagen, sich zunächst aus der Offizin fernzuhalten und stattdessen in der Rezeptur, im Labor oder der Warenwirtschaft zu arbeiten. Sie hatte Verständnis für das Unbehagen der Leute, sie wusste ja selbst nicht, wie sie an ihrer Stelle reagieren würde.

Die vergangenen Tage verschwammen in einem Nebel von Dunkelheit und Schmerz und Nichtbegreifen. Umso tröstlicher waren die Routinen in der Apotheke, die ihrem Tag Struktur gaben: die Medikamentenlieferungen aus der Nacht verbuchen und wegräumen, Rezepte kontrollieren, um Probleme bei der Abrechnung zu verhindern, die bestellten Medikamente für die Seniorenheime in Schwalbach kommissionieren. Manchmal konnte Anne für ein paar Minuten verdrängen, was passiert war, und so tun, als wäre alles wie früher. Aber gleichzeitig bemerkte sie, wie sehr ihr ganzes Leben von Lissy bestimmt worden war und welches Loch der Mord an ihrer Tochter gerissen hatte. Bis sie selbst eines Tages sterben würde, würde es immer ein »Davor« und ein »Danach« geben. Sechzehn Jahre hatte sie mit Lissy verbracht. Sie hatte jede Vorliebe und jede Abneigung ihrer Tochter gekannt, mit ihr Krankheiten durchgemacht und manche Nacht an ihrem

Bett gesessen. Jörg und Lissy und sie waren eine glückliche Familie gewesen. Sie hatten Urlaubsreisen unternommen, hatten Lissy bei Tanzvorführungen und Volleyballturnieren beklatscht und angefeuert, sie hatten ihre Cosplay-Kostüme und ihre Skizzen bestaunt, haufenweise Salate und Kuchen für Schul- und Vereinsfeiern produziert, Geburtstagspartys ausgerichtet, Tränen getrocknet und Tränen gelacht. Jörg und sie hatten Lissy vertraut und ihr nur wenige Vorschriften gemacht, denn sie war vernünftig und nie leichtsinnig gewesen, und sie hatten das alles sechzehn Jahre lang für selbstverständlich gehalten, dabei war es das vom ersten Tag an nicht gewesen. Lissy war das Ergebnis des allerletzten Versuches gewesen, durch In-Vitro-Fertilisation schwanger zu werden, denn auf natürlichem Weg hatte es nicht geklappt. Und deshalb war ihre Tochter für Anne immer ein großes Wunder gewesen. Ein Wunder, das sie mehr geliebt hatte als alles andere auf der Welt. Es hatte sie nie gestört, dass Lissy sechzehn Jahre lang vom Aufstehen bis zum Schlafengehen der Mittelpunkt ihres Lebens gewesen war. Sie hatte nie etwas vermisst. Es war perfekt gewesen.

Und erst jetzt, während sie Lieferungen ins Warenwirtschaftssystem der Apotheke einbuchte, wurde ihr bewusst, wie oft sie am Tag mit ihrer Tochter kommuniziert hatte. Immer wieder erwischte sie sich dabei, wie sie auf ihr Smartphone tippen wollte, um zu schauen, ob Lissy ihr geschrieben hatte. So oft hatte sie zu ihr gesagt, schreib mir doch nicht so oft wegen solcher Lappalien, du verpasst ja dein halbes Leben, wenn du dauernd an deinem Gerät hängst, es reicht doch, wenn du mir abends alles erzählst. Heute würde sie alles dafür geben, wenn Lissy ihr noch schreiben könnte.

Sie konnte den Schmerz nicht länger verdrängen. Er kroch durch ihren Körper wie ein hungriges Raubtier, das an ihrem Herzen fraß. Wie konnte sie weiterleben, wenn Lissy tot war? Wollte sie das überhaupt? Ihr Blick glitt über die Flaschen und Tinkturen in den Regalen, und ihr kam der Gedanke, dass sie als Apothekerin an Mittel kam, die ihr einen schnellen und schmerzlosen Tod ermöglichten. Es war eine verlockende Vorstellung, der Qual und der schrecklichen Leere in ihrem Innern ein Ende setzen zu können. Nein, nicht heute. Aber vielleicht dann, wenn sie das Leben wirklich nicht mehr ertragen konnte.

***

Bodenstein hatte sich vorgenommen, die Fahrt in den Hintertaunus zu nutzen, um Pia seine Unterstützung anzubieten. Das war eine heikle Sache, denn obwohl sie seit vierzehn Jahren eng zusammenarbeiteten und in vielen Belangen wie ein altes Ehepaar waren, gab es trotz allem Grenzen, die sie beide möglichst nicht überschritten. Zu den Tabus hatten die Gesundheit und das Privatleben des anderen gehört – bis vor einem Jahr. Damals war sein Leben aus den Fugen geraten. Seine zweite Ehe war gescheitert, und er hatte seiner Ex-Frau Cosima einen Teil seiner Leber gespendet, weil sie an Leberzellkrebs erkrankt war. Pia hatte sich in dieser schwierigen Zeit als echte Freundin erwiesen. Sie war der einzige Mensch gewesen, der sich ehrlich um ihn gesorgt hatte, vielleicht abgesehen von seiner Mutter. Und auch vorher hatte Pia sich in allen Krisen seines Lebens, von denen es einige gegeben hatte, als verlässlicher Anker erwiesen, sie hatte ihn unterstützt, ohne groß Worte darüber zu verlieren. Nach seinem Sabbatical hatte sie ihm sogar den Job als Leiter des K11 zurückgegeben, obwohl sie das nicht hätte tun müssen. Alles, was sie tat, tat sie ohne Kalkül und Berechnung. So, wie das Freunde eben tun. Und jetzt war sie es, der es nicht gut ging. Er wäre ein hundsmiserabler Freund, wenn er das einfach ignorierte. Aber wie sollte er anfangen? Warum machte er sich bloß immer so viele Gedanken, statt direkt zu fragen?

»Pia«, begann er also.

»Ja?« Sie warf ihm einen raschen Seitenblick zu.

»Kann ich … dir irgendwie helfen?« Kaum ausgesprochen merkte er, wie plump das klang.

»Wobei?«, fragte Pia zurück.

»Ich habe den Eindruck, es geht dir in letzter Zeit nicht so gut«, sagte er zögernd.

»Nett von dir.« Sie hielt den Blick auf die Straße gerichtet.

»Aber ich wüsste nicht, wie du mir helfen könntest. Es sei denn, du kennst die Lottozahlen für nächsten Samstag und würdest sie mir verraten.«

»Leider nicht.« Das Gespräch lief noch schlechter, als er befürchtet hatte. »Aber vielleicht könnte es dir helfen, wenn du in nächster Zeit keine Bereitschaftsdienste nachts und an den Wochenenden übernehmen müsstest. Und jetzt sag bloß nicht: Ich schaff das schon! Ich weiß, dass du das schaffst! Darum geht's nicht! Aber Tariq, Cem, Kathrin und ich können das unter uns aufteilen, bis du eine Lösung für deine Mutter gefunden hast.«

»Ich wollte ja gar nicht sagen, dass ich das schon schaffe.« Ein kleines Lächeln erschien in Pias Mundwinkeln. »Es wäre echt eine Erleichterung, wenn ich nachts mal durchschlafen und über Weihnachten freibekommen könnte.«

»Gut. Dann ist das ab sofort so. Und Weihnachten geht auch klar.« Bodenstein lächelte auch. Er wartete darauf, ob Pia ihm noch mehr erzählen würde, aber das tat sie nicht. Sie sagte nur »Danke« und dann schwiegen sie beide.

Auf der Landstraße herrschte nur wenig Verkehr, links und rechts der Straße schimmerte verharschter Schnee bis zu den Waldrändern. Sie durchquerten mehrere kleine Ortschaften, Niederems und Riedelbach, und passierten die Abzweigung Richtung Bad Camberg, aber Pia sagte noch immer nichts, bis sie den Wald erreicht hatten.

»Hier muss es irgendwo links abgehen.« Sie verringerte das Tempo und hielt Ausschau nach einem Hinweis, aber wenn nicht gerade ein riesiger Kühllastzug aus dem Wald auf die Landstraße eingebogen wäre, hätten sie das unauffällige Hinweisschild mit einem stilisierten Pilz und der Aufschrift *Taunus Pilze GmbH* glatt übersehen.

»Werbung haben die offenbar nicht nötig«, brummte sie.

Die schmale Straße, übersät mit Schlaglöchern, schlängelte sich bergab durch einen finsteren Fichtenwald, bevor dieser abrupt aufhörte. Vor ihnen öffnete sich ein Tal, dessen vorderer Teil zwischen bewaldeten Berghängen eingezwängt war. Kai hatte das Satellitenfoto ausgedruckt, das das komplette Gelände zeigte. Die symmetrischen grünen Hügel, mindestens hundertfünfzig an der Zahl, die in akkuraten Dreierreihen nebeneinanderlagen und sich bis weit in den hinteren Teil des Tales erstreckten, waren höchstwahrscheinlich die übererdeten Bunker. Weiter vorne, nicht weit von dem Steinbruch entfernt, stand ein quadratisches Gebäude, an das sich mehrere große Hallen anschlossen. Die holprige Fahrt endete nach einem Kilometer vor einem hohen Gittertor.

»Erinnert mich an die Festung von Bernd Prinzler«, stellte Pia fest. »Nur der NATO-Draht oben auf dem Zaun fehlt.«

»Stimmt«, bestätigte Bodenstein. »Das war auch ein ehemaliges Militärgelände, wenn ich mich richtig erinnere.«

Pia ließ den Motor laufen, sie stiegen aus, und Bodenstein fand am Tor eine Klingel. Doch auf das Klingeln regte sich nichts. Durch die Zaunstäbe sahen sie das quadratische Gebäude, bei dem es sich um ein einstöckiges Haus handelte, erbaut aus schwarzem Taunusquarzit. Dahinter, überragt von einer steilen Felswand, befanden sich die Hallen, die sie auf dem Satellitenfoto gesehen hatten. Paletten stapelten sich neben Dutzenden von Gitterboxen, ein gelber Gabelstapler, mit dem womöglich kurz zuvor der Kühllaster beladen worden war, tuckerte im Leerlauf vor sich hin. Auf Bodensteins erneutes Klingeln öffnete sich die Tür des schwarzen Steinhauses, und ein alter Mann kam heraus. Trotz der Kälte trug er nur einen Pullover, eine olivfarbene Cargohose und Crocs an den Füßen. Das schneeweiße Haar hatte er zu einem Pferdeschwanz gebunden, und mit dem langen weißen Vollbart ähnelte er dem Nikolaus.

»Guten Tag«, sagte er und blieb ein paar Meter vom Tor entfernt stehen. »Was kann ich für Sie tun?«

»Guten Tag, wir möchten mit Wolf Sollberg sprechen.« Aus der Nähe erkannte Bodenstein, dass er sich von dem weißen Haar und Bart hatte täuschen lassen. Der Mann war nicht um die siebzig, wie er vermutet hatte, sondern höchstens Mitte vierzig.

»Der bin ich.« Er blickte misstrauisch zwischen ihnen hin und her. »Und wer sind Sie?«

Pia zog ihren Kripoausweis hervor und hielt ihn hoch.

»Wir sind von der Kripo«, antwortete sie. »Gestern Nacht hat sich auf der anderen Seite des Waldes ein tödlicher Verkehrsunfall ereignet. Das Opfer hat Bisswunden davongetragen, und wir sind auf der Suche nach dem Tier, das diese Wunden verursacht hat.«

»Meine Hunde waren das sicher nicht«, sagte Wolf Sollberg. »Die bleiben immer bei den Schafen und verlassen das Gelände nie.«

»Vielleicht ist der Mann ja irgendwie auf Ihr Grundstück gelangt.« Pia lächelte. »Dürfen wir uns Ihre Hunde mal ansehen?«

»Wenn Sie meinen, dass das was bringt.« Sollberg zuckte die Schultern. Das Tor öffnete sich wie von Geisterhand. »Kommen Sie rein.«

Pia ging zurück zum Auto, stieg ein und fuhr auf das Gelände der Pilzzucht. Bodenstein folgte ihr zu Fuß.

»Die Schafe sind hinten bei den Bunkern«, sagte Sollberg. »Die Hunde deshalb auch. Könnte ein bisschen matschig sein. Der Schnee schmilzt allmählich.«

»Kein Problem«, erwiderte Pia, und auch Bodenstein hatte in weiser Voraussicht derbes Schuhwerk angezogen.

»Ursprünglich waren die Schafe nur zur Landschaftspflege gedacht«, erklärte der Pilzzüchter bereitwillig. Den eisigen Schlamm, der durch die Löcher seiner Plastiksandalen drang, schien er nicht zu bemerken. »Als ich das Gelände vor zwölf Jahren vom Land Hessen gepachtet habe, war es sehr ungepflegt. Die Bunker hatten fünfzig Jahre lang leer gestanden. Am Anfang hatte ich nur zehn Schafe, quasi als lebende Rasenmäher. Dann bekam ich eine komplette Herde von einem Schäfer angeboten, der aus Altersgründen aufhören wollte, und dazu zwei Herdenschutzhunde. Mittlerweile sind die Schafe ein zweites Standbein geworden. In Bad Camberg gibt es einen türkischen Metzger, der die Lämmer abholt, schlachtet und vermarktet.«

»Das Anwesen ist komplett umzäunt«, stellte Bodenstein fest.

»Ja, das war schon so«, bestätigte Sollberg. »Ich kann mir beim besten Willen nicht vorstellen, dass nachts jemand über den Zaun klettert. Wozu sollte er das tun? Hier drin gibt's nichts zu holen.«

»Wie viele Personen haben Zugang zu dem Gelände?«, erkundigte sich Pia.

»Eigentlich nur ich. Die Helferinnen, die mir fünfmal pro Woche beim Ernten der Pilze helfen, haben keine eigenen Schlüssel.«

Die Schafe waren über die ganze verschneite Fläche verteilt. Manche standen sogar oben auf den Bunkerhügeln. Der kalte Wind, der an ihren dichten Fellen zerrte, schien sie nicht zu stören. Sie staksten herum und scharrten den Schnee weg, um an das Gras zu kommen.

»Das Gras hat im Winter keinen Nährwert«, erklärte Sollberg. »Deshalb sind sie nachts in der Scheune und bekommen Heu zugefüttert. Die Hunde sind bei ihnen.«

»In der Scheune?«, fragte Pia.

»Korrekt. Woanders fühlen sie sich nicht wohl.«

Die arktische Kälte schien dem Mann so wenig auszumachen wie seinen Schafen.

»Und wo sind die Hunde jetzt?«, fragte Bodenstein.

»Da drüben.« Sollberg wies auf ein paar Tiere, die vor einem der Bunkerhügel im Schnee lagen und aus der Ferne wie Schafe aussahen. Er steckte zwei Finger in den Mund und stieß einen schrillen Pfiff aus. Prompt sprangen die Hunde auf und kamen durch den Schnee angelaufen. Es waren sechs an der Zahl, riesenhafte Tiere mit zottigem mehrfarbigem Fell und dunklen Gesichtern.

»Meine Güte, die sind wirklich groß«, stellte Bodenstein respektvoll fest.

»Schöne Hunde«, sagte Pia. »Sehen aus wie Leonberger mit den dunklen Masken.«

»Das sind kaukasische Owtscharkas.« Sollberg strich einem der Hunde über den Kopf. »Russische Herdenschutzhunde. Von dem Schafhirten hatte ich die Elterntiere bekommen. Diese hier sind alle in der Schafherde geboren und aufgewachsen. Bleiben Sie einfach stehen, und lassen Sie sie an sich schnuppern.«

Bodenstein und Pia gehorchten seiner Anweisung. Und tatsächlich verloren die Hunde das Interesse an ihnen, sobald sie an ihnen geschnuppert hatten. Sie setzten sich im Halbkreis um Sollberg herum in den Schnee, ihre Blicke unverwandt auf ihren Herrn gerichtet.

»Was würden sie tun, wenn ein Fremder hier eindringt?«, wollte Bodenstein wissen.

»Ich fürchte, es würde für denjenigen nicht gut ausgehen«, gab Sollberg zu. »Owtscharkas haben einen extremen Schutzinstinkt. Wenn jemand Fremdes den Schafen zu nahe käme, würden sie kein Pardon kennen. In ihrer Heimat nehmen es diese Hunde mit Wölfen und Bären auf. Was ist dagegen schon ein Mensch?«

»Könnte man den Hunden Fellproben entnehmen, um sie gentechnisch zu untersuchen?«, fragte Bodenstein.

»Warum nicht? Bitte sehr.« In Sollbergs dunklen Augen blitzte Belustigung auf. Er machte eine einladende Handbewegung. »Bedienen Sie sich. Fell ist an den Hunden ja genug dran.«

Bodenstein taxierte die bärenhaften Hunde mit den weißen Raubtierzähnen und wollte abwinken, aber Pia streifte sich schon Latexhandschuhe über, zog eine Rolle mit Beweismittelbeuteln samt einem Eddingstift aus der Tasche und reichte sie ihm. Sie ließ sich von Sollberg den Namen des jeweiligen Hundes nennen, sprach das Tier höflich an und zupfte ein Büschel Fell aus, das sie in einen Beutel steckte, den Bodenstein ihr hinhielt und mit dem betreffenden Namen beschriftete.

»Sie haben Hundeverstand«, sagte Sollberg anerkennend. »Es gibt nicht viele Leute, die sich das trauen.«

»Ich mag Hunde und hatte immer welche.« Pia lächelte ihn an. »Aber wären Sie jetzt nicht dabei, hätte ich das schön bleiben lassen.«

Das Eis war gebrochen. Bodenstein erlebte es nicht zum ersten Mal, dass zurückhaltende Menschen sich öffneten, wenn man erst Zugang zu ihren Tieren gefunden hatte. Seine Schuhe waren völlig durchnässt, und er spürte seine Zehen kaum noch. Aber gerade als er sich umdrehen und zurückgehen wollte, fiel Pia etwas ein.

»Wie züchtet man Pilze in einem Bunker? Brauchen die kein Licht, um zu wachsen?«

»Das ist ganz unterschiedlich.« Sollbergs Augen leuchteten auf, und Bodenstein ahnte, dass es länger dauern könnte, bis er sie gehen ließ. »Champignons benötigen tatsächlich kein Licht und könnten auch in völliger Dunkelheit gezüchtet werden. Austernpilze brauchen ein bisschen Licht, damit sie formschöne und gesunde Pilze ausbilden können. Haben Sie Zeit für eine kurze Führung?«

»Oh ja, sehr gerne! Wann bekommt man schon mal so etwas zu sehen«, sagte Pia nach einem kurzen Blickwechsel mit Bodenstein. Eigentlich hatten sie keine Zeit dafür. Aber dieser Mann, der wie ein Einsiedler mit seinen Schafen, Hunden und Pilzen in diesem düsteren Tal lebte, machte Pia offenbar neugierig.

»Seit wann interessierst du dich für Pilze?« Bodenstein war nur mäßig begeistert von Pias Idee.

»Komm schon«, sagte Pia. »Ist doch spannend.«

Sollberg strebte schon mit großen Schritten auf einen der Hügelbunker zu, und Bodenstein blieb nichts anderes übrig, als ihm und Pia zu folgen, wenn er nicht allein mit den sechs Riesenhunden zurückbleiben wollte. Er checkte sein Handy. Kein Netz, wie befürchtet.

Sollberg stieß mit der Schulter das rostige Tor des Bunkers auf und drückte auf einen Lichtschalter. Leuchtstoffröhren sprangen an und spendeten schummeriges Licht. Verglichen mit der Kälte draußen herrschten im Innern des Bunkers angenehme Temperaturen.

»Sommers wie winters sind es hier drin gleichbleibende zwölf Grad bei hoher Luftfeuchtigkeit«, erklärte Sollberg. »Das ist das ideale Mikroklima für Pilze, denn bei diesen Temperaturen wachsen sie langsam, was ihnen ein wunderbares Aroma verleiht. Außer Champignons züchte ich Kräuter- und Limonenseitlinge, Igel-Stachelbart, weiße Buchenpilze, Shiitake und Austernpilze. Und in den Wäldern ringsum, die zu meinem Pachtland gehören, wachsen Pfifferlinge, Steinpilze und Trüffel.«

Sollberg holte kaum Luft, seine Begeisterung für seine Arbeit riss ihn mit, aber Bodenstein reichte der Exkurs in die Welt der Pilze schon jetzt. Der Bunker sah ganz anders aus, als er ihn sich vorgestellt hatte. Im Prinzip handelte es sich um eine unterirdische Lagerhalle aus Beton mit einer gewölbten Decke und Sandboden. In mehreren Reihen standen rostige, dreistöckige Regale, auf denen dunkelbraune Pakete lagen, aus denen Pilze wuchsen.

»Das hier sind Champignons.« Sollberg blieb neben einem der Regale stehen. »Diese Ballen sind kompostierter Pferdemist, der perfekte Nährboden für Pilz-Myzelen.«

»Pferdemist?« Bodenstein hob angewidert die Augenbrauen.

»Natürlich nicht direkt aus einem Pferdestall.« Sollberg war voll in seinem Element. »Der Mist wird in einem speziellen Gärungsverfahren schnellkompostiert und pasteurisiert, um Fliegenlarven, Keime und andere Pilze abzutöten. Dann wird er mit Schwarztorf und Pilzbrut durchmischt und in diese Ballen gepresst.«

»Und das machen Sie alles selbst?«, fragte Pia.

»Ja. Die Frauen, die für mich arbeiten, ernten nur die Pilze und kommissionieren sie.« Sollberg nickte. »Die Pilzbrut bekomme ich aus Holland und Polen geliefert. Trotz der Feuchte muss man noch viel gießen. Pilze bestehen zu 80 Prozent aus Wasser.«

Ausgerechnet das Wort »Pilzbrut« löste in Bodenstein ein heftiges Ekelgefühl aus, und er hoffte, es nicht noch einmal aus Sollbergs Mund zu hören. In seinem ganzen Leben würde er niemals wieder einen Pilz essen, ohne an dieses schaurige Wort und diesen weißhaarigen Pilzfreak mit den schmuddeligen Sandalen zu denken. Als Sollberg schließlich zwei weiße Champignons aus einem der Ballen pflückte und sie ihnen anbot, war es um Bodenstein geschehen. Er winkte stumm ab und flüchtete aus dem Bunker, so schnell er konnte.

***

Die Chefin und die Kolleginnen waren in die Mittagspause verschwunden. Am kommenden Sonntag war schon der dritte Advent, in zwölf Tagen Heiligabend, und alle hatten noch viel zu erledigen. Anne hatte angeboten, bis abends zu bleiben. Sie musste keine Geschenke besorgen und würde in diesem Jahr auch keine Weihnachtskarten verschicken, und sie war froh, etwas zu tun zu haben, was sie vom Grübeln abhielt. Es klingelte an der Hintertür. Für den Lieferanten vom Großhandel war es noch zu früh, aber vielleicht war es der Paketdienst. Anne öffnete die Tür. Vor ihr stand eine zierliche junge Frau in einem grauen Wintermantel mit einer grauen Strickmütze auf dem Kopf. Eine Stammkundin hätte

Anne ausnahmsweise an der Hintertür bedient, aber diese Frau hatte sie nie zuvor gesehen.

»Es tut mir leid, wir machen erst um drei Uhr wieder auf«, sagte sie deshalb höflich und wollte die Tür wieder schließen.

»Frau Böhlefeld, ich möchte Ihnen mein herzliches Beileid zu Ihrem Verlust aussprechen«, sagte die Fremde. »Das, was mit Ihrer Tochter passiert ist, ist furchtbar.«

»Sind Sie von der Presse?«, fragte Anne misstrauisch.

»Oh nein, nein. Ich bin nicht von der Presse.« Die Frau blickte rasch nach links und rechts, bevor sie mit gesenkter Stimme weitersprach. »Wir sind eine Gruppe von Leuten, die etwas ganz Ähnliches erlebt haben wie Sie. Ich würde Ihnen gerne etwas zeigen.«

Diese Frau mit ihrem glatten Kindergesicht und der weichen Stimme sah harmlos und freundlich aus, trotzdem flößte sie Anne Unbehagen ein. Wollte sie sie für eine Selbsthilfegruppe von Müttern ermordeter Kinder rekrutieren? Warum kam sie dafür durch die Hintertür, in der Mittagspause, an ihren Arbeitsplatz? Es fühlte sich irgendwie übergriffig an.

»Ich … ich habe noch ziemlich viel zu tun, bis die Apotheke wieder öffnet«, sagte Anne deshalb ausweichend.

»Es dauert nur zwei Minuten. Es geht um Larissas Mörder. Wir wissen, wo er ist.«

Anne stockte der Atem. In einem Reflex wollte sie der Frau die Tür vor der Nase zuschlagen, aber dann besann sie sich anders. Was hatte sie schon groß zu verlieren? Nach einem kurzen Zögern bat sie die Fremde herein, schloss die Hintertür wieder ab.

»Sind Sie allein hier?«, wollte die Frau wissen.

»Ja. Alle anderen sind in der Mittagspause«, erwiderte Anne und fragte sich im selben Moment, als die Frau in ihre Manteltasche griff, ob das ein Fehler gewesen war. Vielleicht zückte sie ja ein Messer und verlangte den Inhalt der Kasse. Aber die Frau hatte nur ein Smartphone aus ihrer Tasche gezogen.

»Darf ich mich kurz umsehen?«, bat sie. »Nur zur Sicherheit.«

»Sie müssen mir schon glauben«, entgegnete Anne. »Wir können ins Labor gehen, wenn Ihnen das lieber ist.«

»Ja, das ist mir lieber«, sagte die Frau.

Im Labor bat sie Anne, die Tür abzuschließen, dann tippte und wischte sie auf ihrem Handy herum und hielt es Anne hin. Zögernd nahm diese das Gerät in die Hand.

»Drücken Sie auf Play«, forderte die Frau sie auf, und Anne gehorchte.

Die Aufnahme war an einem dunklen Ort gemacht worden. Der Film war nicht von besonders guter Qualität, die Kameraführung war unruhig, aber den Mann, der mit angstvoll aufgerissenen Augen in die Kamera blickte, erkannte sie sofort: Farwad Mahmoudi! Er saß auf einem schmalen Bett in einer Art fensterloser Zelle, armdicke Gitterstäbe reichten bis zum Boden.

Anne zuckte erschrocken zusammen. Damit hatte sie nicht gerechnet. Sie musste schlucken. Ihr Herz klopfte zum Zerspringen.

»Wo ... wo ist das?«, flüsterte sie.

»Das müssen Sie nicht wissen«, erwiderte die Frau und steckte das Smartphone wieder weg. »Er wurde ... nun ja ... in Gewahrsam genommen, wie man so schön sagt. Damit er sich nicht aus dem Staub machen kann.«

»Aber ... wieso ... ich meine, warum übergeben Sie ihn nicht der Polizei?«, stammelte Anne. Sie war völlig durcheinander.

»Würden wir das tun, käme er in Untersuchungshaft«, antwortete die Frau. »Irgendwann kommt es zum Prozess. Vielleicht kriegt er lebenslänglich, wenn das Gericht auf Mord erkennt. Dann ist er nach fünfzehn Jahren wieder auf freiem Fuß. Möglicherweise wird er aber auch nur wegen Totschlags verurteilt. Oder sogar nur wegen Körperverletzung mit Todesfolge. Dann spaziert er in ein paar Jahren aus dem Gefängnis und hat noch sein ganzes Leben vor sich. Ihre Tochter ist aber tot und wird nicht mehr lebendig. Finden Sie das gerecht? Wir nicht.«

»Nein. Das ist nicht gerecht.« Anne verschränkte die Arme vor der Brust und kniff sich in den Oberarm. Führte sie gerade wirklich dieses Gespräch oder träumte sie das nur? »Wer sind Sie?«

»Es spielt keine Rolle, wer ich bin.«

»Und was wollen Sie von mir?«

»Man wird dafür sorgen, dass der Mann nie wieder einem anderen Menschen etwas antun wird«, sagte die Frau so sachlich, als ob sie über eine belanglose geschäftliche Transaktion spräche. »Aber falls Sie das möchten, könnten Sie es auch selbst tun.«

»Was ... was meinen Sie?«, fragte Anne verwirrt. »Was könnte ich selbst tun?«

»Den Mörder Ihrer Tochter mit eigener Hand töten«, erwiderte die Frau. »Niemand würde davon erfahren. Er hat das Leben Ihrer Tochter genommen, also dürfen Sie sein Leben nehmen. Das ist Gerechtigkeit.«

Anne fehlten die Worte. Sie starrte die junge Frau stumm an. Das war völlig absurd! Sie wollte ablehnen, der Frau sagen, dass sie verschwinden und nie mehr wiederkommen sollte. Aber sie tat es nicht. Sie stand mit hängenden Armen da, und in ihrem Innern loderte der Wunsch nach Vergeltung wie eine Stichflamme empor. Auge um Auge, Zahn um Zahn, so stand es schon in der Bibel! Wenn er tot wäre, würden Jörg und sie nicht mit einem Anwalt an ihrer Seite als Nebenkläger ein Gerichtsverfahren durchleiden und dabei zusehen müssen, wie dieser Kerl, dieses Schwein, dieser dreckige Mörder mit ein paar Jährchen Gefängnis davonkam!

»Überlegen Sie es sich«, sagte die Frau. »Schlafen Sie eine Nacht darüber, aber sprechen Sie mit niemandem über unser Angebot. Auch nicht mit Ihrem Mann.«

»Und wenn ... und wenn ich ... also angenommen, ich ...« Anne brach ab. Wie konnte sie, Anne Böhlefeld, gläubige und praktizierende Christin, eine solche Überlegung überhaupt nur in Erwägung ziehen? Man bot ihr an, *einen Menschen zu töten*! Sie räusperte sich. »Angenommen, ich würde Ihr Angebot annehmen wollen. Was müsste ich tun?«

»Für diesen Fall parken Sie Ihr Auto morgen andersherum ein als heute. Dann wissen wir Bescheid und werden Kontakt mit Ihnen aufnehmen.«

»Und was ... was erwarten Sie dafür von mir? Was würde mich das kosten?«

»Gar nichts«, entgegnete die Frau. »Vielleicht könnten Sie uns irgendwann mal einen Gefallen tun. Nichts Großes. Jemanden anrufen. Einen kleinen Botengang machen. So was in der Art.«

Anne ließ das Gesicht der Frau nicht aus den Augen. Es war so friedlich, so glatt, wie das eines Engels. Aber ihre Worte hatten einen teuflischen Samen in ihr Herz gesät.

»Ich denke darüber nach«, sagte sie. »Danke, dass Sie zu mir gekommen sind.«

»Keine Ursache.« Die Frau nickte. »Wir wissen, wie Sie sich fühlen. Sie sind nicht allein mit Ihrem Schmerz.«

Als sie gegangen war, blieb Anne im Flur stehen. Sie wünschte, sie könnte dieses Gespräch als Wichtigtuerei einer gestörten Person abtun und einfach weitermachen wie zuvor. Aber das war nicht mehr möglich. Das Video von diesem Kerl, die panische Angst in seinen Augen und der Gedanke, ihm mit eigenen Händen das anzutun, was er Lissy angetan hatte, hatte etwas in ihr hervorgeholt, das ihre christliche Erziehung bisher nicht zugelassen hatte: den sehnlichen Wunsch nach Rache.

***

Bodenstein hoffte, dass Pia bald auftauchen würde, denn sie hatte dummerweise den Autoschlüssel einstecken. Er lief um das Auto herum und bewegte seine Zehen in den nassen Schuhen, damit sie ihm nicht noch abfroren. Nach einer halben Ewigkeit kam sie mit diesem weißbärtigen Nikolaus angeschlendert, und Bodenstein befürchtete Schlimmes, als er die Plastikkiste erblickte, die Sollberg trug.

»Schau mal, Herr Sollberg schenkt uns ein paar Champignons.« Pia betätigte die Fernbedienung und ließ den Kofferraum aufschnappen.

»Das können wir leider nicht annehmen«, sagte Bodenstein. »Es sei denn, der Wert des Geschenks liegt unter zehn Euro.«

»Keine Sorge, ich will Sie nicht bestechen. Die Dinger sind höchstens ein paar Cent wert.« Sollberg hielt Pia die Kiste hin. »Die Kiste kostet mehr als die Pilze. Und die leihe ich Ihnen nur aus.«

Er zwinkerte ihr zu.

»Na dann. Wir müssen los.« Bodenstein nickte Sollberg knapp zu und setzte sich auf den Beifahrersitz.

»Was war denn auf einmal mit dir los?«, erkundigte sich Pia, als sie endlich eingestiegen war und den Motor angelassen hatte. Sie winkte dem Pilzmann lächelnd zu, als wären sie beste Freunde, und fuhr aus dem Tor hinaus.

»Mir war auf einmal etwas flau«, antwortete Bodenstein. »Und wenn ich mir vorstelle, dass hinter uns im Kofferraum dieses widerliche Zeug liegt, aus dem die Pilze rauswachsen, kommt es mir hoch.«

»Magst du etwa keine Pilze?«, fragte Pia.

»Bis vor einer halben Stunde habe ich Pilze geliebt«, erwiderte Bodenstein. »Bis ich dieses Wort gehört und erfahren habe, wie schnell Pilze wachsen können.«

»Du meinst das Wort *Pilzbrut*?« Pia grinste verschmitzt.

Bodenstein verzog das Gesicht.

»Wenn du vermeiden willst, dass ich meinen Mageninhalt ins Auto entleere, dann solltest du es nicht noch einmal aussprechen.«

Sein Handy summte, sobald sie die Landstraße erreicht und wieder Netzempfang hatten. Es war Kai, und er hatte Neuigkeiten.

»Wo seid ihr die ganze Zeit gewesen?«, wollte er wissen. »Ich versuche seit einer Stunde, euch zu erreichen.«

»In diesem Tal bei dem Pilztypen. Da hatten wir keinen Empfang«, sagte Bodenstein und tippte auf das Lautsprechersymbol, damit Pia hören konnte, was Kai zu berichten hatte. »Was hast du?«

»Einen AFIS-Treffer zu dem Toten von der Landstraße. Ich habe dazu schon ein paar Nachforschungen angestellt«, verkündete Kai. »Bei dem Mann ohne Schuhe handelt es sich um René Siegel, vierunddreißig, wohnhaft in Wiesbaden. Er hat 2015 bei einem illegalen Autorennen eine schwangere Frau getötet und deren Schwägerin schwer verletzt. Der Frau musste ein Bein amputiert werden. Siegel ist zu einer Gefängnisstrafe von zwei Jahren und zwei Monaten wegen fahrlässiger Tötung, fahrlässiger Körperverletzung und gefährlichem Eingriff in den Straßenverkehr verurteilt worden. Letztes Jahr im Oktober hatte er seine Strafe abgesessen.«

»Wo ist er gemeldet?«, wollte Bodenstein wissen.

»In der Grabenstraße 42 in Wiesbaden«, antwortete Kai. »Das liegt direkt hinter dem Landtagsgebäude, mitten in der Innenstadt. Unten im Haus betreiben seine Eltern eine Gaststätte.«

»Was hat die Obduktion ergeben?«, erkundigte Pia sich.

»Beim Aufprall auf die Windschutzscheibe oder die Straße ist die Karotis abgerissen. Der Tod muss innerhalb von Minuten durch Verbluten eingetreten sein. Außerdem ist der ganze Körper von Prellungen übersät. Das Drogenscreening war negativ. Auch kein Alkohol im Blut. Höchstens zwei Stunden vor seinem Tod hatte er etwas gegessen.«

»Vielleicht Pilze?«, fragte Pia und zwinkerte Bodenstein zu.

»Nein«, antwortete Kai. »Laut vorläufigem Obduktionsbericht bestand seine letzte Mahlzeit aus Würstchen und Kartoffelsalat. Ich schicke euch alle Informationen aufs Handy. Dann könnt ihr gleich weiter nach Wiesbaden fahren.«

»Das sollte besser Tariq machen, finde ich«, sagte Pia. »Er war gestern Nacht als Erster vor Ort. Es ist sein Fall.«

»Das denke ich auch«, stimmte Bodenstein zu. »Ist er schon zurück von der Rechtsmedizin?«

»Gerade eben«, bestätigte Kai.

»Er soll warten, bis wir da sind«, sagte Bodenstein. »Pia fährt mit ihm zu den Eltern.«

»Okay.« Kai legte auf.

»Warum soll ich mitfahren?«, fragte Pia. »Glaubst du, er kriegt das nicht allein hin?«

»Doch, daran habe ich keinen Zweifel«, erwiderte Bodenstein. »Aber dann kannst du während der Dienstzeit einen Abstecher zu deiner Mutter machen und musst heute Abend nicht mehr hinfahren.«

Pia schwieg für einen Moment.

»Danke«, sagte sie schlicht. Und mehr musste sie nicht sagen.

Freitag, 13. Dezember

Pia und Tariq hatten die Eltern von René Siegel gestern am späten Nachmittag in ihrer Gaststätte angetroffen. Die Nachricht vom Tod ihres Sohnes hatte das Ehepaar Siegel sehr mitgenommen, allerdings waren sie nicht gänzlich unvorbereitet gewesen, denn eigentlich hatte er bereits am späten Samstagnachmittag eintreffen wollen.

René Siegel war gelernter Koch, und er hatte vorgehabt, seinem Vater in der Küche zur Hand zu gehen. Die Gaststätte war in der Adventszeit gut ausgelastet mit betrieblichen und privaten Weihnachtsfeiern, und für die Silvesternacht waren schon seit Monaten alle Plätze reserviert. Als er im Oktober 2018 aus der Haft entlassen worden war, hatte René Siegel nicht sofort nach Wiesbaden zurückkehren wollen und deshalb für ein Jahr als Koch auf einer Ölbohrinsel in der Nordsee angeheuert. Danach hatte er im elterlichen Gastrobetrieb mitarbeiten wollen, um ihn später, wenn die Eltern ins Rentenalter kamen, zu übernehmen. Die Eltern hatten ihren einzigen Sohn zuletzt im September gesehen, als er anlässlich des 60. Geburtstages seiner Mutter von der Bohrinsel angereist und für ein paar Tage geblieben war. Seit »der Sache«, wie die Eltern Siegel den durch ihren Sohn verursachten tödlichen Unfall bezeichneten, hatte ihr Junior keinen Führerschein mehr, er reiste deshalb mit dem Zug oder fuhr bei Kumpels im Auto mit. Zu der Autoposer-Clique, zu der er in jüngeren Jahren gehört hatte, hatte er den Kontakt abgebrochen, er hatte das illegale Autorennen, bei dem die junge Frau gestorben war, sehr bereut.

»Wir haben ihnen gesagt, wo und wie ihr Sohn gestorben ist«, berichtete Tariq bei der Morgenbesprechung. »Aber ein paar Details, wie die Hundebisse und die nackten Füße, haben wir weggelassen. Die Mutter war sowieso schon am Boden zerstört.«

»René Siegel hatte sich am 6. Dezember abends zuletzt per WhatsApp bei seiner Mutter gemeldet«, sagte Pia. Ihr Handy piepste. Sie warf einen Blick auf das Display. Eine Nachricht von Henning. »Er war am Morgen des 6. Dezember mit dem Helikopter von der Ölbohrinsel gekommen und wollte noch mit zwei Kollegen in Hamburg einen draufmachen. In der Nachricht hatte er seiner Mutter mitgeteilt, dass er einen Fahrschein für den ICE nach Frankfurt um 9:50 Uhr gekauft habe, in Mainz aussteigen und mit der S-Bahn weiter nach Wiesbaden fahren wolle. Als er am Samstagnachmittag nicht wie verabredet aufgetaucht ist, hat die Mutter immer wieder versucht, ihn anzurufen, aber er ging nicht dran, und irgendwann war das Handy ausgeschaltet.«

Pia tippte auf die Nachricht.

Wie lief das Gespräch mit Malgorzata gestern?, schrieb Henning. *Kommt sie für euch infrage?*

Henning hatte ihr gestern überraschend den Kontakt zu einer Polin vermittelt, die lange einen engen Freund seiner Mutter betreut hatte. Sie hatte bei dem alten Herrn im Haus in einer Einliegerwohnung gelebt, zunächst als Haushälterin und Gesellschafterin, später hatte sie auch pflegerische Aufgaben übernommen. Vor einer Woche war der Herr verstorben, und sie war auf der Suche nach einer neuen Stellung.

Sie ist sehr nett, tippte Pia zurück. *Vielen Dank noch mal. Aber ich fürchte, wir können uns das nicht leisten. Außerdem möchte sie lieber in einer Stadt wohnen, nicht in einem Dorf ohne S-Bahn-Anschluss.*

»René Siegels Mutter hat seinen Freundeskreis abtelefoniert, aber niemand hatte von ihm gehört«, sagte Tariq. »Eine Freundin hatte er nicht. Nach ›der Sache‹ hatte die Frau, mit der er damals angeblich verlobt war, Schluss gemacht. Die Eltern wollten eine Vermisstenanzeige bei den Kollegen in Wiesbaden aufgeben, aber man hat sie weggeschickt.« Tariq schob sich ein Heidesand-Plätzchen in den Mund. »Ihr Sohn sei ein erwachsener Mann, der frei über seinen Aufenthaltsort entscheiden könne.«

Bodenstein betrachtete die Landkarte an der Wand, die Hessen und die umgebenden Bundesländer zeigte.

»Der ICE von Hamburg nach Frankfurt hält in Bremen, Osnabrück, Münster, Hamm, Duisburg, Köln, Bonn und Limburg«, wusste Kai. »Wir sollten uns zuerst den Bahnhof in Limburg vornehmen.«

»Vielleicht war das Geld, das er auf der Bohrinsel verdient hat, der Grund, warum er sterben musste«, überlegte Cem laut. »Möglicherweise hat er dem Falschen davon erzählt, und der hat ihn entführt, um an die Kohle zu kommen.«

»Er war fünf Tage verschwunden«, sagte Kathrin nachdenklich. »Und dann taucht er barfuß im Hintertaunus auf. Wo ist er seitdem wohl gewesen?«

»Gute Frage«, entgegnete Cem. »Nicht zu glauben, wie einfach es ist zu verschwinden. Man muss nur sein Handy loswerden.«

»Die Frage ist, ob René Siegel sein Handy freiwillig losgeworden ist oder ob man ihn dazu gezwungen hat«, warf Bodenstein ein. »Findet heraus, ob Siegel tatsächlich in Hamburg in den Zug nach Frankfurt gestiegen ist. Wenn das der Fall war, dann muss er ihn irgendwo verlassen haben.«

»Alles klar, Chef.« Tariq nickte. »Ich kümmere mich darum.«

»Ich würde gerne Hauptsachbearbeiterin machen«, sagte Kathrin.

»Das bist du doch schon im Fall Larissa«, entgegnete Kai erstaunt.

»Ich krieg beides hin.«

»Seit wann bist du so scharf auf den Job?« Pia pickte die letzten beiden Vanillekipferl vom Plätzchenteller. »Akten führen, das war doch nie dein Ding.«

»Jetzt schon«, behauptete Kathrin. »Was meinst du, Chef?«

»Kai übernimmt diese Aufgabe«, ordnete Bodenstein an. »Du kümmerst dich um das Bewegungsprofil von Siegels Handy und arbeitest mit Tariq und Cem an den Auswertungen der Überwachungskameras.«

»Aber ich …«, wollte Kathrin protestieren, brach jedoch ab, als Nicola Engel den Besprechungsraum betrat, heute wieder in Kostüm und Pumps.

»Gibt es Neuigkeiten im Fall Larissa Böhlefeld?«, wollte sie wissen.

»Nein«, erwiderte Bodenstein. »Leider gar nichts, was uns irgendwie weiterbringt.«

»Ich muss jetzt zum Polizeipräsidenten. Wir haben eine Videoschalte zum Innenminister. Wohlgemerkt nicht zu dem in Wiesbaden, sondern zu dem in Berlin.« Die Kriminaldirektorin runzelte die Stirn. »Ganz sicher will er irgendetwas von mir hören. Und zwar nicht: *Leider gar nichts*!«

In den letzten achtundvierzig Stunden war deutschlandweit eine hitzige Debatte über die Gefährlichkeit von kriminellen Asylbewerbern und die Integrationspolitik der Bundesregierung entbrannt. Zeitungen und Online-Portale kannten kein anderes Thema mehr, in Talkshows redeten sich sogenannte Experten die Köpfe heiß. Überall gab es Demonstrationen. Die einen forderten schärfere Strafen und schnellere Abschiebung von straffälligen Asylbewerbern, die anderen eine bessere Integration und einen schnelleren Zugang zum Arbeitsmarkt. Unterdessen war unter Asylbewerbern ein wahrer Exodus ausgebrochen. Viele verließen panisch ihre Unterkünfte und versuchten, bei Verwandten unterzukommen oder ins Ausland zu gehen, was natürlich Wasser auf die Mühlen von rechten Gruppierungen war. Das große öffentliche Interesse erhöhte den Druck auf die Ermittlungen.

»Wir tun wirklich, was wir können«, versicherte Bodenstein seiner Chefin und zählte alle Maßnahmen auf, die ergriffen worden waren.

»Damit habt ihr wohl genug zu tun«, entgegnete Nicola Engel. »Den Fall von Donnerstagnacht können die Kollegen vom LKA übernehmen.«

»Wir können die Ermittlungen parallel führen«, sagte Bodenstein. »Durch die Unterstützung der Soko haben wir genug Leute.«

Tariq und Kathrin befürworteten seine Argumentation, und die Kriminaldirektorin ließ sich schließlich darauf ein.

»Allerdings nur bis auf Weiteres«, sagte sie warnend und ging zur Tür hinaus, dabei stieß sie beinahe mit Christian Kröger zusammen, der im selben Augenblick den Besprechungsraum betreten wollte.

Laut Kriminallabor stammten die Hundebisse an René Siegels Körper von keinem der Hunde von Pilzmann Sollberg. Auf dem gefrorenen Boden im Wald hatte Siegel barfuß keine Spuren hinterlassen. Der eingesetzte Mantrailer hatte seinen Führer zwei Stunden lang kreuz und quer durch den Wald gezerrt – ohne Ergebnis. Siegel war offenbar nicht aus Richtung der Pilzfarm gekommen und nicht mal in deren Nähe gewesen. Aber er schien auch nirgendwo sonst hergekommen sein.

Pias Handy piepste wieder.

Schade, schrieb Henning. *Ich höre mich weiter um.*

Pia schickte ein »Danke«-Emoji zurück.

»Als wäre er vom Himmel gefallen«, sagte Kröger grimmig.

»Oder von einem Fahrzeug abgesetzt worden«, meinte Pia. »Das erscheint mir wahrscheinlicher.«

Das Telefon auf dem Besprechungstisch klingelte. Kai ging dran. Aus seinen Bemerkungen war zu schließen, dass man den Rucksack von Lissy Böhlefeld gefunden hatte.

»Das war ein Mitarbeiter des Bauhofs der Gemeinde Sulzbach«, sagte Kai, als er das Telefonat beendet hatte. »Sie schneiden gerade die Bachläufe auf dem Gemeindegebiet frei. Einer der Arbeiter hat im Gestrüpp am Bach, in der Nähe der Stelle, an der Larissas Leiche abgelegt worden ist, einen Rucksack gefunden. Ein Fjällräven Kånken Daylight in Grau. Genau das Modell, das Larissa Böhlefeld hatte.«

»Dann werde ich gleich mal hinfahren und das gute Stück holen«, sagte Kröger, erleichtert, etwas tun zu können.

»Fahr direkt zum Bauhof.« Kai reichte ihm einen Notizzettel mit einer Nummer des zuständigen Sachbearbeiters, und Kröger machte sich auf den Weg.

»Ich habe mir die digitale Ermittlungsakte von Siegels Fall angeschaut«, sagte Tariq, als er gegangen war. »Leila Bouaziz, Siegels Opfer, und ihr Ehemann Walid wohnten damals in Wiesbaden-Biebrich. Vielleicht lebt der Witwer immer noch dort. Wir könnten doch mal mit ihm sprechen.«

»Was soll der denn wohl wissen?«, fragte Kathrin skeptisch. »Wie soll er uns helfen?«

»Weiß ich auch nicht«, erwiderte Tariq. »Hast du eine bessere Idee?«

»Ich finde den Vorschlag gut«, sagte Bodenstein. »Es könnte ihn interessieren, dass der Mann, der seine Frau und sein ungeborenes Kind getötet hat, nicht mehr lebt.«

»Totaler Quatsch«, murrte Kathrin. »Zeitverschwendung.«

»Kommst du mit?«, fragte Tariq Pia. »Irgendwie ist das ja unser Fall.«

»Natürlich komme ich mit.«

»Dann rufe ich ihn an. Seine Telefonnummer steht in der Akte.«

***

Sara hatte nie so richtig verstanden, warum Lissy die Arbeit im Tierheim so wichtig gewesen war. Es sei irgendwie *kontemplativ* und würde sie beruhigen, und wenn sie bei den Tieren sei, könne sie ihren Kopf abschalten, hatte Lissy behauptet. Sara hatte insgeheim vermutet, Lissy würde nur deshalb im Tierheim arbeiten, weil sie Damon treffen konnte, wenn sie mit den Hunden spazieren ging, aber das war unfair. Den Job im Tierheim hatte Lissy ja schon gehabt, bevor Damon aufgetaucht war. Gestern hatte Sara kapiert, was ihre Freundin gemeint hatte. Sie hatte von zehn Uhr vormittags bis zum Einbruch der Dunkelheit gearbeitet. Die Leute im Tierheim wollten nichts von ihr. Sie stellten ihr keine blöden Fragen, sondern waren einfach froh, dass noch jemand mit anpackte. Und Sara war sich nicht zu fein dafür, Hundekäfige, Vogelvolieren, Katzenklos und Terrarien zu reinigen. Sie lernte, Futter zuzubereiten, Medikamente zu verabreichen, die Industriewaschmaschinen und Trockner zu bedienen. Es war eine befriedigende Arbeit, auch wenn man sie jeden Tag wieder machen musste. Als alle Gehege, Ausläufe und Käfige sauber waren, war sie noch mit Roxy, der großen Schäferhündin, spazieren gegangen. Roxy war Lissys Liebling gewesen, und Sara war oft mit den beiden gemeinsam durch Wiesen und Felder gestreift. Seitdem Lissy tot war, war niemand mehr mit Roxy gegangen, und der

Hund hatte sich total gefreut. Sara wusste selbst nicht, warum sie an Damons Haus vorbeigegangen war. Sie hatte es gar nicht vorgehabt, es war wie ein innerer Drang gewesen. Zum Glück war er nicht zufällig rausgekommen, das wäre ziemlich peinlich geworden! Nachdem sie den Hund zurückgebracht hatte, hatte sie beschlossen, Lissys Mutter zu besuchen. Früher war sie oft bei Böhlefelds gewesen. Das letzte Mal erst am Freitagmittag, nach der Schule, nur ein paar Stunden bevor Lissy umgebracht worden war. Sie war mit dem Fahrrad nach Sulzbach gefahren, und als sie den Berg aus Kerzen, Blumen und Fotos vor dem Eingangstor des Hauses gesehen hatte, war der Schmerz mit voller Wucht zurückgekehrt. Auf ihr Klingeln hatte niemand geöffnet, und im Haus war es dunkel gewesen. Enttäuscht war sie nach Hause geradelt. Und heute Morgen war sie wieder nicht zur Schule gegangen. Im Tierheim wartete man auf sie, das war wichtiger als die Schule, wo jetzt vor Weihnachten eh nichts mehr passierte.

Unten klingelte es an der Haustür. Ein paar Minuten später klopfte es an Saras Zimmertür. Verdammt! Waren das die Bullen? Sie war nie ans Telefon gegangen, wenn die unterdrückte Nummer anrief. Gestern wieder ein paarmal.

»Sara?« Ihre Mutter stand vor der Tür.

»Wenn das die Polizei ist, bin ich nicht da!«

»Es ist nicht die Polizei. Darf ich reinkommen?«

»Hm.«

Die Tür ging auf. Ihrer Mutter stand der Kummer deutlich ins Gesicht geschrieben, aber Sara ignorierte es. Es war ihr egal.

»Wieso bist du nicht bei der Arbeit?«, fragte sie.

Ihre Mutter setzte sich auf die Bettkante. Kein gutes Zeichen.

»Papa und ich, wir machen uns Sorgen um dich«, begann sie.

»Müsst ihr nicht. Ist alles okay.« Sara wich zurück, als sie ihr eine Haarsträhne aus der Stirn streichen wollte.

»Wir dachten uns, es wäre vielleicht gut für dich, wenn du mal mit jemandem sprichst. Über das mit Lissy. Wie es dir dabei geht.«

»Nee, das will ich nicht.« Sara setzte sich auf.

»Frau Brand ist Psychologin und Trauma-Therapeutin. Die Polizei hat uns empfohlen, dass du mit ihr redest, und wir …«

Sara traute ihren Ohren nicht. Hetzten die Bullen ihr etwa eine Psychotante auf den Hals, nur weil sie nicht mit ihnen reden wollte? Und ihre Eltern machten dabei auch noch mit!

»Ey, seid ihr total bescheuert? Lasst mich bloß mit so was in Ruhe! Geh raus, Mama! Lass mich alleine! Ich will nicht mit irgendwem reden!«

Sie zog die Bettdecke über den Kopf und rollte sich unter der Decke zusammen.

»Aber Sara, du …«, versuchte ihre Mutter einen neuen Vorstoß.

»Nein, nein, nein!«, schrie Sara und strampelte mit den Beinen wie eine trotzige Fünfjährige. »Geh weg! Ich will nicht reden! Lass mich allein!«

***

Tariq erreichte Walid Bouaziz an seinem Arbeitsplatz. Tatsächlich wohnte er noch in derselben Wohnung, in der er mit seiner Frau gelebt hatte. Weil er nach Feierabend um 13:30 Uhr zum Freitagsgebet in die Moschee gehen und frühestens um 15:00 Uhr zu Hause eintreffen würde, legten Pia und Tariq einen Zwischenstopp bei einem Supermarkt in Biebrich ein. Tariq erstand an der Fleischtheke gleich drei fettige Fleischkäse-Brötchen mit Senf zum Mittagessen, Pia entschied sich für eine vegane Bowl mit Edamame, Mango, Algen und Avocado aus der Sushi-Bar.

Walid Bouaziz wohnte im zweiten Stock in einem der Mehrfamilienhaus-Riegel in der Nansenstraße im Wiesbadener Stadtteil Biebrich. Pia kannte die Gegend von früher, weil sie erst mit Freundinnen aus dem Reitstall und später mit Henning jedes Jahr an Pfingsten zum internationalen Reitturnier in den Biebricher Schlosspark gefahren war. Auf der Suche nach einer Parkmöglichkeit waren sie oft stundenlang durch die Nebenstraßen gekurvt. Ohne Turnier war in der Gegend erheblich weniger los, und Tariq fand schnell einen Parkplatz mit Blick auf das Haus, in dem Bouaziz wohnte.

»Walid Bouaziz, vierunddreißig, in Deutschland geboren, besitzt aber auch die tunesische Staatsbürgerschaft«, sagte Tariq.

»Er ist Programmierer, arbeitet seit 2016 bei einem Biotechnologieunternehmen in Mainz.«

Pia hörte nur mit einem Ohr zu. Natürlich hatte sie das Gespräch mit der von Henning empfohlenen Malgorzata gestern Abend allein führen müssen. Ihr Bruder Lars hatte im letzten Moment abgesagt, er schaffe es nicht rechtzeitig aus dem Büro. Und Christoph, dem sie eine Sprachnachricht geschickt hatte, hatte geantwortet: *Klingt doch super*. Mehr nicht. Pia fragte sich, wie sie die Versorgung ihrer Mutter finanziell stemmen sollte. Solange sie im Haus wohnte, reichte die Witwenrente aus, und falls sie eine Pflegestufe bekam, würde zusätzlich Geld von der Krankenkasse kommen. Aber was, wenn sie irgendwann nicht mehr allein leben konnte?

»Hörst du mir eigentlich zu?«, riss Tariqs Stimme Pia aus ihren Gedanken. Sie begegnete dem halb belustigten, halb gekränkten Blick ihres jüngeren Kollegen.

»Entschuldige bitte, Tariq. Ich habe gerade darüber nachgedacht, dass ich noch kein einziges Weihnachtsgeschenk für Christophs Verwandtschaft besorgt habe«, schwindelte Pia. »In einer Woche kommen die Australier schon. Und die Zeit, in denen Christoph seinen Enkeln eine Freude mit irgendeinem Stofftier aus dem Zoo-Shop machen konnte, ist leider vorbei. Die sind mittlerweile anspruchsvoller.«

»Um Weihnachtsgeschenke kümmert sich bei uns glücklicherweise Pauline«, erwiderte Tariq. »Das meiste bestellt sie online. Und sie lässt sich vorher genau sagen, was sich die Kids so wünschen.«

»Gute Idee«, sagte Pia.

Es wurde drei Uhr. Viertel nach drei. Tariq biss in sein drittes Brötchen. Pia kratzte die Pappschachtel bis aufs letzte Reiskorn aus.

»Ich glaube, da kommt er«, sagte Tariq kauend und wies mit einer Kopfbewegung auf einen schmächtigen Mann, der gerade vom Bürgersteig in den Weg zum Haus Nummer 39 einbog, den Blick gesenkt, der Rücken gekrümmt unter der Last eines viel zu großen Rucksacks.

»Los geht's.« Pia steckte den Deckel auf die Schachtel, und Tariq schob sich den Rest des Fleischkäsebrötchens in den Mund.

Sie erreichten den Mann in dem Moment, als er die Eingangstür aufschloss.

»Herr Bouaziz?«, sprach Tariq ihn an und hielt seine Kripomarke hoch.

Der Mann blickte sich erschrocken um.

»Ach, Sie sind es. Kommen Sie rein«, sagte er in akzentfreiem Deutsch.

Ein schwarzer Bart bedeckte die untere Hälfte seines Gesichts. Um seine vollen Lippen, die schönen Augen und die langen Wimpern hätte ihn jede Frau beneidet.

In der Wohnung im zweiten Stock war es kalt.

»Ich arbeite den ganzen Tag, deshalb drehe ich tagsüber die Heizung herunter, um zu sparen.« Walid Bouaziz ließ den Rucksack von seinen Schultern gleiten. Pia sah sich um. Im Wohnzimmer waren dicke bunte Sitzkissen um einen niedrigen Holztisch herum gruppiert, Teppiche mit orientalischen Mustern bedeckten den Fußboden und hingen an den Wänden.

»Meine verstorbene Frau legte großen Wert auf Tradition«, erklärte Bouaziz. »Ich nicht so sehr. Aber ich mag die Einrichtung nicht ändern. Es ist irgendwie eine schöne Erinnerung. Wir haben fast alle Sachen in Tunesien gekauft oder von unseren Familien mitgebracht bekommen.«

Der Mann redete wie ein Wasserfall, ein Zeichen seiner Nervosität. Das war nicht ungewöhnlich. Viele Menschen wurden nervös, wenn sie unverhofft Besuch von der Kriminalpolizei bekamen.

»Herr Bouaziz«, unterbrach Pia ihn. »Der Mann, der Ihre Frau getötet hat, ist gestern ums Leben gekommen.«

»Was?« Walid Bouaziz starrte Pia für ein paar Sekunden verständnislos an, dann presste er die Fäuste gegen seine Brust, schloss die Augen und sagte etwas auf Arabisch, das sie nicht verstand. Er öffnete wieder die Augen und lächelte übers ganze Gesicht. »Diese Neuigkeit wird meine Schwester Fatma glücklich machen. Sie hat bei dem Unfall ein Bein verloren und musste elf

Mal operiert werden. Sie hatte Glück, dass ihr Mann sie nicht verlassen hat.«

»Das wissen wir. Und das tut uns sehr leid.« Pia betrachtete interessiert das intensive Mienenspiel des Mannes. Erleichterung. Sorge. Freude. Aber da war noch ein Ausdruck, den sie nicht richtig deuten konnte. War das Genugtuung?

»Der Kerl hat es verdient, genauso zu sterben wie meine Frau«, sagte Bouaziz voller Inbrunst. »Ich bin froh, dass er tot ist, Allah möge mir verzeihen.«

***

Sara war stinksauer auf ihre Eltern. Das mit der Psychotante war echt das Allerletzte! Aber sie war stur geblieben. Sie hatte ihre Zimmertür abgeschlossen, die Musik aufgedreht und sich wie ein Kleinkind die Ohren zugehalten, als ihre Mutter an die Tür geklopft hatte. Erst als sie durchs Fenster gesehen hatte, wie die blöde Trulla wieder abzog, hatte sie die Tür wieder aufgeschlossen. Und dann war ihr Vater früher von der Arbeit nach Hause gekommen. Das war zuletzt vorgekommen, als seine Mutter, ihre Oma, gestorben war. Es musste also ernst sein.

Sara brauchte eine ganze Weile, um zu begreifen, dass ihre Eltern heute, an einem ganz normalen Freitag, möglicherweise ihretwegen nicht bei der Arbeit waren! Sie öffnete ihre Zimmertür und schlich auf Strümpfen die Treppe hinunter. Da saßen die beiden am Esstisch. Sie hielten einander bei den Händen. Mama hatte ganz verweinte Augen. Untypisch. Papa war in Büroklamotten. Um diese Uhrzeit hier statt in Frankfurt. Auch untypisch.

Vielleicht ging es ja doch nicht um sie! Wer weiß, vielleicht war einer von ihnen todsterbenskrank, und sie wussten nicht, wie sie ihr beibringen sollten, dass sie bald Halbwaise sein würde.

Sara verlagerte ihr Gewicht ungeschickt, und die Treppenstufe knarrte. Ihr Vater blickte auf.

»Sara!«

»Hallo, Papa.«

»Magst du dich für einen Moment zu Mama und mir setzen?«

»Nee, ich bleib lieber stehen. Die Idee mit der Psychologin

war voll daneben. Ihr hättet mir ja wenigstens mal was sagen können.«

»Du hast recht«, sagte Mama. »Es tut mir leid. Wir machen uns nur solche Sorgen um dich, Saralein. Du hast seit Montag kaum etwas gegessen. Du willst nicht mehr in die Schule gehen. Wir sind ratlos.«

»Wir möchten dir helfen, Sara«, sagte Papa. »Was können wir tun?«

»Ich will auf eine andere Schule«, entgegnete Sara. »Sofort.«

Ihre Eltern wechselten einen Blick.

»Wir können gut verstehen, dass es dir im Moment schwerfällt, zur Schule zu gehen«, antwortete ihr Vater. »Deshalb ist es für uns auch okay, dass du nicht hingehst. Aber du hast doch dort auch andere Freunde, die …«

»Nein!«, fiel Sara ihm heftig ins Wort. »Ich setze keinen Fuß mehr in diese Schule! Auf gar keinen Fall! Das meine ich ernst! Ich werde nichts mehr essen, bis ihr mir erlaubt, die Schule zu wechseln!«

»Das nennt man Erpressung«, sagte ihr Vater.

»Mir egal, wie man das nennt.« Sara verschränkte die Arme vor der Brust. »Auf der Taunusschule in Königstein gibt's auch G9.«

»Aber auf diese Schule wolltest du doch nie!« Ihre Mutter war erstaunt.

»Jetzt doch«, sagte Sara. »Ich hab meine Meinung geändert.«

Schweigen.

»Okay«, sagte ihr Vater zu Saras Überraschung. »Wir können über einen Schulwechsel reden. Aber wir möchten dich bitten, vorher mit der Psychologin zu sprechen.«

»Und das ist keine Erpressung, oder was?«

»Nein, Sara«, antwortete ihr Vater ernst. »Wir machen uns große Sorgen um dich. Deine beste Freundin ist ermordet worden. Das ist etwas so Schlimmes, wie wir es uns gar nicht vorstellen können. Deine Mutter und ich sehen, dass du Angst hast, und wir verstehen das. Aber du solltest dir jetzt helfen lassen.«

Sara stiegen die Tränen in die Augen. Angst? Hatte er recht? Ja, verdammt, sie hatte eine beschissene Scheißangst, weil Lissy ermordet worden war und ihr Mörder frei herumlief! Sie wünschte, sie könnte sich Papa einfach in die Arme werfen und sich von ihm trösten lassen, so wie früher, als sie noch ein Kind gewesen war. Er hatte für jedes ihrer Probleme eine Lösung gefunden. Aber diesmal ging das nicht. Diesmal konnte er ihr nicht helfen. Was hätte sie auch sagen sollen? Hey, Papa, ich glaube, ich weiß, wer Lissy erdrosselt hat, ich kann es aber leider nicht beweisen. Nein, das ging nicht. Auf keinen Fall!

Sie musste weg von dieser Schule. Weg von Damon. Sie hatte schon so oft die Schule wechseln müssen, dass es ihr nichts ausmachen würde, noch mal irgendwo neu anzufangen.

»Okay, ich rede mit der Psychologin«, flüsterte sie. »Haben wir dann einen Deal?«

»Ja, mein Schatz«, erwiderte ihr Vater. »Dann haben wir einen Deal.«

***

»Hatte ich mit irgendeinem Wort erwähnt, dass Siegel bei einem Unfall mit einem Auto ums Leben gekommen ist?«, fragte Pia Tariq auf dem Weg zum Parkplatz.

»Nein, hast du nicht.«

»Wie ist er dann darauf gekommen, dass Siegel es verdient hat, *genauso zu sterben* wie seine Frau?«

»Ja, komisch, oder?« Tariq runzelte nachdenklich die Stirn.

»Und ich hatte den Eindruck, er war erleichtert«, sagte Pia. »Konntest du verstehen, was er auf Arabisch vor sich hingemurmelt hat?«

»Ja, das war so eine Floskel, die man sagt, wenn einem unerwartet etwas Gutes widerfährt«, antwortete Tariq. »*Allah, ich danke dir und knie vor dir nieder.* Ist dir das Foto von der jungen Frau aufgefallen, das im Flur gehangen hat?«

»Ich denke mal, das ist seine verstorbene Frau.«

»Jemand hat mit einem goldenen Stift einen arabischen Spruch auf das Foto geschrieben.« Tariq öffnete den Dienstwagen mit der Fernbedienung und sagte ein paar Sätze auf Arabisch.

»Aha.« Pia ließ sich auf den Beifahrersitz fallen. »Klingt irgendwie schön.«

»Das ist eine Sure aus dem Koran, die so viel bedeutet wie: *Es ist Pflicht, im Fall von vorsätzlichem Totschlag Vergeltung zu üben. Ein Freier für einen Freien. Ein Leibeigener für einen Leibeigenen. Und eine Frau für eine Frau.*«

»Hm. So ähnlich wie im Alten Testament. Auge um Auge. Zahn um Zahn. Irgendwie verständlich, dass er einen Wunsch nach Rache hatte.« Pia schloss den Sicherheitsgurt. »Hast du das Pärchen aus Mauloff überprüft? Kann es sein, dass sie Bouaziz irgendwoher kannten?«

»Du meinst, es könnte ein als Unfall getarnter Auftragsmord gewesen sein?«, fragte Tariq mit einem Anflug von Belustigung in der Stimme. Sein messerscharfer Verstand verblüffte Pia immer wieder aufs Neue.

»Nein, Quatsch, das war es sicher nicht«, erwiderte sie und grinste. »Aber man muss in einem frühen Stadium von Ermittlungen auch verrückte Theorien in Erwägung ziehen dürfen. Das haben sie uns ja schon auf der Polizeischule eingebläut.«

Tariq ließ den Motor an.

»Dass er vorhin behauptet hat, er sei nicht traditionsbewusst, war offensichtlich gelogen. Er geht zum Freitagsgebet in die Moschee. Er sagt diese Floskel reflexhaft, wie jemand, der damit vertraut ist. Und dazu sein Bart! In der Sunna von Mohammed steht, dass Männer den Bart wachsen lassen und den Schnurrbart kurz schneiden sollen.«

»Tariq-*pedia*!«, grinste Pia. »Woher weißt du so was alles? Und warum weißt du so gut über den Koran Bescheid? Du bist doch katholisch, oder nicht?«

»Chaldäisch-katholisch«, bestätigte Tariq. »Aber die wichtigsten Koran-Suren zu kennen, gehört einfach zur Allgemeinbildung.«

»Allgemeinbildung, schon klar«, sagte Pia. »Sollte ich jemals zu ›Wer wird Millionär‹ eingeladen werden, wirst du auf jeden Fall mein Telefon-Joker sein.«

***

Den ganzen Vormittag in der Apotheke und später zu Hause hatte Anne Böhlefeld vergeblich darauf gewartet, dass jemand Kontakt mit ihr aufnehmen würde. Morgens hatte sie ihr Auto gemäß Anweisung rückwärts eingeparkt, aber niemand war gekommen. Seitdem diese Frau an der Hintertür der Apotheke aufgetaucht war und ihr dieses absurde Angebot gemacht hatte, konnte sie über nichts anderes mehr nachdenken. Sie wusste nicht, ob sie es wirklich fertigbringen würde, den Mann zu töten, aber sie wollte ihm Fragen stellen. Sie wollte wissen, warum er Lissy hatte töten müssen. Hätte er sie nicht nur vergewaltigen können, wie diese andere Frau? Eine Vergewaltigung war wohl die entsetzlichste Erfahrung, die eine Frau machen konnte, aber man konnte damit fertigwerden und danach weiterleben. Ja, sie wollte einfach nur wissen, warum Lissy sterben musste.

Anne lag wach im Bett im Gästezimmer unterm Dach. Durch die geöffnete Tür hörte sie von unten Jörgs Schnarchen. Früher hatte es sie nicht gestört, wenn er nachts Wälder absägte, doch jetzt, wo sie kaum die Augen zubekam, war es unerträglich geworden.

Ihre Mutter, ihre Schwester und ihr Schwager waren abgereist, auch die Nachbarn waren weg. Anne war nicht besonders freundlich zu ihnen gewesen und hatte sie wahrscheinlich gekränkt, aber das war ihr im Moment egal. Jörgs Bruder musste wieder fliegen. Langstrecke nach Shanghai oder Peking. Er würde eine Weile weg sein. Zum Glück. Genau wie Werner, der Nachbar von links, war Jonas der Typ Mann, der sich gerne über alles aufregte. Die fremdenfeindlichen Sprüche, die die beiden geklopft hatten, waren ekelhaft. Und Susi, Jonas' Frau, hatte unablässig irgendwelche bescheuerten Phrasen von sich gegeben, bis Anne kaum noch hatte denken können. Jetzt war es endlich still im Haus. Und Anne war wach. Vor genau einer Woche um diese Uhrzeit war ihr Kind ermordet worden, während Jörg und sie einen vergnügten Abend gehabt hatten. Sie hatte nichts gespürt, keinen Stich in ihrem Herzen, so wie es den Figuren in kitschigen Büchern passiert, wenn ein geliebter Mensch stirbt.

Vorhin, noch bevor Jörg nach Hause gekommen war, war der

freundliche Kommissar da gewesen, um ihr mitzuteilen, dass die Rechtsmediziner Lissy zur Beerdigung freigegeben hatten. Er hatte nicht das Wort »Leiche« benutzt und auch keine Umschreibung wie »die sterblichen Überreste«, dafür war sie ihm dankbar. Seine Freundlichkeit hatte Anne dazu gebracht, ihm Dinge zu sagen, die sie sonst niemandem sagen konnte. Dass sie in diesem Jahr wohl keinen Weihnachtsbaum haben würden, weil sie befürchtete, man würde über sie reden, wenn sie einen Tannenbaum kaufen ging, als ob alles in Ordnung wäre. Es war schlimm genug, dass sie nicht wusste, ob Lissy hatte leiden müssen oder ob sie schnell gestorben war. Noch schlimmer war es, den Erwartungen der Leute gerecht werden zu müssen. Wann durfte sie wieder einkaufen gehen, wann durfte sie sich mit Freundinnen treffen, ohne dass die Leute hinter ihrem Rücken munkelten, sie sei hartherzig oder gleichgültig oder habe vielleicht sogar selbst etwas mit dem Tod ihrer Tochter zu tun? Sie fühlte sich gefangen in ihrem Haus, zur öffentlichen Zurschaustellung ihrer Trauer gezwungen. Man nahm ihr sogar übel, dass sie wieder arbeiten ging! Das hatte sie bei verschiedenen Gruppen auf Facebook lesen können.

Der Kommissar war sehr verständnisvoll gewesen. Er hatte ihr geraten, mit einer guten Trauma-Therapeutin zu sprechen.

»Sie dürfen so trauern, wie Sie es möchten«, hatte er zu ihr gesagt. »Sie müssen auf niemanden Rücksicht nehmen.«

»Aber die Leute quatschen blödes Zeug!«, hatte sie erwidert.

»Ich kenne die Dynamik in kleinen Orten, wo beinahe jeder jeden kennt«, hatte der Kommissar gesagt. »Ich bin selbst in einem kleinen Dorf aufgewachsen und weiß, wie es ist, wenn alles, was man tut, beobachtet und bewertet wird. In großen Städten ist das anders, da ist alles viel anonymer.«

»Vielleicht verkaufen wir das Haus und ziehen um«, hatte Anne gesagt.

»Auch das ist eine Möglichkeit«, hatte der Kommissar geantwortet. »Ein Neuanfang, wo nicht überall Erinnerungen lauern.«

Das Gespräch hatte ihr gutgetan und sie gleichzeitig aufgewühlt. Denn nun mussten sie sich mit Lissys Beisetzung beschäftigen, was sie bisher erfolgreich verdrängt hatte. Anne stand auf und ging zu dem verglasten Giebel. Unten, vor dem Eingangstor, flackerten immer mehr Kerzen für ihr totes Kind zwischen Bergen von erfrorenen Blumen und Plüschtieren. Der Gedanke, Lissys zarten Körper in einen Sarg zu legen und in der kalten Erde zu vergraben, raubte ihr den Atem. Jörg wollte das so. Er wollte einen Ort haben, einen Grabstein, zu dem er hingehen konnte, um zu trauern. Lissy hätte eine Urnenbestattung bevorzugt, da war sich Anne ganz sicher. Irgendwo unter einem Baum in einem Friedwald.

»Ach, Lissy«, flüsterte sie. »Wo bist du nur, mein Baby? Kannst du mich hören, da, wo du bist?«

Zum ersten Mal, seitdem sie die Nachricht von Lissys Tod erhalten hatte, konnte sie weinen.

***

Er wachte auf, weil irgendetwas anders war. Es dauerte ein paar Sekunden, bis ihm die Stille auffiel. Die Musik war aus! Was hatte das zu bedeuten? Die schummerige Glühbirne an der Decke brannte noch, also konnte es nicht daran liegen, dass der Strom ausgefallen war.

»Hallo?«, flüsterte er, ohne sich zu bewegen. »Hallo? Ist da jemand?«

Keine Antwort. Dann hörte er schwere Schritte, die näher kamen. Schritte von mehreren Leuten in schweren Stiefeln. Sein Herz begann zu hämmern. Sein Mund war staubtrocken. Er setzte sich auf. Letztes Mal, als Männer in Stiefeln gekommen waren, hatten sie den blonden Mann aus seiner Zelle gezerrt und weggeschleift. Kamen sie nun seinetwegen? Seine Handflächen waren feucht, und die Panik drückte auf seine Blase und seinen Darm. Aber er wollte nicht, dass man ihn mit entblößtem Hintern sah. Und dann waren sie da. Vier Männer in schwarzen Klamotten mit Sturmhauben über den Köpfen. Ein unheimlicher Anblick, der ihm eine Gänsehaut über den Rücken jagte.

»Aufstehen!«, befahl eine Männerstimme.

Er gehorchte zitternd.

Der Mann schloss die Zellentür auf. Die anderen standen abwartend hinter ihm.

»Rauskommen!«

Nein. Der blonde Mann war nie wiedergekommen. Aber wenn er nicht hinausging, würden sie womöglich dasselbe mit ihm machen wie mit dem Mann, und das wollte er nicht. Es war erniedrigend, weggeschleift zu werden. Er trat aus der Zelle.

»W…was machen Sie mit mir?«, fragte er. »Wo bin ich? Und warum bin ich hier?«

»Jacke ausziehen!«

Er gehorchte.

»Wohin bringen Sie mich?«

»Das wirst du schon sehen.« Die Stimme klang dumpf hinter der Sturmhaube. Es war unfair, dass sie ihm nicht sagten, warum sie ihn hier unter menschenunwürdigen Umständen eingesperrt hatten. Gerade als er sich darüber beschweren wollte, trat einer der Männer hinter ihn, packte seine Handgelenke und fesselte sie hinter seinem Rücken. Ein anderer klebte ihm ein breites Stück Klebeband über den Mund und stülpte einen Sack über seinen Kopf. Das alles passierte, bevor sein Gehirn registrieren konnte, was mit ihm geschah.

Jemand versetzte ihm einen groben Stoß in den Rücken, und er lief los. Seine Beine zitterten so stark, dass er immer wieder stolperte und einmal sogar fast gestürzt wäre. Es ging steil bergauf und um mehrere Ecken, dann spürte er eisige Luft an seinem Körper. Man stieß ihn unsanft auf die Pritsche eines Fahrzeugs, eine Seitentür schloss sich mit einem lauten Knall, und die Fahrt ging los. Wohin brachten sie ihn bloß? Er roch den Geruch von altem Schweiß, den sein Körper ausströmte. Spürte den pelzigen Belag auf seinen Zähnen, weil man es ihm nicht ermöglicht hatte, sich die Zähne zu putzen. Seine Haare waren sicherlich fettig. Er schämte sich, dass ihn Leute in diesem Zustand sehen würden, ihn, der immer so viel Wert auf ein gepflegtes Äußeres legte!

Die Fahrt war nicht lang, vielleicht fünfzehn Minuten. Das Fahrzeug holperte über unebenen Boden, dann hielt es an. Die Seitentür ging auf. Er wurde hinausgezerrt und weitergetrieben. Wegen des Tapes, das sie über seinen Mund geklebt hatten, bekam er kaum Luft. Er hatte schon immer Probleme mit den Nebenhöhlen und Polypen gehabt, deshalb war er in der Schule früher oft vom Sport befreit worden. Wie rücksichtslos von diesen Typen, ihn zu zwingen, mit zugeklebtem Mund und auf den Rücken gefesselten Händen so steil bergauf zu marschieren! Immer wieder stolperte er. Er musste aufs Klo. Er bekam keine Luft. So schlecht war er in seinem ganzen Leben noch nicht behandelt worden!

Plötzlich versetzte ihm jemand einen heftigen Stoß, er stürzte unsanft, weil er sich nicht mit den Händen abstützen konnte. Keuchend lag er da, völlig erschöpft und den Tränen nahe. Man zog ihm Schuhe und Strümpfe aus und zerrte ihn wieder auf die Füße, die innerhalb von Sekunden vor Kälte schmerzten. Dann wurde die Kapuze von seinem Kopf gezogen. Er befand sich mitten in einem dichten Wald. Um ihn herum standen sechs dunkel gekleidete und maskierte Gestalten mit seltsam geformten Köpfen. Es dauerte einen Moment, bis er erkannte, dass sie alle Nachtsichtgeräte trugen. Im schwachen Schein des Mondlichts, das hier und da durch das Astwerk fiel, sah er, dass sie alle bewaffnet waren. Einige von ihnen hatten Gewehre. Zwei von ihnen hielten Bögen in den Händen.

Bis auf das leise Rauschen des Windes in den blattlosen Baumwipfeln und sein Keuchen war es ganz still. Hin und wieder knackte es im Unterholz. Ein Tier schrie weit entfernt.

Einer der Männer ergriff das Wort.

»Du bekommst einen Vorsprung von zwei Minuten«, sagte er. »Dann jagen wir dich. Du bist gefesselt und barfuß, und im Wald ist es dunkel. Trotzdem hast du bessere Überlebenschancen, als Adriana sie damals hatte. Du kannst immerhin weglaufen.«

Adriana! Dieser Name traf ihn wie ein Faustschlag in den Magen. Unversehens tat sich vor ihm ein schwarzer Abgrund auf, grelle Panik explodierte in seinem Innern. Damit hatte er nicht gerechnet! Er hatte die ganze Zeit geglaubt, man habe ihn entführt, um Geld zu erpressen, oder dass es sich um einen Irrtum handelte, aber tatsächlich hatte er nicht an Adriana gedacht, weil diese Sache doch beendet war, weil er seine Strafe abgesessen hatte.

»Zwei Minuten«, sagte der Mann unerbittlich. »Die Zeit läuft ab jetzt. Wenn du läufst, geht es vielleicht schnell. Wenn du nicht läufst und lieber feige hier liegen bleibst, wird es ein langsamer Tod. Sterben wirst du heute Nacht auf jeden Fall. Du kannst dir allerdings aussuchen, ob schnell oder langsam.«

Mühsam kam er auf die Beine. Es war so kalt! Seine Füße taten weh, und er hatte überhaupt keine Kondition! Wo sollte er hinlaufen? Er wusste ja gar nicht, wo er war! Schluchzend stolperte er los.

Samstag, 14. Dezember

Heute war Lissy Böhlefeld schon eine Woche tot, und sie waren auf der Suche nach ihrem Mörder keinen Schritt weitergekommen. Bodenstein war gestern zu Sara Korbmacher gefahren, ihre Eltern hatten ihm nach Rücksprache mit ihrer Tochter zehn Minuten gewährt, in ihrem Beisein. Das Mädchen hatte ausgesehen wie ein Gespenst, blass und sichtlich mitgenommen, und hatte ihm dasselbe erzählt wie in der Schule: Lissy und sie hatten gestritten, sie war in die S-Bahn gestiegen, und fertig. Bodenstein war sich ganz sicher, dass Sara noch viel mehr wusste, sich aber nicht traute, es ihm zu erzählen. Nach exakt zehn Minuten hatte Herr Korbmacher ihn freundlich, aber bestimmt aus dem Haus komplimentiert. Er sehe ja selbst, Sara sei tieftraurig und in psychologischer Behandlung, er solle bitte Geduld aufbringen, bis sie in der Lage sei, über den Tod ihrer Freundin zu sprechen. Bodensteins Eindruck war ein anderer. Sara war nicht nur traurig, sie hatte Angst. Weil sie irgendetwas wusste. Ihre Eltern ließen ihm bedauerlicherweise keine andere Wahl, als das Mädchen von der Staatsanwaltschaft vorladen zu lassen.

Von Bad Soden aus war er anschließend nach Sulzbach zu den Böhlefelds gefahren. Dort hatte er nur Anne Böhlefeld angetroffen. Sie hatte die Nachricht, dass der Leichnam ihrer Tochter von der Rechtmedizin zur Beisetzung freigegeben worden war, ohne erkennbare Regung aufgenommen und war seltsam ruhig gewesen. Doch das war nicht dieser abwesende, von Beruhigungsmitteln verursachte Trancezustand gewesen, den Bodenstein schon häufig beobachtet hatte, sondern eine aufmerksame, hellwache Ruhe, als würde sie auf irgendetwas warten. Anne Böhlefeld war noch immer zu verstört für Höflichkeiten gewesen, und er hatte damit gerechnet, dass sie ihn nach dem Stand der Ermittlungen und vielleicht sogar ganz direkt nach Farwad Mahmoudi fragen würde, aber das hatte sie nicht getan. Sie hatte überhaupt keine Fragen gestellt. Und das war ungewöhnlich.

Eine ganze Weile hatten sie schweigend im halbdunklen Wohnzimmer gesessen; das einzige Licht hatte die Lampe der Dunstabzugshaube in der Küche gespendet. Nachbarn, Freunde und Verwandte waren gegangen, Anne Böhlefeld war allein. Ohne Plüschtier und auch ohne ihr Smartphone. Nach einer Weile hatte sie sich ihm etwas geöffnet und Dinge erzählt, die ihn ehrlich berührt hatten. Gerade in so kleinen Orten wie Sulzbach, wo sich die Leute kannten, wurden die Angehörigen von Mordopfern nicht selten doppelt bestraft. Nicht nur, dass sie auf grausame Weise einen geliebten Menschen verloren hatten, überdies wurden sie subtil aus der Gemeinschaft ausgeschlossen, weil die Leute Berührungsängste hatten.

Bodenstein wischte das Waschbecken gewissenhaft mit einem Lappen aus, löschte das Licht und verließ das Badezimmer. Es war kurz nach sechs, Sophia hatte heute keine Schule und schlief noch. Der Gedanke, dass sie heute nicht in die gefährliche Welt hinausmusste, sondern im sicheren Mikrokosmos des Gutshofs bleiben würde, erleichterte ihn. Über Nacht war das Thermometer nach oben geklettert und der Schnee zum großen Teil verschwunden. In den Pferdeställen auf der anderen Seite des quadratischen Innenhofs brannte bereits Licht. Quentin war schon dabei, die Pferde zu füttern. Bodenstein liebte den Geruch von Pferden und Heu, das beruhigende Geräusch mahlender Pferdekiefer. Frühmorgens war er immer am liebsten in den Ställen gewesen. Er fand seinen Bruder schließlich im letzten Stalltrakt neben der Reithalle, und zu seiner Überraschung war dort auch seine Tochter, die er noch in ihrem Bett gewähnt hatte.

»Guten Morgen, ihr zwei«, begrüßte er sie. »Wann bist du aufgestanden? Ich habe gar nichts gehört.«

»Du hast ja auch noch selig geschnarcht«, behauptete sie, stach mit einer geübten Bewegung die Heugabel in den Rundballen, teilte geschickt eine Portion Heu ab, öffnete die nächste Pferdebox und schob dem Pferd die Morgenration hin. Sie trug eine Reithose, derbe Arbeitsschuhe und einen Fleecehoodie, an dem Heuhalme hingen. Ihr dichtes, dunkles Haar hatte sie zu einem strengen Knoten im Nacken zusammengebunden. Lorenz und Rosalie wäre es im Traum nicht eingefallen, um halb sechs aufzustehen, um Stallarbeit zu machen. Die beiden hatten mit Pferden nichts am Hut, erst recht nicht mit Landwirtschaft und der Arbeit auf dem Hof und im Wald. Sophia war in dieser Hinsicht völlig anders als ihre älteren Geschwister.

Bodenstein wartete, bis sie sich ein Stück entfernt hatte.

»Ich wollte dich um etwas bitten«, sagte er zu seinem Bruder. »Könntest du wohl einen schönen Tannenbaum zu den Eltern des getöteten Mädchens bringen? Stell dir vor, sie trauen sich nicht, irgendwohin zu fahren, um einen Baum zu kaufen, weil sie fürchten, die Leute könnten ihnen das falsch auslegen.«

»Ist ja furchtbar«, erwiderte Quentin. »Klar mache ich das. Gleich heute Nachmittag. Sophia und ich müssen sowieso in den Wald fahren und noch ein paar Bäume schlagen. Schick mir einfach die Adresse, okay?«

»Mach ich. Vielen Dank, das ist nett von dir.«

Sophia hatte natürlich wieder einmal mehr mitbekommen, als Bodenstein gedacht hatte.

»Stimmt es, dass dieser Asylant Larissa getötet hat?«, fragte sie.

»Du weißt doch, dass ich mit dir nicht über meine Arbeit spreche, Mäuschen«, sagte Bodenstein.

»Ach Menno.« Sophia verdrehte die Augen. »Meine Freundinnen fragen mich dauernd. Als ob ich was wüsste, nur weil du mein Vater bist!«

»Sag ihnen einfach, ich dürfe dir nichts sagen. Wie ein Arzt. Der darf auch nicht über seine Patienten reden.« Er umarmte seine Tochter und gab ihr einen Kuss auf die Stirn.

»Schon gut, Papa.« Sie befreite sich genervt aus seiner Umarmung. »Ich bin am Leben und hab nicht vor, mich von irgendwem killen zu lassen, okay?«

Sie hatte ihn durchschaut.

»Dann bin ich ja beruhigt.« Bodenstein lächelte. »Habt einen schönen Tag, ihr beiden.«

Mit einer Tochter in Sophias Alter wusste man als Vater nie so genau, wen man gerade vor sich hatte: den coolen Teenie oder das schmusebedürftige Kind. Er verließ den Stall, überquerte den Hof und ging zur Garage. Dabei verbot er sich jeden Gedanken daran, was er tun würde, wenn jemand seine Tochter umbringen würde.

***

Kathrin Fachinger hatte sich per WhatsApp in der K11-Chatgruppe krankgemeldet. *Magen-Darm-Infekt und Schüttelfrost, sorry! Morgen bin ich wieder fit!*

Ausgerechnet jetzt!

Nach wie vor war Farwad Mahmoudi verschwunden, und mittlerweile rechnete im K11 niemand mehr damit, dass er noch einmal in seiner Wohnung auftauchen würde. Wahrscheinlich hatte er sich längst ins Ausland abgesetzt. In der Soko-Zentrale klingelten kaum noch die Telefone. Der Mordfall Lissy Böhlefeld wurde zu einer Randnotiz auf den hinteren Zeitungsseiten.

Tariq und Cem waren nach der kurzen Morgenbesprechung nach Wiesbaden gefahren, um Walid Bouaziz einen zweiten Besuch abzustatten, denn sein seltsames Verhalten gestern hatte Pias und Tariqs Misstrauen geweckt. Pia tippte den Bericht von ihrem Besuch auf der Pilzfarm ins ComVor-System, und auch Kai war von der Soko-Zentrale wieder an seinen eigenen Schreibtisch umgezogen, weil er hier besser arbeiten konnte.

Bodenstein ging in sein Büro, trat ans Fenster und blickte gedankenverloren hinaus auf den Parkplatz. Es widerstrebte ihm, Druck auf eine labile Sechzehnjährige auszuüben, die gerade ihre beste Freundin durch ein Gewaltverbrechen verloren hatte, aber Sara Korbmacher könnte der Schlüssel sein, um den Mordfall Lissy Böhlefeld zu lösen. Sie mussten allein mit dem Mädchen sprechen, aber das gestaltete sich schwierig. Sein Handy begann zu summen. Es war Cem. Walid Bouaziz hatte sich aus dem Staub gemacht. Die Nachbarin hatte ihnen mitgeteilt, dass Bouaziz am frühen Morgen seine Wohnung mit viel Gepäck verlassen hatte und in ein Taxi gestiegen war, ohne sich zu verabschieden. Zufällig war die Nachbarin im Besitz eines Wohnungsschlüssels und hatte Cem und Tariq die Wohnung geöffnet. Alles war penibel aufgeräumt, der Kühlschrank leer und ausgeschaltet, die Schränke leer. Das Foto seiner Frau mit dem Koran-Zitat war verschwunden, genauso wie alle persönlichen Dinge.

»Der kommt nicht wieder«, sagte Cem. »Wir sollten sofort eine Fahndung nach ihm einleiten und die Bundespolizei am Flughafen informieren. Tariq und ich glauben, dass er sich absetzen will.«

»Ich werde beides gleich veranlassen«, erwiderte Bodenstein. »Tariq soll überprüfen, ob er einen Flug oder ein Zugticket gebucht hat. Vielleicht könnt ihr auch das Taxi ausfindig machen, mit dem er gefahren ist.«

Bodenstein ging in das benachbarte Büro, das sich Kai und Pia teilten.

»Ruf bitte die Bereitschaft bei der Staatsanwaltschaft an. Wir brauchen eine Vorladung für Sara Korbmacher«, sagte er. »Und wir müssen sofort eine Fahndung nach Walid Bouaziz einleiten.«

»Wird erledigt, Chef.« Kai nickte. »Die Fahndung zuerst.«

»Wo ist Pia?«

»Die holt unten an der Schleuse eine Frau ab, die mit jemandem vom K11 sprechen will«, erwiderte Kai, schon den Telefonhörer in der Hand. In dem Moment kehrte Pia zurück, gefolgt von Beck's und einer molligen grauhaarigen Frau, eher Ende als Mitte sechzig.

»Chef, das ist Christine Kelmendi«, stellte Pia ihm die Frau vor. »Sie ist Astrologin und Medium. Sie hat gestern Nacht etwas *gesehen*, was sie beschäftigt.«

»Aha.« Bodenstein musterte die Frau, die nicht wie eine Wichtigtuerin aussah und in keiner Weise dem Klischee entsprach, das man gerne von Astrologinnen hatte. Keine Medaillons an langen Ketten, keine rote Lockenmähne, keine wallende Tunika – im Gegenteil: Frau Kelmendi war völlig unprätentiös gekleidet. Schlabberige Jeans und Stiefeletten, der ausgebeulte lindgrüne Wollpullover hatte schon bessere Tage gesehen, genauso wie der abgetragene Dufflecoat. Sie roch nach Verbene, Knoblauch und

Zigarillos. Das graue Haar trug sie zu einem Zopf geflochten, der ihr über die Schulter hing.

»Dann gehen wir am besten in den Besprechungsraum.« Bodenstein machte eine einladende Handbewegung. »Können wir Ihnen einen Kaffee anbieten? Oder ein Glas Wasser?«

»Nein, vielen Dank«, erwiderte Frau Kelmendi reserviert. »Ich brauche nichts.«

Sie nahmen am runden Tisch Platz.

»Ich bin Astrologin und Medium«, begann sie. »Viele halten das für Hokuspokus, aber es funktioniert öfter, als man denkt. In der Vergangenheit konnte ich schon einige Male dazu beitragen, verschwundene Personen wiederzufinden, unter anderem habe ich auch bereits bei polizeilichen Ermittlungen helfen können.«

»Aha«, machte Bodenstein wieder und blickte kurz zu Pia hinüber. Die ließ sich nicht anmerken, was sie von der Sache hielt. Wenn Ermittlungen gar nicht mehr vorangingen, griff man manchmal zu den verrücktesten Methoden, also wieso nicht mal ein Medium. Doch zu Bodensteins und Pias Überraschung ging es nicht um Farwad Mahmoudi, sondern um eine Frau, die vor ein paar Tagen zu Christine Kelmendi gekommen war, weil sie ihren erwachsenen Sohn vermisste. Er war eines Morgens aus dem Haus gegangen, um mit der S-Bahn zur Arbeit zu fahren, aber er war dort nicht angekommen und seitdem spurlos verschwunden. Die besorgte Mutter hatte einen Pullover und die Uhr ihres Sohnes mitgebracht, und Christine Kelmendi hatte beinahe sofort eine Verbindung zu dem jungen Mann gespürt, was ihr in dieser Intensität nur selten passiere. Im Laufe von mehreren intensiven Sitzungen wollte sie »gesehen« haben, dass sich der Sohn an einem unterirdischen Ort befand, wo er gegen seinen Willen festgehalten wurde, wegen etwas, was er vor vielen Jahren getan hatte. Sie habe ihn immer wieder gesehen und gespürt, dass er in großer Gefahr gewesen sei.

»Und in der letzten Nacht ist er dann gestorben«, sagte Christine Kelmendi. »Ich bin aufgewacht, weil seine Seele mich gerufen hat.«

Bodenstein verkniff sich ein drittes Aha. Er hielt das, was die

Frau erzählte, für Spinnerei. Kai und Pia schien es anders zu gehen. Sie hörten der Frau aufmerksam zu.

»Meine Auftraggeberin hatte sich mir nicht vorgestellt«, sagte die Astrologin nun. »Sie hat mir auch nichts über ihren Sohn erzählt. Das ist auch nicht notwendig für meine Arbeit. Seelen berühren sich nicht, weil man den Namen ihres Trägers kennt.« Sie legte eine kurze Pause ein, bevor sie weitersprach. »Ich habe mich entschlossen, zur Polizei zu gehen, weil ich glaube, dass es sich bei dem Sohn meiner Auftraggeberin um den Mann handelt, der vor einigen Jahren ein Mädchen entführt und getötet hat. Er wurde kürzlich aus der Haft entlassen.«

»Meinen Sie Daniel Radloff?«, erkundigte sich Kai.

»Den Mörder von Adriana Scharfenberg?«, fragte Pia. »Wie kommen Sie darauf?«

»Es gibt dafür keine wissenschaftliche Erklärung«, erwiderte Christine Kelmendi. »Da sind Bilder in meinem Kopf, wenn ich Verbindung zu einer anderen Seele habe. Ich konnte mit dem Sohn auf eine gewisse Weise kommunizieren. Und manchmal sehe ich auch Dinge, die derjenige in seiner Seele verschlossen hat.«

»Und was genau haben Sie da gesehen?« Kai war neugierig, aber Frau Kelmendi schien zu bemerken, dass sein Interesse echt war. Sie holte tief Luft.

»Ich habe immer wieder eine Tiefkühltruhe gesehen«, sagte sie mit gesenkter Stimme.

Spätestens jetzt hielt Bodenstein die Frau doch für eine Aufschneiderin. Die Tatsache, dass Daniel Radloff die Leiche seines Opfers in einer Tiefkühltruhe aufbewahrt hatte, war allgemein bekannt und sogar in einer Verfilmung dieses entsetzlichen Kriminalfalls aufgegriffen worden.

»Ich weiß, dass der Mann sich nicht freiwillig an diesem Ort aufgehalten hat. Und dass er Angst hatte.«

»Wo genau hat er sich denn aufgehalten?«, fragte Bodenstein höflich. »Können Sie den Ort beschreiben?«

Christine Kelmendi warf ihm einen Blick zu. In ihren Augen hinter den verschmierten Brillengläsern lag ein Anflug von Verachtung.

»Ich kann ihnen keinen Punkt auf einer Landkarte zeigen, wenn Sie das meinen«, sagte sie. »Aber es war dunkel und feucht, und ihm ging es schlecht, weil er das Essen nicht vertragen hat! Jeden Tag Kartoffelsalat und Würstchen!«

»Kartoffelsalat und Würstchen?«, hakte Bodenstein ungläubig nach. »Solche Trivialitäten können Sie *sehen*?«

»Ja. Auch wenn das für Sie lächerlich klingen mag.« Christine Kelmendi kramte in ihrer Handtasche, förderte eine Visitenkarte zutage und legte sie auf den Tisch. »Ich muss gehen. Hier ist zu viel Misstrauen. Die Aura dieses Gebäudes und speziell dieses Raumes ist ausgesprochen negativ. Das tut mir nicht gut.«

Sie erhob sich und verließ grußlos den Besprechungsraum. Pia lief hinter ihr her, denn Besucher durften sich nicht unbegleitet im Gebäude bewegen.

»Was für ein Schwachsinn«, sagte Bodenstein kopfschüttelnd. »Die Frau glaubt den Mist, den sie da von sich gibt, tatsächlich.«

***

»Die letzte Mahlzeit, die René Siegel vor seinem Tod zu sich genommen hatte, bestand laut Obduktionsbefund ebenfalls aus Kartoffelsalat und Würstchen«, sagte Pia, als sie wieder zurückgekehrt war.

»Wie kommst du denn jetzt auf René Siegel?« Bodenstein war irritiert. »Die Frau hat doch eben von Daniel Radloff gesprochen, oder nicht?«

»Ich finde, es ist ein seltsamer Zufall, dass zwei Männer sterben, die vorher Kartoffelsalat und Würstchen gegessen haben«, beharrte Pia.

»Das ist doch völliger Kokolores, Pia«, entgegnete Bodenstein. »Du glaubst doch wohl hoffentlich nicht, was diese Wahrsagerin erzählt hat?«

»Sie ist Astrologin und Medium«, sagte Kai hinter seinem Laptop. »Auf ihrer Website hat sie einige Presseartikel verlinkt. Angeblich hat ihr Hinweis maßgeblich dazu beigetragen, dass ein dreißig Jahre alter Vermisstenfall in Österreich aufgeklärt werden konnte, weil sie gesehen hat, wo die Knochen des Vermissten lagen.«

»Lass es gut sein, Kai«, sagte Bodenstein. »Wahrscheinlich ist Radloff gesund und munter. Wir müssen dem Hinweis trotzdem nachgehen. Finde heraus, wo er seit seiner Haftentlassung gemeldet ist.«

»Schon passiert, Boss«, erwiderte Kai. »Laut Einwohnermeldeamt im Brunhildenweg 167b in Kelkheim.«

»Das ist die Adresse seiner Eltern«, erinnerte Bodenstein sich. »Schick eine Streife hin. Sie sollen überprüfen, ob Radloff dort ist.«

Beck's spitzte die Ohren, und wenig später kamen Cem und Tariq zur Tür herein.

»Wir haben Bouaziz mitgebracht«, verkündete Tariq. »Die Kollegen von der Bundespolizei haben ihn am Flughafen am Gate festgenommen. Er hatte für den 12:30-Uhr-Flug nach Tunis eingecheckt, aber der hatte Verspätung. Pech für ihn.«

»Hat er Widerstand geleistet?«, wollte Bodenstein wissen.

»Nein, im Gegenteil.« Cem schüttelte den Kopf. »Er hat geweint und die ganze Zeit irgendein Zeug auf Arabisch gebrabbelt.«

»Was hat er gesagt?«, wandte Pia sich an Tariq.

»Er hat gebetet«, antwortete der achselzuckend. »Und Allah um Vergebung angefleht.«

»Dann sollten wir ihn gleich mal danach fragen, was konkret Allah ihm vergeben soll«, sagte Bodenstein trocken. »Cem, du und Tariq, ihr führt die Vernehmung. Kai, Pia und ich sind im Nebenraum.«

»Das heißt wohl, hier gibt es nichts Neues, wenn ihr nichts Besseres zu tun habt«, stellte Cem fest.

»Nein.« Bodenstein schüttelte resigniert den Kopf. »Leider nicht.«

»Na ja, so würde ich das jetzt aber nicht sagen«, widersprach Kai. »Wir hatten gerade Besuch von einem Medium, das in Kontakt mit Daniel Radloff war.«

»Dem Mörder von Adriana Scharfenberg?«, fragte Cem.

»Genau. Die gute Frau will gesehen haben, dass er tot ist.«

»Seine Seele hat heute Nacht nach ihr gerufen«, ergänzte Bodenstein. »Alles Quatsch. Lasst uns mit Bouaziz reden.«

***

Es war dreizehn Uhr, und seit zehn Minuten war kein Kunde mehr gekommen. Anne nahm den Schlüssel aus der Schublade unter der Kasse und wollte gerade die Eingangstür abschließen, als ein Mann hereinkam. Kein Stammkunde.

»Darf ich noch schnell?«, fragte er höflich. »Ich weiß, ich bin etwas spät.«

»Das macht nichts.« Anne lächelte freundlich. »Noch haben wir geöffnet.«

Sie ging zurück hinter den Tresen. Der Mann hielt ihr ein Papier hin, das sie zuerst für ein Rezept hielt. Aber dann las sie, was auf dem Zettel stand, und ihr Herzschlag setzte kurz aus.

Sie haben uns ein Zeichen gegeben. Ich möchte mit Ihnen sprechen.

»Einen Moment bitte«, sagte sie. »Ich muss schauen, ob wir das da haben oder ob ich bestellen muss.«

»Kannst du den Kunden übernehmen?«, fragte die Kollegin, die eigentlich an der Reihe war, abzuschließen und die Kasse zu machen, während die andere hinten im Flur schon in ihren Mantel schlüpfte. Anne hatte mitbekommen, dass sie beide mit ihren Familien zum Geschenke-Shoppen verabredet waren und es deshalb eilig hatten. Erzählt hatten sie ihr das nicht, vielleicht, damit sie nicht traurig wurde.

»Ja, natürlich«, sagte Anne. Der Mann wartete vor dem Verkaufstresen, und sie tat so, als würde sie ein Medikament im Computer suchen. Ihre Knie waren weich, und ihre Hände zitterten, aber sie durfte sich nichts anmerken lassen.

»Danke, das ist lieb von dir«, sagte die Kollegin.

»Na, geht schon, ihr zwei.« Anne lächelte. »Schönes Wochenende euch beiden!«

»Dir auch!«, riefen sie, als ob Anne jemals wieder ein schönes Wochenende haben würde, und waren verschwunden.

Anne schloss die Eingangstür ab, dimmte das Licht im Verkaufsraum und signalisierte dem Mann, ihr in den hinteren Bereich der Apotheke zu folgen. Sie schloss auch die Hintertür ab, dann gingen sie ins Labor, wo Anne zuerst die Rollläden herunterließ, bevor sie das Licht einschaltete. Erst jetzt sah sie den Mann richtig an. Er war ungefähr Mitte fünfzig, und das Erste, was ihr an ihm auffiel, waren seine traurigen Augen. Danach bemerkte sie das schmale, beinahe asketische Gesicht, volles dunkles, von silbernen Strähnen durchzogenes Haar. Ein gut aussehender Mann. Er stellte eine Aktentasche auf den Tisch, öffnete sie und zog ein dickes Buch hervor, das er ihr reichte. Anne schaute ihn verständnislos an.

»Das ist ein Buchtresor«, sagte der Mann. »Machen Sie ihn auf.«

Anne gehorchte. Im Innern des Buchs, in Schaumstoff gepresst, lag eine Pistole aus matt schimmerndem Kunststoff. Außerdem ein längliches kastenförmiges Objekt und ein Magazin.

»Eine Glock 19«, sagte der Mann. »Dazu ein Schalldämpfer, ein FD917 Supressor, der sich sehr einfach montieren lässt. Im Magazin sind siebzehn Patronen.«

Anne Böhlefeld schaute die Waffe an.

»Haben Sie schon einmal eine Pistole in der Hand gehalten?«

»Ja«, sagte Anne. »Das ist allerdings schon Jahre her. Mein Großvater war im Schützenverein.«

Sie hob den Kopf. Ihre Blicke trafen sich.

»Ich kann das wieder mitnehmen, und diese Begegnung hat nie stattgefunden«, bot der Mann an.

Anne betrachtete die Glock und dachte nach.

»Nein«, sagte sie. »Lassen Sie sie hier.«

»Sind Sie sicher, dass Sie das tun wollen? Einen Menschen töten?«, fragte der Mann leise. Er hatte etwas von einem Priester. Es fiel Anne Böhlefeld erstaunlich leicht, sich ihm zu öffnen.

»Ich habe gründlich darüber nachgedacht«, sagte sie. »Ich bin mir sicher. Dieser Mensch hat mir das Liebste genommen, das ich auf dieser Welt hatte. Wahrscheinlich können Sie das nicht verstehen.«

»Doch«, sagte der Mann traurig. »Unglücklicherweise kann ich

Sie sehr gut verstehen. Jemand hat meine Familie getötet, nur weil er schlechte Laune und kein Geld für Drogen hatte. Mein Sohn war erst elf Jahre alt. Seitdem lebe ich in der Hölle.«

»Haben Sie den Mann getötet?«, fragte Anne.

»Ja, das habe ich getan. Danach ging es mir besser. Ich konnte wieder atmen«, antwortete der Mann. »Er hätte höchstens zehn Jahre gekriegt, mehr nicht. Zehn Jahre für zwei Menschenleben. Den Gedanken konnte ich nicht ertragen.«

»Das verstehe ich«, sagte Anne leise. »Ich will auch Gerechtigkeit. Anders kann ich nicht mehr leben.«

Der Mann sah sie nachdenklich an.

»Zeigen Sie mir, wie die Waffe funktioniert?«, bat Anne.

Der Mann nickte. Er trug Handschuhe und schlug ihr vor, auch welche anzuziehen. Anne zog sich Nitril-Handschuhe über.

»Eine Glock ist sehr einfach zu handhaben.« Er nahm die Pistole aus dem Schaumstoff und zerlegte sie in ihre Bestandteile. »Es gibt nur vier Bedienelemente: den Abzug mit eingebauter automatischer Sicherung, den Knopf, mit dem Sie das Magazin lösen, den Schlittenfang und den Zerlegehebel, der für Sie aber keine Rolle spielt. Das Magazin hat eine eckige und eine runde Seite. Zum Laden schieben Sie das Magazin mit der runden Seite nach vorn in den Griff und legen es mit einem kleinen Stupser fest. Dann drücken Sie den Schlittenfang mit dem Daumen der linken Hand nach unten, und die erste Patrone rutscht ins Patronenlager. Damit ist die Waffe feuerbereit.«

Anne hatte gut zugeschaut. Ihr gelang es gleich beim ersten Mal, die Waffe korrekt zusammenzubauen. Ihre Hände zitterten nicht mehr.

»Am besten, Sie schießen in den Kopf und ins Herz«, sagte der Mann in einem geschäftsmäßigen Tonfall. »Er sitzt in einer relativ kleinen Zelle und kann nicht weglaufen. Ziehen Sie eine Mütze an und Handschuhe. Vielleicht noch eine Gesichtsmaske, damit Sie keine Spuren hinterlassen. Danach werfen Sie die Pistole und den Schalldämpfer in Einzelteilen weg. Am besten in ein Gewässer. Die Handschuhe müssen Sie auch gut entsorgen, denn an denen klebt nach dem Schuss Schmauch.«

Er reichte ihr ein Handy.

»Auf diesem Handy ist eine einzige Nummer gespeichert«, erklärte er. »Sollten Sie es sich doch noch anders überlegen, schreiben Sie eine SMS. Und Sie schreiben auch eine SMS, wenn die Sache erledigt ist. Danach werfen Sie das Handy einfach in eine Mülltonne. Oder Sie verbrennen es. Das ist am sichersten, was genetische Spuren oder Fingerabdrücke betrifft.«

Zum Schluss reichte er ihr einen zusammengefalteten Zettel.

»Die Adresse. Anweisungen, wie und wann Sie das Gebäude betreten können und wo Sie ihn finden.«

»Was passiert mit der Leiche?«, wollte Anne wissen, ebenfalls sachlich und nüchtern.

»Darum kümmern wir uns. Haben Sie noch Fragen?«

»Nein.«

»Warten Sie nicht zu lange.«

»In Ordnung. Was bekommen Sie von mir?«

»Gar nichts.« Der Mann ergriff seine Aktentasche. »Uns geht es nicht um Geld.«

Anne legte die Waffe, das Magazin und den Schalldämpfer zurück in die ausgestanzten Formen.

»Danke«, sagte sie.

»Keine Ursache«, erwiderte er. »Leben Sie wohl.« Sie sahen sich noch einen Moment an, dann ließ Anne ihn zur Hintertür hinaus und schloss wieder ab.

Sie blickte ihm durch das vergitterte Fenster nach, bis er um die Hausecke bog. Jetzt hatte sie eine Waffe. Und damit die Macht, Vergeltung zu üben für das, was man Lissy angetan hatte.

***

»Er hat sich ja den Bart abrasiert!«, stellte Pia beim Anblick von Walid Bouaziz erstaunt fest und drehte sich zu Bodenstein und Kai um. »Als wir gestern Mittag bei ihm waren, hatte er noch so einen richtigen Rauschebart!«

»Vielleicht hat er Probleme bei der Sicherheitskontrolle und im Flugzeug befürchtet«, antwortete Kai.

Bodenstein, Kai und Pia saßen hinter dem als Spiegel getarnten

Fenster im Nebenraum, von dem aus man in die benachbarten Vernehmungsräume schauen und die Gespräche mit anhören konnte. Der Raum, in dem Tariq und Cem mit Walid Bouaziz saßen, hieß im internen Sprachgebrauch der RKI nur noch »das Kranichzimmer«, seitdem der kurzzeitig unter Mordverdacht stehende Schriftsteller Severin Velten im vergangenen Jahr dort seinen neuen Roman fertiggeschrieben hatte.

»Warum wollten Sie heute so plötzlich nach Tunesien fliegen?«, fragte Tariq auf der anderen Seite der Glasscheibe, nachdem er die üblichen einleitenden Worte zu den anwesenden Personen und das Aktenzeichen der Leichensache René Siegel auf Band gesprochen hatte.

»Meine Mutter ist sehr schwer krank geworden«, behauptete Walid Bouaziz. Er war nervös und wirkte verängstigt. »Mein Vater und meine Schwestern befürchten, sie könnte bald sterben. Ich bin der einzige Sohn, sie möchte mich noch einmal sehen.«

»Wann haben Sie erfahren, dass Ihre Mutter so krank ist?«, fragte Tariq. »Als meine Kollegin und ich gestern bei Ihnen waren, wussten Sie das noch nicht, oder?«

»Nein. Gestern Abend hat mein Vater angerufen. Ich habe sofort den nächsten Flug nach Tunis gebucht.«

»Wie lange wollten Sie bei Ihrer Familie bleiben?«, wollte Cem wissen.

»Ein paar Wochen. Bis es meiner Mutter besser geht.«

»Er lügt wie gedruckt«, meinte Pia. »Nur warum?«

»Was ist mit Ihrer Arbeit?«, erkundigte sich Cem. »Können Sie einfach ein paar Wochen wegbleiben? Oder nehmen Sie sich Urlaub?«

Bouaziz zögerte. Darüber hatte er offenbar noch gar nicht nachgedacht.

»Ich … ich kann von überall arbeiten«, sagte er dann. »Ich bin Programmierer. Ich arbeite oft im Home-Office.«

»Sie hatten keinen Rückflug gebucht«, bohrte Cem weiter. »Wieso nicht?«

»Weil … weil … ich weiß ja noch nicht, wie lange ich bleiben muss.«

»Herr Bouaziz.« Tariq legte den Kopf schief. »Was würden wir erfahren, wenn wir jetzt Ihre Schwester anrufen würden? Ist Ihre Mutter wirklich krank? Oder gibt es einen anderen Grund dafür, dass Sie so überstürzt das Land verlassen wollten?«

Der schmächtige Mann war kein geübter Lügner. Er wurde erst rot, dann blass und fiel regelrecht in sich zusammen.

Tariq und Cem begannen, ihn in die Mangel zu nehmen. Bouaziz hielt nicht lange durch. Nach ein paar Minuten brach er in Tränen aus und murmelte mit gesenktem Kopf etwas auf Arabisch.

»Bitte sprechen Sie Deutsch«, forderte Cem ihn auf.

»Letztes Jahr, ungefähr um diese Zeit, ist eine Frau zu mir gekommen«, begann er stockend. »Sie stand eines Abends vor meiner Wohnungstür, und sie ... sie hat mir angeboten, den Mörder meiner Frau und meines ungeborenen Kindes zu töten. Sie sagte, sie wären der Meinung, eine Gefängnisstrafe von zwei Jahren sei viel zu mild. Ich ... ich habe gesagt, das will ich nicht, ich bin ein friedliebender Mensch, und ich glaube nicht an Gewalt. Aber ich ... ich habe meiner Schwester Fatma davon erzählt. Sie hat bei dem Unfall, bei dem meine Frau gestorben ist, ein Bein verloren. Meine Familie – und auch die Familie meiner verstorbenen Frau – hat großen Druck auf mich ausgeübt und mich gedrängt, dieses Angebot anzunehmen. Aber ich habe nichts mehr von dieser Frau gehört. Bis letzten Samstag.«

Bodenstein, der zurückgelehnt dagesessen hatte, die Füße auf die Sitzfläche eines anderen Stuhls gelegt, richtete sich ruckartig auf und stellte die Füße auf den Boden. Kai klappte seinen Laptop mit einem Knall zu, und Pia beugte sich gespannt nach vorne.

»Da habe ich einen Anruf mit unterdrückter Nummer bekommen«, fuhr Bouaziz fort. »Eine Frauenstimme hat das Angebot wiederholt. Ich hatte gar nicht mehr daran gedacht. Sie sagte, es sei jetzt so weit. Man habe den Mörder meiner Frau in Gewahrsam nehmen können. Falls ich in Erwägung zöge, ihr Angebot anzunehmen, sollte ich am nächsten Tag den Rollladen des Küchenfensters unten lassen. Man werde sich dann mit mir in Verbindung setzen und mir weitere Anweisungen geben.«

»Ach du Scheiße«, murmelte Pia.

»Das ist ja irre«, sagte Kai.

Bodenstein schwieg.

»Ich habe meine Schwester um Rat gefragt, was ich tun soll«, sagte Walid Bouaziz. »Und meine Eltern. Sie waren alle der Meinung, ich sollte das Angebot annehmen und danach nach Tunis kommen. Also habe ich den Rollladen in der Küche am nächsten Tag nicht geöffnet. Ich habe die Anweisungen ein paar Stunden später per Telefon bekommen. Ich sollte am Donnerstag, den 12. Dezember um 16:20 Uhr mit der Regionalbahn von Wiesbaden nach Limburg fahren und am Bahnhof Niederbrechen aussteigen. Am Bahnhof würde ein silberner Kleinbus auf mich warten, und ich würde mir einen Sack über den Kopf ziehen müssen, zu meinem eigenen Schutz, denn ich sollte nicht sehen, wohin die Fahrt ging. Genauso lief es dann auch. Die Fahrt hat ungefähr eine halbe Stunde gedauert. Dann waren wir in einem Wald. Es war schon dunkel. Der Mann, der mich abgeholt hat, hatte eine Sturmhaube über dem Kopf. Er gab mir ein Nachtsichtgerät und zeigte mir, wie ich es benutzen kann. Und dann warteten wir. Geredet haben wir nicht. Dann kamen noch drei Männer in schwarzer Kleidung. Sie trugen alle Sturmhauben und Nachtsichtgeräte. Und der Mörder meiner Frau war dabei. Er war an den Händen gefesselt, barfuß, nur in T-Shirt und Jeans, trotz der Kälte.«

Er nahm einen Schluck Wasser. Tariq und Cem sagten nichts. Sie waren für einen Moment genauso sprachlos wie Bodenstein, Kai und Pia.

»Der Mörder Ihrer Frau«, wiederholte Tariq. »Können Sie uns seinen Namen sagen?«

»René Siegel«, erwiderte Bouaziz, fast ein wenig erstaunt. »Ich dachte, Sie wüssten, wie er heißt.«

»Danke. Wie ging es dann weiter?«

Walid Bouaziz musste kurz nachdenken, bevor er fortfuhr.

»Einer der Männer hatte zwei Hunde dabei. Große Hunde. Ein anderer Mann hat mir mehrere Waffen gezeigt, zwischen denen ich wählen konnte. Ich wollte keine Pistole und auch keine Pumpgun oder Schrotflinte. Ich habe in meinem ganzen Leben noch keine Schusswaffe angefasst. Also habe ich mich für einen … einen Baseballschläger entschieden. Die Männer haben sich im Kreis rings um den Mörder herum aufgestellt. Der hat auf dem Boden gekniet, die Hände auf den Rücken gefesselt. Ich hatte Angst, ich wollte ihm nichts tun. Aber dann hat er was gesagt. Er hat gesagt, die Frauen seien selbst schuld gewesen, weil sie mitten auf der Straße stehen geblieben seien, statt weiterzugehen. Das war gelogen! Aber er hat es immer wieder gesagt, und dann bin ich wütend geworden! Meine Frau und meine Schwester waren unschuldig! Sie waren die Opfer! Ich habe zugeschlagen, damit er aufhört zu lügen! Ich habe auf ihn eingeprügelt, bis er endlich still war.«

Es war schwer, sich vorzustellen, wie dieser mittelgroße, zart gebaute Mann, der alles andere als ein Schlägertyp war, mit einem Baseballschläger auf einen anderen Menschen eingedroschen haben wollte.

Bouaziz trank noch einen Schluck Wasser.

»Ich dachte, er wäre tot. Aber das war er nicht. Er ist plötzlich aufgestanden und losgelaufen. Den Männern hat das gefallen. Jeder hat sich eine Waffe genommen. Sie hatten vor, ihn zu jagen. Mit ihrer Ausrüstung waren sie natürlich im Vorteil gegen den Mann mit gefesselten Händen und ohne Schuhe.«

»Fragt ihn, woher die Bissverletzungen kamen«, sprach Pia ins Mikrofon, das mit den Knopf-Ohrhörern verbunden war, die ihre Kollegen trugen.

Tariq und Cem nickten zum Zeichen, dass sie verstanden hatten.

»Hat man dem Mann die Hunde hinterhergehetzt?«, fragte Cem.

»Nein. Er hat einen der Männer über den Haufen gerannt. Bis dahin haben die Hunde kein Interesse gezeigt. Aber dieser Mann war offensichtlich ihr Herrchen, und da sind sie komplett ausgeflippt. Kein Schreien und Pfeifen hat sie davon abhalten können, den Kerl zu verfolgen. Mir hat niemand Vorwürfe gemacht. Ich musste mir wieder den Sack über den Kopf ziehen, und man hat mich zum Bahnhof nach Niederbrechen zurückgefahren. Wie die ganze Sache ausgegangen ist, weiß ich nicht.«

»Er lügt«, sagte Pia zu Bodenstein. »Als wir bei ihm waren, hat er gesagt, Siegel habe es verdient, genauso zu sterben wie seine Frau.«

»Das können wir Ihnen sagen.« Tariq öffnete einen Schnellhefter und schob ihn über den Tisch. »Schauen Sie es sich in Ruhe an.«

Bouaziz blätterte die erste Seite um.

»Das ist ja ekelhaft!« Er wandte angewidert den Kopf ab und stieß den Schnellhefter von sich. »Warum zeigen Sie mir das? Damit habe ich nichts zu tun!«

»Oh doch«, widersprach Tariq. »Die Hunde haben dem Mann die Kehle aufgerissen und seine Unterarme und Hände zerfetzt. Er ist in Todesangst vor das Auto eines jungen Pärchens gelaufen, beim Aufprall ist seine Halsschlagader abgerissen, und er ist innerhalb weniger Minuten verblutet.«

»Sie haben in Tötungsabsicht zugeschlagen«, fügte Cem hinzu. »Und danach haben Sie nichts getan, um zu verhindern, dass der Mann zu Tode gehetzt und von Hunden zerfleischt wurde. Damit haben Sie sich genauso schuldig gemacht.«

»Sie hätten das auch ohne mich gemacht«, verteidigte sich Walid Bouaziz. »Für das, was ich Ihnen gerade erzählt habe, gibt es keine Beweise. Ich werde es abstreiten. Und jetzt will ich gehen.«

»Leider müssen Sie noch etwas unser Gast bleiben«, sagte Tariq.

Bouaziz starrte ihn an. Erst jetzt schien ihm die ganze Tragweite seiner Situation zu dämmern, und er begriff, dass er nicht einfach einen Flug später nehmen konnte.

»Ich sage nichts mehr«, sagte er. Etwas zu spät.

»Das ist Ihr gutes Recht«, erwiderte Tariq. »Es könnte allerdings für Sie von Vorteil sein, wenn Sie uns helfen, diese Leute zu fassen, die René Siegel entführt und in den Tod getrieben haben.«

»Darüber muss ich nachdenken.«

»Selbstverständlich.«

»Bin ich verhaftet?«

»Nein. Wir nehmen Sie lediglich für vierundzwanzig Stunden in Gewahrsam.«

Walid Bouaziz dachte nach. Nach ein paar Minuten war er zu einem Entschluss gekommen.

***

Es klingelte an der Haustür. Das konnte eigentlich nur die Polizei sein. Sonst kam niemand mehr vorbei. »Du hast sie vergrault«, hatte Jörg erst gestern zu ihr gesagt. »Dabei wollten sie nur nett sein.« Dann war er auch gegangen. Er hielt es nicht aus, mit ihr allein in dem Haus, in dem Lissy überall präsent war.

Anne öffnete die Tür. Keine Polizisten. Ein Mann und ein Mädchen, etwa in Lissys Alter. Hinter ihnen stand ein dreckverspritzter Geländewagen, und an ihrem Tor lehnte ein Tannenbaum in einem Netz.

»Hallo«, sagte der Mann. »Ich bin Quentin von Bodenstein. Sie kennen meinen Bruder.«

Jetzt erkannte Anne die Ähnlichkeit mit dem netten Kommissar.

»Er hat mir gesagt, dass Sie im Augenblick keine Möglichkeit haben, einen Weihnachtsbaum zu holen, deshalb lässt er Ihnen einen schicken.«

»Aber ... aber das kann ich nicht annehmen«, stotterte Anne. »Das geht doch nicht.«

»Wieso nicht?« Der Bruder des Kommissars lächelte. »Wir haben mehrere Weihnachtsbaumplantagen im Taunus. Dieser Baum hier ist aus unserem Wald. Wir haben ihn nicht irgendwo gekauft.«

»Dann nehme ich ihn sehr gerne«, sagte Anne. »Kommen Sie doch bitte herein.«

Sie kämpfte um ihre Fassung, so sehr rührte sie diese freundliche Geste. Der Kauf eines Weihnachtsbaums war immer Familiensache gewesen. Jedes Jahr waren sie zu dem Weihnachtsbaumverkauf oben am Wasserturm in Bad Soden gefahren und hatten zu dritt nach dem passenden Baum geschaut. Den Baum dann nach Hause zu transportieren, war auch immer ein kleines Abenteuer gewesen.

Sie öffnete das Tor und hielt die Haustür auf. Der Mann trug den großen Baum lässig unterm Arm herein.

»Haben Sie vielleicht einen Baumständer?«, wollte er wissen.

»Ja, im Keller. Ich hole ihn.«

»Wenn Sie möchten, können wir den Baum auch noch schmücken«, bot das Mädchen an. »Ich hab Lichterketten und Kugeln mitgebracht. Ich dachte, vielleicht … haben Sie keine Lust, den Baum zu schmücken. Es tut mir übrigens sehr leid, was mit Ihrer Tochter passiert ist.«

»Danke«, flüsterte Anne, weil sie ihrer Stimme nicht traute. Zeit ihres Lebens war es ihr schwergefallen, Geschenke und Gefallen anzunehmen. Jörg hatte ihr oft vorgeworfen, sie sei spröde und würde die Leute mit ihrem Verhalten vor den Kopf stoßen.

»Das ist ein sehr nettes Angebot«, sagte Anne, und es tat ihr gut, zu sehen, wie das Mädchen lächelte. »Ich würde mich freuen, wenn du den Baum noch schmücken könntest. Aber nur, wenn ich euch dafür einen Tee kochen darf.«

***

»Die Hunde sahen ein bisschen so aus wie der Hund von Hagrid bei *Harry Potter*«, sagte Walid Bouaziz im Treppenhaus. »Ihre Farbe konnte ich im Dunkeln nicht erkennen.«

»Das ist doch schon mal ein guter Anhaltspunkt«, erwiderte Tariq. »Wir gehen jetzt in mein Büro, und dann werde ich das googeln.«

Bodenstein hatte seine Zustimmung gegeben, Bouaziz aus dem Vernehmungsraum hoch in die Büros des K11 zu bringen. Im Keller des Gebäudes gab es kein Netz, und Tariq brauchte das Internet, um Nachforschungen zu den Hunden anstellen zu können.

Pias Handy meldete sich mit einem Summen. Zwei entgangene Anrufe von Christoph, einer von der Nachbarin ihrer Mutter. Und eine Nachricht von ihrem Bruder Lars. Sie ließ die anderen an sich vorbeigehen und blieb im Treppenhaus stehen, um zu telefonieren. Zuerst rief sie Christoph an, der aber nicht dranging. Dann die Nachbarin, die ihr sagte, sie könne heute und wohl auch in nächster Zeit leider nicht nach Pias Mutter gucken, weil sie im Krankenhaus liege. Sie sei vor ihrer Haustür ausgerutscht und habe sich den Arm gebrochen.

»Verflucht«, murmelte Pia.

Ihr Bruder schrieb, er könnte am Wochenende leider nicht wie geplant zur Mutter fahren, denn er habe Fieber und Schüttelfrost.

Das bedeutete, dass sie heute noch zu ihr hinfahren musste, um wenigstens ein paar Dinge einzukaufen und nach dem Rechten zu sehen. Weil Christoph noch immer nicht ans Telefon ging, schickte sie ihm eine Sprachnachricht.

Ihre Kollegen saßen im Besprechungsraum um den Tisch verteilt, tranken Kaffee und verdrückten die letzten von Kathrins Weihnachtsplätzchen. Bodenstein, Kai und Cem hielten die Geschichte, die Bouaziz erzählt hatte, für ziemlich glaubwürdig. Viele Details stimmten mit den Obduktionsbefunden überein, und Niederbrechen war nur wenige Kilometer von der Stelle entfernt, an der Siegel vor das Auto gelaufen war. Pia und Nicola Engel, die inzwischen dazugekommen und auf den neuesten Stand gebracht worden war, waren hingegen skeptisch.

»Welches Interesse sollten völlig fremde Menschen daran haben, jemanden, der seine Strafe schon abgesessen hat, zu entführen und zu bestrafen?«, gab sie zu bedenken. »Das klingt für mich nicht plausibel.«

»Der Meinung bin ich auch«, stimmte Pia zu. Sie stand an der Landkarte, die an einem der Whiteboards hing, und suchte mit zusammengekniffenen Augen nach der Pilzfarm. »Bouaziz und seine Familie hatten dreieinhalb Jahre Zeit, Rachepläne zu schmieden. Jemand hatte auf das Foto seiner Frau eine Sure aus dem Koran geschrieben, in der es um Rache geht. Kommt euch die ganze Geschichte nicht seltsam vor?«

»Nicht seltsamer als die Geschichte von der Astrologin«, entgegnete Bodenstein.

»Ah, hier!« Pia hatte gefunden, wonach sie gesucht hatte. »Schaut mal. Von Niederbrechen führt die B8 über Oberbrechen, Nieder- und Oberselters und Erbach nach Bad Camberg. Kurz hinter dem Ortsausgang biegt die L3031 Richtung Waldems ab. Ich schätze, diese Fahrt dauert ungefähr eine Viertelstunde. Und hier, an dieser Stelle, können sie in den Wald gefahren sein.«

»Worauf willst du hinaus?«, fragte Kai.

»Dass Siegel vielleicht doch auf der Pilzfarm gewesen sein könnte«, erwiderte Pia. »Und Daniel Radloff auch.«

»Moment mal!« Kriminaldirektorin Nicola Engel stutzte. »*Der*

Daniel Radloff? Was hat der denn mit dem Mann ohne Schuhe zu tun?«

Pia berichtete in knappen Worten von Christine Kelmendi, dem Medium, und was sie »gesehen« haben wollte.

»Angeblich will sie sogar gesehen haben, was Radloff essen musste«, sagte Bodenstein spöttisch. »Nämlich Kartoffelsalat und Würstchen.«

»Genau das war die letzte Mahlzeit, die René Siegel zu sich genommen hatte«, erläuterte Kai der Kriminaldirektorin. »Das kann kein Zufall sein!«

»Kann es doch«, erwiderte Bodenstein lakonisch. »Ich habe eine Streife zum Haus der Radloffs nach Kelkheim geschickt. Sie haben dort zwar niemanden angetroffen, aber die Nachbarn haben bestätigt, dass Ulrike Radloff und seit Kurzem auch ihr Sohn in dem Haus wohnen.«

Tariq streckte den Kopf zur Tür des Besprechungsraumes herein. »Wir haben die Rasse gefunden! Bouaziz ist sich sicher, dass es sich um *Fila Brasileiros* handelt.« Tariqs Gesicht glühte vor Eifer. »Das könnte uns weiterhelfen! *Fila Brasileiros* sind in Hessen Listenhunde. Ich könnte einen Aufruf auf der Fahndungswebsite veröffentlichen und auch auf unserer Facebook-Seite. Vielleicht hat ja jemand in letzter Zeit zwei solcher Hunde gesehen, die sind ja schon ziemlich auffällig.«

»Ich ziehe eine Erkundigung im Hunderegister des Landes Hessen ein«, bot Kai an. »Wenn der Besitzer die Hunde offiziell hält und Hundesteuer zahlt, sollten wir dort was finden.«

»Hast du Bouaziz noch mal gefragt, warum er so überstürzt das Land verlassen wollte?«, fragte Pia. »Die Geschichte mit der kranken Mutter war doch gelogen.«

»Ja, ich habe ihn gefragt.« Tariq nickte. »Angeblich hat er gestern Nachmittag einen Anruf gekriegt, dass er für ein paar Wochen aus Deutschland verschwinden soll. Bis sich die Aufregung etwas gelegt hätte.«

»Wer hat ihn angerufen?«, wollte Bodenstein wissen.

»Es war wieder eine Frauenstimme«, erwiderte Tariq. »Aber er ist sich sicher, dass es diesmal eine andere Frau war.«

»Gut.« Bodenstein nickte. »Er soll das Protokoll unterschreiben, und dann kann er gehen. Wir behalten seinen Pass ein, und er darf Deutschland nicht verlassen.«

»Okay«, sagte Tariq.

»Moment mal!«, mischte sich Pia sein. »Bouaziz hat die doppelte Staatsbürgerschaft, er wird auch einen tunesischen Pass haben. Wenn er irgendwie nach Tunesien gelangt, werden sie ihn möglicherweise nicht ausliefern, falls sich herausstellen sollte, dass diese Geschichte ganz anders gewesen ist.«

»Was schlägst du vor?«, fragte Nicola Engel und überging damit Bodenstein als Leiter der Abteilung.

»Die JVA Preungesheim«, antwortete Pia. »Und einen Haftbefehl. Er hat sich mindestens der schweren Körperverletzung schuldig gemacht.«

»Ich bin derselben Meinung«, sagte Nicola Engel.

»Aber wir haben ihm in Aussicht gestellt, dass er gehen darf, wenn er mit uns kooperiert!«, protestierte Tariq.

»*Du* hast ihm das in Aussicht gestellt, obwohl er eine Straftat begangen hat«, gab Pia zurück. »Ein paar Tage in der JVA werden ihn schon nicht umbringen.«

»Na super! Wie scheiße ist das denn!« Tariq verschwand verärgert in seinem Büro.

»Gut gebrüllt, Löwe«, sagte Nicola Engel zu Pia und lächelte anerkennend. »Haltet mich auf dem Laufenden, wie das hier weitergeht.«

Und damit verließ sie den Besprechungsraum.

Erst jetzt bemerkte Pia, dass ihre Kollegen sie anschauten. Kai und Cem verblüfft, Bodenstein eher nachdenklich.

»Was?«, fragte sie.

»Das war ganz schön hart«, sagte Kai.

»Was denn?«

»Wie du Tariq gerade hast auflaufen lassen. Vor der Chefin. Dabei hat er einen wirklich guten Job gemacht.«

»Ihr wolltet den Typen laufen lassen!« Pia fühlte sich angegriffen und ging zum Gegenangriff über. »Einen Verbrecher, dem wir kein Wort glauben sollten!«

Beck's, der Stimmungsseismograf, spürte, dass irgendetwas nicht in Ordnung war. Er kam zu ihr, stupste mit seiner feuchten Nase gegen ihre Hand und legte seinen Kopf auf ihr Knie.

»Und darüber entscheidest neuerdings du?«, fragte Cem. »Hab ich irgendwas nicht mitgekriegt? Leitest du die Abteilung wieder?«

Pia holte schon Luft zu einer heftigen Entgegnung, aber dann besann sie sich. Kai und Cem hatten recht. Sie hatte ihren Kollegen vor Nicola Engel in die Pfanne gehauen, dabei war das gar nicht ihre Absicht gewesen. Es war zwar keine Entschuldigung, aber sie stand schon den ganzen Tag extrem unter Strom. Die Sorge um ihre Mutter. Ihre Geschwister, die sie komplett im Stich ließen. Und dazu noch dieses Großfamilien-Weihnachten mit Christophs anstrengenden Töchtern und Enkeln, vor denen ihr immer mehr graute. Das machte ihr mehr zu schaffen, als sie sich eingestehen wollte. Dazu hatte sie einfach zu wenig Schlaf bekommen in den letzten Nächten.

»Ich bin zu weit gegangen«, sagte sie zerknirscht und ließ den Kopf hängen. »Tut mir leid. Das war nicht okay von mir.«

»Schon gut. Jeder von uns hat mal einen schlechten Tag«, erwiderte Bodenstein. »Mach einen Spaziergang mit Beck's, bevor es dunkel wird. Und schlaf dich mal aus.«

»Ich werde mich bei Tariq entschuldigen«, versprach Pia kleinlaut.

»Ja, tu das«, sagte Bodenstein. »Wir sehen uns morgen.«

***

Nach dem Spaziergang mit Beck's, eine Stunde später, hatte Christoph auf ihre Sprachnachricht geantwortet. Er fand ihren Vorschlag, seine Töchter nach Weihnachtswünschen zu fragen, super. Mehr nicht. Weil er sowieso noch in Basel war, beschloss Pia, bei ihrer Mutter zu übernachten, und packte ein paar Klamotten in eine Reisetasche. Sie schickte Christoph eine Antwort, diesmal schriftlich, um ihm deutlich zu machen, dass er sich wegen der Weihnachtsgeschenke mit seinen Töchtern in Verbindung setzen sollte, dann rief sie Tariq an, um sich bei ihm für ihr Verhalten zu entschuldigen. Sie war erleichtert, als er sofort dranging und ihre Entschuldigung annahm. Zum Glück trug er ihr nichts nach. Spannungen am Arbeitsplatz waren das Letzte, was sie jetzt noch brauchte.

Gerade als sie im Supermarkt an der Kasse stand, rief Henning an. Er arbeitete an seinem nächsten Krimi, bei dem es um den Schneewittchen-Fall vom November 2008 ging, und hatte dazu einige Fragen.

»Ich bin gerade bei Rewe an der Kasse.« Pia klemmte das Handy zwischen Schulter und Ohr und packte die Einkäufe aufs Band. »Lass uns später noch mal telefonieren. Ich muss jetzt zu meiner Mutter. Die Nachbarin hat sich den Arm gebrochen, und mein Bruder ist angeblich krank.«

»Kein Problem«, erwiderte Henning. »Ich könnte auch zu deiner Mutter kommen, wenn das für dich okay ist. Ich habe heute Abend sonst nichts vor, und sie freut sich sicher, mich zu sehen. Dann haben wir Zeit zu reden.«

»Gute Idee. Ja, da wird sie sich freuen.« Pia musste lächeln. Erst später, auf der Fahrt nach Igstadt, dachte sie über Hennings Worte nach. Warum sollte es für sie nicht okay sein, wenn er zu ihrer Mutter kam? Henning und sie kannten sich seit dreißig Jahren und waren seit mittlerweile fünfzehn Jahren getrennt. Zwischendurch war er mit Pias Freundin Miriam verheiratet gewesen, aber längst wieder geschieden. Henning und sie hatten sich nie ganz aus den Augen verloren, weil sie sich immer wieder aus beruflichen Gründen über den Weg liefen, und im Laufe der Zeit hatte sich eine Art Freundschaft zwischen ihnen entwickelt. Sie hatten beide keinen großen Freundeskreis, was möglicherweise an ihren Berufen lag, dafür aber viel Verständnis für das, was sie bei der Arbeit erlebten.

Tatsächlich freute Pias Mutter sich, Henning wiederzusehen. Sie hatte vergessen, dass Pia und Henning seit vielen Jahren geschieden waren und Pia längst mit Christoph verheiratet war, und Pia korrigierte sie nicht. Morgen würde sie sich wahrscheinlich wieder an Christoph erinnern und vergessen haben, dass Henning sie besucht hatte. Nun saß sie am Küchentisch und sah andächtig dabei zu, wie Henning eine Platte mit Antipasti für das Abendessen vorbereitete. Früher hatte sie nicht eine Minute stillsitzen können. Ihre Hände waren immer in Bewegung gewesen: Gemüse schälen, Gardinen aufhängen, kochen, putzen, Betten machen, Wäsche aufhängen, bügeln – sie war von frühmorgens bis spätabends geschäftig gewesen, hatte mit rosigen Wangen in ihrer Küche gewerkelt und jede Hilfe abgelehnt. Niemals hätte sie geduldet, dass ihr Schwiegersohn ein Abendessen für sie zubereitete oder das Geschirr abspülte. Es tat Pia weh, zu sehen, dass sich ihre Mutter, die nie ein Kochbuch und erst recht kein Chefkoch.de gebraucht hatte, um aufwendige Menüs zu zaubern, nicht mal mehr selbst ein Rührei zubereiten konnte.

Nach dem Abendessen spielte Henning mit ihrer Mutter ein paar Runden Kniffel, während Pia die Küche aufräumte und in der Waschküche eine Maschine mit Kochwäsche anstellte. Später saß ihre Mutter vor dem Fernseher, knabberte Salzstangen und schaute eine Dokumentation über Hessens Flüsse, etwas, was sie früher nie getan hätte.

»Die Demenz radiert langsam, aber sicher ihre Persönlichkeit aus«, sagte Pia zu Henning. »Es ist so traurig, das mit anzusehen und nicht helfen zu können.«

»Du hilfst ihr doch«, widersprach Henning. »Du tust alles, damit sie hierbleiben kann, und das ist wichtig für alte Leutchen.«

»Ich weiß aber nicht, wie ich das in Zukunft finanziell hinkriegen soll«, antwortete Pia.

»Da finden sich schon Lösungen.« Henning entkorkte eine Flasche südafrikanischen Rotwein, die er mitgebracht hatte, schnupperte am Korken und hielt ihn Pia hin. »Den wirst du mögen.«

Pia holte zwei Weingläser aus der Vitrine im Esszimmer, Henning schenkte ihnen ein, dann setzte er sich und ließ den Wein im Glas kreisen.

»Zum Wohl!«, sagte er.

»Zum Wohl!« Sie lächelte müde, nahm ihm gegenüber Platz und legte die Füße auf einen anderen Stuhl. »Danke, dass du dich mit meiner Mutter beschäftigt hast. Ich glaube, sie ist happy.«

»Ja, den Eindruck hatte ich auch.«

»Was willst du über den Schneewittchen-Fall wissen?«

»Später«, sagte Henning. »Mich würde interessieren, was ihr über den Mann mit der abgerissenen Karotis herausgefunden habt.«

»Wir wissen jetzt, wer er ist. René Siegel aus Wiesbaden. War zwei Jahre im Gefängnis und danach als Koch auf einer Bohrinsel.« Pia nippte an ihrem Glas und erzählte Henning haarklein die Geschichte, die sie von Walid Bouaziz, dem Witwer von Siegels Opfer, erfahren hatte.

»Das klingt verrückt«, sagte Henning. »Aber nicht völlig unglaubwürdig, wenn du mich fragst. Woher sollte der Mann sonst solche Details kennen?«

»Natürlich weil er und seine Familie den Mörder seiner Frau selbst entführt haben!«, entgegnete Pia. »Welches Interesse sollten irgendwelche fremden Leute daran haben? Und wie sollen sie an Namen und Kontaktdaten von Angehörigen kommen?«

»Na ja. Da gibt es Möglichkeiten«, antwortete Henning nachdenklich. »Man kann zu den Hauptverhandlungen gehen, die sind ja meistens öffentlich. Oder man hat Kontakte zur Staatsanwaltschaft. Oder zur Polizei.«

»Zur Polizei?« Diese Vorstellung irritierte Pia. »Aber aus welchem Grund sollten Leute so etwas tun?«

»Geld«, vermutete Henning. »Habt ihr den Mann gefragt, was er dafür bezahlen musste?«

»Angeblich nichts«, erwiderte Pia. »Was die Sache für mich noch unglaubwürdiger klingen lässt.«

Dann erzählte sie Henning von Christine Kelmendi, der Astrologin, die heute im Kommissariat erschienen war.

»Sie will mit ihrer übersinnlichen Begabung *gesehen* haben, dass Daniel Radloff, der Kindermörder, gegen seinen Willen in einem Verlies festgehalten wurde. Wegen einer Sache, die er früher getan hat. Und jetzt kommt das Beste!« Pia beugte sich nach vorne. »Angeblich hat sie auch *gesehen*, dass er Kartoffelsalat und Würstchen zu essen gekriegt hat!«

»Der Mageninhalt des Barfuß-Mannes aus dem Hintertaunus.«

»Genau! Kann das ein Zufall sein?« Pia trank ihr Glas aus. Sie war keine große Weinkennerin, aber dieses Tröpfchen war wirklich außerordentlich gut, samtig und rund. »Das ist alles sehr mysteriös. Ach, apropos! Der Chef und ich waren auf dieser Pilzfarm im Hintertaunus! So was hast du noch nicht gesehen! Dieser Typ, der das ganze Ding gepachtet hat …«

»Ich gehe jetzt zu Bett.« Pias Mutter schaltete den Fernseher aus und stellte die Schüssel mit den restlichen Salzstangen auf die Küchenarbeitsplatte. »Wenn der Papa vom Kegeln kommt, soll er bitte noch mal kurz nach der Heizung gucken. Die hat heute so komische Geräusche gemacht.«

»Ja, sage ich ihm.« Pia nickte und lächelte, obwohl ihr eher nach Weinen zumute war.

»Gute Nacht, ihr zwei«, sagte ihre Mutter. Sie streichelte Beck's über den Kopf. »Lässt du Colt noch mal raus in den Garten?«

»Klar, mache ich, Mama«, erwiderte Pia und ließ sich ein Gute-Nacht-Küsschen auf die Wange geben, wie zuletzt in Kindertagen.

»Colt?«, fragte Henning, als Pias Mutter die Treppe hochgegangen und in ihrem Schlafzimmer verschwunden war.

»Das war der Hund, den wir hatten, als wir noch in Bad Soden gewohnt haben«, erklärte Pia. »Ein Schäferhund. Lars und ich haben ihn nach unserer Lieblingsfernsehserie benannt.«

»*Ein Colt für alle Fälle*«, schmunzelte Henning. »Da hat mir nur die hübsche Blondine gefallen.«

»Schon klar.« Pia seufzte und stand auf. »Mama kommt noch gut allein zurecht, aber ich schaue doch lieber mal kurz nach ihr.«

***

Sara lag auf dem Bett und sah sich Fotos von sich und Lissy an, dabei liefen ihr die Tränen übers Gesicht. Die Therapeutin hatte ihr geraten, das zu tun. Sie müsse die Realität akzeptieren, auch wenn es wehtat. Schmerz gehöre zum Abschiednehmen dazu. Dafür hätte sie keine Psychologin gebraucht, dieselben Sprüche konnte sie auf Insta und bei TikTok lesen. Aber sie hatte Papa und Mama versprochen, mit der Therapeutin zu reden. Dafür durfte sie die Schule wechseln, und das war wahrhaftig ein geringer Preis. Die Polizisten hatten nicht mehr bei ihr angerufen. Aber das würden sie ganz sicher wieder tun.

Sara betrachtete die Fotos von Lissy und sich selbst in ihren Cosplay-Outfits, an denen sie den ganzen Sommer genäht hatten. Lissy als Motoko Kusanagi, ihre Lieblings-Mangafigur aus *Ghost in the Shell*, und sie selbst als Rin Tohsaka aus *Fate/stay night* bei den Deutschen Cosplay Meisterschaften auf der Buchmesse in Frankfurt. Für das nächste Jahr hatte Sara für sie beide aufwendigere Kleider schneidern wollen. Lissy hatte sich das Hochzeitskleid von Katniss Everdeen aus *Mockingjay* gewünscht. Das hatte sie schon fast fertig, es hatte ihr Weihnachtsgeschenk für Lissy werden sollen, deshalb hatte sie in jeder freien Minute und bis spät in die Nacht an der Nähmaschine gesessen. Jetzt würde es Lissy nicht mehr sehen und nie tragen.

Sara wischte sich die Tränen vom Gesicht. Wo war eigentlich Lissys Skizzenbuch geblieben? Sie hatte immer die Entwürfe gezeichnet, nach denen Sara die Klamotten geschneidert hatte. Sie stand auf und schlich auf Socken die Treppe zum Speicher hoch, leise, um ihre Eltern nicht zu wecken. Der Speicher, das war Lissys und ihr Reich gewesen. Hier hatten sie endlos viele Stunden zugebracht. Kostüme entworfen, Stoffe zugeschnitten, genäht, gebördelt, anprobiert, gekürzt und vor allen Dingen wahnsinnig viel gelacht. Sara blickte sich in dem großen Raum mit den Dachschrägen um. Sie hatte nie eine so gute Freundin wie Lissy gehabt. Wegen des Berufs ihres Vaters waren sie oft umgezogen, und alle zwei Jahre hatte sie ihre Freundinnen verloren, was nie sehr schlimm gewesen war. Vielleicht schloss man richtige Freundschaften, die ein Leben lang halten konnten, auch erst, wenn man älter war.

Ihr Blick glitt über ihren Schminktisch mit den Pappköpfen, die sie auf einem Flohmarkt entdeckt und gekauft hatten, um ihre Perücken ordentlich aufbewahren zu können. Sara fing an, nach dem Skizzenbuch zu suchen, aber sie fand es nicht. Sie selbst war eine ganz passable Zeichnerin, aber Lissy war eine echte Künstlerin gewesen. Sie hatte fantastische Graphic Novels und Mangas gezeichnet, und sie hatte die Fantasie besessen, um sich Geschichten auszudenken. Oft hatte sie im Unterricht kurze Comics gezeichnet. Sie hatte jeden so treffend karikieren können, dass Sara immer sofort gewusst hatte, wen Lissy gemeint hatte.

Das Skizzenbuch war Lissys Heiligtum gewesen. Sie hatte es oft hiergelassen, gerade dann, wenn sie an neuen Kostümen gearbeitet hatten. Aber jetzt war es weg.

»Fuck«, murmelte Sara und ließ sich auf den Stuhl an ihrer Nähmaschine sinken. Morgen war Sonntag, da würden Böhlefelds wohl zu Hause sein. Vielleicht würde sie in Lissys Zimmer das Skizzenbuch finden.

***

Henning blickte von seinem Laptop auf, als Pia die Treppe hinunterkam.

»So, sie schläft jetzt.« Pia wollte Henning erst vorschlagen, auf die Couch im Wohnzimmer umzuziehen, aber da würde sie wahrscheinlich innerhalb von Minuten einschlafen. Besser, sie blieben hier am Esstisch sitzen.

»Es gibt da zwei Fälle aus dem Jahr 2017, die mich an das erinnern, was du vorhin erzählt hast«, sagte Henning. »Beide Fälle sind meines Wissens bis heute unaufgeklärt. Abdeel Odumosu, siebenundzwanzig, nigerianischer Asylbewerber aus Sossenheim, überfällt eine Tankstelle, verletzt eine Mitarbeiterin und ersticht den Tankstellenpächter. Eine Woche später wird seine Leiche, übersät mit zweiundsiebzig Messerstichen, vor der Flüchtlingsunterkunft aufgefunden, in der er gelebt hatte. Beim zweiten Fall handelt es sich um den mehrfach vorbestraften Eritreer Saleh Khaveri, achtunddreißig, der am Frankfurter Hauptbahnhof eine Frau und ihren zwölfjährigen Sohn vor einen einfahrenden ICE gestoßen hat. Er konnte flüchten, aber seine Leiche wurde drei Tage später vor einer Asylbewerberunterkunft in Bergen-Enkheim aufgefunden. Bei der Obduktion habe ich festgestellt, dass er buchstäblich zu Tode geprügelt worden war. In beiden Fällen konnte keinerlei fremde DNA an den Leichen festgestellt werden. Es gab keine Zeugenbeobachtungen, keine Spuren, einfach nichts.«

Pia hatte von den beiden Fällen gehört, die Kollegen aus Frankfurt hatten sie sogar bei *Aktenzeichen XY* vorgestellt. Aber da sich beide Fälle in Frankfurt ereignet hatten, waren sie nicht in den Zuständigkeitsbereich des Hofheimer K11 gefallen.

»Die Kollegen haben damals eine rechtsextreme Organisation hinter den beiden Morden vermutet«, erinnerte sie sich. »So etwas wie der NSU. Aber es hat keine unschuldigen Zufallsopfer getroffen, sondern es hat nach gezielten Exekutionen mutmaßlicher Straftäter ausgesehen.«

Pia gähnte. Sie war zu müde, um noch einen klaren Gedanken zu fassen. Morgen konnte sie diese beiden *Cold Cases* mit ihren Kollegen besprechen, aber jetzt musste sie ins Bett.

»Wenn du nicht mehr nach Hause fahren willst, kannst du in der Einliegerwohnung schlafen«, sagte sie zu Henning. »Die Heizung ist an, das Bett ist frisch bezogen. Und ein eigenes Bad gibt es auch. Ich schlafe in Kims Zimmer.«

»Wieso nicht in deinem ehemaligen Zimmer?« Henning klappte seinen Laptop zu, ergriff die leere Weinflasche und die beiden Gläser.

»Ich hatte hier nie eines, das weißt du doch«, erwiderte Pia. »Als meine Eltern dieses Haus gebaut haben, waren Lars und ich schon ausgezogen.«

Sonntag, 15. Dezember

»Es war seltsam, wie Anne Böhlefeld darauf reagiert hat, als ich ihr mitgeteilt habe, dass die Leiche ihrer Tochter freigegeben worden ist«, sagte Bodenstein zu Nicola Engel. Sie standen in der Teeküche, Bodenstein mit einem Becher Kaffee in der Hand, Nicola Engel mit Tee. »Sie hat gar nicht mehr nach dem Täter gefragt.«

»Was ist daran seltsam?«

»Sie wirkte angespannt. Als ob sie auf irgendetwas warten würde.« Bodenstein nahm einen Schluck Kaffee und hoffte, dass das Koffein schnell wirken würde. Die Geschichten, die Walid Bouaziz und diese Astrologin gestern erzählt hatten, hatten ihn die halbe Nacht beschäftigt. Je länger er darüber nachgedacht hatte, desto weniger absurd waren sie ihm erschienen. In den vielen Jahren, die er bei der Polizei war, hatte er schon Verrückteres erlebt. »Vielleicht interpretiere ich das falsch, aber könnte es nicht sein, dass auch auf Frau Böhlefeld jemand zugekommen ist, so wie auf Bouaziz, und ihr und ihrem Mann angeboten hat, den Mörder ihrer Tochter zu töten?«

»Oliver«, begann Nicola Engel, aber Bodenstein ließ sie nicht ausreden.

»Wir suchen Farwad Mahmoudi seit beinahe einer Woche mit allen Mitteln. Was, wenn er überhaupt nicht auf der Flucht ist, sondern irgendwo gefangen gehalten wird?«

Er konnte Nicola ansehen, was sie von diesen Spekulationen hielt, jedoch schien sie heute sonntäglich milde gestimmt, und zerriss seine Idee deshalb nicht sofort in der Luft.

Beck's kam in die Teeküche getrabt und begrüßte sie mit freundlichem Schwanzwedeln.

»Ah gut, Pia ist da«, sagte Bodenstein. »Ich wollte mit ihr kurz bei Radloffs vorbeifahren.«

Im Besprechungsraum hatte sich unterdessen das Team des K11 eingefunden, auch Kathrin war wieder da, blass und kränklich.

»Steck uns bloß nicht an!«, warnte Kai sie.

»Ich hatte mir wohl nur den Magen verdorben, keine Angst. Mir geht's wieder gut«, erwiderte sie.

Kai referierte kurz über die Neuigkeiten im Fall Lissy Böhlefeld, die wenig hilfreich waren. Nur ein einziger Spurengeber war nicht zu identifizieren – ausgerechnet derjenige, dessen DNA sie an Lissys linkem Jackenärmel, auf ihrer Jeans am linken Oberschenkel und an dem blauen Schal, mit dem sie erdrosselt worden war, gefunden hatten. Alle anderen Spuren, die männlichen wie die weiblichen, hatte man im Labor mithilfe der freiwilligen Speichelproben zuordnen und damit ausschließen können: Vater, Nachbar, ein freiwilliger Helfer aus dem Tierheim, ein Junge aus der Q1, der mit Lissy einen Paarlauf auf der Eislaufbahn gemacht hatte, ein Nachbarsohn, diverse Klassenkameraden.

»Wie massiv sind die Spuren des Unbekannten?«, erkundigte sich Nicola Engel.

»Es ist die vielversprechendste Spur«, räumte Kai ein.

»Also eher keine Zufallsbegegnung.« Die Kriminalrätin schlug die Beine übereinander. »Was ist mit einem Massengentest?«

»Wie grenzen wir ein, wer sich testen lassen müsste?«, wandte Bodenstein ein. »Wir haben bis jetzt ja noch nicht mal eine Idee, was das Mordmotiv gewesen sein könnte.«

Nach einer kurzen Diskussion über den Sinn eines Massengentests war Pia an der Reihe. Sie erwähnte die beiden bisher ungeklärten Mordfälle, auf die sie durch Henning Kirchhoffs Hinweis gekommen war.

Sie sah ein wenig besser aus, fand Bodenstein. Offenbar hatte sie wieder mehr Schlaf bekommen.

»Gib mir die Namen, ich checke mal die Hintergründe«, bot Kai an, und Pia übergab ihm ihre Notizen.

»Wir fahren jetzt nach Kelkheim und statten den Radloffs einen Besuch ab«, sagte Bodenstein.

»Woher weiß man eigentlich, ob diese Astrologin überhaupt recht hat und es sich bei der Frau, die zu ihr gekommen ist, wirklich um die Mutter von Daniel Radloff gehandelt hat?«, fragte Cem.

»Das wissen wir ja bis jetzt nicht«, antwortete Bodenstein. »Deshalb überprüfen wir das.«

»Ich weiß über den Fall Radloff nicht mehr als das, was damals in den Zeitungen stand und im Fernsehen berichtet wurde«, sagte Kathrin. »Wann war das noch mal?«

»2003«, erwiderte Nicola Engel. »Radloff hat damals fünfzehn Jahre bekommen, weil er nach Jugendstrafrecht verurteilt worden ist. Vor ein paar Wochen hatte er seine Strafe verbüßt und kam aus dem Gefängnis.«

»Ging groß durch die Presse«, bestätigte Tariq. »Ich kann mich auch nicht so richtig erinnern. Ich war damals zwölf. »

»Danke, jetzt fühle ich mich so richtig alt«, entgegnete Bodenstein.

»Stimmt, der Fall Radloff war ja deiner gewesen«, erinnerte sich Cem. »Spektakulär!«

»In der Tat. Unser erster Mordfall für das K11 in der neu gegründeten RKI«, bestätigte Bodenstein. »Unser Chef war damals Kriminaldirektor Nierhoff. Kai, du warst schon dabei. Außerdem Frank Behnke. Andreas Hasse.«

»Und Martin Probst«, ergänzte Kai.

»Radloff war einer der schlimmsten Mörder, mit denen ich jemals zu tun hatte, dabei war er erst siebzehn Jahre alt«, erinnerte sich Bodenstein. »Ein eiskalter, berechnender Narzisst, der sich für seine Herkunft schämte und dringend Geld brauchte.«

Er verzog angewidert das Gesicht.

»Radloff hatte keins, dafür aber eine Freundin aus wohlhabendem Elternhaus, die in Königstein direkt neben der Familie Scharfenberg wohnte. Peter Scharfenberg war Investmentbanker, seine Frau Kuratorin bei einem Museum in Frankfurt, sie hatten drei Kinder, auf die Daniels Freundin gelegentlich aufgepasst hatte. Auslöser für Radloffs Tat war sein dringender Wunsch, in das Start-up-Unternehmen eines Bekannten zu investieren, das sagenhafte Gewinne versprach und seinen Firmensitz auf irgendeiner Karibikinsel haben sollte.« Bodenstein machte eine kurze Pause, schüttelte den Kopf. Noch immer, nach all den Jahren, war dieses Tatmotiv für ihn unbegreiflich. »Er sah sich schon als den großen Finanzinvestor, und weil er kein Geld hatte, kam er auf die Idee, die siebenjährige Tochter der Scharfenbergs zu entführen und von ihren Eltern 500 000 Euro zu erpressen. Er entführte Adriana im Auto seiner Großmutter, obwohl er noch gar keinen Führerschein hatte, brachte das Kind gefesselt, geknebelt und mit verbundenen Augen ins Haus seiner Großeltern in Schneidhain, die zu diesem Zeitpunkt verreist waren. Die Entführung lief aus dem Ruder, als Adriana den Klebestreifen vom Mund ablösen konnte und anfing zu schreien. Radloff hat das Kind so heftig geschüttelt und mit dem Kopf mehrfach gegen die Wand geschlagen, bis es still war. Er knebelte es wieder mit einem Klebestreifen und ging mit seinen Freunden auf eine Party. Auf dem Weg dorthin hat er das Erpresserschreiben am Haus der Scharfenbergs abgelegt. Als er am nächsten Morgen feststellte, dass Adriana tot war – sie war erstickt –, wickelte er ihre Leiche in eine Decke und legte sie in die Tiefkühltruhe der Großmutter. Ein Nachbar hat ihn gegen fünf Uhr morgens aus dem Keller kommen sehen. Aber obwohl das Kind längst tot war, hat er die Erpressung durchgezogen. Vier Tage nach der Entführung konnten wir ihn bei der Geldübergabe festnehmen, aber er hat uns erst zwei Tage später verraten, wo wir Adriana finden können. Radloffs DNA und Fingerabdrücke waren überall, trotzdem hat er versucht, die Tat zu leugnen.«

Für einen Moment herrschte Schweigen in der Runde. Jeder von ihnen hatte den einen Fall, der ihm persönlich am meisten nahegegangen war. Die Entführung und Tötung der siebenjährigen Adriana Scharfenberg war zu Bodensteins Nemesis geworden. Niemals würde er vergessen, wie er die steifgefrorene Leiche des kleinen blonden Mädchens aus der Tiefkühltruhe gehoben hatte. Erst Tage später hatte Radloff gestanden, was er mit dem Mädchen gemacht hatte, und das auch erst, nachdem Frank Behnke auf Bodensteins Geheiß hin Radloff angedroht hatte, er werde ihm dieselben Schmerzen zufügen, die das Kind hatte erleiden müssen.

Radloffs Anwalt hatte der Polizei Folterandrohung vorgeworfen. Behnke hatte vor Gericht dazu unter Eid aussagen müssen und vollkommen glaubwürdig geleugnet, von seinem Vorgesetzten die Anweisung erhalten zu haben, Radloff zu foltern. Damals hatte Bodenstein mit dem Gedanken gespielt, dem Polizeidienst den Rücken zu kehren. Es war ausgerechnet Frank Behnke gewesen, der ihn davon überzeugt hatte, es nicht zu tun. »Manchmal muss man eben Dinge tun, die nicht legal sind«, hatte er gesagt, doch Bodenstein wusste, dass es falsch gewesen war und dass er sich nie wieder dazu hinreißen lassen würde.

»Komm, Pia, ich will es hinter mich bringen«, sagte er.

»Ich kann auch hinfahren«, bot Cem an.

»Nein.« Bodenstein stand auf. »Das muss ich selbst machen.«

***

Sara hatte Roxy im Tierheim abgeholt und lief mit dem Hund nach Sulzbach. Der Schnee war zum größten Teil weggetaut, aber den Weg am Bach entlang würde sie niemals wieder nehmen. Es war einer von ihren Lieblingswegen gewesen, wenn sie mit den Tierheimhunden spazieren gingen, denn an einer Stelle war der Bach so breit und flach, dass die Hunde dort im Wasser spielen konnten. Aber hinter diesem Häuschen mit der Marienstatue hatte Lissy gelegen, das würde Sara nie vergessen können.

Der Berg an Kerzen, Blumen und Fotos vor Lissys Elternhaus war noch größer geworden. Es brach Sara fast das Herz. Sie nahm allen Mut zusammen und drückte auf die Klingel. Gerade als sie sich wieder abwenden wollte, ging die Haustür auf.

»Hallo, Sara!« Lissys Mutter sah schrecklich aus. Ganz dünn, grau im Gesicht, mit Ringen unter den Augen. Ob Mörder daran dachten, was sie den Eltern, Freunden und Geschwistern ihrer Opfer antaten, wenn sie sie umbrachten? »Willst du einen Moment hereinkommen?«

Sara nickte stumm und betrat das Haus. Es war das erste Mal, dass sie ohne Lissy hier war.

»Hallo, Roxy«, begrüßte Anne Böhlefeld die Schäferhündin, die freundlich mit dem Schwanz wedelte und darauf wartete, ein

Leckerli zu bekommen. Lissy hatte den Hund oft mit nach Hause gebracht.

Sara kam kein Wort über die Lippen, aber plötzlich brach etwas in ihrem Innern auf, und ihr strömten die Tränen übers Gesicht.

»Ich vermisse Lissy so sehr«, schluchzte sie.

»Ich auch«, flüsterte Anne Böhlefeld. Sie breitete die Arme aus, und Sara fiel ihr um den Hals. Sie weinten beide, weinten um Lissy und weil nie mehr etwas so sein würde, wie es gewesen war.

Später saßen sie in der Küche, wo sie oft gesessen, gegessen und gequatscht hatten. Lissys Mutter kochte Tee. Zögernd fingen sie an, über Lissy zu sprechen, sich an Dinge zu erinnern, die sie erlebt hatten, und das war tröstlich. Anne Böhlefeld erzählte Sara, dass der freundliche Kommissar ihr einen Weihnachtsbaum geschenkt hatte.

»Du bist die einzige von Lissys Freundinnen, die den Mut hatte hierherzukommen«, sagte sie schließlich. »Danke, Sara!«

»Ich war am Donnerstag schon mal da, aber da war niemand zu Hause«, erwiderte Sara. »Meinen Sie, ich darf mal in Lissys Zimmer? Ich hätte so gerne unser Skizzenbuch. Als Erinnerung.«

»Ich bin sicher, Lissy würde wollen, dass du es hast.« Anne Böhlefeld presste die Lippen zusammen und kämpfte mit den Tränen. »Geh nur hoch. Du kennst dich ja aus. Ich habe nichts verändert, seit …«

Sara ließ Roxy in der Küche und ging die Treppe hoch. Sie war so oft hier gewesen, das Haus war ihr beinahe so vertraut wie ihr eigenes. Ihr Herz pochte wie verrückt, als sie das Zimmer betrat. Alles sah aus wie immer, so, als ob Lissy jeden Moment hereinkommen würde. Klamotten lagen herum. Schminkzeug auf dem Schreibtisch neben Schulheften. Die Lichterketten hatten sie noch an dem Freitag zusammen an den Wänden angebracht und die Weihnachtsdeko aufgestellt. Ein paar Stunden später hatte Lissy nicht mehr gelebt. Es bekümmerte Sara, dass sie an diesem, ihrem allerletzten Nachmittag nur über Damon geredet hatten. Das würde ihre letzte Erinnerung sein!

Schluchzend suchte sie nach dem Skizzenbuch, das sie Lissy letztes Jahr zu Weihnachten geschenkt hatte, und fand es schließlich im Bücherregal zwischen anderen Büchern. Sara presste es an ihre Brust und blickte sich noch ein letztes Mal um.

»Leb wohl, Lissy«, flüsterte sie und verließ das Zimmer.

Lissys Mutter wartete unten in der Küche.

»Hast du es gefunden?«

»Ja, hier ist es. Danke, dass ich hochgehen durfte«, erwiderte Sara. In dem Moment kam Lissys Vater zur Tür herein. Sara wünschte ihm herzliches Beileid.

»Danke, Sara. Das ist lieb von dir«, sagte er nur und ging an ihr vorbei. Er sah schrecklich aus. Grau und eingefallen. Früher war er immer so lustig gewesen, und er hatte Lissy und ihr geduldig erklärt, worauf es beim Fußball ankam. Sie hatten so viel gelacht mit ihm!

»Sara, würdest du wohl auf Lissys Trauerfeier eine Fürbitte lesen?«, fragte Anne Böhlefeld.

»Na…natürlich«, flüsterte Sara. »Das mache ich. Ich muss jetzt gehen. Roxy muss zurück.«

»Ach, einen Moment«, sagte Anne Böhlefeld und ging ins Zimmer nebenan. Sie kehrte mit einer kleinen Schachtel zurück, in der ein Flaschenöffner mit dem Logo von Eintracht Frankfurt lag.

»Den habe ich in Lissys Zimmer gefunden. Ich glaube, das wollte sie dir zu Weihnachten schenken«, sagte sie mit belegter Stimme und reichte Sara die Schachtel.

Sara schluckte. Sie war dabei gewesen, als Lissy den Flaschenöffner bei Thalia im Main-Taunus-Zentrum gekauft hatte. Und Sara wusste genau, wem Lissy das Ding schenken wollte. Damon. Aber das sagte sie nicht.

»Danke, dass du mich besucht hast.« Anne Böhlefeld umarmte sie herzlich. »Komm gerne mal wieder vorbei. Es würde mich freuen.«

»Das mache ich«, versprach Sara. Sie verstaute das Skizzenbuch und die Schachtel in ihrem Rucksack und verließ mit Roxy das Haus. Kurz verharrte sie vor den Kerzen, Fotos, Blumen und Briefen. Ein Auto kam die Straße entlang, verlangsamte die Fahrt und bog auf den Parkplatz vor Böhlefelds Garage ein. Zwei Leute stiegen aus, und Sara traute ihren Augen nicht. Der Typ war Damon! Was wollte der denn hier?

Bevor sie den Kopf senken konnte, begegnete sein fragender Blick dem ihren. Für einen Moment glaubte sie, er wollte etwas sagen, aber vielleicht hatte er sie ja auch überhaupt nicht erkannt. Was, zum Teufel, hatte er bei Lissys Eltern zu suchen?

***

Seitdem Bodenstein zuletzt im Brunhildenweg in Kelkheim gewesen war, schienen viele der Doppelhäuser aus den Sechzigerjahren die Eigentümer gewechselt zu haben. Überall war modernisiert, abgerissen und neu gebaut worden, nur das Haus der Familie Radloff wirkte unverändert und mittlerweile ziemlich schäbig.

Ulrike Radloff öffnete auf ihr Klingeln die Haustür.

»Hallo, Herr von Bodenstein«, sagte sie ohne große Überraschung.

Bodenstein stellte Pia vor, Frau Radloff bat sie herein und schloss die Tür.

»Darf ich Ihnen einen Kaffee anbieten?«

Eigentlich wollte Bodenstein nicht lange bleiben, er wollte nur sichergehen, dass Daniel Radloff, der sich im Gefängnis einen neuen Namen zugelegt hatte, gesund und munter war, aber er zwang sich zu Höflichkeit. Ulrike Radloff war eine alte Frau geworden, dabei konnte sie kaum älter als Mitte fünfzig sein. Und obwohl sie nichts für das Verbrechen ihres Sohnes konnte und in all den Jahren deshalb alles verloren hatte, konnte Bodenstein kein Mitgefühl für sie empfinden.

»Ja, gerne«, nahm er ihr Angebot an. Und Pia auch.

Sie setzten sich an den Esszimmertisch. Es war kühl im Haus. Alles war alt und abgewohnt, aber sauber. Auf einer Anrichte standen ein Dutzend Aktenordner. Nirgendwo Fotos von Familienmitgliedern. In einem Regal ein paar Bücher. Ein freudloses Zuhause.

Frau Radloff kam mit einem Tablett mit zwei Tassen Kaffee zurück. Weil er befürchtete, Daniel Radloff könnte jeden Moment die Treppe herunterkommen, redete Bodenstein nicht lange um den heißen Brei herum, sondern sprach Ulrike Radloff direkt auf den Besuch der Astrologin Christine Kelmendi an.

Er hatte mit Zweifel oder Leugnen gerechnet, aber nicht mit dem tiefen Seufzer, den Ulrike Radloff ausstieß.

»Ja, ich war bei ihr«, räumte sie nach einer kurzen Pause ein. »Mein Sohn hat am 26. November morgens das Haus verlassen, um zur Arbeit zu fahren. Nach der Haftentlassung sollte er erst mal bei mir wohnen, bis er sich selbst eine Wohnung leisten konnte. Ich habe ihm eine Stelle bei der SÜWAG besorgt, er hat ja in der JVA eine Ausbildung zum Elektrotechniker abgeschlossen.«

Noch immer die Löwenmutter, die alles für ihr Junges tat.

»Als er abends nicht nach Hause gekommen ist, habe ich angefangen, mir Sorgen zu machen«, fuhr sie fort. Ruhig und beherrscht. »Sein Handy war aus. Ein altes Modell, ohne GPS. Ich habe am nächsten Morgen bei ihm auf der Arbeit angerufen. Sein Chef war sauer, weil Daniel am Tag vorher nicht zur Arbeit erschienen war, ohne Bescheid zu geben oder sich krankzumelden.«

Sie machte eine Pause. Ihr Blick wanderte zum Fenster hinaus in den Garten, der von einer hohen Hecke umgeben war.

»Ich habe seit dem 26. November nichts mehr von meinem Sohn gehört. Er ist erwachsen, ich weiß. Er kann hingehen, wo er will. Aber ich hatte ein schlechtes Gefühl. Auch wenn er jetzt einen anderen Namen hat, viele Leute wissen trotzdem, wer er ist.«

»Sie haben befürchtet, jemand könnte ihm etwas angetan haben?«

»Ja.« Ulrike Radloff nickte. »Wenn Sie wie ich Hunderte von Hassbriefen bekommen hätten, dann würden Sie das auch befürchten. Daniel wäre nicht so einfach verschwunden, ohne sich bei mir zu melden. Während seiner Haftzeit hatten wir immer Kontakt, und ich habe ihn fünfzehn Jahre lang regelmäßig besucht.«

»Wieso sind Sie nicht zur Polizei gegangen?«, wollte Pia wissen.

»Wie gesagt, er ist ein erwachsener Mann. Die Polizei hätte nichts tun können.« Ulrike Radloff zuckte die Schultern. »Aber es wäre sicherlich durchgesickert. Ich hatte Angst vor einem neuerlichen Presseansturm, vor neuen Beschimpfungen und Drohungen.

Zuletzt war es so, als Daniel aus dem Gefängnis entlassen wurde. Da klingelte wieder dauernd das Telefon, Reporter und wütende Leute standen hier vor der Tür. Genau wie damals. Deshalb bin ich zu dieser Astrologin gegangen, Frau Kelmendi ist auch Medium und hat schon öfter verschwundene Menschen gefunden. Ich hatte ihre Adresse von einer anderen … Mördermutter aus unserer Selbsthilfegruppe.«

Sie lachte auf, aber es war kein frohes Lachen.

»Wo ist Ihr Mann, Frau Radloff?«, fragte Bodenstein.

»Der ist damals noch vor dem Prozess von hier weggezogen«, sagte Ulrike Radloff ohne Bitterkeit. »Meine Eltern und meine Tochter auch. Sogar meine Schwiegereltern haben es vorgezogen, die Gegend zu verlassen. Sie haben alle den Kontakt zu Daniel abgebrochen. Und auch zu mir, weil ich zu ihm gehalten habe. Ich verstehe das. Wir wussten alle, dass niemand von uns hier mehr ein normales Leben führen konnte. Ein Leben wie – vorher. Wir waren die Familie eines Kindsmörders. Und man hat uns Eltern für seine Tat eine Mitschuld gegeben. Ich selbst … ich konnte nicht einfach von hier weggehen. Trotz allem, was Daniel getan hat, ist er mein Sohn.«

»Was haben Sie getan, nachdem Frau Kelmendi Ihnen mitgeteilt hat, dass Ihr Sohn womöglich irgendwo gefangen gehalten wird?«

Ulrike Radloff zögerte.

»Nichts«, erwiderte sie dann. »Was hätte ich tun sollen?«

»Zur Polizei gehen«, sagte Pia. »Gerade bei seiner Vergangenheit hätten wir Ihr Anliegen auf jeden Fall ernst genommen.«

»Tja, vielleicht hätte ich das tun sollen.« Ulrike Radloff wirkte resigniert.

»Hatten Sie in all den Jahren Kontakt zu den Eltern von Adriana?«, fragte Bodenstein.

»Ganz am Anfang, ja, da wollte ich mit ihnen sprechen, mit den Scharfenbergs. Ich hatte das Bedürfnis, mich für das, was mein Sohn getan hatte, zu entschuldigen. Unser Anwalt hat mir davon abgeraten. Und er hatte recht. Was hätte ich schon sagen können? Es tut mir leid, dass mein Kind Ihr Kind umgebracht hat?«

Sie schüttelte den Kopf.

»Daniel hat nicht nur das Leben von Adriana und ihrer Familie zerstört, sondern auch das seiner eigenen Familie«, sagte sie. »Frau Kelmendi hat gesehen, dass Daniel gestorben ist. Wenn das so ist, dann ist es so. Ich wünsche mir nur noch Gewissheit. Damit ich aufhören kann zu warten. Damit ich abschließen kann. Endlich diese Aktenordner wegwerfen, die Prozessunterlagen, die Hassbriefe. Das Haus verkaufen. Irgendwo einen neuen Anfang wagen.«

»Dürfen wir uns diese Briefe mal ausleihen?«, bat Pia.

»Wenn Sie möchten.« Ulrike Radloff erhob sich, ging zu der Anrichte und zog zwei prall gefüllte Aktenordner heraus. »Nehmen Sie sie mit. Werfen Sie sie weg, wenn Sie sie nicht mehr brauchen. Ich will sie nicht zurückhaben.«

***

»Gibt es für Radloffs Verschwinden irgendeine andere Erklärung als die, dass er tot ist?«, fragte Bodenstein auf dem Weg zurück zum Auto.

»Nein, ich fürchte nicht.« Pia schüttelte den Kopf. »Er hat bei seiner Mutter gewohnt, sie hat ihm einen Job besorgt und ganz sicher auch das Handy. Was sollte er ohne sie tun?«

Sie stiegen ins Auto.

»Hast du bemerkt, wie sie kurz gezögert hat, als ich sie gefragt habe, was sie getan hat, nachdem Frau Kelmendi ihr mitgeteilt hatte, dass ihr Sohn irgendwo gefangen gehalten wird?«, fragte Pia und fing an, im ersten der beiden Aktenordner zu blättern.

»Ja.«

»Nur mal angenommen, an dieser Geschichte von Bouaziz wäre etwas dran und diese Leute hätten mit Daniel Radloff dasselbe angestellt wie mit René Siegel, dann müssten sie doch eigentlich an die Familie des Opfers herangetreten sein.«

»An das Ehepaar Scharfenberg.« Bodenstein nickte.

»Hm.« Pia überflog einzelne Briefe. Manche waren mit der Hand geschrieben, andere mit Computer oder altmodisch auf einer Schreibmaschine. Alle waren anonym. Keiner der Verfasser hatte den Mut gehabt, Namen und Absender anzugeben.

»Was geht dir durch den Kopf?«, fragte Bodenstein.

»Wie hatte die Astrologin das noch mal genau formuliert?«, überlegte Pia. »Der Mann habe sich an einem unterirdischen Ort befunden, wo er gegen seinen Willen festgehalten worden sei, *wegen etwas, was er vor vielen Jahren getan hat.*«

»Ja, so ungefähr hat sie das ausgedrückt. Wieso?«

»Sie hat angeblich nicht gewusst, um wen es sich bei ihrer Klientin und deren Sohn gehandelt hat«, fuhr Pia fort. »Aber für Ulrike Radloff muss diese Botschaft unmissverständlich gewesen sein. Ihr Sohn wurde an einem unterirdischen Ort gefangen gehalten, weil er Adriana Scharfenberg entführt und getötet hat. In diesen Briefen steht drin, was man ihrem Sohn wünscht. Hier zum Beispiel: ›*Wenn ich der Vater von Adriana wäre, dann würde ich einen Killer beauftragen, der das Monster abknallt, sobald es einen Fuß aus dem Knast setzt*‹.«

»Hm.«

»Erinnerst du dich an Tobias Sartorius?«, fragte Pia. »Der Fall damals in Altenhain.«

»Ja, naturlich.«

»Henning schreibt gerade an seinem neuen Krimi«, erklärte Pia. »In dem soll es um diesen Fall gehen. Er hat mich nach ein paar Details gefragt, und da habe ich mich daran erinnert, was der Vater des einen toten Mädchens mit Sartorius' Mutter gemacht hat.«

»Und auch mit Sartorius selbst. Die Leute aus dem Dorf haben ihn doch in der Scheune zusammengeschlagen.«

»Genau.« Pia blickte von dem Ordner auf. »Stell dir vor, dein Sohn hat ein Kind umgebracht, kommt nach verbüßter Strafe aus dem Knast und verschwindet nach ein paar Tagen spurlos, und dann erfährst du, dass man ihn entführt hat und er in Gefahr ist, wegen seiner Tat? Und du hast in all den Jahren solche Briefe bekommen. Was würdest du tun?«

»Schwer vorstellbar.«

»Egal, was würdest du tun?«, insistierte Pia.

Bodenstein dachte nach.

»Ich würde zur Polizei gehen.«

»Und wenn das nicht infrage käme, weil du befürchten müsstest, dass du dann wieder von der Presse belagert und beschimpft wirst, weil dein Sohn ein Kindsmörder ist?«

»Ich würde überlegen, von wem ihm Gefahr drohen könnte.«

»Und weiter?«

»Ich käme wohl darauf, dass die größte Gefahr von den Angehörigen des getöteten Kindes drohen könnte.«

»… die fünfzehn Jahre geduldig gewartet haben, um Rache zu nehmen«, sagte Pia.

»Hältst du so etwas für möglich?«, zweifelte Bodenstein.

»Es gibt nichts mehr, was ich Menschen nicht zutrauen würde«, entgegnete Pia. »Wir hatten mal einen Fall, da hat jemand zweiundsechzig Jahre auf seine Rache gewartet. Du erinnerst dich?«

»Oh ja, ich erinnere mich«, nickte Bodenstein. »Du meinst also, Frau Radloff hat doch etwas getan, nachdem die Astrologin ihr gesagt hat, ihr Sohn würde in Gefahr schweben?«

»Korrekt.«

»Dann sollten wir wohl mal mit dem Ehepaar Scharfenberg sprechen«, sagte Bodenstein und setzte an der Kreuzung der B519 den linken statt den rechten Blinker.

Sie fuhren nach Königstein in die Siedlung Johanniswald, und Bodenstein fand die Villa der Scharfenbergs auf Anhieb wieder. Er parkte den Dienstwagen vor der Garage, Pia warf die beiden Aktenordner auf die Rücksitzbank und wickelte sich ihren Schal mehrfach um den Hals.

Das Haus machte einen unbewohnten Eindruck. Alle Rollläden waren heruntergelassen.

»Da! Wir kommen zu spät.« Pia wies auf das Werbeschild eines Immobilienmaklers, das am Eingangstor der Villa angebracht war und über das schräg ein Aufkleber mit der Aufschrift VERKAUFT geklebt worden war.

»Dann fragen wir mal bei den Nachbarn herum«, schlug Bodenstein vor.

Die benachbarte Villa, die vor fünfzehn Jahren den Eltern von Daniel Radloffs Freundin gehört hatte, wirkte äußerst bewohnt. Vor dem Tor der Doppelgarage parkten ein Range Rover und ein schneeweißer Hummer. Im Garten versuchten mehrere Kinder mit viel Geschrei aus kümmerlichen Schneeresten einen Schneemann zu bauen. Die dazugehörigen Mütter plauderten auf der überdachten Terrasse unter Heizstrahlern. Auf Pias Klingeln öffnete ein Mann die Haustür. Schlank, Mitte vierzig, Brille, Kaschmirpullover auf bloßer Haut, barfuß, wahrscheinlich dank Fußbodenheizung. Auf seinem rechten Ohr klemmte ein Bluetooth-Headset. Finanzbranche oder Partner in einer Unternehmensberatung, schätzte Pia. Oder Anwalt in einer internationalen Kanzlei.

»Hold on«, sagte er zu jemandem am anderen Ende der Leitung, dann sah er erst Bodenstein, dann Pia misstrauisch an. »Was kann ich für Sie tun?«

Er wurde erst zugänglicher, nachdem sie ihre Kripomarken präsentiert hatten. Er fragte nicht, was die Kripo von seinem Nachbarn wollte. Wahrscheinlich hatte er keine Ahnung vom traurigen Schicksal der Scharfenbergs und wusste nicht, welche Rolle das Haus, in dem er jetzt wohnte, dabei gespielt hatte. Oder es interessierte ihn nicht.

»Die sind wohl schon von ein paar Jahren in die USA gezogen«, beantwortete er Bodensteins Frage. »Noch bevor wir dieses Haus hier gekauft haben. Ihre Bude stand seit mindestens acht Jahren leer. Leerstand ist nicht gut für ein Wohnviertel. Jetzt haben sie es endlich verkauft. Ende November waren sie noch mal für ein paar Tage hier, wohl wegen des Notarvertrags und einer familiären Angelegenheit.«

Bodenstein bedankte sich für die Auskünfte, und sie gingen zurück zu ihrem Dienstwagen.

»Scharfenbergs waren *zufällig* genau in der Woche in Deutschland, in der Daniel Radloff verschwunden ist?«, fragte Pia. »Und sie haben das Haus all die Jahre behalten und leer stehen lassen?«

Dieser Argwohn, der sie grundsätzlich an allem, was man ihr erzählte, zunächst zweifeln ließ, wurde irgendwann zur zweiten Natur eines jeden Kriminalpolizisten. Und leider behielt sie häufig recht mit ihrem Misstrauen, das sie nach über zwanzig Jahren bei der Kripo auch im Privatleben kaum noch ablegen konnte.

»Ich glaube so wenig an Zufälle wie du«, erwiderte Bodenstein und setzte sich hinters Steuer. Sie sahen sich an. Die Geschichte von Walid Bouaziz, die gestern noch so irrwitzig geklungen hatte, schien plötzlich gar nicht mehr so abstrus. Die Vorstellung, dass in ihrem Zuständigkeitsbereich eine Bande ihr Unwesen trieb, die nach eigenem Gutdünken Menschen in Selbstjustiz hinrichtete, war beängstigend. Gerade als sie darüber nachdachten, ob sie sich bei einem Italiener in Königstein einen schnellen Teller Pasta gönnen sollten – sonntags waren Supermärkte, Imbisse und Bäckereien, ihre üblichen Versorgungsquellen fürs Mittagessen, geschlossen –, summte Bodensteins Handy.

»Wo seid ihr?«, erkundigte sich Kai Ostermann.

»In Königstein«, antwortete Bodenstein. »Ist etwas passiert?«

»Es gibt Entwicklungen. Die Chefin hat eine Besprechung für 15:00 Uhr angesetzt.«

»Alles klar. Wir sind auf dem Weg.«

»Ich muss verhungern«, murmelte Pia enttäuscht. »Pasta adé!«

»Wer sagt denn das?« Bodenstein zwinkerte Pia zu. »Natürlich essen wir jetzt erst mal. Wo ich gerade zum ersten Mal in meinem Leben direkt vor dieser Pizzeria einen Parkplatz gefunden habe!«

***

»Wir beantragen einen Durchsuchungsbeschluss für die Bunkeranlage mit der Pilzzucht«, verkündete Nicola Engel, als sich das Team des K11 eine Stunde später im Besprechungsraum versammelt hatte. Die Kriminaldirektorin verließ sich lieber auf Fakten als auf Bauchgefühl oder gar auf die Behauptungen eines Mediums, und diese Fakten hatte ihr Christian Kröger geliefert, indem er die Geschichte von Walid Bouaziz minutiös nachvollzogen und mit Google Maps die Entfernungen exakt nachgemessen hatte. Pia hob nur die Augenbrauen, enthielt sich jedoch eines Kommentars. Dasselbe hatte sie ihrer Chefin gestern Abend auch schon vorgerechnet, aber Christian hatte eine detaillierte Analyse mit einer speziellen Software angefertigt, was offenbar überzeugender war, als mit dem Zeigefinger auf einer Landkarte herumzufahren.

»Und für die Spuren, die den Mantrailer in die Irre geführt haben, haben wir jetzt auch eine passende Erklärung«, sagte Kröger zufrieden. »Siegel ist vor seinen Verfolgern und den Hunden kreuz und quer durch den Wald geflüchtet.«

»Ob das dem Richter für einen Durchsuchungsbeschluss ausreicht, wage ich zu bezweifeln«, sagte Bodenstein. »Was hofft ihr dort zu finden, wenn ihr die Pilzbunker durchsucht?«

»Spuren von René Siegel«, antwortete Kröger.

»Was ist mit Daniel Radloff?«, erkundigte sich Nicola Engel. »Habt ihr ihn bei seiner Mutter angetroffen?«

»Nein«, erwiderte Bodenstein. »Er ist seit dem 26. November spurlos verschwunden. Vielleicht hatte die Astrologin ja doch recht.«

Nicola Engel verzog skeptisch das Gesicht.

»Die habe ich übrigens gründlich überprüft«, meldete sich Cem zu Wort. »Christine Kelmendis Fähigkeiten als Medium wurden tatsächlich schon häufiger von Kollegen genutzt. Sie hat erfolgreich jugendliche Ausreißer, verirrte Senioren und vermisste Personen aufgespürt.«

»Wer's glaubt«, murmelte Nicola Engel zweifelnd.

»So, Leute, jetzt bin ich dran«, sagte Kai. »Ich habe über die beiden ungeklärten Mordfälle unserer Frankfurter Kollegen recherchiert und die digitalen Fallakten gelesen. Abdeel Odumosu und Saleh Khaveri. Auf den ersten Blick scheinen beide Tötungen fremdenfeindlich motiviert, und das war auch der Ermittlungsansatz der Kollegen. Sie haben im Milieu gewaltbereiter rechter Gruppierungen ermittelt, vergeblich.«

»Dachten sie, das wäre so was NSU-mäßiges, oder was?«, fragte Tariq.

»Genau.« Kai nickte. »Deshalb sind sie dann sogar bei V-Leuten vom Verfassungsschutz gelandet. Aber jede Ermittlung stellte sich als Sackgasse heraus.«

»Bitte noch mal ein kurzes Briefing für mich«, bat Nicola Engel. »Um was geht's da genau?«

Pia erklärte ihr, dass Henning sich an zwei unaufgeklärte Mordfälle aus dem Jahr 2017 erinnert hatte, die vom Muster her den Fällen René Siegel und Daniel Radloff ähnelten.

Kai präsentierte die Fakten in Stichworten.

»Beide Male gab es keine zielführenden Hinweise aus der

Bevölkerung. Keine verwertbaren Zeugenaussagen. Keine aufschlussreichen Aufnahmen von Überwachungskameras. Selbst nachdem die Fälle bei *Aktenzeichen XY* vorgestellt worden sind, kam nichts. Einfach gar nichts. Die zuständigen Kollegen in Frankfurt waren ratlos.«

»Ich kann mich erinnern«, sagte Nicola Engel. »Ich habe auch immer angenommen, die Täter seien NSU-Nachahmer.«

»Mit dem NSU kann man das nicht vergleichen. Der hat wahllos rechtschaffene Bürger mit Migrationshintergrund ermordet. Türkischstämmige Ladenbesitzer oder deren Angestellte«, wandte Cem ein. »Aber diese beiden in Frankfurt und René Siegel – und vielleicht auch Daniel Radloff – waren Straftäter, die Menschenleben auf dem Gewissen hatten.«

Sie saßen um den Tisch herum, während es vor den Fenstern dämmerte und sich der dritte Advent allmählich dem Ende zuneigte.

Beim größten Teil der Delikte gegen das Leben, mit denen sie zu tun bekamen, handelte es sich um Beziehungstaten. Die meisten konnten sie innerhalb weniger Tage aufklären. Aber dann gab es immer mal wieder Fälle, die sich komplizierter gestalteten. Fälle, in denen es keine Verbindung zwischen Täter und Opfer zu geben schien und das Motiv unklar war. Drohte der Mordfall Lissy Böhlefeld auch zu einer solchen Sackgasse zu werden? Es gab eine Faustregel, die besagte, dass es nach sechsunddreißig Stunden kaum noch möglich war, den Täter zu finden, denn der massive Eindruck des Tatgeschehens ließ mit der Zeit nach und der Täter war in der Lage, seine Tat planvoll zu vertuschen. Die Ermittlungsakte Lissy Böhlefeld umfasste mittlerweile mehr als hundert Gespräche mit dem engsten Verwandten- und auch weiteren Bekanntenkreis des Mädchens, Speichelproben, Alibis. Nur Sara Korbmacher fehlte noch. Mit ihr würden sie morgen sprechen.

»Haben Sie zu unserem Gespräch auch etwas beizutragen, oder ist Ihr Handy spannender?«, fragte Nicola Engel Kathrin, die daraufhin ertappt ihr Smartphone umdrehte und vor sich auf den Tisch legte.

»Walid Bouaziz steht als gläubiger Moslem ganz sicher nicht unter Verdacht, ein Neonazi zu sein«, sagte sie. »Und er hat ausdrücklich mehrere Männer mit Nachtsichtgeräten beschrieben. Dazu noch den Fahrer, der ihn abgeholt hat. Es handelt sich also offenbar um eine gut organisierte Gruppe und nicht um Einzeltäter.«

»Wie wahrscheinlich ist es, dass Farwad Mahmoudi auch diesen Leuten in die Hände geraten ist?«, überlegte Cem. »Er ist nirgendwo mehr gesehen worden. Alle Hinweise haben sich bis jetzt als falsch herausgestellt.«

»Falls es so wäre, wäre das womöglich eine Verbindung zum Fall Larissa Böhlefeld«, sagte die Kriminaldirektorin. »Die Presse schießt sich allmählich auf uns ein. Wir müssen Ergebnisse liefern. Und deshalb will ich auch, dass diese Pilzbunker durchsucht werden.«

»Ich kümmere mich um den Durchsuchungsbeschluss«, sagte Kathrin und machte sich eine Notiz. »Gleich morgen früh als Erstes.«

»Wieso erst morgen früh?« Die Kriminaldirektorin schien es heute auf Kathrin Fachinger abgesehen zu haben. »Rufen Sie den Staatsanwalt vom Dienst doch jetzt gleich an! Aber wenn Sie heute noch etwas Dringenderes vorhaben, dann kann das auch ein Kollege übernehmen, der etwas weniger beschäftigt ist als Sie.«

»Entschuldigung, ich wusste nicht, dass es so eilig ist.« Derart gemaßregelt, errötete Kathrin bis unter die Haarspitzen.

»Wie hätten diese Leute, diese Gruppe, eigentlich so schnell an die Information gelangen sollen, dass Farwad Mahmoudis DNA an Larissa Böhlefelds Kleidung und Körper gefunden worden ist?«, dachte Pia laut nach. »In dem Moment, in dem wir das erfahren haben, hast du doch schon die Streife losgeschickt. Stimmt's, Kathrin?«

»Äh ja, das stimmt«, bestätigte Kathrin.

»Vielleicht gibt's ja einen Maulwurf«, vermutete Tariq. »Bei uns oder bei der Staatsanwaltschaft. Oder im Kriminallabor beim LKA.«

Für einen Moment war es still um den Tisch herum. Ein Maulwurf in den eigenen Reihen, der Ermittlungen behinderte und sabotierte, war eine wirklich üble Sache.

»Wir werden es heute nicht mehr herausfinden«, sagte Bodenstein. »Morgen leiten wir alles in die Wege. Für heute machen wir Schluss.«

Die Runde löste sich unter allgemeinem Stühlerücken auf. Nicola Engel löschte die drei Kerzen auf dem Adventskranz. Tariq schüttelte sich die letzten Krümel der Weihnachtsplätzchen direkt vom Pappteller in den Mund.

»Denk unbedingt an Nachschub, Kathrin«, sagte er zu seiner Kollegin. »Die sind so was von lecker!«

»Habt ihr echt schon alle weggefressen?«, fuhr Kathrin verärgert auf. »Die sollten eigentlich bis Weihnachten reichen! Meinst du etwa, ich stelle mich jedes Wochenende fünf Stunden hin und backe Plätzchen?«

»Neulich hat es irgendwie so geklungen, als ob es dir riesig Spaß machen würde.« Tariq hob entschuldigend die Hände. »Alles gut! Entspann dich!«

»Entspann dich? Das muss ich mir von dir nicht sagen lassen!«, fuhr Kathrin ihn wütend an. »Was glaubst du eigentlich, wer du bist?«

»Was ist denn mit dir los?« Tariq wurde jetzt auch sauer. »Wieso machst du mich so an?«

Da schritt Cem ein. Er legte seinen Arm um Tariqs Schulter und zog ihn mit sich.

»Man sieht dir an, dass du fast alle Plätzchen allein verdrückt hast«, neckte Cem den jüngeren Kollegen beim Hinausgehen. »Du hast ja schon ein Bäuchlein!«

Kathrin überquerte den Flur und betrat das Büro, das sie sich mit Cem und Tariq teilte. Sie nahm ihren Mantel vom Garderobenhaken und zog ihn an. Pia war ihr gefolgt.

»Ist alles okay bei dir?«

»Ja, alles klar«, erwiderte Kathrin, aber ihre vor Anspannung versteinerte Miene sagte das Gegenteil. »Ich muss nur ins Bett. Ich glaub, ich hab mich ein bisschen überschätzt. Aber ich wollte euch nicht im Stich lassen.«

»Ich habe auch nur eine Frage: Hattest du noch mal mit Fritsche gesprochen, wegen diesem mysteriösen Spaziergänger und seinem Hund, der die Leiche von Lissy Böhlefeld gefunden hat?«

»Ach Mensch, das habe ich total vergessen!« Kathrin verdrehte die Augen. »Tut mir leid, Pia! Ich hatte so viel um die Ohren. Aber das mache ich gleich morgen früh.«

»Ich kann's dir auch abnehmen. Den alten Mistkerl Fritsche ärgere ich gerne ein bisschen.« Pia grinste.

»Ja, okay, dann ruf du ihn an. Danke!« Kathrin lächelte kurz, aber das Lächeln erreichte nicht ihre Augen. »Schönen Abend!«

»Den wünsche ich dir auch«, sagte Pia.

***

»Es macht auf mich den Eindruck, als wäre Kollegin Fachinger in letzter Zeit etwas dünnhäutig«, sagte Nicola Engel zu Bodenstein. »Ist sie mit der Aufgabe als Hauptsachbearbeiterin vielleicht überfordert?«

»Nein, nein, das kriegt sie schon hin«, nahm Bodenstein Kathrin in Schutz. »Wir haben alle mal angefangen, und bis man so viel Routine hat wie Ostermann, braucht es eine Weile.«

»Und sie ist nicht ganz fit«, sprang Pia ihrem Chef bei. »Gestern hat sie noch flachgelegen.«

»Ich kümmere mich um den Durchsuchungsbeschluss«, sagte Kai.

»Mir wäre es lieber, wenn du in der Vermi/Utot nach ungeklärten Mordfällen mit ähnlichen Mustern suchen könntest«, sagte Bodenstein zu Kai. »Und vielleicht kannst du etwas über diesen Pilzzüchter herausfinden, Wolf Sollberg.«

»Mach ich, Chef.« Ostermann war der Einzige in der RKI Hofheim, der Zugriff auf die deutschlandweite Datenbank des Bundeskriminalamts für vermisste Personen und unbekannte Tote hatte.

»Um den Durchsuchungsbeschluss kümmere ich mich«, sagte Nicola Engel. »Wenn ich es geschickt anstelle, haben wir den gleich morgen früh schon.«

Ein Kollege, der bei der Soko eingesetzt war, klopfte gegen den Türrahmen. Beck's hob den Kopf und schaute, ob es sich bei dem

Neuankömmling um jemanden handelte, von dem er einen Leckerbissen erwarten konnte. Als dies nicht der Fall war, gähnte er nur und kuschelte sich wieder in seinen Korb.

»Auf Facebook hat uns jemand mit einer Nachricht kontaktiert«, sagte der Kollege, der normalerweise im K20 arbeitete, und hielt den Ausdruck der Korrespondenz hoch. »Angeblich gibt es in Limburg-Staffel einen Mann, der zwei Fila-Brasileiro-Rüden auf seinem Grundstück im Gewerbegebiet hält. Das ist die bisher vielversprechendste Spur. Alle anderen Hunde, die uns gemeldet wurden, sind zu weit weg oder werden nur einzeln gehalten.«

»Zeig mal bitte.« Pia nahm ihm das Blatt ab und las. »Das Grundstück gehört einem Bestattungsunternehmen. Das sollten wir uns morgen gleich mal angucken. Haben wir die Kontaktdaten des Hinweisgebers?«

»Habe ich dazugeschrieben«, erwiderte der Kollege. »Und ich habe mit ihm telefoniert. Er klang glaubwürdig. Ich habe eine Anfrage an das Hunderegister gestellt und an die Steuerabteilung der Stadt Limburg.«

»Sehr schön«, sagte Nicola Engel. »Gute Arbeit.«

Der Kollege nickte und ging wieder, und Pia betrachtete die Landkarte an den Whiteboards. Limburg-Staffel war nicht weit von dem Wald entfernt, in dessen Mitte die Pilzfarm lag. Wolf Sollberg hatte bei ihr den Eindruck eines etwas kauzigen, aber sonst harmlosen Zeitgenossen hinterlassen, der seine Tiere liebte und die Pilzzucht, die er mit Ernsthaftigkeit und Begeisterung betrieb, zu einem lukrativen Geschäft gemacht hatte. Wie groß mochte der Aufwand sein, Menschen auszuspähen, unauffällig zu überwältigen, an einen Ort zu transportieren, wo sie niemand zufällig finden konnte, und dort gefangen zu halten? Pia musste zugeben, dass die Pilzbunker ziemlich ideale Bedingungen boten.

»Wir sollten in den beiden Fällen, auf die uns Henning aufmerksam gemacht hat, auch mit den Angehörigen der ursprünglichen Opfer sprechen, wie mit Bouaziz«, schlug Bodenstein in diesem Moment vor. »Also mit der Familie des Tankstellenpächters und dem Mann, dessen Frau und Sohn vor den ICE gestoßen wurden.«

Sie waren nur noch zu viert. Kai war in die Tiefen der Datenbanken abgetaucht. Nicola Engel las etwas auf ihrem Smartphone, das ihr ein Lächeln in die Mundwinkel zauberte. Nach wie vor machte sie um ihr Privatleben ein Geheimnis, aber sie war neulich von einem Kollegen in Begleitung des Schriftstellers Severin Velten gesehen worden. Diese Neuigkeit hatte natürlich blitzschnell in der ganzen RKI die Runde gemacht. Seitdem Severin Velten im vergangenen Jahr mehrere Wochen lang in einer Zelle im Keller gesessen und seinen neuen Roman geschrieben hatte, kannte ihn jeder, auch diejenigen unter ihnen, die freiwillig nie ein Buch anfassen würden.

»Auch mit Böhlefelds?«, fragte Pia.

»Ja, unbedingt«, sagte Nicola Engel, ohne von ihrem Smartphone aufzublicken. »Es ist schon seltsam, dass Mahmoudi so komplett von der Bildfläche verschwindet.«

»Ich bin ganz deiner Meinung«, pflichtete Bodenstein ihr bei.

»Leute, ich habe was zu Wolf Sollberg!«, sagte Kai und streckte seinen Rücken, bis die Wirbel knackten. »Ich wusste doch, dass ich den Namen schon mal gehört habe!«

»Lassen Sie hören«, forderte Nicola Engel ihn auf.

»Sollberg war dieser Bundeswehr-Hauptmann, der 2005 in Afghanistan mit seiner Einheit in einen Hinterhalt und in die Hände der Taliban geraten ist. Er gehörte einem Pionier-Bataillon an, war für den Ausbau der Infrastruktur und für die Entschärfung von Bomben und Minen zuständig. Die Geschichte war über Wochen und Monate in der Presse. Er galt fast ein Jahr als verschollen, bis er unter nie ganz geklärten Umständen im Grenzgebiet zu Pakistan auftauchte. Die vier Kameraden, die mit ihm entführt worden waren, sind gleich in den ersten Tagen gestorben, Sollberg war der Einzige, der die Folterungen überlebt hat. Kurz nach seiner Rückkehr hat er die Bundeswehr als hochdekorierter Veteran verlassen.«

»Wahrscheinlich hat er dort weiße Haare gekriegt«, vermutete Pia. »Und deshalb lebt er gerne mutterseelenallein mit seinen Tieren und seiner Pilzbrut im Wald.«

Bodenstein verzog das Gesicht.

»Als ausgebildeter Soldat dürfte dein Freund, der Pilzzüchter, auch durchaus in der Lage sein, Menschen zu überwältigen und zu kidnappen«, sagte er.

»Wolf Sollberg. Daniel Radloff. Das wird ja immer interessanter.« Nicola Engel steckte ihr Telefon in die Handtasche und erhob sich. »Pia, du guckst dir morgen in Limburg diese Hunde an. Nimm jemanden mit, der den Tieren Fellproben entnehmen kann.«

»Okay.«

Sie wollte Bodenstein die Durchsuchung der Pilzbunker aufs Auge drücken, aber der hatte eine Entschuldigung parat, warum er nicht dorthin fahren konnte.

»Ich habe morgen einen halben Tag frei«, sagte er. »Cosima und ich haben eine letzte Nachuntersuchung in der Uniklinik. Ich bin nicht vor 12 Uhr zurück. Cem, Tariq und Christian können das übernehmen.« Er hielt kurz inne. »Wolltest du den Fall nicht ans LKA abgeben?«

»Jetzt, wo es gerade spannend wird?« Die Kriminaldirektorin grinste. »Ganz sicher nicht!«

***

Sara überlief eine Gänsehaut, und sie klappte das Skizzenbuch zu. Jetzt war ihr klar, warum Lissy es nicht mehr oben in ihrem Atelier liegen gelassen hatte. Früher hatte sie oft witzige und manchmal auch ziemlich gemeine Comics über Leute aus der Schule gezeichnet, über die sie Tränen gelacht hatten. Lissy hatte echt ein Wahnsinnstalent gehabt, sie hatte mit ein paar Strichen den Charakter einer Person einfangen können. Aber in den letzten Wochen hatte sie düstere Mangas gezeichnet, die eher wie Tagebucheinträge wirkten, und Sara wusste nicht, was sie davon halten sollte. Entweder hatte Lissy ihr Skizzenbuch beschwindelt oder sie, ihre beste Freundin. Ob das, was sie gezeichnet und getextet hatte, wirklich passiert war? Alles hatte sie sich auf jeden Fall nicht ausgedacht, denn ein paar Ereignisse hatte Sara miterlebt, so wie diese krasse Geschichte von Damon bei der letzten Mathearbeit.

Es erschütterte Sara tief, als sie erkannte, wie komplett irre Lissy wegen Damon gewesen war. Ihr gegenüber hatte sie immer so getan, als ob *er* scharf auf *sie* gewesen wäre und sie eigentlich keinen Bock auf ihn gehabt hätte. Aber in Wirklichkeit war es wohl andersherum gewesen: Lissy hatte kaum jemand anderen gezeichnet als ihn und sich selbst.

Konnte es denn sein, dass Lissy und Damon sich auf ihren Hundespaziergängen getroffen, sich geküsst und *Sex* gehabt hatten, und alles, ohne dass Lissy ihr davon erzählt hatte?

Und was war in Berlin in diesem Klub passiert? Lissy hatte ein Manga gezeichnet, in dem sie und Damon in der Garderobe wild herumknutschten, es war so plastisch gezeichnet, so echt, dass Sara an ihrem Verstand zweifelte, denn Lissy war keine Sekunde lang allein gewesen, an dem Abend in diesem Klub! Sie waren sogar zusammen aufs Klo gegangen und hatten die ganze Zeit miteinander herumgestanden oder getanzt. Lissy hätte gar keine Möglichkeit gehabt, mit Damon zu knutschen!

Stimmten die anderen Geschichten dann auch nicht?

Sara wünschte, sie hätte die Mangas nicht gesehen. Hatte sie ihre beste Freundin überhaupt richtig gekannt? Wenn Lissy noch lebte, würde sie sie zur Rede stellen. Noch heute Abend. Würde sie bitten, ehrlich zu ihr zu sein. Aber diese Chance würde sie nicht mehr bekommen. Sie musste mit den Zweifeln leben. Oder versuchen, die Wahrheit herauszufinden. Dazu musste sie allerdings in die Schule gehen.

Mit einem Seufzer griff sie nach ihrem Schul-Tablet und checkte das Schulportal. Morgen hatten sie in Englisch Vertretung, und die siebte Stunde Geschichte würde mal wieder ausfallen. Sie wälzte sich aus dem Bett, ging hinüber ins Badezimmer, das ihr allein gehörte, seitdem ihr Bruder an der Uni war. Ihr Spiegelbild sah zum Kotzen aus. Sara riss sich die Klamotten vom Leib, die sie gefühlt seit einer Woche anhatte, und stieg in die Dusche. Hoffentlich war sie stark genug, um eine Begegnung mit Damon zu überstehen.

***

»Du hast mir gar nichts davon erzählt, dass du Böhlefelds einen Weihnachtsbaum besorgt hast«, sagte Pia, als sie das Haus von Lissys Eltern verlassen hatten und zu ihrem Auto gingen.

»Ach, das war kein großes Ding«, wiegelte Bodenstein ab.

»Das ist wirklich nett von dir«, sagte Pia. »Damit hast du den beiden eine kleine Freude gemacht. Die können sie gut brauchen.«

»Hm«, machte ihr Chef nur.

Böhlefelds waren allein zu Hause gewesen. Jörg Böhlefeld hatte sich wieder einigermaßen gefangen, er hatte sich rasiert und schien gefasst. Beiden standen schwere Tage bevor. Die Beisetzung ihrer Tochter musste geplant werden, Lissys Lieblingskleider herausgesucht und die Trauerkarten entworfen werden. Noch hatten sie sich nicht darauf geeinigt, wo und wie Lissy bestattet werden sollte. Sie fürchteten sich vor der Trauerfeier und vor dem, was danach kam.

Bodenstein hatte sie direkt gefragt, ob in den letzten Tagen jemand auf sie zugekommen sei und ihnen angeboten habe, an Larissas Mörder Vergeltung zu üben.

»Nein, leider nicht«, hatte Anne Böhlefeld mit einem bitteren Unterton erwidert. »Ich hätte das Angebot sofort angenommen.«

»Wie kannst du bloß so etwas sagen?«, hatte Jörg Böhlefeld seiner Frau entsetzt vorgeworfen. Er wünsche sich nichts mehr, als dass die Polizei Lissys Mörder endlich fasse, damit dieser Albtraum ein Ende habe.

»Welchen Eindruck hattest du von den beiden?«, wollte Bodenstein wissen. »Wie haben sie reagiert?«

»Du bist ja mit der Tür ins Haus gefallen«, erwiderte Pia. »Was hätten sie sonst antworten sollen? Ja, Herr Kommissar, es war jemand hier? Bitte schön, hier ist seine Telefonnummer?«

»Vielleicht hätte ich die Frage anders formulieren müssen«, räumte Bodenstein ein. »Aber trotzdem: Was hast du für ein Gefühl?«

»Anne Böhlefeld hat sehr spontan geantwortet«, sagte Pia nachdenklich. »Deshalb wirkte ihre Reaktion überzeugend. Und ihr Mann hat authentisch auf ihre Antwort reagiert. Aber sie könnten auch beide Theater spielen. Die Wahrheit hätten sie uns sowieso nicht gesagt.«

Ihr Telefon klingelte, gerade als sie auf die A66 auffuhren. Es war die andere Nachbarin ihrer Mutter, eine von den Kegelfreundinnen. Zum Glück nicht mit schlechten Nachrichten, sondern mit dem Angebot, hin und wieder nach ihrer Mutter zu sehen, solange die andere Nachbarin im Krankenhaus sei. Pia bedankte sich und nahm das freundliche Angebot für den heutigen Abend gerne an.

Zehn Minuten später setzte sie Bodenstein auf dem Besucherparkplatz vor der RKI ab, wünschte ihm alles Gute für seine Untersuchung in der Uniklinik morgen und versprach, ihn über ihre Erkenntnisse in Limburg auf dem Laufenden zu halten. Als sie nach Hause kam, stand Christophs Auto vor der Garage, im Haus brannte Licht.

»Hey, du bist ja schon zurück.« Pia zog ihre Jacke aus und legte die Schlüssel auf die Kommode neben der Garderobe, während Christoph den Hund begrüßte.

»Ich habe den letzten Abend geschwänzt.«

»Du verzichtest freiwillig auf einen Filmvortrag?« Pia grinste.

»Das wäre der vierte gewesen.« Er nahm sie in den Arm und gab ihr einen Kuss. »Ich dachte, wir könnten uns den Hund schnappen und runter in den Ort laufen.«

»Du meinst, Abendessen, ohne die Küche schmutzig zu machen?«

»Ganz genau.« Christoph grinste auch. »Und dann reden wir in Ruhe über Weihnachten und über deine Mutter. Wir kriegen das alles hin. Mach dir keine Sorgen, Süße.«

»Danke.« Pia erwiderte seinen Kuss und lächelte. »Ich freue mich, dass du wieder da bist.«

Montag, 16. Dezember

Um Punkt 9:30 Uhr betrat Konstantin Hawelka, Vorsitzender Richter der 6. Großen Jugendstrafkammer am Landgericht Frankfurt, den Sitzungssaal 80. Die Angeklagten Ömer Pekcan und Metin Yerlikaya waren aus der JVA hergebracht worden und flegelten auf der Anklagebank herum, ihre Verteidiger Dr. Udo Szameit und Dr. Jan Pfefferkorn waren ebenfalls anwesend. Sie trugen ihre Roben, redeten miteinander, scherzten, ignorierten ihn respektlos, überzeugt davon, dass ihr hinterhältiger Winkelzug, den sie beim letzten Verhandlungstag vorgebracht hatten, das Verfahren in letzter Minute kippen würde. Natürlich war er dem Vorwurf nachgegangen und hatte festgestellt, dass das Daumenhoch-Emoji, das Schöffe Bertram Glöckner in einem Kommentar auf Facebook gepostet hatte, nicht im Zusammenhang mit einer fremdenfeindlichen Äußerung gestanden hatte. Aber das spielte jetzt sowieso keine Rolle mehr.

Hawelka nickte den Anwälten zu. Zum ersten Mal seit Monaten oder sogar Jahren fühlte er sich gut. Heute war der Tag, auf den er sich lange vorbereitet hatte. Heute würde das Urteil gefällt.

Er nahm hinter dem Richtertisch Platz. Alle waren pünktlich erschienen und saßen auf ihren Plätzen: die beiden Richterkolleginnen, die beiden Schöffen, zwei Justizwachtmeister und die Protokollführerin, alte Bekannte in diesem Saal, genauso wie der Anwalt des Nebenklägers und der Staatsanwalt. Ein Hauptverhandlungstag wie Hunderte zuvor. Alle Protagonisten waren bereit, die ihnen zugedachten Rollen in diesem Theaterstück zu spielen. Richter, Staatsanwalt und Anwälte hatten sich dafür sogar verkleidet. Er selbst bildete da keine Ausnahme.

»Guten Morgen«, sagte er ins Mikrofon. Jeder erwartete die üblichen einleitenden Floskeln, aber er änderte die Choreografie. »Ich möchte meine Kolleginnen, die Herren Schöffen, den Vertreter der Nebenklage, den Herrn Staatsanwalt, Justizwachtmeister Krammich und die Protokollführerin bitten, jetzt den Saal zu verlassen.«

Schlagartig brach das Gemurmel ab, und alle Anwesenden blickten ihn irritiert an.

»Was?«, fragte Anwalt Szameit. »Warum denn? Und was ist mit uns?«

»Ich bitte die genannten Personen höflich, jetzt zu tun, worum ich sie gebeten habe. Sie werden später verstehen, warum«, wiederholte Konstantin Hawelka. »Herr Wachtmeister Tröger, Sie bleiben bitte noch einen Augenblick.«

Die Angesprochenen waren verunsichert, packten aber ihre Sachen zusammen und verließen den Gerichtssaal. Die Anwälte protestierten, ihre Mandanten kicherten und alberten herum, merkten gar nicht, dass das, was um sie herum geschah, ungewöhnlich war.

Hawelka wartete, bis der Staatsanwalt die Tür hinter sich geschlossen hatte, dann erhob er sich von seinem Platz hinter dem Richtertisch und ging auf Anwalt Szameit zu, der mitten im Satz verstummte. Er zog den Elektroschocker aus dem Hosenbund und drückte ihn dem Anwalt ohne Vorwarnung gegen die Brust. 500 000 Volt schleuderten den Mann nach hinten, sein feister Körper krachte mit einem dumpfen Schlag gegen die Wand und blieb bewegungslos liegen.

»Na, das funktioniert ja gut«, freute sich Hawelka. Die Angeklagten glotzten ihn aus großen Augen an. Dem Justizwachtmeister klappte der Mund auf.

»Sind … sind Sie von allen guten Geistern verlassen?«, stammelte Dr. Jan Pfefferkorn. »Was soll …«

Bevor er die Frage ausgesprochen hatte, hatte Hawelka auch ihn geschockt, und Pfefferkorn teilte das Schicksal seines Kollegen.

Hawelka steckte das Gerät weg. Er hatte lange darüber nachgedacht, wie er die beiden Anwälte vorübergehend außer Gefecht setzen konnte, denn er musste davon ausgehen, dass sie sich nicht ohne Gegenwehr fesseln lassen würden. Ausgerechnet eine befreundete Polizistin hatte ihn auf die ultimative Lösung gebracht.

»Herr Tröger«, wandte sich Hawelka an den Justizwachtmeister. »Auf dem Tisch neben der Tür zum Richterzimmer steht ein Karton mit Kabelbindern. Bringen Sie ihn bitte her?«

»A…aber … w… was tun Sie denn da, Herr Vorsitzender?«, stotterte der Wachtmeister, den Hawelka schon seit fünfzehn Jahren kannte und schätzte.

»Sie müssen mir nur helfen, die Herren Anwälte auf ihre Stühle zu setzen und sie und ihre Mandantenzu fesseln. Dann dürfen Sie auch den Saal verlassen.«

Justizwachtmeister Tröger war die zweite große Unbekannte in seiner Planung gewesen, aber auch für ihn hatte er eine passende Lösung gefunden. Für lange Reden hatte er keine Zeit, also zog er die Neun Millimeter Glock aus dem hinteren Hosenbund und schoss ohne Vorwarnung in die Decke des Gerichtssaals.

»Das ist eine Geiselnahme, Tröger.« Hawelka zielte nun direkt auf das Gesicht des schnauzbärtigen Mannes in Uniform. »Es würde mir wirklich ausgesprochen leidtun, aber wenn Sie nicht sofort tun, worum ich Sie bitte, werde ich Sie erschießen. Man sollte Geiselnehmer nicht verärgern, wenn man überleben will.«

Am ganzen Körper zitternd machte sich Wachtmeister Tröger an die Arbeit, wuchtete erst den einen leblosen Körper auf einen Stuhl, dann den anderen und fixierte jeweils Hand- und Fußgelenke an Lehne und Stuhlbeinen. Die Angeklagten trugen bereits Handschellen und ließen sich mit vorgehaltener Waffe von Tröger an ihre Stühle fesseln.

»Vielen Dank für Ihre Hilfe, Herr Tröger«, sagte Hawelka. »Sie können jetzt gehen. Und machen Sie die Tür hinter sich zu.«

Der Wachtmeister flüchtete. Die Angeklagten lachten nicht mehr. Ihre Anwälte kamen allmählich wieder zu sich.

Hawelka nahm wieder hinter dem Richtertisch Platz. Der Gerichtssaal 80 war eine nur schwer einzunehmende Festung, das wusste er. Der Saal hatte keine großen Fenster, nur Oberlichter unter der Decke. Er lag an der Nordwestecke des Landgerichtsgebäudes, im ersten Stock. Schon vor Wochen hatte Hawelka damit begonnen, winzig kleine Kameras vom Foyer aus in den Fluren und auf den Treppen bis hin zur Tür des Gerichtssaals zu installieren, und nun konnte er von seinem Tablet aus sämtliche Flure und Zugänge überwachen.

Sein Handy begann zu klingeln. Die Nummer des Landgerichtspräsidenten erschien im Display. Das war schnell gegangen. Hawelka lächelte. Das Finale konnte beginnen!

***

Der heftige Wintereinbruch war vorüber. Die Dezembersonne lachte vom wolkenlos blauen Himmel, und das Thermometer war schon am Morgen auf neun Grad plus geklettert. Weiße Weihnachten waren in diesem Jahr wohl nicht zu erwarten. Nicola Engel hatte tatsächlich den Richter überzeugen können, einen Durchsuchungsbeschluss für die Pilzfarm auszustellen. Cem, Tariq und Christian Kröger mit seinem ganzen Team waren noch vor Sonnenaufgang in den Hintertaunus aufgebrochen.

Pia hatte ihren Ex-Mann per WhatsApp gefragt, ob er Lust und Zeit habe, sie nach Limburg zu begleiten, quasi als kostenlose Recherche für Krimiautoren. Henning hatte nur Sekunden später mit einem knappen *Wann?* geantwortet und auf Pias *9:00 in Hofheim losfahren* mit einem Daumen-hoch-Emoji reagiert. Früher hätte er niemals so spontan seinen Terminkalender über den Haufen geworfen, aber mittlerweile schien er andere Prioritäten zu setzen und war auf die Minute pünktlich eingetroffen.

»Ich brauche dich, weil wir zwei Hunden Fellproben abnehmen müssen«, verriet Pia ihm, als sie auf der A66 Richtung Wiesbadener Kreuz unterwegs waren. »Die Engel hat zu mir gesagt, ich sollte mir jemanden mitnehmen, der das könnte.«

»Kannst du so was nicht selber?« Henning war erstaunt.

»Natürlich. Hab ich ja letzte Woche bei den Hunden von dem Pilzzüchter auch gemacht.« Sie grinste. »Ich dachte, es ist netter, wenn man zu zweit fährt. Außerdem kannst du mir deine Fragen zu dem Schneewittchen-Fall stellen. Neulich sind wir ja nicht dazu gekommen.«

Auf der A3 Richtung Köln war viel Verkehr, aber sie hatten es nicht eilig. Die beiden Fila-Brasileiro-Rüden waren offiziell bei der Stadt Limburg gemeldet und ihr Besitzer Volker Mazanek hatte einen Sachkundenachweis und eine Haltergenehmigung für die Hunde. Er würde ihr nicht weglaufen.

Pia hatte nur wenig geschlafen, denn gestern Abend war passiert, wovor sie sich seit Jahren insgeheim gefürchtet hatte. Beim Essen hatte Christoph ihr eröffnet, dass man ihm schon vor ein paar Wochen angeboten hatte, ein Forschungsprojekt im Bwabwata-Nationalpark im Norden Namibias zu leiten. Er habe sich Bedenkzeit erbeten, hatte er gesagt. Aber wie er ihr von dieser Aufgabe erzählt hatte, mit glänzenden Augen und nur mühsam gezügelter Euphorie, hatte ihr gezeigt, dass seine Entscheidung eigentlich schon gefallen war. Afrika war sein Lebenstraum. Schon vor achtundzwanzig Jahren hatte er nach Namibia auswandern wollen, um dort in einem Nationalpark zu arbeiten, aber der plötzliche Tod seiner Frau hatte diese Pläne zerstört. Nun bekam er eine zweite Chance. Und vielleicht war es die letzte, schließlich war er schon Mitte fünfzig.

»Und was ist mit mir?«, hatte Pia gefragt.

»Du kommst natürlich mit«, hatte Christoph geantwortet. »Wir würden auf einer Lodge wohnen. Du könntest reiten und alles Mögliche tun.«

»Und Beck's?«

»Der kann mitkommen. Oder er bleibt bei Lukas und Toni. Es ist doch nur für ein Jahr, Pia! Weißt du, wie schnell das rum ist?«

Nur für ein Jahr!

Christoph hatte ihr im Internet Fotos gezeigt und auf einer Karte die Lage des Nationalparks zwischen Angola, Botswana und Sambia. Mit gemischten Gefühlen hatte Pia seine Begeisterung wahrgenommen. Sie wusste, dass Christoph den Opel-Zoo liebte, und er würde auch nach diesem Afrika-Jahr dorthin zurückkehren, aber ein solches Angebot, eine neue Herausforderung war genau das, wovon er geträumt hatte. Wenn sie ihm diesen Traum aus egoistischen Gründen kaputtmachte, würde er ihr das wahrscheinlich nie verzeihen. Andererseits war für sie die Vorstellung, ein Jahr auf einer Lodge mitten in der Wildnis leben zu müssen, ohne echte Aufgabe, schrecklich. Und jetzt kam noch dazu, dass ihre Mutter Unterstützung brauchte.

»Warum bist du so schweigsam?«, fragte Henning, als sie ein paar Kilometer gefahren waren. Noch vor einem Jahr hätte Pia gerade ihrem Ex-Mann gegenüber mit keinem Wort ihre Ehe erwähnt, aber jetzt war es irgendwie anders. Henning hatte sich verändert. Seitdem er erfolgreich Krimis schrieb, war er viel entspannter als früher. Also erzählte sie ihm von Christophs Plänen.

»Ein Jahr in Afrika! Pia! Das ist doch großartig!«, sagte er begeistert. »Natürlich müsst ihr das machen! Mein Gott, wie *Daktari* oder Karen Blixen. Was für ein Traum!«

»Spinnst du?« Pia warf ihrem Ex-Mann einen Seitenblick zu. »Christoph wäre wochenlang in diesem Park unterwegs. Der ist 5000 Quadratkilometer groß! Und ich sitze auf dieser Lodge herum!«

»Du kannst doch sicher mit ihm zusammen durch die Gegend fahren, ihm assistieren, Tier- und Landschaftsfotos machen«, erwiderte Henning. »Weißt du, wie schnell ein Jahr vorbei ist?«

»Was passiert mit meiner Mutter in der Zeit? Und mit meinem Hund?«

»Du hast Geschwister, die sich auch um deine Mutter kümmern können. Und für den Hund findet sich eine Lösung.« Henning betrachtete sie von der Seite und lachte leise. »Ha, ich kenn dich doch. Du suchst eine Ausrede, um nicht mit nach Namibia zu müssen, stimmt's?«

»Nein, das stimmt nicht«, widersprach Pia, aber ohne echte Überzeugung. »Ich bin nur realistisch.«

»Quatsch. Sei ehrlich! Du warst noch nie der Typ für Fernreisen und exotische Länder, im Gegensatz zu deinem abenteuerlustigen Ehemann. Du hast keine Lust auf lange Flüge und bist nur ungern von zu Hause weg.«

»Moment mal, ich war mit Christoph in China!«, begehrte Pia auf.

»Da warst du ja auch noch frisch verliebt«, stichelte Henning.

»In eure Flitterwochen hast du ihn damals schon allein fliegen lassen.«

»Da hatten wir gerade den Sniper-Fall«, erinnerte Pia ihn.

»Pia, du bist *Polizeibeamtin*«, sagte Henning spöttisch. »Du bist nicht unabkömmlich! Und wenn du dich mal ein Jahr beurlauben lässt, wird das K11 nicht zusammenbrechen.«

»Ich bin aber gerne Polizeibeamtin«, antwortete sie, ohne ihn anzusehen. »Ich mag meinen Job. Ich mag meine Kollegen und mein Leben hier. Christoph hat mich gestern Abend komplett überrumpelt. Und er muss bis Ende des Jahres zu- oder absagen. Das setzt mich total unter Druck.«

»Wann ginge es los?«

»Im Februar schon.«

»Und würde Christoph auch allein nach Namibia gehen?«

»Ich weiß nicht.« Pia zuckte die Schultern. »Ich weiß gerade gar nichts mehr. Komm, stell mir deine Fragen. Ich muss über etwas anderes nachdenken.«

***

Anne Böhlefeld hatte sich heute freigenommen. Sie wusste selbst nicht so genau, warum, aber vielleicht wollte sie sich einfach auf das vorbereiten, was sie heute Nachmittag tun musste. Jörg war arbeiten gegangen, hatte aber versprochen, pünktlich zurück zu sein. Um 15:00 Uhr hatten sie einen Termin bei der Pietät in Bad Soden, um einen Sarg für ihr totes Kind auszusuchen. Jörg hatte dieses Bestattungsunternehmen ausgewählt, weil sie schon seine Eltern unter die Erde gebracht hatten. Er wünschte sich einen weißen Sarg und eine Beisetzung in der Familiengruft seiner Eltern auf dem Sulzbacher Friedhof. Anne ertappte sich dabei, wie sie zum Bücherregal im Wohnzimmer schaute. Sie hatte den Buchtresor zwischen den Büchern, die außer ihr sowieso niemand gelesen hatte oder je lesen würde, versteckt.

Den Zettel mit den Anweisungen hatte sie noch immer nicht gelesen. Der Mann hatte zwar gesagt, sie solle nicht zu lange warten, aber zwei, drei Tage Bedenkzeit, bevor man einen Menschen erschoss, waren wohl erlaubt.

Anne ging zu der Bücherwand, zog den Buchtresor hervor und legte ihn auf die Kochinsel. Sie nahm die Pistole heraus. Wog sie in der Hand. Strich über den Lauf. Ein eigenartiges Gefühl von Macht und Sicherheit durchströmte ihren Körper. Sie war sich nicht sicher, ob es ihr gefiel. Aber sie mochte die Ruhe, die sich in ihr ausbreitete, sobald sie sich den Moment vorstellte. Diesen Moment, nachdem sie ihn getötet hatte. Ihr Leben würde ohnehin nie mehr so sein wie vorher. Vielleicht wäre der Verlust von Lissy irgendwie zu ertragen, wenn es noch andere Kinder gäbe, für die es sich weiterzuleben lohnte. Aber Jörg hatte keine weiteren Kinder mehr gewollt. Er hatte die Strapazen und Kosten gescheut, die eine IVF mit sich brachte. Und er hatte schon Ylva.

Ylva und Saskia mit ihrem verdammten Gutmenschentum! Sie hatten Lissy zu den Flüchtlingen mitgeschleift, hatten ihr eingeredet, es sei ihre Pflicht als Christin, Menschen zu helfen, die ihre Heimat verloren hatten. Die beiden waren daran schuld, dass ihre Tochter diesem Kerl überhaupt begegnet war!

Anne betrachtete die Waffe in ihrer Hand. Sie hatte siebzehn Patronen. Genug, um Ylva zu erschießen. Dann hätte Jörg auch kein Kind mehr.

***

Bodenstein fuhr gerade am Westkreuz Frankfurt auf die A5 Richtung Basel, als sein Telefon klingelte. Er rechnete mit einem Anruf von Cosima, die sich vielleicht verspätet hatte, aber es war Nicola Engel.

»Oliver«, ertönte die Stimme der Kriminaldirektorin. »Ich bin im Polizeipräsidium in Frankfurt, wir wurden gerade darüber benachrichtigt, dass es im Landgericht eine Geisellage gibt.«

»Das klingt nicht gut. Aber ich habe heute Vormittag frei«, erinnerte Bodenstein seine Chefin. »Ich bin auf dem Weg zur Uniklinik.«

Warum rief sie ihn an? Die RKI Hofheim unterstand dem Polizeipräsidium Westhessen, eine Geisellage in Frankfurt hatte nichts mit ihnen zu tun.

Nicola Engel überhörte seinen Einwand. »Ein Richter hat sich mit vier Geiseln in einem Gerichtssaal verschanzt. Und er verlangt, dich zu sehen.«

»Was? Mich? Wieso denn das?«, fragte Bodenstein überrascht. »Kennt man den Richter?«

»Sein Name ist Konstantin Hawelka. Vorsitzender Richter der 6. Jugendstrafkammer am Landgericht«, erwiderte Nicola. »Er verlangt, dass du bis 11 Uhr zu ihm in den Gerichtssaal kommst. Wenn du nicht pünktlich bist, wird er eine Geisel erschießen.«

»Das ist ein schlechter Scherz, oder?« Der Schreck war Bodenstein in die Glieder gefahren und ließ ihm die Kehle eng werden.

»Leider nein.«

»Wieso soll ausgerechnet *ich* dorthin kommen? Ich kenne den Mann höchstens flüchtig!«

»Ich weiß es nicht.« Nicola Engel klang besorgt. »Diese ganze Sache gefällt mir ganz und gar nicht.«

»Was verlangt er?«

»Bisher hat er wohl keine anderen Forderungen gestellt außer der, dass du bis um elf im Gerichtssaal sein sollst.«

»Gut. Wir sehen uns gleich am Gericht. Besorg mir bitte so viele Informationen wie möglich über Hawelka.«

»Mache ich. Komm zur Staatsanwaltschaft. Ich bin unten im Foyer.«

Bodenstein nahm die Abfahrt Frankfurt Westhafen. Seine Gedanken überschlugen sich. Richter Konstantin Hawelka. Er hatte mal in einer Hauptverhandlung, die er geleitet hatte, als Zeuge ausgesagt, aber das war eine Ewigkeit her. Wie kam der Mann darauf, ihn als Vermittler bei einer Geiselnahme anzufordern?

Ihm fiel ein, dass er Cosima Bescheid sagen musste. Er rief seine Ex-Frau an und sagte ihr, dass ihm leider etwas dazwischengekommen sei, sie solle den Termin alleine wahrnehmen.

»Okay«, antwortete Cosima. »Ist alles in Ordnung bei dir?«

»Ja, natürlich«, log er und wunderte sich selbst, wie normal seine Stimme klang. »Wir sehen uns dann heute Abend.«

Er fuhr unter der Friedensbrücke hindurch, den Untermainkai

entlang. Überlegte kurz, ob er Pia anrufen und sie nach Richter Hawelka fragen sollte, ließ es aber sein. Hatte er den Mann irgendwann einmal verärgert? Hegte der Richter aus irgendeinem Grund einen Groll gegen ihn?

Bodenstein bog in die Berliner Straße ein. Schon am Börneplatz standen Streifenwagen mit blinkenden Lichtern und leiteten den Verkehr, der aus der Innenstadt und Sachsenhausen kam, um. Niemand durfte in die Kurt-Schumacher-Straße einfahren, auch Straßenbahnen und Busse nicht. Bodenstein setzte den Blinker, aber der Polizeiobermeister, der mitten auf der Kreuzung stand, bedeutete ihm, weiterzufahren. Wahrscheinlich hielt er ihn für irgendeinen reichen Schnösel, der glaubte, er könne sich über Anweisungen hinwegsetzen. Bodenstein ließ das Fenster seines Porsche herunter und zeigte seinen Kripoausweis, aber der Kollege fragte erst per Funk nach, bevor er ihn schließlich passieren ließ. Die Straße, auf der sich sonst der Verkehr auf vier Spuren nur stockend fortbewegte, war geisterhaft leer. Überall Streifenwagen und Straßensperren, hinter denen sich Autos, Busse und Fußgänger stauten. Und er schien als Einziger direkt ins Zentrum der Katastrophe zu fahren.

Am C&A bog er nach rechts in die Zeil ein. Menschenmassen strömten über Fahrbahn und Bürgersteige, wahrscheinlich Bedienstete und Besucher von Amts- und Landgericht, die aus den Gebäuden evakuiert worden waren. Ein uniformierter Kollege lotste Bodenstein in die Porzellanhofstraße, zur Rückseite des Gebäudes der Staatsanwaltschaft. Die Gerichtsstraße, in der sich die Haupteingänge der Gerichtsgebäude befanden, war abgesperrt und gähnend leer, aber vor der Staatsanwaltschaft war die Hölle los: Einsatzfahrzeuge, Spezialfahrzeuge des SEK, Rettungs- und Notarztwagen. Bodenstein parkte auf einem Grünstreifen und stieg aus. Nicola Engel kam auf ihn zu, stellte ihm Dirk Bleimehl, den Kommandoführer des SEK, vor, außerdem Staatsanwalt Jörg Heidenfeld, der von Richter Hawelka aus dem Gerichtssaal geschickt worden war.

»Wozu dieser ganze Aufwand?«, wollte Bodenstein wissen.

»Der Geiselnehmer hat angeblich eine Bombe im Gerichtssaal

deponiert«, erwiderte der Kommandoführer. »Und er ist bewaffnet. Er hat die Waffe schon benutzt. Das wissen wir von dem Justizwachtmeister, den er gezwungen hat, die Geiseln an ihre Stühle zu fesseln.«

»Wer sind die Geiseln? Wieso haben sie sich nicht gewehrt?«

»Er hat sie mit einem Elektroschocker außer Gefecht gesetzt«, sagte Kommandoführer Bleimehl.

»Die Geiseln sind Udo Szameit und Jan Pfefferkorn, zwei Strafverteidiger, und deren Mandanten«, sagte Staatsanwalt Heidenfeld, mit dem Bodenstein schon oft zusammengearbeitet hatte. »Hawelka wirkte völlig normal. Kam aus dem Richterzimmer, wünschte einen guten Morgen. Und dann hat er alle rausgeschickt: seine Richterkolleginnen, die Schöffen, die Protokollführerin, mich, einen der Wachtmeister.«

Heidenfeld versuchte, seine Professionalität beizubehalten, aber er war blass und ihm war offensichtlich klar, dass er haarscharf einem Unglück entgangen war.

»Hat er mittlerweile irgendwelche Forderungen gestellt?«, fragte Bodenstein.

»Nein. Nur, dass Sie um elf Uhr im Gerichtssaal sein sollen und er sonst niemanden im Gerichtsgebäude sehen will«, informierte ihn der SEK-Kommandoführer. »Offenbar befinden sich Kameras am Eingang, in den Fluren und Treppenhäusern, über die der Geiselnehmer sehen kann, ob sich jemand nähert.«

Auf Tischen waren Pläne der Gerichtsgebäude ausgebreitet. SEK-Leute in ihren schwarzen Uniformen beugten sich darüber, diskutierten mit Hausmeistern, Technikern, Sprengstoffspezialisten. Man stand in direkter Verbindung zur Befehlsstelle im Polizeipräsidium. Als Polizeiführer vom Dienst fungierte Polizeioberrat Meyer-Trost, der sich mit Geisellagen auskannte.

»Was ist der Plan?«, erkundigte sich Nicola Engel.

»Ein Notzugriff kommt nicht infrage«, antwortete Kommandoführer Bleimehl. »Der Sitzungssaal hat nur Oberlichter. Er liegt im ersten Stock am Ende eines Flurs, in der äußersten Nordwestecke des Gebäudes. Wegen der Kameras kommen wir nicht mit einer Optik rein, das heißt, Sie sind unsere einzige Chance, Bodenstein.

Sie kriegen eine Brille mit Minikamera und integriertem Mikrofon. Sobald Sie drin sind, können wir sehen, was los ist, und entscheiden dann situativ.«

Das klang nicht sehr vertrauenerweckend.

»Woher weiß man, dass er eine Bombe hat?«, fragte Bodenstein.

»Bisher nur von ihm selbst.« Der Landgerichtspräsident trat zu ihnen. »Ich habe mit ihm telefoniert.«

»Es besteht natürlich die Möglichkeit, dass er blufft«, gab Kommandoführer Bleimehl zu bedenken. »Wenn er keine Bombe hätte, könnte man eine Blendgranate durch die Oberlichter werfen und den Saal stürmen.«

»Er hat eine Waffe!«, erinnerte ihn der Landgerichtspräsident. »Und wie sollen Ihre Leute so schnell zu dem Raum gelangen?«

»Kann man nicht mit ihm verhandeln?« wollte Nicola Engel wissen.

»Das hat er abgelehnt.« Der Landgerichtspräsident schüttelte den Kopf. »Er kann angeblich jeden Winkel auf seinem Tablet überwachen. Sollte jemand versuchen, die Kameras zu manipulieren oder das SEK den Raum stürmen, will er alles in die Luft sprengen. Nachdem er mir das mitgeteilt hat, hat er sein Telefon ausgestellt.«

»Das klingt nicht so, als ob er bluffen würde«, meinte Bodenstein.

»Werden Sie trotzdem reingehen?«, fragte der Kommandoführer.

»Gibt es eine Alternative?«

»Ich fürchte nicht.«

Bodenstein dachte nach. Die Lage war völlig unübersichtlich. Betrat er das Gebäude und den Gerichtssaal, lieferte er sich dem Geiselnehmer vollkommen aus. Vom SEK war kein Schutz zu erwarten. Zwei der Geiseln kannte Bodenstein. Pfefferkorn, den Anwalt von Mahmoudi, und seinen Kollegen Szameit, die sich von der Presse gerne als »Star-Verteidiger« titulieren ließen. Sie nahmen bevorzugt spektakuläre Mandate an und scheuten auch nicht die schmutzigsten Fälle. Beide waren bei den Ermittlungs- und Justizbehörden verhasst. Bei den anderen beiden Geiseln handelte es sich um Gewohnheitsverbrecher, achtzehn und neunzehn Jahre alt. Sollte er für diese Leute sein Leben aufs Spiel setzen? Wegen eines verrückten Geiselnehmers riskieren, dass seine Tochter ohne Vater aufwachsen musste?

Ihm war bewusst, dass die Blicke aller Anwesenden auf ihm ruhten und dass die Polizeiführung im Präsidium an der Adickesallee auf seine Entscheidung wartete. Die Zeiger der Uhr rückten unerbittlich auf die elf zu.

»Lieber Gott, was soll ich tun?«, dachte er und schloss die Augen. Niemand würde es ihm verübeln, wenn er sich nicht in Lebensgefahr begab, und zwingen konnte man ihn auch nicht. Aber er würde das Leben der Geiseln auf dem Gewissen haben, wenn die Sache schiefging.

»Okay.« Er öffnete die Augen und atmete tief durch. »Ich gehe rein.«

***

Das Tor der Pilzfarm war geschlossen. Auch auf mehrfaches Klingeln regte sich nichts. In der Ferne weideten Schafe auf den grasbewachsenen Erdbunkern und um sie herum.

»Was jetzt?«, fragte Christian Kröger.

»Wir haben einen Durchsuchungsbeschluss«, erwiderte Cem. »Wir öffnen das Tor. Es geht um ein Menschenleben, also ist Gefahr in Verzug.«

»Und was ist mit den Hunden?«, wollte einer von Krögers Leuten wissen.

»Die beachten wir einfach nicht«, sagte Cem. »Dann beachten sie uns nämlich auch nicht. Herdenschutzhunden geht es nur um ihre Herde.«

»Dein Wort in Allahs Ohr.« Kröger war skeptisch.

In dem Moment, als sich auf sein Geheiß zwei Männer mit Bolzenschneidern am Eingangstor zu schaffen machten, näherte sich vom Waldrand her ein Viehtransporter.

»Stopp!«, befahl Cem und ging auf das Fahrzeug zu, das an den Einsatzwagen vorbeifuhr und vor dem Tor anhielt. Der Fahrer ließ das Fenster herunter und stellte sich als Turgay Karaman vor,

Geschäftspartner und Mitinhaber der *Taunus Pilze GmbH*. Er war außerdem der Betreiber einer Schlachterei und war hier, um zwanzig Lämmer abzuholen.

Karaman, mit weißem Metzgerkittel über der Daunenjacke, zeigte sich kooperativ, als Cem ihm den Durchsuchungsbeschluss gezeigt hatte, und schloss das Tor auf.

»Ich gehe mit ihm ins Haus, ihr guckt euch hier auf dem Grundstück um«, sagte Cem zu Tariq, dann begleitete er Karaman zu dem Haus, das Wolf Sollberg bewohnte. Auf dem sehr aufgeräumten Schreibtisch im Büro lag ein an Karaman adressierter Briefumschlag.

»Darf ich?«, fragte der Metzger um Erlaubnis.

»Aber bitte«, erwiderte Cem. »Da steht Ihr Name drauf.«

Karaman riss den Umschlag auf, zog den Brief heraus, überflog ihn und reichte ihn Cem.

»Sollberg musste überraschend verreisen, und Sie sollen sich um den Betrieb und die Tiere kümmern.« Cem blickte auf. »Kommt das öfter vor?«

»Nein«, antwortete Karaman offenherzig. »Das ist das erste Mal. Aber ich weiß ja, was zu tun ist. Kein Problem.«

Cem stellte dem Kompagnon Sollbergs ein paar Fragen und wechselte dafür ins Türkische. Karaman hatte noch gestern Mittag mit Sollberg telefonisch verabredet, dass er heute Morgen kommen und die Lämmer zur Schlachtung abholen würde.

»Normalerweise sortiert Wolf die Tiere aus und treibt sie in den Pferch, damit ich sie nur noch aufladen muss«, sagte Karaman und warf einen Blick auf seine Armbanduhr. »Das muss ich jetzt wohl selbst machen.«

Ihn interessierte nicht, aus welchem Grund die Polizei mit einem Großaufgebot das Grundstück und das Haus durchsuchen wollten. Er stand Wolf Sollberg offenbar nicht besonders nahe. Sie waren Geschäftspartner, sonst nichts.

Krögers Leute waren unterdessen hinter den Lagerhallen und Palettenstapeln auf ein rostiges Metalltor gestoßen, das mit Ketten und einem faustgroßen Vorhängeschloss gesichert war.

»Was befindet sich hinter dem Tor?«, erkundigte sich Cem.

»Ein alter Stollen«, erwiderte der Metzger. »Ist immer abgeschlossen. Wegen Einsturzgefahr.«

»Gibt es einen Schlüssel zu dem Schloss?«

»Wenn, dann hier.« Karaman deutete achselzuckend auf einen Schlüsselkasten, der über einem wuchtigen Tresor hing. Aber dort war kein Schlüssel dabei, der zu dem Vorhängeschloss passen konnte.

»Kröger soll es knacken«, sagte Cem. »Den Stollen schauen wir uns an.«

***

Bodenstein hatte seinen Mantel und sein Sakko ausgezogen und ließ sich verkabeln.

»Ein Team ist zum Haus des Geiselnehmers unterwegs«, informierte ihn der Kommandoführer des SEK, der in permanentem Kontakt mit der Befehlsstelle im Präsidium stand. »Und wir haben sein Auto im Parkhaus entdeckt. Beide Teams warten auf die Sprengstoffexperten. Für den Fall, dass der Geiselnehmer das Gebäude verlässt, steht ein MEK bereit. Er kann offenbar den Eingang von Gebäude B und die Flure, die zum Sitzungssaal 80 führen, überwachen. Deshalb wird eine Gruppe durch Gebäude E im dritten Stock reingehen, eine zweite Gruppe kommt durch den Keller und wartet im Treppenhaus, das schräg gegenüber der Tür von Sitzungssaal 80 liegt.«

»Und wenn er dort auch Kameras installiert hat?« Bodenstein setzte die Brille auf, die einer der SEKler ihm reichte, und schob den winzigen Ohrstecker in den Gehörgang seines rechten Ohrs. Im Brillenbügel befand sich ein hochsensibles Mikrofon, in der Fassung zwischen den Gläsern die Kamera.

»Wir checken gerade, was möglich ist«, erwiderte Kommandoführer Bleimehl ehrlich.

Bodenstein testete die Technik. Die Brillenkamera funktionierte. Der Knopf im Ohr und das Mikro auch.

»Was weiß man über den Geiselnehmer?«

»Konstantin Hawelka, dreiundfünfzig, seit 2004 Richter am Landgericht, seit 2008 Vorsitzender Richter der 6. Großen Jugendstrafkammer«, antwortete der Landgerichtspräsident. »Ein guter Richter, anerkannt, integer und respektiert. Ich kenne ihn gut. Früher haben wir zusammen Squash und Doppelkopf gespielt. Vor fünf Jahren ist …«

Er verstummte, weil es an der Eingangstür unruhig wurde und jemand Bodensteins Namen rief. Hinter der Absperrung stand eine Frau und winkte hektisch.

»Das ist doch … Ist das nicht Fachinger?«, fragte er erstaunt. »Ja, das ist Kathrin Fachinger, eine enge Mitarbeiterin von mir.«

»Lassen Sie sie durch!«, befahl Nicola Engel.

Kathrin schlüpfte an der Absperrung vorbei und näherte sich mit schnellen Schritten. Sie trug keine Jacke, nur einen grauen Rollkragenpullover, und wirkte erhitzt, als wäre sie gerannt.

»Ich weiß, wer der Geiselnehmer ist, Chef«, sagte sie aufgeregt. »Ich kenne ihn gut! Sehr gut sogar. Ich muss mit ihm sprechen!«

Alle blickten sie verblüfft an.

»Woher wollen Sie denn wissen, um wen es sich handelt?« Der Kommandoführer war argwöhnisch. Der Name des Geiselnehmers war nirgendwo publik gemacht worden.

»Das ist doch völlig egal.« Kathrin beachtete den Mann nicht, ihr Blick klebte an Bodenstein, als hinge ihr Leben von ihm ab. »Bitte! Ich kenne Konstantin. Wir sind sehr eng befreundet. Lass mich mit ihm sprechen!«

»Auf gar keinen Fall!«, lehnte Kommandoführer Bleimehl kategorisch ab. »Der Geiselnehmer hat explizit verlangt, nur mit Hauptkommissar Bodenstein zu sprechen. Er will sonst niemanden im Gebäude sehen. Wir werden absolut nichts tun, was das Leben der Geiseln gefährdet.«

»Sie haben doch keine Ahnung!«, fuhr Kathrin den Mann an.

Der Kommandoführer wandte sich ab und sprach in sein Headset.

»Wenn Sie ihn so gut kennen: Für wie wahrscheinlich halten Sie es, dass er wirklich eine Bombe im Gerichtssaal hat?«, mischte sich Nicola Engel ein.

»Leider halte ich das für möglich«, sagte Kathrin nachdrücklich. »Deshalb ist es umso wichtiger, dass ich mit ihm rede. Bitte, Frau Dr. Engel!«

Bodenstein konnte sich keinen Reim auf das seltsame Verhalten seiner Kollegin machen. So hartnäckig hatte er Kathrin noch nie erlebt. Er wechselte einen Blick mit Nicola, die ein Schulterzucken andeutete.

»Es ist 10:44 Uhr!«, mahnte der Landgerichtspräsident nervös. »Um elf Uhr wird er die erste Geisel erschießen!«

»Ich *muss* mit reingehen!«, insistierte Kathrin.

»Warum müssen Sie das?«, wollte der Kommandoführer wissen.

»Weil ich ihn vielleicht davon überzeugen kann aufzugeben«, erwiderte Kathrin. Sie hatte auf einmal etwas Hartes, Bestimmtes an sich, etwas, das Bodenstein fremd war. Das war nicht die Kathrin Fachinger, die Weihnachtsplätzchen buk, die kulinarischen Vorlieben und Abneigungen jedes Kollegen auswendig kannte und keinen Geburtstag vergaß.

Zwischen dem Führungsstab im Präsidium, dem Kommandoführer des SEK und Nicola Engel entspann sich eine kurze Diskussion. Schließlich stimmte man zu, unter der Prämisse, dass der Geiselnehmer sein Einverständnis gab. Kathrin sollte am Eingang des Gebäudes zurückbleiben und Bodenstein allein mit Hawelka sprechen lassen.

»Stopp!«, rief Nicola Engel. »Ich bestehe darauf, dass meine Leute schusssichere Westen bekommen.«

Jemand rannte weg, um Westen zu organisieren. Der Kommandoführer gab den beiden SEK-Teams Anweisungen. An Hawelkas Haus und im Parkhaus waren Sprengstoffexperten eingetroffen.

»10:49 Uhr!« Der Landgerichtspräsident rang verzweifelt die Hände.

Jemand brachte zwei Kevlar-Westen. Nicola Engel half Bodenstein und Kathrin Fachinger, sie anzulegen.

»Ich erwarte von Ihnen, dass Sie beide gesund zurückkommen«, sagte sie in einem ruppigen Tonfall, der ihre Sorge kaschieren sollte.

»Das werden wir.« Bodensteins Optimismus war nicht echt.

»Sie müssen los, Bodenstein«, drängte der Kommandoführer. »Denken Sie dran, wir sehen alles, was Sie sehen. Wenn Sie den

Sitzungssaal betreten, blicken Sie sich langsam um, damit wir sehen können, was sich dort abspielt. Wir müssen wissen, wie der Geiselnehmer bewaffnet ist.«

»Ich hab's verstanden«, sagte Bodenstein. »Komm, Kathrin. Gehen wir.«

***

Die Gerichtsstraße war menschenleer, nur eine SEK-Gruppe sicherte den Eingang des Landgerichts. In der Luft kreiste ein Hubschrauber. Bodenstein und Kathrin betraten das leere Gebäude.

Bodenstein fröstelte. Unter der Weste trug er nur Unterhemd und Hemd – kein Sakko, in dem er eine Waffe hätten verstecken können. Auch Kathrin war nur mit Jeans und Pullover bekleidet.

»Du musst hier warten«, sagte Bodenstein.

»Nein, muss ich nicht.« Kathrin ging einfach weiter.

»Kathrin! Das war so abgemacht!« In Bodensteins Ohr zirpte die Stimme des Kommandoführers, Kathrin solle zurückbleiben, wie abgesprochen!

»Der Geiselnehmer hat in den Fluren Kameras installiert und hat angedroht, Geiseln zu erschießen, wenn ich nicht alleine komme«, sagt Bodenstein.

»Oliver, ich weiß, was ich tue!« beschwor Kathrin ihn, und auch das fühlte sich seltsam an, denn sie hatte ihn noch nie beim Vornamen genannt. »Konstantin und ich sind seit zwei Jahren in einer Beziehung. Ich war letzte Nacht bei ihm, und er hat keinen Ton darüber verloren, was er vorhatte. Er hat in den letzten Wochen und Monaten sehr unter Druck gestanden. Ich kenne ihn wirklich gut. Wenn ihn jemand davon überzeugen kann, die Geiseln laufen zu lassen, dann bin ich das. Glaub mir.«

Bodenstein beschloss, die Anweisung des Kommandoführers zu missachten.

»Gut. Aber wenn er dich nicht im Gerichtssaal haben will, dann verlässt du den Raum«, schärfte er seiner Kollegin ein. »Keine Heldentaten. Nichts tun oder sagen, was ihn provozieren könnte. Verstanden?«

»Ja, verstanden.« Kathrin war nicht weniger angespannt als ihr Chef.

Sie gingen weiter. Man hatte ihnen den Weg zum Sitzungssaal 80 eingeschärft. Bodensteins Schritte hallten auf dem Fußboden wider, die Sohlen von Kathrins Turnschuhen quietschten. Jetzt musste der Geiselnehmer schon sehen, dass er nicht allein kam. Bodenstein lauschte auf einen Schuss, aber es blieb still.

»Wieso will er, dass ausgerechnet *ich* komme?«, fragte er. »Ich kenne ihn kaum.«

»Wahrscheinlich, weil du mein Chef bist«, entgegnete Kathrin kryptisch.

»Was? Warum das?

»Das erkläre ich dir später«, sagte Kathrin und tippte an ihr Ohr. Offenbar sollte der Kommandoführer nicht hören, was sie zu sagen hatte.

»Es ist 10:59 Uhr«, drängte die Stimme in Bodensteins Ohr.

Sie erreichten Sitzungssaal 80 pünktlich um elf Uhr. Bodenstein hatte so viel Adrenalin im Blut, dass seine Finger zitterten, als er die doppelflügelige Tür öffnete und den Sitzungssaal betrat.

»Guten Morgen, Herr von Bodenstein«, begrüßte ihn Richter Hawelka, der in seiner Robe am Richtertisch saß, ganz so, als wäre es ein ganz normaler Tag. Er hielt eine Pistole in der rechten Hand, wirkte gelassen. Lächelte sogar. »Danke, dass Sie es einrichten konnten.«

Dann sah er Kathrin an, und sein Lächeln erlosch.

»Wieso wundert es mich nicht, dass du es geschafft hast hierherzukommen?« Das klang resigniert.

»Konni, bitte.« Kathrin legte die Handflächen aneinander. »Lass die Leute gehen.«

»Nein. Das werde ich nicht tun«, sagte Hawelka kalt.

»Bitte. Mach nicht alles kaputt.«

Hawelka lachte freudlos.

»Das ist es doch längst«, sagte er.

»Wir können über alles reden«, versuchte Kathrin es noch einmal, aber Hawelka winkte ab.

»Wir haben weiß Gott genug geredet. Und du hörst mir sowieso nicht zu.«

***

Das Gebäude, in dem sich die Pietät Mazanek befand, lag neben einem Gartencenter, direkt an der Lahn. Die Einrichtung der Räumlichkeiten war stilvoll und gediegen – warme Gelb- und Ockertöne an den Wänden, geschmackvolle Fotografien von Bäumen, Blumen und Wiesen, dezente Beleuchtung. Es gab eine eigene Trauerhalle und einen Abschiedsraum, mehrere Beratungszimmer, aber keine Sargausstellung oder Regale mit Urnen. Die befanden sich wahrscheinlich im Untergeschoss.

Eine rundliche Dame in den Sechzigern erhob sich von ihrem Platz hinter dem Empfangstresen und lächelte ein mütterlich-mildes Willkommenslächeln.

»Es geht nicht um ein Beratungsgespräch«, schickte Pia voraus. »Mein Mann und ich, wir wohnen erst seit Kurzem hier in Limburg, und jemand hat uns erzählt, dass Sie zwei Fila Brasileiros besitzen.«

»Ja, das stimmt«, bestätigte die Empfangsdame. »Mein Chef hat einige Hunde, unter anderem zwei Filas. Thiago und Junior.«

»Unter anderem?«

»Herr Mazanek liebt seinen Beruf, aber seine wahre Leidenschaft gilt den Hunden.« Die Angestellte entpuppte sich als redselig. »Er bildet ja Hunde für Polizei, Bundeswehr und den Katstrophenschutz aus. Gerade hat er wieder drei Welpen bekommen. Drei Belgische Schäferhunde.«

»Oh, das ist ja großartig!« Pia klatschte erfreut in die Hände. »Könnten wir wohl mal mit Herrn Mazanek sprechen?« Sie ließ ihren Kripoausweis stecken und zog stattdessen ihr Smartphone hervor. »Wir haben nämlich selbst einen Mali.«

Sie zeigte der Angestellten ein Foto von Beck's und erzählte eine rührselige Geschichte: dass der Hund schrecklich trauern würde, weil ihr Fila-Rüde Charlie vor ein paar Tagen eingeschläfert worden war.

»Herr Mazanek ist leider vor einer Viertelstunde weggefahren«, bedauerte die Angestellte. »Nach Montabaur zum Krematorium. Das macht er ja immer selbst. Ich fürchte, er wird nicht vor fünfzehn Uhr zurück sein.«

Plötzlich schoss Pia ein Gedanke durch den Kopf.

»Wir kommen dann einfach noch mal vorbei, wenn das okay ist«, sagte sie. »Vielen Dank für die Auskünfte. Und bis bald!«

Sie verließen das Bestattungsinstitut und Henning kicherte leise.

»Was war das denn gerade für eine Nummer? Wollten wir nicht eigentlich von den Hunden Fellproben nehmen?«

Sie stiegen ins Auto.

»Guck doch mal bitte im Internet, wo es in Montabaur ein Krematorium gibt«, sagte Pia, und Henning zückte sein Handy.

»Wieso?«

»Ist es nicht seltsam, dass viele der vermissten Personen von der Liste, die Kai und Tariq zusammengestellt haben, spurlos verschwunden sind? Mazanek ist Bestatter. Seine Hunde waren im Wald dabei, als Walid Bouaziz den Mörder seiner Frau verprügelt hat, also war er auch dort. Was, wenn er seine Finger – oder besser gesagt seine Särge – mit im Spiel hat? Und da kam mir der Gedanke, ob Mazanek nicht vielleicht …«

»… illegal Leichen kremiert?«, beendete Henning den Satz.

»Genau. Laut der Astrologin ist Daniel Radloff vorgestern Nacht getötet worden. Vielleicht ist Mazanek gerade auf dem Weg zum Krematorium, um seine sterblichen Überreste einzuäschern.«

»So was geht doch nicht«, widersprach Henning. »Jeder Sarg wird im Krematorium noch mal geöffnet, bevor er in den Ofen geschoben wird.«

»Und wenn Mazanek mit dem Betreiber unter einer Decke steckt?«

»Aber ein Bestatter und auch der Betreiber des Krematoriums riskieren eine Strafe und Berufsverbot, wenn sie so etwas machen«, sagte Henning.

»Leute, die andere umbringen, riskieren auch eine Strafe und tun es trotzdem immer wieder«, entgegnete Pia sarkastisch. »Ich denke, du bist Krimiautor. Wo bleibt deine Fantasie?«

»Das heißt, wir fahren jetzt zu dem Krematorium, und wenn Mazanek dort ist, lässt du den Sarg öffnen?«

»Das ist der Plan«, bestätigte Pia. »Natürlich nur, wenn du jetzt bald die Adresse vom Krematorium rausgefunden hast.«

»Du bist wirklich eine erschreckend gute Schauspielerin«, fand Henning. »Für einen Moment habe ich eben wirklich geglaubt, wir wären noch ein Ehepaar, das um seinen Charlie trauert.«

»Die Adresse vom Krematorium, bitte!« Pia ging darauf nicht ein.

Schon am Samstagabend hatte sie an die Bemerkung denken müssen, die Bodenstein letztes Jahr gemacht hatte: *»Die einzige Frau, die deinem Ex-Mann etwas bedeutet, bist du, Pia.«*

Allerdings hatte Henning weder am Samstagabend noch sonst irgendwann etwas gesagt oder getan, was übergriffig gewesen wäre. Er war einfach ein guter Freund.

»Wiesenstraße 11 in Wirges, Ortsteil Moschheim«, verkündete Henning. »Wir müssen auf die A3 Richtung Köln, und dann sind es 24 Kilometer.«

»Hoffentlich kommen wir noch rechtzeitig, bevor der Sarg samt Inhalt in Flammen aufgegangen ist«, sagte Pia. »Greif bitte mal hinter den Sitz. Da liegt das Blaulicht. Vorne an der Ampel setzt du es aufs Dach.«

»Oh, wirklich? Ich habe mir schon immer gewünscht, das mal zu erleben!« Henning freute sich wie ein kleiner Junge.

Wenig später brausten sie mit Blaulicht und Sirene durch Staffel und am Autobahnkreuz Limburg Nord auf die Autobahn.

***

Die Situation im Sitzungssaal 80 war absurd: Die beiden Strafverteidiger saßen neben ihren Mandanten am Verteidigertisch, an Handgelenken und Fußknöcheln mit Kabelbindern an ihre Stühle gefesselt. Wieso hatten sie sich das gefallen lassen?

»Oh, großer Gott, endlich sind Sie da!«, rief Udo Szameit bei Bodensteins Anblick erleichtert.

»Der Kerl ist komplett irre!«, schrie Dr. Jan Pfefferkorn. »Er hat eine Pistole und einen Sprengstoffgürtel unter der …«

»Ruhe im Gerichtssaal«, fiel Hawelka ihm ins Wort. »Darüber haben wir doch eben schon gesprochen! Ich wünsche keine Zwischenrufe!«

»Was? Was hat er gesagt?«, schnarrte die Stimme des Kommandoführers in Bodensteins Ohr. »Hat er *Sprengstoffgürtel* gesagt? Können Sie das bestätigten, Bodenstein?«

»Nein«, murmelte Bodenstein, ohne die Lippen zu bewegen.

Die beiden Mandanten, zwei junge Männer mit Undercut und von Tattoos übersäten Armen, waren den Tränen nahe, wie kleine Jungen. Von der üblichen Arroganz der beiden Anwälte war nichts mehr übrig.

»Bitte bleiben Sie genau dort stehen, Herr von Bodenstein. Von dort aus müssten Sie den ganzen Saal gut im Blick haben«, sagte Richter Hawelka höflich. »Ich nehme an, Ihre Brille hat eine integrierte Kamera, nicht wahr? Üblicherweise tragen Sie ja keine Brille.«

»Ja, das stimmt«, bestätigte Bodenstein.

»Wunderbar«, erwiderte Hawelka. »Dann müssen Sie nicht filmen. Ich hatte extra ein Smartphone auf den Tisch des Staatsanwalts gelegt, weil ich mir nicht sicher war, ob die Techniker vom SEK daran denken. Ach, und Bodenstein oder Kathrin: falls Sie eine Waffe dabeihaben, versuchen Sie besser nicht, mich zu erschießen. Der Sprengstoffgürtel explodiert, sobald ich den Auslöser loslasse.«

Erst jetzt sah Bodenstein, dass der Richter etwas in seiner linken Hand hielt.

»So schnell, wie hier alles in die Luft fliegt, werden Sie nicht aus dem Saal flüchten können. Und Sie wollen doch heute nicht sterben, oder doch?«

»Nein, das möchte ich nicht«, sagte Bodenstein. »Ich denke, weder Sie noch einer der Anwesenden hier will heute sterben.«

»Nun ja«, erwiderte der Richter. »Wer etwas will und wer nicht, das spielt keine Rolle mehr. Ich habe mein Urteil gefällt und die Herren darüber informiert. Deshalb schauen sie auch alle vier so traurig aus der Wäsche.«

Wieder begehrte einer der Anwälte auf, aber Hawelka beachtete ihn nicht. Stattdessen betrachtete er den Bildschirm seines Tablets. Dann erhob er sich, räusperte sich und begann zu reden.

»Wir sind heute hier, weil das deutsche Justizsystem und eine rückgratlose Richterschaft schuld daran sind, dass Straftäter nicht die Strafen erhalten, die das Gesetz für sie vorsieht«, begann Hawelka. »Dafür sorgen gewissenlose Anwälte wie die anwesenden Herren Pfefferkorn und Szameit, denen es nur um medialen Ruhm, nicht aber um Recht und Gerechtigkeit geht. Anwälte, denen es völlig egal ist, wenn sie unverbesserliche Kriminelle vor einer gerechten Bestrafung bewahren.«

»Was soll das?«, flüsterte Bodenstein, ohne sich zu bewegen. »Was hat er vor?«

»Ich hab keine Ahnung«, flüsterte Kathrin zurück.

Hawelka ließ sich darüber aus, wie das Rechtssystem von Anwälten wie Pfefferkorn und Szameit missbraucht wurde, wie sie die Schwächen der Prozessordnung ausnutzten und absichtlich Prozesse mit Unmengen von Anträgen in die Länge zogen.

»Können Sie den Sprengstoffgürtel sehen?«, wisperte der Einsatzleiter in Bodensteins Ohr.

»Nein«, murmelte Bodenstein.

»Hat er wirklich einen an, oder sagt er das nur?«

»Er hält etwas in der linken Hand«, flüsterte Bodenstein. »Ich vermute, das ist ein Totmannschalter.«

Hawelka war mit seiner Abrechnung mit den Anwälten fertig und kam zum nächsten Punkt. Er sprach flüssig und wohlüberlegt. Es war ihm ein Anliegen, der Welt diese Botschaft zu verkünden. Hatte er deshalb Geiseln genommen? Um maximale Aufmerksamkeit zu bekommen?

»Was nützt das strengste Gesetz der Welt, wenn es nicht angewendet wird?«, rief Hawelka. »Wir haben zugelassen, dass in unserem Land Parallelgesellschaften entstanden sind, die nach ihren eigenen Regeln leben und unser Grundgesetz und Rechtssystem missachten. Für diese Menschen ist unsere Justiz längst ein Witz!« Er machte mit der Hand, in der er die Pistole hielt, eine Geste in Richtung der Anklagebank. »Dort sitzt das beste Beispiel vor uns! Schauen Sie zur Anklagebank hinüber, Herr von Bodenstein, damit man die Herren Berufsverbrecher draußen auch sehen kann.«

Bodenstein spürte, wie ihm der Schweiß ausbrach, obwohl es nicht besonders warm war. Während Hawelka Auszüge aus dem Bundeszentralregister der beiden Angeklagten zitierte, das zu lasche Justizsystem anklagte und die misslungene Integrationspolitik anprangerte, arbeitete es fieberhaft in Bodensteins Kopf, aber er sah keine Möglichkeit, die Geiseln zu befreien. Er konnte nicht beurteilen, ob Hawelka die Drohung mit dem Sprengstoffgürtel – also einen erweiterten Suizid – wirklich in Betracht zog oder ob er nur seine Botschaft loswerden und sich danach ergeben wollte.

Hawelka begann, Fälle aufzuzählen, in denen die Urteile seiner Meinung nach ungerechtfertigt mild ausgefallen waren, und beklagte anschließend die Überlastung der Gerichte, aus der zu lange Verfahrensdauern resultierten.

»Ein Mordopfer ist für immer tot. Ein Mensch, der von einem Raser getötet wurde, ist für immer tot. Kinder sterben. Eltern sterben. Familien werden für immer zerstört«, sagte er. »Die Täter sind aber nach ein paar Jahren – oder sogar sofort – wieder auf freiem Fuß. Das ist nicht gerecht. Wer denkt an die Opfer und ihre Familien? Allein im letzten Jahr wurden hier in Frankfurt sieben hochgefährliche Straftäter wegen zu langer Verfahrensdauer aus der Untersuchungshaft entlassen! Fünf von ihnen wurden nur wenige Stunden oder Tage nach ihrer Entlassung sofort wieder straffällig. Keiner dieser sieben Straftäter hatte die deutsche Staatsbürgerschaft, aber das sei nur am Rande angemerkt.«

Irgendwann war er fertig mit seiner Philippika. Bodenstein hatte sich sehr konzentriert, trotzdem war ihm nicht klar, worum es dem Richter in seiner Generalabrechnung wirklich ging. Konnte er irgendetwas tun, um die Situation zu deeskalieren? Ihm schossen Bruchstücke von Fortbildungen durch den Kopf, an denen er im Laufe seines Lebens teilgenommen hatte. In der Theorie klang das alles wunderbar, aber in einer Situation wie dieser waren sämtliche klugen Ratschläge Makulatur.

»Herr Vorsitzender«, setzte Bodenstein an, als ob er vor Gericht stünde. »Ich habe vollstes Verständnis für alles, was Sie gerade vorgebracht haben. Bei der Polizei haben wir auch immer wieder mit denselben Tätern und Problemen zu tun. Und ich bin Ihrer Meinung: Man muss das aussprechen dürfen! Lassen Sie uns gemeinsam daran arbeiten, die Zustände zu verbessern und …«

»Entweder sind Sie ein Idealist oder ein Idiot, Herr von Bodenstein«, unterbrach Hawelka ihn und lachte. »Und beides ist schlecht! Das weiß ich aus eigener Erfahrung. Ich war nämlich auch mal ein Idealist.«

Er seufzte und hielt einen Moment inne, dann ließ er die Robe von seinen Schultern gleiten. Der Sprengstoffgürtel, den er um den Oberkörper geschnallt hatte, sah sehr echt und sehr gefährlich aus. Genau wie die Glock in seiner Hand.

»Oh Scheiße!«, flüsterte Kathrin.

Die Anwälte fingen gleichzeitig an, verzweifelt um ihr Leben zu betteln. Sie gelobten Besserung, während ihre Mandanten an ihren Handschellen rissen und sich vergeblich zu befreien versuchten.

»Bitte lassen Sie wenigstens die Geiseln gehen«, bat Bodenstein.

»*Nein*«, sagte Hawelka nachdrücklich. »Haben Sie mir denn nicht zugehört, Herr von Bodenstein? Haben Sie nichts verstanden? Diese vier Individuen stehen exemplarisch für alles, was in diesem Land schiefläuft! Anwälten wie diesen beiden geht es nicht um Recht und Gesetz – für sie ist das alles eine Show, bei der alle Mittel erlaubt sind. Ich werde heute dafür sorgen, dass sie für das Leid, das sie verursacht haben, angemessen bestraft werden.«

Bevor Bodenstein sie zurückhalten konnte, ging Kathrin zu Hawelka. Sie redete mit ihm, bittend, legte kurz ihre Hand auf seinen Arm. Er hörte ihr ein paar Sekunden zu, dann schüttelte er den Kopf.

»… auch das ändert nichts mehr«, sagte er.

Bodenstein konnte nur mit Mühe Hawelkas Antwort verstehen, denn die Anwälte und ihre Mandanten schrien verzweifelt um ihr Leben.

»Ich hätte euch niemals kennenlernen dürfen, Wolf, Markus, deinen Bruder und dich«, sagte Hawelka mit einem harten Unterton in der Stimme. »Ihr habt aus mir ein Monster gemacht. Und dafür hasse ich dich, Kathrin. Hörst du? *Ich hasse dich!*«

Er hob die Glock, und bevor Bodenstein begriff, was da gerade geschah, drückte er ab. Die Kugel traf Kathrin in die Stirn, riss ihr den halben Hinterkopf weg und schlug in die Holzverkleidung der Wand ein. Ihr Körper wurde von der Wucht des Einschlags ein Stück nach hinten gerissen, sie sackte in die Knie, kippte zur Seite und blieb mit weit geöffneten Augen auf dem Rücken liegen.

***

Marcella, Lynn, Julika und Paula hatten sie irgendwie halbherzig umarmt, nur Julika hatte ein bisschen geflennt, aber das war's dann auch schon gewesen. Von den anderen hatte überhaupt keiner was dazu gesagt, dass sie wieder da war, typisch für ihre Klasse, und auch die Lehrer hatten keinen Kommentar abgegeben. Vermutlich hatte ihr Vater den Direktor angerufen, und der hatte den Lehrern verklickert, dass sie mit einer Anzeige von Dr. Korbmacher zu rechnen hatten, wenn sie sein Töchterchen auf die Fehltage ansprachen. Ihr Dad war manchmal ganz schön overprotecting. An Lissys Stuhl hing noch immer der Trauerflor, auf ihrem Tisch stand das Schwarz-Weiß-Foto von Lissy, das Patrick in Berlin gemacht hatte. Sie war eine Woche tot, aber alles ging einfach weiter, als ob sie nur krank wäre.

In den Pausen hatte sich keine Gelegenheit ergeben, mit den Freundinnen über Damon zu reden, und Sara merkte, dass nur Lissy sie verbunden hatte. Ohne Lissy war sie ein NPC.

In der fünften Stunde hatten sie Notenbesprechung in Bio. Auch das noch.

Während Frau Ruppel sie einzeln in den benachbarten Klassenraum rief, um ihnen die Note mitzuteilen, spielten die meisten irgendetwas an ihren iPads, quatschten, alberten herum. Sara fühlte sich wie ein Fremdkörper in der Klasse. Als ob Lissy sie irgendwie im Stich gelassen hätte. Sie saß nur da und versuchte, nicht dauernd Lissys Foto anzustarren.

Endlich war sie dran. Sie verließ den Klassenraum und ging in den Raum nebenan, versuchte sich zu erinnern, welche Note sie in der Bioarbeit geschrieben hatte. Es war komplett aus ihrem

Hirn gelöscht. Sie hätte nicht mal mehr sagen können, um was es im letzten Halbjahr eigentlich gegangen war. In dem Augenblick gongte es zur Fünf-Minuten-Pause.

»Ach, das machen wir jetzt noch schnell. Du willst ja sicher deine Bio-Note wissen«, sagte Frau Ruppel. »Wie schätzt du dich denn selbst ein, Sara?«

Von draußen hörte man Fußgetrappel und Gelächter. Das metallische Knallen der Spindtüren im Flur.

»Ich ... ich weiß nicht.« Plötzlich erinnerte sie sich wenigstens wieder an ihre Noten. »Ich hab ja eine Zwei geschrieben, und für unser Referat hatten wir auch eine Zwei gekriegt. Eine ... äh ... Zwei?«

»Ja, genau. Das wäre jetzt auch mein Vorschlag gewesen. Mündlich stehst du auf einer guten Zwei. Bist du damit einverstanden?«

»Ich ... äh ... ja, natürlich«, stammelte Sara. »Danke. Eine Zwei ist super.«

»Alles klar.« Frau Ruppel nickte freundlich. »Vielen Dank. Wir sehen uns dann am Freitag wieder.«

»Ja, bis Freitag.« Sara verließ den Klassenraum.

Zu ihrer Überraschung warteten Marcella und Lynn auf sie und hatten sogar ihre Jacke mitgebracht. Vielleicht tat sie ihnen Unrecht. Irgendwie mussten sie ja alle damit zurechtkommen, dass Lissy nicht mehr da war. Sie gingen zusammen nach unten. Redeten über ihre Bio-Noten. Über die Ruppel. Über ... Da sah Sara Damon. Er kam genau auf sie zu, hatte sie aber noch nicht gesehen. Drei Meter entfernt war das Mädchenklo.

»Ich muss noch mal schnell aufs Klo. Sorry! Ich komme gleich nach«, sagte sie und verschwand in der Toilette. Ihr Herz raste. Ihr Mund war trocken. Auf ihrer Stirn stand kalter Schweiß. Sie taumelte in eine leere Kabine, schloss ab und lehnte sich an die Wand. Würde das jetzt immer so sein, wenn sie ihn sah? Wie sollte das gehen?

Sara schloss die Augen. Sie wünschte sich weit weg. Mutig sein – das ließ sich so leicht sagen, wenn man zu Hause in seinem sicheren Zimmer war. Es gongte wieder. Die Stimmen der Mädchen verklangen, die Tür fiel ins Schloss. Sie war allein. Und blieb auf dem Boden der Toilettenkabine sitzen, bis sie sicher war, dass selbst der letzte Nachzügler in seiner Klasse angekommen war. Erst dann traute sie sich nach draußen.

***

Der Leichenwagen der Pietät Mazanek stand mit geöffneter Ladeklappe am Hintereingang, als Henning und Pia am Krematorium ankamen, das Blaulicht hatten sie schon ein paar Kilometer vorher vom Dach genommen. Pia stellte den Dienstwagen hinter einer Eibenhecke ab.

»Schnell!«, zischte sie. »Lass uns einen Blick in den Leichenwagen werfen, bevor jemand rauskommt!«

Sie stieg aus und huschte über den Hof, Henning folgte ihr. Auf der Ladefläche standen zwei Särge. Sie hatten es gerade noch rechtzeitig geschafft! Aus den weit geöffneten Türen der Anlieferung kam ein hagerer Mann mit dünnem sandfarbenem Haar in Daunenjacke, Jeans und Arbeitsschuhen. Er schob eine Rollbahre und war so auf seine Arbeit konzentriert, dass er Pia und Henning zunächst nicht bemerkte.

»Volker Mazanek?«, sprach Pia ihn an.

Der Mann fuhr erschrocken zusammen.

»Wer will das wissen?«

»Die Kriminalpolizei aus Hofheim.« Pia präsentierte ihren Kripo-Ausweis.

Ein ganzes Kaleidoskop an Gefühlen flimmerte über das Gesicht des Mannes, übrig blieb ein Ausdruck von Resignation.

»Ja, ich bin Volker Mazanek«, erwiderte er. »Was wollen Sie von mir?«

»Ich würde gerne einen Blick in die beiden Särge werfen, die Sie dabeihaben«, sagte Pia.

Mazaneks Reaktion war an sich schon ein Schuldeingeständnis. Das jähe Erstarren, die plötzliche Anspannung. Dann sackten seine Schultern nach vorn und er seufzte, gab sich aber nicht sofort geschlagen.

»Brauchen Sie dafür nicht einen Durchsuchungsbefehl?«

»Wenn Sie darauf bestehen, werde ich selbstverständlich einen Beschluss nachreichen«, versicherte Pia ihm.

»Und wer ist er?« Mazanek nickte in Hennings Richtung. »Auch ein Polizist?«

»Nein. Das ist der Leiter des Instituts für Rechtsmedizin«, erwiderte Pia. »Professor Henning Kirchhoff.«

»Oh, natürlich.« Mazanek hatte in seiner Laufbahn als Bestatter sicherlich schon die ein oder andere Leiche nach Frankfurt in die Rechtsmedizin schicken müssen, Hennings Name war ihm ein Begriff. Er akzeptierte die Aussichtslosigkeit seiner Lage, öffnete mit geübten Handgriffen die Arretierungen, die den Sarg auf der Ladefläche des Leichenwagens fixierten, zog den ersten Sarg heraus und ließ ihn gekonnt auf die Rollbahre gleiten.

»Wollen Sie gleich hier draußen …?«, fragte er mit deutlichem Unbehagen.

»Nein, lassen Sie uns lieber reingehen.« Pia war völlig klar, wie unangenehm es dem Bestatter sein musste, wenn jemand mitbekam, wie die Kripo zwei Leichen in einem seiner Särge entdeckte. Allerdings musste er im Krematorium ohnehin mindestens einen Komplizen haben.

»Wie Sie wünschen.« Mazanek schob die Rollbahre durch die Türen in eine Halle, in der bereits mehrere Särge auf Rollwagen entweder auf ihre Einäscherung oder eine Zwischenlagerung warteten. Es herrschte reger Betrieb. Niemand achtete auf sie. Mitarbeiter schoben Särge in Kühlhäuser oder holten sie heraus. Sie redeten und scherzten bei der Arbeit; für sie war der Umgang mit Verstorbenen Alltag.

Mazanek öffnete die seitlichen Transportsicherungen des Sarges, hob den schweren Deckel an und nahm ihn ab.

»Es scheint mir, als ob Sie eine Leiche zu viel dabeihätten, Herr Mazanek«, sagte Pia und beglückwünschte sich zu ihrer Intuition. Es lagen zwei Leichen im Sarg.

»Ja. Tatsächlich.« Der Bestatter versuchte nicht, sich herauszureden, indem er überrascht tat oder Lügengeschichten erfand.

Die obere Leiche war die eines Mannes von ungefähr fünfunddreißig Jahren. Sein Gesicht war unversehrt, seine Füße waren nackt und schmutzig. Pia rief auf ihrem Handy ein Foto von Daniel Radloff auf, verglich es mit der Leiche, dann reichte sie das Handy an Henning weiter. Der nickte nach kurzer Begutachtung.

»Ich gehe davon aus, dass Sie für die obere Leiche keine ordnungsgemäßen Papiere haben, nicht wahr?«

»Ja, das stimmt«, bestätigte Volker Mazanek niedergeschlagen. »Nur für die Dame untendrunter.«

»Herr Mazanek, ich muss Sie vorübergehend festnehmen, wegen des Verdachts der Freiheitsberaubung und der Störung der Totenruhe«, sagte Pia. »Können Sie mir einen Bestatter empfehlen, der die Leiche von Herrn Radloff in die Rechtsmedizin nach Frankfurt bringt?«

»Ja, das kann ich«, erwiderte Bestatter Mazanek. »Darf ich kurz telefonieren?«

»Leider nein.« Pia lächelte bedauernd und streckte die Hand aus.

Mazanek ließ den Kopf hängen und reichte ihr sein Handy.

»Ich glaube, ich kenne wohl doch keinen geeigneten Bestatter.«

***

Christian Kröger hatte die Kette des Vorhängeschlosses problemlos mit einem Bolzenschneider geknackt und erkundete nun, begleitet von Cem, Tariq und zweien seiner Techniker, den Stollen.

»Nach Einsturzgefahr sieht es mir hier drin nicht aus«, sagte er. »Die Felswände sind überall mit Beton verstärkt worden. Wahrscheinlich schon vor siebzig Jahren.«

»Hält Beton denn überhaupt so lange?« Cem war es nicht ganz geheuer, in diesen dunklen Schlund zu laufen.

»Fünfzig bis achtzig Jahre, manche Bauwerke sogar hundert Jahre«, erwiderte Kröger. »Autobahnbrücken halten nicht ganz so lange, aber das liegt am Streusalz, das den Beton zerfrisst.«

Auf sandigem Boden ging es in einen Tunnel hinein, immer leicht bergab, links und rechts begrenzt von glitschigen Felswänden. Alle fünfzig Meter spendete eine Glühbirne hinter einem Gitternetz schummeriges Licht. Die Luft war muffig. Nach etwa zweihundert Metern verzweigte sich der Tunnel zu einem unterirdischen Labyrinth, aber sie fanden ihren Weg leicht, denn es war der einzige, der beleuchtet war. Je tiefer sie in den Berg vordrangen, desto feuchter und wärmer wurde es.

»Achtzehn Grad«, stellte Kröger nach einem Blick auf das Thermometer, das zu seiner Ausrüstung gehörte, fest. »Falls Mahmoudi hier gefangen gehalten wird, hat er eine gute Chance, noch am Leben zu sein.«

Sie folgten einem Tunnel, dessen Boden deutliche Benutzungsspuren zeigte. Die Leuchtstoffröhren an den gewölbten Decken mussten erst kürzlich erneuert worden sein, es waren moderne LED-Röhren, keine quecksilberhaltigen Stromfresser. Sie stießen auf ausbetonierte Räume mit Backsteinböden, und Kröger vermutete, dass der Stollen im Zweiten Weltkrieg zum Luftschutzbunker ausgebaut worden war oder als Kommandozentrale für militärische Zwecke gedient hatte.

Nach ein paar Hundert Metern, in denen es stärker bergab gegangen war, und mehreren Abzweigungen versperrte ihnen eine weiße Kunststofftür den Weg.

»Boah, ich krieg hier Platzangst!«, klagte Cem. »Wie tief sind wir wohl?«

»Nicht drüber nachdenken«, riet Kröger und öffnete die Tür, die nicht abgeschlossen war. Sie betraten einen großen, niedrigen Raum, in dem sich an der gegenüberliegenden Seite vier gemauerte Gefängniszellen befanden. Die Luft war verbraucht, und es roch wie im Zoo. Bodentiefe, von Rost überzogene, aber immer noch stabile Stahlgitter, dazwischen massive Mauern. Alle vier Zellen waren leer. In jeder Zelle stand ein schmales Feldbett, die Eimer mit Deckeln für Exkremente verströmten einen ekelerregenden Geruch.

Krögers Leute fingen mit ihrer Arbeit an. Fotografieren, Spuren und Fingerabdrücke sichern und dokumentieren. Christian Kröger arbeitete mit dem Fingerabdruckscanner in der ersten Zelle von links. Tariq entdeckte im vorderen Teil des Raumes hinter einem stockfleckigen Vorhang einen Schrank voller Konservenbüchsen und Plastikeimer mit fertigem Kartoffelsalat. Aufgerissene Großhandelspackungen mit Plastiklöffeln und -näpfen. Vollgestopfte

Mülltüten stapelten sich in einer Ecke des Raumes – ein Paradies für die Spurensicherung.

»Farwad Mahmoudi muss hier gewesen sein«, sagte Kröger. »In Zelle 3 ist alles voll mit seinen Fingerabdrücken.«

»Aber wo ist er jetzt?« Cem blickte sich um. »Haben sie ihn auch getötet?«

»Nein, ich denke, Wolf Sollberg hat ihn weggebracht«, sagte Tariq. »Nur – wohin?«

***

Im Sitzungssaal 80 stand für ein paar Sekunden die Welt still. Das Geschrei der gefesselten Geiseln war verstummt. Der Kommandoführer schwieg. Das einzige Geräusch war das Knattern des Hubschraubers, der über dem Landgerichtsgebäude kreiste. Bodenstein war wie paralysiert. Sein Gehirn weigerte sich zu begreifen, was seine Augen sahen. Kathrin lag tot am Boden. Die Blutlache, die sich um ihren Kopf bildete, wurde größer. Dieses Bild brannte sich in sein Gedächtnis ein, und Bodenstein wusste, dass er es nie mehr loswerden würde.

»Was … was haben Sie getan?«, stammelte er fassungslos.

»Es musste sein«, erwiderte Hawelka sachlich. »Danke, dass Sie mir zugehört haben, Herr von Bodenstein. Gehen Sie jetzt. Sie haben zehn Sekunden Zeit.«

Sein Gesichtsausdruck war seltsam friedvoll, sein Blick leer. So sahen Menschen aus, deren Seele längst einen anderen Ort erreicht hatte. Er bluffte nicht. Die Anwälte hatten das auch begriffen. Sie zerrten verzweifelt an ihren Fesseln. Einer der jungen Männer auf der Anklagebank betete, der andere starrte den Richter mit offenem Mund an.

»Zehn, neun, acht …«, zählte Hawelka rückwärts.

»Raus da, sofort!«, brüllte Kommandoführer Bleimehl in Bodensteins Ohr. »Sie können niemandem mehr helfen! Verlassen Sie auf der Stelle den Raum! *Das ist ein Befehl*!«

Bodenstein taumelte ein paar Schritte rückwärts. Er konnte seinen Blick nicht von Kathrins totem Körper lösen.

»… sieben, sechs, fünf …«

»Verlass sofort den Raum, Oliver! Denk an Sophia!« Die Stimme von Nicola Engel riss ihn aus seiner Betäubung. »Lauf! Schnell!«

»… vier, drei …«

Er drehte sich um und rannte los, stolperte, verlor das Gleichgewicht und fühlte sich einen Augenblick schwerelos, doch er fing sich wieder und stieß mit der Schulter die schwere Holztür auf. Der Impuls, die Tür hinter sich zuzuschlagen und sich im Flur nach rechts auf den Boden zu werfen, statt geradeaus zur direkt gegenüberliegenden Treppe zu rennen, kam direkt aus seinem Reptilienhirn und rettete ihm das Leben. Hinter der Mauer detonierte der Sprengstoffgürtel mit unglaublicher Gewalt. Bodenstein sah fassungslos, wie die Druckwelle die massive Tür mitsamt Zarge herausriss und sie wie ein tödliches Katapult bis ins Treppenhaus schleuderte, als wäre sie aus Pappe. Die Luft war voller Staub und Schutt. Er musste husten, blieb benommen liegen. Die Hightech-Brille war weg. Blut rann ihm aus der Nase. Stunden schienen zu vergehen, zumindest kam es ihm so vor, während er einfach nur dalag und sich darauf konzentrierte, ein- und auszuatmen. Plötzlich waren vermummte SEK-Leute da. Jemand sprach mit ihm, aber er konnte nichts hören, außer einem schrillen Pfeifton. Zwei SEK-Leute ergriffen seine Arme, zogen ihn hoch und schleiften ihn mit, bis sich sein Gehirn daran erinnerte, dass er selbst laufen konnte.

***

Volker Mazanek saß auf der Rückbank des Dienstwagens, die Handgelenke in Handschellen und blickte schweigend aus dem Fenster. Pia nahm an, dass er sich nur deshalb so kooperativ verhielt, weil er den Ernst seiner Lage begriffen hatte. Er hatte Henning dabei geholfen, Fellproben von Thiago und Junior, den beiden Respekt einflößenden Fila-Brasileiro-Rüden, zu nehmen, und keinen Versuch gemacht zu telefonieren, als Pia ihn in seine Wohnung begleitet hatte, die sich im ersten Stock über den Geschäftsräumen der Pietät befand. Dort hatte er ein paar Sachen eingepackt, die er in der U-Haft brauchen würde. Sie hatte ein paarmal versucht, Bodenstein anzurufen, aber dessen Handy war noch immer ausgeschaltet. Vielleicht dauerte Cosimas Untersuchung in der Uniklinik doch länger als geplant. Pia hoffte, dass es ihnen gelingen würde, Mazanek schnell zum Reden zu bringen, denn kein Richter würde ihn wegen Störung der Totenruhe in U-Haft schicken, und eine Beteiligung an der Entführung und Tötung von Daniel Radloff und René Siegel konnten sie ihm noch nicht nachweisen.

Hennings Handy klingelte, als sie gerade von der Autobahn auf die L3018 Richtung Hofheim abgefahren waren. Er nahm das Gespräch entgegen, und seine Miene wurde ernst, während er lauschte.

»Ja, ja … ich verstehe. Ich komme, so schnell ich kann«, hörte Pia ihn sagen.

»Ist was passiert?«, erkundigte sich Pia. »Wer war das?«

»Das Institut.« Henning tippte mit gefurchter Stirn auf seinem Smartphone herum. »Am Landgericht in Frankfurt hat es heute Vormittag eine Geiselnahme gegeben, die leider nicht gut ausgegangen ist. Es gab wohl mehrere Tote. Ich werde dort gebraucht.«

»Ach du Scheiße!« Pia drehte das Radio lauter, aber es lief überall nur Musik oder Werbung. Wenige Minuten später hatten sie die Polizeidirektion Hofheim erreicht. Henning stieg aus, versprach Pia, sie später anzurufen, und eilte zu seinem Auto, das er auf einem der Besucherparkplätze abgestellt hatte. Pia fuhr direkt vor den Eingang, ließ Volker Mazanek aussteigen, übergab ihn an die Kollegen, damit sie ihn erkennungsdienstlich behandelten, und bat darum, die Fellproben der beiden Hunde noch heute ins Labor nach Wiesbaden zu schicken. In der Soko-Zentrale saßen nur ein paar Kollegen und telefonierten.

»Habt ihr was von einer Geiselnahme im Landgericht gehört?«, fragte sie.

»Ja.« Einer der Kollegen deutete auf den Fernseher. »Bei *N-TV* läuft es im Newsticker. Jemand hat sich wohl mit vier Geiseln in einem Sitzungssaal verschanzt und dann selbst in die Luft gesprengt.«

»Ein Selbstmordattentäter? Großer Gott! Das ist ja schrecklich!« Pia beneidete ihren Ex-Mann nicht um die Aufgabe, die ihm bevorstand. Aber sie hatte keine Zeit, über die Opfer und deren Angehörige nachzudenken, denn sie wollte Volker Mazanek so schnell wie möglich in die Mangel nehmen und hoffte, dass Bodenstein mittlerweile zurück war. Sie zog sich am Getränkeautomat eine Coke Zero und lief die Treppe hoch in den ersten Stock. Mit etwas Glück würden sie heute Abend vielleicht schon ein gutes Stück weiter sein. Als sie in den Flur einbog, sah sie Kai, der vor der Tür des Besprechungsraums auf dem Fußboden saß. Pias Herz krampfte sich zusammen. Irgendetwas musste passiert sein. Etwas Schlimmes. *Oliver ist etwas zugestoßen*, schoss es ihr durch den Kopf, und für einen Moment fühlte sie sich versucht, auf dem Absatz kehrtzumachen und wegzulaufen, nur um es nicht erfahren zu müssen. Sie zwang sich weiterzugehen.

»Kai.« Beklommen ging sie vor ihm in die Knie. »Was ist passiert?«

Kai hob den Kopf. Sein hilfloser Blick traf sie wie ein Faustschlag in den Solarplexus.

»Kathrin ist tot«, sagte er mit tonloser Stimme. »Sie ist erschossen worden.«

Wie oft im Leben, wenn etwas Schlimmes geschah, war sie nicht darauf vorbereitet gewesen, ja, sie hätte es selbst in ihrer wildesten Fantasie nicht für möglich gehalten, dass so etwas passieren konnte.

»Nein«, sagte Pia bestimmt und schüttelte den Kopf. »Nein, das kann nicht sein. Du musst dich irren. Du hast irgendwas falsch verstanden.«

Sie zog ihr Handy hervor und begann in ihren Kontakten nach der Nummer von Kathrin zu suchen. »Ich rufe sie an. Du wirst sehen, das ist ein Irrtum.«

»Pia! Hör auf damit!« Kai streckte die Hand aus und legte sie auf Pias Arm. »Die Geiselnahme im Landgericht …«

»Ja, ich habe davon gehört. Henning ist angerufen worden, dass er hinkommen soll. Was hat das mit Kathrin zu tun?«

»Der Chef und sie sind dort gewesen.«

»Der *Chef* und Kathrin?« Pia sah ihren Kollegen verständnislos an. »Unsinn! Der Chef war doch in der Uniklinik, zur Nachuntersuchung.«

»Ich weiß auch nicht mehr als das«, sagte Kai. »Die Engel hat mich angerufen und hat mir's gesagt. Sie ist auch dort.«

»Aber wieso? Was ... warum?« Pia schüttelte verwirrt den Kopf. »Das kann doch nicht sein.«

Sie ging in den Besprechungsraum und schaltete den Fernseher ein. Die Geiselnahme im Landgericht in Frankfurt war auf allen Sendern *breaking news*. Die Reporter überschlugen sich mit Spekulationen. Immer wieder wurden dieselben grauenvollen Bilder gezeigt: der Knall der Explosion, die ein Loch in die Außenmauer des Gebäudes gerissen hatte. Staub und flatterndes Papier in der Luft. Menschen, die sich hinter Absperrungen drängten. Vermummte Spezialeinsatzkräfte. Abgesperrte Straßen. Feuerwehrleute vor den Gerichtsgebäuden. Ein Polizeihubschrauber in der Luft.

»... handelte es sich bei dem Geiselnehmer offenbar um einen Richter am Landgericht«, sagte eine Reporterin mit ernster Miene. *»Unbestätigten Meldungen zufolge befanden sich sechs Personen im Gerichtssaal, als der Geiselnehmer einen Sprengstoffgürtel zündete und sich selbst und seine Geiseln tötete.«*

Kai erschien hinter ihr.

»Wissen Tariq und Cem schon Bescheid?«, fragte Pia.

»Nein. Die sind mit Kröger und seinen Leuten zu dieser Pilzfarm gefahren. Ich habe sie noch nicht erreicht.«

Wie hypnotisiert starrte Pia auf den Fernsehbildschirm, die Hände vor dem Mund. Ihre Knie waren plötzlich butterweich. Sie ließ sich auf einen Stuhl sinken. Immer wieder sah man solche schrecklichen Bilder im Fernsehen, aber so etwas passierte im Gazastreifen oder in Syrien, in Nordirland oder in den USA, aber doch nicht in Frankfurt!

Kai war in den Türrahmen getreten und starrte ebenso stumm wie sie auf den Bildschirm.

»Was haben die da bloß zu suchen gehabt?«, flüsterte Pia, aber Kai hatte darauf keine Antwort.

***

Bodenstein saß in eine Decke gehüllt auf einem Stuhl im Foyer der Staatsanwaltschaft, wo man eine provisorische Einsatzzentrale eingerichtet hatte. Jemand hatte ihm ein Getränk in einem Plastikbecher in die Hand gedrückt. Billiger Automatenkakao, süß und warm. Er musste den Becher mit beiden Händen halten, um nichts zu verschütten, so sehr zitterte er. Die SEK-Leute hatten ihn zu einem Rettungswagen gebracht, wo man ihm die Kevlar-Weste ausgezogen und ihm eine Infusion mit Kochsalzlösung gegen den Schock gelegt hatte, aber er hatte sich geweigert, in ein Krankenhaus gebracht zu werden. Ihm fehlte schließlich nichts. Trotz der Proteste der Sanitäterin und der Notärztin hatte er sich selbst die Kanüle aus der Vene gezogen und war aus dem Rettungswagen ausgestiegen.

Kathrin Fachinger war tot. Sie war vor seinen Augen erschossen worden, keine fünf Meter von ihm entfernt. Er hatte gesehen, wie ihr Schädel aufgeplatzt war und Blut und Hirnmasse gegen den Tisch der Staatsanwaltschaft gespritzt waren. Wieder und wieder sah er diese Bilder, in einer Endlosschleife, wie in Zeitlupe, und trotzdem konnte er es nicht begreifen. Sie hatte ihm doch noch sagen wollen, weshalb der Geiselnehmer ausgerechnet nach ihm, Bodenstein, verlangt hatte, obwohl er ihn kaum gekannt hatte! Warum war sie überhaupt hergekommen? Weshalb hatte sie darauf bestanden, mit in den Sitzungssaal zu gehen?

Bodenstein nahm seine Umgebung nur wie durch Watte wahr, das laute Pfeifen übertönte Stimmen und Geräusche. Eine junge Frau stand vor ihm, mit einem Klemmbrett in der Hand.

»Wen können wir über den Tod Ihrer Kollegin informieren?« Sie sprach laut und ganz langsam, als wäre er ein kleines Kind. »Ehemann? Kinder? Eltern?«

Bodenstein starrte sie nur stumm an.

Plötzlich war Nicola Engel da und schob die junge Beamtin zur Seite.

»Darum kümmern wir uns«, sagte sie energisch. »Gehen Sie!«

Ihr Tonfall wurde sanfter, als sie mit Bodenstein sprach.

»Warum hast du dich nicht ins Krankenhaus bringen lassen, Oliver?«

»Wieso wollte sie so unbedingt mit da reingehen?«, sagte er, statt auf ihre Frage zu antworten. »Sie hat ihn gut gekannt. Sie hat gesagt, er habe nach mir verlangt, weil ich ihr Chef sei. Warum, das wollte sie mir später erklären. Aber jetzt … ich verstehe das nicht.«

Er brach ab.

»Du musst dir keine Vorwürfe machen. Du hättest niemanden retten können. Die Experten vom BKA analysieren noch die Ton- und Videoaufnahmen aus dem Gerichtssaal, aber eins steht fest: Der Geiselnehmer war fest entschlossen, sein Vorhaben durchzuziehen.«

Bodenstein sah seine Chefin verwundert an.

»Ich mache mir keine Vorwürfe«, antwortete er. »Aber ich möchte verstehen, warum Fachinger mit in diesen Gerichtssaal gehen wollte. Hat sie wirklich geglaubt, sie könnte verhindern, was passiert ist? Sie wusste nicht, was er vorhatte. Sie war schockiert, als sie den Sprengstoffgürtel gesehen hat.«

Er erhob sich mühsam, ließ die Decke auf dem Stuhl liegen und den leeren Plastikbecher achtlos auf den Boden fallen. Sein Hemd war schmutzig, ein Ärmel zerrissen. Die Schutzweste, auf der Nicola bestanden hatte, hatte womöglich seine inneren Organe vor den schlimmsten Auswirkungen der enormen Druckwelle geschützt. Er wandte sich zum Gehen.

»Wo willst du hin?«, fragte Nicola Engel, aber Bodenstein antwortete nicht. Er verließ das Gebäude. Sie folgte ihm.

Einen Moment stand er benommen auf der Straße und starrte auf das Loch in der Außenwand des Gerichtsgebäudes, aus dem noch immer Staub und Papierfetzen in die eisige Dezemberluft wehten. Es erinnerte ihn an die Filmaufnahmen von 9/11 in New York. Erst allmählich wurde er sich der Gefahr bewusst, in der er geschwebt hatte.

Um ihn herum herrschte hektische Betriebsamkeit. Feuerwehrleute. Polizisten. SEKler. Im Landgerichtsgebäude waren Sprengstoffexperten im Einsatz, Statiker vom THW überprüften die Tragfestigkeit der Saaldecke und des Fußbodens. Man wartete auf ihre Expertise, um mit der Bergung der Leichen beginnen zu können. Die Gerichtsstraße und die Porzellanhofstraße waren abgesperrt, das gesamte Gerichtsgebäude menschenleer.

Bodenstein fühlte sich, als befände er sich unter Wasser. Jede Bewegung erforderte unwahrscheinliche Kraft. Kommandoführer Bleimehl kam in Begleitung des Polizeipräsidenten, Polizeioberrat Meyer-Trost und anderen Leuten von der Befehlsstelle des Präsidiums aus dem Gerichtsgebäude. Sie blieben stehen.

»Wie geht es Ihnen, Kollege Bodenstein?«, sprach ihn der Polizeipräsident an. Bodenstein beachtete ihn nicht und ging auf das Gerichtsgebäude zu. Er musste unbedingt noch einmal zurück an diesen Ort. Er musste das alles sehen, um zu begreifen.

»Bodenstein!«, rief der Kommandoführer ihm nach. Nicola Engel blieb zurück, um mit der Einsatzleitung und dem Polizeipräsidenten zu sprechen.

Vor dem Eingang standen ein paar SEK-Leute, aber niemand hinderte ihn daran, das Gerichtsgebäude zu betreten. Im Vorraum, hinter den verwaisten Sicherheitsschleusen, waren ein paar Leute damit beschäftigt, weiße Schutzoveralls anzuziehen.

»Oliver!«

Bodenstein blieb stehen. Es dauerte ein paar Sekunden, bis er Henning Kirchhoff erkannte.

»Was machst du denn hier?«, fragte Kirchhoff verwundert.

»Ich war da drin«, erwiderte Bodenstein. »Der Geiselnehmer hatte explizit nach mir verlangt. Und Kathrin Fachinger war auch dabei.«

»Kathrin Fachinger?« Auf Kirchhoffs Gesicht malte sich Entsetzen. »Wo ist sie jetzt?«

»Tot«, entgegnete Bodenstein. »Der Geiselnehmer hat ihr in den Kopf geschossen, bevor er den Sprengstoffgürtel gezündet hat.«

»Großer Gott!«

»Ich muss noch mal da rein«, sagte Bodenstein.

»Lass mich vorher allein reingehen«, bat Kirchhoff. »Es wird schrecklich aussehen, und ich kann vielleicht …«

»Ist mir egal.«

»Okay.« Kirchhoff signalisierte seinen Leuten, noch zu warten. »Wenn du willst, begleite ich dich.«

Bodenstein sah ihn an, dann nickte er langsam.

»Ja, ich glaube, das wäre gut.« Aus irgendeinem Grund empfand er die Anwesenheit eines Profis als tröstlich.

Sie gingen denselben Weg, den Bodenstein zuvor mit Kathrin Fachinger gegangen war. Überall waren Menschen. Feuerwehrleute. Technisches Hilfswerk. Sprengstoffexperten.

Im Flur vor Sitzungssaal 80 hielt Henning Kirchhoff Bodenstein zurück.

»Bist du dir sicher?«, fragte er eindringlich. »Es wird ein schlimmer Anblick sein.«

»Ich muss, Henning«, erwiderte Bodenstein. »Ich muss verstehen, was passiert ist.«

Der Rechtsmediziner zögerte.

»Bitte«, sagte Bodenstein, und Kirchhoff trat zur Seite.

Sie betraten den Raum durch das Loch, das vor zwei Stunden noch eine Tür gewesen war. Bodenstein starrte schockiert auf den Anblick, der sich ihm bot. Staub, Schutt, Papierfetzen. Die Sprengkraft der Bombe hatte die Glasscheiben der Oberlichter explodieren lassen und ein Loch in die Außenmauer des Gerichtsgebäudes gerissen, durch das eisige Luft in den Saal wehte. Seltsamerweise stand der Richtertisch noch. An den Wänden klebten rosa Fetzen – menschliches Gewebe und Hirnmasse. Köpfe und Oberkörper der Anwälte und ihrer Mandanten waren von der Bombe weggerissen worden, die unteren Teile ihrer Körper saßen noch auf den Stühlen.

Von Richter Hawelka war nur noch der Kopf übrig.

»Das ist so bei Selbstmordanschlägen mit Sprengstoffwesten«, erklärte Henning sachlich. »Die Explosion trennt den Kopf ab. Deshalb kann man die Attentäter immer identifizieren.«

Bodenstein stieg über die Trümmer, bis er Kathrins Leiche erreicht hatte. Neben ihr sackte er in die Knie. Die Druckwelle der Bombe schien über sie hinweggegangen zu sein, ihr Körper lag noch genauso da, wie er ihn zuletzt gesehen hatte. Er ergriff ihre Hand. Sie war kalt.

»Wieso wolltest du bloß unbedingt mit hier reingehen, Kathrin?«, flüsterte er. »Du könntest noch leben, wenn du auf uns gehört hättest.«

***

»Neuesten Erkenntnissen zufolge handelt es sich bei den Opfern der Geiselnahme um zwei Anwälte, ihre Mandanten und eine Polizistin.« Die Reporterin stand vor einer Absperrung zwischen vielen anderen Reportern. Ringsum drängten sich Schaulustige. *»Es gibt noch keine offizielle Bestätigung, aber bei dem Selbstmordattentäter soll es sich um einen dreiundfünfzigjährigen Richter handeln, der seit vielen Jahren am Landgericht tätig war. Eine Pressekonferenz ist für den frühen Abend angekündigt. Wir werden weiter berichten.«*

Die Nachricht, dass eine Kollegin bei dem Selbstmordattentat im Landgericht ums Leben gekommen war, hatte sich in der RKI wie ein Lauffeuer verbreitet. Überall liefen die Fernseher, alle waren schockiert und entsetzt. Jeder hatte Kathrin Fachinger gekannt.

Das Team des K11 hatte sich im Besprechungsraum versammelt. Betroffen und fassungslos saßen sie um den Tisch herum. Cem war wie betäubt, seitdem Kai ihm und Tariq die schreckliche Mitteilung gemacht hatte. Tariq war in Tränen ausgebrochen, und Kai hatte ihn getröstet. Jeder Polizist wusste um das Risiko, bei einem Einsatz verletzt oder sogar getötet zu werden. In der Realität passierte das so selten, dass man diese Gefahr gut verdrängen konnte. Aber jetzt hatte es eine Kollegin erwischt, eine von ihnen. Einen Menschen, mit dem sie seit Jahren Tag für Tag zusammengearbeitet hatten. Das versetzte alle in einen Schockzustand.

In der Mitte des Tischs stand die Schale mit den letzten Krümeln der Weihnachtsplätzchen, die Kathrin gebacken hatte. Daneben der Adventskranz, den sie mitgebracht hatte.

»Was tun wir jetzt?«, fragte Tariq in die Stille. »Wie geht es weiter?«

»Wir haben auf der Pilzfarm in einem Stollen den Ort gefunden, an dem Mahmoudi und wahrscheinlich auch Siegel und Radloff festgehalten worden sind«, sagte Cem.

»Und ich habe die Leiche von Daniel Radloff in einem Sarg entdeckt«, sagte Pia dumpf. »Der Bestatter Mazanek aus Limburg, dem die beiden Hunde gehören, sitzt unten in einem Vernehmungsraum.«

Sie sahen sich an.

»Wir warten auf den Chef«, entschied Kai.

Niemand widersprach. Niemand redete. Wie gelähmt saßen sie um den Tisch herum, während im Fernsehen immer die gleichen Bilder gezeigt wurden. Die Spekulationen über den Grund für das Selbstmordattentat überschlugen sich, bis Cem schließlich den Ton abschaltete.

Irgendwann zerriss das Klingeln des Telefons auf dem Tisch die Stille. Kai nahm ab.

»Das war der PvD«, verkündete er. »Oliver und die Chefin sind gerade eingetroffen.«

Wenige Minuten später betraten Bodenstein und Nicola Engel, gefolgt von Christian Kröger, den Besprechungsraum. Bodenstein sah mitgenommen aus. Das Gesicht wachsbleich, das Haar grau von Staub. Reste von getrocknetem Blut klebten an seiner Nase.

Der Fernseher lief ohne Ton. Gerade wurde die Pressekonferenz aus dem Frankfurter Polizeipräsidium übertragen.

»Das, was heute Vormittag im Landgericht passiert ist, ist das Schlimmste, was ich in meinem Leben je erlebt habe«, begann Bodenstein gefasst. »Aber ich bin unverletzt. Ich will nicht in Watte gepackt werden. Ich leite weiterhin die laufenden Ermittlungen.«

Er hielt kurz inne.

»Unsere Kollegin Kathrin Fachinger hat vor meinen Augen ihr Leben verloren«, fuhr er fort. »Der Geiselnehmer hat ihr in den Kopf geschossen, bevor er den Sprengstoffgürtel gezündet und damit sich selbst, die Strafverteidiger Udo Szameit und Jan Pfefferkorn sowie deren Mandanten getötet hat. Ich durfte vorher den Saal verlassen. Wieso der Geiselnehmer auf meiner Anwesenheit bestanden hat, bleibt sein Geheimnis. Kathrin hat mir auf dem Weg zum Saal gesagt, es liege wohl daran, dass ich ihr Chef sei, sie wollte mir später erklären, was das heißen sollte. Dazu ist es nicht mehr gekommen.«

»Oh Gott!«, stieß Tariq hervor.

Bodenstein räusperte sich.

»Offenbar hatte Kathrin eine Liebesbeziehung mit dem Geiselnehmer. Sie muss geahnt oder sogar gewusst haben, was er vorhatte, deshalb hat sie darauf bestanden, mich in den Sitzungssaal begleiten zu dürfen, aber sie war schockiert, als sie den Sprengstoffgürtel gesehen hat. Sie hat wohl wirklich geglaubt, sie könnte ihn zum Aufgeben bewegen. Der Geiselnehmer hat etwa zwanzig Minuten geredet – das, was er von sich gegeben hat, könnt ihr euch sicherlich zu einem späteren Zeitpunkt anhören –, danach ist Kathrin zu ihm hingegangen und hat etwas zu ihm gesagt, was man erst später beim Abhören der Aufnahme verstehen konnte. Sie sagte …« Bodenstein schloss die Augen und zitierte aus dem Gedächtnis: »*Wie kannst du uns nur so verraten? Ich habe wirklich geglaubt, wir kämpfen für dieselbe Sache. Wir waren immer für dich da, wenn du uns gebraucht hast, und alles, was du getan hast, hast du aus freiem Willen getan!* Der Geiselnehmer hat darauf erwidert: *Ich hätte euch niemals kennenlernen dürfen – Wolf, Markus, deinen Bruder und dich. Ihr habt aus mir ein Monster gemacht.*«

»Wolf Sollberg?«, fragte Tariq.

»Wer ist Markus?«, wollte Kröger wissen.

»Kathrins Bruder?« Pia war irritiert. »Ich wusste gar nicht, dass sie einen Bruder hat! Du, Kai?«

»Nein«, sagte der.

»Die Frankfurter Kollegen haben gemeinsam mit Experten von LKA und BKA die Ermittlungen zum erweiterten Suizid des Geiselnehmers aufgenommen«, übernahm Kriminaldirektorin Nicola Engel. »Aber alles, was unsere verstorbene Kollegin betrifft, ist unsere Sache. Selbstverständlich werden wir eng mit den Frankfurtern zusammenarbeiten, wenn es die Ermittlungen erfordern.«

Wieder Stille.

»Das ist alles?«, fragte Cem befremdet. »Kathrin ist von einem *Geiselnehmer*, der vermutlich ihr Freund war, erschossen worden, und hier geht es nur um *Ermittlungen*? Wir haben über Jahre hinweg mit Kathrin gearbeitet, wir waren ein Team, wir kannten uns gut …«

»Ach ja? Wie gut haben wir sie denn gekannt?«, unterbrach Bodenstein ihn ungewohnt heftig. »Hast du gewusst, dass sie einen Bruder hat? Wie er heißt? Wo er wohnt? Wusstest du, dass sie mit diesem Richter so eng befreundet war? Kennst du ihre nächsten Angehörigen, die man im Falle des Todes verständigen soll? Weißt du, für welche *Sache* sie gekämpft hat?«

»Nein«, räumte Cem unbehaglich ein.

»Bei jedem von euch weiß ich über das Privatleben Bescheid, und ihr wisst viel über meins. Weil keiner von uns etwas zu verbergen hat«, sagte Bodenstein. »Kathrin war seit Februar 2005 in unserem Team – vierzehn Jahre lang! Und in all diesen Jahren hat sie *nichts* von sich preisgegeben. Trotzdem habe ich ihr vertraut, so, wie ich jedem von euch vertraue. Das, was ich heute erleben und erfahren musste, hat alles für immer verändert. Ich will die Wahrheit herausfinden. Ich will wissen, ob Kathrin eine Heldin war, die versucht hat, einen Geiselnehmer davon abzuhalten, seine Geiseln zu töten. Oder ob sie nur deshalb mit in den Gerichtssaal wollte, damit Hawelka nichts Falsches sagen kann.«

Die Tragweite dieser Vermutung hallte nach wie Donnergrollen, und Pia wurde bewusst, dass Bodenstein recht hatte. Während Christian, Cem und Tariq auf ihren Schreibtischen gerahmte Fotos von ihren Frauen und Kindern stehen hatten, jeder die Familienverhältnisse von Bodenstein und Pia kannte, und Kai aus seiner Lebensgefährtin kein Geheimnis machte, wusste man über Kathrin tatsächlich nichts. Nach einem Wochenende berichteten alle in der Teeküche von Fußballturnieren der Söhne, Familienfeiern, Kurztrips oder Filmen, die sie gesehen hatten, nur Kathrin hatte nie etwas erzählt, und wenn, dann waren es Belanglosigkeiten gewesen. Sie hatte für jeden ein offenes Ohr gehabt, hatte Plätzchen und Kuchen gebacken und nie einen Geburtstag oder ein Jubiläum vergessen, aber von ihr selbst hatte man nichts erfahren.

»Außerdem beschäftigt mich die Frage, ob Kathrin billigend in Kauf genommen hätte, dass ich auch ums Leben komme«, sagte Bodenstein. »Sie hat sich über alle Anweisungen hinweggesetzt und den Geiselnehmer provoziert. Er hätte die Nerven verlieren und den Sprengstoffgürtel früher zünden können, und dann würde ich jetzt nicht mehr hier stehen.« Er holte tief Luft und stieß sie wieder aus. »Ich fahre jetzt nach Hause und schlafe eine Nacht über die ganze Sache. Und, Cem, natürlich trauern wir um Kathrin. Sie war unsere Kollegin. Eine gute Polizistin. Wir haben sie gemocht und geschätzt.«

***

Sie brachte es nicht fertig, das Skizzenbuch noch einmal aufzuschlagen. Es tat so weh, dass Lissy Geheimnisse vor ihr gehabt hatte. Wenn sie doch nur einen Beweis dafür hätte, dass Lissy an dem Abend, an dem sie umgebracht worden war, mit Damon verabredet gewesen war! Sie würde sich komplett blamieren, wenn sie das der Polizei erzählte und es gar nicht stimmte! Dann konnte sie nicht nur die Schule wechseln, sondern am besten gleich den Planeten! Alle fanden Damon cool, und wenn rauskam, dass sie ihn bei den Bullen angeschwärzt hatte, dann würde sie sich von dem Shitstorm nie mehr erholen.

Aber einfach nichts sagen? Sich hinter ihren Eltern verstecken wie ein kleines Kind? Die Kommissarin hatte voll gecheckt, dass sie gelogen hatte.

Was sollte sie bloß tun?

Sara zog das Skizzenbuch unter der Matratze hervor. Unentschlossen betrachtete sie es eine Weile, aber dann schlug sie es auf und blätterte bis zu dem Manga, das in dem Klub in Berlin spielte. Sie zwang sich weiterzulesen. Nach der Klassenfahrt wurden die Mangas richtig gruselig. Wie immer spielten Lissy, Damon und sie selbst die Hauptrollen, aber plötzlich tauchte eine neue Figur auf, ein Mann ohne Gesichtszüge. Wer sollte das sein? Jemand Bestimmtes? Oder so was wie eine Metapher? Eine Metapher für was? Für Lissys Angst? War es wegen Kanada gewesen? Der Anmeldetermin war immer näher gerückt, und Lissy hatte sich nicht entscheiden können. Wegen Damon, hatte Sara vermutet. Wenn sie es schon nicht ertragen konnte, ihn acht Tage nicht zu sehen, dann konnte sie unmöglich ein halbes Jahr nach Kanada gehen! Lissys andere Seite, die abenteuerlustige Seite, hatte total Lust auf Kanada gehabt. Erst vor ein paar Wochen hatte sie zu ihr gesagt, sie würde am liebsten für ein ganzes Jahr nach Kanada gehen oder sogar für immer. Nein, halt! Das war anders gewesen. Sara schlug das Skizzenbuch zu und versuchte, sich zu erinnern.

»Ich muss hier weg«, hatte Lissy gesagt. »Unbedingt! Wir sollten für ein ganzes Jahr nach Kanada gehen. Oder für immer!«

Sie hatte das todernst gesagt, mit Tränen in den Augen, und sie hatte Sara dabei umarmt, sich an sie geschmiegt. Weil sie aber oft vieles so dramatisch gesagt hatte und am nächsten Tag alles wieder komplett anders sein konnte, hatte Sara diesen Gefühlsausbruch nicht so ernst genommen. Wann war das gewesen? Hatte es irgendeinen Auslöser dafür gegeben? Sara setzte sich auf und konzentrierte sich. Sie hatten irgendwo gesessen, Lissy und sie. Nein, nicht in der Schule. Und auch nicht in Lissys Zimmer. Plötzlich fiel es ihr ein. Es war auf der Buchmesse gewesen. Am Sonntag. Sie waren in ihren Kostümen Richtung Ausgang gelaufen, in einer Riesengruppe anderer Cosplayer, die wie sie das Finale der Deutschen Cosplay-Meisterschaften gefeiert hatten. Es war ein megaschöner Spätsommertag im Oktober gewesen, und sie waren voll happy gewesen. Hatte Sara zumindest gedacht. Aber Lissys Stimmung war ganz plötzlich gekippt. Den Grund dafür hatte sie ihr nicht verraten.

***

Das Team war in Schockstarre, nachdem Bodenstein und Nicola Engel den Besprechungsraum verlassen hatten. Es widerstrebte jedem, schlecht von Kathrin zu denken, die bis gestern mit ihnen hier, an diesem Tisch, gesessen hatte, aber das, was Bodenstein eben gesagt hatte, änderte alles.

Die Kriminaldirektorin kehrte zurück.

»Wer sich nicht in der Lage fühlt zu arbeiten, kann für heute Feierabend machen«, sagte sie. »Alle anderen sollten sich jetzt wieder auf die Arbeit konzentrieren.«

Keiner rührte sich von seinem Platz.

»Wir sind in einem Stollen auf dem Grundstück der Pilzfarm auf Hinweise gestoßen, dass Mahmoudi, Siegel und Radloff dort gefangen gehalten wurden«, brach Cem das Schweigen. »Wolf Sollberg hat einen Brief an seinen Kompagnon hinterlassen und alle persönlichen Dinge mitgenommen. Wir sind der Meinung, er kommt nicht zurück.«

»Sollberg wird zur Fahndung ausgeschrieben. International«, ordnete Nicola Engel an. »Ich bin mir sicher, dass Richter Hawelka von ihm gesprochen hat.«

»Henning und ich haben den Bestatter Volker Mazanek in flagranti mit zwei Leichen in einem Sarg erwischt, als er sie gerade im Krematorium ausladen wollte. Bei der Leiche, für die er keine Papiere hatte, handelt es sich um die von Daniel Radloff«, sagte Pia. »Mazanek sitzt unten im Vernehmungsraum. Ich glaube, man kann ihn schnell knacken.«

»Gut, dann nehmen Sie ihn zusammen mit Herrn Altunay in die Mangel«, bestimmte Nicola Engel.

»Sie hatte einen Bruder und hat ihn nie auch nur erwähnt«, murmelte Kai deprimiert.

»Was hat der Richter wohl mit dem Satz gemeint: *Ihr habt aus mir ein Monster gemacht?*«, fragte sich Tariq.

»Leute«, sagte Pia energisch. »Wir können hier rumsitzen und sinnlos herumspekulieren, oder wir können uns an die Arbeit machen und Antworten suchen. Cem, wir reden jetzt mit Volker Mazanek. Tariq, du bringst die Kollegen von der Soko auf den neuesten Stand. Dann fährst du mit Merle zu Ulrike Radloff nach Kelkheim und teilst ihr mit, dass die Leiche ihres Sohnes gefunden wurde und man sie in die Rechtsmedizin gebracht hat.«

»Okay.« Tariq schien froh über die Aufgabe.

»Kai, du kümmerst dich um die Fahndung nach Wolf Sollberg.«

»Danach nehmen Sie sich Fachingers Computer vor«, sagte Nicola Engel. »Checken Sie auch ihr Abfrageverhalten in den letzten Wochen und Monaten.«

»Dürfen wir das?«, fragte Tariq unsicher.

»Fachinger wurde erschossen«, erinnerte ihn die Kriminaldirektorin. »Es wird nicht lange dauern, bis die Kollegen von der Internen Ermittlung hier auftauchen und alles an sich reißen. Vorher will ich wissen, was los ist. Frau Sander, Sie, Ostermann und ich nehmen uns Fachingers Schreibtisch vor. Vielleicht finden wir Hinweise auf Angehörige, die wir informieren müssen.«

»Haltet mich da raus«, sagte Kai und stand auf. »Ich hab genug zu tun mit der Soko.«

Pia und Nicola Engel wechselten einen Blick.

»Für Kai muss das noch viel schlimmer sein als für uns. Er hatte Kathrin von Anfang an unter seine Fittiche genommen«, erklärte Pia ihrer Chefin. »Und obwohl Behnke ein alter Kumpel aus SEK-Zeiten gewesen ist, hat Kai zu ihr gehalten, als es zwischen den beiden zu Streitereien kam.«

***

Gerade als Pia und Cem in den Keller gehen wollten, um mit Volker Mazanek zu sprechen, meldete die Wache die Ankunft seines Anwalts. Er verlangte zu wissen, weshalb sein Mandant festgenommen worden sei, und Pia schilderte ihm den Sachverhalt. Volker Mazanek sei dabei angetroffen worden, einen Verstorbenen zur Kremierung transportiert zu haben, ohne die dafür notwendigen amtlichen Unterlagen vorzeigen zu können. Die Leiche sei deshalb beschlagnahmt und zur Feststellung von Identität und Todesursache ins Institut für Rechtsmedizin nach Frankfurt überführt worden. Es bestehe der dringende Verdacht, dass es sich bei dem Verstorbenen um Daniel Radloff handle, der seit dem 26. November als vermisst gelte. Da sich in dem Sarg, den der Beschuldigte in seinem Leichenwagen transportierte, zwei Verstorbene befanden, bestehe außerdem ein Anfangsverdacht der Störung der Totenruhe gemäß § 168 StGB. Ein Haftbefehl sei beantragt.

Der Anwalt verlangte, seinen Mandanten unter vier Augen zu sprechen.

Pia und Cem begleiteten ihn nach unten, baten ihn, Mazanek nach dem Aufenthaltsort von Farwad Mahmoudi zu fragen, und warteten dann im Flur vor dem Vernehmungsraum.

»Das war's«, unkte Pia. »Du wirst sehen, der sagt keinen Ton mehr.«

Damit sollte sie recht behalten. Als der Anwalt nach fünfzehn Minuten zurückkehrte, erklärte er, sein Mandant werde sich bis auf Weiteres nicht zur Sache äußern.

»Hat er etwas über Farwad Mahmoudi gesagt? Weiß er etwas über den Verbleib des Mannes?«, fragte Pia.

»Wie gesagt, mein Mandant will im Moment keine Angaben machen«, wiederholte der Anwalt.

»Mahmoudi wird im Zusammenhang mit dem Mord an einer sechzehnjährigen Schülerin gesucht«, sagte Pia. »Er ist spurlos verschwunden, und wir haben Grund zu der Annahme, dass er entführt wurde. Genau wie Daniel Radloff und René Siegel.«

»Tut mir leid«, antwortete der Anwalt. »Ich verlange die sofortige Freilassung meines Mandanten.«

»Das können Sie vergessen.« Pia war frustriert und verärgert. »Ihr Mandant wird in die JVA Preungesheim überstellt und morgen früh dem Haftrichter vorgeführt.«

***

Anne Böhlefeld kniete auf dem Teppich im Zimmer ihrer Tochter. Sie hatte die herumliegenden Kleidungsstücke zusammengesucht und in einen Wäschekorb gelegt, um sie ein letztes Mal zu waschen. Jetzt waren die Plüschtiere dran. Eine Polizistin hatte gestern Lissys Lieblingsstofftier zurückgebracht, das sie für die Suchhunde gebraucht hatten.

Anne hielt inne und sah sich im Reich ihrer Tochter um. Lissy hatte unglaublich viel Kram besessen, den sie nicht einfach in Müllsäcke packen und wegwerfen wollte, deshalb hatte sie sich vorgenommen, alles zu sortieren und in Kisten zu packen, aber diese Arbeit war furchtbar schmerzlich. Alles weckte Erinnerungen. Für jede Kiste, die sie packte, benötigte sie Stunden, weil jeder Gegenstand, jedes Kleidungsstück, jede Zeichnung eine Flut von Bildern und Gefühlen auslöste, die Anne die Kehle zusammenschnürte. Aber sie musste es tun, egal, wie schwer es ihr fiel. Jeden Tag ein kleines bisschen. Sie hielt währenddessen Zwiesprache mit Lissy und entschuldigte sich immer wieder, denn ihre Tochter hätte es gehasst, dass sie in ihren Sachen herumkramte. Ihr Zimmer war ihr Rückzugsort gewesen. Sie hatte sogar selbst staubgesaugt und ihr Bett bezogen.

Anne fühlte sich wie ein Eindringling, aber gleichzeitig ihrer

Tochter nahe. Lissy hatte ihr Zimmer schon weihnachtlich geschmückt. Lichterketten aufgehängt. *Weihnachten muss kitschig sein, Mama*, hatte sie immer gesagt. Normalerweise hätten sie zusammen den Weihnachtsbaum geschmückt und im Haus die Weihnachtsdekoration verteilt. In diesem Jahr hatte niemand die dritte Kerze auf dem Adventskranz angezündet. Niemand hatte Geschenke gekauft. Und wenn der freundliche Kommissar nicht gewesen wären, hätten sie nicht einmal einen Weihnachtsbaum gehabt.

Der Schmerz saß tief in Annes Brust. Es fiel ihr schwer, den Gedanken zuzulassen, dass Lissy nie mehr wiederkommen, nie mehr in diesem Bett schlafen, nie mehr Klamotten auf dem Teppichboden verstreuen würde. Die Vorstellung, dass man ihren Körper aufgeschnitten hatte, war entsetzlich. Ein Albtraum. Ihr Kind, ihr fröhliches, weiches kleines Mädchen, das so verletzlich war und immer so leicht gefroren hat, hatte nackt auf dem Metalltisch gelegen und würde bald unter der Erde in dem Sarg liegen, den sie gleich aussuchen mussten. Jörg hatte das so entschieden. Keine Urne. Kein Friedwald. Stattdessen würden Würmer den Körper ihres Kindes auffressen. Das Geschwafel des Pfarrers, dass Lissys Seele längst woanders war und das, was in die Erde gelegt wurde, nur noch eine leere Hülle, war ihr kein Trost, denn diese Hülle hatte sie geboren! Sie hatte diese zarte Haut gebadet und eingecremt, zärtlich gestreichelt und in ihren Armen gehalten. Sie hatte das blonde Haar gekämmt und zu Zöpfen geflochten. Ach, wie sollte sie nur weiterleben ohne ihr Kind? Was für einen Sinn hatte das Leben überhaupt noch? An Gott hatte sie kein Gebet gerichtet, wozu auch? Ein Gott, der zuließ, dass ein Mädchen getötet wurde, war nicht der Gott, zu dem sie beten wollte.

Diese Trauerfeier würde das letzte Mal sein, dass sie einen Fuß in eine Kirche setzte. Anne stand auf, schloss die Tür von Lissys Zimmer und schleppte sich hinunter ins Wohnzimmer. Sie starrte auf das Buch mit der Waffe. Mit einem Seufzer setzte sie sich an den Esstisch, zog ihr Tablet heran und öffnete es. Da poppte eine Nachricht auf. *Geiselnahme im Landgericht in Frankfurt endet blutig*. Ein Foto des Geiselnehmers wurde eingeblendet, und kurz stockte Annes Herzschlag. Sie erkannte den Mann sofort. Er war am Samstag in die Apotheke gekommen und hatte ihr die Waffe gegeben! Richter Konstantin Hawelka, dreiundfünfzig Jahre alt. Er hatte sich einen Sprengstoffgürtel umgeschnallt und fünf Menschen und sich selbst in den Tod gerissen. Anne überlief eine Gänsehaut. Sie hörte noch die Stimme des Mannes in ihrem Ohr: *Jemand hat meine Familie getötet, nur weil er schlechte Laune und kein Geld für Drogen hatte. Mein Sohn war erst elf Jahre alt. Seitdem lebe ich in der Hölle.* Sie sah seine Augen vor sich, diese Traurigkeit in seinem Blick. Zu dem Zeitpunkt musste er schon den Entschluss gefasst haben, sich und andere zu töten. Er musste den Sprengstoffgürtel gebastelt haben, denn so etwas gab es schließlich nicht in irgendeinem Laden zu kaufen.

Anne konnte ihn verstehen. Er hatte auch keinen Sinn mehr in seinem Leben gesehen. Vielleicht musste sie dasselbe tun. Mit einem Knall klappte sie ihr Tablet zu, dann stand sie auf und zog den Buchtresor aus dem Regal. Sie klappte ihn auf, nahm den Zettel heraus und faltete ihn auseinander. Irgendwie hatte sie damit gerechnet, dass sie weit fahren müsste, in einen tiefen Wald, aber die notierte Adresse war nur ein paar Kilometer entfernt. Alles war dezidiert beschrieben. Anne blinzelte eine Träne weg. Und sie traf eine Entscheidung. Jörg kam frühestens um acht oder neun Uhr nach Hause. Bis dahin war alles vorbei.

***

Nicola Engel und Pia durchsuchten Kathrins Schreibtisch, während Cem unten im Soko-Raum damit beschäftigt war, nach Beweisen für eine Beteiligung Mazaneks an der Tötung von René Siegel und Daniel Radloff zu suchen, mit denen man morgen den Haftrichter davon überzeugen konnte, den Mann in U-Haft zu schicken. Die heute entnommene DNA seiner Hunde musste mit der von den Bissspuren an der Leiche von René Siegel abgeglichen werden.

Jeder von ihnen stürzte sich in die Arbeit, denn das half, das Schlimme wenigstens vorübergehend zu verdrängen.

Nicola Engel fand in einer Schublade Kathrins Ersatz-Schlüsselbund, den sie dort immer aufbewahrt hatte, für den unwahrscheinlichen Fall, dass sie ihre Schlüssel verlieren sollte. Er war erstaunlich umfangreich, mindestens fünfzehn Schlüssel hingen an dem Ring. Die Schubladen enthielten nichts Privates, abgesehen von einer Packung Aspirin, mehreren Packungen Papiertaschentüchern und ein paar Süßigkeiten. Hinweise auf einen Bruder oder andere Angehörige gab es nicht.

»Wie ist Kathrin eigentlich heute nach Frankfurt gekommen?«, wollte Pia wissen.

»Ich weiß es nicht«, erwiderte Nicola Engel. »Sie stand plötzlich vor uns.«

»Dann muss irgendwo noch ihr Auto herumstehen«, sagte Pia. »Hatte sie denn ihre Tasche dabei? Ihr Handy?«

»Keine Ahnung. Wie gesagt, sie stand plötzlich im Foyer der Staatsanwaltschaft. Und als sie mit Bodenstein ins Gerichtsgebäude gegangen ist, hat sie weder mir noch jemand anderem etwas zur Verwahrung gegeben.«

»Lass uns zu Kathrins Wohnung fahren«, schlug Pia vor.

Da tauchte Kai im Türrahmen auf.

»Konstantin Hawelka, der Selbstmordattentäter, hat im Januar 2015 seine Frau und seinen Sohn verloren«, sagte er. »Ein Gullydeckelwerfer hat bei Bickenbach auf der A5 das Auto seiner Frau getroffen. Sie und ihr Sohn sind im Autowrack verbrannt.«

»Woher weißt du das?«, fragte Pia überrascht.

»Die Presse war schneller als wir«, erwiderte Kai. »Kam gerade bei N24.«

»Frau Sander und ich fahren zur Wohnung von Frau Fachinger. Kommen Sie mit, Ostermann?«

»Nein«, erwiderte der. »Ich bleibe hier. Ich checke diese Gullydeckel-Geschichte. Ach ja – die Kollegen aus Frankfurt wollen ein Foto von Kathrin für die Presse. Darf ich ihnen eins schicken?«

»Nein«, entschied Nicola Engel. »Nicht bevor wir herausgefunden haben, ob Frau Fachinger Angehörige hat, die wir informieren müssen. Auch ihr Name darf unter keinen Umständen veröffentlicht werden.«

***

Anne Böhlefeld fuhr durch Schwalbach, bog an der Kreuzung, an der Lissys Schule lag, rechts ab und fuhr durch den Limes-Tunnel. Ein paar Hundert Meter weiter bog sie links ab und landete im üblichen Feierabendstau Richtung Kronberg. In Gedanken ging sie durch, woran sie denken musste. Die Pistole zu laden und den Schalldämpfer anzuklicken war tatsächlich kinderleicht gewesen. Sie trug Nitrilhandschuhe, um keine Fingerabdrücke an der Waffe zu hinterlassen, und auf dem Kopf den dunkelblauen Baumwoll-Beanie von Lissy, damit sie kein Haar verlor, das die Polizei zu ihr führen könnte. Auch bei der Kleiderauswahl war sie sehr überlegt vorgegangen: Nichts aus Wolle oder Baumwolle, das Fasern hinterlassen konnte, sondern eine Windjacke und eine Überziehregenhose aus Polyester. Die Pistole hatte sie in ein Frotteehandtuch gewickelt, das sie nachher in irgendeinem Mülleimer entsorgen würde. Die Waffe, den Schalldämpfer und das Magazin würde sie in den Anglerteich im Waldstück zwischen Kronberg, Schwalbach und Bad Soden werfen. Da würde um diese Uhrzeit niemand mehr unterwegs sein, nicht mal mehr Jogger oder Hundespaziergänger. Sie atmete tief ein und aus. War erstaunt, wie ruhig sie innerlich war. Wie klar ihr Kopf auf einmal war, jetzt, wo sie eine Entscheidung getroffen hatte. Sie würde noch ein paar Monate warten und sich dann von Jörg trennen. Von hier wegziehen. In eine Gegend, in der sie nichts mit Lissy verband. Einen Job würde sie leicht finden als Apothekerin mit Berufserfahrung. Die Ampel schaltete wieder auf Grün, diesmal schaffte sie es über die Kreuzung. Vor dem Kronberger Friedhof musste sie rechts abbiegen und dann gleich wieder rechts. Sie parkte auf dem Parkplatz von Penny, stülpte die Kapuze über den Kopf und stieg aus. Von hier aus war es nicht mehr weit bis zu dem Gebäude, das auf dem Zettel beschrieben war. Es war das letzte in einer Sackgasse, ein dreigeschossiges Lagerhaus, unbeleuchtet, dahinter nur noch die Bahngleise und Dunkelheit. Sie öffnete das Tor, betrat den Hof und ging um das Gebäude herum. Im Schutz der Mauer schob sie die Kapuze zurück und setzte eine OP-Maske auf, die sie aus der Apotheke mitgenommen hatte. Ihre Augen gewöhnten sich schnell an die Dunkelheit. Sie fand den Schlüssel im Briefkasten, schloss die Tür auf und zuckte erschrocken zusammen, weil sie plötzlich in gleißend hellem Licht stand. Bewegungsmelder, dachte sie. Stand ja auf dem Zettel. Sie atmete durch, steckte den Schlüssel ins Schloss, drehte ihn aber nicht um. Es war völlig still. Sie konnte ihren Herzschlag in den Ohren pochen hören. Den Plan des Gebäudes, den der Richter ihr aufgezeichnet hatte, hatte sie im Kopf. Sie wickelte die Pistole aus dem Handtuch, ließ es in die Einkaufstasche fallen, nahm die Waffe in beide Hände und lauschte. Geradeaus ging es in einen Flur, von dem mehrere Türen abzweigten, aber sie musste in den Keller. Sie nahm die Treppe nach unten, winkelte die Arme an, ihre Hände um die Pistole geschlossen, der rechte Zeigefinger locker am Abzug. Auch im Untergeschoss ging eine Deckenleuchte an, als sie vom Bewegungsmelder erfasst wurde. Da war die beschriebene Metalltür. Rot gestrichen. Dahinter lag der Heizungskeller, durch den sie gehen musste. Alles war alt, aber sauber. Nirgendwo stand etwas herum. Sie ging an der Heizungsanlage vorbei, die leise summte. Im Heizungsraum war es wärmer als in den Fluren. Versteckt hinter dem Warmwasserkessel fand sie die niedrige Tür, auch eine Sicherheitstür.

Anne öffnete sie mit der linken Hand. Der Geruch, der ihr entgegenschlug, erinnerte sie an Zoobesuche in ihrer Kindheit. So hatte es in Raubtier- und Affenhäusern gestunken. Beißend. Nach Urin und Exkrementen. Obwohl es nicht warm war, fing sie an zu schwitzen. Noch eine Tür. Ihre Handflächen in den Handschuhen wurden feucht. Was, wenn der Kerl auf sie losging? *Er befindet sich in einer Art Zelle und kann nicht weglaufen*, hörte sie die Stimme des Richters in ihrem Kopf.

Plötzlich kämpfte Anne gegen einen hysterischen Lachkrampf an. Wenn die Leute sie jetzt sehen könnten – Jörg, ihre Kolleginnen, die anderen Mütter. Und erst die heilige Saskia! Beim Gedanken an die Ex-Frau ihres Mannes stieg kalter Hass in ihr empor. Saskia war schuld an allem. Sie hatte Lissy mit zu den Flüchtlingen geschleppt.

Anne stieß die Tür auf. Eine Leuchtstoffröhre an der Decke sprang an. Selbst durch die Maske war der Gestank unerträglich. Und da war er. In einem Käfig, eingesperrt wie eine Ratte. Er lag auf einer Matratze. Blinzelte ins Licht.

»Steh auf«, sagte Anne. »Los, hoch mit dir. Ich will dich sehen, wenn ich dich töte.«

Worte wie aus einem schlechten Film. Völlig unwirklich.

»Du hast meine Tochter umgebracht!«, zischte Anne. »Warum hast du das getan? Warum hat mein Mädchen sterben müssen?«

Ihm ging es offensichtlich schlecht. Er war abgemagert und schmutzig. Seine Augen glänzten fiebrig, seine Lippen waren aufgeplatzt. Er sah anders aus als auf den Fotos. Jetzt trug er einen Bart. Anne zog sich mit einem Ruck die Maske herunter, auchwenn es vielleicht dumm war. Aber ihr Gesicht sollte das Letzte sein, was dieses Schwein in seinem Leben sah.

»Ich bin die Mutter von Lissy, die du umgebracht hast«, flüsterte sie. »Und dafür musst du sterben.«

Dann drückte sie ab. Und noch mal. Und ein drittes Mal.

***

Bodenstein ließ das heiße Wasser über seinen Körper rinnen, bis der Boiler leer war. Er hatte sich dreimal von Kopf bis Fuß eingeseift und wieder abgespült, trotzdem fühlte er sich noch immer schmutzig. In dreißig Jahren als Polizist und als Leiter des K11 hatte er schon viele furchtbare Dinge gesehen und erlebt, wie zum Beispiel eine Massenpanik, bei der eine Frau zu Tode getrampelt worden war, aber die Ermordung einer langjährigen Mitarbeiterin vor seinen Augen war bis jetzt das schlimmste Erlebnis. Bodenstein trat aus der Dusche und trocknete sich ab. Es war angenehm warm im Badezimmer, dennoch fror er bis ins Mark. Das Pfeifen in seinen Ohren war nicht mehr ganz so schrill, aber nicht weg.

Sophia hatte ihm aus dem Stall eine WhatsApp geschrieben, dass noch einmal das komplette Programm für die Weihnachtsfeier am Samstag geübt werden sollte, das würde dauern.

Er war froh, dass ihm niemand von seiner Familie begegnet

war, als er nach Hause gekommen war, zerzaust und verdreckt und voll mit Blut, seinem eigenen und wahrscheinlich auch dem von Kathrin Fachinger. Die Klamotten, die er heute getragen hatte, würde er in die Mülltonne werfen, sogar die Unterwäsche, die Socken und die Schuhe.

Auf dem Weg zu seinem Kleiderschrank hielt Bodenstein inne.

Warum hatte der Richter ausgerechnet nach ihm verlangt?

Was hatte Kathrin damit gemeint, als sie gesagt hatte, er habe ihre gemeinsame Sache verraten?

Wie hatten Kathrin, Wolf Sollberg, dieser Markus und Kathrins Bruder, von dem er bis dahin noch nie etwas gehört hatte, Konstantin Hawelka zu einem Monster gemacht?

Wie sollte er jemals die Schreie der Geiseln, ihr verzweifeltes Betteln, den Anblick ihrer zerfetzten Oberkörper, den abgerissenen Kopf des Richters und den explodierenden Hinterkopf von Kathrin aus seinem Gedächtnis vertreiben?

Er krümmte sich zusammen und sank auf die Bank, die am Fußende seines Bettes stand. Ihm graute vor dem, was auf ihn zukam. Die mitleidigen Blicke, das Tuscheln hinter seinem Rücken, die übertriebene Rücksichtnahme. *Wie hält der Bodenstein sich wohl? Kriegt er die Kurve, oder ist das sein Ende als Leiter des K11?*

Er stand beim Polizeipräsidenten sowieso schon auf der Abschussliste, das hatte ihm Nicola verraten. Wenn er jetzt Schwäche zeigte und Fehler machte, dann war er seinen Job los. Aber genau betrachtet, konnte er sowieso nur verlieren. Sie würden ihm sicher schon morgen mit einem Psychologen kommen. Nahm er das Angebot einer Trauma-Therapie an, war er raus. Lehnte er ab, wahrscheinlich auch.

Bodenstein zwang sich, aufzustehen und die Schranktüren zu öffnen. Unterwäsche anziehen und Socken. Eine Hose. Ein Hemd. Was er jetzt brauchte, war Wut. Wut konnte den Schmerz, die Angst und dieses elende Gefühl der Machtlosigkeit für eine Weile zur Seite drängen.

Sein Handy klingelte. Auch das noch! Er warf einen Blick aufs Display. Cosima. Sie hatte schon ein paarmal versucht, ihn zu erreichen. Und vielleicht war sie genau der Mensch, den er jetzt brauchte.

***

Die Tür von Kathrins Eigentumswohnung in einem Vier-Parteien-Haus in Sulzbach war nur zugezogen, aber nicht abgeschlossen, und ein kühler Luftzug wehte Pia und Nicola entgegen, als sie die Wohnung betraten. Sie verständigten sich mit einem Blick, zogen ihre Dienstwaffen und sicherten die Wohnung Zimmer für Zimmer. In allen Zimmern brannte Licht, und im Wohnzimmer stand die Balkontür sperrangelweit offen.

»Jemand war hier und ist über den Balkon abgehauen.« Nicola schob ihre Dienstwaffe zurück ins Schulterholster. »Hier sind ein paar Blumentöpfe umgekippt und runtergefallen.«

»Sehr lange kann das noch nicht her sein«, erwiderte Pia. »Sonst wäre die Wohnung ausgekühlt.«

Pia mochte es nicht, in die Privatsphäre einer verstorbenen Person einzudringen und jede Kleinigkeit unter die Lupe zu nehmen. Bei Fremden war das schon unangenehm, aber im Leben einer Kollegin herumzuschnüffeln, war grässlich.

»Dann sollten wir gleich mit den Nachbarn reden«, sagte Nicola Engel. »Vielleicht hat jemand etwas beobachtet.«

Nichts in der Wohnung deutete darauf hin, dass Kathrin damit gerechnet hatte, bald zu sterben. Der Kühlschrank war voll, im Badezimmer hing Wäsche auf der Leine. Frisches Obst stand in einer Schale auf dem Küchentisch, auf dem Wohnzimmertisch ein Adventskranz. Auf dem Nachttisch neben dem Bett, das nur für eine Person bezogen war, stapelten sich Bücher. Pia nahm das Taschenbuch, in dem Kathrin offenbar zuletzt gelesen hatte, in die Hand. *Cold Cases. Zehn ungelöste Fälle eines Mordermittlers.* Kathrin war bis Seite 114 gekommen. Pia zog einen Beweismittelbeutel aus der Jackentasche, schob das Buch hinein und steckte es ein. Sie öffnete die Schränke. Durchsuchte die Schubladen einer Kommode.

»Warst du schon mal hier in der Wohnung?«, wollte Nicola wissen. Sie hatte die Küche inspiziert.

»Nein«, antwortete Pia. »Soweit ich weiß, hat Kathrin nie jemanden von uns zu sich eingeladen.«

»Irgendwie seltsam, findest du nicht?«

»Nein, eigentlich nicht.« Pia betrachtete das Wohnzimmerregal. »Wir sind Kollegen, keine Freunde. Hin und wieder gehen wir mal zusammen was trinken, aber mehr auch nicht.«

Auf einem Regalbrett standen dicht gedrängt Pokale von gewonnenen Wettkämpfen in Judo und Karate. An den Wänden hingen zahlreiche Urkunden von Schützenwettkämpfen. Kathrin war eine gute Schützin gewesen, das war bekannt.

Bei ihrer oberflächlichen Durchsuchung stießen Pia und Nicola auf nichts, was darauf hinwies, dass Kathrin ein geheimes Doppelleben geführt haben könnte, aber damit hatten sie auch nicht wirklich gerechnet. Pia fand einen Ordner mit Dokumenten – Kfz-Papiere, Bank- und Versicherungsunterlagen, Kontoauszüge, eine handschriftliche Patientenverfügung.

»Sie hat eine Frau Hannelore Fachinger als Bevollmächtigte reingeschrieben und …« Pia stutzte. »Kai Ostermann! Ob er das wohl weiß?«

»Hannelore Fachinger dürfte die Großmutter sein.« Nicola Engel blickte sich um. »Kröger soll sich die Wohnung morgen gründlich vornehmen. Lass uns mit den Nachbarn sprechen.«

»Moment.« Pia ging durch alle Räume und ließ die Rollläden herunter, dann klemmte sie sich den Ordner unter den Arm. »Ich will noch einen Blick in den Keller, in die Garage und in den Briefkasten werfen.«

Im akkurat aufgeräumten Kellerabteil standen eine Tiefkühltruhe, ein Mountainbike, Plastikboxen mit Sommerklamotten. Ein paar Wein- und Sektflaschen lagen in einem Regal, daneben Konservenbüchsen, Nudeln, Marmeladengläser. In einer Ecke stapelten sich leere Kartons. Die Garage war leer, bis auf die Sommerreifen für Kathrins Auto. Aber im Briefkasten machten sie eine interessante Entdeckung, nämlich zwei Benachrichtigungsscheine von DHL mit Verweis auf eine Packstation, die heute eingeworfen worden waren.

Alle Nachbarn waren zu Hause und reagierten angemessen

schockiert auf die Mitteilung, dass Kathrin Fachinger verstorben war. Niemand hatte sie besonders gut gekannt, obwohl sie elf Jahre Tür an Tür mit ihr gewohnt hatten. Eine Nachbarin war ihr zuletzt am Samstag im Treppenhaus begegnet, eine andere Nachbarin erkannte auf einem Foto Konstantin Hawelka als den Mann, der öfter zu Besuch gewesen und auch mal über Nacht geblieben war. Sonst hatte Kathrin eher selten bis nie Besuch gehabt. Sie hatte sehr zurückgezogen gelebt, war manchmal tagelang nicht da gewesen. Eine Nachbarin im Erdgeschoss hatte hin und wieder Päckchen für Kathrin entgegengenommen, aber keiner der Nachbarn hatte einen Schlüssel zu ihrer Wohnung.

Sie waren gerade auf dem Weg zu ihrem Dienstwagen, als Nicolas Handy klingelte.

»Die Frankfurter Kollegen haben in einer der Mülltonnen an Hawelkas Haus in Liederbach Kathrin Fachingers Umhängetasche gefunden«, sagte sie, als sie das Gespräch beendet hatte. »Komm, wir fahren hin.«

* * *

Hinter der Absperrung vor der Doppelhaushälfte, in der Richter Konstantin Hawelka gewohnt hatte, harrten noch immer Schaulustige und das Kamerateam eines Regionalsenders aus, wohl in der Hoffnung, noch irgendeine Neuigkeit aufzuschnappen. Vor dem Haus standen zwei Streifenwagen und ein ziviler Dienstwagen mit Frankfurter Kennzeichen. Der leitende Ermittler, Kriminalhauptkommissar Lutz Scheller, und eine Kollegin waren die Letzten vor Ort. Auf der Arbeitsfläche in der Küche lag eine Umhängetasche im Vintage-Stil aus abgenutztem braunem Leder. Ihr Anblick versetzte Pia einen Stich. Sie hatte diese Tasche unzählige Male gesehen. Über Kathrins Schulter. Neben ihrem Schreibtisch. Auf einem Stuhl im Besprechungsraum.

»Wir haben sie in der Papiermülltonne unter ein paar Zeitungen gefunden«, erklärte Scheller.

»Darf ich sie mir anschauen?«, fragte Pia.

»Bitte.« Scheller nickte. »Alles, was Kollegin Fachinger betrifft, ist eure Sache.«

Pia fand in der Tasche Kathrins Smartphone, ihren Schlüsselbund, ihr Portemonnaie mit Personalausweis, Führerschein, EC- und Kreditkarten, den Autoschlüssel, ihr Tablet, ihr abgegriffenes Notizbuch und allerhand anderen Kram.

»Was ist mit Kathrins Auto? Ein schwarzer Nissan Qashqai, noch ziemlich neu?«, fragte Pia. »Habt ihr es gefunden?«

»Ja, eine Streife hat es zwei Querstraßen weiter in einer Parkbucht entdeckt«, bestätigte Scheller. »Ich habe es zum LKA ins Kriminallabor bringen lassen.«

Er legte seine Hand auf einen Stapel geöffneter Briefe.

»Hawelka hatte seit mindestens einer Woche den Briefkasten nicht mehr geleert. Und offenbar seit Monaten keine Rechnung mehr bezahlt, denn die Hälfte der Post besteht aus Mahnungen. Ein paar Kontoauszüge haben wir gefunden und einen notariell beglaubigten Kaufvertrag. Er hat die Doppelhaushälfte für 350000 Euro verkauft, ein erstaunlich günstiger Preis für diese Gegend!«

»Haben Sie Angehörige ausfindig machen können?«, erkundigte sich Nicola Engel.

»Eltern und Schwiegereltern leben nicht mehr. Es gibt wohl noch einen Bruder, aber der lebt in Argentinien«, antwortete Scheller. »Hawelka wollte übrigens das Haus noch vor Weihnachten übergeben. Wir haben mit den Käufern, einem jungen Ehepaar, gesprochen.«

»Wo sind seine persönlichen Sachen?«, wollte Pia wissen.

»Nichts mehr da«, erwiderte Scheller und schüttelte den Kopf. »Leere Bücherregale, leere Schränke, leere Sideboards. Im Kühlschrank waren nur noch eine Packung Schnittkäse, ein Joghurt und ein angebrochenes Glas Oliven. Alle Küchenschränke sind leer. Es gibt nur noch zwei Teller, etwas Besteck, sechs Gläser, eine Pfanne und einen Topf.«

Pia und Nicola Engel folgten ihm in ein großes Wohnzimmer mit bodentiefen Schiebetüren. Dahinter erstreckten sich eine überdachte Terrasse und ein dunkler Garten.

»Hier standen zwei benutzte Weingläser und eine leere Weinflasche.« Scheller wies auf den niedrigen Couchtisch im Wohnzimmer. »Auf dem Boden lagen zwei leere Pizzakartons. An beiden Gläsern und der Flasche haben die Kollegen von der Spurensicherung die Fingerabdrücke von Fachinger und Hawelka gefunden.«

Im ersten Stock des Hauses gab es, bis auf das Bett und einen Stuhl im Schlafzimmer, keine Möbel mehr. An einer fahrbaren Kleiderstange hingen zwei Anzüge und drei Hemden.

Scheller zeigte Pia und Nicola Engel die zertrümmerte Tür der separaten, fensterlosen Toilette.

»Die Tür war von außen abgeschlossen«, sagte er. »Die Klobrille wurde abgerissen und benutzt, um die Tür aufzubrechen. Das muss mit roher Gewalt geschehen sein. Wir haben Blutspuren am Türblatt, an der Klinke und auf dem Boden gefunden, alles voller Fingerabdrücke von Kollegin Fachinger. Wir vermuten, dass Hawelka sie hier eingesperrt hatte.«

Der große Raum unter dem Dach war völlig leer. Am Türrahmen Striche, jeweils mit Datum und dem Namen Jakob. Der letzte Strich stammte vom 16. Dezember 2014.

»Auf den Tag genau fünf Jahre her«, fiel Nicola Engel auf.

»Er hat seinen Sohn immer am selben Tag gemessen«, sagte Pia. »Der 16. Dezember hatte für ihn eine besondere Bedeutung. Wahrscheinlich war es der Geburtstag des Jungen.«

Und deshalb auch der Todestag des Vaters?

Pia lief es eiskalt über den Rücken.

An den nackten Wänden des Dachzimmers hing nur eine einzige Kinderzeichnung. Sie zeigte drei Personen und einen kleinen, gefleckten Hund vor einem blauen Himmel mit einer großen Sonne. *Papa, Mama, Jakob, Bella*, *Timendofer Strant* stand in krakeliger Kinderschrift darunter.

Die Tragödie dieser Familie traf Pia ins Herz. Sie musste schlucken. Vorsichtig löste sie die Klebestreifen, faltete das Blatt und steckte es ein.

Dieses Haus war einmal von Glück und Liebe erfüllt gewesen, von Kinderlachen und Hundegebell. Ein Gullydeckel hatte alles zerstört.

»Der Mann hat sich akribisch auf sein Ende vorbereitet«, stellte sie fest, als sie die Treppe hinuntergingen. »Wieso ist niemandem aufgefallen, wie sehr Hawelka sich zurückgezogen hatte?«

»Weil er nach außen hin noch funktioniert hat«, entgegnete Scheller. »Den Nachbarn, die sich gewundert haben, warum er alle Möbel entsorgt hat, hat er erzählt, er hätte sich eine Wohnung in Frankfurt gekauft, weil ihm das Haus zu groß gewesen sei.«

»Er hatte alles geregelt«, sagte Pia. »Nichts dem Zufall überlassen.«

»Fachinger muss doch etwas geahnt haben«, fand Nicola Engel. »Sie war hier. Sie hat dieses leere Haus gesehen. Sie muss gewusst haben, dass er keine Wohnung gekauft hatte. Wenn sie ihn wirklich gut gekannt hat, dann muss ihr doch klar gewesen sein, dass er sich nicht von seinem Plan abhalten lassen würde.«

»Vielleicht hat sie es geglaubt«, erwiderte Pia. »Darum wollte sie unbedingt mit in den Gerichtssaal.«

»Fachinger hat die letzte Nacht ihres Lebens mit dem Mann verbracht, der sie am nächsten Tag erschossen hat«, resümierte Nicola Engel. »Das hat aber nicht zu Hawelkas Plan gehört, deshalb hatte er sie auf der Toilette eingeschlossen und ihre Tasche samt Autoschlüssel, Handy und Geld versteckt. Er hatte nicht vor, sie zu töten.«

»Aber sich und seine Geiseln«, sagte Scheller. »Kommt mit.«

Sie folgten ihm in den Keller. In der Waschküche hatte ein für die Suche nach Sprengstoff trainierter Polizeihund angeschlagen, und die Spurensicherung hatte jede Menge Hinweise dafür sichern können, dass Hawelka dort den Sprengstoffgürtel zusammengebaut hatte.

»Dort hingen Fotos von Pfefferkorn und Szameit, seinen Opfern.« Scheller deutete auf den Hochschrank in der Waschküche. »Ich weiß, dass ihr nicht schlecht von eurer verstorbenen Kollegin denken möchtet, aber die Spurensicherung hat an zwei Klebestreifen, mit denen die Fotos festgeklebt waren, ihre Fingerabdrücke gefunden.«

Pia und Nicola wechselten einen beklommenen Blick.

War Kathrin wirklich in diesem Keller gewesen, oder waren ihre Fingerabdrücke womöglich auf andere Weise an die Klebestreifen geraten? Hatte sie gewusst, dass Hawelka sich hier unten einen Sprengstoffgürtel gebastelt hatte? Und wenn ja, wieso hatte sie ihn nicht viel früher daran gehindert, seinen grausamen Plan in die Tat umzusetzen?

Nicola Engel bedankte sich bei den Frankfurter Kollegen. Es war alles andere als selbstverständlich, Außenstehenden einen so tiefen Einblick in Ermittlungen zu gewähren.

»Egal, was bei der Sache noch herauskommt, sie war eure Kollegin«, sagte Scheller. »Ich habe nur eine Bitte: Die Presse will ein Foto von Fachinger haben. Könnt ihr uns eins besorgen?«

»Ja, natürlich. Ich lasse Ihnen eines schicken«, versprach Nicola Engel. »Aber vorher werden wir noch mit ihrer Großmutter sprechen. Sie soll vom Tod ihrer Enkelin nicht aus der Zeitung erfahren.«

Pia fand auf ihrem Handy mehrere Anrufe in Abwesenheit – einer von Christoph, gleich drei von Henning. Während ihre Chefin noch mit Hauptkommissar Scheller sprach, rief sie zuerst Christoph zurück.

»Hi, Pia«, sagte er. »Weißt du schon, wann du heute nach Hause kommst? Ich würde gerne heute Abend mit dir noch mal über die Afrika-Sache …«

»Christoph«, unterbrach Pia ihn. »Es ist was Schlimmes passiert. Kathrin ist heute erschossen worden.«

»Was???«

»Oliver und sie waren heute bei dieser Geiselnahme im Landgericht in Frankfurt. Du hast sicher schon davon gehört.«

»Ja, natürlich habe ich davon gehört. Es ist ja dauernd im Fernsehen und im Radio. Was ist mit dir? Geht es dir gut?«

»Ja, mir geht's so weit ganz gut«, erwiderte Pia. »Ich war ja nicht dabei. Aber ich kann dir leider nicht sagen, wie spät es heute wird.«

»Ja, natürlich. Das verstehe ich. Oh Gott, das tut mir so leid, Pia.«

»Danke. Du musst nicht auf mich warten, okay?«

»Ja, okay. Wenn ich irgendwas für dich tun kann …?«

»Im Moment nicht, aber danke.«

Pia beendete das Gespräch, weil schon der nächste Anrufer anklopfte. Es war Kai.

»Sergej Turgalow, achtundzwanzig, Spätaussiedler aus Kasachstan, der im Januar 2015 einen Gullydeckel von einer Autobahnbrücke bei Bickenbach geworfen und damit den Tod von Hawelkas Frau und Sohn verursacht hat, ist bei einem Haftprüfungstermin im März 2015 durch ein ungesichertes Fenster geflüchtet. Er gilt bis heute als vermisst«, sagte er. »Wenn du mich fragst, passt das ins Muster.«

»Straffällig und spurlos verschwunden, meinst du?«

»Genau.«

Pia dachte an das Bild in ihrer Tasche, das im Dachgeschoss von Hawelkas Haus gehangen hatte. War es vielleicht gar nicht dort vergessen worden? Handelte es sich um eine Botschaft?

»Könnte passen«, sagte sie. »Die Engel und ich fahren jetzt noch mal nach Zeilsheim zu Kathrins Großmutter, Hannelore Fachinger. Wir haben ihren Namen in einem Aktenordner in Kathrins Wohnung entdeckt. Sie hatte ihre Oma zu einer Bevollmächtigten in ihrer Patientenverfügung bestimmt.«

»Okay.«

»Kai, hast du gewusst, dass du auch in Kathrins Patientenverfügung stehst?«

»Nein«, erwiderte Kai nach einer kurzen Pause. »Wie mir scheint, habe ich sehr vieles über Kathrin nicht gewusst.«

***

Hannelore Fachinger wohnte in einem der einstöckigen Klinkerhäuschen mit grünen Fensterläden und kleinem Garten, die Anfang des zwanzigsten Jahrhunderts von den Farbwerken Hoechst für die Arbeiter gebaut worden waren. Es war kurz nach neun, als Pia und Nicola Engel an der Haustür klingelten. Eine rüstige ältere Dame mit rosigen Wangen und grauem Dutt öffnete die Tür. Sie wurde blass, als sie die Kripoausweise sah.

»Oh Gott! Kathrin ist etwas zugestoßen«, stieß sie hervor und presste ihre Hand auf die Brust.

»Dürfen wir hereinkommen?«, bat Nicola Engel.

Die alte Dame machte einen Schritt zu Seite und ließ sie eintreten. Irgendwo im Haus lief ein Fernseher. In der Luft hing der verführerische Duft von Vanille, Zimt und frisch gebackenen Plätzchen. Eine Eieruhr schnarrte.

»Ich muss die Kokosmakronen aus dem Backofen holen, sonst verbrennen sie. Bitte entschuldigen Sie mich.« Hannelore Fachinger ließ sie im Windfang stehen und verschwand. Es klapperte und schepperte, die Tür eines Backofens klappte, dann kehrte die alte Dame zurück.

Nicola Engel informierte sie über den Tod ihrer Enkelin.

»Wir sind Kolleginnen von Kathrin«, sagte sie. »Wir haben lange mit ihr zusammengearbeitet und sie sehr geschätzt. Ihr Tod schockiert uns alle sehr.«

»Danke!« Hannelore Fachinger war tief erschüttert, aber es gelang ihr, Haltung zu bewahren. »Ich habe in meinem Leben schon viele Verluste hinnehmen müssen. Ich frage mich immer, warum es die jungen Leute erwischt und nicht mich. Ich wäre doch allmählich mal an der Reihe.«

Sie führte sie ins Esszimmer zu einer altmodischen Essecke und bat sie, Platz zu nehmen. Auf dem Tisch stand ein Adventsgesteck. Daneben eine Steingutschale mit Weihnachtsplätzchen.

»Bedienen Sie sich«, forderte die alte Dame sie auf. »Essen hält Leib und Seele zusammen, sage ich immer.«

Sie ging hinaus, der Fernseher im Wohnzimmer verstummte, dann kehrte sie zurück und setzte sich.

»Was ist passiert?«, wollte sie wissen.

Nicola Engel berichtete, dass Kathrin in Ausübung ihres Dienstes erschossen worden war, was nicht ganz der Wahrheit entsprach, ihrer Großmutter aber womöglich Trost spendete.

»Unsere Kathrin, die hat's nie leicht gehabt«, sagte Hannelore Fachinger gefasst. »Meine Tochter und ihr Mann, Kathrins Eltern, sind in ihrem Kiosk von zwei Jugendlichen überfallen und vor Kathrins Augen erschossen worden. Deshalb ist sie bei uns aufgewachsen. Sie war damals dreizehn Jahre alt, Thomas schon zwanzig und bei der Bundeswehr, als es geschah.«

»Kathrins Eltern sind *erschossen* worden?«, wiederholte Pia fassungslos. Auch das war etwas, was sie nicht gewusst hatte. Kathrin hatte bei ihrer Bewerbung für die Polizeischule zwar nicht den Tod ihrer Eltern verschwiegen, wohl aber die Tatsache, dass diese vor ihren Augen ermordet worden waren. Und von einem älteren Bruder hatte sie auch nie gesprochen.

»Der Thomas, der war immer Kathrins großes Vorbild«, schwelgte die Großmutter in Erinnerungen. »Bundeswehr, Polizei, GSG 9. Leider hat er nie geheiratet und eine Familie gegründet, aber Kathrin ja auch nicht.«

»Wo können wir ihn erreichen?«, wollte Nicola Engel wissen.

»Er lebt leider auch nicht mehr«, antwortete Hannelore Fachinger. »2012, vor sieben Jahren, ist er beim Wandern in den Alpen verschollen. Er war ein begeisterter Bergsteiger und Tourengänger. Kathrin ist damals sofort dorthin gereist und hat Nachforschungen angestellt, aber seine Leiche wurde nie gefunden. Im Kanton Wallis gehen jedes Jahr Leute in den Bergen verloren. Manchmal tauchen sie wieder auf, wenn auch nur als Skelett. Ich gebe die Hoffnung nicht auf, dass irgendwann doch noch sterbliche Überreste meines Enkelsohnes gefunden werden, damit ich Abschied nehmen kann.«

Sie erzählte, wie schrecklich es für Kathrin gewesen sei, den Mord an ihren Eltern mitanzusehen, die Täter bei einer Gegenüberstellung zu identifizieren und später, im Prozess, auszusagen und den Albtraum wieder durchleben zu müssen. Dazu sei sie aus ihrem gewohnten Umfeld gerissen worden, als sie von Dortmund nach Frankfurt umziehen musste.

»Als Jugendliche war Kathrin eine Weile in Therapie«, erinnerte sich Hannelore Fachinger. »Aber eines Tages sagte sie zu meinem Mann und mir: Jetzt reicht's mir damit! Ich will nicht dauernd alte Wunden aufreißen, ich will nach vorne schauen. Sie hat angefangen, Judo und Karate zu lernen, ist mit meinem Mann zum Schützenverein gegangen. Nach dem Fachabitur hat sie sich bei der Polizei beworben und wurde genommen. Sie hat sich viele Jahre im Weißen Ring engagiert, weil sie der Meinung war, dass man sich zu wenig um die Opfer von Verbrechen oder deren Angehörige kümmert.«

Die alte Dame stand auf und holte alte Fotoalben, in denen sie Nicola Engel und Pia Fotos von Kathrin, ihrem Bruder Thomas und deren Eltern zeigte.

»Enge Freunde hat unsere Kathrin nie gehabt«, sagte sie nachdenklich. »Sie wollte auch keine eigene Familie. Ihre größte Angst war es immer, liebe Menschen zu verlieren und allein zurückzubleiben. Das Trauma aus ihrer Kindheit, das sie nie überwunden hat. Eine Tragödie eigentlich.«

Vorsichtig deutete Nicola Engel der Großmutter gegenüber an, dass Kathrin möglicherweise eine Art Doppelleben geführt hatte. Aber Hannelore Fachinger hatte nichts von einem Freund oder Lebensgefährten gewusst, und Kathrin hatte ihr nie irgendwelche Dinge zur Aufbewahrung gegeben.

»Da sind nur die Sachen aus ihrer Jugendzeit in ihrem Zimmer oben, die können Sie gerne anschauen«, sagte die Großmutter. »Kathrin ist jeden Samstag zum Mittagessen zu mir gekommen. Sie ist ... sie war ... eine treue Seele. Ach je, ach je, ich kann gar nicht glauben, dass sie tot ist.«

Erst jetzt schien sie zu realisieren, was geschehen war, und brach in Tränen aus.

»Geh hoch und sieh dich oben in Kathrins Zimmer um«, sagte Nicola Engel leise. »Ich bleibe bei Frau Fachinger.«

Pia nickte verwundert. Ihre Chefin tat sich sonst nicht unbedingt durch Mitgefühl hervor und überließ Gespräche mit Angehörigen gerne ihren Untergebenen. Sie stieg die enge Treppe hoch in den ersten Stock. Kathrins Zimmer war gleich das erste rechts. Es war winzig klein und mit einem schmalen Bett mit Bettkasten, Kleiderschrank, einem Bücherregal, Schreibtisch und Stuhl schon völlig überfüllt. An den Wänden hingen verblichene Poster von Judo- und Karatekämpfern, an der Innenseite der Tür klebte ein Kinoplakat von *Karate Kid I*. Pia öffnete den Schrank. Gesellschaftsspiele und Puzzles stapelten sich neben Kartons, die säuberlich beschriftet waren: *Schule. Judo. Bastelsachen. Weihnachten.* Sie setzte sich an den Schreibtisch und knipste die Lampe an. Grelle 100 Watt erhellten das Zimmer wie eine Theaterbühne. Pia durchsuchte die Schreibtischschubladen. Jede Menge Stifte.

Krimskrams. Alte *Bravo*-Hefte. Sportzeitungen. Urkunden. Haargummis.

In der untersten Schublade stieß sie auf ein »Freundebuch« , die wenigen Einträge datierten von 1995 und 1996. Kathrin musste damals zwölf oder dreizehn gewesen sein. Beim Durchblättern las Pia die Namen Thomas, Wolf und Volker. Hatte der große Bruder seiner kleinen Schwester den Gefallen getan und seine Kumpels überredet, irgendetwas Nettes in ihr Freundebuch zu schreiben, weil sie selbst keine Freunde hatte?

Sie knipste die Schreibtischlampe aus und ging wieder nach unten.

»Dürfen wir uns das Freundebuch von Kathrin ausleihen?«, fragte Pia. »Sie bekommen es natürlich wieder zurück.«

»Ja, bitte. Nehmen Sie es nur mit.«

»Hier vorne steht: Dieses Buch gehört Kathrin Brunner. Hieß Kathrin denn nicht schon immer mit Nachnamen Fachinger?«

»Nein, eigentlich hieß sie Brunner, wie mein Schwiegersohn«, erklärte die Großmutter. »Aber nach dem Mord an ihren Eltern haben wir beschlossen, dass sie den Mädchennamen ihrer Mutter annehmen sollte, damit für sie ein Neuanfang möglich war. Der Doppelmord an ihren Eltern war ja damals groß in der Presse.«

Sie bedankten sich bei Hannelore Fachinger und wollten aufbrechen.

»Ach, bitte warten Sie einen Moment!« Die alte Dame verschwand in der Küche, kehrte mit zwei großen Blechdosen zurück und reichte sie Pia mit einem traurigen Lächeln. »Die habe ich doch immer für den Herrn Ostermann und Sie alle gebacken. Kathrin kann sie Ihnen ja jetzt nicht mehr mitbringen.«

***

Pia stellte den Volvo in der Garage ab und ließ das elektrische Tor herunter. Beck's kam ihr gähnend entgegengetrottet, begrüßte sie verschlafen und verschwand gleich wieder in seinem Korb im Flur. Pia horchte nach oben. Sie hatte gehofft, dass Christoph noch wach sein würde, aber sie hörte ihn schnarchen und verspürte einen Stich der Enttäuschung. Er wusste doch, was passiert war!

Trotzdem war er seelenruhig ins Bett gegangen. Gerade als sie sich über ihn ärgern wollte, fiel ihr ein, dass sie ihm selbst gesagt hatte, er solle nicht auf sie warten.

Sie ging in die Küche und entdeckte am Kühlschrank einen Zettel.

Nummer 24 von Giuseppe und Pinot Noir Rosé, hatte Christoph geschrieben. *Weck mich, wenn du reden willst.* Daneben hatte er ein Herz gemalt.

Pia musste lächeln. Christoph hatte ihr Lieblingsessen von ihrem Lieblingsitaliener besorgt – Tortelloni gefüllt mit Salbei und Ricotta –, als hätte er gewusst, dass sie heute noch nichts gegessen hatte. Ihr Kopf war zwar müde, ihr Körper jedoch noch hellwach, und ihr Magen knurrte. War es wirklich erst vierzehn Stunden her, seitdem sie heute Morgen mit Henning nach Limburg gefahren war, um den Hunden von Volker Mazanek Fellproben abzunehmen? Es kam ihr vor, als wäre das in einem anderen Leben gewesen. Die Chronologie der Geschehnisse verschwamm in ihrem Kopf; die Wohnung von Kathrin, das Haus von Richter Hawelka und Kathrins Kinderzimmer im Haus ihrer Großmutter wurden eins. Sie öffnete den Kühlschrank, nahm das Essen und die angebrochene Flasche Rosé heraus und überlegte kurz, ob sie Christoph aus dem Tiefschlaf reißen sollte, entschied sich dann aber dagegen. Mit den aufgewärmten Tortelloni und einem Glas Rosé setzte sie sich an den Esstisch. Vielleicht war Henning noch wach. Er hatte versucht, sie zu erreichen. Ungeachtet der späten Uhrzeit drückte sie auf die Rückruftaste, und Henning meldete sich sofort.

»Entschuldige, dass ich so spät zurückrufe«, sagte sie. »Ich bin gerade erst aus dem Büro gekommen.«

»Das macht nichts. Ich sitze noch an einem Gutachten«, erwiderte Henning. »Das muss ein schlimmer Tag für euch alle gewesen sein. Wie geht es dir?«

»Ich weiß nicht.« Pia nahm einen Schluck Rosé, der zu kalt war, um nach irgendetwas zu schmecken. »Ich glaube, ich habe noch gar nicht so richtig realisiert, was eigentlich passiert ist.«

»Es tut mir echt schrecklich leid, das mit Kathrin.«

»Ja, das ist furchtbar. Aber ich habe heute so viele Dinge über sie erfahren, die sie uns nie erzählt hat, dass ich gar nicht richtig trauern kann.«

»Was denn zum Beispiel?«

»Keiner von uns hat gewusst, dass ihre Eltern vor ihren Augen erschossen worden sind, als sie dreizehn war. Und dass sie einen Bruder hatte, der 2012 in den Alpen beim Bergwandern verschwunden ist. Nicht mal die Weihnachtsplätzchen, die sie immer mitgebracht hat, hatte sie selbst gebacken!«

Seltsamerweise war die Lüge von den Plätzchen für Pia die größte Enttäuschung gewesen. Hatte Kathrin nicht erst gestern Tariq angefahren, sie könne ja wohl nicht jeden Samstag stundenlang Plätzchen backen?

»Wie geht's Oliver?«, wollte Henning wissen.

»Schwer zu sagen.« Pia seufzte. »Er war vorhin im Büro und hat uns darum gebeten, nicht in Watte gepackt zu werden. Aber ich kann mir vorstellen, dass sie ihn zum psychologischen Dienst schicken werden.«

»Das ist keine Schande nach so einem Erlebnis. Nach Srebrenica und Khao Lak waren viele von meinen Kollegen in psychologischer Betreuung, und es hat ihnen geholfen, mit dem, was sie erlebt und gesehen haben, klarzukommen.«

Pia wusste, dass Henning nur ungern über seine Arbeit sprach und schon gar nicht über Gefühle. Trotzdem fragte sie ihn: »Du warst im Gericht. Wie schlimm war es?«

»Sehr schlimm«, gab er zu. »Die Sprengladung hat in dem geschlossenen Raum eine unglaubliche Zerstörungskraft entwickelt. Die Druckwelle hat die Eingangstür zwanzig Meter durch den Flur geschleudert. Besonders perfide an dieser Bombe war, dass der Gürtel außer dem Sprengstoff auch Metallteile und Nägel enthalten hat. Die Detonation hat die Oberkörper der vier Personen, die an der Anklagebank saßen, glatt in Höhe der Tischplatte abgerissen. Von Hawelka haben wir nur eine Hand gefunden, die noch die Glock hielt, mit der er deine Kollegin erschossen hatte, und seinen Kopf. Das ist übrigens immer so bei Selbstmordattentätern. Die Explosion …«

»Bitte, Henning, das reicht!« Pia wurde übel.

»Entschuldigung«, sagte er. »Hast du Hawelka eigentlich gekannt?«

»Nein, ich glaube nicht. Du?«

»Ja. Ich habe in den letzten Jahren öfter mal als Gutachter in seinen Prozessen ausgesagt. Er war ein guter Richter. Besonnen. Unaufgeregt. Ich hätte ihm so etwas nie zugetraut.«

»Wie kommt jemand wie er an eine Sprengstoffweste?«

»Wenn man weiß, wo man suchen muss, findet man im Internet Anleitungen, wie man Sprengstoff herstellt«, sagte Henning. »Die Experten meinen, dass er TATP benutzt hat, also Triacetontriperoxid. Das kann man aus handelsüblichen Haushaltsreinigern zusammenmischen.«

Da sie wusste, dass Henning schweigen konnte, erzählte sie ihm Details von ihrem Besuch in Hawelkas Haus.

»Stell dir vor: Er hat diesen Gürtel in seiner Waschküche gebaut«, sagte sie. »Am Schrank klebten Fotos von den beiden Anwälten! Und sein Haus war komplett leer geräumt, bis auf ein paar Möbel. Es war gruselig.«

»Ich werde Hawelkas Schädel ja untersuchen«, entgegnete Henning. »Es würde mich nicht wundern, wenn ich Veränderungen am präfrontalen Kortex feststellen würde.«

Pia dachte an das Kinderbild im leeren Dachgeschosszimmer.

»Ich glaube nicht, dass du da was findest«, sagte sie. »Er war kein Psychopath. Er hatte alles verloren, was er geliebt hatte, und hat einfach keinen Sinn mehr im Leben gesehen. Und dann muss irgendwann der berühmte Tropfen gekommen sein, der das Fass zum Überlaufen gebracht hat.«

Sie schob sich den letzten Bissen der köstlichen Tortelloni in den Mund und spülte ihn mit dem Rosé herunter.

»Ach, warum ich dich eigentlich angerufen habe«, fiel ihrem Ex-Mann ein. »Weil ich weiß, dass es wichtig für euch ist und wir in den nächsten Tagen jede Menge mit den sterblichen Überresten vom Landgericht zu tun haben werden, obduziere ich die Leiche von Daniel Radloff gleich morgen früh um sieben.«

»Was? Das ist nett von dir!« Pia musste lächeln. Henning war und blieb ein Workaholic. »Ich weiß allerdings nicht, ob ich es so früh schaffe.«

»Schon gut«, antwortete er. »Ich schicke dir so schnell wie möglich den Obduktionsbericht. Sieh zu, dass du noch ein bisschen Schlaf kriegst. Gute Nacht!«

»Gute Nacht«, erwiderte Pia, aber da hatte er schon aufgelegt.

Sie starrte ihr Spiegelbild in der dunklen Glasscheibe des Wintergartens an. Verwirrung und Enttäuschung tobten in ihrem Herzen. Kathrin Fachinger war tot. Pia wünschte, sie könnte um sie weinen. Aber es ging nicht.

***

Sara lag im Bett mit Air Pods in den Ohren und schaute auf ihrem iPad *Grey's Anatomy*. Letzten Winter hatten Lissy und sie diese Serie von Staffel 1 bis Staffel 16 regelrecht durchgesuchtet. Sie waren komplett geflasht gewesen von dem Krankenhaus-Universum, hatten sich vorgenommen, wie wahnsinnig zu lernen, um ein Abi mit 1,0 zu machen und dann Medizin zu studieren. Für eine Weile hatten sie davon geträumt, Chirurginnen zu werden.

Sara fielen die Augen zu, die vertrauten Stimmen der Ärzte lullten sie allmählich in den Schlaf. Damals war das Leben noch so unkompliziert gewesen. Damals hatte es Damon noch nicht gegeben.

Die sonore Stimme des ehemaligen Chefarztes am Grey Sloan Memorial Hospital drang in Saras Unterbewusstsein: »Wir werden alle sterben. Auf das Wie und Wann haben wir keinen Einfluss. Aber wir haben den freien Willen, zu entscheiden, wie wir leben wollen. Also tu es! Entscheide dich! Ist das das Leben, das du leben möchtest? Ist dies das Beste, das du geben kannst? Kannst du nicht stärker sein? Entscheide dich!«

Sara schreckte aus dem Schlaf hoch.

»Ist dies das Beste, das ich geben kann?«, flüsterte sie in die Dunkelheit.

»Nein«, gab sie sich selbst die Antwort. »Ist es nicht.«

Sie griff nach ihrem Smartphone, das auf dem Nachttisch lag.

Überlegte einen Moment. Und rief dann die Freundinnen-Gruppe auf.

Muss mit euch reden, schrieb sie. *Brauche euren Rat. Geht um Lissy*. Alle vier antworteten sofort.

Klar.

Natürlich.

Sie verabredeten sich für den nächsten Morgen um acht. Da hatten sie eine Freistunde.

Dienstag, 17. Dezember

Bodenstein wachte um drei Uhr morgens auf, weil er schrecklich fror. Er hatte sich gestern Abend von seiner Mutter eine Heizdecke ausgeliehen, und die Wärme hatte das Frösteln in seinem Innern vertrieben, sodass er hatte einschlafen können, aber irgendwann nachts hatte sich die Decke abgeschaltet, und jetzt war ihm wieder kalt. Entsetzlich kalt. Zähneklappernd tastete er nach dem Schalter und schob ihn auf die höchste Stufe. Nach ein paar Minuten spürte er, wie sich die Heizschlangen erwärmten und ihn die wohltuende Wärme umfing. War das Frieren eine verspätete Schockreaktion, oder hatte er sich einfach nur erkältet, als er stundenlang im Hemd herumgelaufen war?

Es hatte ihm gutgetan, mit Cosima über all das, was passiert war, zu reden. Seitdem sie nicht mehr verheiratet waren und er ihr einen Teil seiner Leber gespendet hatte, waren sie gute Freunde geworden. Freunde, die sich aufeinander verlassen konnten. Cosima, deren Haar nach der Chemotherapie silbergrau nachgewachsen war, was ihr beinahe noch besser stand als ihr natürliches Tizianrot, hatte ihm keine klugen Ratschläge gegeben. Er hatte erzählt, wie hilflos er sich angesichts der Entschlossenheit des Selbstmordattentäters gefühlt hatte, und davon, dass er keine Chance gehabt hatte, die Geiseln zu retten. Hawelka hatte ihn hereingelegt, und das schmerzte. Es hätte keinen Unterschied gemacht, wenn er nicht in den Sitzungssaal gegangen wäre, selbst wenn Hawelka eine seiner Geiseln dann vorher erschossen hätte. Und dann Kathrin Fachinger, seine junge Kollegin, die er immer protegiert und gefördert hatte, die trotz all ihrer Fähigkeiten so wenig Ehrgeiz besessen und jede Beförderung ausgeschlagen hatte und die er offensichtlich überhaupt nicht gekannt hatte! Cosima hatte ihm zugehört, zwei Stunden lang. Sie hatte ihn darin bestärkt, seiner Familie gegenüber erst mal nicht zu erwähnen, was er erlebt hatte. Sein Zuhause musste ein geschützter Raum für ihn sein, in den er sich zurückziehen konnte, bis er die schlimmen Bilder aus dem Gerichtssaal verarbeitet hatte.

Als er spätabends von Ruppertshain durch den Wald nach Hause gefahren war, hatte er Hoffnung gehabt, dass er über das grauenhafte Erlebnis hinwegkommen würde. Weil es seine Familie gab – die Kinder und Enkelkinder, seine Eltern, Quentin und Cosima. Den Gutshof, der wieder sein Zuhause war, die Tiere, die Natur. Und weil bald Weihnachten war und sie gemeinsam das Fest der Liebe feiern würden. Seine Gedanken wanderten zu Sophia, die so glücklich war, seitdem sie auf dem Gutshof lebten. Eingehüllt in die wärmende Heizdecke schlief er ein und wachte erst vier Stunden später vom Klingeln seines Weckers und dem Duft von frisch aufgebrühtem Kaffee auf. Einen Moment lang fühlte es sich an wie das Aufwachen an einem neuen Ort nach einem Umzug, sein Unterbewusstsein sagte ihm, dass sich etwas für immer verändert hatte, bevor ihm wieder einfiel, was es war.

Sophia war dabei, ihre Schulbrote zu schmieren, als er die Küche betrat, frisch rasiert und angezogen, gerüstet für den Tag.

»Hey, Papa«, sagte sie beiläufig. »Dein Kaffee ist fertig.«

»Guten Morgen!« Er trat neben sie und drückte seine Lippen auf ihren Scheitel. Dazu musste er sich nicht mehr so tief herabbeugen wie noch vor einem halben Jahr. »Danke, mein Mäuschen.«

»Ich hab voll vergessen, dass wir heute in der Schule wichteln«, sagte sie und packte ihre Brote in die Brotbox. »Haben wir hier nicht noch irgendwas rumstehen, was ich schnell einpacken kann?«

»An was hast du denn gedacht?« Bodenstein nippte an seinem Kaffee. Er war stark und rabenschwarz und weckte seine Lebensgeister.

»Weiß nicht. Hast du irgendeine Idee?« Sophia verzog das Gesicht. »Ich hab den Darius gezogen, der interessiert sich bloß für Traktoren. Opa hat doch in seinem Arbeitszimmer lauter so winzige Traktoren rumstehen. Vielleicht gibt er mir so ein Teil, was meinst du?«

Bodenstein musste schmunzeln.

»Das sind historische Miniaturen. Die sind zum Wichteln ein bisschen zu wertvoll«, sagte er. »Schenk ihm doch einen Gutschein für einmal Traktor fahren.«

»Nee, Papa, echt, das ist mega uncool! Dann weiß er ja gleich, dass das von mir kommt!« Sophia schüttelte den Kopf über so viel Unkenntnis der Wichtel-Gepflogenheiten.

»Na gut, dann musst du dir wohl bis zur Schule noch etwas einfallen lassen. Können wir los?«

Wie beinahe jeden Morgen nahm er Sophia bis zur Bushaltestelle vorne an der Straße mit. Er hatte immer ein ungutes Gefühl, wenn er seine Tochter in der Dunkelheit mitten im Wald allein an der Bushaltestelle zurückließ, aber das durfte er ihr nicht mehr sagen, denn darauf reagierte sie genauso empfindlich wie auf sein Angebot, sie zur Schule zu fahren. Sophia bestand darauf, den Schulbus zu nehmen, gemeinsam mit ihrer besten Freundin, die eine Haltestelle früher, in Schneidhain, einstieg.

»Hab einen schönen Tag und pass auf dich auf«, sagte er zum Abschied, und Sophia verdrehte die Augen. Wie alle Teenager in diesem Alter fühlte sie sich unsterblich, und so sollte das auch sein, schließlich wollte er nicht, dass sie ein Angsthase wurde. Aber als Polizist hatte er eben schon mehr gesehen als die meisten anderen Menschen, und er wusste, welche Vorwürfe sich Eltern machten, deren Kinder verschwanden oder ermordet worden. Lissy Böhlefeld hatte sich wahrscheinlich genauso unsterblich gefühlt wie Sophia, als sie durch die Dunkelheit allein nach Hause gelaufen und ihrem Mörder begegnet war. Bodenstein winkte Sophia noch einmal zu, bevor er nach links auf die Landstraße Richtung Schneidhain abbog. Seine Kinder allmählich los- und in ihr eigenes Leben ziehen zu lassen war eine der schwierigsten Aufgaben, die Eltern zu bewältigen hatten.

***

Auf dem Parkplatz der RKI begegnete er Nicola Engel, die auch gerade gekommen war. Vielleicht hatte sie ihm auch aufgelauert, es gab nur weniges, was diese Frau ohne Kalkül tat.

»Wie geht es dir?«, erkundigte sie sich und sah ihn prüfend an.

»Gut genug«, antwortete er. »Mach dir keine Sorgen, ich breche nicht zusammen. Hetz mir bloß nicht den psychologischen Dienst auf den Hals.«

»Das wird man dir vorschlagen«, gab Nicola zu. »Dir und deinem Team. Der gewaltsame Tod eines Kollegen ist immer traumatisierend.«

Bodenstein sah seine Chefin an, die vor mehr als einem halben Leben seine Verlobte gewesen war. Sie hatte ihn einmal geliebt, dann hatte sie ihn gehasst, und sie war mit der festen Absicht zur RKI nach Hofheim gekommen, ihm zu schaden. Als Rache für die Schmach, die er ihr zugefügt hatte, indem er sie für Cosima verlassen hatte. Lange hatte er ihr nicht vertraut, aber mittlerweile tat er es, wenn auch nicht blind.

»Ich habe jede Fortbildung zu dem Thema mitgemacht«, sagte er. »Ich habe mehrere Qualifikationen zur Bewältigung schwerer psychischer Belastungssituationen erworben, wie du weißt, weil du meine Personalakte kennst. Ich werde das alles verarbeiten, später. Nicht jetzt. Jetzt werde ich diesen Fall lösen.«

»Okay«, sagte sie nur und setzte sich in Bewegung.

Sie überquerten den Parkplatz und gingen auf den Eingang der Dienststelle zu.

»Pia und ich waren gestern Abend noch in Hawelkas Haus. Fachinger muss in der Nacht von Sonntag auf Montag bei ihm gewesen sein. Er hatte sie in der Toilette eingesperrt, damit sie ihm nicht noch dazwischenfunkt.«

»Das heißt, sie wusste, was er vorhatte?« Bodenstein blieb stehen.

»Davon ist auszugehen«, bestätigte Nicola.

Bodenstein schossen alle möglichen Gedankenfetzen durch den Kopf, aber er konnte keinen einzigen zu Ende denken. Kathrin, die so verändert gewesen war, wie sie vor ihm gestanden und ihn angefleht hatte: *»Ich muss mit reingehen! Weil ich ihn vielleicht* *davon überzeugen kann aufzugeben!«* Aber sie hatte ihn nicht überzeugen können, im Gegenteil. Hawelka hatte hasserfüllt auf sie reagiert. Hatte er es ihr nicht sogar direkt ins Gesicht gesagt, dass er sie hasste? Warum?

»Oliver?« Die Kriminaldirektorin berührte ihn leicht an der Schulter.

»Hat sie damit gerechnet, dass sie sterben könnte?«, fragte er sie.

»Nein, das glaube ich nicht.« Nicola Engel schüttelte den Kopf. »Sie hat seine Entschlossenheit und Verzweiflung völlig unterschätzt.«

»Sie hat ihn sogar provoziert«, sagte Bodenstein langsam. »Sie hat ihn so wütend gemacht, dass er sie im Affekt erschossen hat. Die Geiseln und ich, wir waren ihr völlig egal! Diese Rücksichtslosigkeit hätte ich ihr niemals zugetraut! Wie konnte ich mich derart in ihr täuschen?«

»Wir haben uns wohl alle in ihr getäuscht«, entgegnete Nicola. »Deinem Team geht es genauso wie dir. Deshalb sollten wir alles daransetzen, diese Sache restlos aufzuklären.«

»Das habe ich vor«, sagte Bodenstein grimmig. »Ich bin voll dienstfähig. Bitte frag mich nicht mehr, wie es mir geht, okay?«

»Wie du meinst«, erwiderte Nicola achselzuckend. »Allerdings wird jemand von außen die Soko-Leitung übernehmen. Anordnung vom Innenministerium.«

»Jemand von außen – etwa der Kollege aus Baden-Württemberg, der meinen Job will?«

»Nein.« Nicola schüttelte den Kopf.

»Ich werde mir ganz sicher nicht die Leitung der Ermittlungen aus der Hand nehmen lassen«, sagte Bodenstein. »Nach dieser Sache gestern ist das für mich – für uns alle – zu einer persönlichen Angelegenheit geworden.«

»Und genau deshalb sollte die Soko von jemandem geleitet werden, der einen neutralen Blick auf die ganze Geschichte hat«, fand Nicola. »Du bist zu sehr involviert. Wir alle. Wir dürfen keine Fehler machen. Und wir müssen aufpassen, dass wir den Fall Larissa Böhlefeld nicht aus den Augen verlieren.«

»Natürlich nicht!«, versicherte Bodenstein. »Wir tun alles, was wir können. Du weißt doch selbst, dass Ermittlungen manchmal ins Stocken geraten, bis es einen neuen Impuls gibt!«

»Die Hinzuziehung einer Kollegin von außen ist keine Bitte, Oliver«, sagte Nicola, sanft, aber unnachgiebig. »Kriminalhauptkommissarin Tanja Gatzke vom LKA Düsseldorf wird kommen und die Soko leiten. Ich kenne sie. Sie ist kompetent, professionell, hat ausgezeichnete Beurteilungen und Führungserfahrung.«

Es gefiel Bodenstein überhaupt nicht, derart vor vollendete Tatsachen gestellt zu werden. Aber ihm war klar, dass seit gestern Mittag eine Menge Entscheidungen getroffen worden waren. Er war nicht hundertprozentig da, er funktionierte nur. Und deshalb war es tatsächlich das Beste, wenn er einen Teil der Verantwortung abgab.

»Du bist und bleibst Leiter der gesamten Ermittlung«, fuhr Nicola fort. »Kollegin Gatzke wird die Verantwortung für die Kommunikation und Infrastruktur der Soko übernehmen und an das Innenministerium und den Polizeipräsidenten berichten. Damit könnt ihr euch völlig auf eure Arbeit konzentrieren. Sie wird nichts über deinen Kopf hinweg entscheiden. Du bestimmst weiterhin Taktik und Strategie.«

Sie sah ihn an. Und zu seiner Überraschung schimmerte es in den Augen der beinharten Kriminaldirektorin Nicola Engel plötzlich verdächtig.

»Ich fühle mich verantwortlich dafür, dass du gestern so etwas Furchtbares erleben musstest«, sagte sie mit belegter Stimme. »Ich hätte unter keinen Umständen zulassen dürfen, dass du da reingehst. Ich hätte dich überhaupt nicht anrufen dürfen!«

Sie presste die Lippen zusammen. So hatte Bodenstein sie noch nie gesehen.

»Du konntest ja nicht ahnen, was passieren würde«, sagte Bodenstein.

»Ich habe zugelassen, dass Fachinger und du da reingehen. Das werde ich mir nie verzeihen«, redete Nicola weiter, und er begriff, dass sie kaum weniger traumatisiert war als er. »Jetzt ist Fachinger tot. Und ich dachte gestern … Ich dachte für einen Moment … du bist auch tot.«

Sie blickte ihn an. Ihre Augen waren wieder trocken. Aber da war dieser entschlossene Zug um ihren Mund, den Bodenstein nur zu gut kannte.

»Wir werden *gar nichts* ans LKA abgeben. Weder den Fall Siegel noch den Fall Radloff, egal, was der Polizeipräsident oder der Innenminister meinen«, sagte sie mit gesenkter Stimme. »Ich will rauskriegen, was hinter dieser Geschichte steckt und wie Fachinger da dringehangen hat. Wir lassen Kollegin Gatzke die Soko leiten, damit wir Zeit für Ermittlungen haben, verstehst du?«

Wider Willen musste Bodenstein lächeln. Nicola Engel war wirklich eine großartige Chefin geworden.

»Ja, ich verstehe«, sagte er. »Genau so machen wir's.«

***

»Hä, Sara, ehrlich, das ist doch totaler Quatsch!«, sagte Marcella, als Sara den Freundinnen von ihrer Vermutung erzählt hatte. »Ich meine, Lissy ist tot, und man soll über Tote nicht schlecht reden, aber sie hat sich das alles komplett ausgedacht, und du bist drauf reingefallen. Sie hat schon immer Fantasiegeschichten erzählt.«

»Ja, das stimmt«, bestätigte Julika. »Ich hab die Lissy total geliebt, aber was das betrifft, da hatte sie echt voll den Knall. Hat sich immer in irgendwas reingesteigert.«

»Ich glaub das auch nicht«, sagte Paula. »Der Weinert ist voll der nette Lehrer. Die Lissy hat sich immer sofort in jeden Typen verknallt, der nett zu ihr war. Und dann hat sie sich Lovestorys ausgedacht.«

»Ja, denkt doch nur an den Fischer, den wir in der Siebten in Bio hatten!« Julika kicherte. »Sie hat nur noch davon geredet, was für ein süßes Lächeln der hat. Das war so daneben! Der Typ war voll eklig!«

Sara seufzte. Dasselbe befürchtete sie ja leider auch. Wenn es nur einen einzigen, winzigen Beweis dafür gäbe, dass da wirklich etwas gelaufen war, zwischen dem Weinert und Lissy! All die Stunden, die sie mit Lissy über ihn geredet hatte, wie sie jeden seiner Blicke, jeden Satz, jede zufällige Begegnung analysiert hatten! Konnte das alles nur Spinnerei gewesen sein?

»Was soll ich denn jetzt machen?«, fragte sie die Freundinnen.

»Gar nichts!«, entgegnete Marcella entschieden. »Sei nicht blöd! Du verkackst dir alles, wenn du mit solchen Beschuldigungen, die du nicht mal beweisen kannst, um die Ecke kommst!«

»Der Typ war's, der Flüchtling, den sucht die Polizei doch«, sagte Paula.

»Genau, wir haben ihn doch gesehen«, sagte Lynn.

»Oh Mann, den Weinert ausgerechnet Damon zu nennen, ist echt krank«, kicherte Lynn.

Sie amüsierten sich darüber, und Sara hatte das unbehagliche Gefühl, Lissy verraten zu haben. Sie war froh, dass sie das Skizzenbuch nicht erwähnt hatte und dass Lissy vor irgendetwas Angst gehabt haben musste. Es war definitiv keine gute Idee gewesen, mit den blöden Kühen über ihren Verdacht zu sprechen. Sie war nicht schlauer als vorher. Für die anderen war Lissy einfach nur eine Spinnerin. Eine Geschichtenerzählerin, die sich immer größer und wichtiger gemacht hatte, als sie wirklich gewesen war. Und das war gemein.

***

In allen Tageszeitungen und auf allen Nachrichtenkanälen, Fernsehen wie Radio, wurde unablässig über das Selbstmordattentat im Frankfurter Landgericht berichtet. Natürlich hatte die Presse längst herausgefunden, dass die Familie des Attentäters 2015 von einem Gullydeckel-Werfer getötet worden war. Psychologen diskutierten, ob diese Tragödie wohl der Grund für Konstantin Hawelkas erweiterten Suizid gewesen sein könnte. Der Landgerichtspräsident, Oberstaatsanwalt Julius Rosenthal, ein Schöffe, die Protokollführerin und der Staatsanwalt, die von Hawelka aus dem Sitzungssaal geschickt worden waren, hatten sich vor Kameras geäußert, alle schockiert, manche den Tränen nahe. Sie hatten Konstantin Hawelka seit vielen Jahren gekannt, beschrieben ihn als höflich und rücksichtsvoll, gerecht und klug. Niemand hätte ihm jemals eine solche Tat zugetraut. Über die Ereignisse im Sitzungssaal, Hawelkas Brandrede gegen die deutsche Justiz und kriminelle Ausländer war bislang noch nichts an die Öffentlichkeit gedrungen, aber seine fünf Opfer waren mittlerweile bekannt:

Dr. Jan P., Rechtsanwalt, 52.

Dr. Udo S., Rechtsanwalt, 47.

Ömer P., Arbeitssuchender, 18.

Metin Y., Arbeitssuchender, 19.

Kathrin F., Polizistin, 36.

Nachdem Nicola Engel und Pia von Kathrins Großmutter erfahren hatten, dass es keine weiteren Angehörigen gab, hatten die Frankfurter Kollegen ein Foto von Kathrin auf der Website der Hessischen Polizei und der Facebook-Seite veröffentlicht, genauso wie ein Foto von Konstantin Hawelka.

Außer dem Team des K11 war Christian Kröger anwesend, als Bodenstein und Nicola Engel den Besprechungsraum betraten. Tariq stellte den Fernseher aus. Cem und Kai erhoben sich von ihren Plätzen, wollten etwas sagen, aber Bodenstein hob beschwichtigend die Hände.

»Mir geht's gut«, versicherte er. »Bitte macht euch wegen mir keine Gedanken. Bevor wir mit der Besprechung beginnen, hat Frau Dr. Engel eine Mitteilung zu machen.«

Die Kriminaldirektorin wiederholte, was sie auf dem Parkplatz zu Bodenstein gesagt hatte.

»Wir wollen dir nichts wegnehmen, Kai«, sagte Bodenstein zu Ostermann. »Aber die Ereignisse haben sich in den letzten vierundzwanzig Stunden überschlagen und …«

»Chef, es ehrt mich, dass du mir die Leitung der Soko übertragen hast«, fiel Kai ihm ins Wort. »Aber ganz ehrlich: Ich tauge nicht für die vorderste Front. Ihr braucht mich für ganz andere Aufgaben.«

Bodenstein klopfte Kai dankbar und erleichtert auf die Schulter, dann schaute er der Reihe nach in die Gesichter seiner anderen Mitarbeiter. Sie alle waren erfahren genug, um sich selbst und ihre Leistungsfähigkeit realistisch einschätzen zu können, und sie wussten, dass falscher Ehrgeiz bei einer so großen Ermittlung fehl am Platz war.

»Ich bin einverstanden«, sagte Pia.

»Ich auch«, sagte Tariq.

»Kein Problem für mich«, sagte Kröger.

»Für mich auch nicht«, sagte Cem. »Solange man uns keinen kleinen Napoleon wie diesen Neff damals vor die Nase setzt.«

»Keine Sorge, Tanja Gatzke ist anders«, versicherte Nicola Engel. »Sie wird in unser Team passen. Sie ist sechsundvierzig, Kriminalhauptkommissarin, kommt aus Düsseldorf und ist vor drei Monaten auf eigenen Wunsch freigestellt worden, weil sie sich neu orientieren will. Sie ist für uns ein Glücksgriff. Mir gefällt ihre Personalie vor allen Dingen deshalb, weil sie hier niemanden kennt.«

»Wann fängt sie an?«, wollte Pia wissen.

»Wahrscheinlich heute schon«, erwiderte Nicola Engel.

Sie alle bemühten sich, so zu tun, als handelte es sich um eine ganz normale Ermittlung, aber nichts war normal. Der Stuhl von Kathrin Fachinger war leer, und jeder wollte um sie trauern können, aber gleichzeitig beschäftigte alle die Frage, was sie womöglich getan hatte.

»Wir werden unsere Erkenntnisse zunächst nicht mit den Kollegen von der Soko teilen«, sagte Nicola Engel. »Zumindest so lange, bis wir besser durchschauen, ob und wenn ja, wie tief Frau Fachinger in diese Geschichte verwickelt war.«

»Welche Beweise gibt's denn überhaupt dafür, dass sie in irgendetwas verwickelt war?«, fragte Cem aufgebracht. »Das sind doch bis jetzt alles nur Vermutungen! Ich finde es total unfair, sie jetzt schon zu verurteilen! Kathrin ist unsere Kollegin gewesen, das sollten wir nicht vergessen!«

»Sie werden gleich erfahren, dass es durchaus Beweise gibt«, antwortete Nicola Engel. »Leider.«

»Auf jeden Fall hat sie schon mal gelogen, was die Plätzchen betrifft«, sagte Pia. »Sie konnte nämlich überhaupt nicht backen. Das hat all die Jahre ihre Großmutter gemacht.«

»Rede doch keinen Quatsch!«, entgegnete Cem verärgert. »Sie hat mir immer extra die Plätzchen mitgebracht, die ich mir gewünscht habe.«

»Mir auch!«, sagte Christian Kröger. »Spitzbuben und Vanillekipferl.«

»Oh Mann!« Pia sprang auf, marschierte in ihr Büro und kehrte mit den beiden Blechdosen zurück, die ihr Hannelore Fachinger gestern Abend gegeben hatte. Sie stellte sie auf den Tisch und nahm die Deckel ab.

»Hier!«, sagte sie mit einem bitteren Unterton. »Greift zu! Mit herzlichen Grüßen von Kathrins Großmutter an Herrn Ostermann und seine Mitarbeiter, wie jedes Jahr!«

Betroffene Stille.

»Kathrin konnte nicht backen!«, platzte es aus Pia heraus. »Sie hat einen Bruder gehabt, von dem sie uns nie erzählt hat! Als sie dreizehn war, sind ihre Eltern vor ihren Augen erschossen worden!«

Sie alle waren geübt darin, Lügengeschichten zu durchschauen, das gehörte zu ihrem Job. Bei Kathrin war es ihnen nicht gelungen, dabei hatte es – dessen wurden sie sich jetzt bewusst – durchaus gelegentlich Gründe für Zweifel gegeben. Aber immer hatte Kathrin eine plausible Erklärung parat gehabt, die jeder nur zu gerne akzeptiert hatte.

»Frau Dr. Engel und ich waren gestern in Kathrins Wohnung, im Haus von Richter Hawelka und anschließend noch bei Kathrins Großmutter in Zeilsheim.« Pia bemühte sich, ruhig zu bleiben, aber es fiel ihr schwer. »Die Spurensicherung hat überall in Hawelkas Haus Kathrins Fingerabdrücke gefunden. Sie haben am Sonntagabend zusammen Rotwein getrunken und Pizza gegessen, die sie bei einer Pizzeria in Unterliederbach geholt hatte, und dann hat sie bei ihm übernachtet. Übrigens war sie höchstwahrscheinlich sogar dabei, als er in seiner Waschküche den Sprengstoffgürtel zusammengebaut hat, denn auch dort waren überall ihre Fingerabdrücke. Hawelka hat sie gestern Morgen auf dem Klo eingesperrt, damit sie seinen Plan nicht noch im letzten Moment vereiteln konnte, aber sie hat sich befreit und ist irgendwie nach Frankfurt gekommen. Ihr Auto haben die Kollegen in einer Seitenstraße in Liederbach entdeckt, ihre Tasche mit allen Schlüsseln, Papieren und ihrem Handy hat in einer von Hawelkas Mülltonnen gelegen. Wir wissen also nicht, wie sie nach Frankfurt gekommen ist.«

Cem schwieg bestürzt. Er war gestern Abend nicht mehr im Büro gewesen, als Nicola Engel und Pia zurückgekommen waren, und hörte das alles zum ersten Mal.

»Das kann nicht wahr sein.« Er schüttelte den Kopf. »Wir reden über *Kathrin!* Über unsere Kollegin, die wir jeden Tag gesehen haben! Wir kennen sie doch!«

Da flippte Pia aus.

»Mensch, Cem, du redest genauso einen Quatsch wie die Leute, die sagen: Hey, unser Nachbar hat immer so nett gelächelt und mir die Tür aufgehalten, das kann doch gar nicht sein, dass er in seinem Keller fünfzehn Prostituierte zerstückelt hat!«, schrie sie ihn an. »Kathrin hat uns alle *verarscht!* Und wir waren so blöd und haben sie nicht durchschaut!«

Bodenstein wollte eingreifen und den Streit schlichten, aber Nicola Engel signalisierte ihm, nichts zu tun.

»Schrei mich nicht so an!«, schrie Cem zurück. »Ich hab heute Nacht kein Auge zugetan, weil ich nicht damit klarkomme, dass ich mich so sehr in einem Menschen geirrt haben soll!«

Pia biss sich auf die Unterlippe.

»Verdammt, es tut mir leid«, sagte sie zu Cem. »Ich … ich hätte dich nicht so anschreien sollen. Aber …« Sie verstummte und breitete in einer Geste der Hilflosigkeit die Arme aus. »Ich wünschte, es gäbe für all das, was wir gestern erfahren haben, eine schlüssige Erklärung. Zum Beispiel, dass sie eine Spionin war mit einer Legende, die der russische Geheimdienst erfunden hat. Aber das war sie nicht. Oder vielleicht doch?«

Pia blickte in die Runde. Die Gesichter ihrer Kollegen spiegelten ihre eigene Ratlosigkeit und Betroffenheit wider.

»Nein, sie war sicherlich keine Spionin«, ergriff Nicola Engel das Wort. »Aber wir sollten uns gegenseitig keine Vorwürfe machen und es uns gestatten, ohne schlechtes Gewissen um Kathrin Fachinger, so, wie wir sie gekannt haben, zu trauern.«

»Hat der Selbstmordattentäter eigentlich einen Abschiedsbrief hinterlassen?«, wollte Tariq wissen.

Pia wies auf die Kinderzeichnung, die sie aus dem Dachgeschosszimmer von Hawelkas Haus mitgenommen und an das

Whiteboard neben sein Foto geheftet hatte. »Er hat wohl den Tod seiner Familie nie verwunden.«

Cem zog mit einer Hand eine der Blechdosen zu sich heran. Er griff mit einer Hand hinein, schaufelte einen Haufen Weihnachtsplätzchen vor sich auf die Tischplatte und fing an zu essen.

»Ohne diese Plätzchen und Kathrins Adventskranz gibt's Weihnachten für mich eigentlich gar nicht«, sagte er kauend. »*Tanrı seni affetsin.*«

***

Im Kriminallabor hatte man festgestellt, dass die Bisswunden an der Leiche von René Siegel eindeutig von Volker Mazaneks Hunden verursacht worden waren. Da Mazanek noch immer nicht bereit war zu reden, hatte er keine Alibis für die Nächte, in denen René Siegel und Daniel Radloff gestorben waren. Die Chancen standen deshalb nicht schlecht, dass der Haftrichter ihn in U-Haft schicken würde.

Kai und Tariq hatten, inspiriert von den Einträgen in Kathrins Freundebuch, das Pia und Nicola Engel gestern Abend noch vorbeigebracht hatten, Recherchen angestellt und herausgefunden, dass Kathrins Bruder Thomas Brunner, der Bestatter Volker Mazanek und Pilzzüchter Wolf Sollberg 1996 gemeinsam in der Knüll-Kaserne im hessischen Schwarzenborn ihren Grundwehrdienst abgeleistet hatten. Alle drei hatten sich als Zeitsoldaten für zwei Jahre verpflichtet. Danach war Thomas Brunner zur Polizei gegangen und bis 2006 bei der GSG 9 gewesen. Was er in den sechs Jahren bis zu seinem Verschwinden in den Alpen beruflich gemacht hatte, war nicht zu verifizieren. Seine letzte Meldeadresse war in St. Augustin bei Bonn, dort, wo die GSG 9 stationiert war.

Sie hatten auch Details über den Mord an Kathrins Eltern Rainer und Sylvia Brunner im Jahr 1996 recherchiert. Auf den Namen des Täters war Kai schon am Montag in der Vermi/Utot-Datenbank gestoßen, aber da hatte er noch nicht geahnt, dass es sich bei den Opfern von Ali Camlıcalı um die Eltern von Kathrin Fachinger gehandelt hatte. Camlıcalı war 1997 gefasst und 1998 zu einer Jugendstrafe von zehn Jahren verurteilt worden.

»Er ist am 10. September 2008 aus der JVA Werl entlassen worden und gilt seitdem als vermisst«, sagte Kai. »Der Mittäter ist nie ermittelt worden. Aber ich denke, bei ihm könnte es sich um den türkischen Lebensmittelhändler Erkan Dosdogru aus Wuppertal handeln. Der ist nämlich ebenfalls seit September 2008 verschwunden. Und er stammte aus Dortmund.«

»Außerdem haben wir etwas über Volker Mazanek, den Bestatter aus Limburg, herausgefunden«, übernahm Tariq. »Sein Vater und sein Onkel sowie zwei befreundete Männer sind im Januar 2008 in der Gartenhütte der Mazaneks an einer Kohlenmonoxid-Vergiftung gestorben. Laut Untersuchungsbericht war ein defekter Abluftschlauch eines Heizlüfters dafür verantwortlich. Alle vier waren wegen schweren sexuellen Missbrauchs von Volker Mazanek und seiner Schwester Birgit, die deswegen im Alter von siebzehn Jahren Selbstmord begangen hat, in mehr als 150 Fällen zu jeweils vier und zwei Jahren Haft verurteilt worden. Als sie gestorben sind, hatten sie ihre Strafen bereits verbüßt.«

»Das ist ja entsetzlich!«, sagte Pia betroffen und meinte damit nicht die Männer in der Gartenhütte. Der höfliche Bestatter, der seine Hunde mehr liebte als die Menschen, hatte Schreckliches erlebt. War auch er vom Opfer zum Täter geworden?

»Also, wir wissen jetzt, dass Kathrin einen Bruder namens Thomas hatte«, rekapitulierte Bodenstein. »Wolf Sollberg ist auch klar. Aber wer ist dieser Markus, den Hawelka gestern erwähnt hat?«

»Das wissen wir bis jetzt noch nicht«, antwortete Kai. »Aber wir sind in der Datenbank auf mehrere ungeklärte Mordfälle und Vermisstenfälle gestoßen, die exakt in unser Muster passen.«

»Welches Muster?«, wollte Nicola Engel wissen.

»Verurteilte Straftäter, die nach verbüßter Strafe ermordet werden oder spurlos verschwinden«, erklärte Tariq. »Wie René Siegel.«

»Und Daniel Radloff«, warf Pia ein. »Henning hat ihn gleich heute Morgen obduziert, um die genaue Todesursache festzustellen. Aber eins wissen wir jetzt schon: Er war trotz der Kälte barfuß unterwegs, genau wie Siegel. Radloff wurde zwar nicht von Hunden angefallen, aber dafür von Kugeln regelrecht durchsiebt.«

»Klingt nach einer Hinrichtung«, sagte Nicola Engel.

»Und zufällig waren genau zu diesem Zeitpunkt die Eltern von Radloffs Opfer, Peter und Linda Scharfenberg, aus den USA nach Deutschland gekommen«, merkte Bodenstein an. »Angeblich, um den Notarvertrag für den Verkauf ihres Hauses in Königstein zu unterzeichnen.«

Tariq stand auf, schrieb die Namen ans Whiteboard und versah sie mit einem Pfeil zum Foto von Daniel Radloff.

»Wir haben Fingerabdrücke von Radloff in einer der Zellen im Stollen von der Pilzfarm festgestellt.« Christian Kröger nahm Cem die Blechdose weg, bevor er sie komplett leer essen konnte.

»Was habt ihr noch in der Datenbank gefunden, Kai?«, kehrte Bodenstein zum ursprünglichen Thema zurück.

»Dieter Bahr und Sieglinde Dörrlamm. Die Namen sind den Älteren unter uns noch ein Begriff«, fuhr Kai fort.

»Waren das nicht RAF-Terroristen?«, fragte Nicola Engel.

»Ja, genau. Beide gehörten zur zweiten Generation der RAF und sind 2008 nach sechsundzwanzig Jahren auf Bewährung aus dem Gefängnis entlassen worden. Im April 2009 wurde die Leiche von Dieter Bahr auf einem Autobahnrastplatz an der A2 bei Beelitz aufgefunden. Er wurde mit einem Genickschuss getötet. Die Leiche von Sieglinde Dörrlamm ist nur wenige Tage später ebenfalls mit einem Genickschuss auf einem Autobahnrastplatz an der A1 bei Bad Münstereifel gefunden worden. Sie waren an mehreren Aktionen der RAF beteiligt. Wir werden herausfinden, an welchen.«

»2011 wurde der vierunddreißigjährige Maik Thieme aus dem Maßregelvollzug entlassen. Er hatte als Sechzehnjähriger zwei Kinder missbraucht und getötet, wurde aber wegen verminderter Schuldfähigkeit nicht verurteilt«, las Tariq vor. »Drei Tage später hat er den sechsjährigen Mustafa Yilmaz in einen Bauwagen gelockt, missbraucht und erstickt. Kurze Zeit später ist er im Haus seiner Mutter festgenommen und wegen verminderter Schuldfähigkeit wieder in den Maßregelvollzug geschickt worden. Auf dem Weg in die psychiatrische Klinik konnte er allerdings entkommen. Er gilt bis heute offiziell als flüchtig.«

»Ziemlich unwahrscheinlich, dass jemand mit einem IQ von 53 flüchten und untertauchen konnte«, sagte Cem grimmig. »Der ist ganz sicher tot. Was jetzt kein Verlust für die Gesellschaft ist.«

»Herr Altunay! So etwas will ich hier nicht hören!«, tadelte die Kriminaldirektorin ihn scharf.

»Kommt nicht wieder vor«, erwiderte Cem.

»Wir fanden auch, dass das ziemlich unwahrscheinlich ist«, fuhr Kai fort. »Deshalb ist er auf unserer Liste gelandet. Genauso wie Markus Maria Frey.«

»Der frühere Frankfurter Oberstaatsanwalt?«, fragte Bodenstein.

»Genau der«, nickte Kai. »Er ist ja damals, nachdem er in Paris festgenommen wurde, nur wegen fahrlässiger Tötung zu einer lächerlichen Bewährungsstrafe verurteilt worden. Am 7. Juli 2013 ist er von seiner Joggingrunde in Königstein nicht zurückgekehrt und gilt bis heute als vermisst.«

Pia schauderte bei der Erinnerung an den Mann, der ihr einige der schlimmsten Stunden ihres Lebens beschert hatte. Trotzdem konnte es niemals recht sein, wenn jemand Selbstjustiz übte und andere Menschen tötete! Wozu gab es schließlich Gesetze und Gerichte? Selbst wenn Urteile zu mild erschienen und dem eigenen Gerechtigkeitsempfinden widersprachen, so waren sie doch von Leuten gefällt worden, die sich mit dem Gesetz auskannten.

Alle mussten diese Neuigkeiten erst mal sacken lassen. Ungeklärte Mord- und Vermisstenfälle, zum Teil so alt, dass sie in der Priorität längst weit nach unten gerutscht waren. Es handelte sich um Menschen, die keine Lobby hatten: ehemalige RAF-Terroristen, Pädophile, Mörder, Wiederholungstäter.

Hatte sich jemand zu ihrem Richter aufgeschwungen? Vielleicht derselbe, der René Siegel und Daniel Radloff auf dem Gewissen hatte?

»Aber wie passt Farwad Mahmoudi in dieses Muster?«, fragte Cem. »Er ist kein verurteilter Straftäter.«

»Doch. Ist er.« Bodenstein räusperte sich. »Mahmoudi wurde vor ein paar Wochen von Richter Hawelka wegen Vergewaltigung verurteilt. Sein Anwalt, Dr. Pfefferkorn, legte Rechtsmittel gegen das Urteil ein, weshalb es nicht rechtskräftig wurde und Mahmoudi wieder zurück in U-Haft musste. Weil er aber schon so lange in U-Haft gesessen hatte, hat Pfefferkorn auch noch Haftbeschwerde eingelegt, und das OLG musste Mahmoudi auf freien Fuß setzen.«

Alle kannten Mahmoudis Vorgeschichte, aber ihnen war nicht klar gewesen, wer sein Anwalt gewesen war.

»Das ist der Hintergrund von Hawelkas Tat«, sagte Bodenstein. »Er hatte den letzten Verfahrenstag extra auf diesen Montag terminiert. Alles war minutiös geplant. Bevor er Kathrin erschossen und den Sprengstoffgürtel gezündet hat, hat er zwanzig Minuten lang seinem Frust Luft gemacht – über die deutsche Migrationspolitik, die Überlastung der Gerichte, das Justizsystem im Allgemeinen und unmoralische Strafverteidiger wie Pfefferkorn und Szameit im Besonderen. Er hatte resigniert und war desillusioniert. Und er hat gesagt, die Tatsache, dass ein von ihm rechtskräftig verurteilter krimineller Asylbewerber keine drei Tage nach Entlassung aus der U-Haft Larissa Böhlefeld umgebracht hat, sei der Auslöser für seine Entscheidung gewesen, an diesem Tag mit seinem Leben Schluss zu machen.«

»Großer Gott!«, murmelte Kai entsetzt.

»Dabei gibt es keinen einzigen Beweis dafür, dass Mahmoudi Lissy umgebracht hat!« Pia schüttelte fassungslos den Kopf.

»Ich denke seit gestern über kaum etwas anderes nach«, sagte Bodenstein. »Es muss Kathrin gewesen sein, die den Befehl gegeben hat, Mahmoudi zu entführen. Sie hatte zufällig als Erste vom LKA die Information über den Spur-Person-Treffer zu Mahmoudi bekommen.«

»Sie saß neben mir im Besprechungsraum, als der Anruf vom Labor kam«, bestätigte Kai. »Sie ging raus und blieb ungefähr eine Viertelstunde weg. Und dann erst hat sie mir von den Laborergebnissen erzählt und euch informiert, Pia.«

»Ich erinnere mich daran«, sagte Pia. »Wir waren gerade in der

Schule, als Kathrin angerufen hat. Später, bei der Besprechung, sagte sie, sie hätte schon eine Streife zu der Wohnung in Eschborn geschickt. Das hat sie übrigens am Sonntag noch mal wiederholt.«

»Am gleichen Abend war sie mit mir bei Larissa Böhlefelds Eltern und hat allein mit der Mutter gesprochen.«

»Worüber?«, wollte Cem wissen.

»Keine Ahnung. Aber vielleicht hat sie Anne Böhlefeld ja das Angebot gemacht, dass sie den Mörder ihrer Tochter töten könnte.«

»Von dem sie wusste, dass er in dem Stollen auf Sollbergs Grundstück in einer Zelle hockte«, ergänzte Pia. »Sollberg, der Pilzzüchter, ein alter Freund ihres Bruders, genau wie Volker Mazanek.«

»Und deshalb wollte sie wahrscheinlich auch die Ausstellung eines Durchsuchungsbeschlusses für die Pilzfarm herauszögern«, sagte Kriminaldirektorin Nicola Engel mit düsterer Miene. »Sie hat in Kauf genommen, dass im ganzen Land Stimmung gegen Asylbewerber gemacht wird.«

»Wie sie sich an unseren Überlegungen beteiligt hat, total engagiert!«, regte Tariq sich auf. »Dabei hat sie die ganze Zeit über gewusst, wo der Kerl ist! Sie muss sich doch innerlich über uns totgelacht haben!«

»Und sie hat gewusst, dass wir ihnen auf den Fersen sind«, spann Pia weiter. »Deshalb hat sie sich am Samstag krankgemeldet.«

»Ihr war es gar nicht recht, dass wir mit Walid Bouaziz gesprochen haben«, erinnerte sich Tariq. »Aber sie konnte es auch nicht verhindern.«

»Deshalb mussten sie Mahmoudi woanders hinbringen«, sagte Cem. »Und Sollberg hat sich danach gleich abgesetzt.«

»Warum hat sie nicht auch Volker Mazanek gewarnt?«, fragte Tariq.

»Hatte sie doch«, sagte Bodenstein. »Deshalb wollte er gestern Radloffs Leiche verbrennen. Wäre es ihm gelungen, hätte es keine Beweise mehr gegeben.«

Bodenstein stand auf und trat ans Fenster. Er schaute hinunter auf den Parkplatz, wie er es schon Hunderte Male getan hatte. Alles hing irgendwie zusammen. Sie konnten es nur noch nicht richtig erkennen. Und Kathrin Fachinger war der Maulwurf gewesen. Hoffentlich der einzige.

»Macht euch an die Arbeit! Findet weitere Muster und sucht nach Zusammenhängen«, sagte er dann. »Die IT-Abteilung soll Kathrins dienstlichen Computer, ihr privates Tablet und den Chatverlauf auf ihrem Telefon überprüfen, außerdem ihr Abfrageverhalten bei INPOL checken. Vielleicht kann man anhand ihres Smartphones ihr Bewegungsprofil nachvollziehen, wobei ich da wenig Hoffnung habe. Dafür war sie zu clever.«

***

Kai verschwand in dem Büro, das er sich mit Pia teilte. Cem und Tariq gingen hinunter zum Soko-Raum, Pia und Bodenstein in die Teeküche, um sich Kaffee zu holen. Nicola Engel folgte ihnen.

»Fachingers Großmutter hat gestern behauptet, Kathrin hätte immer am meisten Angst davor gehabt, einen geliebten Menschen zu verlieren«, sagte sie nachdenklich. »Hätte sie dann der Verlust ihres Bruders nicht viel mehr mitnehmen müssen?«

»Wie meinst du das?«, fragte Bodenstein und schenkte erst Pia, dann sich Kaffee ein. Er bot Nicola auch welchen an, aber sie lehnte mit einem Kopfschütteln ab.

»Angeblich ist Fachinger im Dezember 2012 in die Schweiz gereist, um nach ihrem Bruder zu suchen. Das hat mich stutzig gemacht. Wenn Familienmitgliedern von Mitarbeitern etwas zustößt, erfährt man das als Vorgesetzte üblicherweise, aber ich konnte mich an nichts erinnern, und ich habe ein gutes Gedächtnis. Deshalb habe ich mir gestern Nacht die Urlaubspläne der letzten Jahre angeschaut. Fachinger hatte im fraglichen Zeitraum keinen Urlaub. Du, Pia, hattest als Einzige der Abteilung welchen beantragt, bist dann aber doch nicht gefahren.«

»Stimmt!« Pia erinnerte sich. »Das war die Sache mit dem Taunus-Sniper. Christoph und ich hatten kurz vorher geheiratet.«

»Soweit ich mich erinnere, hat Kathrin völlig normal mitgearbeitet.« Bodenstein nippte an seinem Kaffee. »Sie hat sich ständig mit diesem Profiler vom LKA angelegt, aber kein Wort über einen verschollenen Bruder verloren, daran könnte ich mich erinnern.«

»Was hat das zu bedeuten?«, fragte Pia.

»Tja. Entweder war es ihr egal, dass ihr Bruder in eine Gletscherspalte gestürzt war und vermisst wurde, oder das alles ist überhaupt nicht passiert«, antwortete Nicola Engel.

»Du meinst ...« Die Zahnrädchen in Pias Kopf griffen ineinander. »Kathrins Oma hat uns gestern Theater vorgespielt, und ihr Bruder ist vielleicht gar nicht tot?«

»Halte ich für möglich. Was denkst du, Oliver?«

»Ich weiß im Moment gar nicht mehr, was ich denken soll«, erwiderte Bodenstein. »Fachinger hat ein Doppelleben geführt, daran gibt es wohl keinen Zweifel. Dabei hätte ich für sie beide Hände ins Feuer gelegt. Ich möchte mir die Schlagzeilen nicht vorstellen, wenn die Presse herausfindet, dass sie und Hawelka ein Paar waren.« Er löffelte Zucker in seinen Kaffee, was er normalerweise nie tat.

»He, was machst du da?«, fragte Pia verwundert. »Das waren schon drei Löffel!«

»Ich glaube, ich bin unterzuckert«, antwortete er. »Mir ist schon die ganze Zeit kalt.«

In der Tür der Teeküche erschien eine uniformierte Kollegin von der Wache.

»Der ist gerade für Sie abgegeben worden«, sagte sie und hielt ihm einen Briefumschlag hin.

»Danke.« Er nahm den Umschlag, weiß, mit selbstklebender Achtzig-Cent-Briefmarke. Korrekte Adresse, korrekte Anrede, mit Computer geschrieben. Kein Absender. »Wer hat den abgegeben? Und wann?«

»Ein Uber-Fahrer. Vor zehn Minuten ungefähr«, erwiderte die Kollegin und ging wieder.

»Willst du ihn nicht öffnen?«, fragte Nicola Engel.

»Nicht hier.«

Er überquerte den Flur, gefolgt von Pia und Nicola Engel, betrat sein Büro und setzte sich hinter seinen Schreibtisch. Bevor er den Briefumschlag vorsichtig mit einem Brieföffner aufschlitzte, zog er ein Paar Latex-Handschuhe an. Kein weißes Pulver. Nur zwei gefaltete Blätter.

Er las den einen kurzen Satz, der in Versalien geschrieben war, und sprang wie elektrisiert auf.

»Und?«, fragte Pia neugierig. »Wer schreibt dir da?«

»Schaut euch das an!« Bodenstein hielt ihnen das erste Blatt hin, zog es aber wieder zurück, als Nicola Engel danach griff. »Stopp! Nicht ohne Handschuhe anfassen!«

HIER FINDEN SIE FARWAD MAHMOUDI, stand da. Sonst nichts.

Das zweite Blatt schien die Kopie einer sehr detaillierten, handschriftlichen Wegbeschreibung zu sein. Eine Adresse. Eine genaue Beschreibung des Gebäudes. Wo sich der Haustürschlüssel befand. Welchen Weg man nehmen musste, um zu einem bestimmten Raum im Keller zu gelangen.

»Ist das echt oder ein Scherz?«, fragte Pia.

»Ich glaube nicht, dass das ein Scherz ist«, meinte Nicola Engel.

»Die Adresse wurde von meiner Visitenkarte abgeschrieben«, stellte Bodenstein fest. »Meinen Dienstgrad schreibt normalerweise niemand.«

»Wem hast du in letzter Zeit deine Visitenkarte gegeben?«, wollte Nicola Engel wissen.

»Vielen Leuten«, erwiderte Bodenstein und schob die beiden Blätter in eine Klarsichthülle. »Aber ich habe einen Verdacht, wer mir das geschickt haben könnte.«

»Anne Böhlefeld?«, fragte Pia.

»Genau.« Bodenstein nickte.

»Warum sie?«, wollte die Kriminaldirektorin wissen.

»Weil sie sich seltsam verhalten hat, als ich das letzte Mal bei ihr war«, erwiderte Bodenstein. »Und weil ich sicher bin, dass sie uns angelogen hat.«

»Pia, ruf bitte die ganze Mannschaft zusammen. Wir fahren nach Kronberg. Kröger und seine Leute sollen auch mitkommen, Kathrins Wohnung hat Zeit bis später.«

»Mach ich.« Pia drehte sich auf dem Absatz um und lief davon.

»Eine Spur!«, sagte Bodenstein zu Nicola Engel und ballte die Faust. »Eine erste richtige Spur in diesem verdammten Fall!«

»Falls wir dort tatsächlich Mahmoudi finden, sollte zumindest der öffentliche Druck ein bisschen nachlassen«, sagte Nicola Engel nüchtern.

»Und vielleicht haben wir in einer Stunde den Fall Larissa Böhlefeld gelöst«, antwortete Bodenstein. »Komm, wir fahren!«

***

Marcella, Lynn, Julika und Paula kicherten und warfen Sara verstohlene Blicke zu, als er den Klassenraum betrat. Marcella formte lautlos das Wort DAMON mit den Lippen und verdrehte albern die Augen. Sara tat so, als würde sie es nicht sehen. Es war ein Fehler gewesen, mit diesen blöden Kühen über Lissy zu sprechen. Und wahrscheinlich war es auch ein Fehler, wieder in die Schule zu gehen. Sie beschloss, den Weinert einfach zu ignorieren, aber zu ihrem Schrecken sprach er sie an.

»Mit allen anderen habe ich schon ihre Noten besprochen«, sagte er freundlich. »Aber du warst ja letzte Woche nicht da. Wollen wir kurz rausgehen?«

Sara starrte ihn an wie ein Kaninchen die Schlange. Dann nickte sie und stand auf. Ihr Mund war plötzlich staubtrocken.

»Ihr anderen macht irgendetwas, was ohne Lärm vonstattengeht«, sagte der Lehrer zur Klasse und hielt Sara die Tür auf. Sie verstand kaum, was er zu ihr sagte, so laut rauschte das Blut in ihren Ohren. Er musste seine Frage, wie sie sich selbst einschätzte, wiederholen.

»Äh, weiß nicht. Ich glaub, ganz gut.«

»Du hast zwei Einsen geschrieben und bist mündlich auch sehr gut. Also von mir kriegst du eine glatte Eins auf dem Zeugnis.«

»Danke. Super«, flüsterte Sara.

Sie konnte ihn einfach nicht anschauen. Vor Angst. Und vor Ekel. Sie bekam Lissys Zeichnungen einfach nicht aus dem Kopf. Wie er sie geküsst hatte. Und wie sie es mit ihm gemacht hatte. Mit ihrem Mathelehrer!

»Es tut mir sehr leid, das mit Lissy«, sagte Weinert dann auch noch. Wie scheinheilig der Typ war! »Ich weiß, dass sie deine beste Freundin gewesen ist und du sie sicherlich sehr vermisst.«

Er streckte seine Hand aus, als ob er sie berühren wollte.

Sara wich vor ihm zurück und starrte ihn an. Sie hatte ihn gemocht. Er war einer von den netten Lehrern. Mathe bei ihm machte Spaß. Aber jetzt durfte sie ihn nicht mehr mögen.

Es tut mir sehr leid, das mit Lissy. War das etwa ein Geständnis? Hatte er mit dieser Hand, die er nach ihr ausgestreckt hatte, Lissy erdrosselt?

»Danke«, würgte sie hervor. »Ja, das tue ich.«

Sie riss die Tür zu ihrem Klassenraum auf und flüchtete mit gesenktem Kopf auf ihren Platz. Ihr Blick streifte das Foto von Lissy. In einem Impuls ergriff sie den Bilderrahmen und legte ihn flach auf die Tischplatte. Das Stimmengewirr um sie herum erstarb. Alle glotzten sie an. Auch der Weinert. Als hätte sie Lissy gerade ein zweites Mal umgebracht. Sara kämpfte gegen die Tränen an, die sich in ihrer Kehle ballten. Sie war stinkwütend auf Lissy. Und sie fühlte sich mies, weil sie der Polizei nicht gesagt hatte, was ihre Freundin an dem Abend wirklich vorgehabt hatte. Sie musste den Kommissar anrufen. Oder ihm eine Mail schreiben, das war besser.

***

»Was ist denn hier los?«, fragte Bodenstein, als Pia in die Sackgasse einbog, an deren Ende laut Navi die Hausnummer 37 lag. Eine Schlange von knapp zwanzig Autos staute sich auf der rechten Straßenseite. Ihre Fahrer waren ausgestiegen und guckten neugierig zu den drei Streifenwagen hinüber, die vor dem letzten Gebäude in der Sackgasse, einem dreigeschossigen Gewerbebau aus den Achtzigern, standen.

»Sieht aus, als hätte der Bauhof geöffnet«, antwortete Pia und hielt hinter den Streifenwagen. »Heute haben wir mal Zuschauer bei unserer Arbeit.«

Cem stieg aus, sprach mit einer Streifenwagenbesatzung, dann öffnete er das Schiebetor, das nicht verschlossen war, und alle fuhren in den großen Hof, der fünfzig Meter hinter dem Gebäude an einem Riegel von sechs Garagen endete. Sie stiegen aus, blickten sich um, zogen schusssichere Westen an. Kai hatte in Erfahrung gebracht, dass das Gebäude laut Grundbuchauszug einem Karl-Heinz Backes aus Frankfurt gehörte und als Antiquitätenlager genutzt wurde.

»Sieht ziemlich verlassen aus«, fand Cem. »Die Garagen werden anscheinend auch nicht benutzt.«

Der ehemals gelbe Putz bröckelte von den Hauswänden, die Fensterscheiben waren blind. In den oberen Stockwerken hingen Rollläden schief, und niemand hatte das Unkraut, das im Sommer im ganzen Hof und vor den Garagentoren meterhoch gewuchert war, entfernt. Der Schnee, der letzte Woche gefallen war, hatte es platt gedrückt. Eine S-Bahn donnerte direkt hinter dem Zaun vorbei.

Bodenstein rief die Anwesenden zu einer kurzen Lagebesprechung zusammen. Er wirkte zerstreut und gleichzeitig aufgedreht.

»Wir müssen ein Auge auf ihn haben«, sagte Nicola Engel besorgt. »Er sollte gar nicht hier sein.«

»Wir passen alle auf ihn auf«, versicherte Pia, die sich selbst Sorgen um ihren Chef machte. Bodenstein war angespannt und erschöpft, aber anders als letztes Jahr, in der Endphase seiner unerfreulichen zweiten Ehe. Diese Art der Erschöpfung hatte sie bei Überlebenden von Unfällen, Zugunglücken und Schießereien gesehen und auch bei Kollegen, die im Dienst schwere Traumata erlitten hatten. Es würde seine Zeit dauern, bis Bodenstein einen Weg gefunden hatte, mit dem Erlebten zurechtzukommen.

»Cem, du und ich, wir gehen mit rein«, sagte er gerade. »Frau Dr. Engel und Pia warten hier draußen. Jemand muss einen Rettungswagen rufen. Oder nein, besser noch nicht.«

»Herr Bodenstein!« Die Kriminaldirektorin winkte ihn ein Stück zur Seite. »Auf ein Wort.«

»Was gibt's denn noch? Wir müssen loslegen!« Bodensteins Augen glänzten fiebrig.

»Sie nicht, Bodenstein.« Wie üblich siezte sie ihn in der Öffentlichkeit. »Kröger, Sander und Altunay übernehmen das mit den Kollegen von der Streife.«

Bodenstein wollte protestieren, aber seine Chefin blieb unnachgiebig.

»Das ist eine Anweisung«, sagte sie scharf. »Geben Sie Frau Sander den Zettel.«

Bodenstein schien in sich zusammenzufallen wie ein Luftballon, dem man die Luft herausließ. Das Adrenalin wich aus seinem Blut und damit verließ alle Energie seinen Körper. Er reichte Pia das kopierte Blatt mit den Anweisungen.

»Beeilt euch«, sagte er. »Vielleicht lebt er ja noch.«

Es war keine Zeit mehr zu verlieren. Falls sich Mahmoudi tatsächlich im Keller dieses Gebäudes befand und überhaupt noch lebte, war er höchstwahrscheinlich in keinem guten Zustand. Pia öffnete den Briefkasten neben der Eingangstür und fand dort den Haustürschlüssel. Cem, Kröger im Ganzkörperoverall mit Handschuhen und einer der uniformierten Kollegen gingen voran, die Dienstwaffen im Anschlag, gefolgt von Pia, einem weiteren Kollegen und zwei von Krögers Leuten.

»Links die Treppe runter!«, kommandierte Pia. »Bis zu der roten Metalltür. Dahinter müsste der Heizungskeller sein.«

Mit einem Knarren ging die schwere Tür auf. Die Heizung lief und surrte leise. Das Licht funktionierte durch Bewegungsmelder. Hinter dem Kessel entdeckte Pia die niedrige Tür, die auf dem Plan beschrieben war. Sie öffnete sie, Cem und der Kollege krochen gebückt hindurch. Der Gestank, der ihnen entgegenschlug, war bestialisch. In einem fensterlosen Kellerraum in einer Art Käfig lag eine reglose Gestalt auf einer dünnen Matratze, auf dem Fußboden ringsum leere Plastikwasserflaschen. Es roch so intensiv nach Urin und Exkrementen, dass es Pia den Atem verschlug. Kröger knackte mit einem Bolzenschneider das Schloss und öffnete die Tür des Verschlags.

»Ihr bleibt zurück«, schnauzte er Cem und die uniformierten Kollegen an, dann kletterte er in den Käfig, hockte sich neben die Gestalt auf der Matratze und prüfte mit seinen behandschuhten Fingern den Puls.

»Dem macht wirklich gar nichts was aus«, flüsterte Cem mit angeekelter Miene. »Boah, ich könnte kotzen.«

»Und?« Pia war weniger empfindlich, aber auch ihr Magen rebellierte. »Ist er es?«

»Ich glaube schon«, erwiderte Kröger. »Und er lebt. Sein Puls ist allerdings sehr schwach.«

»Ich rufe einen Rettungswagen.« Cem wand sich durch die niedrige Tür.

Christian Kröger warf Pia einen Blick zu. Nach einer Woche hatten sie den Mann endlich gefunden! Er war nicht etwa untergetaucht und hatte sich auch nicht ins Ausland abgesetzt. Irgendjemand hatte ihn entführt und unter menschenunwürdigen Bedingungen in diesen Verschlag gesperrt.

»Ich habe nicht mehr daran geglaubt, dass wir ihn noch lebendig finden.« Pia drehte sich um, als sie auf irgendetwas ausrutschte und beinahe hingefallen wäre, hätte sie der junge Polizeioberkommissar nicht geistesgegenwärtig aufgefangen.

»Hoppla!« Pia schaltete die Taschenlampe ihres Smartphones ein, ging in die Hocke und leuchtete auf den Fliesenboden. »Na, was ist denn das?«

Sie ließ sich einen Handschuh geben, zog ihn an und hob den Gegenstand auf.

»Eine Patronenhülse«, sagte der uniformierte Kollege. »Ich würde sagen, eine neun Millimeter Para.«

Pia ließ die Hülse in einen Beweismittelbeutel fallen und reichte diesen Kröger. Dann kletterte sie durch die Tür und ging an Cem vorbei, der telefonierend auf dem Treppenabsatz stand. Oben an der kalten frischen Luft atmete sie ein paarmal tief durch, dann ging sie zu Nicola Engel und Bodenstein hinüber.

»Es ist Mahmoudi, und er lebt«, verkündete sie den beiden.

»Das ist eine gute Nachricht!«, sagte Nicola Engel erleichtert.

»Und wahrscheinlich hat er sogar ein Alibi für den Abend des Mordes.« Bodenstein hob sein Handy. »Tariq hat gerade angerufen. Ein Betreuungshelfer von der Flüchtlingshilfe Schwalbach e. V. hat sich bei der Hotline gemeldet. Ein Bewohner der Asylbewerberunterkunft in Schwalbach, auch ein Afghane, hat ihm erzählt, er wäre an dem Abend, an dem das Mädchen umgebracht worden ist, mit Mahmoudi zusammen in Frankfurt gewesen.«

»Das gibt's doch nicht!«, rief Pia ungläubig. »Wieso hat der sich denn nicht eher gemeldet?«

»Tja, keine Ahnung. Tariq fährt mit dem Dolmetscher hin, um mit dem Mann zu reden.«

»Ist euch klar, was das bedeutet, wenn er ein Alibi hat?«, fragte Pia.

»Allerdings.« Nicola Engel warf einen Blick auf ihr Handy. »Ich fahre ins Büro. Mahmoudi muss im Krankenhaus bewacht werden.«

»Wir kümmern uns darum«, versprach Pia.

»Und an das andere denkst du auch?«

»Ja, klar.«

Die Kriminaldirektorin stieg in einen der beiden Dienstwagen und fuhr vom Hof.

»Was meint sie mit ›das andere‹?« fragte Bodenstein und warf Pia einen argwöhnischen Seitenblick zu. »Hat sie dir etwa gesagt, dass du auf mich aufpassen sollst?«

»So was in der Art, ja«, antwortete sie und schaute ihn an. »Sie macht sich halt Sorgen um dich.«

»Mir geht's gut! Ich brauche kein Kindermädchen«, schnaubte Bodenstein.

»Das werde ich auch ganz sicher nicht spielen«, erwiderte Pia. »Hör zu: Auf dem Fußboden vor dem Verschlag, in dem Mahmoudi eingesperrt war, lag eine Patronenhülse. Neun Millimeter Parabellum. Jemand hat da unten geschossen.«

»Anne Böhlefeld?«

»Wer sonst? Aber wenn sie es war, muss sie eine Waffe haben. Und eine verdammt schlechte Schützin sein.«

»Oder sie hat im letzten Moment Gewissensbisse gekriegt«, vermutete Bodenstein. »Ruf in der Apotheke an und frage nach ihr. Wenn sie dort ist, legst du einfach auf.«

»Warum fahren wir nicht sofort zu ihr hin?«, wunderte sich Pia.

»Weil ich zuerst wissen möchte, ob Farwad Mahmoudi für den Freitagabend wirklich ein Alibi hat«, erwiderte Bodenstein. »Wenn sie in der Apotheke ist, kann sie keinen Unsinn machen, falls sie tatsächlich eine Waffe haben sollte. Wir fahren jetzt zuerst in die Rechtsmedizin. Danach wissen wir vielleicht schon mehr über Mahmoudis Alibi.«

Von ferne näherte sich das Geheul von Martinshörnern. Eine S-Bahn fuhr vorbei. Während Pia die Nummer der Taunus-Apotheke heraussuchte, ging Bodenstein zu Cem. Er musste dafür sorgen, dass Mahmoudi im Krankenhaus ein Einzelzimmer bekam und rund um die Uhr Polizeischutz. Nicht, dass doch noch jemand erledigte, was Anne Böhlefeld möglicherweise nicht fertiggebracht hatte.

***

Ein Zettel an der Eingangstür des Rechtsmedizinischen Institutes verkündete, dass bis auf Weiteres sämtliche Vorlesungen und Lehrveranstaltungen ausfielen. Die Rechtsmediziner hatten mit den sterblichen Überresten der sechs Toten des Selbstmordattentats genug zu tun. Weil die Todesursache sowieso feststand, mussten keine vollständigen Obduktionen durchgeführt werden; ihre Arbeit bestand in der Identifikation und Zuordnung von zum Teil nur wenigen Zentimeter großen Knochen- und Gewebefragmenten, die im Sitzungssaal gesichert und teilweise von den Wänden und Möbelresten gekratzt worden waren, ein mühsames Puzzle unter Zeitdruck, das vor allen Dingen den Angehörigen der Opfer viel bedeutete.

»Lemmer und zwei Kollegen sind noch immer vor Ort. Die Bombe hat ja alles regelrecht pulverisiert«, sagte Henning zu Pia, als Bodenstein kurz auf der Toilette verschwunden war. »Wie geht's ihm?«

»Er redet nicht drüber«, erwiderte Pia. »Ich glaube, er verdrängt das alles.«

»Wahrscheinlich das Beste, was er im Moment tun kann.« Henning seufzte. »Man kann sich kaum vorstellen, wie es ihm gehen muss. Ich sehe ja oft grausige Sachen, aber ich komme immer erst, wenn alles vorbei ist. Er war dabei. Er hat da dringestanden und geglaubt, er könnte …«

Er brach ab, weil Bodenstein zurückkam.

Sie gingen die Treppe hinunter. Die Leiche von Daniel Radloff lag auf demselben Sektionstisch, auf dem Lissy Böhlefeld vor einer Woche gelegen hatte. Der Tod war der große Gleichmacher, er machte keinen Unterschied zwischen Gut und Böse.

»Todesursächlich war dieses Teilmantelgeschoss.« Henning fischte eine Probendose von einem Tablett und hielt sie hoch. »Eine RUAG Action Effect mit Polymerspitze.«

»Mannstopp-Munition. So was benutzen SEKs«, sagte Pia.

»Das war ein Schuss aus sehr kurzer Distanz. Die Kugel hat von hinten seine Rippen durchschlagen und sein Herz zerfetzt.« Henning stellte die Dose wieder weg und wies auf die Verletzungen an Radloffs Körper. »Aber vorher hat er schon eine ganze Menge Schussverletzungen abbekommen. Wir haben insgesamt elf Schusswunden und neun Streifschüsse gezählt: an beiden Ober- und Unterschenkeln, im Gesäß, Oberarm links, Schulter rechts.«

Er ging zu dem Laptop, der auf einem Sideboard stand. Die Zeit der Röntgenbilder an Leuchtkästen war lang vorbei.

»Hier, schaut euch das an«, sagte er und vergrößerte die Schwarz-Weiß-Aufnahme. »Die Projektile sind in seinem Körper aufgepilzt und haben alles zerrissen: Muskelgewebe, Sehnen, Adern, die Leber, die Nieren, den Magen, die Milz, den rechten Lungenflügel. Das Schulterblatt, der rechte Oberarmknochen, linkes Schien- und Wadenbein wurden zerschmettert.«

»Sie haben ihn regelrecht gefoltert. Ein Schuss nach dem anderen, bis er zusammengebrochen ist.« Bodenstein schürzte die Lippen. »Der Schuss ins Herz war dann der Fangschuss.«

Anders als in Filmen und im Fernsehen dargestellt, wo von Kugeln getroffene Menschen auf der Stelle tot zusammenbrachen, war Erschießen in der Realität oft kein schneller Tod. Selbst nach den verheerenden Zerstörungen, die Treffer wie diese hier in Radloffs Körper verursacht hatten, hatte der Mann wahrscheinlich noch eine ganze Weile gelebt. Irgendwann, nach qualvollen Minuten, wäre er an dem massiven Blutverlust gestorben, hätte man ihm nicht vorher den tödlichen Schuss ins Herz verpasst.

»Ganz ähnlich wie bei dem Mann aus dem Hintertaunus weisen auch hier Füße, Zehen und Knie Erfrierungen und Verletzungen auf, ebenso Finger, Hände und Ohren. Die Handgelenke waren gefesselt, an Lippen und Mund haben wir Spuren von Klebeband gefunden«, erklärte Henning.

Pia beugte sich nach vorne und betrachtete die Fußsohlen des Toten, die voller Kratzer und Schnitte waren. »Wahrscheinlich haben sie ihn durch den Wald gehetzt, wie René Siegel. Aber diesmal haben sich die Henker keinen Baseballschläger ausgesucht, sondern Schusswaffen.«

»Wir haben Spuren von Erde, die wir unter seinen Finger- und Fußnägeln gefunden haben, in unser Labor geschickt, damit sie mit den Proben von Siegel verglichen werden.« Henning steckte die Hände in die Taschen seines Kittels. »Spätestens übermorgen haben wir die Ergebnisse.«

»Danke, Henning«, sagte Bodenstein. »Das hilft uns sehr weiter.«

Er zögerte. Sah Pia an. Sie verstand.

»Dürfen wir vielleicht ... Kathrin sehen?«, bat sie Henning. »Nur ganz kurz.«

Henning überlegte einen Augenblick, dann nickte er. Sie folgten ihm ins Leichenkühlhaus, er zog Kühlfach Nummer 6 heraus.

»Wenn ihr fertig seid, macht einfach wieder zu«, sagte er. »Ich bin oben in meinem Büro.«

Sie warteten, bis er gegangen war. Dann holte Pia tief Luft und zog den Reißverschluss des schwarzen Leichensacks auf. Kathrin war noch nicht entkleidet und gewaschen worden. Bis auf die Eintrittswunde in der Stirn war ihr Gesicht erstaunlich unversehrt. Sie lag da, als würde sie schlafen. Nur die marmorne Blässe ihrer Haut und die bläulichen Lippen verrieten, dass sie ihre Augen nie mehr öffnen würde. Pia presste die Lippen zusammen und betrachtete erst Kathrins rechte Hand, dann ihre linke.

»Die Verletzungen an den Fingerknöcheln und an der Handfläche.« Sie flüsterte, weil sie ihrer Stimme nicht traute. »Das ist passiert, als sie sich in Hawelkas Haus aus der Gästetoilette befreit hat.«

Pia berührte ganz leicht Kathrins Wange.

»Sie sieht so jung aus ohne ihre Brille.«

Und ganz plötzlich wurde sie von ihren Gefühlen überwältigt. Über sie zu sprechen war das eine, Kathrins vertrautes Gesicht zu sehen, eine völlig andere Sache. Erst jetzt begriff Pia wirklich, dass sie tot war und nie mehr wiederkommen würde.

»Warum hast du das nur gemacht, Kathrin?«, schluchzte sie. »Ich bin so scheißwütend auf dich! Wie konntest du uns alle nur so verraten?«

Bodenstein schloss den Reißverschluss des Leichensacks und schob die Bahre zurück in das Kühlfach. Dann nahm er die weinende Pia behutsam in die Arme und zog sie an sich. Sie lehnte ihre Stirn an seine Schulter und ließ ihren Tränen freien Lauf. Er hielt sie fest und ließ sie weinen und beneidete sie darum, dass sie das konnte.

***

Die Rückfahrt verlief schweigsam. Pia sprach Bodenstein nicht auf das an, was er gestern erlebt hatte, und er erwähnte nicht, dass sie eben im Keller der Rechtsmedizin die Fassung verloren hatte.

Bodenstein hatte das Radio leise gestellt, denn auf allen Sendern ging es nur um die gestrige Geiselnahme und ihren katastrophalen Ausgang. Entsetzen und Betroffenheit waren groß. Etwas Ähnliches hatte es in Deutschland noch nie gegeben, und nun versuchte man, Erklärungen und Schuldige zu finden, denn der Täter war offensichtlich selbst auch Opfer gewesen, seine Tat womöglich ein Akt der Verzweiflung. Die Tatsache, dass keiner gemerkt haben wollte, wie sich der Richter seit dem Tod seiner Familie verändert hatte, und dass ihm niemand psychologische Hilfe angeboten hatte, die diese entsetzliche Tragödie mit sechs Toten hätte verhindern können, sorgte für emotional aufgeladene Diskussionen.

Sie überquerten gerade auf der A5 den Main, als Kai anrief. Bodenstein stellte das Gespräch über Bluetooth auf Lautsprecher, damit Pia mithören konnte.

»Walid Bouaziz ist ja seit gestern aus der JVA raus. Gerade hat er sich über die Hotline gemeldet«, sagte er. »Er hat das Foto von Kathrin auf unserer Facebook-Seite gesehen und sie sofort erkannt. Sie war die Frau, die ihn damals angesprochen hatte, sagt er, kein Zweifel.«

»Verdammt«, sagte Bodenstein.

»Bouaziz glaubt auch, dass sie es war, die ihm geraten hat, für eine Weile das Land zu verlassen.«

»Okay. Gibt es sonst noch etwas?«

»Ja. Ein Taxifahrer hat sich gemeldet. Er hat Kathrins Bild im Fernsehen gesehen. Sie ist am Montagmorgen um 10:14 Uhr am Liederbacher Rathaus in sein Taxi gestiegen und wollte nach Hofheim zur RKI gefahren werden. Sie waren gerade am Kreisel vom Rewe-Markt, als im Radio eine Meldung über die Geiselnahme im Landgericht kam. Da hat sie ihn gebeten, umzukehren und sie nach Frankfurt zu fahren, so schnell wie möglich, sie sei Polizistin und müsse dringend dorthin. Sie war sehr nervös, und dem Taxifahrer sind die Verletzungen an ihren Händen aufgefallen. Er hatte Sorge, dass sie Blut auf die Sitze seines Taxis schmieren könnte. Sie hat während der Fahrt nicht telefoniert und nicht an einem Handy herumgespielt, was ihn gewundert hat, weil das heute doch jeder machen würde. Auf der Friedberger Anlage in Höhe des Rotkreuz-Krankenhauses war die Straße abgesperrt. Sie ist einfach aus dem Taxi gesprungen und weggerannt, ohne zu bezahlen.«

»Dann wissen wir jetzt wenigstens auch, wie sie gestern nach Frankfurt gekommen ist«, sagte Pia.

»Hast du schon was von Tariq gehört?«, fragte Bodenstein.

»Er ist mit dem Dolmetscher und dem Kumpel von Mahmoudi nach Frankfurt gefahren, um mit den anderen Jungs zu sprechen, mit denen sie an dem Abend im *Kabul Bazar* und in einer Shisha Bar waren. Sieht ganz so aus, als hätte Mahmoudi ein ziemlich gutes Alibi.«

»Daniel Radloff ist regelrecht hingerichtet worden«, kam Bodenstein zum nächsten Punkt. »Dieser Bestatter …«

»Volker Mazanek«, soufflierte Pia.

»… muss unbedingt in Haft bleiben. Ruf Rosenthal an. Heute Vormittag ist irgendwann der Haftprüfungstermin.«

»Mache ich«, sagte Kai.

»Okay, danke. Pia und ich fahren jetzt zu Anne Böhlefeld.« Bodenstein beendete das Gespräch.

»Brauchst du eine Pause?«, fragte Pia vorsichtig.

»Auf gar keinen Fall«, erwiderte Bodenstein, ohne sie anzusehen. »Mir geht's gut.«

***

Der Berg aus verrotteten Blumen, durchnässten Fotos und Kerzen vor dem Tor war verschwunden. Anne Böhlefeld öffnete Pia und Bodenstein auf ihr Klingeln sofort die Haustür. Ihr Haar war frisch geschnitten, und sie war dezent geschminkt, aber das war nur Fassade. Sie war noch dünner geworden, und ihr Blick war seltsam starr. Es musste sie unendlich viel Kraft kosten, sich jeden Morgen aufzuraffen und der Welt gegenüberzutreten. Aber irgendetwas an ihr war anders. Das Abwartende, Angespannte war nicht mehr da, und Bodenstein begriff, was mit ihr los gewesen war, als er sie das letzte Mal gesehen hatte: Sie hatte darauf gewartet, dass man ihr Bescheid geben würde, wo sie Farwad Mahmoudi finden konnte. Er hatte recht behalten.

»Kommen Sie rein.«

Sie folgten ihr ins Haus, gingen durch die Küche ins Wohnzimmer, nahmen am Esstisch Platz. Auf einem Sideboard stand ein Foto von Lissy im Silberrahmen. Auf der überdachten Terrasse sah Bodenstein den Weihnachtsbaum. Mit den dicken roten Schleifen und den vielen roten und goldenen Christbaumkugeln, die die Lichtchen der Lichterketten reflektierten, bildete er einen heimeligen Kontrast zu dem trüben Tag. Anne Böhlefeld hatte die Arme vor der Brust verschränkt, bot ihnen keinen Kaffee an.

Bodenstein zog eine Kopie des Briefes aus der Innentasche seines Sakkos und legte sie vor sich auf den Tisch. Anne Böhlefeld blickte ihn an. Dann stieß sie einen Seufzer aus.

»Haben Sie ihn wirklich dort gefunden?«

»Ja, das haben wir. Hatten Sie Zweifel daran, dass er dort ist?«

»Nein. Oder … vielleicht. Ich weiß es nicht.« Ein seltsamer Unterton hatte sich in ihre Stimme geschlichen. »Lebt er noch?«

»Ihr Mann weiß nichts davon, oder?« Bodenstein überhörte ihre Frage und tippte mit dem Zeigefinger auf die Kopie.

»Nein«, gab sie zu. »Er hätte das niemals gutgeheißen.«

»Sie ja letztendlich auch nicht«, sagte Bodenstein. »Sonst hätten Sie mir das hier nicht geschickt.«

»Ich war aber zuerst fest entschlossen«, erwiderte Anne Böhlefeld. »Bis ich diesen Plan da gesehen habe. Das war mir zu ... konkret. Ich bin keine Henkerin.«

Pia hielt sich zurück, überließ Bodenstein die Gesprächsführung.

»Wer ist an Sie herangetreten?«, wollte er wissen.

»Eine Frau. Mitte dreißig. Gut gekleidet. Ich hatte sie vorher nie gesehen. Sie kam in die Apotheke, in der ich arbeite. In der Mittagszeit. Hat an der Hintertür geklingelt. Zuerst habe ich gedacht, sie sei von der Presse, aber sie sagte, es ginge um ... um Lissys Mörder.« Anne Böhlefeld machte eine Pause, rang kurz um Fassung. »Sie wisse, wo er ist, hat sie gesagt. Und dann hat sie mir ein Video auf ihrem Handy gezeigt. Von ... Mahmoudi. Er saß in einer Art Gefangniszelle mit Gitterstäben bis zum Boden. Wie in einem alten Western.«

Sie lachte unfroh auf und schüttelte den Kopf.

»Ich ... ich habe die Frau gefragt, warum sie den Mann nicht einfach der Polizei übergeben. Sie sagte, wenn sie das täten, würde er vielleicht lebenslänglich kriegen, aber mit einem guten Anwalt würde er möglicherweise nur wegen Totschlag oder Körperverletzung mit Todesfolge verurteilt«, fuhr Anne Böhlefeld nach einer weiteren kurzen Pause fort. Sie biss sich auf die Unterlippe und blinzelte angestrengt die aufsteigenden Tränen weg. »Sie sagte, er würde nach ein paar Jahren wieder auf freiem Fuß sein, aber Lissy, die wäre tot und ... würde nicht mehr lebendig. Sie sagte, sie fänden so etwas nicht gerecht.«

Sie saß nun aufrecht am Tisch, hatte ihre Hände flach auf die Tischplatte gelegt. Kein Plüschtier mehr als Trost. Kein Smartphone, auf dem sie zwanghaft nach Nachrichten schaute. Sie schien den Tod ihrer Tochter allmählich als Tatsache akzeptiert zu haben.

»Die Frau sagte, sie würden dafür sorgen, dass dieser Kerl nie wieder jemandem etwas antun würde. Sie hat mir angeboten, dass ich das auch selbst tun könnte. Den Mörder meiner Tochter mit eigener Hand töten. Das wäre echte Gerechtigkeit.«

Sie verstummte. Versank in Gedanken. Bodenstein und Pia warteten.

»Sie hat mir Bedenkzeit gegeben. Und falls ich das Angebot annehmen wollte, sollte ich als Zeichen mein Auto andersherum einparken.« Anne Böhlefeld blickte Bodenstein an. Ihr eindringlicher Blick flehte um sein Verständnis. »Sie erwarteten keine Gegenleistung und keine Bezahlung. Jemand würde sich dann mit mir in Verbindung setzen.«

Wieder dauerte es eine Weile, bis sie weitersprach.

»Ich habe darüber nachgedacht. Die ganze Nacht lang. Und dann habe ich das Zeichen gegeben.«

* * *

Bodensteins Handy summte in seiner Jackentasche, aber er ignorierte es. Das Summen brach ab, dann meldete sich Pias Handy. Sie schaute aufs Display, entschuldigte sich und ging aus dem Wohnzimmer in den Windfang.

»Ich bin's noch mal«, meldete sich Kai. »Wir kriegen jede Menge Rückmeldungen zu Kathrins Foto bei Facebook, zwei davon sind interessant. Eine Mitarbeiterin von einer Self-Storage-Anlage in Rödelheim hat sich gemeldet. Kathrin hat dort vor zwei Jahren eine Lagerbox angemietet. Und der Inhaber einer Kampfsportschule aus Höchst. Der kannte Kathrin wohl sehr gut. Angeblich hat sie dort seit Jahren als Trainerin für Judo, Karate, Wing Tsun und Krav Maga gearbeitet. Und er kannte auch Konstantin Hawelka. Der war seit 2016 bei ihnen in der Kundenkartei und hat regelmäßig zweimal pro Woche trainiert, meistens mit Kathrin.«

In jedem anderen Fall hätten solche Informationen Pia frohlocken lassen, jetzt waren sie nur immer neue Beweise dafür, wie wenig sie ihre Kollegin gekannt hatten.

»Hast du das gewusst?«, fragte sie Kai.

»Ich hab gewusst, dass sie Judo macht«, erwiderte der. »Aber nicht, dass sie Trainerin war.«

»Dort haben sie sich wahrscheinlich kennengelernt, Hawelka und sie.«

»Gut möglich. Wie läuft es bei Böhlefelds?«

»Der Chef hatte recht mit seiner Vermutung.« Pia senkte die Stimme und blickte durch die Küche ins Wohnzimmer. »Anne Böhlefeld hat ihm den Brief geschickt. Es war bei ihr dasselbe wie bei Bouaziz. Jemand hat Kontakt zu ihr aufgenommen und ihr angeboten, Mahmoudi zu töten. Der Gerechtigkeit wegen.«

Plötzlich hatte Pia einen Einfall.

»Sind Cem oder Tariq da?«, fragte sie.

»Tariq ist noch mit dem Dolmetscher unterwegs und Cem im Krankenhaus bei Mahmoudi«, erwiderte Kai. »Wieso?«

Pia warf einen Blick auf die Küchenuhr. 14:30 Uhr.

»Von hier aus ist es nur ein Katzensprung bis nach Rödelheim. Wenn uns jemand Kathrins Schlüsselbund vorbeibringen könnte, müssten wir nicht extra zur Dienststelle zurückkommen.«

»Ich schicke euch jemanden rüber«, sagte Kai. »Oh Mann! Ich bin so wahnsinnig wütend auf Kathrin!«

»Ich auch, Kai«, erwiderte Pia. »Ich auch.«

Sie beendete das Telefonat.

»Gestern habe ich im Fernsehen das Foto gesehen«, sagte Anne Böhlefeld gerade, als Pia ins Wohnzimmer zurückkehrte. »Da habe ich ihn erkannt.«

»Wessen Foto?«, erkundigte Pia sich.

»Von diesem Richter, der sich in die Luft gesprengt hat. Er war am Samstag bei mir in der Apotheke und hat mir diesen Plan gegeben. Wo ich … den Mörder meiner Tochter finden kann. Er hat mir erzählt, dass seine Familie ermordet worden ist und er den Mörder mit seinen eigenen Händen getötet hat. Für Gerechtigkeit gesorgt hat. Danach hätte er seinen inneren Frieden wiedergefunden.«

Pia blickte die Frau an. Sie wies sie nicht auf ihren Denkfehler hin. Hawelka hätte sich wohl kaum auf diese schreckliche Art das Leben genommen und fünf Menschen mit in den Tod gerissen, wenn er tatsächlich seinen inneren Frieden gefunden hätte.

»Wie wollten Sie Mahmoudi töten?«, wollte Bodenstein wissen. »Hat man Ihnen eine Waffe gegeben?«

»Nein.« Anne Böhlefeld schüttelte den Kopf. »Man wollte mich kontaktieren. Es gab gestern zwei Anrufe mit unterdrückter Nummer auf meinem Handy, aber ich bin nicht drangegangen.«

Sie stützte das Kinn in die Hand und starrte aus dem Fenster.

»Mir kommt es oft so vor, als hätte man mir einen Körperteil amputiert«, sagte sie. »Ich vermisse meine Tochter so sehr. Aber irgendwie muss alles weitergehen. In den ersten Tagen, da war es mir egal, was mit mir wird. Ob ich selbst sterbe oder ins Gefängnis komme.«

Bodenstein und Pia hörten ihr zu, ließen sie reden. Darüber, dass die Leute sie wie eine Aussätzige behandelten, als ob der Tod ansteckend wäre. Über die Ungerechtigkeit, dass es ihre einzige Tochter getroffen hatte und nicht ein Kind, das noch zwei oder drei Geschwister hatte. Wie furchtbar es sei, einen Sarg für sein Kind auszusuchen, eine Trauerkarte zu gestalten und eine Trauerfeier. Nichts konnte ihren Verlust wiedergutmachen. Keine Blumen, keine Plüschtiere und auch keine Kerzen.

»Dieses Dreckschwein hat Lissy doch gekannt!«, brach es völlig unvermittelt aus ihr heraus. »Er hat sie sogar gut gekannt! Wie konnte er das bloß tun? Warum hat er sie getötet? Warum? Warum?«

»Frau Böhlefeld, wir haben Grund zu der Annahme, dass Herr Mahmoudi mit dem Tod Ihrer Tochter gar nichts zu tun hatte«, sagte Bodenstein sanft. »Ein Kollege spricht gerade mit Zeugen, die an diesem Abend mit ihm in Frankfurt gewesen sein wollen. Mahmoudi hatte Lissy wohl rein zufällig am S-Bahnhof in Niederhöchstadt getroffen, sie hat ihn bis zu der Flüchtlingsunterkunft an der Hessenallee begleitet, dort hat sie eine Zigarette geraucht. Es ist möglich, dass seine DNA über diese Zigarette an Lissys Hand und Lippen gelangt ist.«

Anne Böhlefeld wurde aschfahl bei seinen Worten.

»Aber … aber … Sie haben doch gesagt … er sei der Täter«, stammelte sie.

»Nein, das haben wir nie gesagt. Im Gegenteil«, entgegnete Bodenstein. »Wir haben immer betont, dass man im Labor nur seine genetischen Spuren an Lissys Gesicht und Kleidung gefunden hat, aber dass es keine zwingenden Beweise für seine Schuld gibt. Deshalb wollten wir ihn ja so dringend finden. Um mit ihm zu sprechen.« Er sah Frau Böhlefeld eindringlich an. »Sie hätten uns das alles früher sagen müssen. Das, was Sie getan haben, nennt man Strafvereitelung, und das ist strafbar.«

»Das tut mir leid. Sie sind so freundlich zu mir gewesen, und ich habe Sie angelogen.« Anne Böhlefeld putzte sich die Nase mit einem Papiertaschentuch. »Wer hat dann unsere Tochter getötet, wenn es nicht ... dieser Mann gewesen ist?«

»Das wissen wir leider auch nicht«, erwiderte Bodenstein. »Wir stehen wieder ganz am Anfang.«

»Würden Sie die Frau, die mit Ihnen gesprochen hat, wiedererkennen?«, mischte sich Pia ein. Sie rief das Foto von Kathrin Fachinger auf ihrem Handy auf, das auch auf der Facebook- und der Internetseite der Polizei veröffentlicht worden war. Anne Böhlefeld beugte sich vor, betrachtete das Bild kurz, dann schüttelte sie den Kopf.

»Nein, die war es nicht«, sagte sie. »Das ist doch Ihre Kollegin, die neulich mit hier war! Ihr Foto ist auch im Fernsehen gezeigt worden. Warum eigentlich?«

»Sie ist bei dem Selbstmordattentat gestern ums Leben gekommen.« Pia steckte ihr Handy wieder ein.

»Oh nein! Das ... das tut mir leid.« Anne Böhlefeld wirkte ehrlich betroffen. »Sie war so freundlich und mitfühlend.«

»Hat sie Sie neulich, als wir zusammen hier waren, auf Mahmoudi angesprochen?«

»Nein.« Anne Böhlefeld schüttelte bestimmt den Kopf. »Sie hat eigentlich gar nichts gesagt. Nur meine Hand gehalten.«

***

»Glaubst du ihr, dass Kathrin ihr nur mitfühlend die Hand gehalten hat?«, sagte Pia skeptisch, als sie zu ihrem Auto gingen. »Das passt so gar nicht zu ihr.«

»Ich weiß es nicht.« Bodenstein zermarterte sich das Gehirn, aber ihm wollte partout nicht einfallen, ob und wenn ja was Kathrin ihm an jenem Abend von ihrem Gespräch mit Anne Böhlefeld erzählt hatte. »Aber ich frage mich, was sie uns verschweigt. Warum hat sie mir diesen Plan anonym geschickt? Hat sie echt geglaubt, wir würden nicht kapieren, dass sie das war?«

Er hatte sich im Laufe der Jahre daran gewöhnt, dass Leute die Polizei gerne für dumm hielten, und meistens störte ihn das nicht, denn oft war es sogar von Vorteil, unterschätzt zu werden. Aber in diesem Fall enttäuschte es ihn.

»Vielleicht war sie ja dort, und dann hat sie der Mut verlassen«, vermutete Pia.

»Wäre sie denn unbewaffnet dorthin gegangen?«, fragte sich Bodenstein.

»Das passt alles nicht so richtig. Eine Frau kommt zu ihr in die Apotheke und nimmt Kontakt auf. Das kann man mit dem ersten Anruf bei Bouaziz vergleichen. Anne Böhlefeld gibt das vereinbarte Zeichen – in ihrem Fall das andersherum eingeparkte Auto. So weit ist alles wie bei Bouaziz gelaufen. Aber statt sie irgendwo hinzubringen, um das Opfer zu exekutieren, kommt der Richter in die Apotheke und gibt ihr einen Plan und dezidierte Anweisungen. Warum haben sie den Ablauf geändert?«

»Vielleicht, weil sie keine Zeit mehr für eine Hetzjagd im Wald hatten«, spekulierte Pia. »Kathrin hat sich am Samstag krankgemeldet, weil sie Spuren beseitigen mussten. Garantiert haben sie, Sollberg und Mazanek Mahmoudi aus dem Stollen geholt und in diesen Keller in Kronberg gebracht und Radloffs Leiche in die Pietät von Mazanek. Aber warum lebt Mahmoudi wohl noch?«

»Sie sind davon ausgegangen, dass Anne Böhlefeld ihn töten würde«, antwortete Bodenstein. »Aber sie hatte dann doch mehr Skrupel als Walid Bouaziz. Oder das Ehepaar Scharfenberg.«

»Denkst du, Radloff ist von den Eltern seines Opfers durch den Wald gejagt und erschossen worden?«

»Wenn wir all das, was wir bisher wissen, richtig interpretieren, dann muss es so gewesen sein.« Bodenstein schlug den Kragen seines Mantels hoch. »Die Gruppe hat Radloff auf dem Weg zur

Arbeit entführt und das Ehepaar Scharfenberg darüber informiert. Die sind aus den USA hergeflogen. Deshalb hat es zwischen seinem Verschwinden und seinem Tod auch länger gedauert als zwischen der Entführung und der Tötung von René Siegel.«

Ein Streifenwagen bog in die Straße ein und hielt neben ihnen. Eine Frau in Zivil stieg hinten aus und kam auf sie zu. Sie trug Jeans, hellbraune Stiefel und eine dunkelblaue Steppjacke. Unter ihrer grauen Strickmütze lugten hellbraune Ponyfransen hervor.

»Hallo, ich bin Tanja Gatzke«, stellte sie sich vor. »Ihr seid Bodenstein und Sander vom K11 in Hofheim? Ostermann hat mich gebeten, euch einen Schlüsselbund vorbeizubringen.«

Es dauerte ein paar Sekunden, bis der Groschen fiel.

»Du bist die Kollegin, die die Leitung der Soko übernehmen soll«, sagte Pia.

»Genau. Die bin ich.« Die Frau streckte die Hand aus und lächelte. »Tanja.«

»Pia.« Pia ergriff ihre Hand und lächelte auch. »Freut mich.«

Bodenstein fühlte sich überrumpelt. Er reichte ihr ebenfalls die Hand, nannte aber nur Nachnamen und Dienstgrad, wobei er das »von« wegließ, wie meistens. Ihre Blicke begegneten sich, und ihrer sagte: *Du bist hier der Boss, und ich respektiere das.*

»Auf eine gute Zusammenarbeit«, sagte Bodenstein.

Tanja Gatzke hatte einen kräftigen Händedruck und ein durchaus sympathisches Lächeln, doch er wollte nicht gleich von ihr beim Vornamen genannt und geduzt werden, auch wenn das mittlerweile selbst im gehobenen Dienst üblich war. Ein wenig Distanz war nicht schlecht, und wahrscheinlich war sie sowieso wieder weg, sobald der Fall gelöst war und die Soko nicht mehr benötigt wurde. Vielleicht nahm er es dem Innenminister, dem Polizeipräsidenten und Nicola Engel auch ein bisschen übel, dass sie während laufender Ermittlungen eine Fremde ins Team holten, ohne ihn in diese Personalentscheidung mit einzubeziehen.

»Kai hat vorgeschlagen, dass ich euch die Schlüssel bringen soll«, sagte Tanja Gatzke. »Er meinte, ihr wollt von hier aus zu einem Lagerhaus fahren.«

»Ja, genau.« Pia informierte Bodenstein rasch über das, was

Kai ihr vorhin am Telefon berichtet hatte. »Das BluSky-Lagerhaus. Direkt an der Autobahn in Rödelheim.«

»Ich kann mich von der Streife zurück nach Hofheim fahren lassen«, bot die Neue an.

»Begleiten Sie uns doch zum Lagerhaus«, schlug Bodenstein vor. »Stellen Sie uns auf der Fahrt alle Fragen, die Sie haben.«

»Okay.« Sie bedankte sich bei den uniformierten Kollegen fürs Mitnehmen und stieg dann zu Pia und Bodenstein in den zivilen Dienstwagen.

»Ich habe schon gleich mal eine Frage.« Sie zog sich die Mütze vom Kopf und glättete mit der Hand den Pony. »Was hat dieses Lagerhaus mit dem Fall Larissa Böhlefeld zu tun?«

Bodenstein antwortete nicht sofort. Eine gute Frage, die Klarheit in seine Gedanken brachte.

»Unsere Kollegin Kathrin Fachinger, die gestern bei dem Selbstmordattentat im Landgericht erschossen worden ist, hatte dort ein Lagerabteil angemietet«, erklärte Pia.

»Wir vermuten, sie hat einer Geheimorganisation angehört, die Selbstjustiz an Straftätern verübt, die ihrer Meinung nach von der Justiz nicht hart genug bestraft worden sind«, antwortete Bodenstein. »Außerdem haben wir den Verdacht, dass Kollegin Fachinger den mutmaßlichen Mörder von Larissa Böhlefeld, Farwad Mahmoudi, hat entführen lassen.«

»Okay, verstehe. Ihr denkt, dass das irgendwie zusammengehört?«

»Ja.« Bodenstein drehte sich zu der neuen Kollegin um. »Irgendwie gehört das zusammen. Wir wissen nur noch nicht so genau, wie.«

***

Alle Plätze in der Soko-Zentrale im Erdgeschoss waren besetzt, rings an den Wänden standen Kollegen von der Schutzpolizei. Jeder war neugierig auf die Neue. Es hatte sich herumgesprochen, dass sie nicht etwa vom LKA aus Wiesbaden kam oder von irgendeiner anderen größeren Dienststelle, sondern vom LKA Düsseldorf, also aus einem anderen Bundesland. Ein länderübergreifender Einsatz bedeutete, dass es über die jeweiligen Innenministerien gelaufen war, und so etwas hatte Seltenheitswert im Behördenalltag, vor allem in dieser kurzen Zeit. Die Neue musste etwas Besonderes sein. Sie stand vorne vor den Whiteboards, eingerahmt von Nicola Engel und Bodenstein, das hellbraune Haar zu einem Knoten im Nacken frisiert, in einem dunkelgrauen Rollkragenpullover, Jeans und braunen Stiefeln.

Kriminaldirektorin Nicola Engel stellte Kriminalhauptkommissarin Tanja Gatzke als die neue Leiterin der Soko Larissa vor, hieß sie willkommen und schickte gleich hinterher, dass sie von allen Kollegen und Kolleginnen weiterhin maximales Engagement erwartete.

Tanja Gatzke machte es kurz. Sie wolle kein großes Brimborium, sondern sofort mit der Arbeit beginnen.

»Ich werde gleich ins kalte Wasser springen«, sagte sie. »Bitte bringt mich auf den aktuellen Stand. Ein Organigramm wäre hilfreich – wer was tut, welche Fachgebiete jeder von euch abdeckt, was von außen dazukommt. Jeder macht weiter wie bisher. Ich höre einfach zu. Gebt mir einen oder zwei Tage, dann blicke ich durch.«

Das war ein kluger Schachzug. Mit dieser Einstellung verschaffte sie sich den Respekt der ganzen Truppe. Nichts war schlimmer als ein Neuer, der sofort alles an sich riss und auf links drehte.

Höflicher Applaus. Manche klopften auf die Tischplatten.

»Gehen wir«, sagte Nicola Engel leise, aber Bodenstein hielt sie zurück und ergriff das Wort.

»Gestern ist unsere Kollegin Kathrin Fachinger ums Leben gekommen«, sagte er. »Die meisten von euch wissen schon, dass der Geiselnehmer im Landgericht Kathrin vor meinen Augen erschossen hat.«

Ein betroffenes Raunen ging durch den Raum.

»Wir alle hier haben Kathrin gekannt. Wir haben sie gut gekannt. Wir haben viele Jahre mit ihr zusammengearbeitet, sie jeden Tag gesehen und mit ihr gesprochen.« Bodenstein klang noch immer wie er selbst, aber die Erschütterung in seiner Stimme war unüberhörbar. »Wir werden sie vermissen und um sie trauern, trotzdem müssen wir alle weiter konzentriert unseren Dienst tun. Die Angehörigen der Opfer, die Polizeiführung und die Öffentlichkeit erwarten Ergebnisse, dafür müssen wir hart arbeiten und unsere Gefühle und Befindlichkeiten für den Moment hintenanstellen. Kathrin war eine von uns, egal, was in den nächsten Tagen und Wochen herauskommen wird. Ich möchte euch bitten, jetzt aufzustehen und eine Gedenkminute für unsere verstorbene Kollegin, Kriminaloberkommissarin Kathrin Fachinger, einzulegen.«

Stuhlbeine schrammten über den Linoleumboden, alle erhoben sich von ihren Plätzen, standen da, schockiert und stumm. Eine Minute lang herrschte völlige Stille. Gedämpft klang das Klingeln der Telefone aus der Wache herüber.

»Danke«, sagte Bodenstein schließlich. »Und nur fürs Protokoll: Ich leite weiterhin die Ermittlungen. Kollegin Gatzke übernimmt ab sofort die Leitung der Soko Larissa und ist eure erste Ansprechpartnerin. Kollege Ostermann wird für andere Aufgaben dringender benötigt.«

Bevor ihn jemand ansprechen oder eine Frage stellen konnte, verließ er den Raum. Nicola Engel, Tanja Gatzke und das K11-Team folgten ihm schweigend. Keiner hatte damit gerechnet, dass Bodenstein so etwas sagen würde. Damit hatte er Größe gezeigt und gleichzeitig seinen Führungsanspruch zementiert. Ein ebenso kluges Manöver wie das, das die Neue eben gemacht hatte.

Im Besprechungsraum versammelte sich das Team rings um den Tisch. Tanja Gatzke setzte sich auf den Platz, an dem Kathrin immer gesessen hatte, aber niemand wies sie darauf hin.

Pia informierte über ihren Besuch im BluSky-Lagerhaus. Die Mitarbeiterin hatte sie zu Kathrins Lagerbox im dritten Stock geführt. Einer der Schlüssel hatte in das Vorhängeschloss gepasst. Die Box war komplett leer gewesen. Sie hatten darum gebeten, die Aufnahmen der Überwachungskameras im Zeitraum zwischen Freitag, dem 14. Dezember abends bis zum darauffolgenden Sonntagabend zu sehen, aber der herbeigerufene IT-Mitarbeiter hatte festgestellt, dass die Kameras in der Nacht von Freitag auf

Samstag zwischen 21:32 Uhr und 00:16 Uhr abgeschaltet gewesen waren, angeblich für Wartungsarbeiten an der IT-Infrastruktur.

Cem berichtete, dass Farwad Mahmoudi ins Bad Sodener Krankenhaus eingeliefert worden war. Er hatte sehr hohes Fieber und war noch nicht wieder bei Bewusstsein. Laut Aussage des Arztes war er schwer krank und nicht in der Lage zu flüchten. Offene Wunden an Beinen, Füßen und am Bauch hatten sich infiziert, außerdem war er unterernährt und dehydriert. Da eine lebensgefährliche Sepsis drohte, hatte man ihn auf die Intensivstation gebracht. Auch wenn er momentan nicht in der Lage war, sich aus dem Staub zu machen, saß rund um die Uhr ein Schutzpolizist vor der Tür seines Zimmers und kontrollierte, wer hineinging.

Zuletzt war Tariq an der Reihe. Er hatte zusammen mit Professor Sharityar, dem Dolmetscher, mit Munir Sayyaf gesprochen, einem afghanischen Asylbewerber, der Mahmoudi zwei Jahre zuvor im Flüchtlingscafé der evangelischen Kirchengemeinde in Sulzbach kennengelernt hatte. Beide stammten aus derselben Region in Afghanistan.

»Mahmoudi und er waren am Freitag, den 6. Dezember, verabredet«, sagte Tariq. »Sie wollten in Frankfurt afghanische Bekannte treffen. Mahmoudi ist gegen 19:45 Uhr am Asylbewerberheim an der Hessenallee eingetroffen, aber nicht gleich reingekommen, sondern hat vor dem Gebäude eine geraucht, in Gesellschaft einer jungen Frau, die mit einer weißen Jacke und einer weißen Mütze bekleidet war und einen Rucksack dabeihatte. Sayyaf selbst hat mit ein paar anderen Leute im ersten Stock auf dem überdachten Gang gestanden. Sie konnten Mahmoudi und das Mädchen von dort aus gut sehen. Mahmoudi hat dem Mädchen eine Zigarette gegeben. Es war wohl seine letzte, denn er hat Sayyaf später wegen einer Zigarette angeschnorrt. Ungefähr um 19:55 Uhr ist das Mädchen weitergegangen in Richtung Schwalbach, Mahmoudi ist dann nach oben gekommen, eine halbe Stunde später sind sie zu viert zur S-Bahn gelaufen und nach Frankfurt gefahren. Sie sind erst gegen zwei Uhr morgens zurückgefahren. Sayyaf hat Mahmoudi zu seiner Wohnung in dem ehemaligen Hotel in Niederhöchstadt begleitet und auch dort übernachtet.«

»Wo wollen sie denn in Frankfurt gewesen sein?«, fragte Pia.

»Sie waren am Abend des 6. Dezember im *Kabul Bazar*, einem afghanischen Lebensmittelladen im Bahnhofsviertel in Frankfurt«, erwiderte Tariq. »Die vier jungen Männer, mit denen wir gesprochen haben, haben bestätigt, dass Mahmoudi mindestens bis Mitternacht dort gewesen ist. Ich habe Handyfotos der Gruppe gesehen. Später am Abend waren sie noch in einer Shisha-Bar, bevor Mahmoudi und Sayyaf zur S-Bahn im Hauptbahnhof gegangen sind. Für den Todeszeitpunkt von Larissa Böhlefeld, also für die Zeit zwischen 20:00 Uhr und 22:30 Uhr, hat Mahmoudi ein hieb- und stichfestes Alibi. Er kann sie nicht umgebracht haben.«

»Und damit fangen wir wieder bei null an«, sagte Cem frustriert.

»Gab es noch andere Verdächtige?«, wollte Tanja Gatzke wissen. Sie hatte von Kai die Fallakte bekommen, damit sie sich einlesen konnte. »Und was ist mit den Freundinnen?«

»Lissys beste Freundin Sara Korbmacher war bisher nicht vernehmungsfähig«, sagte Pia. »Wir glauben, dass sie mehr weiß, als sie uns gesagt hat.«

»Ihre Eltern haben mich nur zehn Minuten mit ihr sprechen lassen«, ergänzte Bodenstein. »Wir haben sie vorgeladen.«

»Andere Verdächtige gibt es bisher leider nicht«, sagte Kai. »Es gibt allerdings eine männliche DNA, die wir bis jetzt nicht identifizieren konnten. Die einzige, die am Schal, dem Tatwerkzeug, gefunden wurde, und damit unsere wichtigste Spur.«

»Habt ihr schon über einen Massen-Gentest nachgedacht?«, fragte Tanja Gatzke, die aufmerksam zugehört und sich Notizen gemacht hatte.

»Ja, das haben wir«, erwiderte Bodenstein. »Aber wir haben noch immer keine Idee, was das Motiv gewesen sein könnte. Deshalb können wir die Personengruppe, die wir testen müssten, nicht eingrenzen.«

»Seit dem Mord an Lissy sind mittlerweile elf Tage vergangen. Wir müssen andere Wege gehen«, fand Cem.

»Was haltet ihr von Plakatwänden mit einem Foto von Larissa

Böhlefeld und Tatdetails?«, warf die Neue ein. »Wir hatten das 2010 in NRW im Fall Mirco gemacht und dadurch den entscheidenden Hinweis bekommen.«

»Man könnte solche Plakatwände an allen Ortseingängen von Schwalbach und Sulzbach aufstellen«, erwärmte sich Pia für die Idee. »Auf dem Feld vor dem Gewerbegebiet Kronberger Hang und natürlich am S-Bahnhof Niederhöchstadt.«

»Gute Idee«, fand auch Cem. »Damit würde der Täter unter Druck geraten. Vielleicht Fehler machen.«

»Ihr geht davon aus, dass er aus der Gegend kommt?«, fragte Tanja Gatzke.

»Ja, davon sind wir überzeugt.« Kai nickte. »Lissy hat in irgendeiner Beziehung zu ihrem Mörder gestanden. Sie war kein Zufallsopfer. Sie wurde nicht vergewaltigt, und nach der Tat hat der Täter ihre Leiche ordentlich hinter einem Marienbildstock abgelegt, nicht einfach achtlos in ein Gebüsch geworfen. Er hat sie sogar mit ihrer Jacke zugedeckt.«

»Allerdings wurde sie sehr brutal geschlagen«, gab Tanja zu bedenken und blätterte durch die Fotos des Obduktionsberichts. »Und dann noch die Drosselung, mit erheblicher Kraft ausgeführt, sodass Zungenbein und Schildhornknorpel gebrochen sind. Das hat für mich etwas von unbedingtem Vernichtungswillen.«

»Da waren starke Emotionen im Spiel«, bestätigte Kai. »Irgendetwas hat den Täter heftig getriggert.«

»Eine gute Nachricht gibt es vom Haftrichter«, meldete sich Nicola Engel zu Wort. Sie sah angegriffen aus. Scharfe Linien der Anspannung hatten sich in ihr Gesicht gegraben. Ihr ging der Tod von Kathrin Fachinger nahe und die nicht mehr zu leugnende Tatsache, dass sie Schreckliches getan hatte. »Staatsanwalt Rosenthal hat mir mitgeteilt, dass der Haftrichter U-Haft gegen Volker Mazanek angeordnet hat.«

»Das ist doch schon mal was«, fand Pia. »Wann willst du mit ihm reden, Chef?«

»Mit wem?« Bodenstein war irritiert.

»Bestatter. Hunde. Leiche von Radloff«, half Pia ihm auf die Sprünge.

»Das hat jetzt Zeit«, entgegnete Bodenstein. »Der läuft uns nicht weg.«

»Kathrin muss am Samstag, als sie sich krankgemeldet hatte, nicht nur Mahmoudi vom Stollen auf dem Pilz-Gelände in den Keller nach Kronberg gebracht, sondern auch noch dieses Lagerabteil ausgeräumt haben«, überlegte Cem laut.

»Wie kommen Sie denn darauf?«, wollte Nicola Engel wissen.

»Wieso sollte sie ein Lagerabteil mieten und nichts reintun?«, antwortete Cem mit einer Frage. »Und dann wird ausgerechnet in diesem Zeitraum die Überwachungsanlage gewartet? Das ist irgendwie ein Zufall zu viel.«

»Leute«, meldete sich Kai zu Wort. »Erinnert ihr euch an den einen ungeklärten Mordfall, auf den uns Henning Kirchhoff gebracht hat? Abdel Odumosu, der nigerianische Asylbewerber, der den Tankstellenpächter erstochen hat und daraufhin auch erstochen worden ist?«

»Ja klar«, sagte Cem. »Was ist mit dem?«

»Das Opfer, der Tankstellenpächter, hieß Günther Wesenick«, sagte Kai, der ein phänomenales Namensgedächtnis hatte. »Der Inhaber und Geschäftsführer vom BluSky-Lagerhaus heißt laut Impressum auf der Website Marco Wesenick. Und in der elektronischen Fallakte steht, dass der Sohn des ermordeten Tankstellenpächters Marco mit Vornamen heißt. Ich glaube kaum, dass es in Rödelheim noch einen zweiten Mann dieses Namens gibt.«

Alle schauten sich an.

»Wow«, machte Tariq.

»Du bist spitze, Kai«, sagte Pia anerkennend.

»Was meint ihr? Ich stehe gerade auf dem Schlauch«, sagte Tanja Gatzke irritiert.

»Angenommen, diese ominöse Gruppe hat Odumosu damals gekidnappt, gleich nachdem er das Blutbad an der Tankstelle angerichtet hatte«, begann Tariq.

»Und angenommen, sie haben dem Sohn des Opfers angeboten, Rache am Mörder seines Vaters zu nehmen«, setzte Cem fort.

»Sie erwarten ja keine Bezahlung, wie wir von Walid Bouaziz

und Anne Böhlefeld wissen«, warf Bodenstein ein. »Sondern höchstens mal eine kleine Gefälligkeit …«

»… wie zum Beispiel das Abschalten der Überwachungsanlage für ein paar Stunden.« Kai grinste. Er war wie befreit, seitdem er die Leitung der Soko los war und wieder tun konnte, was er am liebsten tat, nämlich recherchieren und Zusammenhänge erkennen.

»Ich verstehe.« Tanja Gatzke war beeindruckt.

»Marco Wesenick wird einbestellt«, ordnete Bodenstein an. »Wer kümmert sich darum?«

»Ich.« Pia blätterte schon ihr Notizbuch auf der Suche nach der Visitenkarte der Rezeptionistin von BluSky Lager durch. Mit dem Telefon am Ohr verschwand sie in ihrem Büro.

»Ich mache einen Entwurf für die Plakate«, sagte Tariq und stand ebenfalls auf.

»Die Presseabteilung soll sich mit den Gemeinden in Verbindung setzen und kurzfristig die nötigen Genehmigungen für das Aufstellen von Plakatwänden einholen. Ich rufe die Böhlefelds an und erkläre ihnen, was wir vorhaben«, sagte Bodenstein. »Und, Cem, du übernimmst die Führung der Fall- und Spurenakten als Hauptsachbearbeiter.«

»Geht klar, Boss.« Cem nickte und ging auch.

»Um die Presseabteilung kümmere ich mich«, bot Nicola Engel an. »Wir müssen sowieso eine Presseerklärung machen, jetzt, wo Mahmoudi gefunden wurde und ein Alibi hat.«

Im Nullkommanichts war der Besprechungsraum leer.

»So geht das also bei euch«, stellte Tanja Gatzke beeindruckt fest.

»Ja, wir sind ein gutes Team«, entgegnete Bodenstein. »Schön, dass Sie jetzt dabei sind.«

»Ich werde mir noch mal das Lebensumfeld von Larissa Böhlefeld ansehen und mich auf den aktuellen Stand bringen«, sagte sie. »Ich bin dann unten in der Soko-Zentrale.«

Bodenstein blieb allein zurück. Er massierte seinen verspannten Nacken und seine schmerzenden Kiefergelenke. Seit heute Morgen hatte er die Kiefermuskeln angespannt, damit niemand hörte, wie seine Zähne klapperten. Dieses ständige Frieren zermürbte ihn, genauso wie das Pfeifen in seinen Ohren und der Nebel in seinem Kopf, der sich nicht lichtete. Er war zum Umfallen müde und wusste, dass er in diesem Zustand Gefahr lief, Fehler zu machen.

Nachdenklich betrachtete er die Whiteboards. Die Fotos von Lissy Böhlefeld, René Siegel, Daniel Radloff und Kathrin Fachinger, von den Fundorten, Tatorten und Asservaten. All die Namen, Orte und Uhrzeiten, die umkreist oder mit verschiedenfarbigen Pfeilen verbunden waren. Eigentlich hatte er nie Probleme, den Überblick zu behalten und Zusammenhänge zu erkennen, egal, wie komplex ein Fall auch wurde. Aber diesmal war es anders. Es war enorm anstrengend, nicht den Faden zu verlieren.

Er ging hinüber in sein Büro und schloss die Tür hinter sich. Vielleicht würde ihm ein Schluck Rum helfen. Nur ein ganz kleiner Schluck. In einem der Aktenschränke musste irgendwo noch eine Flasche dreiundzwanzig Jahre alter Ron Zacapa stehen, den er, eingebettet in einen Fresskorb, zu seinem letzten Geburtstag vom Team geschenkt bekommen hatte. Bodenstein fand die Flasche tatsächlich hinter einem Karton mit Stoffteddybären in Polizeiuniform, die vor ein paar Jahren als Bestandteil einer PR-Aktion der Polizeigewerkschaft großzügig verteilt worden waren. Er öffnete die Flasche und schenkte sich erst einen, dann zwei Finger breit in seinen Kaffeebecher. Der Alkohol brannte angenehm in seiner Speiseröhre und entzündete in seinem Magen ein warmes Feuer. Das Zittern hörte auf. Um nicht in Versuchung zu geraten, noch ein paar Schlucke zu trinken, verstaute er die Flasche wieder hinter den Polizeibären und setzte sich an seinen Schreibtisch. Lehnte sich zurück und streckte die Beine aus.

Das erste Mal heute, dass er zur Ruhe kam und allein war. Und das war nicht gut, denn sofort verselbstständigten sich seine Gedanken. Sie wanderten zurück in den Sitzungssaal des Landgerichts zu den halbierten Anwälten und dem grotesken Anblick der unversehrten unteren Teile ihrer Körper in Anzugshosen und Lederschuhen. Jedes dieser schrecklichen Bilder hatte sich in sein Gedächtnis eingeätzt. Jan Pfefferkorn war erst vor ein paar Tagen hier gewesen, um ihm wegen Mahmoudi Vorwürfe zu machen;

Bodenstein sah den Mann vor sich, wie er ungeduldig in der Schleuse vor der Wache hin und her marschiert war, in denselben rahmengenähten italienischen Schuhen, in denen er gestorben war. Er war ein unsympathischer Mensch gewesen, arrogant und zynisch, aber diesen Tod hatte er nicht verdient. Wieso hatte er bloß nicht auf Henning Kirchhoff gehört, wieso war er noch einmal an diesen Ort des Grauens zurückgekehrt?

»Schluss jetzt!«, befahl er seinen Gedanken und ließ seinen Computer hochfahren. Er öffnete das Mailprogramm. Dutzende von neuen Mails, deren Absender er nur flüchtig las. Doch dann stach ihm ein Name ins Auge: Sara Korbmacher. Die beste Freundin von Lissy Böhlefeld, gerade hatten sie noch über sie gesprochen! Er klickte auf die Mail und las.

Sehr geehrter Herr Kriminalhauptkommissar von Bodenstein, ich habe Ihnen neulich nicht die Wahrheit gesagt. Lissy hat am Freitag die Kopfschmerzen nur vorgetäuscht. Ich weiß, was sie vorhatte. Sie hatte einen Plan. Ich kann es Ihnen aber nicht schreiben. Und ich sage es Ihnen nur, wenn Sie meinen Namen aus dem Spiel lassen, sonst bin ich erledigt. Sie müssen alleine kommen. LG Sara Korbmacher

Alle Lethargie fiel von Bodenstein ab. Er hatte es gewusst! Und er war froh, dass das Mädchen auf ihn zukam und er sie nicht aufs Kommissariat bringen lassen musste. Sara Korbmacher war seine letzte Hoffnung. Vielleicht kam durch sie endlich Bewegung in den Fall Lissy Böhlefeld. Es gab nichts Schlimmeres, als einen Mordfall nicht aufklären zu können und die Angehörigen in Ungewissheit lassen zu müssen. Er schrieb Sara Korbmacher also eine Antwort und warf einen Blick auf die Uhr. Heute wurde auf Gut Bodenstein die Reithalle für die Weihnachtsfeier geschmückt, und anschließend stand noch ein Quadrillentraining an. Sein Team würde einen Abend lang auch ohne ihn klarkommen. Es war an der Zeit, Feierabend zu machen.

***

Der Kommissar hatte vorhin angerufen und sie um ein Foto von Lissy gebeten. Man hatte vor, so schnell wie möglich große Plakatwände in und um Schwalbach herum zu errichten, mit einem Bild von Lissy und Informationen zum Tatzeitraum. Auf diese Weise erhoffte sich die Polizei neue Hinweise und wollte gleichzeitig Lissys Mörder unter Druck setzen, ihn vielleicht sogar zu einem Fehler provozieren. Sie waren fest davon überzeugt, dass er aus der Gegend kam und Lissy ihn gekannt hatte. Das war für Anne besonders schlimm. Ohne es zu wollen, verdächtigte sie nun automatisch jeden aus Lissys Bekanntenkreis. War es der Vater einer Freundin gewesen, einer von den jungen Leuten aus dem Sportverein? Oder sogar ihr Chef?

Farwad Mahmoudi war es nicht gewesen. Er hatte ein Alibi. Seine genetischen Spuren waren wahrscheinlich an Lissys Hand und ihren Mund gelangt, weil sie zusammen eine Zigarette geraucht hatten.

»Lissy raucht doch nicht!«, hatte sie gedacht und war ein bisschen besorgt gewesen, aber dann war ihr eingefallen, dass es keine Rolle mehr spielte, ob ihre Tochter geraucht hatte oder nicht.

Der Kommissar hatte niedergeschlagen geklungen. Die Polizei musste mit den Ermittlungen wieder ganz von vorne anfangen. Anne hielt die Aktion mit den Plakatwänden für eine Art Verzweiflungstat, weil sie nicht mehr weiterwussten. Vor ein paar Tagen hätte sie sich darüber aufgeregt, aber jetzt wünschte sie sich nur noch, dass die Polizei den Mord an ihrer Tochter aufklären würde. Sie fand die Vorstellung unerträglich, dass er zu einem dieser Fälle werden könnte, die alle paar Jahre noch mal bei *Aktenzeichen XY* gezeigt wurden, in der Hoffnung, doch noch irgendeine Spur zu finden. Was, wenn sie Mahmoudi in diesem Keller erschossen hätte? Dann hätte sie jetzt einen unschuldigen Menschen auf dem Gewissen und wäre eine Mörderin. Der Kommissar wusste genau, dass sie nicht die ganze Wahrheit gesagt hatte, aber er hatte sie auch nicht bedrängt.

Die Schiebetür ging auf, und Jörg trat hinaus auf die Terrasse.

»Hey! Guten Abend«, sagte er.

»Hi«, erwiderte sie und sah ihn an.

»Darf ich mich zu dir setzen?«

»Klar.«

Sie rückte auf der Bank ein Stück zur Seite, schlug die Decke zurück, die sie über ihre Beine gelegt hatte, und deckte ihn mit zu. Der Heizstrahler wärmte angenehm.

»Hast du geraucht?«, fragte Jörg und schnupperte.

»Ja, stell dir vor.« Anne lächelte verschmitzt. »Ich habe mir zuletzt vor siebzehn Jahren Zigaretten gekauft. Kurz bevor ich erfahren habe, dass ich schwanger bin. Und jetzt wieder.«

Jörg sah sie an.

»Hast du noch eine?«, fragte er.

»Ja.« Sie zog das Päckchen unter der Decke hervor und reichte es ihm. Er nahm sich eine Zigarette, zündete sie an, inhalierte den Rauch und musste prompt husten.

»Ich habe auch seit Ewigkeiten nicht mehr geraucht«, sagte er. »Mann, das tut gut. Rauchen ist einfach herrlich hedonistisch.«

»Ein Glas Wein dazu?«

»Oh ja.«

Sie holte eine Flasche Rotwein und zwei Gläser, eine Tüte Chips und den Aschenbecher, der seit siebzehn Jahren unbeachtet im Küchenschrank hinter den Thermoskannen gestanden hatte. Sie erzählte Jörg, was der Kommissar ihr über Mahmoudi gesagt hatte. Von der blonden Frau und dem Richter, die zu ihr in die Apotheke gekommen waren, sagte sie nichts. Eines Tages würde sie es ihm erzählen, die Geschichte von dem Plan und der Waffe und dass sie tatsächlich in dieses Lagerhaus nach Kronberg gegangen war und geschossen hatte. Eines Tages.

Sie rauchten mit kalten Fingern. Tranken Rotwein. Es war ihnen egal, was die Leute denken würden, wenn sie sie jetzt sehen könnten. Für einen Moment fühlte es sich so an wie damals, als sie sich kennengelernt hatten. Als sie noch zwanzig Jahre jünger gewesen waren und noch alles möglich war, als sie sich gegenseitig noch keine Verletzungen zugefügt hatten und die Zukunft vor ihnen gelegen hatte. Zum ersten Mal seit vielen Jahren sah sie Jörg nicht als Lissys Vater, sondern als den Mann, in den sie sich verliebt hatte.

***

Eine Stunde nachdem Pia ihn angerufen hatte, erschien Marco Wesenick auf der Dienststelle, ein schlanker Mann Mitte dreißig mit Stirnglatze und sorgfältig gestutztem Fünftagebart. Cem holte ihn an der Sicherheitsschleuse ab und begleitete ihn hoch in einen kleineren, selten benutzten Besprechungsraum im ersten Stock, wo Pia und Tanja Gatzke bereits warteten. Wesenick war ein Zeuge, kein Verdächtiger, sie wollten in angenehmer Atmosphäre ein Gespräch mit ihm führen und ihn nicht gleich einschüchtern, indem sie ihn in einen der fensterlosen Vernehmungsräume im Keller brachten.

Wesenick war nervös. Er wolle weder Kaffee noch sonst etwas zu trinken, nur schnell wieder nach Hause, seine Frau habe Geburtstag und Gäste eingeladen.

»Dann beeilen wir uns.« Cem lächelte freundlich und legte ihm Fotos von Kathrin Fachinger und Konstantin Hawelka vor. Wesenick betrachtete sie mit gefurchter Stirn und schüttelte dann den Kopf.

»Kenn ich beide nicht«, behauptete er.

»Auch nicht zufällig kürzlich im Fernsehen gesehen?«, fragte Cem.

»Hab keine Zeit zum Fernsehen.« Wesenick kaute auf seinem Kaugummi herum. Er saß breitbeinig da, die Arme vor der Brust verschränkt. Auf seiner Stirnglatze standen winzige Schweißperlen.

»Warum war die Überwachungsanlage im Lagerhaus in der Nacht von Freitag auf Samstag zwischen 21:32 Uhr und 00:16 Uhr abgeschaltet?«, wollte Pia wissen. »Auf der Website von BluSky Lager wird mit einem 24-Stunden-Überwachungsschutz geworben.«

»Wir mussten eine neue Software-Version einspielen«, sagte Wesenick. »Irgendwann muss man das machen. Und nachts ist nie was los.«

»Okay.« Pia schob ihm ein Foto von der Leiche von Abdeel Odumosu hin. »Den Mann kennen Sie aber sicher, oder?«

Es gelang Wesenick nicht, seinen Schrecken zu verbergen. Ihm musste klar gewesen sein, dass die Kripo irgendetwas wusste, aber er hatte keine Ahnung gehabt, um was es ging. Jetzt dämmerte es ihm.

Pia liebte diese Momente bei Ermittlungen, wenn aus Vermutungen Gewissheit wurde und man spürte, dass man im Gewirr falscher Fährten auf eine richtige Spur gestoßen war.

»Ja, ich weiß, wer das ist«, knauschte er mit dem Kaugummi zwischen den Zähnen. »Der Kerl hat meinen Vater in seiner Tankstelle abgestochen. Im Januar vor drei Jahren.«

»Der Mann hieß Abdeel Odumosu. Sie wissen wahrscheinlich auch, was danach mit ihm passiert ist?« Cem schob ihm das nächste Foto hin.

Die Falten auf Wesenicks Stirn vertieften sich. Eine Schweißperle rann ihm die Schläfe hinab und versickerte in seinem Hemdkragen.

»Ja. Er wurde auch erstochen.«

»Wann hat Kathrin Fachinger einen Lagerraum bei Ihnen angemietet?«, fragte Pia.

»Wer?«

»Die Frau hier auf dem Foto.«

»Keine Ahnung. Weiß ich nicht.« Er zuckte die Schultern. »Ich kenne meine Kunden nicht persönlich. Für Vertragsabschlüsse sind meine Mitarbeiter zuständig. Ich betreibe auch noch andere Lagerhäuser, in Mainz und in Darmstadt.«

Mittlerweile schwitzte der Mann stark. Ihm war klar, dass er der Lüge überführt worden war, und es verunsicherte ihn, dass ihn niemand darauf hinwies.

»Ich kann Ihnen sagen, wann Frau Fachinger den Lagerraum angemietet hat«, sagte Pia. »Ihre Mitarbeiterin war so freundlich, uns den Vertrag herauszusuchen und zu kopieren. Schauen Sie mal hier. Das war am 4. Februar 2017.«

Sie schob ihm eine Kopie des Vertrages hin.

»Wenn es da steht.« Marco Wesenick versuchte mit immer weniger Erfolg, seine Nervosität zu kaschieren. »In meinen Lagerhäusern gibt es über dreitausend Lagerräume. Fast täglich kommen Leute, die Lagerkapazitäten mieten oder ihren Vertrag beenden wollen.«

»Am 17. Januar 2017 wurde Ihr Vater getötet«, fuhr Pia unbeirrt fort. »Am 25. Januar 2017 lag die Leiche seines Mörders vor der Asylbewerberunterkunft. Zehn Tage später mietete Kathrin Fachinger einen Lagerraum an. Sie musste dazu nicht einmal einen Ausweis vorlegen, wie das wohl normalerweise bei Ihnen üblich ist.«

»Kann ich mir nicht vorstellen.« Wesenick malträtierte den Kaugummi mit seinen Backenzähnen und ließ Pia nicht aus den Augen.

»Ihre Mitarbeiterin hat uns erklärt, dass jeder Ihrer Mitarbeiter eine dreistellige Personennummer hat, die zwingend bei jedem Vertragsabschluss angegeben werden muss. Das stimmt doch, oder?«

»Ja, das stimmt«, bestätigte Wesenick widerwillig. Er schien zu ahnen, worauf das hinauflief. »Unsere Software verlangt das so.«

»Auf dem Vertrag, den Frau Fachinger mit der BluSky Lager GmbH abgeschlossen hat, fehlt die dreistellige Personennummer aber.« Pia tippte auf das leere Kästchen auf der Vertragskopie. »Wie kann das sein?«

»Eigentlich gar nicht«, erwiderte Wesenick unbehaglich.

»Vielleicht hat Frau Fachinger diesen Vertrag mit jemandem abgeschlossen, der das System manipulieren konnte«, warf Cem ein. »Mit Ihnen nämlich.«

Wesenick antwortete darauf nicht. Der Schweiß rann ihm in Sturzbächen über die Wangen. Der Stoff seines Hemdkragens hatte sich schon dunkel verfärbt.

»Wann ist der von Kathrin Fachinger angemietete Lagerraum zuletzt geöffnet worden?«, wollte Cem wissen.

»Kann ich Ihnen nicht sagen. Solche Auskünfte fallen unter den Datenschutz. So was wird auch gar nicht aufgezeichnet.«

»Na, jetzt erzählen Sie uns aber Märchen«, sagte Pia. »Ihre Mitarbeiterin hat uns erklärt, dass jede Benutzung der Zugangskarten vom System aufgezeichnet und für drei Monate gespeichert wird.«

Ihr Handy begann in ihrer Jackentasche zu vibrieren.

»Ich will keinen Ärger mit meinen Kunden, weil ich unerlaubt

Daten an die Polizei herausgebe. Da müssen Sie sich schon einen Gerichtsbeschluss besorgen.«

»Kathrin Fachinger ist gestern bei der Geiselnahme im Landgericht getötet worden«, sagte Pia, in der Hoffnung, dass diese Nachricht den Druck, der auf Wesenick lastete, ein wenig abmilderte. Aber er reagierte kaum.

»Ich muss jetzt gehen«, sagte er. »Oder ist sonst noch was?«

»Nein. Vielen Dank, dass Sie hergekommen sind«, sagte Pia freundlich. Auch Cem und Tanja standen auf. »Bitte warten Sie hier noch einen Augenblick. Gleich kommt jemand und begleitet sie nach unten.«

***

Ihre Mutter hatte zweimal angerufen. Pia rechnete sofort mit dem Schlimmsten und spielte im Kopf alle möglichen Szenarien durch, wen sie bitten konnte, zu ihr nach Igstadt zu fahren, als sie auf Rückruf tippte. Aber ihrer Mutter ging es gut, sie war in Plauderlaune und wollte erzählen, was sie heute gegessen hatte und welchen Film sie sich noch ansehen würde. Pia atmete erleichtert auf. Ihre Mutter hatte kein richtiges Zeitgefühl mehr und konnte sich nicht mehr daran erinnern, wann Pia zuletzt bei ihr gewesen war. Nach fünf Minuten gelang es Pia, sie freundlich abzuwürgen.

»Ich muss mal kurz an die frische Luft«, rief sie in den Besprechungsraum.

»Kann ich dich begleiten?«, fragte Tanja. »Ich brauche auch ein bisschen Sauerstoff.«

»Klar.« Pia schlüpfte in ihre Jacke.

Sie gingen die Treppe hinunter bis ins Untergeschoss und vorbei an den Umkleideräumen zum Hinterausgang. Pia zog ein Päckchen Zigaretten aus der Tasche.

»Ich rauche nur noch selten«, gestand sie der neuen Kollegin. »Aber jetzt brauche ich eine. Willst du auch eine?«

»Nein danke«, lehnte Tanja Gatzke höflich ab. »Ich habe schon vor der Geburt meines ersten Kindes aufgehört.«

»Du hast Kinder?« Pia zündete sich eine Zigarette an und inhalierte den Rauch.

»Ja, zwei. Meine Tochter studiert in England, und mein Sohn ist seit dem Sommer bei der Bundeswehr, erst Grundausbildung, dann Studium in München«, antwortete Tanja. »Dadurch bin ich jobtechnisch flexibel.«

Pia fand es noch zu früh, um nach einem Mann zu fragen, aber weil die neue Kollegin ihn nicht erwähnte, nahm sie an, dass sie wohl nicht in trauter Zweisamkeit mit ihm zusammenlebte. Tanja erzählte, dass man sie vorübergehend in einem Hotel am Ortsrand untergebracht hatte.

Die kalte, klare Luft und der Sauerstoff taten gut nach Stunden in überheizten Besprechungsräumen.

»Ich hatte eigentlich gedacht, ich würde bis nach Silvester freihaben«, sagte Tanja. »Aber dann kam das Angebot, kurzfristig die Leitung einer Soko zu übernehmen. Und als der Name Bodenstein fiel, bin ich neugierig geworden.«

»Ach, tatsächlich?«

Die Hintertür ging auf, zwei uniformierte Kollegen kamen heraus und gingen zum Rauchen ein Stück weiter. Pia lehnte sich an die Wand und stemmte einen Fuß dagegen.

»Ihr habt schon ein paar richtig große Fälle gelöst«, sagte Tanja und lächelte. Natürlich hatte sie von dem spektakulären Fall des Serienkillers und den Frauenleichen unter dem Hundezwinger gehört, genauso wie von ihrem Fall mit dem toten Mädchen aus dem Main, die sie auf die Spur eines internationalen Kinderschänderrings geführt hatten. Es war Pia bisher nicht bewusst gewesen, aber ihr Team hatte deutschlandweit einen sehr guten Ruf. »Ich war neugierig auf Bodenstein. Aber vor allen Dingen bin ich froh, wieder als Ermittlerin arbeiten zu können, deshalb bin ich ja irgendwann mal zur Polizei gegangen. Nicht, weil ich so gerne in Besprechungen sitze und Politik machen will.«

»Kann ich verstehen.« Pia lächelte auch. Die Neue war ihr sympathisch.

»Ich habe das Gefühl, ihr seid ein wirkliches Team«, sagte Tanja Gatzke. »Fast schon wie eine Familie.«

»Na ja, das ist vielleicht etwas übertrieben«, antwortete Pia. Früher hatte sie das auch manchmal gedacht, aber seit gestern nicht mehr. In einer Familie wusste man, was die anderen so umtrieb. »Wir arbeiten schon sehr lange zusammen. Bodenstein und Ostermann, seitdem das K11 2003 eingerichtet wurde. 2005 bin ich dazugekommen. Cem 2009 und Tariq 2014. Eigentlich als Elternzeitvertretung für Kathrin.«

»Ach, sie hatte ein Kind?« Tanja war erstaunt.

»Nein. Sie hatte im fünften Monat eine Fehlgeburt«, erwiderte Pia. »Hat sie uns zumindest erzählt. Niemand weiß wirklich, was passiert ist. Kathrin hat nie darüber gesprochen. Sie hat allerdings über vieles nicht gesprochen, wie wir jetzt gerade merken. Deshalb fühlen wir uns gerade alle irgendwie …«

»Betrogen?«

»Ich hätte jetzt ›verarscht‹ gesagt, aber betrogen trifft es besser.«

Pia fiel es schwer, mit einer Fremden über ihre Gefühle für Kathrin zu sprechen. Betrogen. Hintergangen. Enttäuscht. Vielleicht konnte sie ja eines Tages um ihre Kollegin trauern, aber im Moment war sie einfach zu wütend. Was, von allem, was Kathrin im Laufe der Jahre gesagt und getan hatte, war nicht gelogen? War sie damals wirklich schwanger gewesen, oder hatte sie das nur erzählt? Irgendwann hatte sie Bodenstein mitgeteilt, dass sie doch nicht in Mutterschaftsurlaub gehen würde, hatte sich jede mitfühlende Bemerkung oder Frage verbeten und weitergemacht, als wäre nichts geschehen.

Sie war dreizehn gewesen, als ihre Eltern vor ihren Augen erschossen wurden. Dieses Trauma hatte sicherlich Kathrins ganzes Leben überschattet, und wahrscheinlich war es ihr nie gelungen, die unglückliche Vergangenheit loszulassen. Dann hatten auf unheilvolle Weise Menschen mit ähnlich schlimmen Brüchen in ihren Biografien Kathrins Weg gekreuzt, allen voran ihr Bruder mit seinen Freunden, von denen einer ein Jahr lang in der Gewalt der Taliban gewesen war und der andere seine ganze Familie durch den Missbrauch von Vater und Onkel verloren hatte. Die Begegnung mit Konstantin Hawelka war aber für Kathrin wohl die schicksalhafteste gewesen. Wann hatten sie angefangen, die Menschen zu töten, die ihnen Schmerz und Leid zugefügt hatten? Wie konnte es passieren, dass ihr moralischer Kompass so vollkommen versagte? Und wie konnte ein Mensch ein so perfektes Doppelleben führen, sodass niemand bemerkte, was wirklich mit ihm los war? Hätten sie, als Kathrins Kollegen und Vorgesetzte, etwas bemerken müssen? Hatte es einen Zeitpunkt gegeben, an dem sie Kathrin davor hätten bewahren können, auf die schiefe Bahn zu geraten?

Pia drückte ihre Zigarette in dem überfüllten Wandaschenbecher aus, als ihr Handy klingelte. Es war Marco Wesenick.

»Ich bin noch auf dem Parkplatz«, sagte er. »Kann ich noch mal reinkommen? Ich muss Ihnen etwas sagen.«

***

Der Rotwein und die Zigaretten und das Gefühl, die Zeit zurückgedreht zu haben, hatte sie auf direktem Weg ins Bett geführt. Zum ersten Mal seit dem Abend, an dem Lissy gestorben war, hatten sie wieder Sex gehabt. Und es war gut gewesen. Vielleicht hatte es am Alkohol gelegen. Oder es war der Überlebensinstinkt. Sie lagen nebeneinander im Bett.

»Komm, wir rauchen noch eine«, schlug Jörg vor.

»Gute Idee.« Anne lächelte.

Sie schlüpften in ihre Klamotten, gingen hinunter und raus auf die Terrasse.

»Ich will dich nicht verlieren«, sagte Jörg plötzlich, und Anne wurde ganz warm ums Herz. Er war nie der Typ Mann gewesen, der über seine Gefühle sprach. Jörg hatte ihr seine Liebe und Zuneigung immer eher über Taten gezeigt.

»Ich dich auch nicht«, erwiderte Anne zu ihrer Überraschung. »Aber ich kann nicht hier wohnen bleiben.«

Sie musste nicht aussprechen, dass es kaum zu ertragen war, aus fast jedem Fenster ihres Hauses auf die Stelle zu schauen, an der man ihr totes Kind gefunden hatte.

»Wir könnten wieder in die USA gehen«, sagte Jörg. »Nach Kalifornien. Mein Chef würde sich freuen, wenn ich den Job annähme.«

Dieses Jobangebot war seit Monaten im Gespräch. Lissy war ausgerastet, als Jörg die Möglichkeit erwähnt hatte, wieder nach

Amerika zu gehen. Sie waren beide überrascht gewesen über diese heftige Reaktion, denn Amerika war immer Lissys Traum gewesen. Highschool. College. Uni. Sie hatten das Thema nicht mehr angesprochen. Aber jetzt … jetzt war Lissy nicht mehr da.

»Vielleicht keine schlechte Idee.« Anne blickte in den Himmel. Eine wolkenlose Nacht ohne Mondschein. Sie konnte den Großen Wagen sehen, das einzige Sternbild, das sie erkannte.

Jörg griff nach ihrer Hand. Sie legte ihren Kopf an seine Schulter. Vor ihnen lag ein langer Weg. Vielleicht würden sie beide es irgendwie schaffen. Zusammen. Eines fernen Tages würde der Schmerz nachlassen. Weggehen würde er nie.

***

»Der Chef ist gerade eben nach Hause gefahren.« Kai kam mit einem Becher dampfenden Kaffees aus der Teeküche, gerade als Pia an der Tür von Bodensteins Büro klopfen wollte, um ihm zu sagen, dass Marco Wesenick noch einmal mit ihnen sprechen wollte. »Er hatte wohl irgendeinen dringenden Pferdetermin von Sophia vergessen.«

»Aha, okay.« Pia war überrascht, weil er ihr nichts gesagt hatte, aber dann zuckte sie die Schultern. »Finde ich gut, dass er Feierabend gemacht hat. Ich mach mir Sorgen um ihn.«

»Ich mir auch«, sagte Kai. »Muss echt schlimm gewesen sein gestern.«

Christian Kröger bog um die Ecke, gefolgt von zweien seiner Mitarbeiter, die Kartons schleppten. Sie sahen alle drei völlig erschöpft aus.

»Wir gehen auf dem Zahnfleisch«, sagte Christian müde. »Gestern die Bunker und diesen Stollen durchsucht, heute den Keller in Kronberg und jetzt auch noch Kathrins Wohnung.«

Sie gingen in den Besprechungsraum, die beiden Techniker stellten die Kartons auf dem Tisch ab und gingen wieder. Kröger ließ sich auf einen Stuhl fallen.

»Habt ihr irgendetwas gefunden?«, erkundigte Pia sich.

»Nichts, was auf den ersten Blick hilfreich wäre. Aktenordner mit persönlichen Unterlagen und einen Uralt-Laptop.« Er nahm sich eine der Flaschen mit lauwarmem Wasser, die auf dem Tisch standen, schraubte sie auf und trank sie zur Hälfte leer. »Und wir haben die DHL-Sendungen von der Paketstation abgeholt.«

Die Kohlensäure stieß ihm auf. Seine Backen blähten sich kurz wie die eines Froschs.

»In dem einen Paket waren vierzig original verpackte Prepaidhandys aus Polen. Absender ist ein Mateusz Wróbel in Poznań. In dem anderen waren Turnschuhe. Aber wir haben in dem Keller, in dem wir Mahmoudi gefunden haben, eine Entdeckung gemacht, nämlich sechs Einschusslöcher in der Backsteinmauer hinter diesem Verschlag. Neun Millimeter Parabellum.«

»So wie die Hülse, die ich auf dem Boden gefunden habe.«

»Genau. Allerdings haben wir keine weiteren Hülsen gefunden.«

»Einschusslöcher, aber keine Hülsen? Das heißt, jemand muss die Hülsen aufgesammelt und dabei eine vergessen haben, oder?«, vergewisserte sich Pia.

»Richtig.«

Anne Böhlefeld hatte behauptet, sie sei nicht in dem Keller gewesen. Was, wenn doch? Und was, wenn Hawelka ihr nicht nur den Plan, sondern auch eine Waffe gegeben hatte? Wer hätte sonst noch in diesen Keller gehen und auf Mahmoudi schießen sollen? Nein, es konnte nur Anne Böhlefeld gewesen sein! Sie hatte Skrupel bekommen, als sie dem Mann gegenübergestanden hatte, und es nicht fertiggebracht, ihn zu erschießen. Jeder andere hätte es getan, und aus dieser kurzen Entfernung wäre er selbst für den ungeübtesten Schützen kaum zu verfehlen gewesen. Aber wenn Anne Böhlefeld geschossen hatte, wo war jetzt die Waffe?

***

Marco Wesenick räumte ein, dass er vorhin gelogen hatte. Er hatte Kathrin Fachinger gekannt, aber nicht gewusst, dass sie eine Polizistin war.

Diesmal saßen Cem und Pia mit Wesenick im »Kranichzimmer«. Tariq, Kai, Tanja Gatzke und Nicola Engel verfolgten das Gespräch aus dem Nebenraum. Der Inhaber der BluSky-Lagerhäuser hatte einer Aufzeichnung des Gesprächs zugestimmt. Er kaute kein Kaugummi mehr, und er schwitzte auch nicht mehr. Pia hatte schon häufiger beobachtet, dass die Nervosität bei Leuten sofort nachließ, wenn sie sich dazu entschlossen hatten, die Wahrheit zu sagen. Für die meisten Menschen war Lügen eine anstrengende Sache, nur Psychopathen fiel es leicht. Wesenick war keiner. Er war ein durchschnittlicher Mann mit einem wahnsinnig schlechten Gewissen.

»Der Mord an meinem Vater war eine schreckliche Sache«, sagte er. »Aber das, was danach passiert ist, war hundertmal schrecklicher. Ich bin ein psychisches Wrack seitdem. Schlafen kann ich nur noch mit Schlaftabletten, weil mich diese Bilder Tag und Nacht verfolgen.«

Er fuhr sich mit der Hand über Kopf und Bart.

»Ich dachte wirklich, Vergeltung würde mir helfen. Ich war so wahnsinnig wütend auf diesen Typen, der erst diese junge Frau belästigt und dann meinen Vater erstochen hat. Einfach so!«

»Wie hat sich das damals genau abgespielt?«, fragte Cem. »Wie und wann hat man Kontakt zu Ihnen aufgenommen?«

»Das war noch am gleichen Abend, ungefähr zwei Stunden nachdem es passiert war«, erinnerte sich Wesenick. »Die Polizei und die Spurensicherung waren noch an der Tankstelle und im Verkaufsraum. Ich durfte nicht rein, es war alles abgesperrt. Und da hat mich eine Frau angesprochen.«

»Das war Kathrin Fachinger?«, unterbrach Cem.

»Ja. Genau.« Wesenick nickte. »Sie muss zufällig gerade dort gewesen sein, als es passiert ist. Sie hat mir gesagt, man habe den Mörder meines Vaters ›in Gewahrsam genommen‹ und würde sich um ihn ›kümmern‹, wenn ich das wollte. Ich hab überhaupt nicht kapiert, wovon sie gesprochen hat, so durcheinander, wie ich war. Ich hab nachgefragt, was sie meint und ob sie von der Polizei wäre. Und da hat sie gesagt, sie hätte etwas Ähnliches erlebt wie ich, ihre Eltern wären vor ihren Augen erschossen worden und sie wüsste genau, was ich und meine Familie gerade durchmachen.«

Der Täter, Abdeel Odumosu, sei erst drei Wochen zuvor aus der Psychiatrie entlassen worden, in die er 2015 nach einer Messerstecherei in einer Erstaufnahmeeinrichtung eingewiesen worden war, hatte Kathrin ihm erzählt. Laut psychiatrischem Gutachten sei er zum Zeitpunkt der Tat nicht voll schuldfähig gewesen und deshalb freigesprochen und nach § 63 in die Psychiatrie zwangseingewiesen worden. Und diesmal werde es ganz sicher nicht anders laufen. Für den brutalen Mord an Wesenicks Vater werde er höchstwahrscheinlich wieder nur in der Psychiatrie landen.

»Ich habe sie gefragt, wer sie ist«, sagte Marco Wesenick. »Und sie sagte, sie würde zu einer Gruppe von Leuten gehören, die sich für Gerechtigkeit einsetzen. Die dafür sorgen, dass Mörder, Vergewaltiger, Kinderschänder oder Straftäter, die von der Justiz zu lasch oder überhaupt nicht bestraft werden, also Leute wie der Mann, der meinen Vater erstochen hat, niemandem mehr etwas tun können.«

Er habe nach kurzem Zögern zugestimmt und sein Wort gegeben, mit niemandem darüber zu sprechen. Vor allen Dingen nicht mit der Polizei.

Zwei Tage später – es war ein Sonntag – hatte er per Telefon detaillierte Anweisungen bekommen. Er sollte mit dem Auto zum Pendlerparkplatz an der A3 in Höhe Bad Camberg fahren und dort warten. Es war schon dunkel gewesen, als ein Auto neben seinem angehalten hatte.

»Der Fahrer hatte eine Kapuzenjacke an und so eine medizinische Maske, wie Ärzte sie tragen«, erzählte Wesenick. »Ich musste mir einen Sack über den Kopf stülpen und auf der Rückbank Platz nehmen. Die Fahrt hat vielleicht eine halbe Stunde gedauert, dann waren wir mitten in einem Wald. Es war stockdunkel. Außer mir waren noch vier Leute da, alle in schwarzen Klamotten, mit Sturmhauben und Nachtsichtgeräten. Ich hab auch eins gekriegt. Sie waren bewaffnet, und an einem Baum waren zwei Hunde angebunden. Zwei Riesenviecher.«

Der Täter war aus einem Lieferwagen herbeigeschleift worden. Barfuß, die Hände auf dem Rücken gefesselt. Einer der Männer hatte Wesenick angeboten, den Mann selbst zu töten, aber dazu war er nicht fähig gewesen.

»Ich hatte keine Ahnung, was passieren würde.« Wesenicks Stimme zitterte. »Einer von den Schwarzgekleideten hatte dann plötzlich ein Messer in der Hand und hat auf den Typen eingestochen wie ein Geisteskranker. Der Typ hat geschrien und geweint, das Blut ist herumgespritzt, es war … es war entsetzlich. Aber ich … ich konnte nicht wegschauen. Zum Schluss hat der Mann dem Typen einfach die Kehle durchgeschnitten. Und dann haben sie mich gleich wieder ins Auto bugsiert, ich musste mir die Kapuze aufsetzen. Und das war's. Seitdem kann ich nicht mehr schlafen. Diese Bilder verfolgen mich.«

»Hat man etwas dafür von Ihnen verlangt?«

»Nein. Also, kein Geld, wenn Sie das meinen. Ich sollte ihnen mal einen Gefallen tun.«

»Welchen?«

Wesenick zögerte, dann seufzte er.

»Sie haben rausgekriegt, dass ich diese Lagerhäuser habe. Sie haben dort Lagerkapazitäten angemietet, ganz regulär. Haben Miete bezahlt. Aber hin und wieder haben sie mich gebeten, die Überwachungsanlage auszuschalten. Mehr nicht. Immer nur für ein paar Stunden. Außer Kathrin Fachinger habe ich nie jemanden von dieser Gruppe gesehen und kenne auch keine Namen.«

»Danke, dass Sie noch mal gekommen sind, um uns das zu erzählen«, sagte Pia.

Wesenick kämpfte kurz mit sich.

»Das ist noch nicht alles«, sagte er dann. »Kathrin Fachinger hatte noch einen anderen Lagerraum angemietet, allerdings unter dem Namen Karl-Heinz Backes, nicht unter ihrem eigenen. Das war auch ein Gefallen, den ich ihr getan habe, denn normalerweise braucht man ja eine Legitimation wie einen Ausweis, um einen Mietvertrag abzuschließen.«

Pia blickte in den Spiegel, hinter dem ihre Kollegen saßen. Derselbe Name wie der Eigentümer der Gewerbeimmobilie in Kronberg. Kai würde herausfinden, wer der Mann war und in welchem Verhältnis er zu der Gruppe stand.

»Der eigentliche Grund, warum ich hier bin, ist der, dass ich vorhin wieder einen Anruf bekommen habe«, gestand Wesenick. »Ich soll heute Nacht zwischen ein Uhr und drei Uhr wieder die Überwachungsanlage ausschalten.«

***

Bodenstein hatte immer bedauert, dass Lorenz und Rosalie, seine älteren Kinder, keine Affinität zu Pferden entwickelt hatten. Rosalie war immerhin ein paar Jahre geritten, Lorenz hatte das rundweg abgelehnt. Wenn sie auf dem Gutshof zu Besuch waren, hatte er höchstens mal auf dem Traktor sitzen wollen, aber auch diese Begeisterung war nur ein Strohfeuer gewesen. Sophia war ganz anders als ihre Geschwister und ihre Nichten und Neffen, die auch keinerlei Interesse an Land- und Forstwirtschaft zeigten. Sie hatte sich auf dem Rücken eines Ponys festgekrallt, kaum dass sie selbst laufen konnte. Mittlerweile war sie eine exzellente und talentierte Reiterin, aber ihr ging es nicht um Turniere und Pokale, sondern um die Tiere selbst. Sie mistete Ställe aus, baute Koppeln, fuhr bei der Heuernte den Traktor, wusste, wie jede Maschine bedient wurde, kannte jedes Flurstück rings um den Gutshof und wusste, was Eigen- und was Pachtland war. Bodenstein und Cosima hatten keine Zweifel daran, wo die Zukunft ihrer jüngsten Tochter lag, und es gefiel ihnen beiden.

Sophia hatte sich gefreut, als er unerwartet bei der Quadrillenprobe in der mit Tannenbäumen geschmückten Reithalle aufgetaucht war. Er hatte eine halbe Stunde von der Tribüne aus zugeschaut, dann war es ihm zu kalt geworden. In Reithallen schien es grundsätzlich kälter zu sein als an der frischen Luft. Er war selbst für eine Dusche zu k. o., zog sich einfach Schuhe, Hose und Hemd aus, stellte die Heizdecke auf die höchste Stufe und legte sich ins Bett. Das durchgehende Pfeifen in seinen Ohren und das innerliche Zittern ließen nicht nach. Sobald er die Augen schloss, kamen die unerträglichen Bilder. Und die Gedanken, die sich im Kreis drehten. Wie hatte Kathrin Fachinger ihn, ihre Kollegen, ja, *die Polizei* derart hintergehen können? Sie war nicht die gewesen, für die er sie gehalten hatte und an die er jetzt noch dachte. Hinter dem vertrauten Gesicht hatte sich ein grausames und rachsüchtiges Wesen versteckt, das er nicht mit der Kathrin, die er gekannt hatte, in Verbindung bringen konnte. Ja, sie war Opfer gewesen, bevor sie zur Täterin geworden war. Andererseits wurde nicht jeder, der Zeuge eines grausamen Verbrechens an Familienangehörigen wurde, automatisch zu einem Serienmörder. Wie hatte Kathrin über Jahrzehnte hinweg ein solches Doppelleben führen können? Im Team hatten sie so oft über Täterverhalten, Tatmotive und Tatausführung diskutiert, und Kathrin hatte immer voller Überzeugung die Ansichten des Teams geteilt, dabei musste sie insgeheim etwas völlig anderes gedacht haben.

In der Stille seines Schlafzimmers schnitt ihm das schrille Pfeifen direkt ins Gehirn. An Schlaf war nicht zu denken. Schließlich warf er die Decke zurück, ging hinüber in Sophias Zimmer, fand ihre Kopfhörer, die sie nicht mehr benutzte, seitdem sie AirPods bekommen hatte, und stöpselte sie in seinem Smartphone ein, das er in den Flugmodus gestellt hatte. Er legte sich wieder ins Bett, setzte die Kopfhörer auf und klickte auf die Playlist von Ludovico Einaudi. Die Musik setzte ein und übertönte den Pfeifton. Seine Gedanken wanderten zu Lissy Böhlefeld. Morgen würde er ihre beste Freundin besuchen, vielleicht würde ihn das einen Schritt weiterbringen. Nur noch sechs Tage bis Heiligabend. Pia hatte heute in der Rechtsmedizin geweint. Die neue Kollegin schien tüchtig zu sein. Und Nicola machte sich Sorgen um ihn. Das war ja irgendwie … Getragen von sanfter Musik glitt er in den Schlaf.

***

»Ich kann nicht glauben, dass Kathrin an dieser Tankstelle gewesen sein soll, *zufällig* in dem Moment, als Wesenicks Vater ermordet wurde!« Cem schüttelte den Kopf. »Das gibt's doch gar nicht!«

»Und wie sollte sie mit ihren vielleicht fünfundfünfzig Kilo Körpergewicht einen psychisch kranken Messerstecher, der gerade jemanden niedergemetzelt hatte und garantiert voller Adrenalin war, überwältigt und gekidnappt haben?«, fragte Christian Kröger skeptisch.

»Sie hat das sicherlich nicht allein gemacht«, sagte Tariq.

»Nein, ganz sicher nicht«, meldete sich Kai zu Wort. »Sie hat es nämlich gar nicht getan. Der 17. Januar 2017 war ein Donnerstag.

Ich habe es überprüft: Kathrin hatte an diesem Tag keinen Urlaub. Also war sie um 16:30 Uhr höchstwahrscheinlich noch hier im Büro. Außerdem haben Tankstellen Überwachungskameras. Die Kollegen aus Frankfurt haben äußerst gründliche Ermittlungen geführt. Sie waren mit dieser Geschichte sogar bei *Aktenzeichen XY*! Ihr glaubt ja wohl nicht, dass sie vergessen haben, die Videoaufnahmen der Überwachungsanlage auszuwerten.«

»Sicher nicht«, antwortete Nicola Engel. »Frau Fachinger und ihr Fahrzeug wären auf jeden Fall Bestandteil der Ermittlungen gewesen.«

»So ist es.« Kai nickte. »Hat Kathrin jemandem von euch erzählt, dass sie Zeugin eines Mordes gewesen ist? Oder im Zuge der Ermittlungen von den Frankfurter Kollegen als Zeugin vernommen wurde?«

Kai blickte in die Runde. Alle schüttelten den Kopf.

»Auf was willst du hinaus?«, fragte Tanja neugierig.

»Ganz einfach: Sie war nie dort«, erwiderte Kai. »Das war jemand anders. Und der hat Kathrin oder wen auch immer alarmiert. Sie haben den Messerstecher in die Finger bekommen, verschleppt und getötet.«

»Halten Sie es für möglich, dass weitere Kollegen in die Sache involviert sind?«, wollte Nicola Engel wissen.

»Das halte ich nicht nur für möglich«, erwiderte Kai. »Ich bin felsenfest davon überzeugt. Entweder wurde Kathrin von jemandem aus der Gruppe informiert, der wirklich zufällig gerade dort tanken war. Dann müsste er allerdings auf den Videobändern der Überwachungsanlage zu sehen, überprüft worden und als Zeuge in der Ermittlungsakte aufgeführt sein. Oder …«

»Oder was?«

»Oder es handelt sich um Kollegen vom Ersten Angriff. Auch dann müsste man in der Ermittlungsakte fündig werden. Man hat sie nur nicht verhört, weil man sie nicht als Zeugen betrachtet hat.«

»Das ist ein äußerst ernster Vorwurf, Ostermann«, gab Nicola Engel zu bedenken. »Die Frankfurter Kollegen haben den Fall bis heute nicht aufklären können.«

»Vermutlich deshalb, weil die Ermittlungen von ihren eigenen

Leuten sabotiert worden sind«, antwortete Kai. »Im Fall des ICE-Schubsers im August 2018 war es nicht anders. Und wenn Farwad Mahmoudi der Mörder von Lissy Böhlefeld wäre und man hätte ihn nur noch tot aufgefunden, dann würden wir auch hier vor einem Rätsel stehen.«

»Du bist dir sicher, dass Kathrin Fachinger hinter der Entführung von Mahmoudi gesteckt hat?«, vergewisserte sich Tanja Gatzke.

»Hundertprozentig.« Kai nickte. »Sie hat am Dienstagnachmittag letzte Woche neben mir im Besprechungsraum gesessen, als der Anruf aus dem Labor mit der Info kam, dass an Larissas Leiche DNA von Mahmoudi festgestellt worden war. Daraufhin hat sie dich angerufen, Pia, um es dir zu sagen.«

»Stimmt.« Pia nickte.

»Ich bin alle Fahrtenbücher der Kollegen durchgegangen, die an diesem Tag Streife gefahren sind«, sagte Kai. »Um diese Uhrzeit ist niemand zu der Adresse nach Eschborn geschickt worden. Erst exakt achtundsiebzig Minuten später.«

»Diese Zeit haben sie gebraucht, um Mahmoudi zu kidnappen«, sagte Pia. »Und anscheinend gehen sie nicht immer nach demselben Muster vor, denn eigentlich schnappen sie sich doch Straftäter, die ihre Strafe schon abgesessen haben. Aber in den Fällen Odumosu und Khaveri haben sie sofort zugeschlagen, genau wie bei Mahmoudi. Das würde dafür sprechen, dass wirklich jemand vom Ersten Angriff dazugehört.«

»Oder von der Bundespolizei, im Fall des ICE-Schubsers«, sagte Tariq.

»Ich fordere bei der Staatsanwaltschaft die Ermittlungsakten des Tankstellenmords und des ICE-Schubsers an«, sagte Nicola Engel.

»Die digitalen Akten habe ich schon«, warf Kai ein.

»Ich kann beide Versionen durcharbeiten«, bot Tanja Gatzke an. »Für den Fall, dass ihr den Kollegen von der Soko misstraut.«

»Ich hoffe, dass es dafür keinen Grund gibt, aber man kann nie wissen«, sagte Nicola. »Ich fürchte, Sie haben recht, Ostermann, und es sind Leute von uns dabei.«

»Sie verdächtigen ja wohl nicht uns!« Tariq war empört.

»Ich spreche nicht von uns *hier*. Ich meine die Polizei an sich. Wir wissen nicht, wer alles in diese Geschichte verstrickt ist, und deshalb sollten wir vorsichtig sein.«

»Wie schafft man es nur, einen kräftigen Mann wie René Siegel, Daniel Radloff oder den Mörder von Wesenicks Vater zu überwältigen und zu entführen, ohne dass es Zeugen gibt?«, wunderte sich Kröger. »Da müssen Profis am Werk sein.«

»Wolf Sollberg war in einer Pioniereinheit des KSK«, erinnerte Kai. »Kommando Spezialkräfte, die Eliteeinheit der Bundeswehr. Und Kathrins verschollener Bruder war bei der GSG 9.«

»Sollberg. Brunner. Mazanek. Kathrin. Hawelka«, zählte Cem auf. »Drei von ihnen sind tot. Einer hat sich abgesetzt. Einen haben wir festgenommen. Aber irgendwer hat Wesenick angerufen und will höchstwahrscheinlich in das Lagerabteil. Also muss die Organisation aus noch mehr Leuten bestehen.«

Stille.

»Was ist jetzt der Plan?«, fragte Kröger.

»Ich würde sagen, wir legen uns an dem Lagerhaus auf die Lauer und schauen, wer dort heute Nacht auftaucht«, erwiderte Pia.

»Wir können über das Überwachungssystem beobachten, was sie im Lagerhaus treiben und dann zugreifen«, schlug Tariq vor.

»Nein. Die Überwachungsanlage muss wirklich abgeschaltet sein. Wenn sie clever sind, merken sie das sonst«, gab Kröger zu bedenken. »Wir müssen das Lagerhaus mit unseren eigenen Kameras präparieren.«

»Sollen wir ein SEK dazu holen?«, fragte Nicola Engel.

»Würde ich nicht machen«, entgegnete Pia. »Wir wissen nicht, wie weit die Gruppe die Polizei infiltriert hat. Diese Aktion darf nicht auffliegen. Das müssen wir allein durchziehen.«

Kröger widersprach. Selbst wenn ihnen die Leute heute Nacht durch die Lappen gehen sollten, waren ihnen die Lagerräume jetzt bekannt. Und falls niemand kam, wusste man, wer mit in der Geschichte drinhing und die Gruppe gewarnt hatte.

»Nein, zu heikel«, befand Nicola Engel. »Kein SEK. Nur ein ganz kleines Team. Macht euch an die Planung.«

Mittwoch, 18. Dezember

Marco Wesenick war mit Tariq Omari und Christian Kröger zum Lagerhaus gefahren, um Minikameras vor dem Tor, vor und im Aufzug, im Treppenhaus und in dem Gang, in dem sich das betreffende Lagerabteil befand, zu montieren. Kai Ostermann würde von seinem Laptop aus die Kameras bedienen können und alles sehen, was sie filmten. Das ganze Team würde verkabelt sein, sodass man über Funk miteinander kommunizieren konnte. Pia, Cem, Tanja Gatzke und Nicola Engel fuhren kurz nach Mitternacht nach Rödelheim und trafen sich auf dem Parkplatz eines benachbarten Supermarkts mit Tariq, Christian Kröger und Marco Wesenick, der um Punkt ein Uhr eine SMS an eine Telefonnummer schicken und mitteilen musste, dass er die Überwachungsanlage abgeschaltet hatte. Cem, Pia und Marco Wesenick stiegen in den alten VW-Bus, den Kröger aus dem Fuhrpark der RKI herausgesucht hatte, und suchten sich einen Parkplatz am Straßenrand, von dem aus sie die Einfahrt des Lagerhauses gut im Blick hatten. Der Motor der alten Kiste taugte zwar nicht mehr für Verfolgungsjagden, aber das Auto wurde wegen seiner verdunkelten Scheiben und seines unauffälligen Äußeren gerne für Überwachungen genommen. Kröger hatte an jede Kleinigkeit gedacht, so auch an polnische Autokennzeichen, die er auf dem Supermarktparkplatz gegen die regulären Kennzeichen austauschte. Ein zerbeulter VW-Bus aus Polen würde in der langen Reihe geparkter Lieferwagen und Lkw am Straßenrand in einem Gewerbegebiet nicht auffallen. Cem und Wesenick hatten auf der hinteren Rückbank Platz genommen, Pia kletterte zwischen den Vordersitzen hindurch nach hinten und setzte sich auf einen der Einzelsitze.

Die Burger-King-Filiale im Untergeschoss des Lagerhauses schloss um ein Uhr. Danach dauerte es meistens noch eine Viertelstunde, bis der letzte Mitarbeiter gegangen war und abgeschlossen hatte. Vorher würden sie nicht kommen.

Die Nacht war klar und kalt, und die Temperatur im Innern des Autos sank schnell. Pia hatte in kluger Voraussicht aus dem Aufenthaltsraum Decken mitgenommen und bot den Männern jeweils eine an, aber beide lehnten ab. Sie wickelte sich eine Fleecedecke um die Beine und schrieb Christoph eine Nachricht, dass sie noch einen Einsatz habe und deshalb nicht wisse, wann sie nach Hause komme.

Die Kriminaldirektorin hatte ihnen zwar eingeschärft, Bodenstein nicht zu belästigen, aber Pia fand, ihr Chef müsse darüber Bescheid wissen, was in seiner Abteilung während seiner Abwesenheit geschah. Natürlich würde sie ihn nicht anrufen, aber eine Nachricht konnte er ja jederzeit lesen, das galt wohl nicht als Belästigung.

»Was ist eigentlich mit dem Geburtstag Ihrer Frau?«, erkundigte sich Cem, der sich bequem zurückgelehnt und die Beine auf den leeren Einzelsitz gelegt hatte. »Was haben Sie ihr gesagt, wo Sie jetzt sind?«

»Sie hat heute gar nicht Geburtstag«, gab Marco Wesenick zu. »Sie arbeitet bei der Flugsicherung und hat diese Woche Nachtschicht.«

»Sie haben uns also angelogen«, sagte Cem, verstummte aber, als Pia ihm einen mahnenden Blick zuwarf. Wesenick war ohnehin am Rande eines Nervenzusammenbruchs, jede Provokation konnte seiner Kooperationsbereitschaft ein Ende setzen.

Im Burger King auf der anderen Straßenseite war nicht viel los, einen Drive-in-Schalter gab es nicht. Die wenigen Kunden parkten hinter dem Gebäude.

»Sie fragen sich vielleicht, warum ich den Burger King als Mieter habe, wo es doch in einem Gewerbegebiet kaum Laufkundschaft gibt«, sagte Marco Wesenick, obwohl weder Cem noch Pia darüber nachgedacht hatten. Er hatte sich die Kapuze seiner schwarzen Daunenjacke über den Kopf gezogen und trug dicke

Handschuhe gegen die Kälte. »Aber an den Wochenenden ist ordentlich was los. Leute, die auf dem Weg nach Frankfurt sind, essen hier, oder solche, die wieder nach Hause fahren. Und einige von denen mieten bei mir Lagerflächen. Es ist also so eine Art Werbung, bei der noch Geld reinkommt.«

Er redete und redete, wahrscheinlich aus Nervosität, bis Cem ihn bat, für eine Weile die Klappe zu halten, weil durch seine dauernde Quatscherei schon die Scheiben von innen beschlugen. Für ein paar Minuten war tatsächlich Ruhe, dafür wippte Wesenick nun nervös mit dem Fuß, rutschte auf dem Sitz hin und her, atmete schwer und zog sich die Handschuhe aus, um auf das Display seines Smartphones tippen zu können, nur um sie gleich darauf wieder anzuziehen.

»Ich frage mich, ob es nicht ein Fehler ist, was ich hier gerade mache«, sagte er in weinerlichem Tonfall. »Die werden doch rauskriegen, dass das eine Falle gewesen ist.«

»Genau betrachtet haben Sie einen Fehler gemacht, als Sie damals auf dieses Angebot eingegangen sind«, entgegnete Pia. Sie hatte eine Mütze auf dem Kopf und die Kapuze ihrer Kunstfelljacke darübergezogen. Ihr war angenehm warm. Sie musste nur aufpassen, dass sie nicht einschlief.

»Ja, mag sein.« Wesenick zog wieder umständlich die Handschuhe aus und schaute auf seinem Handy nach der Uhrzeit. »Die Bull…, äh … die Polizei steckt einen höchstens in den Knast. Aber die, die bringen Leute um. Ich habe mit eigenen Augen gesehen, wie brutal die sind. Was, wenn sie mich auch umlegen, weil ich sie verraten habe?«

»Das werden sie nicht tun«, antwortete Cem. »Diese Leute haben es auf Menschen abgesehen, die straffällig geworden sind. Auf Kriminelle. Sie haben einen Moralkodex, den normale Menschen nicht verstehen können, und der hält sie davon ab, Unschuldige zu töten.«

»Soll mich das jetzt beruhigen?« Wesenick rieb seine Handflächen mit einem enervierenden Schaben an seinen Oberschenkeln.

»Bestenfalls ja«, sagte Cem und Wesenick verstummte tatsächlich. Pia behielt ihn und sein Smartphone im Auge, aber er hatte das Gerät neben sich auf den Sitz gelegt und machte keinen Versuch, eine Nachricht an irgendwen zu tippen.

Die Zeit floss so zäh dahin wie Sirup, und Pia war dazu übergangen, das Fotoarchiv auf ihrem Handy zu bearbeiten, um wach zu bleiben. Wesenick schwieg, und Cem saß so reglos da wie eine Bartagame in Winterstarre, die Augen geöffnet, die Hände in den Taschen seines Mantels vergraben. Pia hätte sich gerne mit ihm ausgetauscht, aber Wesenicks Anwesenheit machte das unmöglich.

»Es ist jetzt genau eins«, ertönte plötzlich Kais Stimme in Pias Ohr, und gleichzeitig erlosch die Leuchtreklame von Burger King. Auch Cem erwachte aus seiner Starre und drehte den Kopf zu dem neben ihm sitzenden Wesenick.

»Es ist Punkt ein Uhr«, sagte Pia leise.

»Oh Gott«, murmelte Wesenick, zog seine Handschuhe aus und griff nach seinem Handy.

»Was genau sollen Sie schreiben?«, wollte Cem wissen.

»Ich soll gar nichts schreiben. Nur ein Daumen-hoch-Emoji schicken.«

»Erwarten die nicht, dass Sie im Büro sind, um die Anlage auszustellen?«, erkundigte sich Pia.

»Nein, das funktioniert von überallher. So ähnlich wie Smart Home.« Marco Wesenick hatte seine PIN-Nummer eingegeben, das aufleuchtende Display erhellte sein Gesicht, von dem der Widerstreit seiner Gefühle deutlich abzulesen war. Sein Finger schwebte unentschlossen über dem Gerät. Wenn er jetzt in letzter Sekunde die Nerven verlor und kniff, war der ganze Aufwand umsonst gewesen. Zwar würden sie das Lagerabteil öffnen können, aber womöglich nie erfahren, wer hinter der ganzen Sache steckte.

»Sie tun das Richtige, wenn Sie uns jetzt helfen, Herr Wesenick«, sagte Pia. Er würde sich zwar trotzdem dafür verantworten müssen, dass er einen Mord nicht angezeigt und dadurch Ermittlungen behindert hatte, aber das verschwieg sie ihm in diesem Moment wohlweislich.

Wesenick blickte Pia an, dann holte er tief Luft und verschickte die SMS.

»Die SMS ist raus«, sagte sie leise.

»Gut«, antwortete Nicola Engel.

»Wo seid ihr?«

»In einem Wohngebiet. Drei Minuten entfernt.«

Pia hatte ihr Smartphone lautlos gestellt und in die Innentasche ihrer Jacke gesteckt. Das Licht im Innern des Schnellimbisses ging aus, und zwei Leute kamen heraus, ein Mann und eine Frau. Die Frau schloss ab, der Mann zündete sich eine Zigarette an. Sie verschwanden zusammen hinter dem Gebäude. Wenig später fuhr ein Auto auf die Straße, das Licht der Scheinwerfer huschte kurz durch den Innenraum des VW-Busses, dann verschwand das Auto in Richtung Autobahn.

Danach geschah eine ganze Weile gar nichts. Das Gewerbegebiet war um diese Uhrzeit wie ausgestorben. Das andere Team wechselte seinen Standort, parkte ungefähr zweihundertfünfzig Meter weiter entfernt auf der gegenüberliegenden Straßenseite.

»Wie lange warten wir?«, fragte Cem.

»Bis maximal halb drei. Wenn bis dahin niemand aufgetaucht ist, gehen wir rein«, sagte Nicola Engel, die in Bodensteins Abwesenheit ganz selbstverständlich die Leitung der Aktion übernommen hatte.

»Also noch eine Stunde«, sagte Kai. »Bleibt wach, Leute.«

»Du auch«, erwiderte Pia. »Bei dir ist es jetzt sicher gemütlicher als hier.«

Scherzworte und Neckereien flogen hin und her, Tariq erzählte einen Witz. Dennoch standen alle unter höchster Anspannung. Keiner von ihnen wusste, was sie erwartete. Wie viele Leute kommen würden. Ob sie bewaffnet sein würden oder nicht. Ein SEK in der Hinterhand wäre für alle eine Beruhigung gewesen.

Pia traute sich, noch einmal einen Blick auf ihr Handy zu werfen. Nichts von Christoph und nichts von Bodenstein, dafür eine Nachricht von Henning. Gerade als sie sie öffnen wollte, ertönte Christian Krögers Stimme.

»Ein Fußgänger kommt die Straße hoch. Läuft auf eurer Straßenseite. Er schaut in die geparkten Autos.«

»Wie weit ist er von uns weg?«, flüsterte Pia.

»Noch sechs Autos«, erwiderte Kröger. »Jetzt überquert er die Straße. Bleibt vor dem Lagerhaus stehen.«

»Ich sehe ihn jetzt auch«, schaltete sich Kai ein. »Er trägt eine Sturmhaube. Geht um das Gebäude herum. Ich sehe ihn nicht mehr. Du, Christian?«

»Nein. Nichts.«

Pia erwischte sich dabei, wie sie die Luft anhielt. Sie atmete tief ein und wieder aus. Ihre Handflächen waren feucht.

»Da ist er wieder.« Das war Kai. »Er steht am Tor zu dem vergitterten Hof. Macht da irgendwas ... hm ... ich glaube ... ah, er ist reingegangen. Er ist an der Hintertür. Schaut nach irgendwas.«

»Wahrscheinlich überprüft er, ob die Überwachung wirklich aus ist«, vermutete Cem.

»Ja, kann sein«, sagte Kai. »Er geht wieder zurück. Hat ein Handy in der Hand und tippt etwas.«

»Ah ja, ich sehe ihn auch wieder«, sagte Kröger. »Er überquert die Straße. Leuchtet mit einer Taschenlampe in die parkenden Autos. Verdammt, er ist gleich bei euch. Geht runter auf den Boden, dann kann er euch nicht sehen durch die dunklen Scheiben.«

Cem reagierte sofort, und auch Pia ließ sich von ihrem Sitz in den Fußraum hinter dem Fahrersitz gleiten. Dann fiel ihr ein, dass Marco Wesenick von ihren Gesprächen nichts mitbekam.

»Runter auf den Boden!«, flüsterte sie. Der Geschäftsführer des BluSky-Lagerhauses gehorchte. Er kauerte zwischen der Sitzbank und dem Einzelsitz und starrte Pia aus ängstlich aufgerissenen Augen an, traute sich aber nicht, Fragen zu stellen.

»Er guckt in euer Auto«, sagte Kröger leise.

Der Schein der Taschenlampe huschte über Fahrer- und Beifahrersitz. Fiel dem Mann auf, dass die hinteren Scheiben von innen beschlagen waren? Oder konnte er das gar nicht erkennen, weil sie verdunkelt waren? Pias Herz klopfte zum Zerspringen. Sie merkte, dass ihre Hand auf ihrer Dienstwaffe lag. Ihr rechtes Bein, auf dem ihr Gewicht lastete, begann zu kribbeln, und sie musste mit aller Kraft den Drang unterdrücken, die Seitentür aufzureißen und aus dem Auto zu springen. Seitdem sie einmal von einem Psychopathen in den Kofferraum eines Autos gesperrt worden war, konnte sie kleine geschlossene Räume nur noch schlecht ertragen. Durch die Ungewissheit fühlten sich Sekunden wie Minuten an.

»Ein- und ausatmen!«, wisperte Cem ihr zu, als ob er gemerkt hätte, dass sie kurz davor war zu hyperventilieren. »Lippenbremse!«

Pias Blick begegnete seinem. Er machte ihr vor, wie sie atmen musste. Sie gehorchte, und sofort ließ die aufsteigende Panik nach.

»Verdammt, da kommt eine Streife!«, sagte Kröger. »Und ich sehe den Typen nicht mehr. Er muss sich irgendwo zwischen den Autos versteckt haben.«

Der Streifenwagen fuhr langsam vorbei, machte jedoch keine Anstalten, stehen zu bleiben. Eine nächtliche Routinefahrt. Kein gezielter Einsatz.

»Wo ist er jetzt?«, flüsterte Cem.

»Ich sehe ihn immer noch nicht«, antwortete Kröger. »Da kommt ein Fahrzeug aus Richtung der Autobahn. Ah ja, da ist er wieder! Er geht über die Straße, hat ein Handy am Ohr. Entwarnung, Leute, ihr könnt wieder hochkommen.«

Erleichtert stemmte Pia sich vom Fußboden hoch. Ihr eingeschlafenes Bein kribbelte, und sie spürte kalten Schweiß auf ihrer Stirn.

»Das war knapp«, sagte Wesenick und atmete auf.

»Das Fahrzeug ist ein weißer Kastenwagen. Ein Mietwagen mit Werbeaufschrift«, kommentierte Kröger. »Es hält vor der Gitterschleuse.«

»Der Mann hat das Tor zum Innenhof wieder geöffnet. Der Kastenwagen fährt rein«, übernahm wieder Kai. »Der Mann checkt noch mal die Straße. Der ist wirklich vorsichtig!«

»Was macht er jetzt?«, fragte Pia ungeduldig. Sie massierte ihr Bein, damit es nicht gleich unter ihr wegknickte, wenn sie loslaufen musste.

»Er hat das Tor wieder geschlossen. Der Fahrer hat den Transporter gewendet und fährt rückwärts an die Rampe. Er steigt aus. Nur eine Person. Auch mit Sturmhaube und dunklen Klamotten. Zielpersonen öffnen die Tür mit einer Chipkarte.«

»Funktionieren die Kameras drinnen?«, wollte Tariq wissen. »Kannst du was sehen, Kai?«

»Ja, Mann. Beruhig dich. Alles bestens«, antwortete Kai. »Zielpersonen sind im Treppenhaus. Gehen die Treppe hoch ... jetzt sind sie im zweiten Stock. Biegen in den zweiten Gang ein. Top-Qualität, die Bilder!«

»Kannst du hören, was sie sagen?«, fragte Cem.

»Nein. Sie verständigen sich nur mit Handzeichen. Die kleine Zielperson ruft den Lastenaufzug, macht da irgendwas ... Ich glaube, er hat etwas über die Lichtschranke geklebt und damit die Türen blockiert. Der andere hat das Vorhängeschloss aufgeschlossen ...«

»Gucken sie auch mal nach draußen?«

»Negativ. Sie sind jetzt beide in dem Lagerabteil.«

»Okay, Leute«, ertönte die Stimme von Nicola Engel. »Wir gehen rein!«

Cem, Wesenick und Pia verließen den VW-Bus durch die rechte Schiebetür und huschten über die Straße. Nicola Engel, Tanja Gatzke, Christian Kröger und Tariq kamen von rechts den Bürgersteig entlanggelaufen. Anders als die Zielpersonen betraten sie das Gebäude durch einen Seiteneingang, den Wesenick mit seiner Karte öffnete. Er hatte ihnen noch in der RKI einen Plan des Gebäudes skizziert, daher wusste jeder von ihnen genau, welchen Weg er nehmen musste. Tariq würde mit Wesenick in dessen Büro warten, bis die Situation im zweiten Stock geklärt war.

Kröger, Cem, Pia und Nicola Engel – das Zugriffsteam – nahmen das Treppenhaus bis in den zweiten Stock, Tanja Gatzke wartete unten vor dem Hintereingang.

Kai kommentierte unentwegt weiter das Geschehen im Innern des Gebäudes. Die beiden vermummten Gestalten schienen keinen Verdacht zu schöpfen, schnell und konzentriert stapelten sie Umzugskartons auf einem Rollbehälter mit Gitterwänden. Ein erster Rollwagen stand schon fertig beladen im Lastenaufzug. Das Zugriffsteam hatte den zweiten Stock erreicht. Kröger öffnete lautlos die schwere Brandschutztür und schloss sie ebenso leise, als die anderen hindurchgeschlichen waren. Cem und Pia würden zuerst den Lagerraum betreten, mit ihren Dienstwaffen im Anschlag, Kröger und Nicola Engel würden sofort folgen. Von Kai wussten sie, dass die Zielpersonen nicht bewaffnet zu sein schienen, aber Vorsicht war die Mutter der Porzellankiste.

Pia presste ihren Rücken an die Wand und versuchte, ihren hektischen Herzschlag durch langsames Atmen zu beruhigen. Sie hörte Stimmen, Poltern und das Quietschen von Metall, wenn etwas auf den Rollwagen geladen wurde.

»Zielpersonen beide im Lagerraum«, sagte Kai. »Genau in der Tür steht der zweite Rollwagen und versperrt den Eingang.«

»Ich ziehe den Wagen rückwärts in den Gang«, flüsterte Cem.

»Und ich gehe rein und halte sie in Schach«, ergänzte Pia.

»Wir sind dann direkt hinter euch«, sagte Kröger.

Jeder Muskel in Pias Körper war angespannt, das Adrenalin schoss durch ihre Adern. Zugriffsituationen wie diese waren für sie nicht alltäglich, und es war Jahre her, dass sie so etwas trainiert hatte, aber sie wusste, sie konnte sich auf ihre Kollegen verlassen, und das gab ihr Selbstvertrauen.

»Zugriff!«, befahl Nicola Engel.

Pia und Cem verständigten sich mit einem raschen Blick und rannten los. Schulter an Schulter bogen sie in den hell erleuchteten Gang ein. Das Lagerabteil war das vierte auf der linken Seite. Wie Kai es angekündigt hatte, stand genau in der geöffneten Tür ein zur Hälfte beladener Rollwagen. Als Cem ihn zurückziehen wollte, musste er feststellen, dass die Räder blockierten. Pia quetschte sich links an dem sperrigen Rollwagen vorbei, die Dienstwaffe im Anschlag. Die beiden Maskierten erstarrten vor Schreck, jeder mit einem Karton in Händen. Eine ideale Situation. Selbst wenn sie bewaffnet gewesen wären, hätten sie ihre Waffen kaum ziehen können. Cem reagierte blitzschnell. Er zog die Schiebetür ganz zur Seite und betrat den Lagerraum, ebenfalls mit gezogener Waffe.

»Kartons abstellen und Hände hinter den Kopf«, kommandierte Pia, und die Zielpersonen gehorchten. Schon waren Kröger und Nicola Engel da. Kröger löste die Bremse an den Rädern des Rollwagens und schob ihn in den Gang.

Die beiden Zielpersonen ließen sich von Kröger und Cem Handschellen anlegen, ohne Widerstand zu leisten.

Pia steckte ihre Dienstwaffe ins Holster und atmete auf. Ihre

Knie zitterten, noch immer war ihr Körper voller Adrenalin. Ein irres Hochgefühl – weil alles gut gegangen war!

Unter der Sturmhaube der kleineren Person kam eine blonde Frau Mitte dreißig zum Vorschein. Feine Gesichtszüge, große blaue Augen, die zarte Haut so blass, dass die bläulichen Adern an ihren Schläfen zu sehen waren. Ihr Aussehen passte exakt zu der Beschreibung, die Anne Böhlefeld von der Frau gegeben hatte, die sie in der Apotheke aufgesucht hatte. Ihr Komplize war Ende vierzig oder ein gut erhaltener Mittfünfziger mit dem hageren Gesicht des Endorphinsüchtigen, der schon vor der ersten Tasse Kaffee morgens einen Halbmarathon rannte. Unter seinem eng anliegenden schwarzen Sweatshirt zeichneten sich Muskeln, aber kein Bauchansatz ab. Helle Augen, kurz rasierte graue Haare. Sie hatten beide ihren Schock schnell überwunden, ergaben sich in ihr Schicksal und ließen ohne Protest eine Leibesvisitation über sich ergehen. Stumm hörten sie zu, als Nicola Engel sie über ihre Rechte belehrte. Keiner von beiden hatte Ausweispapiere dabei.

Unten fuhren die von Kai geschickten Streifenwagen mit gespenstisch zuckendem Blaulicht, aber ohne Sirene vor, wenig später wimmelte es von uniformierten Kollegen. Der Mann und die Frau wurden mit dem Lastenaufzug nach unten gebracht und abgeführt.

Pia hielt Cem kurz zurück, als er den uniformierten Kollegen folgen wollte.

»Danke für vorhin im Auto«, sagte sie beiläufig.

»Keine Ursache«, erwiderte er, und damit war alles gesagt.

Der Umgangston im K11 war locker und familiär, aber wenn es darauf ankam, konnte man sich aufeinander verlassen. Und genau deshalb war das, was Kathrin getan hatte, so unverzeihlich. Sie hatte ihre Kollegen, die ihr vertraut hatten, verraten.

»Im Handschuhfach des Lieferwagens lag ein Mietvertrag«, informierte Tanja Gatzke Nicola Engel, Pia und Cem, die sich im Vorraum zwischen dem Lastenaufzug und dem Ausgang zur Rampe eingefunden hatten.

»Das Fahrzeug ist auf den Namen Vivien Beiswenger online angemietet und um 18:30 in Frankfurt am Flughafen abgeholt worden.«

»Leute!«, tönte Kais Stimme in Pias Gehörgang. »Hört mich hier noch jemand? Hallo!«

»Ja, ich höre dich«, antwortete Pia und hielt sich das andere Ohr zu. »Ich glaube, die anderen haben sich alle schon entkabelt.«

»Pia, hör zu, ich kenne den Mann!«, rief Kai aufgeregt. »Sag der Engel Bescheid, sie soll unbedingt mit ihm fahren und ihn nicht aus den Augen lassen, wenn sie ihn herbringen.«

»Ja, mach ich.« Pia drängte sich an zwei uniformierten Kollegen vorbei, die die festgenommene Frau zum Ausgang führten. »Wer ist das denn?«

»Ein echt großer Fisch«, sagte Kai. »Markus Burkhardt, stellvertretender Abteilungsleiter der Abteilung 3 für Cyberkriminalität beim BKA.«

»Scheiße!«, entfuhr es Pia. »Bist du dir sicher?«

Zwar hatten sie damit gerechnet, dass Kollegen von der Polizei zu der Gruppe gehören könnten, aber niemand hatte auch nur im Traum daran gedacht, dass ein so hochrangiger Beamter des Bundeskriminalamts mit drinhängen könnte. Das verlieh dieser ohnehin schon brisanten Geschichte eine ganz neue Dimension.

»Ja, leider. Ich kenne ihn. Sogar ziemlich gut.« Kai stieß einen Seufzer aus. »Frank Behnke, Markus Burkhardt und ich waren in den Neunzigerjahren zusammen beim SEK.«

* * *

Niemand dachte an Feierabend. Allen war klar, dass sie eine Nachtschicht einlegen würden. Markus Burkhardt und die Frau, die laut Mietwagenvertrag Vivien Beiswenger hieß, waren erkennungsdienstlich behandelt worden und hatten beide je einen Anruf tätigen dürfen, bevor sie in die Haftzellen im Untergeschoss gebracht worden waren. Burkhardt hatte ein kurzes Telefonat geführt, Vivien Beiswenger hatte auf ihres verzichtet. Sie sagten beide nichts, verlangten nichts und machten einen stoischen Eindruck, dennoch ordnete Nicola Engel an, dass in ihren Zellen rund um die Uhr das Licht brennen musste und beide permanent beobachtet wurden. Auf keinen Fall durfte sich einer von ihnen durch Suizid der Situation entziehen.

Christian Kröger und seine Leute waren seit Stunden damit beschäftigt, den Inhalt der sichergestellten Kisten zu dokumentieren. Neben einem umfangreichen Waffenarsenal, das verschiedene Langwaffen und Pistolen, Scharfschützengewehre mit Optik, Pumpguns, Schrotflinten, Messer, Baseballschläger und sogar Armbrüste umfasste, waren auch dazu passende Utensilien vorhanden: kistenweise Munition, Nachtsichtgeräte, Schalldämpfer, aber auch EncroChat-Handys, eine ganze Kiste mit holländischen Prepaid-Geräten, Telefonkarten aus verschiedenen Ländern Europas, Koffer mit großen Mengen Bargeld in verschiedenen Währungen.

Pia, Cem, Tariq und Tanja Gatzke saßen um den Besprechungstisch herum und durchforsteten die zwei Dutzend Umzugskartons aus dem Lagerhaus, in der Hoffnung, auf irgendetwas zu stoßen, was den Haftrichter dazu bringen würde, Burkhardt und Beiswenger morgen in U-Haft zu schicken. Kathrin hatte offenbar jedes Stück Papier, das sie jemals in der Hand gehabt hatte, abgeheftet und aufgehoben. Sie wühlten sich durch uralte Kontoauszüge von Kathrins Großeltern, mehrere Jahrgänge von der *Deutschen Schützenzeitung*, *Caliber*, dem *DWJ Magazin* für Waffenbesitzer oder Kampfsportmagazinen wie *Fighting Spirit* und *Karate World*. In einer Kiste fand Cem die Erklärung, wer Karl-Heinz Backes war. Offenbar hatte es sich bei dem Mann um einen guten und früh verwitweten Freund von Kathrins Großvater gehandelt. Backes war Antiquitätenhändler gewesen, mit einem Ladengeschäft in seinem Wohnhaus in Zeilsheim und dem Lager in der Gewerbeimmobilie in Kronberg, außerdem Mitglied im Zeilsheimer Schützenverein, wie Kathrin und ihr Großvater. Da Kathrin auch sämtliche Korrespondenz mit der privaten Krankenversicherung von Herrn Backes aufgehoben hatte, konnte man leicht nachvollziehen, dass der Mann an Alzheimer erkrankt und 2014 in einem Pflegeheim in Frankfurt kinderlos gestorben war. Zu seiner Alleinerbin hatte er Kathrin gemacht, die seitdem seine Immobilien, seinen Namen und sein Geld für ihre ganz persönlichen Vergeltungsfeldzüge missbraucht hatte.

Auch von diesem Erbe hatte beim K11 niemand gewusst.

Längst waren alle Gespräche versiegt. Pias Augen brannten, und die Buchstaben verschwammen vor ihren Augen. Sie kämpfte gegen die immer stärker werdende Verlockung, einfach die Augen zu schließen, den Kopf auf die Tischplatte zu legen und wenigstens für ein paar Minuten zu schlafen.

»Will jemand noch einen Kaffee?«, erkundigte sich Tariq. »Oder einen Energydrink?«

»Bloß keinen Kaffee mehr«, murmelte Cem. »Ich würde lieber irgendwas essen.«

»Oh ja, ich auch«, pflichtete ihm Tanja Gatzke bei.

»Ich nehme noch einen Energydrink.« Pia öffnete den nächsten Karton und zog einen Aktenordner heraus, auf dessen Rücken ordentlich mit schwarzem Stift PROJEKTE 1977–2003 geschrieben worden war. »Und wenn ich den hier durchhabe, gehe ich eine rauchen.«

»Okay, dann mache ich mich mal auf die Suche nach etwas Essbarem.« Tariq stand auf.

»Ich glaube, ich war noch nie in meinem Leben so müde.« Pia klappte gähnend den Ordner auf. Er enthielt Zeitungsausschnitte, fein säuberlich ausgeschnitten und aufgeklebt, mit Datum versehen und abgeheftet. Immer ging es um schwerwiegende Straftaten: Raubüberfälle, Mord, Totschlag, Körperverletzung, Einbruch, Diebstahl, Betrug, Kindesentziehung, Entführung, Vergewaltigung, Kindesmissbrauch, Kinderpornografie. Die ersten Ausschnitte stammten aus dem Jahr 1996, und die meisten von ihnen waren mit Anmerkungen in Kathrins penibler Handschrift versehen; sie hatte Namen, Orte, Straßennamen, Uhrzeiten, aber auch Paragrafen aus dem Strafgesetzbuch und der Strafprozessordnung notiert. Schon beim ersten flüchtigen Durchblättern dämmerte Pia, was sie da vor sich hatte, und plötzlich war sie wieder hellwach.

Tariq kehrte zurück, verteilte Energydrinks, Müsliriegel und Schoko-Nikoläuse.

»Leute«, sagte Pia. »Ich glaube, ich habe was gefunden!«

Alle blickten sie aus rot geränderten müden Augen an.

»Kathrin hat Zeitungsartikel gesammelt, in denen über schwere

Straftaten berichtet wird.« Sie schob den Ordner ihren Kollegen hin. »Und dazu hat sie dann Nachforschungen betrieben. Sie hat jeden einzelnen Fall klassifiziert und priorisiert.«

Cem griff sich den zweiten Ordner mit der Aufschrift PROJEKTE 2004 und stieß dort auf dieselbe Art der Recherche.

»Wann hat sie damit angefangen?«, erkundigte sich Tanja Gatzke.

»Die ersten Zeitungsartikel sind von 1977.« Pia schlug den dritten Ordner auf, der mit PROJEKTE FINAL beschriftet war. Er war ziemlich abgegriffen, der Tippklemmer und die Halteringe hatten sich verschoben. Anders als die beiden anderen Ordner enthielt dieser nicht nur aufgeklebte Zeitungsartikel, sondern umfangreiche Dossiers, die beinahe wie Fallakten anmuteten. Gleich die erste Seite, die Pia las, jagte einen Adrenalinstoß durch ihren Körper. Im ersten Dossier ging es um den Raubmord an einem Dortmunder Kioskbesitzer und seiner Frau aus dem Jahr 1996.

»Oh mein Gott!« Pia sprang auf. »Kai! Komm her! Das musst du sehen! Leute, verdammt, hier steht alles drin!«

Kai kam aus seinem Büro angelaufen.

»In den beiden ersten Ordnern hat Kathrin ihre Recherchen zu Verbrechen abgeheftet«, erklärte Pia aufgeregt. »Hier, in dem dritten Ordner, sind alle *Projekte* drin, die sie durchgeführt haben!«

»Projekte?« Kai zog fragend eine Augenbraue hoch.

»So steht es auf den Ordnerrücken. Wohl ein Euphemismus für ihre Taten.« Pia tippte auf das Deckblatt des ersten Dossiers. »Hier ... schau dir an, was da steht! *Raubmord an Rainer und Sylvia Brunner, 14. Dezember 1996. Täter: Ali Camlıcalı und Erkan Dosdogru.* Rainer und Sylvia Brunner waren Kathrins Eltern! Und das sind die Namen der beiden jungen Männer, die im April 2008 spurlos verschwunden sind!«

Kai setzte sich und begann zu blättern. Er runzelte beim Lesen die Stirn, schürzte die Lippen, ließ sich Zeit. Hin und wieder schüttelte er ungläubig den Kopf.

»Und? Was denkst du?«, drängte Pia nach einer Weile ungeduldig. »Sag schon! Ist das was?«

»Ja. Allerdings. Das sind Mordpläne.« Er blickte auf. »Mit allen Details. Damit können wir sicher eine Menge bisher ungeklärte Todes- oder Vermisstenfälle aufklären.«

Bei jeder anderen Ermittlung hätte diese Aussage für Erleichterung und einen frischen Motivationsschub gesorgt, aber sie konnten sich nicht freuen. Sie waren wie gelähmt.

»Aber wieso hat sie das bloß alles aufgehoben?« Es war Tanja Gatzke, die das drückende Schweigen schließlich durchbrach. »Diese Unterlagen hätten sie doch in Schwierigkeiten bringen können.«

»Kathrin ist ein absoluter Kontrollfreak gewesen«, erwiderte Cem. »Sie hat immer für alles Listen geschrieben und nie etwas dem Zufall überlassen. Das war zwanghaft.«

»Sie konnte nichts wegwerfen«, ergänzte Kai. »Sie musste alles aufbewahren, jedes noch so winzige Detail. So wie ein psychopathischer Serienkiller seine Trophäen.«

***

»Von den dreiundzwanzig Mordplänen, die in dem Ordner waren, haben wir bisher vierzehn Fälle ungeklärten Verbrechen aus der Vermi/Utot-Datenbank zuordnen können«, sagte Kai Ostermann. »Wir haben es mit einer perfekt organisierten Killer-Organisation zu tun, die seit mehr als zehn Jahren in ganz Deutschland am Werk ist, ohne dass es bisher jemandem aufgefallen ist. In Kathrins Unterlagen ist jede einzelne Hinrichtung vermerkt. Das ist purer Sprengstoff.«

Es war sieben Uhr morgens. Sie hatten sich keine Pause mehr gegönnt und unter Hochdruck durchgearbeitet. Nun präsentierten sie Nicola Engel die Ergebnisse ihrer Nachtschicht.

»Kathrin Fachinger hat akribisch gearbeitet. Es hat immer mit einer Zeitungsnotiz oder einem Artikel angefangen«, erklärte Tanja Gatzke. »Zuerst handelte es sich um Fälle, die sie selbst oder Freunde betrafen. Die Mörder ihrer Eltern. Vater und Onkel von Volker Mazanek, die ihn und seine Schwester über Jahre hinweg sexuell missbraucht hatten. Dann hatte sie angefangen, nach Straftätern zu suchen, die ihrer Meinung nach zu mild bestraft worden oder sogar ganz einer Bestrafung entgangen waren, weil sie nie gefasst wurden.«

Die Kriminaldirektorin stand vor den Whiteboards. Die Arme vor der Brust verschränkt, las sie, was Kai und Tariq dort notiert hatten.

»Sie hat unglaublich detaillierte Informationen zusammengetragen und Hintergrundrecherchen angestellt«, sagte Kai. »Diese Dossiers lesen sich wie Protokolle einer Überwachung. Familiärer Hintergrund und beruflicher Werdegang des Straftäters, Aufenthaltsort, Gewohnheiten, persönliche Vorlieben. Satellitenfotos von Grundstücken und der Umgebung der Wohnorte.«

»Wie hat sie das gemacht?«, wollte Nicola Engel wissen.

»An viele Informationen muss sie über POLAS und INPOL gelangt sein. Kfz-Halter- und Einwohnermeldeamtsabfragen, Auszüge aus dem Bundeszentralregister, Gerichtsurteile und Ähnliches. Aber wir nehmen an, dass sie auch andere Quellen hatte. Der harte Kern der Gruppe bestand aus fünf bis sieben Personen, aber es gibt sehr viele Sympathisanten, wie ich sie jetzt mal nenne.«

»Sie hat unsere Datenbanken missbraucht. Und das quasi vor unseren Augen.« Wieder bemerkte Pia, wie angespannt ihre Chefin wirkte. Sie machte sich Sorgen. Man würde sie für das, was in ihrer Behörde hinter ihrem Rücken geschehen war, verantwortlich machen, und das konnte das Ende ihrer Karriere bedeuten.

»Wieso ist das nie jemandem aufgefallen?«, fragte Tariq ratlos.

»Weil keiner von uns so was für möglich gehalten hätte«, sagte Pia. »Wir haben ihr vertraut.«

»Und weil sie genau gewusst hat, dass nur jede 200. Abfrage routinemäßig überprüft wird.« Cem rieb sich die geröteten Augen und streckte seinen Rücken. »Ich habe mich immer gefragt, was diese Strichlisten zu bedeuten hatten, die sie geführt hat. Jetzt weiß ich's: Sie hat ihre Abfragen mitgezählt, damit sie nicht zufällig dabei erwischt wird, wenn sie eine illegale Abfrage macht.«

Diese Raffinesse verschlug allen für einen Moment die Sprache.

»Nach welchen Kriterien hat die Gruppe entschieden, tätig zu werden?«, wollte Nicola Engel wissen.

»Wollen wir nicht auf den Chef warten?«, fragte Pia. Ihr kam es nicht richtig vor, in diesem brisanten Fall einfach ohne Bodenstein weiterzumachen.

»Wir können nicht warten«, bedauerte Nicola Engel. »Ich muss den Polizeipräsidenten informieren und auch den Direktor des BKA und den Innenminister. Dafür brauche ich so viele Fakten wie möglich.«

»Kathrin hatte eine Art Formblatt entworfen, in das sie alle Eckdaten eines Projekts eingetragen hat«, sagte Kai und reichte seiner Chefin das Formblatt für den Fall Daniel Radloff. »Eines der Kriterien für eine Hinrichtung war die Schwere der Schuld. Noch wichtiger scheint aber das persönliche Leid der Angehörigen gewesen zu sein. Das dritte *Projekt* ist im August 2009 abgewickelt worden. Es tut mir leid, wenn ich mich so ausdrücke, aber ich habe keine Ahnung, wie ich das sonst sagen soll. Auf der Raststätte Drongen Noord bei Gent in Belgien verschwand der Bundeswehroberst Uwe Stenzel, 49. Er war mit seiner Frau und seinen Teenager-Kindern auf dem Weg nach England, um den Sohn nach den Sommerferien zurück ins Internat zu bringen. Er ging auf die Toilette und kam nie wieder.«

»Was hatte der Mann verbrochen?«, fragte die Kriminaldirektorin.

»Er war der Vorgesetzte von Wolf Sollberg in Afghanistan. Er hatte bei einem Einsatz den Rückzug angeordnet, obwohl noch vier Männer seiner Einheit fehlten. So sind Sollberg und seine Kameraden in die Hände der Taliban gefallen. Sollberg hat als Einziger überlebt, wurde erst ein Jahr später befreit.«

»Stenzels Leiche wurde nie gefunden«, merkte Tariq an. »Aber in Kathrins Unterlagen steht, dass man ihn ein halbes Jahr in dem Stollen gefangen gehalten und zu Tode gefoltert hat. Für die Entsorgung seiner Leiche war Volker Mazanek zuständig. Wie übrigens auch bei den Mördern von Kathrins Eltern. Und beim nächsten Fall.«

»Sergej Turgalow, drogensüchtiger arbeitsloser Spätaussiedler aus Kasachstan. Er hat am 22. Januar 2015 einen Gullydeckel von einer Autobahnbrücke bei Bickenbach geworfen. Der Gullydeckel durchschlug die Windschutzscheibe eines Pkw und tötete die Fahrerin. Das Fahrzeug geriet in Flammen, auch der Sohn der Fahrerin starb«, referierte Tanja Gatzke. »Frau und Sohn von Richter Konstantin Hawelka. Man hat Turgalow eine Falle gestellt, in die er getappt ist: Bei einem Haftprüfungstermin im März 2016 konnte er flüchten und wurde daraufhin gekidnappt. Sie haben ihn totgeschlagen, Mazanek hat seine Leiche entsorgt.«

»Dann haben wir einen Fall von 2017 aus Würzburg gefunden, der als natürlicher Tod wegen Herzversagens zu den Akten gelegt worden ist«, sagte Kai. »Der Anästhesist Dr. Steffen Mückenheim war wegen fahrlässiger Tötung der siebenjährigen Malenka Wróbel, die nach einer ambulanten Polypen-OP an einer Sepsis wegen verunreinigtem Narkosemittel starb, zu einer Bewährungsstrafe verurteilt worden. Acht Monate später wurde seine Leiche in einer Schlucht gefunden. Bei der Obduktion wurde eine Herzanomalie festgestellt. Kathrin hat aber in ihren Unterlagen *Esconarkon* dazu notiert, ein Medikament, das zur Euthanasie von Tieren in der Veterinärmedizin benutzt wird.«

»Kleines Detail am Rande«, meldete sich Christian Kröger zu Wort. »Wir haben doch in einer Packstation ein Päckchen an Kathrin sichergestellt. Der Absender war ein Mariusz Wróbel aus Poznan. Vielleicht hat er die Organisation als Dank für die Tötung des Anästhesisten mit polnischen Prepaidhandys versorgt.«

»Das würde passen«, sagte Tariq.

»Aber letztendlich hilft uns das alles kein bisschen weiter«, sagte Nicola Engel. »Papier ist geduldig. Wir brauchen Beweise!«

»Na ja, wir haben Daniel Radloffs Leiche als Beweis«, warf Pia ein. »Mazanek wollte sie gerade illegal kremieren lassen.«

»Und wir werden noch mehr Beweise finden«, versprach Kai der Kriminaldirektorin. »Kathrin hat bei jedem ›Projekt‹ die Namen derjenigen, die daran beteiligt waren, als Kürzel vermerkt. Von Anfang an sind nur V, T, W und K dabei. Volker, Thomas, Wolf und Kathrin. 2009, bei der Hinrichtung von Uwe Stenzel, ist M zum ersten Mal dabei. Das könnte Markus Burkhardt sein. Das Kürzel Ko wird zum ersten Mal 2015 beim Fall des Gullydeckel-Werfers aufgeführt, damit ist Konstantin Hawelka gemeint. Später kommen noch Vi – womöglich Vivien Beiswenger – und ein S dazu. Das ist der innere Kreis.«

»Wenn T Kathrins Bruder war, dann dürfte er nach 2012 eigentlich nicht mehr dabei gewesen sein«, gab Pia zu bedenken. »Es sei denn, er hätte seinen Tod 2012 in den Alpen nur vorgetäuscht.«

»Das würde zumindest erklären, warum Kathrin nicht getrauert und uns nichts von ihm erzählt hat«, meinte Kai.

»Warum hätte er seinen Tod vortäuschen sollen?«, fragte Cem.

»Keine Ahnung.« Pia hob die Schultern. »Vielleicht hatte er Ärger und musste untertauchen. Oder er ist ein Profikiller.«

Es klopfte an der Tür des Besprechungsraumes, und Stefan Smykalla, der Pressesprecher, trat ein, mit besorgter Miene. Er hielt ein Exemplar der BILD-Zeitung hoch. DER RICHTER UND DIE SCHÖNE POLIZISTIN – WAREN SIE EIN LIEBESPAAR? Darunter war ein Foto von Hawelka in Robe abgebildet und das Foto von Kathrin, mit dem bei Facebook und im Internet nach Zeugen gesucht wurde.

»Wo kommt denn das her?«, fragte Nicola Engel scharf.

»Also ganz sicher nicht von uns«, ging der Pressesprecher sofort in die Offensive. »Mich hat kein Journalist darauf angesprochen.«

»Wahrscheinlich kommt das von Kathrins Nachbarn. Oder aus dem Kampfsportklub«, vermutete Pia und schaute auf ihr Handy. Sie hatte Bodenstein schon drei Nachrichten geschickt, dazu eine ausführlichere Sprachnachricht, aber er hatte sie noch nicht gesehen.

»Was schreiben die anderen Zeitungen?«, fragte Nicola Engel. »Was steht im Internet?«

»Bis jetzt gar nichts«, antwortete Smykalla. »Es ist wohl noch nicht publik geworden, dass Bodenstein und Fachinger am Montag bei der Geiselnahme dabei waren.«

»Das habe ich mit den Frankfurter Kollegen auch so besprochen.« Die Kriminaldirektorin überflog den kurzen Text unter der Schlagzeile mit grimmiger Miene. »Keine Fakten. Nur Spekulationen. Sorgen Sie dafür, dass das so bleibt, Smykalla. Jede Presseanfrage zum Thema Geiselnahme verweisen Sie nach Frankfurt. Die ganze Geschichte hat mit uns nichts zu tun, und wir haben dazu nichts zu sagen. Ist das klar?«

»Ja, selbstverständlich.«

»Haben Sie sich um die Plakatwände gekümmert?«

»Ich werde jetzt mit den zuständigen Mitarbeitern der Gemeinden telefonieren«, sagte der Pressesprecher und ging wieder.

»Was glaubt ihr, was erst los ist, wenn durchsickert, was Kathrin getan hat?«, sagte Cem.

»Das darf unter keinen Umständen an die Öffentlichkeit kommen«, entgegnete Nicola Engel scharf. »Hören Sie mir jetzt alle gut zu. Ich werde den Polizeipräsidenten und den Innenminister über das, was Sie in Erfahrung gebracht haben, in Kenntnis setzen. Diese Geschichte ist eine Katastrophe und kann den Ruf der Polizei schwer beschädigen. Wir alle hier können in den Verdacht geraten, gewusst zu haben, was Fachinger getan hat. Unsere Ahnungslosigkeit wirft kein gutes Licht auf unsere Dienststelle und erst recht nicht auf mich und Kollege Bodenstein als Fachingers Vorgesetzte. Deshalb werden wir sofort unsere Ermittlungen in dieser Sache einstellen, damit uns später niemand unterstellen kann, wir hätten versucht, irgendetwas zu vertuschen.«

»Das heißt, wir sollen das jetzt einfach auf sich beruhen lassen?«, fragte Kai Ostermann ungläubig. »Wir sind dabei, eine der größten Mordserien aufzuklären, die es in diesem Land jemals gegeben hat!«

»Und was machen wir mit Mazanek, Burkhardt und Beiswenger?«, wollte Pia wissen. »Dürfen wir nicht mehr mit ihnen sprechen?«

»Nehmen Sie uns jetzt den Fall weg?« Cem war empört und enttäuscht.

»Wo ist eigentlich der Chef?«, fragte Tariq in diesem Augenblick. »Sollte der nicht dabei sein, wenn es um so eine große Sache geht?«

Alle sprachen aufgeregt durcheinander.

»Lasst Bodenstein erst mal in Ruhe«, sagte die Kriminaldirektorin. »Ich werde euch den Fall natürlich nicht wegnehmen. Aber Kollegin Gatzke übernimmt die Leitung. Alle Unterlagen in der

Causa Fachinger sind ab sofort Verschlusssache. Frau Gatzke, Sie beziehen das leer stehende Büro hinter der Teeküche. Dort werden die Unterlagen aufgehoben, und sie verlassen dieses Büro nicht. Alle Ermittlungsergebnisse laufen bis auf Weiteres bei Ihnen zusammen. Solange Bodenstein nicht da ist, berichten Sie direkt an mich.«

»Was ist mit der Soko?«, erkundigte sich Tanja Gatzke.

»Die leiten Sie auch weiterhin«, antwortete Nicola Engel.

Pia und Cem sahen sich an. Was lief hier? Wo war Bodenstein? War es von vornherein der Plan der Kriminaldirektorin gewesen, ihn auszumanövrieren?

»Ich muss jetzt nach Wiesbaden«, sagte Nicola Engel. »Gibt es noch irgendetwas, was ich wissen sollte?«

»Ja, da gibt's noch was«, antwortete Kai. »Ich glaube, ich weiß, warum Markus Burkhardt bei der Gruppe ist.«

Alle blickten ihn neugierig an.

»Ich kenne ihn von früher, vom SEK. Wir waren eine verschworene Truppe, fast vier Jahre lang. Ich habe mich daran erinnert, dass Markus' Vater auch Polizist gewesen ist. Er ist im Dienst getötet worden, als Markus noch klein war. Irgendetwas ist mir im Hinterkopf herumgegeistert, und dann war es plötzlich wieder da. Deshalb habe ich mir Fachingers Unterlagen zu den Morden an den Ex-RAF-Terroristen Bahr und Dörrlamm noch mal genauer angesehen und bin auf einen Zeitungsartikel von 1977 gestoßen. Die RAF hat doch damals auf offener Straße den nordrhein-westfälischen Innenminister, dessen Fahrer und den Motorradpolizisten erschossen, der dem Dienstwagen Geleitschutz gegeben hatte. Dieser Polizist hieß Uwe Burkhardt und war der Vater von Markus. Er war zehn Jahre alt, als er seinen Vater verloren hat.«

***

Sara Korbmacher hatte Bodenstein ausdrücklich darum gebeten, allein zu kommen. Niemand sollte wissen, dass sie mit ihm reden wollte. Unter normalen Umständen hätte er sich von einer Sechzehnjährigen keine Bedingungen diktieren lassen, aber nichts war mehr normal. Sein Leben war aus dem Lot geraten, und ein Teil von ihm hatte sich an einen Ort in seinem tiefsten Innern zurückgezogen. Das ständige Zittern hatte er als ein Symptom von posttraumatischem Stress diagnostiziert, genauso wie den Tinnitus und diese grauenhafte Panik, die ihn nachts durch Albträume rennen und schweißgebadet aus dem Schlaf hochschrecken ließ.

Die Nachrichten, die Pia ihm in der Nacht und heute Morgen geschickt hatte, hatte er noch nicht gelesen oder angehört. Zwar quälte ihn das schlechte Gewissen, sein Team in einer Ausnahmesituation wie dieser im Stich zu lassen, aber er war momentan einfach nicht in der Lage, zweigleisig zu denken.

7:54 Uhr.

Wenn er sich sehr konzentrierte, konnte er seine Gedanken daran hindern, sich zu verselbstständigen, aber in jedem unachtsamen Moment wanderten sie sofort zu Kathrin. Er hätte erkennen müssen, dass mit ihr etwas nicht gestimmt hatte. Rückblickend gewannen viele Antworten, die sie ihm in zahllosen Beurteilungsgesprächen gegeben hatte, eine völlig andere Bedeutung. Er war jahrelang ihr Vorgesetzter gewesen und hatte schlicht und einfach versagt. Die Polizeiführung und die Interne Ermittlung würden Kathrins Personalakte unter die Lupe nehmen und natürlich seine Beurteilungen lesen. Wahrscheinlich würden sie die Köpfe schütteln über seine Blauäugigkeit, die letztlich dazu beigetragen hatte, dass Menschen sterben mussten. Und der Polizeipräsident hätte genau das Argument, das er noch gebraucht hatte, um seinen Posten mit einem Ehrgeizling aus Baden-Württemberg zu besetzen und ihn aufs Altenteil zu schicken. Verdammt!

Punkt acht Uhr. Bodenstein stieg aus seinem Porsche, schlug den Kragen seines Mantels hoch und ging die Treppenstufen hoch zum Kirchenvorplatz. Durch die Buntglasfenster der Fassade schimmerte Licht. Sara Korbmacher hatte die katholische Kirche als Ort für ihr Treffen vorgeschlagen. Eine merkwürdige Wahl, wie er fand, aber nachdem er nun mehr als eine Woche vergeblich versucht hatte, mit ihr zu sprechen, wäre er auch überall sonst hingekommen.

Über den sumpfigen Rasenflächen und den winterkahlen Bäumen des Neuen Kurparks hing die neblige Düsternis des frühen Dezembermorgens, nur hier und da durchbrochen vom orangefarbenen Schein der Laternen. Die kalte Feuchtigkeit legte sich auf sein Haar und sein Gesicht. Er ging vor der Kirche auf und ab, um sich warm zu halten. Die Minuten verstrichen. Hatte er sich in der Kirche geirrt? Bodenstein zog sein Smartphone hervor und rief die Mail von Sara auf. Nein, eindeutig. *Die katholische Kirche am Neuen Kurpark. 8:00 Uhr.* Er beschloss, ihr noch fünf Minuten Zeit zu geben. Dann würde er eine Streife mit der Vorladung zu ihr nach Hause schicken und sie abholen lassen.

***

Markus Burkhardt log, ohne mit der Wimper zu zucken. Mit der Abholung der Kartons aus dem Lagerraum habe er lediglich der Bitte eines Bekannten entsprochen. Über den Inhalt der Kartons seien weder er noch seine Freundin informiert gewesen; er habe den Schlüssel am Montag per Post zugeschickt bekommen mit der Anweisung, den gesamten Inhalt des Lagerraumes den zuständigen Polizeibehörden zu übergeben. Der Name des Bekannten sei Konstantin Hawelka, er habe sein Haus verkauft und deshalb die Kartons eingelagert.

»Wieso haben Sie die Kartons nachts abgeholt?«, fragte Pia, die mit Tanja Gatzke dem Mann im kleinsten der vier Vernehmungsräume gegenübersaß.

»Weil ich tagsüber keine Zeit dazu habe«, erwiderte Burkhardt glatt.

»Und warum haben Sie und Frau Beiswenger Sturmhauben und Handschuhe getragen?«

»Wegen der Kälte. Ich friere leicht.« Burkhardt lehnte sich zurück und streckte entspannt die Beine unter dem Tisch aus. In seinen Augen glomm ein amüsierter Funke. Er war bereit für einen längeren Schlagabtausch, in der festen Überzeugung, dass man nicht viel gegen ihn in der Hand hatte. Er hatte einen festen Wohnsitz, einen Job und war nicht vorbestraft. Die Waffen gehörten nicht ihm, ein gewiefter Anwalt würde Hackfleisch aus jedem Staatsanwalt machen, der ihn wegen illegalen Waffenbesitzes oder Verstoß gegen das Kriegswaffenkontrollgesetz drankriegen wollte. Offenbar wusste er nicht, was sich in dreien der Kisten befunden hatte, oder aber er war sich völlig sicher, dass sein Name nirgendwo in einem Zusammenhang auftauchte, der ihn kompromittieren konnte.

Pia hatte nicht vor, sich weitere Lügen von ihm anzuhören. Sie ergriff den Schnellhefter mit den Fotos, die sie Burkhardt nicht zeigen würde, und stand auf.

»Vielen Dank, Herr Burkhardt«, sagte sie und klappte ihr Notizbuch zu. »Das war's auch schon.«

»Äh ... okay.« Burkhardt richtete sich auf. Damit hatte er nicht gerechnet. Er war irritiert. Und alarmiert. Genau das hatte Pia beabsichtigt.

Tanja und sie verließen den Vernehmungsraum, Nicola Engel kam aus dem Nebenraum, von dem aus sie die Vernehmung beobachtet hatte.

»Was war das denn bitte?«, fragte die Kriminaldirektorin, kaum weniger irritiert als Markus Burkhardt.

»Wir kennen doch seine Biografie«, entgegnete Pia. »Absolvent der Bundespolizeiakademie in Lübeck, ehemaliger SEKler, Operateur beim Bundesnachrichtendienst und seit 2011 in Führungsverantwortung beim BKA. Mit dem verschwenden wir nur unsere Zeit. Der wird uns gar nichts sagen. Nehmen wir uns lieber Mazanek und Beiswenger vor.«

Tanja Gatzke schaute sie an und grinste dann.

»Gute Taktik«, fand sie.

»Wir haben nicht genug für den Haftrichter«, gab Nicola Engel zu bedenken. »In Fachingers Unterlagen sind wir bisher nicht ein einziges Mal auf Burkhardts Namen gestoßen.«

»Seine Fingerabdrücke laufen durch AFIS und seine DNA, sobald sie vorliegt, durch die DAD«, antwortete Pia. »Vielleicht haben wir ja Glück.«

Im Kranichzimmer wartete Vivien Beiswenger auf ihre erste Vernehmung, und Volker Mazanek wurde gerade aus der JVA Preungesheim hergebracht.

»Ich hol mir schnell was zu trinken, bevor wir weitermachen«, entschuldigte sich Pia und lief die Treppe hoch ins Erdgeschoss. Sofort wählte sich ihr Handy wieder ins WLAN ein. Nichts. Kein Rückruf und keine Antwort von Bodenstein. Und ihre Nachrichten hatte er noch immer nicht gelesen oder angehört. Was war mit ihm los? Nicola Engel schien mehr zu wissen als sie, aber sie sagte nichts, und das konnte nichts Gutes bedeuten. Hatte man Bodenstein suspendiert? War er krank oder möglicherweise sogar in die Psychiatrie eingewiesen worden?

Sie kehrte zurück ins Untergeschoss. Ohne Getränk. Ihr begegnete Tanjas prüfender Blick.

»Hier unten gibt's kein WLAN, oder?«, fragte sie.

Pia hob nur die Schultern. Die Neue hatte sie durchschaut.

»Wäre ihm was zugestoßen, wüssten wir es«, sagte Tanja leise. »Bist du bereit?«

»Allerdings. Das bin ich.«

***

Zwanzig Minuten nach acht, gerade als Bodenstein die Warterei satt hatte und wieder gehen wollte, tauchte das grelle Licht einer Halogenfahrradlampe in der Dunkelheit auf und näherte sich schnell dem Kirchenvorplatz. Geblendet wandte er den Blick ab, und wenig später bremste Sara Korbmacher neben ihm.

»Hi! Tut mir leid. Ich musste warten, bis meine Eltern gehen.«

»Hallo, Sara«, begrüßte Bodenstein das Mädchen. »Kein Problem.«

Sie schob das Fahrrad Richtung Kirchentür.

»Können Sie wohl bitte mal die Tür aufhalten?«, fragte sie.

»Sind Sie sich sicher, dass offen ist?«

»Katholische Kirchen sind immer offen. Zumindest tagsüber.«

Sie hatte recht. Irgendjemand hatte die Kirchentür in aller Frühe schon aufgeschlossen. Bodenstein öffnete den rechten Türflügel, und Sara schob das Fahrrad an ihm vorbei in den Windfang und stellte es dort ab.

»Ist das E-Bike von meiner Mutter«, erklärte sie. »Die killt mich, wenn es geklaut wird.«

Sie betraten die Kirche. Der vertraute Geruch von Weihrauch drang in Bodensteins Nase. Die Kirche war viel größer, als es von außen den Anschein hatte. Im Chorraum neben dem Altar stand ein prächtiger Weihnachtsbaum, und neben der Tür, die wohl in die Sakristei führte, hing ein Adventskranz mit vier dicken roten Kerzen. Bodenstein mochte Kirchen. Seit seiner Kindheit war der sonntägliche Besuch der Messe ein festes Ritual in seinem Leben gewesen, und er hatte es mit seinen eigenen Kindern fortgeführt, aber irgendwann nach der Trennung von Cosima hatte er aufgehört, in die Kirche zu gehen.

Sara zog die Mütze vom Kopf. Sie war sehr blass, und ihr Gesicht war spitz geworden, seitdem Bodenstein sie zuletzt gesehen hatte.

»Sind Sie alleine gekommen?«, fragte sie misstrauisch.

»Ja, natürlich«, antwortete Bodenstein. »Das wollten Sie doch so.«

Sie schaute in Richtung Altarraum und hoch zur Orgelempore, bevor sie sich in die letzte Kirchenbank setzte und ein Stück nach links rutschte. Bodenstein überlegte, ob er sich in die nächste Bankreihe setzen und sich zu Sara umdrehen sollte, damit er ihr ins Gesicht sehen konnte, doch dann nahm er in derselben Bank Platz wie sie, blieb jedoch direkt am Gang sitzen, damit genug Abstand zwischen ihm und dem Mädchen war.

»Sind Sie öfter hier?«, fragte Bodenstein.

»Sie können ruhig Du sagen. Das haben Sie ja neulich auch getan.«

»Okay. Stimmt.«

Für ein paar Minuten sagten sie beide nichts. Ließen die andächtige Stille auf sich wirken. Bodenstein ballte seine Hände in den Manteltaschen zu Fäusten und hoffte, dass das Zittern nur innerlich war und er nicht wie ein Opa mit Parkinson-Tremor wirkte.

»Ja, ich bin öfter hier«, beantwortete Sara seine Frage. »Dabei bin ich gar nicht katholisch. Ich glaub nicht mal so richtig an Gott. Aber es ist warm hier drin. Und niemand nervt einen.«

»Deshalb bin ich auch gerne in Kirchen«, entgegnete Bodenstein. »Man kann in Ruhe nachdenken.«

»Ja, genau.« Saras Stimme hatte einen erstaunten Unterton. »Das finde ich auch.«

Sie warf ihm einen raschen Seitenblick zu und schien zu abzuwägen, ob sie ihm trauen konnte. Er tat so, als ob er ihren Blick nicht bemerkte, und blickte versonnen auf das Kreuz, das über dem Altar hing. Schon zu Beginn eines Gesprächs einen gemeinsamen Bezugspunkt zu finden, war eine uralte Vernehmungstaktik, denn ähnliche Vorlieben erzeugten automatisch ein Gefühl von Verbundenheit. Selbst wenn Bodenstein Kirchen in Wahrheit verabscheuen würde, hätte er das Gegenteil behauptet, um eine positive Verbindung zu Sara herzustellen.

»Ich hoffe, dir geht es wieder etwas besser«, sagte er nach einer Weile. »Danke, dass du bereit bist, mit mir zu reden.«

»Ich wollte ja eigentlich schon eher mit Ihnen sprechen, aber …« Sie brach ab, zuckte die Schultern. »Meine Eltern meinen es nur gut. Sie wollen mich beschützen.«

»Und das ist auch gut so. Du hast deine beste Freundin verloren. Das ist furchtbar.« Wie so oft spürte er seine Unbeholfenheit im Umgang mit trauernden Menschen. Was er sagen durfte, reichte nie wirklich aus. Er konnte einer Sechzehnjährigen schließlich nicht sagen, er könne deshalb so gut nachempfinden, wie sie sich fühlte, weil er selbst als Kind seinen besten Freund durch ein Verbrechen verloren hatte. So weit durfte er noch nicht einmal aus taktischen Gründen gehen.

»Ja. Sie fehlt mir so.« Sara biss sich auf die Unterlippe, dann stieß sie einen gequälten Seufzer aus. Ihr Blick suchte den von Bodenstein. »Aber ich glaube, sie hat mich angelogen. Und jetzt werde ich nie mehr die Wahrheit erfahren, weil sie tot ist.«

Im schummrigen Licht der Lampe, die schräg hinter ihnen über dem Weihwasserbecken hing, wirkte ihr Gesicht kränklich, und Bodenstein begriff, dass das Mädchen gerade in einem ganz ähnlichen Dilemma steckte wie er selbst. Ihre beste Freundin war ermordet worden, aber sie konnte nicht richtig um sie trauern, weil es da etwas gab, was sie zweifeln ließ.

Er bat sie, ihm von Lissy zu erzählen, und Saras Nervosität ließ nach, während sie redete.

»Lissy hat sich nie in den Vordergrund gedrängt, dabei war sie in vielen Sachen viel besser als die meisten anderen. In Sport. In Deutsch. Sie konnte wahnsinnig toll zeichnen. Sie hat alle unsere Cosplay-Kostüme selbst entworfen, und ich hab sie dann geschneidert.« Bei der Erinnerung huschte ein wehmütiges Lächeln über Saras Gesicht, aber ihre Stimme war flach vor Anspannung. »Und sie hatte total viel Fantasie. Sie hat sich manchmal ... Geschichten ausgedacht, zum Beispiel die, dass sie im Urlaub einen Jungen kennengelernt hat, mit dem sie ... na ja ... rumgemacht hat und so. Manchmal hat sie auch nur die Wahrheit ein bisschen ... ausgeschmückt. Verstehen Sie, was ich meine?«

»Ja. Das verstehe ich.« Bodenstein nickte, auch wenn er keine Ahnung hatte, worauf das Mädchen hinauswollte. Zu übertreiben oder sich Fantasiegeschichten auszudenken erschien ihm nicht so schlimm zu sein.

»Letzten Sommer, in der Zehnten, haben wir einen neuen Lehrer in Mathe und Sport gekriegt, den Herr Weinert«, fuhr Sara fort, und Bodenstein horchte auf. »Wir waren alle froh, weil die Lehrerin, die wir in der 9. hatten, die ging gar nicht. Er ist echt okay für einen Lehrer, aber die Lissy, die war irgendwie sofort schockverliebt in den. Sie war gut in Sport, aber in Mathe ein hoffnungsloser Fall. Ich bin gut in Mathe, und bei der ersten Arbeit hat der Weinert zu mir gesagt, wenn ich fertig wäre, sollte ich Lissy ein bisschen helfen. Lissy hat dann 'ne Zwei geschrieben, das war voll die Sensation. Ich weiß bis heute nicht, warum der Weinert das gemacht hat. Na ja, und danach war Lissy mega in den verknallt. Echt, es gab kaum noch ein anderes Thema als den Weinert. Sie hat ihn ›Damon‹ genannt, so heißt unsere Lieblingsfigur bei *Vampire Diaries*.« Sara sprach immer schneller. Das Unbehagen war ihr deutlich anzumerken. »Als Lissy rausgefunden hat, dass der Weinert auf die Eintracht abfährt, war sie plötzlich der totale Eintracht-Fan. Und ich dann irgendwie auch. Wir sind sogar mit Lissys Vater im Stadion gewesen. Eigentlich haben wir *nur noch* über den Weinert geredet. Voll krank, eigentlich. Ich meine, der ist voll alt, der Typ! Und der hat 'ne Frau! Na ja. Ich dachte, das geht schon wieder vorbei, und irgendwann ist alles wieder normal, aber das war nicht so.«

Sie machte eine Pause. Bodenstein wartete geduldig darauf, dass sie weitersprach. Teenager verknallten sich in ihre Lehrer, das war keine Seltenheit. Bodenstein sah ihren Blick leer werden.

»Die Lissy hat sich angeblich mit dem Weinert im Arboretum getroffen, wenn sie die Hunde vom Tierheim ausgeführt hat. Und sie hat mir erzählt, dass sie sich mit ihm Nachrichten schreibt, über WhatsApp. In der Woche vor den Herbstferien waren wir auf Klassenfahrt in Berlin, zusammen mit der F. Der Weinert ist der Klassenlehrer von der F, deshalb war er auch mit. Und an dem Abend, wo wir alle zusammen in so 'nem Klub waren, da hat er … also … Lissy hat mir erzählt, dass er sie in die Jacken und Mäntel an der Garderobe gedrängt und … geküsst hat.«

Sara stockte. Sie knetete ihre Finger. Kämpfte mit sich.

»Das Problem an der Sache ist: Ich habe nie etwas davon mitgekriegt.« Saras Stimme kippte, aber sie schaffte es, nicht in Tränen auszubrechen. »Lissy hat mir nie die Nachrichten gezeigt, die er ihr geschrieben hat, sie hat mir nur hin und wieder was vorgelesen. Wissen Sie, der Weinert, der ist zu allen Schülern nett. Mir wäre nicht aufgefallen, dass er zu Lissy irgendwie anders gewesen wäre als zu uns anderen, aber sie meinte immer, er habe sie ganz besonders angeguckt oder habe extra auf sie gewartet, um ihr die Tür aufzuhalten. So was halt. Und dann auch diese Sache mit dem Schal. Lissy hat mir gesagt, der Weinert hätte ihn ihr geschenkt, aber nur unter der Bedingung, dass sie ihn nicht offen trägt, nur untendrunter, wenn überhaupt. Eigentlich sollte sie ihn zu Hause lassen, aber sie hat ihn immer angehabt, unter einem anderen Schal drunter.«

Irgendetwas flackerte in Bodensteins Hinterkopf auf, eine Erinnerung, ausgelöst durch etwas, was Sara gerade gesagt hatte. Und dann wusste er, was es war, und plötzlich waren alle seine Sinne hellwach.

»Ein Schal? Wie sah der aus?« Er ließ die Frage beiläufig klingen.

»Ach, so 'n Baumwollding. Irgendwie so … jeansblau.«

Konnte sie tatsächlich den Schal meinen, mit dem Lissy erdrosselt worden war? War es möglich, dass die einzige männliche

DNA, die man im Labor bisher nicht hatte identifizieren können, die von Mathelehrer Weinert war? Vielleicht war die Romanze mit dem Lehrer doch nicht nur Lissys Fantasie entsprungen.

Bis jetzt hatte Bodenstein Sara einfach reden lassen, das hatte sie entspannt, aber jetzt war der Zeitpunkt gekommen, dem Gespräch mit gezielten Fragen eine Richtung zu geben.

»Was hattet ihr wirklich vor an dem Freitagabend, als Lissy angeblich bei dir übernachten wollte?«, fragte er deshalb.

»Ihre Kollegin hat recht gehabt. Das mit dem Übernachten war nur ein Alibi«, gab Sara niedergeschlagen zu. »Lissy hat sich an dem Abend mit Damon, also dem Weinert, verabredet. Sie wollte sich nach dem Eislaufen mit ihm treffen und ... na ja ... Sie wissen schon.«

Die Mädchen hatten einen genauen Plan ausgearbeitet und dabei an alle Eventualitäten gedacht. Herr Weinert wollte Lissy um 19:45 Uhr am Park-and-ride-Parkplatz vor der S-Bahn-Station abholen. Das Ziel hatte sie Sara nicht verraten, aber zur Sicherheit hatte Lissy ihren Status über WhatsApp mit ihrer Freundin teilen wollen, damit diese immer sehen konnte, wo Lissy gerade war. Für den Fall, dass es nicht optimal gelaufen wäre oder sie die Nacht über nicht bei »Damon« hätte bleiben können, wäre Lissy einfach nach Hause gelaufen und hätte bei ihren Eltern einen Streit mit Sara als Begründung vorgeschoben.

»Aber dann ist irgendwie alles schiefgelaufen. Die blöden Gänse haben das mit dem Übernachten irgendwie mitgekriegt, deshalb mussten Lissy und ich diesen Streit faken. Wir hatten verabredet, dass sie ihr Handy in Flugmodus stellen würde. Das hat Lissy nämlich immer gemacht, wenn sie auf irgendwen sauer war, aber nie für lange. Danach sollte alles so weitergehen wie besprochen. Ich habe gewartet und gewartet, aber Lissy war nicht mehr erreichbar. Ich bin fast durchgedreht und war scheißwütend auf Lissy. Und irgendwann ... da war mir klar, dass was passiert sein musste. Spätestens am nächsten Morgen, als Lissys Mom bei meiner Mutter angerufen hat.«

Sie schluchzte verzweifelt auf und presste die Hände aufs Gesicht.

»Ich hätte das nie zulassen dürfen! Aber ich hab's nicht wirklich ernst genommen.«

»Was meinst du? Was hast du nicht ernst genommen?«

»Das mit dem Weinert.« Sara zog die Nase hoch und wischte sich mit dem Handrücken Tränen von der Wange. »Ich hab gedacht, Lissy spinnt wieder mal nur rum! Ich hab nicht geglaubt, dass sie sich echt mit dem treffen würde. Ich dachte, sie würde mich später anrufen und mir sagen, dass es nicht geklappt hat. Aber ... aber jetzt ist sie tot! Und der Weinert, der tut so, als wäre nichts. Als wäre es ihm völlig egal, dass Lissy tot ist!«

Vielleicht tat der Lehrer nur deshalb so, als wäre nichts, weil er unschuldig war und überhaupt keine Ahnung davon hatte, Objekt der schwärmerischen Fantasie einer Sechzehnjährigen gewesen zu sein. Aber wenn er ihr wirklich seinen Schal geschenkt und eine Klassenkameradin zum Betrug angestiftet hatte, um Lissy zu einer besseren Note zu verhelfen, dann sah die Sache schon anders aus. So etwas taten Lehrer normalerweise nicht, und deshalb weckte es Bodensteins Argwohn. Er musste telefonieren. Kai anrufen und ihn bitten, herauszufinden, wo der Lehrer wohnte.

Sara gewann ihre Fassung langsam zurück.

»Gehst du wegen eurem Lehrer nicht in die Schule?«, fragte Bodenstein.

»Ja! Ich hab Angst!«, platzte es aus Sara heraus. »Wenn der checkt, dass ich gewusst hab, dass er sich mit Lissy trifft, dann bringt er mich vielleicht auch um.« Ihr Blick flackerte. »Werden Sie ihn verhaften?«

»Wir werden auf jeden Fall mit ihm sprechen«, versicherte Bodenstein. »Wie heißt er noch mal?«

»Weinert. Dennis Weinert. Wohnt in Schwalbach.«

Bodenstein hatte es eilig, das Gespräch zu beenden. Endlich gab es eine vielversprechende neue Spur! Er rutschte seitlich aus der Kirchenbank und stand auf. Sara erhob sich ebenfalls.

»Ach, Moment!«, fiel ihr ein. »Da ist noch was. Ich glaube, der Weinert hat schon mindestens zweimal Schülerinnen belästigt. Und zwar an den letzten beiden Schulen, an denen er war.«

»Wie kommst du darauf?« Bodenstein war überrascht.

»Ich kann über nichts anderes mehr nachdenken«, erwiderte Sara. »Deshalb habe ich über den Weinert im Internet recherchiert. Und ich habe rausgefunden, dass er nie länger als zwei Jahre an einer Schule gewesen ist. Warten Sie, ich hab Ihnen eine Liste mitgebracht.«

Sie griff in ihre Jackentasche, förderte ein zusammengefaltetes Blatt Papier zutage und hielt es Bodenstein hin.

»Ich konnte die Schulen, an denen er war, bis 2004 zurückverfolgen«, sagte sie eifrig. »Marburg, Halle, Bremen, Straubing, Lörrach und seit 2017 bei uns. In verschiedenen Bundesländern. Das geht nur, weil er nicht verbeamtet ist. Er ist auch kein richtiger Lehrer, sondern ein Quereinsteiger.«

»Aha.« Bodenstein nestelte seine Lesebrille aus der Innentasche seines Sakkos und setzte sie auf. »Wie hast du das herausgefunden?«

»Ich bin ziemlich gut in allem, was mit Computern zu tun hat«, erwiderte Sara bescheiden. »Ich weiß halt, wo man suchen muss.«

Digital natives, dachte Bodenstein. Er konnte gerade mal sein Smartphone und den PC bedienen.

»In Straubing ist er von den Eltern einer Schülerin angezeigt worden, es ist aber nicht zu einem Prozess gekommen, weil sie sich außergerichtlich geeinigt haben. In Lörrach war es genauso.« Saras Augen waren dunkel vor Sorge. »Ich habe mit der Schülerin aus Lörrach Kontakt über Instagram. Sie studiert mittlerweile in England. Bei ihr hat's der Weinert genauso gemacht wie mit Lissy: in Mathe geholfen, zufällig beim Joggen getroffen, und auf einer Klassenfahrt hat er sich dann an sie rangemacht.«

***

»Mein Mandant wird sich nicht zur Sache äußern«, stellte der Anwalt von Volker Mazanek klar, gleich nachdem Pia die Informationen zur Vernehmung ins Mikrofon diktiert hatte.

»Zur Kenntnis genommen«, sagte sie und klappte den Schnellhefter auf.

Sie suchte Fotos von René Siegels zerfetzter Kehle heraus, die am Unfallort und später, bei besserer Beleuchtung, während der

Obduktion gemacht worden waren, und schob sie Mazanek hin. »Hier, Herr Mazanek, schauen Sie sich das an. Das waren Ihre Hunde. Thiago und Junior. Wir haben die Bestätigung aus dem Labor.«

»Sie müssen sich das nicht anschauen«, sagte der Anwalt schnell, aber Mazanek tat es trotzdem. Als Bestatter hatte er sicher schon einiges gesehen, trotzdem wurde er beim Anblick der heraushängenden Speiseröhre und des freigelegten Kehlkopfs blass.

»Ihre Hunde haben René Siegel in der Nacht vom 11. auf den 12. Dezember angegriffen, als er flüchten wollte und Sie dabei umgestoßen hat.« Pia beobachtete scharf jede Reaktion des Mannes, der neben seinem Anwalt saß. Sie hatten vorhin im Besprechungsraum diskutiert, wie sie weiter vorgehen wollten, und dabei hatten sie Volker Mazanek als schwächstes Glied der Kette ausgemacht. Er war durch die Liebe zu seinen Hunden angreifbarer als Markus Burkhardt, und er hatte in seiner Jugend Schreckliches erlebt, was ihn tief traumatisiert hatte. Es war in ethischer Hinsicht fragwürdig, einen so verletzlichen Menschen unter Druck zu setzen, aber manchmal heiligte der Zweck die Mittel. Sie mussten herausfinden, wer zu der Gruppe gehörte. Immerhin war es möglich, dass noch weitere »Projekte« in Planung waren, außerdem brauchten sie dringend Beweise oder Aussagen, denn bisher war es nur eine Vermutung, dass das Ehepaar Scharfenberg Daniel Radloff getötet hatte.

»Fila Braileiros gelten in Hessen als Listenhunde«, holte Pia zu einem Schlag unter die Gürtellinie aus. »Sie haben eine Genehmigung, diese Hunde zu halten, Herr Mazanek. Da jedoch von einem Augenzeugen bestätigt wurde, dass die Hunde frei und ohne Maulkörbe im Wald herumgelaufen sind, wurden sie mittlerweile sichergestellt und in ein Tierheim gebracht.«

Wie erhofft, reagierte Mazanek auf diese Nachricht. Seine Lider flatterten. Sein Adamsapfel bewegte sich auf und ab.

»Ihre Hunde haben *Menschen* angefallen, Herr Mazanek. Das ist eigentlich ein Todesurteil für einen Hund. Als Hundetrainer wissen Sie das natürlich.«

»Auf was wollen Sie hinaus?«, wollte der Anwalt wissen.

»Thiago und Junior sind bis jetzt noch nie negativ aufgefallen«, sagte Pia. »Ich kann mir vorstellen, dass man den Tieren von Amts wegen noch eine Chance einräumt, indem man sie einem Wesenstest unterzieht.«

Der Anwalt durchschaute Pias Taktik.

»Das ist Erpressung«, beschwerte er sich. »Sie setzen meinen Mandanten unter Druck. Er wird sich trotzdem nicht zur Sache äußern.«

»Herr Mazanek, wer hat Abdeel Odumosu getötet?« Cem, der diesmal mit Pia die Vernehmung führte, achtete nicht auf den Einwand des Anwalts.

Volker Mazanek antwortete nicht. Er starrte auf die Tischplatte. Sein Atem ging schwer.

»Wer hat Walid Bouaziz mit dem Auto am S-Bahnhof Niederbrechen abgeholt und ihn später wieder hingefahren? Waren Sie das? Oder waren Sie schon im Wald, mit Ihren Hunden? Haben Sie sie heißgemacht, damit sie René Siegel zerfleischen, falls er flüchten sollte?«

Cem bombardierte den Mann mit Fragen, in der Hoffnung, ihn weichzukochen. Es gelang ihm nicht. Mazanek antwortete auf keine der Fragen. Schweigen war eine beliebte Strategie. Von Beschuldigten, aber auch von der Polizei. Pia hasste es, wenn Beschuldigte schwiegen. Und das taten sie oft. Meistens auf Anraten ihrer Anwälte.

»Gut, Herr Mazanek«, sagte Pia. »Es ist Ihr Recht zu schweigen. Wir haben letzte Nacht zwei Ihrer Bekannten festgenommen, als sie Waffen und andere Gegenstände verschwinden lassen wollten. Wir konnten zahlreiche Beweismittel sicherstellen, die jetzt im Labor untersucht werden. Kathrin Fachinger ist tot. Konstantin Hawelka ist tot. Wolf Sollberg ist untergetaucht. Aber Sie sind hier. Ich bin optimistisch, dass wir auf den sichergestellten Gegenständen Spuren finden werden, mit denen wir beweisen können, dass Sie an zahlreichen Entführungen, Tötungen und Leichenentsorgungen beteiligt waren. Wir werden Leute finden, die das bezeugen können. Sie werden ins Gefängnis gehen. Und zwar für eine sehr lange Zeit. Selbst wenn Ihre Hunde nicht eingeschläfert werden, werden Sie sie nicht mehr wiedersehen. Und sie werden kein schönes Leben mehr haben, Ihre armen Hunde. Sie werden wohl im Tierheim bleiben müssen, in engen Boxen. Was das für so große, schwere Hunde bedeutet, wissen Sie ja.«

Der Anwalt protestierte. Aber Pia hatte mit ihren Worten bei Mazanek einen Wirkungstreffer erzielt. Der Bestatter war nervös geworden. Er schluckte.

»Sie haben verstanden, dass man Sie der Gründung einer kriminellen Vereinigung, des gemeinschaftlichen Menschenraubes und der Freiheitsberaubung in mehreren Fällen verdächtigt, nicht wahr?«

Mazanek nickte.

»Ihr Anwalt kann Ihnen erklären, was die Kronzeugenregelung bedeutet. Er wird Ihnen sagen, dass nur derjenige von dieser Regelung profitiert, der sie als Erster in Anspruch nimmt.« Pia griff nach den Fotos und steckte sie wieder in den Schnellhefter. »Wir werden jetzt mit Ihren beiden Kompagnons sprechen. Wenn die Ihnen zuvorkommen, gibt es keine Chance mehr auf Strafmilderung.«

***

Irgendwo hinter den tief hängenden Wolken war die Sonne aufgegangen, aber mehr als dieses graue Zwielicht würde der Tag wohl nicht bringen. Bodenstein stellte sein Auto vor der S-Bahn-Station in Niederhöchstadt ab und ging in die mit Graffiti beschmierte Unterführung, durch die man zu den Bahnsteigen gelangte. Über ihm fuhr donnernd eine S-Bahn ein, ein paar Leute spurteten die Treppe hoch, um den Zug nicht zu verpassen. Drei Frauen, nicht jung, nicht alt, kamen wenig später die Treppe hinunter und gingen an ihm vorbei, ohne ihn zu beachten. Ihre grauen, müden Gesichter verrieten eine lange Nacht; vielleicht hatten sie in einem Krankenhaus gearbeitet oder in einer Putzkolonne, die nachts Bürotürme in Frankfurt reinigte.

Ein junger Radfahrer mit Kopfhörern in den Ohren sauste die Fahrradrampe hinunter, umfuhr im Slalom die Frauen, die erschrocken zur Seite sprangen. Eine rief ihm etwas in einer slawisch klingenden Sprache hinterher. Ihr Schimpfen verklang, und Bodenstein war allein.

Was hatte sich am 6. Dezember abends hier abgespielt? Die Mädchen, die von der Eislaufbahn gekommen waren, hatten schon von Weitem die S-Bahn einfahren sehen und sich beeilt, um den Zug noch zu erwischen. Lissy Böhlefeld war ein ganzes Stück vor ihren Freundinnen hergelaufen. Die Aufnahmen der Überwachungskamera hatten gezeigt, wie ein Mann mit einer farblich abgesetzten Daunenjacke und Kapuze Wagen 6 der S3 verlassen hatte. Die Kumpels, mit denen er später am Abend in Frankfurt unterwegs gewesen war und auch die Fotos und Videos, die einer von ihnen gemacht hatte, hatten bestätigt, dass Farwad Mahmoudi eine solche Jacke getragen hatte. Lissy musste ihm genau in dem Augenblick begegnet sein, als er die Treppe hinuntergekommen war. Bodenstein ging zurück zum Parkplatz. Lissy Böhlefeld hatte ihr Handy um 19:22 Uhr in den Flugmodus gestellt, wahrscheinlich kurz bevor sie Mahmoudi getroffen hatte. Warum war sie mit ihm weitergelaufen, statt auf dem Parkplatz auf Weinert zu warten, wie verabredet? Hatte sie sich wirklich mit ihrem Lehrer verabredet, oder war die ganze Geschichte eine Ausgeburt ihrer Fantasie gewesen? Was, wenn es stimmte, Lissy es sich aber im letzten Moment anders überlegt hatte? Nicht selten klaffte zwischen Traum und Wirklichkeit eine tiefe Kluft, und vielleicht hatte sie Weinerts Auto gesehen und kalte Füße bekommen. Warum hatte sie ihr Handy nicht wieder eingeschaltet? Teenager bedienten ihre Smartphones beiläufig; sie mussten dazu nicht stehen bleiben, eine Brille aufsetzen und über einen Zahlencode nachdenken, wie es ältere Semester taten.

Angenommen, Lehrer Weinert hätte verabredungsgemäß auf dem Parkplatz im Auto gesessen, die Nerven zum Zerreißen gespannt, aus Sorge vor einer möglichen Entdeckung und im Bewusstsein, etwas höchst Verbotenes zu tun. Er hatte Lissy vorbeigehen sehen, in Begleitung eines anderen Mannes. Vielleicht hatte er vergeblich versucht, sie anzurufen. Hatte er sich einfach über das Mädchen geärgert und war nach Hause gefahren, oder war er ihr gefolgt? Hatte er sie angesprochen, nachdem sie sich von

Mahmoudi verabschiedet hatte und losgelaufen war? Möglicherweise hatte er sie an ihre Verabredung erinnert, woraufhin sie ihn zurückgewiesen hatte. Hatte er das Mädchen im Affekt getötet, erdrosselt mit dem Schal, den er ihr geschenkt hatte? Zurückweisung und Kränkung waren keine seltenen Tatmotive.

Bodenstein ging durch die zweite Unterführung. Er sah die Pizzeria, die Marcella erwähnt hatte. Ging noch ein Stück weiter und bog in die Straße ein, wie Lissy und Farwad Mahmoudi es nach Angabe ihrer Freundinnen an dem Abend getan hatten. Schon von Weitem konnte er am unteren Ende der Straße die roten Wellblechwände der Flüchtlingsunterkunft erkennen, die direkt am Ortseingang von Schwalbach lag.

Wenig später überquerte er die Niederräder Straße und stand auf dem Bürgersteig vor der Unterkunft, nur wenige Meter vom inneren Hof des Gebäudes entfernt. Die Zeugin hatte von hier aus Lissy und Mahmoudi beim Reden und Rauchen gut sehen können. Bodenstein drehte sich um. Auf einer Wiese, direkt an der Ab- und Auffahrt zur Umgehungsstraße, errichteten städtische Arbeiter gerade eine Plakatwand.

Hier war Lissy Böhlefeld zuletzt lebend gesehen worden. Was war passiert, nachdem sie sich von Mahmoudi verabschiedet hatte? Wohin war sie gegangen? Hatte sie ihr Handy vielleicht nicht mehr eingeschaltet, damit Weinert sie nicht anrufen und bedrängen konnte?

Er ging den Weg, den er gekommen war, zurück. Setzte sich in sein Auto, fuhr an der Flüchtlingsunterkunft vorbei durch Schwalbach bis zu den Tennisplätzen. Es war ziemlich mutig von Sara Korbmacher, sich gegen den ausdrücklichen Wunsch ihrer Eltern heimlich mit der Kriminalpolizei in Verbindung zu setzen. Er hatte nicht den Eindruck gehabt, dass sie sich hatte wichtigmachen wollen, ganz im Gegenteil: Sie war ängstlich und verwirrt und enttäuscht, weil sie nicht wusste, was sie wirklich glauben sollte. Sie hatte die schwere Anschuldigung gegen ihren Lehrer nicht leichtfertig ausgesprochen, oder um sich an ihm für irgendetwas zu rächen. Und deshalb nahm Bodenstein sie ernst.

Er fuhr auf den leeren Parkplatz hinter der Tennishalle, ließ das

Auto stehen und ging zu Fuß weiter, vorbei an den verwaisten Tennisplätzen und dem Tierheim, in dem Lissy Böhlefeld gearbeitet hatte. Diesen Weg musste sie häufig entlanggelaufen oder mit dem Fahrrad gefahren sein. Wie oft war sie an dem Marienbildstock vorbeigekommen? Hatte dieser Ort womöglich eine Bedeutung für sie gehabt, von der ihr Mörder gewusst hatte? Oder war es purer Zufall, dass er ihre Leiche genau dort abgelegt hatte und nicht irgendwo anders?

Sein Handy klingelte. Es war Kai. Er hatte die Adresse des Lehrers ausfindig gemacht.

»Wie geht's dir, Chef?«, fragte er. »Kommst du heute noch mal ins Büro? Hier ist richtig was los.«

»Dann gehe ich lieber noch ein bisschen spazieren«, erwiderte Bodenstein eilig, bevor Kai zu einem Bericht ausholen konnte. Seine Konzentration reichte momentan nur für eine Sache. »Mir geht's gut. Wirklich. Macht euch keine Gedanken.«

»Okay.« Kai klang nicht wirklich überzeugt. »Wozu du die Adresse von diesem Typen brauchst, verrätst du uns aber noch, oder?«

Hinter der Kurve zwischen blattlosen Bäumen und winterkahlem Gestrüpp tauchte der Marienbildstock auf. Davor stand eine blonde Frau in einem grünen Anorak, Jeans und braunen Stiefeln.

»Ich muss jetzt Schluss machen«, sagte Bodenstein und drückte das Gespräch weg, bevor Kai noch etwas sagen konnte. Er verlangsamte sein Tempo, hoffte, dass die Frau den Kopf heben und ihn anblicken würde, denn er wollte sie nicht erschrecken. Aber sie starrte völlig versunken auf die erfrorenen Blumen und erloschenen Kerzen, die fremde Menschen unter dem Dach des Häuschens abgelegt hatten.

»Hallo, Frau Böhlefeld«, begrüßte Bodenstein sie.

***

Vivien Beiswenger hatte auf anwaltlichen Beistand verzichtet, trotz Belehrung darüber, dass man sie als Beschuldigte vernahm, nicht als Zeugin. Sie hatten ihr dieselben Fragen gestellt wie Volker Mazanek, ihr die grausigen Fotos von René Siegel und darüber hinaus Bilder von Konstantin Hawelkas abgerissenem Kopf und Kathrin Fachingers Leiche im Schutt des zerstörten Sitzungssaals gezeigt. Nun saß sie da, so zart und zerbrechlich wie eine Porzellanpuppe, wäre da nicht die schwarze Einbrecherkluft gewesen. In ihren Rehaugen schimmerten Tränen, und ihre Unterlippe zitterte, aber das rührte Pia kein bisschen. Frauen wie Vivien Beiswenger weckten oft bei Männern den Beschützerinstinkt, aber bei Cem schien es nicht zu verfangen. Er bombardierte sie mit Fragen und wurde dabei immer aggressiver, was sie sichtlich einschüchterte.

Vivien Beiswenger schien nicht ihr richtiger Name zu sein, und falls doch, dann war sie nicht in Deutschland gemeldet. Sie hatte keine Angaben zu ihrer Person gemacht, sich nicht dazu geäußert, wie sie zu der Gruppe gestoßen war, weshalb sie mit einem gefälschten Führerschein einen Kleinlaster gemietet und mit Markus Burkhardt einen Lagerraum randvoll mit illegalen Waffen ausgeräumt hatte. Ihre Fingerabdrücke waren in keiner Datenbank gespeichert, ihre DNA vielleicht schon, das blieb abzuwarten.

»Wahrscheinlich glauben Sie wirklich, Sie würden für Gerechtigkeit sorgen und die Opfer und deren Hinterbliebene rächen, indem Sie Recht und Gesetz ignorieren und Selbstjustiz üben«, sagte Cem gerade. »Aber das tun Sie nicht! Sie nutzen auf schändliche Art und Weise die emotionale Ausnahmesituation der Angehörigen aus und setzen sie unter Druck. Sie reden ihnen ein, sie würden Erleichterung erfahren, wenn sie Vergeltung geübt hätten. Aber das ist nicht wahr! Konstantin Hawelka konnte seine Schuldgefühle nicht mehr ertragen und hat fünf Menschen mit sich in den Tod gerissen. Sie haben ihn doch gut gekannt – kann es sein, dass sein Schicksal und seine Seelenqualen Sie völlig kaltlassen?«

Vivien Beiswenger blickte kurz auf, und für eine Sekunde glaubte Pia, Cem hätte einen wunden Punkt getroffen, einen Trigger, der sie ihr Schweigen brechen lassen würde, aber im nächsten Moment schaute sie schon wieder stumm auf die Tischplatte.

»Was sind Sie bloß für eine gewissenlose Person!«, platzte es aus Cem heraus. »Wie können Sie sich überhaupt noch im Spiegel anschauen?«

Pia berührte kurz den Arm ihres Kollegen zum Zeichen, dass sie jetzt übernehmen würde. Bei jedem von ihnen lagen die Nerven blank. Literweise Kaffee und Energydrinks sorgten zwar dafür, dass ihnen nicht die Augen zufielen, aber die schlaflose Nacht und die Anspannung forderten ihren Tribut. Sie alle brauchten dringend eine Pause, um nicht aus Müdigkeit und Überreizung Fehler zu machen.

»Sie haben keinen festen Wohnsitz in Deutschland«, sagte Pia zu der Frau mit dem Engelsgesicht. »Ihr Name ist wahrscheinlich genauso falsch wie der Führerschein, den Sie bei der Autovermietung vorgelegt haben. Der Haftrichter wird Sie heute Nachmittag auf keinen Fall gehen lassen, weil Flucht- und Verdunklungsgefahr besteht. Sie werden mindestens vierzehn Tage in Untersuchungshaft sitzen. Wir werden in dieser Zeit Beweise für das finden, was Sie getan haben. Wir haben bereits Zeugen, die das bestätigen werden. Sie kommen nicht davon. Sie werden für sehr, sehr lange Zeit im Gefängnis sitzen.«

Die Frau war schneeweiß im Gesicht. Sie wirkte verunsichert. Offensichtlich hatte sie nicht damit gerechnet, dass man sie festnehmen und dass die Polizei in so kurzer Zeit so viel herausfinden könnte.

»Wie viel Uhr ist es, bitte?«, fragte sie. Es war das erste Mal, dass sie überhaupt etwas sagte. »Und welcher Tag?«

»11:05 Uhr«, erwiderte Cem. »Mittwoch.«

Die Frau seufzte.

»Es tut mir leid«, sagte sie. »Ich kann nichts sagen. Noch nicht.«

Cem setzte schon zu einer Frage an, aber Pia signalisierte ihm mit einer kleinen Handbewegung, nichts mehr zu sagen.

»Gut.« Sie suchte alle Unterlagen und Fotos zusammen und verstaute sie wieder in dem Schnellhefter. »Sie werden heute Nachmittag dem Haftrichter vorgeführt. Sollten Sie es sich vorher noch anders überlegen und doch mit uns reden wollen, könnte sich das zu Ihrem Vorteil auswirken.«

Die Frau antwortete darauf nicht, und Cem und Pia verließen grußlos den Vernehmungsraum. Nicola Engel und Tanja Gatzke kamen aus dem Nebenraum und schlossen sich ihnen an, gemeinsam nahmen sie die Treppe in den ersten Stock.

»Weshalb hat sie wohl nach der Uhrzeit und dem Tag gefragt?«, fragte Tanja Gatzke.

»Nach dem Selbstmordattentat von Hawelka habe ich ein absolut mieses Gefühl«, entgegnete Cem grimmig. »Vielleicht haben sie irgendwo eine Bombe deponiert und halten alle das Maul, bis die hochgegangen ist.«

»Das könnte eine Erklärung sein.« Nicola Engel war besorgt. Sie war noch nicht nach Wiesbaden gefahren, weil sie hoffte, dass Kai, Tariq, Krögers Abteilung oder das Kriminallabor auf irgendeine Spur, einen Treffer oder einen Personenbeweis stoßen würden, mit dem sie fehlende Ermittlungsergebnisse beschönigen konnte. Indes, es war nichts in Sicht. Und Bodenstein war völlig abgetaucht, reagierte nicht mal mehr auf Anrufe.

»Oder sie haben noch eine weitere Tötung geplant«, warf Pia ein.

Sie blickten sich an. Erschöpft. Frustriert. In drei Vernehmungen hatten sie absolut nichts herausgefunden.

***

»Ich komme jeden Tag hierher.« Anne Böhlefeld steckte ihre Hände in die Jackentaschen. »Hier fühle ich mich Lissy nahe. Obwohl sie ja schon tot gewesen ist, als sie hierhergebracht wurde, nicht wahr?«

»Das nehmen wir an.«

»Sie wissen aber noch immer nicht, wo mein Kind tatsächlich gestorben ist.«

»Nein. Bisher nicht.« Es behagte Bodenstein nie, mit Angehörigen über solche Details zu sprechen, erst recht nicht während laufender Ermittlungen. Die meisten Betroffenen akzeptierten irgendwann den Hinweis auf ermittlungstaktische Erwägungen und gaben sich mit dem zufrieden, was ihnen mitgeteilt wurde, nicht so Anne Böhlefeld. Sie erwies sich als ausgesprochen penetrant, selbst nachdem er ihr deutlich zu verstehen gegeben hatte, dass er mit ihr zum jetzigen Zeitpunkt nicht darüber sprechen würde. Mit ihrer Hartnäckigkeit verspielte sie allmählich jede Sympathie, die er ihr entgegengebracht hatte.

»Wir werden ab heute überall in der Gegend Plakate aufhängen, mit denen wir die Bevölkerung darum bitten, sich daran zu erinnern, ob sie am Abend des 6. Dezember irgendetwas beobachtet haben.« Er spürte, wie ihm die Kälte durch die Schuhsohlen drang und seine Füße in Eisklumpen verwandelte.

»Und Sie glauben wirklich, das hilft?« Anne Böhlefeld schnaubte. »Wer bis jetzt noch nichts davon mitbekommen hat, dass meine Tochter ermordet worden ist, dem helfen Plakate auch nicht.«

»Wir versprechen uns von den Plakaten einiges.« Bodenstein überhörte den Vorwurf. »Erinnerungen verfliegen schnell. Oft weiß man schon am nächsten Tag nicht mehr, was man zu Mittag gegessen hat oder ob Besuch am Mittwoch oder am Donnerstag da gewesen ist. Aber wenn man eine Erinnerung mit einem konkreten Ereignis verknüpft hat, sieht das schon anders aus.«

»Wenn Sie meinen.«

»Lassen Sie uns zurückgehen«, schlug er vor. »Ich kann Sie nach Hause fahren, wenn Sie möchten.«

»Das ist nicht nötig, vielen Dank. Ich bin selbst mit dem Auto da.«

Sie schlenderten Richtung Tierheim und Tennisanlage, und bevor sie ihm eine nächste Frage stellen konnte, kam Bodenstein ihr zuvor.

»Hawelka hat Ihnen eine Waffe mitgebracht, als er am Samstag zu Ihnen in die Apotheke gekommen ist«, sagte er. »Habe ich recht?«

»Ja«, gab Anne Böhlefeld nach kurzem Zögern zu. »Eine Pistole mit Schalldämpfer.«

Sie ließen eine Gruppe Kindergartenkinder passieren, eskortiert von Müttern oder Erzieherinnen, die immun gegen den höllischen Lärm zu sein schienen, den zwanzig Kleinkinder produzierten.

»Und Sie waren auch in dem Keller in Kronberg«, sagte Bodenstein. Eine Feststellung, kein Vorwurf.

»Ja. Das war ich.«

Sie gingen nebeneinanderher, ohne sich anzusehen. Anne Böhlefeld fühlte sich unwohl im direkten Gegenüber mit Blickkontakt, das hatte Bodenstein schon bei ihrem ersten Gespräch bemerkt. So fiel es ihr vielleicht leichter, zu reden.

»Warum haben Sie Mahmoudi nicht erschossen?«

»Ich habe darüber nachgedacht, es zu tun«, gab sie freimütig zu. »Ich habe in Gedanken hundertmal durchgespielt, wie ich die Treppe runtergehe und ihn sehe und wie er um sein Leben bettelt.«

Sie verstummte, weil ihnen eine Gruppe von Frauen mit einem Rudel Hunde entgegenkam. Von hinten überholte sie ein Jogger.

Es war eine Menge los. Erstaunlich viele Leute benutzten an einem nebligen, düsteren Wintermorgen wie heute den asphaltierten Weg, der am Bach entlang von Schwalbach nach Sulzbach führte.

»Ich war fest entschlossen, es zu tun, als ich hingefahren bin«, sprach Anne Böhlefeld weiter, als der Jogger vorbeigelaufen war. »Aber die Realität ist eben doch was anderes als eine Fantasie. Es würde Lissy nicht mehr lebendig machen, wenn ein anderer Mensch stirbt. Ich habe geschossen, aber nur in die Wand. Ein paarmal. Um meine Wut abzureagieren, vielleicht.«

Die Geschichte überraschte Bodenstein nicht. So ähnlich hatte er sich das vorgestellt. Sie hatte laut schriftlicher Anweisung die Patronenhülsen – bis auf eine, die sie übersehen hatte – aufgesammelt und war wieder gegangen, aber ihr Gewissen hatte sie dazu gebracht, ihm den Aufenthaltsort des jungen Mannes zu verraten.

»Es war gut, dass Sie es nicht getan haben«, sagte er. »Ich kann mir beim besten Willen nicht vorstellen, dass so etwas auf Dauer Erleichterung oder Genugtuung bringt. Nicht, wenn man ein Mensch mit einem funktionierenden Wertesystem ist.«

»Ja, das glaube ich auch«, pflichtete ihm Anne Böhlefeld bei.

»Wo ist die Waffe jetzt?«, wollte er wissen.

»Ich habe getan, was mir der Mann gesagt hat. Ich habe sie nur mit Handschuhen angefasst. Und danach habe ich sie in einen See geworfen. Den Schalldämpfer habe ich behalten. Und eine Patrone.«

Die Lüge kam ihr zu glatt über die Lippen, genauso wie die geheuchelte Einsicht davor. Wie sie da neben ihm herging, mit festen

Schritten und erhobenem Kopf, strahlte Anne Böhlefeld eine Entschlossenheit aus, die Bodenstein alarmierte. Nicht auszudenken, was sie tun würde, wenn sie erfuhr, was ihm Sara Korbmacher über Lissy und ihren Lehrer erzählt hatte! Und sie würde es ganz sicher erfahren, es war nur eine Frage der Zeit.

Bodenstein beschloss, das Thema vorerst auf sich beruhen zu lassen, allerdings musste umgehend ein Durchsuchungsbeschluss für das Haus der Böhlefelds besorgt werden.

Eine Weile gingen sie schweigend weiter. Zwei Fahrradfahrer überholten sie. Eine Sportgruppe mit Nordic-Walking-Stöcken.

Das Tor des Tierheims stand offen, als sie daran vorbeigingen. Im Hof stand ein Lieferwagen mit geöffneter Ladeklappe. Eine Frau mit violett gefärbten Haaren und ein junger Mann mit Pferdeschwanz waren damit beschäftigt, Säcke von der Ladefläche auf eine Schubkarre zu wuchten.

»Sie entschuldigen mich kurz?« Anne Böhlefeld ging zu den beiden hin und sprach sie an.

Bodenstein blieb auf dem Weg stehen und beobachtete, wie sich die Körpersprache der Tierheim-Mitarbeiter veränderte, als sie die Mutter ihrer ermordeten Aushilfe erkannten. Es würde noch lange dauern, bis andere Menschen Anne Böhlefeld wieder unbefangen begegnen konnten.

Nach fünf Minuten kehrte sie zurück. Sie sagte nichts über die Begegnung mit den Tierheim-Leuten, sondern ging einfach weiter, und Bodenstein fragte nicht.

»Warum hat man sie bloß hinter diesem Marienaltar abgelegt?«, fragte sie plötzlich. »Was hat das zu bedeuten?«

»Diese Frage stellen wir uns auch«, antwortete Bodenstein. »Vielleicht war es eine religiöse Sache. Lissy war christlich erzogen. Ihre ganze Familie ist religiös.«

»Lissy war evangelisch, darauf hat mein Mann großen Wert gelegt.«

»Aha.« Bodenstein wusste nicht, worauf sie hinauswollte.

»Marienverehrung ist eine rein katholische Sache«, erklärte sie ihm ein wenig von oben herab. »Protestanten haben mit der Jungfrau Maria nichts am Hut.«

»Dann hatte es vielleicht doch keinen religiösen Grund«, sagte Bodenstein. Sondern einfach einen praktischen, dachte er. Es hatte an dem Abend angefangen zu schneien. Wahrscheinlich hatte der Täter verhindern wollen, dass die Leiche schnell gefunden wurde. Aus diesem Grund hatte er sie auch nicht in das Häuschen gelegt, sondern dahinter. Bodenstein hielt es für denkbar, dass Lissys Leiche mit einem Auto zu dem Marienbildstock transportiert worden war. Zwar war der Weg für den Autoverkehr gesperrt, aber es ging am schnellsten, und an einem Winterabend war das Risiko, jemandem zu begegnen, sehr niedrig.

Bei den meisten Mordfällen, mit denen er in seiner Laufbahn zu tun gehabt hatte, hatte er recht schnell ein Gefühl dafür entwickelt, wer als Täter infrage kam. Aber dieser Fall war komplizierter. Natürlich wusste er, dass neunzig Prozent aller weiblichen Mordopfer in irgendeiner Beziehung zum Täter standen. Deswegen hatten sie Lissy Böhlefelds familiäres Umfeld so genau durchleuchtet und von jedem eine Speichelprobe genommen, aber alle Verwandten, insbesondere die männlichen, und auch die Nachbarn hatten hieb- und stichfeste Alibis für den Freitagabend.

Sie hatten den Parkplatz an der Tennishalle erreicht. Anne Böhlefeld ging zu ihrem Auto und öffnete es per Fernbedienung.

»Ich halte es für möglich, dass Lissy die Übernachtung bei Sara Ihnen gegenüber als Alibi benutzt hat, um sich in Wirklichkeit mit jemandem zu treffen«, näherte sich Bodenstein dem heiklen Thema an.

Anne Böhlefeld sah ihn über das Autodach an.

»Daran habe ich auch schon gedacht. Lissy und ich hatten ein gutes Verhältnis. Aber sie war ein Teenager.« Sie lächelte traurig. Die erste authentische Gefühlsregung, die sie heute zeigte. »Teenager erzählen ihren Müttern nicht mehr alles. Sie haben Geheimnisse.«

»Haben Sie von Lissy mal den Namen ›Damon‹ gehört?«, fragte Bodenstein.

»Gehört nicht«, sagte sie nach einem kurzen Zögern. »Aber ich habe den Namen gelesen. Kommen Sie mit zu uns nach Hause. Ich zeige Ihnen etwas.«

***

Das beharrliche Brummen drang in Pias Unterbewusstsein und weckte sie auf. Sie schlug die Augen auf und blinzelte desorientiert in die Helligkeit, bis ihr Gehirn hochgefahren war und die richtigen Schlüsse zog. Eigentlich hatte sie nur ein kurzes Nickerchen machen wollen, denn für ihren Biorhythmus war es fatal, tagsüber zu schlafen, aber trotz einer Überdosis Koffein im Blut und der summenden Energiefresser-Neonröhre an der Decke, war sie in einen tiefen, traumlosen Schlaf gefallen. Pia tastete nach ihrer Lesebrille, fand sie in einer Ritze zwischen Sitzfläche und Lehne der abgeschabten Couch und setzte sie auf. Bodenstein hatte versucht, sie zu erreichen! Sie schwang die Füße auf den Boden und tippte auf Rückruf. Er ging sofort nach dem ersten Klingeln dran.

»Hey, geht's dir gut?«, fragte Pia. »Wo bist du?«

»Ich bin im Lucania«, erwiderte Bodenstein. »Der Italiener neben der Tankstelle in Niederhöchstadt. Wir müssen uns treffen. Ich glaube, ich habe eine Spur im Fall Lissy Böhlefeld.«

Pia schaute auf die Wanduhr im Flur. 13:44 Uhr. Verdammt! Sie hatte viel länger geschlafen als beabsichtigt.

»Wen meinst du mit ›wir‹?«

»Nur Kai, Tariq, Cem und dich.«

»Okay.« Pia fragte ihren Chef nicht, warum er nicht einfach ins Büro kam. Er würde seine Gründe haben. »Ich suche die anderen. Gib uns eine halbe Stunde. Und bestell mir schon mal eine Thunfisch-Pizza.«

»Mit extra Sardellen«, ergänzte Bodenstein. »Geht klar.«

Pia setzte sich auf und schrieb eine kurze Nachricht in die K11-Chatgruppe – *13:55 Uhr vor dem Kranichzimmer, dringend!* –, dann erhob sie sich mit einem Stöhnen. Der kurze Mittagschlaf auf der durchgesessenen Couch war zwar gut für ihren Kopf, aber Gift für ihren Rücken gewesen. Sie löste ihr Haarband, glättete mit allen zehn Finger ihr zerwühltes Haar und band es wieder zu einem Knoten. Nach sechsunddreißig Stunden in denselben Klamotten fühlte sie sich verschwitzt und schmutzig. Am liebsten wäre sie jetzt nach Hause gefahren, um ausgiebig zu duschen und sich andere Sachen anzuziehen, aber es reichte nur zum Zähneputzen, für eine Katzenwäsche, einen frischen Slip und eine andere Fleecejacke, die sie für Fälle wie diesen immer in ihrem Spind aufbewahrte.

Im Flur warteten schon Tariq und Kai, Cem kam gerade gähnend um die Ecke.

»Was gibt's?«, fragte Tariq neugierig.

»Wo sind die Neue und die Engel?«, wollte Pia wissen.

»Tanja ist mit Burkhardt und Frau Beiswenger nach Frankfurt zum Haftrichter gefahren, und die Engel ist in Wiesbaden«, antwortete Kai. »Wieso?«

»Der Chef will, dass wir uns mit ihm treffen«, sagte Pia mit gesenkter Stimme. »Bei einem Italiener in Niederhöchstadt. In zwanzig Minuten. Er hat gesagt, er hätte eine Spur im Fall Lissy.«

»So was hab ich mir schon gedacht.« Kai nickte. »Er hat mich vorhin angerufen und gebeten, eine EMA zu machen.«

»Was soll diese Heimlichtuerei?«, fragte Tariq. »Warum bestellst du uns hier runter?«

»Keine Ahnung.« Pia zuckte die Schulter. »Ich hatte irgendwie das Gefühl, es dürfte niemand wissen. Der Chef sagte, nur wir vier sollten kommen.«

Sie sprachen leise. In den letzten vierundzwanzig Stunden hatte sich Argwohn eingeschlichen. Gewohnte Strukturen lösten sich auf, man setzte ihnen eine neue Kollegin vor die Nase, und keiner von ihnen wusste, wie er mit der Situation umgehen sollte. Die Alleingänge des Chefs machten es nicht besser.

»Kommt ihr mit oder nicht?«, fragte Pia ungeduldig. »Sonst fahre ich jetzt allein.«

»Italiener klingt gut.« Cem unterdrückte mit Mühe ein Gähnen. »Ich hab Hunger wie ein Bär.«

»Ich organisiere uns einen Dienstwagen«, sagte Tariq.

»Und du?« Pia schaute Kai an.

»Natürlich komme ich mit. Darf ich ja sonst nie«, erwiderte der und grinste.

***

Seit sie von ihrem Treffen mit dem Kommissar zurückgekommen war, tigerte Sara durchs Haus. Was passierte jetzt wohl gerade? War der Kommissar in die Schule gefahren, um den Weinert zu verhaften? Wie ging das vor sich? Würde er ihn ausrufen und ins Sekretariat kommen lassen, ihm dort Handschellen anlegen und durch einen Hinterausgang abführen? Sie stellte sich die Szene vor.

»Dennis Weinert, ich verhafte Sie wegen Mordes an Lissy Böhlefeld«, sagte sie laut. »Sie haben das Recht auf einen Anwalt. Sie müssen nichts sagen, was Sie selbst belasten würde …«

Oh Gott, was hatte sie bloß getan?

Es war ein Riesenfehler gewesen, mit dem Kommissar zu reden, ohne es ihren Eltern zu sagen! Sie hatte den Weinert, der immer total nett zu ihr war, bei der Kriminalpolizei angeschwärzt, ohne jeden Beweis! Was, wenn er unschuldig war und trotzdem ins Gefängnis musste?

Ihr war so übel, dass sie glaubte, sich übergeben zu müssen. Sollte sie ihre Eltern anrufen? Ihnen sagen, was sie getan hatte? Sara setzte ihre Wanderung durchs Haus fort. Beim Laufen konnte sie besser denken.

Wenn es doch anders gewesen war? Wenn Lissy sich das alles nur eingebildet hatte?

***

Auf der Fahrt nach Niederhöchstadt überlegte Pia, wann sie zum letzten Mal mit ihrem Mann gesprochen hatte. Die letzten Tage waren zu einem Ganzen verschmolzen, und sie musste in ihrem Chat nachschauen. Sie schrieb ihm eine Nachricht und versah diese mit mehreren netten Emojis. Exakt eine halbe Stunde nachdem Pia mit Bodenstein telefoniert hatte, betraten sie die Gaststätte. Der größte Ansturm zur Mittagszeit schien schon vorbei zu sein, es waren nur noch wenige Tische besetzt. Aus unsichtbaren Lautsprechern dudelte italienische Musik, es duftete appetitlich nach Knoblauch und Salbei. Auf einem großen Fernsehbildschirm lief ein Fußballspiel ohne Ton.

Pia blickte sich um und entdeckte ihren Chef an einem Tisch in der hintersten Ecke des Gastraums. Er hatte seine Lesebrille aufgesetzt und las etwas auf seinem Smartphone.

»Hey, da sind wir«, sagte Pia, und er blickte auf.

»Hallo! Danke, dass ihr gekommen seid.« Er nahm seine Brille ab. »Kommt, setzt euch.«

Sie hatten kaum ihre Jacken ausgezogen und Platz genommen, da wurde auch schon ihr Essen serviert, das Bodenstein dank einer Nachricht von Tariq bereits vorbestellt hatte. Pizza für Kai und Pia, Tagliatelle mit Lachs für Tariq und ein Kalbskotelett für Cem.

»Wie geht's dir?«, fragte Kai und verscheuchte damit die Befangenheit, die seit Montag zwischen ihnen stand.

»Auf einer Skala zwischen null und zehn stehe ich irgendwo bei minus zwanzig«, erwiderte Bodenstein. »Aber das wird schon wieder. Tut mir leid, dass ich euch gestern im Stich gelassen habe.«

Damit war das Thema ausreichend erläutert.

»Schieß los, Chef! Was hast du?«, fragte Kai. Er ignorierte das Besteck und aß seine Pizza mit den Fingern.

»Erst ihr«, sagte Bodenstein. »Was war gestern Abend noch los?«

»Lang- oder Kurzfassung?«

»Kurz.«

Während sie aßen, berichteten sie abwechselnd, wie sich die Ereignisse überschlagen hatten, nachdem Marco Wesenick gestern Abend noch einmal angerufen hatte. Sie erzählten von der Aktion im BluSky-Lagerhaus, der Festnahme von Markus Burkhardt und Vivien Beiswenger, von den Waffenfunden, und Bodenstein hörte schweigend zu, nur bei Markus Burkhardt hakte er einmal kurz nach.

»Ich kenne ihn«, sagte er nachdenklich. »War er nicht beim BND?«

»Ja, genau. Der ist es«, bestätigte Kai. »Wir waren zusammen beim SEK, danach ist er zum BND gegangen.«

Bodenstein runzelte nachdenklich die Stirn. »Ich weiß nicht mehr, woher ich diese Information habe, aber wenn ich mich richtig erinnere, war er beim BND zuständig für Geiselrückholungen aus Krisengebieten.«

»Das würde ja passen«, sagte Cem. »So jemand weiß, wie man Leute entführt.«

Sie fuhren fort mit ihrem Bericht, kamen zu Kathrins Unterlagen in den drei Ordnern, zu den akribisch ausgearbeiteten Mordplänen und den Namenskürzeln, die Kathrin jeweils darunter vermerkt hatte. Die Beweise für ihre Schuld waren erdrückend. Sie war nicht nur eine Mitläuferin gewesen, sondern einer der Köpfe dieser Mörderorganisation. Über Jahrzehnte hinweg hatte sie etwas Monströses getan und damit alles verraten, woran man als Polizist glauben sollte.

»Wir vermuten, dass sie ursprünglich nur Vergeltung für den Mord an Kathrins Eltern und den sexuellen Missbrauch von Volker Mazanek und seiner Schwester üben wollten, aber dann haben sie nicht aufgehört, sondern weitergemacht«, sagte Pia. »Sie hatten alle irgendein Trauma oder einen schweren persönlichen Verlust erlitten und waren überzeugt, die Justiz hätte nicht genug getan, um Gerechtigkeit herzustellen.«

»Markus Burkhardts Vater wurde von der RAF erschossen, als er zehn Jahre alt war«, zählte Kai auf. »Bei Wolf Sollberg dürfte es die Gefangenschaft bei den Taliban mit Folter und dem Tod seiner Kameraden gewesen sein. Deshalb haben sie seinen damaligen Kommandeur entführt und getötet. Richter Hawelka hat Ehefrau und Sohn durch einen Gullydeckelwerfer verloren.«

»Wir haben aus Burkhardt, Mazanek und Vivien Beiswenger absolut nichts herausbekommen«, sagte Cem kauend. »Nicht mal die Aussicht auf U-Haft hat sie dazu gebracht, irgendeine unserer Fragen zu beantworten. Vivien Beiswenger hat nur wissen wollen, wie viel Uhr es ist und welcher Tag, und dann hat sie gesagt, sie könne noch nichts sagen.«

»*Noch* nichts, hat sie gesagt?«, fragte Bodenstein nach.

»Ja. Wir haben den Eindruck, als ob sie auf irgendetwas warten«, bestätigte Pia. »Deshalb halten wir es für möglich, dass noch eine Tötung geplant ist oder ein weiterer Bombenanschlag.«

»Cem, Tanja und ich gehen gerade alle ›Projekte‹ durch, denen Kathrin eine hohe Priorität eingeräumt hat, und versuchen herauszufinden, wo sich die möglichen Zielpersonen aufhalten«, sagte Kai.

Bodenstein nahm eine Scheibe Brot aus dem Körbchen und begann gedankenverloren, sie zwischen seinen Fingern zu zerpflücken.

»Wir hatten also recht. Zu der Gruppe gehören Leute von uns«, sagte er.

»Und es könnten noch mehr sein«, vermutete Pia. »Aus dieser kleinen Gruppe um Kathrin, ihren Bruder und seine Freunde ist im Laufe der Jahre ein großes Netzwerk geworden. Leute, die Gefälligkeiten schulden. Informanten. Handlanger. Sie haben immer mehr Leute mit reingezogen.«

»Hawelka hat anfänglich vielleicht wirklich Genugtuung empfunden, aber am Ende ist er an dem, was er getan hat, zerbrochen.« Bodensteins Finger formten kleine Brotkügelchen, die er in einer Reihe auf der Tischdecke platzierte. »Er war ein guter, angesehener Richter. Dann ist er durch die Gruppe auf den falschen Weg geraten. Das hat ihm den Rest gegeben.«

»Für Marco Wesenick war die Ermordung des Messerstechers, der er beigewohnt hat, das Schlimmste, was er je erlebt hat.« Cem griff nach dem Brotkorb, stellte fest, dass er leer war, und signalisierte der Bedienung, die gelangweilt hinter dem Tresen auf ihrem Handy herumspielte, dass sie Nachschub bringen sollte. »Und Walid Bouaziz war auch fix und fertig von seinen Erlebnissen im Wald.«

»Weil sie keine Psychopathen mit Freude am Töten, sondern Menschen mit einem normalen Verständnis für Recht und Unrecht sind«, sagte Bodenstein. »Es sind immer die Gequälten, die andere quälen.«

»An diesem Fall hätte Dr. Harding seine Freude.« Tariq schob sich die letzte Gabel Pasta in den Mund und kaute mit vollen Backen.

»Ich gleiche alle ausgeführten Morde mit den ungeklärten Fällen ab, die ich in Vermi/Utot gefunden habe.« Auch Kai war mit seiner Pizza fertig. »Es gibt erstaunlich viele ungeklärte Fälle, die unseren Suchkriterien entsprechen, also Straftäter, die entweder nach Verbüßung ihrer Haftstrafe oder direkt nach der Tat verschwunden oder tot aufgefunden worden sind.«

»Wieso ist das bei keiner Datenbankanalyse aufgefallen?«, fragte Bodenstein.

»Es gibt keine erkennbaren Analogien bei der Tatausführung. Wenn man nicht gezielt nach diesem speziellen Straftäter-Muster sucht, fällt es nicht auf, denn es gibt weder regionale Häufungen noch eine klar erkennbare Täterhandschrift, die auf einen Serienkiller hinweisen könnte.«

»Seid ihr schon dazu gekommen, die Fallakten vom Tankstellenmord und dem ICE-Schubser durchzugehen?«

»Die Neue wollte sich darum kümmern. Wieso?«

»Wie konnte jemand so schnell an Mahmoudis Wohnadresse sein?«, antwortete Bodenstein. »Wie konnten der Messerstecher an der Tankstelle und der ICE-Schubser so schnell gekidnappt werden? Wir wissen doch alle, wie lange es dauert, bis alle Befehlsketten durchlaufen sind und sich etwas tut. Oft genug gehen uns Täter durch die Lappen, weil wir nicht schnell genug vor Ort sind.«

»Du meinst also auch, jemand von der Schutzpolizei könnte mit drinhängen?«, fragte Cem.

»Ja, das vermute ich.« Bodenstein kehrte mit der Handkante alle Brotkügelchen zusammen. »Alles andere ergibt keinen Sinn.«

***

Sie zitterte am ganzen Körper, und in ihrem Kopf herrschte ein wildes Durcheinander. Es war keine gute Idee, in diesem Zustand Auto zu fahren, aber sie konnte jetzt unmöglich zu Hause herumsitzen und auf Jörg warten. Sie musste auf der Stelle mit Sara reden. Hören, ob das, was ihr Bernice und Sabina, die Mütter von Marcella und Lynn, gerade in ihrer Küche bei einer Tasse Tee im Vertrauen erzählt hatten, tatsächlich stimmte oder ob es nur dummes Gerede war. Sie waren ihr aus dem Weg gegangen, obwohl sie sich schon kannten, seitdem ihre Töchter zusammen im Kindergarten gewesen waren. Zwar hatten sie Blumen geschickt und wunderbar mitfühlende Karten geschrieben, aber sie kein einziges Mal besucht.

Plötzlich sah sie Lissys lächelndes Gesicht überlebensgroß vor sich. Vor Schreck bremste sie zu spät. Ratternd griff das ABS ein, sonst wäre sie dem Auto, das vor ihr an der roten Ampel stand, hinten draufgeknallt. Sie atmete ein paarmal tief durch, hielt mit beiden Händen das Lenkrad umklammert. Das war also das Plakat, das ihr der Kommissar angekündigt hatte. Es stand tatsächlich an prominenter Stelle am Rand der Kreuzung zur Limesspange, riesig und unübersehbar.

LISSY WURDE AM 6. DEZEMBER ZUM LETZTEN MAL
GEGEN 19:45 GESEHEN. HABEN SIE AM
NIKOLAUS-TAG UM DIESE UHRZEIT
ODER SPÄTER ETWAS BEOBACHTET,
WAS HELFEN KÖNNTE, LISSYS MÖRDER ZU FINDEN?

Anne starrte das Gesicht ihrer Tochter an. Hatte sie Jörg eigentlich von den Plakaten erzählt? Sie konnte sich nicht mehr daran erinnern. Ihn würde der Schlag treffen, wenn er unerwartet Lissys Foto sah. Sie musste ihn anrufen, vorwarnen. Ihm erklären, was die Polizei damit …

Hinter ihr hupte jemand. Die Ampel war grün, aber sie konnte sich einfach nicht von Lissys Augen losreißen. Nun hupten mehrere Autos. Die Ampel wurde wieder gelb und dann rot. Sie starrte auf die Plakatwand. Wann war das Foto von Lissy entstanden? Es konnte noch nicht sehr alt sein. Anne erinnerte sich auch nicht mehr daran, ob sie es der Polizei zur Verfügung gestellt hatte.

Jemand klopfte an ihre Fensterscheibe.

»Hallo? Geht's Ihnen nicht gut? Ist alles okay?« Ein Mann. Er wirkte eher besorgt, nicht wütend.

Anne ließ die Scheibe herunter.

»Meine Tochter ist ermordet worden«, sagte sie tonlos. »Da drüben, auf dem Plakat, das ist sie.«

Die freundliche Besorgnis auf dem Gesicht des Mannes erlosch augenblicklich.

»Oh, ich … das … entschuldigen Sie bitte«, stammelte er und trat eilig den Rückzug an.

»Ja, natürlich. Ich entschuldige«, murmelte Anne sarkastisch und ließ das Fenster wieder hoch. So reagierten sie alle. Manchmal konnte sie nicht widerstehen und provozierte es, wie vorhin bei diesen Tierheim-Leuten die Lissy nach Strich und Faden ausgenutzt hatten. Leute zu brüskieren war ihr neues Hobby geworden, auch wenn sie sich danach immer noch etwas mieser fühlte.

Als die Ampel das nächste Mal auf Grün sprang, fuhr sie über die Kreuzung. Sie musste Jörg anrufen. Oder nein, eigentlich musste sie viel dringender den Kommissar anrufen, ihm sagen, dass die Polizei ein unfähiger Haufen war und man dem Steuerzahler den ganzen Aufwand mit den Plakaten hätte ersparen können. Dass sie selbst herausgefunden hatte, wer ihre Tochter umgebracht hatte.

Ein Schluchzen drang aus ihrer Kehle. Wie konnten Menschen nur so falsch sein! Er war einer der wenigen gewesen, die sie besucht hatten, nach Lissys Ermordung, zusammen mit seiner Frau. Sie hatten in ihrem Wohnzimmer gesessen, die beiden, er hatte betroffen getan, und sie hatte es ihm voll abgenommen, diesem Schwein!

Kaum dass Bernice und Sabina ihr Haus verlassen hatten, hatte sie die Pistole in ihre Handtasche gesteckt und überlegt, zu ihm hinzufahren und ihn einfach zu erschießen. Aber was, wenn es gar nicht stimmte? Wenn sich die beiden Frauen nur wichtigmachen wollten? Anne wollte einfach nicht glauben, dass sich ihre sechzehnjährige Tochter in diesen Mann verliebt hatte, der mehr als doppelt so alt war wie sie! Die Vorstellung, wie dieser Kerl ihr unschuldiges Kind begrapscht, seine Zunge in ihren Mund geschoben hatte, verursachte bei ihr einen so heftigen Brechreiz, dass sie Galle schmeckte. Leona, seine Frau, wusste sicher von nichts. Sie hatte nur ihre Karriere im Kopf. Seit einem Jahr arbeitete sie in Jörgs Abteilung, er hatte sie persönlich von der Konkurrenz abgeworben, weil sie gut war, ehrgeizig und intelligent, ein echter Gewinn. Es war Jörgs Idee gewesen, ihr und ihrem Mann, der eine Stelle als Lehrer an Lissys Schule gefunden hatte, ihr altes Haus in Schwalbach zu vermieten. Nach der Unterzeichnung des Mietvertrages hatten sie sie zum Grillen eingeladen. Man war sich sofort sympathisch gewesen, die Chemie hatte gestimmt. Jörg und Leona waren sowieso schon per Du gewesen, in amerikanischen Konzernen war das so üblich, deshalb hatten sie sich bei einem Glas Prosecco darauf geeinigt, sich alle zu duzen. Dennis. Leona. Jörg. Anne.

Lissy war natürlich auch dabei gewesen. Sie hatte eine dieser superknappen Shorts getragen und dazu ein bauchfreies Top; vom Urlaub in Kroatien war sie noch braun gebrannt und ihr langes blondes Haar von der Sonne ausgebleicht. Sie hatten miteinander geredet, Lissy und Dennis. Gelacht. Er hatte irgendetwas erzählt, und Lissy hatte wie gebannt an seinen Lippen gehangen. Dennis Weinert war ein attraktiver Mann, das musste Anne zugeben. Sie erinnerte sich, wie Jörg im Vergleich zu ihm nicht gut weggekommen war.

Anne schreckte aus ihren Gedanken hoch. Sie hatte das Haus von Korbmachers erreicht. Eine Weile blieb sie unschlüssig im Auto sitzen, weil sie sich vor dem, was sie möglicherweise erfahren könnte, fürchtete. Sie hatte Sara sofort gemocht, als Lissy sie das erste Mal mit nach Hause gebracht hatte. Sara war nicht so oberflächlich wie die anderen Mädchen aus Lissys Clique, die alle gleich aussahen und keine anderen Hobbys hatten als TikTok und ihr Äußeres. Saras Familie hatte auch eine Weile in den USA gelebt, genau wie sie. Und die beiden teilten eine Leidenschaft für Cosplay. Anne, die selbst keine besondere Begabung für Handarbeit hatte, hatte Saras Fingerfertigkeit immer bewundert.

»Los jetzt!«, befahl sie sich selbst. Sie stieg aus dem Auto aus und ging zur Haustür.

***

Der Kellner räumte die Teller ab. Sie bestellten Espresso und Cappuccino, Kai wollte noch eine Portion Tiramisu zum Nachtisch, Pia nur ein Mineralwasser. Ihr Magen würde nach dieser Nacht erst mal keinen Kaffee mehr vertragen.

»Was wolltest du uns eigentlich sagen?«, fragte sie Bodenstein.

Er antwortete nicht sofort. Die Brotkrümel schienen seine Aufmerksamkeit völlig in Anspruch zu nehmen.

»Ich habe mich heute Morgen mit Sara Korbmacher getroffen«, sagte er schließlich. »In der katholischen Kirche in Bad Soden.«

»Waren ihre Eltern dabei?«, fragte Kai.

»Nein.«

»Das hättest du nicht tun sollen, Chef.« Kai legte missbilligend die Stirn in Falten. »Wir haben ihr doch eine Vorladung geschickt. Sie hätte ...«

»Vergiss die Vorladung! Sie wollte mit mir reden«, unterbrach Bodenstein ihn schroff. »Unter vier Augen. Nicht in Gegenwart ihrer Eltern und mit einem Aufnahmegerät auf dem Tisch! Sie ist verunsichert, und sie hat Angst.«

Natürlich wusste er, warum Kai so reagiert hatte. Wenn herauskam, dass er ohne Einwilligung der Eltern mit dem Mädchen gesprochen hatte, konnte er ziemlichen Ärger bekommen, ganz abgesehen davon, dass alles, was Sara ihm unter diesen Umständen erzählt hatte, nicht gerichtsfest und damit wertlos war.

»Lissy Böhlefeld war am Abend des 6. Dezember mit jemandem verabredet«, sagte Bodenstein. »Pia hatte recht mit ihrer Vermutung. Die Übernachtung bei Sara war nur ein Alibi.«

Er verstummte. Der Kellner kam mit den bestellten Getränken und Kais Dessert an den Tisch.

»Lissy hatte sich angeblich mit ihrem Mathelehrer verabredet, in den sie verliebt war«, fuhr Bodenstein fort. »Er wollte sie an der S-Bahn-Station abholen. Sie wollte an dem Abend zum ersten Mal mit ihm schlafen.«

»Mit ihrem *Mathelehrer*?« Tariq verzog angewidert das Gesicht. »Der muss ja mindestens zwanzig Jahre älter sein als sie!«

»Gibt's dafür irgendwelche Beweise?«, fragte Cem.

»Nein. Und das ist der Grund, weshalb Sara nicht eher mit uns gesprochen hat. Sie hat Zweifel daran, ob diese Geschichte mit dem Lehrer überhaupt gestimmt hat. Lissy hatte wohl in der Vergangenheit schon öfter mal irgendwelche Jungs-Geschichten erfunden.« Bodenstein griff nach einer Serviette und wischte sich die Finger ab. »Lissy war in den Lehrer verliebt, den sie seit Anfang der zehnten Klasse in Mathe und Sport hatte. Für sie gab es kein anderes Thema mehr. Sie hat ihrer Freundin erzählt, dass sie sich mit dem Lehrer getroffen hat, wenn sie die Hunde vom Tierheim ausgeführt hat. Und sie will ihn auf der Klassenfahrt vor ein paar Wochen zum ersten Mal geküsst haben. Es gibt allerdings null Beweise. Ihr Handy ist nach wie vor verschwunden, und in Chats oder Sprachnachrichten mit Sara hat sie den Mann nie bei seinem echten Namen genannt.«

»Dennis Weinert«, sagte Kai. »Nachtigallenweg 48 in Schwalbach.«

Die anderen schauten Kai überrascht an.

»Ich hab doch vorhin ’ne EMA gemacht«, erklärte er.

»Lissy hatte ihn nach einer Serienfigur nur ›Damon‹ genannt, wenn sie mit Sara über ihn gesprochen oder von ihm geschrieben hat«, sagte Bodenstein gerade. »Ich bin vorhin die Strecke abgelaufen, die Lissy am Abend ihres Todes gegangen ist. Durch die beiden Unterführungen bis zu der Flüchtlingsunterkunft, wo sie von der Zeugin beim Rauchen gesehen worden ist. Und danach war ich noch mal an diesem Marienbildstock, wo die Leiche gelegen hat. Da habe ich ihre Mutter getroffen. Ich habe sie angesprochen, sie gefragt, ob Lissy ihr gegenüber mal den Namen ›Damon‹ erwähnt hat, aber daran konnte sie sich nicht erinnern. Stattdessen hat sie mir dann das hier gegeben. Das hat sie in Lissys Zimmer gefunden.«

Er leerte die Papiertüte auf dem Tisch aus, es waren lauter Zettel und Schulhefte.

Zögernd griff sich jeder ein Heft oder einige der Zettel. Lissy Böhlefeld hatte dem Papier ihr Herz geöffnet und Tausende Male den Namen ihres Angebeteten geschrieben, gemalt oder auch kunstvoll gezeichnet.

»*Damon, Damon, Damon*«, las Tariq und verdrehte die Augen.

»*Ich liebe dich. Ich will nicht ohne dich leben. Ich würde für dich sterben.*« Kai schüttelte den Kopf. »Großer Gott, was für ein Teenie-Pathos!«

»Sie war ganz schön besessen von dem Kerl«, sagte Cem.

»Nein, sie war verliebt«, korrigierte Pia ihn. »So sind viele Mädchen in dem Alter. Das verwächst sich wieder.«

»Es sei denn, man wird vorher von seinem Schwarm erdrosselt.« Kai legte das Heft, in dem er uninteressiert geblättert hatte, wieder weg. »Reden wir mit diesem Lehrer?«

»Ja, unbedingt.« Bodenstein nickte. »Und zwar aus drei Gründen. Sara Korbmacher hat mir erzählt, dass Weinert Lissy einen blauen Baumwollschal geschenkt hatte, den sie seitdem immer getragen hat.«

Sie sahen sich an. Waren wie elektrisiert. Nichts war motivierender, als endlich auf eine vielversprechende Spur zu stoßen.

»Dazu kommt, dass Anne Böhlefeld höchstwahrscheinlich im Besitz einer Waffe ist. Sie hat mir gegenüber eingeräumt, dass Richter Hawelka ihr am Samstag bei seinem Besuch in der Apotheke eine Pistole mit Schalldämpfer und Munition gegeben hat. Sie will die Waffe in einen See geworfen haben, nachdem sie bei Mahmoudi im Keller war, aber das glaube ich ihr nicht.«

»Verdammt!« Pia leerte die Wasserflasche in ihr Glas. »Das hatte ich befürchtet.«

»Kai, du besorgst einen Durchsuchungsbeschluss für das Haus der Böhlefelds«, sagte Bodenstein. »Sie hat die Waffe schon einmal benutzt.«

»Was ist der dritte Grund?«, erkundigte sich Pia.

»Sara Korbmacher ist ziemlich clever«, erwiderte Bodenstein. »Sie hat Recherchen über ihren Lehrer angestellt und herausgefunden, dass Dennis Weinert an Schulen in Lörrach und Straubing, an denen er unterrichtet hat, auch Beziehungen zu minderjährigen Schülerinnen hatte, die aufgeflogen sind. Man hat sich wohl jeweils außergerichtlich geeinigt. Mit einer dieser Schülerinnen hat Sara über Instagram Kontakt aufgenommen, und sie hat ihr wohl bestätigt, dass Weinerts Masche bei ihr ganz ähnlich war wie bei Lissy Böhlefeld.«

»Hat er den anderen Mädchen auch Kleidungsstücke geschenkt?«, fragte Kai.

»Keine Ahnung.« Bodenstein reichte ihm die Liste, die Sara Korbmacher ihm gegeben hatte. »Namen und Kontaktdaten der Mädchen. Checke bitte die Angaben und Dennis Weinerts Hintergrund.«

»Wieso darf so ein Mann überhaupt noch Kinder unterrichten?«, entrüstete sich Tariq.

»Pia und ich fahren zu Weinert und nehmen ihn mit«, sagte

Bodenstein. »Wir können ihn wahrscheinlich nicht länger als vierundzwanzig Stunden festhalten, deshalb muss der Durchsuchungsbeschluss für das Haus Böhlefeld schnell besorgt werden. Falls es Probleme gibt, geht ihr mit Kröger wegen Gefahr im Verzug erst mal ohne Beschluss hin. Und wenn Kollegin Gatzke noch nicht dazu gekommen ist, muss jemand dringend die Fallakten des Tankstellen-Messerstechers und des ICE-Schubsers durchgehen und die Namen der Kollegen vom Ersten Angriff überprüfen.«

Alle nickten. Der Leerlauf war beendet. Der Gang wieder drin.

Cem bedeutete dem Kellner, dass sie zahlen wollten.

»Lasst euer Geld stecken«, sagte Bodenstein. »Heute lade ich euch mal ein.«

***

Noch nie in ihrem ganzen Leben hatte Sara sich so dringend gewünscht, dass sich der Boden vor ihr auftun und sie auf der Stelle verschlingen würde. Was sie in diesem Moment empfand, waren weder Angst noch Schuld, sondern glühende Scham, weil sie begriff, wie sehr sie Anne Böhlefeld, die für sie wie eine zweite Mutter gewesen war, enttäuscht hatte.

Die Mütter von Marcella und Lynn hatten Anne brühwarm erzählt, dass Lissy angeblich eine heimliche Beziehung zum Weinert gehabt hatte. Sara hätte sich dafür in den Hintern treten können, dass sie sich in ihrer Verzweiflung diesen blöden Kühen anvertraut hatte. Sie hätte es sich doch denken müssen, dass zumindest Marcella, diese Tratschtante, nicht die Klappe halten würde, aber dass sie sofort zu ihren Müttern gerannt waren, war echt das Allerletzte.

»Stimmt es, dass du Marcella und Lynn erzählt hast, Lissy hätte was mit Herrn Weinert gehabt?«, fragte Anne Böhlefeld. Ihre Augen glänzten fiebrig. Ihre Haare, sonst immer sorgfältig rundgebürstet, hingen ihr strähnig in die Stirn, unter ihrem rechten Auge zuckte es dauernd, und in ihren Mundwinkeln klebte getrocknete Spucke. »Sara! Ist es wahr, dass Lissy euren Lehrer ›Damon‹ genannt hat und dass sie mit ihm verabredet war an dem

Abend, an dem sie umgebracht worden ist? Sie wollte überhaupt nicht bei dir übernachten, oder? Sara, was weißt du darüber? Du musst es mir sagen! Bitte!«

Sara schwitzte Blut und Wasser. Wieso hatte sie bloß die Haustür geöffnet? Lissys Mutter machte den Eindruck, als ob sie sich jeden Moment auf sie stürzen würde.

»Ich … ich weiß gar nichts, wirklich«, flüsterte Sara. »Lissy war in den Weinert verliebt, das stimmt. Und sie hat ihn auch immer ›Damon‹ genannt, wegen *Vampire Diaries.*«

»Sag mir die Wahrheit, Sara«, drängte Lissys Mutter. »Hat dieser Mann meine Tochter angefasst? Wollte er mit Lissy schlafen?«

Bei dieser unverblümten Erwähnung eines so intimen Sachverhalts zuckte Sara zusammen. Auf keinen Fall konnte sie erzählen, dass Lissy dauernd darüber gesprochen hatte, wie scharf der Weinert auf sie sei. Dass sie sich seinen Annäherungsversuchen kaum noch erwehren konnte. Dass er sie jedes Mal, wenn sie sich irgendwo begegneten, abknutschte und ihre Brüste streichelte. Im Umkleideraum der Turnhalle. Im Putzmittelraum im ersten Stock vom D-Gebäude. Im Arboretum, wenn sie mit einem Tierheim-Hund dort spazieren ging. Lissy wollte sich aber nicht irgendwo von ihm flachlegen lassen. Das erste Mal sollte etwas Besonderes sein.

»Ich weiß es nicht«, sagte Sara. »Ich weiß gar nichts! Nur das, was Lissy mir erzählt hat. Ich habe sie nie mit dem Weinert irgendwo gesehen. Ich habe nie eine Nachricht gelesen, die er ihr geschrieben haben soll. Ehrlich, es gibt keinen Beweis dafür, dass das gestimmt hat.«

Anne starrte sie durchdringend an.

»Du musst niemanden mehr schützen, Sara«, sagte sie. »Lissy ist tot.«

»Ich weiß«, schluchzte Sara. »Ich weiß! Okay, ja, Lissy hat mir erzählt, dass sie sich am Freitagabend mit ihm treffen wollte. Sie hatte einen Plan. Sie wollte nicht bei mir übernachten. Aber ich konnte sie doch nicht verraten! Sie war doch meine beste Freundin! Sie hat mir vertraut!«

»Und jetzt ist sie tot.« Die Miene von Lissys Mutter war wie versteinert. Nur das nervöse Zucken unter dem Auge war noch da. »Vielleicht, weil du nichts gesagt hast. Du hättest sie davon abhalten müssen.«

Ihre Worte schmerzten wie Ohrfeigen und waren genauso demütigend. Sara krümmte sich innerlich zusammen. Hatte Anne ihr gerade ernsthaft die Schuld an Lissys Tod gegeben? Hatte sie damit etwa recht? War sie schuld?

»Ich konnte doch nichts machen«, flüsterte sie unter Tränen. »Bitte, Anne, glaub mir doch!«

»Für dich bin ich Frau Böhlefeld«, sagte Lissys Mutter kalt. »Du warst keine Freundin von Lissy. Deshalb musst du auch keine Fürbitte bei der Trauerfeier vorlesen. Ich will dich nicht mehr sehen. Halt dich von uns fern!«

Und damit drehte sie sich um und ging davon. Ließ einfach die Haustür offen stehen. Sara blickte ihr nach. Die verletzenden Worte hatten sie merkwürdigerweise ernüchtert. Sie spürte, wie sich die Angst, die ihren Kopf ausgehöhlt hatte wie einen Halloween-Kürbis, in Zorn verwandelte. Zorn über Annes Behauptung, sie sei nicht Lissys Freundin gewesen. Zorn auf Marcella, diese Bitch, der Lissy völlig egal war und die nur im Mittelpunkt einer Tragödie stehen wollte!

Anne schien etwas einzufallen, denn sie machte kehrt und kam die Stufen zur Haustür wieder hoch.

»Ich will Lissys Skizzenbuch zurückhaben«, verlangte sie.

»Nein. Auf keinen Fall.« Sara blickte ihr direkt in die Augen, und da hatte sie eine Idee. Eine fantastische Idee, die Lissy richtig gut gefallen hätte! Sie würde sich ganz sicher nicht verbieten lassen, auf die Trauerfeier zu gehen.

»Gib mir das Buch zurück! Es hat Lissy gehört!« Anne Böhlefeld kam drohend näher.

»Lissy hätte gewollt, dass ich es habe«, erwiderte Sara. »Und jetzt gehen Sie! Sonst rufe ich die Polizei!«

Damit versetzte sie der Haustür einen Tritt. Die Tür flog mit einem lauten Knall direkt vor Frau Böhlefelds Nase ins Schloss. Und Sara musste lächeln. Zum ersten Mal, seit Lissy tot war.

***

Der Nachtigallenweg war eine ruhige Anliegerstraße mit gepflegten Reihenhäusern aus den Siebzigerjahren. Hier und da parkten Autos vor den Häusern, aber noch waren keine Neugierigen da, auch keine Presse und vor allem keine Frau Böhlefeld mit Pistole. Aber das konnte sich schnell ändern. Ein Gerücht, das einmal in die Welt gesetzt war, ließ sich nicht mehr zurückholen. Früher hatte es eine Weile gedauert. Heute in Zeiten von Internet und Highspeed-Glasfaserkabeln, von Messenger-Diensten und Social Media, ging es nicht nur rasend schnell, sondern es verbreitete sich auch exponentiell. Sara Korbmacher würde es irgendjemandem erzählen, denn junge Frauen neigten dazu, Geheimnisse mit ihren besten Freundinnen oder denen, die sie dafür hielten, zu teilen.

»Da ist es. Nummer 48.« Pia nickte beim Vorbeifahren in Richtung eines hellgrau gestrichenen Reihenendhauses mit angebauter Garage. Auf dem Dach von Haus und Garage sorgten Photovoltaikmodule für eigenen Strom. Sehr fortschrittlich. Der Baum auf der kleinen Rasenfläche vor dem Haus würde irgendwann den Rasen beschatten.

Auf der kurzen Fahrt von Niederhöchstadt hierher hatten sie Strategie und Rollenverteilung festgelegt, und Pia war erleichtert, dass sich Bodenstein so wie immer benahm.

Sie parkten zwei Häuser entfernt, stiegen aus und überquerten die Straße. Das Ehepaar Weinert schien keinen großen Wert auf weihnachtliche Dekoration zu legen, im Gegensatz zu ihren Nachbarn. In deren Vorgärten tummelten sich beleuchtete Rentiere und Krippen, Lichterketten und Leuchtpyramiden erhellten Fenster und Türrahmen. An einer Hauswand kletterte sogar ein Nikolaus mit Sack auf dem Rücken hoch.

»Man kann's auch echt übertreiben.« Pia war ein ausgemachter Weihnachtsmuffel. Und Faschingsmuffel. Christoph zum Glück auch.

Sie standen vor der Haustür. Pia streckte die Hand nach der Klingel aus, als ihr siedend heiß einfiel, dass Christophs Familie, besonders seine Enkelkinder, ein wenig Weihnachtsstimmung erwarteten, wenn sie am ersten Feiertag zum Essen kamen. Hoffentlich dachte Christoph wenigstens daran, einen Weihnachtsbaum zu besorgen! Irgendwo hatten sie sicherlich noch ein paar Christbaumkugeln. Zur Not konnte sie sich welche bei ihrer Mutter ausleihen, die hatte auf dem Speicher kistenweise Weihnachtskrempel herumstehen, den sie nicht …

»Auf was wartest du?«, fragte Bodenstein. »Willst du nicht klingeln?«

»Ach so, ja, doch. Natürlich.« Pia drückte auf die Klingel, und wenig später öffnete ein Mann die Haustür.

»Hallo«, sagte er freundlich.

»Dennis Weinert?«, fragte Pia und präsentierte ihren Kripoausweis. »Kripo Hofheim. Mein Name ist Pia Sander, das ist mein Kollege Bodenstein.«

»Ja, der bin ich. Hallo.«

»Dürfen wir reinkommen?«

»Ja, klar.« Weinert nickte arglos, trat einen Schritt zurück und ließ sie eintreten. Mit ein paar Wischbewegungen auf seinem Smartphone regelte er die Lautstärke der Musik herunter. »Kommen Sie mit. Ich habe gerade Teewasser aufgesetzt.«

Pia wusste selbst nicht genau, wie sie sich Dennis Weinert vorgestellt hatte, auf jeden Fall anders. Unsympathischer. Lehrerhafter. Älter. Aber er war höchstens Ende dreißig, ein schlanker, sportlicher Typ mit einem jungenhaft glatt rasierten Gesicht und wirren dunkelbraunen Locken. Er war barfuß, trug eine Jeans, ein weißes T-Shirt und darüber eine olivgrüne Kapuzenjacke. Im Hintergrund lief Musik.

Sie folgten ihm durch den Flur ins Haus. Auf der Terrasse stand ein Tannenbaum, noch ins Transportnetz gezwängt. Auf dem Wohnzimmertisch aus Holzpaletten ein Adventskranz der anderen Art, das Tannengrün war weiß gefärbt, die Kerzen schwarz. Weihnachtsdeko also doch, aber dezent.

Weinert führte sie in eine moderne Einbauküche mit Hochglanzfronten in Bordeauxrot. Die ungewöhnliche Farbe hatte Pia erst kürzlich irgendwo gesehen, sie erinnerte sich jedoch nicht mehr daran, wo.

Der Teekessel auf dem Herd begann zu pfeifen.

»Wollen Sie auch einen Tee? Ich habe Apfel-Maracuja und Earl

Grey«, bot Weinert an, aber Pia und Bodenstein lehnten höflich ab.

Dennis Weinert war ein attraktiver Mann, Typ ewig jugendlicher Surferboy. Braune Augen, von Lachfältchen umkränzt, ein nettes Lächeln, sehr weiße Zähne. Pia konnte sich lebhaft vorstellen, dass jede Menge Schülerinnen für ihn schwärmten. Und genauso lebhaft konnte sie sich vorstellen, dass er das genoss.

Weinert nahm vom Sideboard über dem Kaffeevollautomaten einen Becher mit Eintracht-Logo.

»Ah, Sie sind Eintracht-Fan«, stellte Bodenstein fest.

»Ja. Von Kindesbeinen an.« Weinert lächelte. »Ich war das erste Mal mit sechs oder sieben Jahren im Stadion. Aber deshalb sind Sie sicher nicht gekommen. Was kann ich für Sie tun?«

Bodensteins Handy begann zu summen. Er zog es hervor, warf einen Blick auf das Display.

»Da muss ich rangehen. Entschuldigung!«, sagte er und ging zurück in den Windfang.

»Es geht um Larissa Böhlefeld«, sagte Pia.

»Oh ja, das hätte ich mir denken können. So eine schlimme Sache. Das hat die Schüler und Schülerinnen sehr mitgenommen.« Weinert war ernst geworden. »Ich war seit dem Sommer ihr Lehrer. Mathe, MINT und Sport.«

Er pflückte einen Teebeutel aus einer Packung, hängte ihn in den Becher und goss kochendes Wasser darüber.

»Uns gegenüber wurde angedeutet, dass zwischen Ihnen und Larissa mehr gewesen sein soll als nur ein Lehrer-Schüler-Verhältnis«, sagte Pia. »Stimmt das?«

»Ja, das stimmt«, antwortete Weinert zu Pias Verwunderung. »Ich habe Lissy auch privat gekannt. Ihr Vater ist der Chef meiner Frau. Wir haben dieses Haus hier von Böhlefelds gemietet. Und wir waren schon bei ihnen zum Grillen eingeladen.«

In Pias Kopf klickte es. Die Photovoltaik auf dem Dach, den hellgrauen Putz und die bordeauxrote Küche hatte sie bei Böhlefelds gesehen. Sie waren ihrem Geschmack treu geblieben. Die Situation war gerade sehr viel brisanter geworden. Sollten Anne Böhlefeld die Gerüchte um Weinert und ihre Tochter zu Ohren kommen, wusste sie, wohin sie fahren musste. Und wahrscheinlich hatte sie noch irgendwo einen Haustürschlüssel.

»Ah ja«, sagte Pia. Bodenstein stand im Flur und telefonierte noch immer. Sie konnte nicht mit Weinert plaudern und darauf warten, dass er das Gespräch beendete. »Es geht um etwas anderes. Wir haben gehört, dass Sie sich mit Lissy regelmäßig Nachrichten geschrieben und sich mit ihr getroffen haben sollen.«

Dennis Weinert zuckte zusammen, als ob er sich mit dem kochenden Wasser verbrüht hätte, und wurde aschfahl im Gesicht. Für den Bruchteil einer Sekunde erschien ein Ausdruck blanker Panik in seinen Augen, der jedoch so schnell verschwand, wie er gekommen war.

»Wie bitte? Um Himmels willen – das ist doch kompletter Unsinn!«, stieß er entsetzt hervor. »Wer behauptet denn so etwas?«

»Das tut jetzt nichts zur Sache«, sagte Pia nicht ohne Bedauern. »Wir ermitteln in einem Mordfall und müssen jedem Hinweis nachgehen.«

»Oh mein Gott, wissen Sie, was solche Gerüchte anrichten können? Ich bin seit fünfzehn Jahren Lehrer! Ich achte sehr auf eine angemessene Distanz zu meinen Schülerinnen und Schülern.« Weinert war fassungslos, den Tränen nahe. »Ich würde mir *niemals* mit Schülern Nachrichten schreiben! Und schon gar nicht mit einer Schülerin, deren Vater der Chef meiner Frau und dazu noch unser Vermieter ist!«

Bodenstein kehrte zurück.

»Herr Weinert, wir müssen Sie bitten, mit uns zu kommen«, sagte er ernst. »Jetzt sofort.«

Pia warf ihrem Chef einen überraschten Blick zu. Was war passiert?

»Warum? Bin ich … nehmen Sie mich fest?«, stammelte der Mann verwirrt. »Ich schwöre Ihnen, das ist alles nicht wahr!«

»Wir nehmen Sie nicht fest«, beruhigte Bodenstein ihn. »Wir haben nur ein paar Fragen an Sie. Es geht aber vor allen Dingen um Ihre Sicherheit. Bitte packen Sie ein paar Sachen ein. Und geben Sie uns bitte Ihr Handy.«

Dennis Weinert gehorchte eingeschüchtert. Seine Hand zitterte, als er Pia sein Smartphone reichte.

»Sara Korbmacher hat mich gerade angerufen«, raunte Bodenstein Pia zu. »Anne Böhlefeld weiß Bescheid.«

Er folgte Weinert nach oben, und Pia trat ans Küchenfenster, von dem aus man die Straße gut überblicken konnte. Es würde nicht mehr lange dauern, und nicht nur Anne Böhlefeld würde hier vor dem Haus auftauchen.

***

Vor der Sicherheitsschleuse im Eingang der RKI staute es sich, als Bodenstein und Pia mit Dennis Weinert das Gebäude betreten wollten. Auf der Treppe vor dem Gebäude mühten sich zwei Schutzpolizisten mit einem jungen Mann ab, der offenbar zu tief ins Glas geschaut hatte und sich lautstark gegen seine Festnahme verwahrte. Vor ihnen warteten mehrere Leute auf Einlass, unter anderem zwei Justizvollzugsbeamte und zwei Frauen. Pia erkannte die neue Kollegin. Zwischen ihr und den Justizbeamten klein und zart wie ein Kind Vivien Beiswenger, die auf Bodensteins Wunsch hierhergebracht worden war. Es ging nur schleppend voran, und gerade als sie endlich hineingehen konnten, rief Christoph an.

»Ist das die Frau, die ihr gestern im Lagerhaus festgenommen habt?«, fragte Bodenstein ungeachtet der Tatsache, dass sie telefonierte.

»Ja, das ist sie«, sagte sie und dann an Christoph gewandt: »Kann ich dich gleich zurückrufen? Hier ist es gerade etwas hektisch.«

»Ja, klar«, sagte Christoph.

Plötzlich stand sie allein mit dem völlig verschreckten Dennis Weinert im Flur vor dem Soko-Raum, Bodenstein war verschwunden. Pia klopfte an die Tür der Wache und bat einen der Kollegen, Weinert in einer Zelle unterzubringen.

»Nur ganz kurz«, versprach sie dem Lehrer.

»Könnten Sie bitte meine Frau anrufen?«, bat er Pia. »Sie macht sich Sorgen, wenn sie mich nicht erreichen kann.«

»Später«, vertröstete Pia ihn, ließ ihn in der Obhut des uniformierten Kollegen zurück und machte sich auf die Suche nach Bodenstein. Sie hatte eine Vermutung, wo sie ihn suchen musste, und fand ihn auch dort. Im Vorraum vor den Vernehmungsräumen in einer Diskussion mit Nicola Engel.

»Du wirst *nicht* mit ihr reden, Oliver!«, sagte die Kriminaldirektorin scharf. »Das wird nur noch Kollegin Gatzke tun. Das hat Gründe. Ich will nicht, dass man uns nachsagt, wir wären befangen gewesen.«

»Niemand wird uns das nachsagen, weil dieses Gespräch offiziell nicht stattgefunden haben wird!«, entgegnete Bodenstein. »Ich rede jetzt mit dieser Frau, und du wirst mich nicht davon abhalten.«

Pia begriff, worum es ging. Ihr Chef wollte mit Vivien Beiswenger sprechen, und die Kriminaldirektorin wollte das verhindern.

»Warum kannst du das nicht Frau Gatzke überlassen? Sag ihr doch, was sie sie fragen soll«, sagte sie.

»Das kann sie nicht«, antwortete Bodenstein. »Sie ist nämlich nicht im Gerichtssaal gewesen! Also, ich gehe jetzt da rein. Sorgt dafür, dass keiner im Nebenzimmer ist.«

Sie starrten einander an. Schließlich war es Nicola Engel, die einlenkte. Sie stieß einen Seufzer aus.

»Pia geht mit dir rein«, sagte sie. »Ich bleibe hier und warte, bis ihr fertig seid.«

»Was hast du vor?«, fragte Pia, aber Bodenstein antwortete nicht.

Vivien Beiswenger hockte mit geschlossenen Augen in einer Ecke des kleinen Raumes auf ihren Fersen, den Rücken gegen die Wand gelehnt.

»Hallo«, sagte Bodenstein, und sie öffnete ihre Augen. »Bitte stehen Sie auf, und nehmen Sie hier am Tisch Platz.«

Die Frau trug noch immer dieselben schwarzen Klamotten, die sie bei ihrer Festnahme angehabt hatte. Ihr dünnes blondes Haar klebte fettig an ihrem Kopf. Sie sah sehr jung und verletzlich aus und machte keine Anstalten aufzustehen.

Bodenstein kümmerte das nicht. Er nahm einen der Stühle, drehte ihn um und stellte ihn direkt vor Vivien Beiswenger hin. Dann setzte er sich und betrachtete die Frau.

»Ich war am Montag im Sitzungssaal und habe gesehen, wie Konstantin Hawelka Kathrin in den Kopf geschossen hat«, sagte er. »Ich war noch mal in dem Raum, nachdem er ihn in die Luft gejagt hat. Ich habe die zerfetzten Leichen gesehen. Und den Kopf von Hawelka. Der lag in dem ganzen Schutt. Die Augen offen. Wenn Selbstmordattentäter einen Sprengstoffgürtel zünden, reißt die Explosion ihnen den Kopf ab.«

Pia war neben der Tür stehen geblieben. Von dort aus konnte sie die Frau gut sehen. Sie war noch eine Spur blasser geworden und schluckte schwer. Bodensteins drastische Wortwahl verfehlte ihre Wirkung nicht.

»Kathrin, die Herren Mazanek, Burkhard und Sollberg und auch Sie haben das Leben von Konstantin Hawelka und seinen Opfern auf dem Gewissen«, fuhr Bodenstein fort. »Ihre Organisation oder wie auch immer Sie sich nennen, hat trauernde Hinterbliebene noch verzweifelter gemacht. Es kommt nämlich keiner von denen damit klar, einen Menschen getötet zu haben und genauso schuldig zu sein wie diejenigen, die seine Angehörigen ermordet haben.«

Bodenstein stützte die Ellbogen auf die Knie und beugte sich nach vorne.

»Warum tun Sie das? Ich nehme an, Sie haben keine religiösen Gründe. Geld kriegen Sie auch keins, wie wir erfahren haben. Also, was ist Ihr Grund? Warum töten Sie Menschen?«

Vivien Beiswenger senkte den Kopf. Sie verlagerte ihr Gewicht von einer Ferse auf die andere.

»Ich schwöre Ihnen, ich werde dafür sorgen, dass Sie ins Gefängnis kommen und sehr lange hinter Gittern bleiben werden«, sagte Bodenstein mit gesenkter Stimme, ohne die Frau aus den Augen zu lassen. »Ihr habt mich mit reingezogen in eure Selbstjustizgeschichte, und jetzt ist das für mich ein persönliches Anliegen. Was haben Sie noch vor? Wen decken Sie? Warum machen Sie nicht den Mund auf?«

»Wie viel Uhr ist es?«, fragte die Frau leise.

»21:35 Uhr«, erwiderte Bodenstein.

»Sie lügen.«

»Und wenn schon! Alle lügen. Dauernd. Ich werde permanent angelogen.« Bodenstein machte eine ausholende Armbewegung. »Diese Mauern hier haben schon mehr Lügen gehört als ein Beichtstuhl in einer katholischen Kirche.«

Pia sah, wie Vivien Beiswenger das Gesicht verzog und die Lippen zusammenpresste. Mit irgendetwas, was er gerade gesagt hatte, hatte Bodenstein einen wunden Punkt getroffen.

»Ihr seid Monster. Egoistische Monster ohne Moral und Gewissen«, zischte er.

»Nein!«, begehrte die Frau auf. »*Wir* sind nicht die Monster! Das sind die, die Unschuldige töten!«

Sie schob sich an der Wand hoch, bis sie aufrecht stand. Massierte ihr Handgelenk mit der anderen Hand.

»Ich hatte ein Kind. Einen Sohn«, sagte sie, ohne Bodenstein oder Pia anzusehen. »Einen Vater dazu gab es nicht. Ich wollte ein Kind, aber keinen Mann. Im Sommer vor sechs Jahren hatte ich meinen Sohn in ein Jugendcamp der katholischen Kirche geschickt, weil ich arbeiten musste und es dort für sicher hielt. Mein Sohn wurde von einem der Betreuer missbraucht. Er hat sich ein halbes Jahr später mit vierzehn Jahren das Leben genommen.«

Ihre Stimme klang monoton.

»Ich habe ihn in einem weißen Kindersarg beerdigen lassen und seitdem davon geträumt, Rache an diesem Kerl zu nehmen. Für das, was er meinem Kind – und wahrscheinlich nicht nur ihm – angetan hat. Den Missbrauch konnte man ihm nicht nachweisen. Er wurde nie bestraft, aber mein Sohn war tot. Ich hatte nicht viel Geld, aber das bisschen, was ich hatte, habe ich dazu benutzt, um Flugblätter zu drucken. Um andere vor diesem Ungeheuer zu warnen. Eines Tages stand jemand vor mir. Sagte, er könne mir helfen, den Mann zu finden, wenn ich das wollte. Ich habe keine Sekunde gezögert. Mein Leben war vorbei an dem Tag, an dem ich mein Kind erhängt in seinem Zimmer gefunden habe. Danach war mir alles egal. Der Mann ist jetzt tot. Aber er war kein Unschuldiger. Er hat den Tod verdient.«

Die Geschichte berührte Pia. Auch wenn sie keine Entschuldigung, nicht einmal eine Erklärung dafür war, Menschen zu töten.

Bodenstein ging nicht darauf ein. Er erhob sich, stellte den Stuhl zurück an den Tisch.

»Welche Rolle spielt die Uhrzeit für Sie? Haben Sie irgendwo eine Bombe deponiert? Wird jemand noch eine Geisel nehmen?«

»Nein, keine Sorge«, erwiderte Vivien Beiswenger. »Das hat einen anderen Grund. Wie viel Uhr ist es denn jetzt wirklich?«

Bodenstein musterte die Frau, die ihm kaum bis zur Brust reichte.

»Zu spät«, sagte er und verließ den Vernehmungsraum.

***

»Es gibt erste Reaktionen auf die Plakate!«, verkündete Tariq, als Pia und Bodenstein den Besprechungsraum im ersten Stock betraten. »Eine Anwohnerin der Niederräder Straße in Schwalbach will am Freitagabend, 6. Dezember, ungefähr um 19:50 Uhr, von ihrem Küchenfenster aus beobachtet haben, wie ein Auto aus der Sachsenhausener Straße auf die Niederräder Straße eingebogen ist und nach ein paar Metern rechts am Straßenrand neben einer Fußgängerin gehalten hat. Der Fahrer oder die Fahrerin hat sich mit der Fußgängerin, weiße Jacke mit Fellkragen, weiße Mütze, Rucksack über der Schulter, durch das Beifahrerfenster unterhalten. Mehr hat sie nicht gesehen, weil sie in dem Moment das Essen aus der Mikrowelle holen musste. Das Auto hat sie als Kombi beschrieben, Fabrikat konnte sie nicht bestimmen. Farbe eher hell, aber im Licht der Straßenlaternen nicht genau zu erkennen. Kennzeichen vorne was mit »M«, die Zahlen eine 9 und eine 5 oder 6, kann aber auch vorne eine 4 gewesen sein.«

»Das klingt gut«, sagte Bodenstein. »Noch etwas?«

»Ein anderer Anrufer hat dasselbe Auto beobachtet«, erwiderte Tariq. »Er war gerade vorne an den Mülltonnen gewesen. Das Auto war ein heller Škoda Octavia Kombi, weiß oder silbern. Die Frau mit der weißen Jacke ist in das Auto eingestiegen. Der Fahrer hat auf der Straße gewendet und ist die Niederräder Straße Richtung Alt-Schwalbach hinuntergefahren.«

Zeugenaussagen waren grundsätzlich mit Vorsicht zu genießen, denn das menschliche Gehirn veränderte Erinnerungen schon nach wenigen Minuten, ließ Sequenzen weg oder ergänzte Details, die es in Wirklichkeit nicht gegeben hatte. Die Tatsache, dass zwei Leute unabhängig voneinander und doch mit präzisen Zeitangaben das Auto und die junge Frau mit der weißen Jacke gesehen hatten, sprach jedoch dafür, dass an ihrer Beobachtung etwas dran war.

»In Deutschland sind allein in diesem Jahr 55 120 Škoda Octavia neu zugelassen worden«, sagte Kai. »Ein Kennzeichen mit M vorne deutet auf einen Mietwagen hin. Allerdings könnte es auch MTK sein, dann wäre das Fahrzeug hier im Kreis zugelassen.«

»Vivien Beiswenger hat gerade gesagt, wir müssten uns keine Sorgen wegen einer neuen Entführung oder eines weiteren Bombenanschlags machen«, teilte Bodenstein dem K11-Team mit. »Vielleicht sagt sie die Wahrheit.«

Dann fasste er die Geschichte zusammen, die ihm Vivien Beiswenger erzählt hatte, und bat Kai zu checken, ob im Jahr 2013 oder 2014 ein Betreuer eines katholischen Sommercamps ermordet worden oder verschwunden war.

***

Pia hatte Dennis Weinert in das Büro bringen lassen, das sie sich mit Kai teilte. Sie entschuldigte sich dafür, dass es etwas länger gedauert hatte, und fragte ihn, ob er einen Kaffee, einen Tee oder ein Kaltgetränk wollte. Weinert wollte nur ein Mineralwasser, und sie ging in die Teeküche, um ihm eine Flasche und ein Glas zu holen.

»Ich möchte unser Gespräch aufnehmen, ich hoffe, Sie sind damit einverstanden«, sagte sie, als sie wieder hinter ihrem Schreibtisch Platz genommen hatte, und Weinert nickte schulterzuckend. »Es geht um den Mordfall Larissa Böhlefeld, und wir befragen Sie als Zeugen, nicht als Beschuldigten. Deshalb müssen Sie die Wahrheit sagen.«

Weinert lauschte der Belehrung aufmerksam und nickte wieder. Er beantwortete die Angaben zu seiner Person, erwähnte, dass seine Frau eine Arbeitskollegin von Larissa Böhlefelds Vater sei und das Haus, das sie gemietet hatten, den Eltern von Larissa gehöre.

Man kannte sich auch privat; seine Frau und er waren im Spätsommer einmal zum Grillen bei Böhlefelds eingeladen gewesen. Auf Pias Nachfrage bestätigte er, dass er seit dem Sommer Larissas Lehrer in Mathematik, Sport und dem Wahlfach MINT in der 10. Klasse der Alexander-von-Humboldt-Schule in Schwalbach gewesen sei. Pia wollte wissen, was MINT bedeute, und Weinert entspannte sich etwas, während er es ihr erklärte. Bodenstein kam aus seinem Büro und zog sich einen Stuhl heran.

»Wann haben Sie Larissa zuletzt gesehen?«, fragte Pia.

»An dem Freitag. Im Mathe-Unterricht.«

»Sie meinen den Freitag, an dem sie gestorben ist?«, präzisierte Pia.

»Ja, ja, den meine ich.« Dennis Weinert nickte. Er saß aufrecht da, wie ein aufmerksamer Schüler, der zum Direktor zitiert worden war.

»Larissa war keine Leuchte in Mathe, oder?«, fragte nun Bodenstein.

»Nein, das stimmt, das war sie nicht. Aber mit Nachhilfe hat sie es auf eine solide Drei gebracht«, erwiderte der Lehrer.

»Dazu hat sicherlich auch beigetragen, dass Sie eine Klassenkameradin von Larissa während der Mathearbeit dazu aufgefordert haben, ihr zu helfen, oder?«

Weinert wurde rot. Er rutschte auf seinem Stuhl hin und her und wurde immer nervöser, während Bodenstein und Pia ihn gemächlich mit ihren Fragen in die Enge trieben.

»Sie haben Larissa auch hin und wieder außerhalb der Schule getroffen, nicht wahr?«, fragte Pia.

»Nein, habe ich nicht.« Weinert schüttelte den Kopf.

»Auch nicht im Arboretum, wenn Sie joggen waren und Lissy mit einem Tierheim-Hund spazieren gegangen ist?«

»Ja, okay, das ist mal vorgekommen«, räumte Weinert ein. »Aber das waren zufällige Begegnungen. So, wie Sie das sagen, klingt das ja, als hätte ich mich mit ihr verabredet.«

»Haben Sie nicht?«

»Nein! Ganz sicher nicht! Ich gehe regelmäßig dort joggen. Das Gebiet ist nicht so groß. Da begegnet man oft denselben Leuten.«

»Und wie oft haben Sie Larissa getroffen?«

»Ich … ich weiß nicht.« Dennis Weinert begann zu schwitzen.

»Zweimal?«, hakte Bodenstein nach. »Oder eher zwanzigmal?«

»Ich weiß es nicht mehr. Öfter als zweimal.« Der Lehrer krauste die Stirn, als würde er nachdenken. Unter dem Tisch wippte er mit dem Fuß.

»Und haben Sie Larissa auch mal geküsst, wenn Sie sich mit ihr getroffen haben?«, fragte Pia.

»Nein!«, rief Dennis Weinert empört. »Natürlich habe ich sie nicht geküsst! Sie ist … sie war … meine Schülerin! Großer Gott!«

»Na ja, es heißt, Sie hätten Larissa auf der Klassenfahrt in Berlin geküsst. Abends in einem Klub. In der Garderobe.« Pia beobachtete interessiert, wie eine dunkle Röte Weinerts Gesicht überzog. »Wir finden, das ist eine ziemlich genaue Beobachtung.«

»Aber das ist nicht wahr!«, beteuerte Weinert. »Wer auch immer Ihnen das erzählt hat, lügt. Das ist Unsinn! So etwas würde ich niemals machen!«

Solche Reaktionen waren Bodenstein und Pia gewohnt. Zuerst alles abstreiten und in Abwehrhaltung gehen. War ich nicht, weiß ich nicht, hat ein anderer gemacht. Verdächtige verhielten sich oft wie kleine Kinder und leugneten, bis die Beweislast nicht mehr zu bestreiten war.

»Sie haben sich angeblich mit Larissa Nachrichten geschrieben. »Außerdem kursiert das Gerücht, dass Sie sich am Freitagabend mit Larissa treffen wollten, um mit ihr zu schlafen.«

Weinert wurde erst rot, dann schneeweiß im Gesicht.

»Das ist unfassbar«, flüsterte er schockiert. »Wer verbreitet so ein gemeines Gerücht? Ich kann mich nicht dagegen wehren.«

»Die Einzige, die bezeugen könnte, ob es wahr ist oder nicht, ist leider tot«, sagte Pia.

Weinert legte die Handflächen aneinander und die Fingerspitzen an den Mund und starrte vor sich hin.

»Ich war am Freitagabend im Stadion. Die Eintracht gegen die Hertha«, sagte er. »Ein Bekannter, der Dauerkarten hat, hat mir zwei Karten geschenkt, weil er selbst nicht hingehen konnte. Ich bin gegen 19:30 Uhr losgefahren, weil ich einen einigermaßen guten Parkplatz kriegen wollte. Es sollte ja schneien. Das Spiel ging 2:2 aus. Bis ich aus dem Stadion rausgekommen bin, hat es mindestens eine halbe Stunde gedauert, und dann musste ich noch bis zum Parkplatz Gleisdreieck laufen. Auf dem Rückweg bin ich langsam gefahren, weil es heftig geschneit hat. Im Stadion hatte ich nichts gegessen, deshalb habe ich in Eschborn beim *Kentucky Fried Chicken* angehalten, um etwas zu essen. Da habe ich übrigens einen Bekannten getroffen.«

Das alles kam aus ihm herausgesprudelt, als hätte er es entweder auswendig gelernt oder wirklich so erlebt.

»Können Sie uns Namen und Kontaktdaten dieses Bekannten geben?«

Dennis Weinert legte die Stirn in Falten.

»Sagen Sie uns einfach seinen Namen«, half Pia freundlich. »Wir machen ihn dann schon ausfindig.«

»Er heißt … Bernd. Der Nachname fällt mir gerade nicht ein. Ich kenne ihn nur flüchtig.«

»Wer kann bezeugen, dass Sie im Stadion waren?«

»Meine Sitznachbarn. Außerdem habe ich Videos von der Choreo und ein paar Fotos während des Spiels gemacht.«

»Hat Sie jemand nach Hause kommen sehen?«, fragte Bodenstein.

»Weiß nicht.« Weinert überlegte. »Vielleicht hat ein Nachbar zufällig aus dem Fenster geguckt. Keine Ahnung.«

»Und Ihre Frau?«

»Die kam an dem Abend erst nach mir nach Hause. Sie ist mit Freundinnen in der Jahrhunderthalle bei einem Konzert gewesen. *Orchestral Manoeuvres in the Dark*. Sie ist um kurz nach Mitternacht mit einem Taxi gekommen.«

Dennis Weinert war ein intelligenter Mann. Alles, was er sagte, wirkte durchaus glaubwürdig. Eine gut einstudierte Rolle? Oder die Wahrheit? Hatte Lissy Böhlefeld sich die Liebelei mit dem Lehrer tatsächlich nur ausgedacht? Bodenstein hätte gerne die Fälle der Mädchen in Lörrach und Straubing angesprochen, aber er wollte nicht gleich alles Pulver verschießen.

»Sie haben sich mit Larissa also keine Nachrichten geschrieben?«, kam Pia wieder auf eine Frage zurück, die Weinert nicht beantwortet hatte.

»Nein.« Der Lehrer rieb sich die Wange. »Kein Schüler und keine Schülerin hat meine Handynummer oder private E-Mail-Adresse, und umgekehrt habe ich das auch nicht von meinen Schülern. Ich bin nicht bei Instagram oder anderen sozialen Netzwerken, die von Schülern frequentiert werden. Ich habe ein Facebook-Konto mit ungefähr 50 Freunden. Als Lehrer ist es wichtig, diese Distanz zu wahren. Wenn Schüler etwas von mir wollen, schreiben sie mir an meine Mailadresse über den Schulserver.«

»Hat Larissa Böhlefeld Ihnen mal geschrieben?«

»Ganz sicher. Ich kann es leicht nachvollziehen, wenn ich in mein Postfach auf dem Schulserver schaue. Die Schüler schreiben mir ständig. Wenn es um Noten geht, Hausaufgaben, Organisatorisches.«

Er bot an, ihnen seine Logindaten für den Schulserver mitzuteilen, aber Bodenstein lehnte ab. Dazu brauchten sie einen richterlichen Beschluss, damit das Material gegebenenfalls bei einem Gerichtsprozess verwertbar war.

Jetzt kamen sie zur wichtigsten Sache. Sie verständigten sich mit einem Blick, Pia öffnete den Schnellhefter, der vor ihr lag, und entnahm ihm das Foto des blauen Schals, mit dem Lissy Böhlefeld erdrosselt worden war.

»Herr Weinert, kennen Sie diesen Schal?« Sie schob ihm das Foto hin.

Dennis Weinert betrachtete das Foto mit zusammengekniffenen Augen, dann zuckte er die Schultern.

»Ich bin mir nicht sicher.« Er blickte auf. »Ich hatte mal so einen Schal, aber den muss ich vor ein paar Wochen verloren haben.«

Ein cleverer Schachzug! Oder wieder die Wahrheit?

»Larissa Böhlefeld hat ihrer Freundin erzählt, Sie hätten ihr diesen Schal geschenkt«, sagte Bodenstein.

»Ich habe keine Ahnung, wer mir da was anhängen will.« Dennis Weinert stieß einen Seufzer aus und schüttelte deprimiert den Kopf. »Aber ich schwöre Ihnen, das stimmt nicht. Ich habe noch nie einer Schülerin ein Kleidungsstück von mir geschenkt und würde das auch niemals tun. Ich habe den Schal gemocht. Er war schon ziemlich alt und nicht besonders hochwertig, aber gerade in der Übergangszeit angenehm zu tragen. Ich dachte, ich hätte ihn auf der Klassenfahrt in Berlin verloren.«

Er legte seine Hände um sein rechtes Knie und zog es etwas an. »Brauche ich einen Anwalt?«

»Noch nicht«, erwiderte Pia. »Aber es könnte sein, dass Sie einen brauchen werden. Würden Sie uns eine Speichelprobe geben?«

»Wozu?« Weinert hielt die Plastikflasche hoch, aus der er getrunken hatte. »Sie können doch die hier nehmen. Darf ich jetzt gehen?«

Mit seiner Kooperationsbereitschaft war es vorbei. Pia konnte es ihm nicht verdenken.

»Es ist zwar nicht sehr angenehm für Sie, aber wir würden Sie gerne hierbehalten. Wenigstens bis morgen«, sagte sie.

»Ich dachte, ich wäre nicht festgenommen worden!«, protestierte Weinert. »Was soll das denn? Ich habe alle Ihre Fragen beantwortet!«

»Das stimmt.« Bodenstein nickte. »Es gibt nur ein Problem. Wir vermuten, dass Anne Böhlefeld im Besitz einer Schusswaffe ist. Bis das geklärt ist, behalten wir Sie zu Ihrer eigenen Sicherheit hier. Und später bekommen Sie auch Ihr Handy zurück.«

***

»Ich fand, er klang glaubwürdig.« Kai hatte die Vernehmung von Weinert hinter seinem Schreibtisch verfolgt. »Wir checken sein Alibi und lassen seine DNA sequenzieren. Aber seid nicht zu euphorisch, was die Existenz seiner DNA auf dem Schal betrifft. Sie wird wohl kaum als Beweis durchgehen, wenn es tatsächlich mal seiner gewesen ist.«

Sie gingen ins Besprechungszimmer. Niemand da.

»Ja, sehe ich auch so.« Bodenstein öffnete eines der Wasserfläschchen, die auf dem Tisch standen, und nahm ein paar Schlucke. »Er hat auf jeden Vorwurf angemessen reagiert. Obwohl wir schweres Geschütz aufgefahren haben, hat er nicht die Fassung verloren.«

»Sein Alibi lässt sich gut überprüfen«, meinte Pia. »Ich schreibe jetzt noch das Protokoll. Aber dann muss ich leider pünktlich Feierabend machen. Ich war seit zwei Tagen nicht mehr bei meiner Mutter.«

»In Ordnung. Wir machen heute alle mal pünktlich Feierabend«, beschloss Bodenstein. »Bleiben aber in Bereitschaft.«

»Einen gibt's, der heute wohl eher nicht pünktlich Feierabend machen wird. Nämlich mich.« Kröger betrat den Raum. »Der Durchsuchungsbeschluss für das Haus von Böhlefelds ist gerade genehmigt worden.«

»Sehr gut. Ich komme mit«, versprach Bodenstein. »Ich will sowieso noch bei Frau Weinert vorbeifahren und ihr mitteilen, wo sich ihr Mann aufhält.«

»Soll ich doch nicht lieber mitkommen?« Pia hatte ein ungutes Gefühl dabei, ihren Chef in seinem angegriffenen Zustand allein fahren zu lassen.

»Kein Kindermädchen! Das hatten wir doch ausgemacht«, erinnerte Bodenstein sie. »Schreib den Bericht und fahr zu deiner Mutter.«

Das Telefon auf dem Tisch klingelte. Es war Tariq aus der Soko-Zentrale. Leona Weinert hatte vor drei Minuten den Notruf gewählt, weil sie vor ihrem Haus angegriffen worden war. Von Jörg Böhlefeld.

»Los geht's!« Bodenstein trank das Wasser aus. »Komm, Christian!«

»Soll ich nicht doch …?«, fragte Pia.

»Schönen Abend und bis morgen, Frau Kollegin!« Bodenstein zwinkerte ihr zu und verschwand in Begleitung von Kröger in den Flur.

***

Die Lage im sonst so ruhigen Nachtigallenweg war unübersichtlich. Die Neuigkeit, dass Lehrer Weinert etwas mit dem Tod von Larissa Böhlefeld zu tun hatte, hatte sich wie ein Lauffeuer in den sozialen Medien verbreitet, deshalb handelte es sich bei den Schaulustigen vorwiegend um Jugendliche, höchstwahrscheinlich Schülerinnen und Schüler der Alexander-von-Humboldt-Schule. Sie drängten sich auf dem Bürgersteig gegenüber Weinerts Haus, filmten mit ihren Handys das Spektakel auf der anderen Straßenseite. Dort hämmerte ein aufgebrachter Mann mit beiden Fäusten gegen die Haustür.

»Komm raus, du feige Drecksau!«, brüllte der Mann. »Los, komm raus, Weinert, du Schwein!«

Zwei andere Männer, eine Frau und die Streifenwagenbesatzung versuchten, ihn zu besänftigen. Vergeblich.

Bodenstein hatte den Dienstwagen weit vorne in der Straße stehen lassen und war mit Kröger den Leuten gefolgt, die zum Ort des Geschehens eilten.

»Fordern Sie Verstärkung an«, rief er dem Kollegen von der Streife zu. »Überfallkommando. Straße weiträumig absperren und Bürgersteige räumen.«

»Geht klar.« Der Streifenpolizist ging zu seinem Auto.

Bodenstein erkannte in dem Randalierer Jörg Böhlefeld. Sein Bruder, einer der Nachbarn und Ylva, seine ältere Tochter, redeten auf ihn ein. Er brüllte wüste Drohungen, schlug und trat gegen die Haustür, die glücklicherweise massiv genug war, um seinem Zorn zu widerstehen. Bodenstein hatte Verständnis für den Mann, aber noch mehr für die verängstigte Frau Weinert, die alle Rollläden heruntergelassen und sich im Haus verschanzt hatte.

»Warte hier«, sagte er zu Kröger. »Ich rede allein mit ihm.«

»Willst du nicht lieber aufs Überfallkommando warten?« Kröger war besorgt. »Der Typ ist doch total irre!«

»Das ist der Vater von Lissy. Ich kenne ihn.« Er bemerkte, dass viele Leute Smartphones hochhielten und filmten. »Du könntest die Leute wegschicken. Filmen ist jetzt nicht gut.«

»Ich sehe zu, was ich machen kann«, erwiderte Kröger und ging auf die Gaffer zu.

Bodenstein überquerte das Rasenstück.

»Herr Böhlefeld«, sprach er den Tobenden an. »Entfernen Sie sich sofort von der Haustür, und verlassen Sie das Grundstück!«

»Das ist *mein* Haus und mein Grundstück!« Böhlefeld drehte sich um. »Ich kann hier stehen und gegen die Scheißtür treten, wie ich will!«

Er schüttelte seinen Bruder, der ihn am Arm ergriffen hatte, ab wie eine lästige Fliege. Nachbar und Tochter wichen zurück.

»Dann hören Sie auf zu randalieren, sonst muss ich Sie wegen Ruhestörung und Hausfriedensbruch festnehmen.«

Erst jetzt schien Jörg Böhlefeld Bodenstein zu erkennen. Sein Gesicht verzerrte sich zu einer hasserfüllten Grimasse, und er kam bedrohlich auf ihn zumarschiert. Wie eine wütende Bulldogge im Kampfmodus. Dennis Weinert hätte keine Chance gegen ihn gehabt.

»Warum müssen wir von anderen Leuten erfahren, dass dieses Schwein sich an unsere Tochter rangemacht hat?« Er schob angriffslustig das Kinn vor, ballte die Fäuste. »Haben Sie das gewusst? Nein? Was zur Hölle wisst ihr überhaupt, ihr Scheißbullen? Was tut ihr eigentlich, um den Mörder unserer Tochter zu finden?«

Er kam ihm so nahe, dass Bodenstein beinahe einen Schritt rückwärts gemacht hätte. Der Mann war kurz davor, ihn körperlich anzugreifen. Aber jeder Millimeter, den er jetzt zurückwich, würde Böhlefeld in seiner Wut bestärken, deshalb blieb er gegen jede Vernunft stehen, stemmte die Hände in die Hüften und spielte seine Größenüberlegenheit aus, indem er auf den bulligen Mann herabblickte. Unter normalen Umständen hätte ihm eine Situation wie diese eine Heidenangst eingejagt, aber seine eigene Wut, die er seit Montag mit sich herumtrug, verlieh ihm den Mut des Fantasielosen.

»Beruhigen Sie sich jetzt, Herr Böhlefeld«, sagt er scharf. »Wir haben erst heute Morgen einen Hinweis auf Herrn Weinert bekommen und sind dem sofort nachgegangen.«

Böhlefeld starrte ihn schwer atmend an. Seine Angriffslust ließ nach.

Martinshörner näherten sich. Mehrere Streifenwagen bogen von beiden Seiten in die Straße ein.

»Ich verstehe, wie es Ihnen geht, Herr Böhlefeld«, sagte Bodenstein, um Zeit zu gewinnen, bis die Kollegen da waren.

»Ach ja? Ist Ihr Kind etwa auch von jemandem umgebracht worden, den Sie kennen? Dem Sie vertraut haben?«, knurrte Böhlefeld, noch immer knapp unterm Siedepunkt. Aber seine Körperspannung hatte etwas nachgelassen.

»Bitte, fahren Sie nach Hause. Herr Weinert ist gar nicht hier. Er ist bei uns auf dem Kommissariat und wird gerade vernommen. Ich werde jetzt mit seiner Frau sprechen und komme danach noch mal zu Ihnen.«

Böhlefeld presste die Lippen zusammen, vermied es, Bodenstein in die Augen zu sehen. Er kämpfte mit sich, dann stimmte er mit einem halben Schulterzucken zu.

Zwei VW-Busse stoppten, die Seitentüren gingen auf. Sehr zur Erbauung des gaffenden Publikums sprangen ein Dutzend Beamte heraus, die von Kröger sofort angewiesen wurden, die Straße von Schaulustigen zu räumen.

Bodenstein nahm Blickkontakt mit Jörg Böhlefelds Tochter auf. Ylva verstand und ging zu ihrem Vater.

»Komm, Papa, lass uns gehen«, sagte sie und ergriff seine Hand. »Komm mit.«

Böhlefeld machte sich unwillig von ihr los, setzte sich aber in Bewegung. Sein Bruder, Ylva und der Nachbar folgten ihm.

»Da wohnt die Drecksau, die meine Tochter umgebracht hat!«, schrie Jörg Böhlefeld in Richtung der filmenden Leute, die sich nicht hatten verscheuchen lassen, und wies auf das Haus. Die Leute lachten und grölten begeistert, einige feuerten den Mann sogar noch an. Niemand hatte einen Sinn für die Tragödie, die sich vor ihren Augen abspielte. Niemanden interessierte, dass das, was hier stattfand, auch eine Art von Selbstjustiz war. Bodenstein kotzte die Sensationsgier der Leute ebenso an wie seine Hilflosigkeit. Er konnte Platzverweise aussprechen, aber mehr auch nicht. Dagegen, dass die Videos in kürzester Zeit im Internet landen würden, war er machtlos.

»Ganz großes Kino, mein Lieber«, sagte Kröger anerkennend. »Niemals im Leben wäre ich allein auf den irren Pitbull losgegangen.«

»Ich normalerweise auch nicht«, antwortete Bodenstein und

beobachtete, wie Jörg Böhlefeld auf dem Beifahrersitz eines silbernen SUV Platz nahm, der Nachbar auf der Rückbank. Sein Bruder setzte sich hinters Steuer. Ylva stieg in ein anderes Auto, mit dem sie, ihr Onkel und der Nachbar wohl hergekommen waren. Er atmete innerlich auf. »Na ja, ist ja alles gut gegangen. Lass uns mit Frau Weinert reden, und dann stellen wir den Böhlefelds die Bude auf den Kopf.«

Das Adrenalin wich aus seinem Blut. Für einen Moment waren seine Knie weich wie Butter, und am liebsten hätte er sich jetzt irgendwo mal kurz hingesetzt und eine geraucht. Er klingelte an der Haustür.

»Frau Weinert!«, rief er. »Hier ist die Kripo. Bitte machen Sie auf!«

Die Tür ging einen Spaltbreit auf. Bodenstein sah die schreckgeweiteten Augen einer verängstigten Frau. Er zeigte ihr seinen Kripoausweis.

»Was ist denn eigentlich los?«, flüsterte sie panisch. »Wo ist mein Mann? Warum ist mein Chef auf mich losgegangen?«

Sie spähte an ihm und Kröger vorbei zu den Streifenwagen, leichenblass und am ganzen Körper zitternd.

»Lassen Sie uns das bitte drinnen besprechen«, bat Bodenstein.

Nach einem kurzen Zögern löste sie die Sperrkette und öffnete die Tür.

Bodenstein erläuterte ihr in knappen Worten den Sachverhalt. Leona Weinert schloss kurz die Augen. Ihr Mund wurde zu einem schmalen Strich.

»Das darf doch nicht wahr sein. Nicht schon wieder!« Sie ließ sich auf einen Stuhl neben der Garderobe sacken.

»Was meinen Sie damit?«

»Mein Mann hat schon öfter Probleme gehabt«, räumte sie offen ein. »Er ist einfach zu nett zu seinen Schülern. Vor allen Dingen zu den Schüler*innen*. Es ist schon oft vorgekommen, dass Mädchen seine Nettigkeit falsch interpretiert haben.«

»Es wird behauptet, Ihr Mann hätte ein heimliches Verhältnis mit Larissa Böhlefeld gehabt«, sagte Bodenstein.

Leona Weinert seufzte.

»Ach so. Jetzt verstehe ich alles.« Sie schüttelte den Kopf. »Dennis würde niemals etwas mit einer Schülerin anfangen! Und schon gar nicht mit der Tochter von meinem Chef! Er ist doch nicht verrückt!«

Sie schien nicht den Hauch eines Zweifels zu haben. »Dennis ist ein sehr guter Lehrer. Ihm sind seine Schüler nicht egal. Er engagiert sich, unterstützt sie, gerade diejenigen, die Schwierigkeiten haben.«

Bodenstein war beeindruckt von der Loyalität und dem Vertrauen, das Frau Weinert ihrem Ehemann entgegenbrachte.

»Wir überprüfen sein Alibi für den Freitagabend«, sagte er. »Bis dahin bleibt er in unserem Gewahrsam. Auch zu seinem Schutz. Und Ihnen würde ich auch raten, heute Nacht vielleicht zu einer Freundin zu gehen oder zu Verwandten.«

»Ich ... ich habe keine Freundin hier in der Nähe, bei der ich übernachten könnte«, antwortete Leona Weinert. »Ich muss morgen ja wieder arbeiten. Wobei ...«

Sie verstummte. Ihre Augen huschten hin und her. Dann blickte sie Bodenstein an.

»Braucht mein Mann einen Anwalt?«

»Bis jetzt ist er nur Zeuge, kein Verdächtiger«, erwiderte Bodenstein.

Leona Weinert stand schwerfällig auf, zog ihren Mantel aus und hängte ihn an die Garderobe.

»Es könnte sein, dass man Sie belästigt«, gab Bodenstein zu bedenken. »Herr Böhlefeld hat gerade in ein Dutzend Handykameras gesagt, dass Ihr Mann der Mörder seiner Tochter sei, und dabei auf Ihr Haus gezeigt.«

»Großer Gott! Das darf doch alles nicht wahr sein. Was soll ich machen?« Sie sah sehr verletzlich aus, wie sie da vor ihm stand und ihn aus großen Augen anblickte. »Meine Schwiegereltern wohnen in Oberursel. Aber mein Schwiegervater ist sehr krank. Er würde wissen wollen, wo Dennis ist, und das kann ich ihm nicht sagen. Das würde ihn zu sehr aufregen.«

»Ich sorge dafür, dass heute Nacht ein Streifenwagen vor Ihrer

Tür steht«, sagte Bodenstein. »Lassen Sie alle Rollläden unten, und öffnen Sie niemandem die Tür. »

Sie seufzte erneut. Ihr Gesicht hatte wieder Farbe bekommen.

»Ich brauche jetzt einen Tee. Wollen Sie auch einen?«, fragte sie.

Bodenstein lehnte ihr Angebot ebenso höflich ab wie vorhin das ihres Mannes. Kröger und er folgten ihr in die Küche. Im Porzellanbecher mit dem Eintracht-Logo hing noch der Teebeutel, den sich ihr Ehemann vor ein paar Stunden hatte aufgießen wollen.

»Ihr Mann hat gesagt, dass er an dem Freitag, nachdem er im Stadion gewesen ist, noch bei *Kentucky Fried Chicken* war und dort zufällig einen Bekannten getroffen hat. Hat er Ihnen davon erzählt?«

»Ja.«

»Wissen Sie, wie der Bekannte hieß?«

»Bernd. Den Nachnamen weiß ich leider nicht. Er wohnt auch in Schwalbach.«

»Danke.«

»Wie ist Ihr Mann an dem Abend ins Stadion gekommen?«, erkundigte er sich.

»Mit dem Auto?« Leona Weinert hob die Stimme am Ende des Satzes, sodass es eher wie eine Frage klang.

»Dürfen wir uns das Auto mal ansehen?«

»Ja, selbstverständlich.«

Sie folgten der Frau des Lehrers die enge Treppe hinunter in den Keller. Eine Tür führte direkt in eine Garage. Leona Weinert drückte auf den Lichtschalter. Die Garage, die wie das Haus aus den Siebzigerjahren stammte, war für das Auto eigentlich viel zu klein. An der Wand in Höhe der Fahrertür klebte ein breiter Streifen Moosgummi, wahrscheinlich, damit die Autotür beim Öffnen nicht beschädigt wurde.

Bodenstein und Kröger wechselten einen raschen Blick. Vor ihnen stand ein silberner Škoda Octavia Kombi. Kröger schob sich seitlich an der Wand entlang, bis er hinter dem Auto stand und das Kennzeichen lesen konnte.

»M-CM 4432«, sagte er.

»Das ist mein Dienstwagen«, erklärte Leona Weinert. »Der Hauptsitz der Firma, für die ich arbeite, ist in München.«

»Frau Weinert, wir müssen Ihr Auto beschlagnahmen«, sagte Bodenstein. »Es tut mir leid, wenn Ihnen das Unannehmlichkeiten bereitet.«

»Mein Auto beschlagnahmen«, wiederholte Leona Weinert und wurde wieder blass. »Aber warum?«

Kröger telefonierte schon, um die Abholung des Wagens zu veranlassen.

»Ich fürchte«, sagte Bodenstein, »Ihr Mann braucht jetzt doch einen Anwalt.«

***

Pia hatte gerade alle Berichte ins ComVor-System getippt, als Henning anrief. Er klang aufgekratzt.

»Pia, ich habe eine Idee!«, sagte er. »Was würdest du von einer Senioren-WG im Haus deiner Mutter halten?«

»Eine Senioren-WG?« Pia richtete sich auf ihrem Stuhl auf und bog ihren Rücken durch, bis es knackte. »Wie meinst du das denn?«

»Was war das für ein Geräusch?«, wollte Henning wissen.

»Das Knacken? Meine Brustwirbelsäule, schätze ich.«

Sie fuhr den Computer herunter und begann mit einer Hand ihren Rucksack zu packen.

»Klingt nicht gut. Na ja. Hör zu: Du erinnerst dich doch an meine liebe Tante Lilo aus Oberursel, sie wohnte früher in dem Haus mit dem großen Garten und dem See. Die ist von ihren herzlosen, erbschleicherischen Kindern – an meinen nichtsnutzigen Cousin Patrick und meine kontrollsüchtige Cousine Pascale kannst du dich sicher auch noch erinnern – kürzlich in ein deprimierendes Altersheim in Walsrode verfrachtet worden, weil sie Geld sparen wollen«, legte Henning los. »Tante Lilos Rente reicht auf den Cent genau für diese Alten-Verwahranstalt, wo nur Demente vor sich hinvegetieren. Es ist grausam, wirklich grausam, weil Tante Lilo glasklar im Kopf und noch richtig fit ist.«

»Komm zur Sache, Henning.« Pia musste schmunzeln. Sie

wusste, wie sehr Henning seine Tante mochte, weil sein Bruder und er in ihrer frühen Jugend fast immer die Ferien dort verbracht hatten.

»Mein Onkel hat Tante Lilo ein schönes Vermögen hinterlassen, auf das mein Cousin und meine Cousine jetzt spekulieren. Ihr Pech, dass ihr Vater, mein Onkel, seine Kinder in seinem Testament beide aufs Pflichtteil gesetzt hat. Und ihr noch größeres Pech ist, dass er einen Testamentsvollstrecker eingesetzt hat.«

»Wieso in Walsrode?«, fragte Pia.

»Ach so, ja, Pascale wohnt dort und will ihre Mutter angeblich näher bei sich haben«, erwiderte Henning. »Heute Mittag habe ich mit Tante Lilo telefoniert, weil sie Geburtstag hat, sie ist zweiundachtzig geworden, und da hat sie mir ihr Leid geklagt. Sie hat fast ihr ganzes Leben in diesem Haus mit Garten gewohnt und liebt Gartenarbeit. Und auf einmal sitzt sie in so einem Kasten und muss sich ihr Zimmer mit einer anderen Frau teilen, die Windeln braucht, stell dir das mal vor!«

Pia wollte es sich lieber nicht vorstellen. In einem solchen Pflegeheim hatte ihre geliebte Großmutter die letzten Jahre ihres langen, arbeitsamen Lebens verbringen müssen.

»So, und jetzt zu meiner Idee«, sagte Henning. »Tante Lilo könnte zu deiner Mutter ziehen. Dazu müsste euer Haus nur minimal umgebaut werden. Es ist groß genug, dass die Einliegerwohnung für eine in Zukunft möglicherweise einzustellende Pflegekraft frei bleiben könnte. Deine Mutter ist ein geselliger Mensch, sie würde sich mit Tante Lilo sicher gut verstehen. Sonntags könnten sie zusammen in die Kirche gehen. Und die Kosten für die Pflege könnte man sich teilen.«

Pia musste lächeln. Nach all dem Mist, den sie in den letzten Tagen erlebt hatte, war Hennings Vorschlag ein echter Lichtblick.

»Die Idee ist toll«, sagte sie. »Danke, Henning! Sobald der Fall gelöst ist, gehen wir die Sache an. Vielleicht wäre das eine Lösung.«

»Und wenn sich alles eingespielt hat, müsstest du dich gar nicht mehr so viel darum kümmern.« Henning machte eine kurze Pause. »Hast du dich eigentlich schon entschieden, ob du mit Christoph nach Namibia gehen wirst?«

»Nein, habe ich noch nicht«, antwortete Pia. »Ehrlich gesagt, komme ich gerade überhaupt nicht dazu, darüber nachzudenken.«

Pia knipste die Schreibtischlampe aus, winkte Kai, der hinter seinen Bildschirmen saß, zu und verließ ihr Büro, das Handy am Ohr. Auf dem Weg nach unten und durch die Sicherheitsschleuse hinaus auf den Parkplatz erzählte Henning Anekdoten von seiner Tante Lilo.

Plötzlich zuckte ein Gedanke durch Pias Kopf wie ein heller Blitz und war auch genauso schnell wieder in den Tiefen ihres Gehirns verschwunden.

»Was hast du gerade gesagt?«, unterbrach sie Henning.

»Hast du mir etwa nicht zugehört?«, fragte er zurück.

»Doch, sicher. Was war das mit den verstellten Stimmen?«

»Du meinst, das mit dem Anruf bei der Polizei?«

»Ja, genau!« Pia blieb stehen.

Er wollte die Geschichte gerade bereitwillig wiederholen, aber da war der Gedankenblitz wieder, und diesmal konnte Pia ihn festhalten.

»Danke, Henning«, sagte sie. »Du hast mir echt geholfen. Ich muss auflegen!«

Sie machte auf dem Absatz kehrt und ging zurück ins Büro.

***

»Sie sollten vielleicht besser morgen wiederkommen.« Ylva hatte Bodenstein die Tür geöffnet und sprach mit gesenkter Stimme. »Papa ist echt mies drauf.«

»Das verstehe ich«, entgegnete Bodenstein. »Aber ich muss mit ihm sprechen. Glauben Sie mir, nach unserer Begegnung eben wäre es mir auch lieber, wenn ich heute nicht mehr hier sein müsste.«

Ein kleines Lächeln erschien in Ylvas Mundwinkeln.

»Papa kann ganz schön aufbrausend sein«, sagte sie leise. »Warten Sie kurz. Ich hole ihn.«

»Danke.«

Bodenstein war allein zu Böhlefelds gefahren. Er hoffte, dass er Anne Böhlefeld davon überzeugen konnte, ihm die Waffe auszuhändigen, denn sonst blieb ihm nichts anderes übrig, als noch heute Abend ihr Haus durchsuchen zu lassen.

Die Haustür wurde aufgerissen.

»Verschwinden Sie! Verlassen Sie mein Grundstück«, blaffte Jörg Böhlefeld und wollte die Tür zuschlagen, aber Bodenstein stellte seinen Fuß dazwischen.

»Bitte lassen Sie mich kurz rein, Herr Böhlefeld«, bat Bodenstein höflich. »Ich muss dringend mit Ihrer Frau sprechen.«

»Warum können Sie uns nicht einfach in Ruhe lassen?«

»Bitte.« Bodenstein blieb beharrlich.

Böhlefeld dachte nach, dann öffnete er widerstrebend die Tür und ließ ihn eintreten. Im Wohnzimmer sah Bodenstein Jonas Böhlefeld, den Piloten-Bruder, und den Nachbarn. Ylva und eine andere Frau waren in der Küche beschäftigt.

»Dieses Schwein ist unser Mieter. Das muss man sich mal vorstellen!« Jörg Böhlefelds Aggressivität war verpufft. In den letzten zehn Tagen war er um Jahre gealtert. Tränensäcke, schlaffe Wangen und die herabhängenden Mundwinkel ließen ihn wie einen alten Mann aussehen. »Er und seine Frau waren erst vorgestern zusammen hier, um uns zu kondolieren. Wie charakterlos kann ein Mensch sein? Lissy war doch erst sechzehn, und der Kerl ist sicher Mitte vierzig!«

»Wo ist Ihre Frau, Herr Böhlefeld?«, insistierte Bodenstein.

»Ach ja. Meine Frau. Sie ist oben.«

Bodenstein war erleichtert. In Gedanken hatte er sich schon ausgemalt, wie Anne Böhlefeld mit einer geladenen Waffe durch die Gegend fuhr, auf der Suche nach Dennis Weinert.

»Würden Sie sie bitte holen?«

»Sie hat sich gerade hingelegt. Sie nimmt das auch alles furchtbar mit, das müssen Sie doch …«

Bodenstein schloss die Tür zur Küche.

»Hören Sie mir zu, Herr Böhlefeld«, sagte er eindringlich. »Ihre Frau ist im Besitz einer Waffe, mit der sie auf Farwad Mahmoudi geschossen hat.«

»Eine *Waffe*?« Jörg Böhlefeld starrte ihn verständnislos an. »Woher soll meine Frau denn eine Waffe haben?«

»Von einer Geheimorganisation, die Angehörigen von Mordopfern dabei hilft, Selbstjustiz an den Tätern zu verüben. Diese Leute haben mit Ihrer Frau Kontakt aufgenommen, Farwad Mahmoudi entführt und ihr angeboten, ihn zu erschießen.«

Böhlefeld sah so aus, als würde er nicht mehr viele Hiobsbotschaften verkraften. Wieder einmal bewahrheitete sich die alte Weisheit, dass die Menschen, die am härtesten wirkten, oft die weichsten waren.

»Sie hat es mir erzählt, aber sie hat behauptet, sie hätte die Waffe in einen See geworfen«, fuhr Bodenstein fort. »Bitte, Herr Böhlefeld, überzeugen Sie Ihre Frau davon, mir jetzt die Waffe auszuhändigen. Sonst wird es heute Abend zu allem Überfluss bei Ihnen eine Hausdurchsuchung geben.«

Jörg Böhlefeld starrte ihn an, er wirkte völlig durcheinander.

»Weinert ist bei uns in Gewahrsam«, sprach Bodenstein weiter. »Wir überprüfen seine DNA. Morgen wissen wir mehr. Wir tun wirklich alles, was in unserer Macht steht, um denjenigen zu finden, der Ihre Tochter getötet hat, das verspreche ich Ihnen.«

Böhlefeld schüttelte langsam den Kopf.

»Ich glaube das nicht. So was würde meine Frau nie tun«, krächzte er.

»Fragen wir sie doch einfach«, schlug Bodenstein vor, und tatsächlich ging Böhlefeld nach kurzem Zögern die Treppe hoch. Bodenstein machte ein paar Schritte nach links, raus aus der Schusslinie, für den Fall, dass Anne Böhlefeld die Waffe tatsächlich noch hatte. Menschen, die derart unter Druck standen wie die Böhlefelds, waren zu allem imstande. Er zog seine Dienstwaffe aus dem Schulterholster, steckte sie in die Manteltasche, umschloss den Griff mit der rechten Hand und zwang sich, ruhig zu atmen.

Es dauerte nicht lange, und Böhlefeld kehrte in Begleitung seiner Frau zurück.

»Ich habe Ihnen doch gesagt, dass ich die Pistole in den See geworfen habe«, sagte sie statt einer Begrüßung.

»Das glaube ich Ihnen nicht. In welchen See wollen Sie sie denn geworfen haben?«

»In den Anglerteich. Im Wald. An der Straße zwischen Kronberg und Schwalbach«, behauptete sie. Ihr Mann setzte sich auf eine Treppenstufe. Alle Energie schien aus seinem Körper gewichen.

»Muss das sein? Vor meinem Mann?«, zischte Anne Böhlefeld.

»Ja, das muss sein. Er hat vor dem Haus von Weinerts randaliert«, erwiderte Bodenstein. »Sie sind im Besitz einer Schusswaffe. Ich lasse nicht zu, dass Sie sich Ihr Leben völlig ruinieren, indem Sie jemanden erschießen. Also, geben Sie mir jetzt die Pistole. Sonst lasse ich Ihr Haus durchsuchen. Ich habe einen Durchsuchungsbeschluss. Und morgen lasse ich den Anglerteich von Tauchern absuchen und zur Not komplett leer pumpen. Das wird unnötig Kapazitäten binden, die ich lieber für die Suche nach dem Mörder Ihrer Tochter einsetzen würde. Und es kostet sehr viel Geld.«

Irgendetwas von dem, was er gesagt hatte, kam bei Anne Böhlefeld an. Sie biss sich auf die Unterlippe. Plötzlich hatte sie Tränen in den Augen. Dann ging sie an ihm vorbei, riss die Küchentür auf und marschierte ins Wohnzimmer. Steuerte direkt auf das Bücherregal zu und zog ein dickes Buch hervor. Damit kehrte sie zu ihm zurück und hielt es ihm hin.

»Was ist das?«, fragte Bodenstein.

»Machen Sie es auf.«

Jörg Böhlefeld kam mühsam auf die Beine. Es war offensichtlich, dass er keine Ahnung hatte, was es mit dem Buch auf sich hatte.

Bodenstein klappte das Buch auf. In einer grauen Schaumstoffform lag matt schimmernd eine Glock 19. Mitsamt Schalldämpfer und Magazin. Vor Erleichterung wurde ihm flau.

»Der Mann hat mir auch noch ein Handy gegeben. Ein Prepaidhandy, in das eine einzige Nummer eingespeichert ist. Die sollte ich anrufen, wenn … wenn … die Sache erledigt ist.« Anne Böhlefeld ging zur Garderobe, zog eine kleine Plastiktüte mit dem Werbeaufdruck der Taunus-Apotheke aus der Tasche eines Mantels und reichte sie Bodenstein.

»Danke!« Er klappte den Buchtresor zu, klemmte ihn sich unter den Arm und steckte die Tüte mit dem Handy ein.

»Besser so«, entgegnete Anne Böhlefeld gefasst. »Ich hätte das Schwein vielleicht sonst wirklich erschossen.«

***

Der Vorwurf von Lissys Mutter, sie sei schuld am Tod ihrer besten Freundin, hatte Sara tief getroffen. Noch mehr enttäuscht hatte sie der Verrat von Marcella und Lynn. Sie hatten die Damon-Geschichte nicht nur ihren Müttern erzählt, sondern auch noch in den Klassenchat geschrieben. Mit dem Shitstorm, der daraufhin über sie hereingebrochen war, würde sie klarkommen – in diese Schule würde sie sowieso keinen Fuß mehr setzen, und ihre Accounts bei Insta, TikTok und Snapchat hatte sie stumm geschaltet. Das tat alles weh, aber wirklich schlimm war, dass Lissy nicht ehrlich zu ihr gewesen war. Sie hatte gelogen. Sich Dinge ausgedacht. Andere Dinge verschwiegen. So etwas taten beste Freundinnen einfach nicht. Saras Enttäuschung war bodenlos, und sie hätte alles darum gegeben, noch ein einziges Mal mit Lissy reden zu können. Sie fragen zu können, warum sie das alles getan hatte. Warum sie nicht ehrlich gewesen war.

Sie hatte ihren Eltern alles erzählt. Dass sie sich mit dem Kommissar getroffen und ihm von ihrem Verdacht erzählt hatte. Wie Anne Böhlefeld vor der Haustür gestanden und sie beschimpft hatte. Zu ihrer Überraschung hatten ihre Eltern völlig anders reagiert als befürchtet.

»Du hast das Richtige getan. Wenn euer Lehrer tatsächlich etwas mit Lissys Tod zu tun hatte, und du wusstest etwas darüber, dann musstest du mit der Polizei reden«, hatte Papa gesagt. »Wenn er unschuldig ist, werden sie das schon herausfinden.«

»In der Schule hassen mich jetzt alle«, hatte sie geflüstert.

»Ach, mach dich nicht verrückt wegen der blöden Schule«, hatte ihr Vater erwidert. »Wir finden eine andere. Ich war auch auf verschiedenen Schulen.«

Sara war so erleichtert gewesen, dass sie geheult hatte wie ein Baby. Papa und Mama hatten sie getröstet, und danach war es ihr besser gegangen.

Sie drehte sich auf den Rücken, schob die Arme unter den Kopf und blickte an die Zimmerdecke, auf die die Straßenlaterne ein orangefarbenes Muster malte. Ihre Gedanken, die seit Freitagabend wie verrückt in ihrem Kopf herumgewirbelt waren, kamen zur Ruhe. Nie mehr würde etwas so sein wie früher. Die Unbeschwertheit war weg. Die Zeit, in der sie Menschen leichtfertig vertraut und alles erst mal geglaubt hatte, war für immer vorbei. Zwischen dem, was die Leute sagten und was sie taten, lag ein kilometerweiter Unterschied. Sie hatten eine schöne Zeit gehabt, Lissy und sie. Daran würde sie sich vielleicht später erinnern, nicht an ...

Und ganz plötzlich, aus heiterem Himmel, fiel es ihr ein. In ihrem Kopf setzten sich Bruchstücke von Erinnerungen zu einem Bild zusammen. Ihr Herzschlag beschleunigte sich. Auf der Geburtstagsparty von Lissys Vater im letzten Winter, da hatte es angefangen. Da war etwas passiert, und seitdem hatte sich Lissy verändert. Dann der Urlaub in Kroatien, als die Böhlefelds zusammen mit der Familie von Lissys Onkel ein Haus gemietet hatten. Nach diesem Urlaub hatte Lissy immer wieder gesagt, sie würde am liebsten für ein ganzes Jahr nach Kanada gehen. Und dann die Deutsche Cosplaymeisterschaft auf dem Messegelände. Sie hatten drei Tage lang eine megageile Zeit mit den anderen Cosplayern gehabt, sie waren so happy gewesen. Eigentlich war vereinbart gewesen, dass Anne sie abholen sollte, aber ihr war irgendetwas dazwischengekommen. Stattdessen war Lissys Onkel gekommen, Onkel Jonas. Der nette Onkel Jonas.

Donnerstag, 19. Dezember

In den Albträumen seiner Kindheit war er immer gerannt, auf der Flucht vor irgendeiner Bedrohung, die nie wirklich Gestalt angenommen hatte. Kurz bevor das namenlose Unheil ihn einholte, war er jedes Mal aufgewacht, mit rasendem Puls, hellwach und erfüllt von dem Gefühl, im allerletzten Moment mit dem Leben davongekommen zu sein. Diese Träume hatten irgendwann aufgehört, oder vielleicht konnte er sich morgens nur nicht mehr an sie erinnern. Aber jetzt waren sie wieder da, anders als früher, aber nicht weniger beklemmend. Schon die dritte Nacht hintereinander hatte Bodenstein von Lissy Böhlefeld geträumt. Einmal hatte sie sich auf dem Sektionstisch aufgerichtet und ihn anklagend angeschaut, das zweite Mal hatte sie ihn gerufen und weinend im Leichensack im Kühlfach gelegen. Heute Morgen war er davon aufgewacht, dass es in seinem Traum an der Haustür geklingelt hatte, und da hatte Lissy gestanden, aber sie hatte ausgesehen wie Sophia.

Wieso berührte ihn dieser Fall so sehr? Lag es daran, dass er den Schmerz von Lissys Eltern nachempfinden konnte, weil er eine Tochter in einem ähnlichen Alter hatte? Hatte er ein schlechtes Gewissen, weil sie sich von dieser Selbstjustiz-Geschichte ablenken ließen, die zu viel Zeit in Anspruch nahm? Nicola hatte recht gehabt. Sie waren zu sehr involviert und hätten den Fall abgeben müssen. Oder hatte ihn der Anschlag im Landgericht so sehr aus der Bahn geworfen? Das dauernde Frösteln machte ihn verrückt, und der Tinnitus störte ihn beim Denken.

Warum hatte Kathrin Farwad Mahmoudi entführen lassen, bevor überhaupt klar war, ob er Lissy Böhlefeld tatsächlich ermordet hatte? Hatte es etwas mit Kathrins Beziehung zu Richter Hawelka zu tun gehabt? Er hatte den jungen Mann in einem ausgeuferten Verfahren wegen Vergewaltigung verurteilt, Kathrin hatte den Namen Farwad Mahmoudi also sicherlich bereits gekannt.

Bodenstein betrat das Gebäude der RKI, nickte der Schutzpolizistin an der Pforte zu und wartete, bis der Summer ertönte und er die Sicherheitstür aufdrücken konnte. Er ging an der Tür der Soko-Zentrale vorbei und die Treppe hoch in den ersten Stock. Sein Team saß vollzählig um den Tisch im Besprechungsraum herum, und er bemerkte sofort die veränderte Energie, eine positive Anspannung, die seine Kollegen ausstrahlten. Sie mussten auf irgendetwas gestoßen sein. Während er sich in der Teeküche gegenüber einen Kaffee holte, hörte er sie durch die offene Tür streiten wie die kleinen Kinder, wer bei der Besprechung als Erster reden durfte.

Ich! Nein, ich! Nein, ich habe das Wichtigere ...

Bodenstein musste lächeln. Das Jagdfieber hatte sie gepackt, und die Motivation war hoch, das war gut so. Nach all den Jahren in diesem Job, der oft so mühsam war, in dem man ständig belogen wurde oder nur die Hälfte erzählt bekam, waren sie immer noch nicht abgestumpft.

Es war Kai, der zuerst das Wort ergriff. Er hatte die Geschichte, die Vivien Beiswenger Bodenstein erzählt hatte, verifizieren können. Laut Kathrins Unterlagen war der Betreuer aus dem Sommercamp vor seiner Haustür entführt, gefoltert und anschließend erschossen worden. Dazu passend hatte Kai einen bisher ungeklärten Mordfall aus dem Jahr 2013 in der Vermi/Utot-Datenbank gefunden: Im Oktober 2013 war eine skelettierte männliche Leiche ohne Kopf und Hände von Pilzsammlern in einem Waldstück in der Nähe von Winterberg im Sauerland gefunden worden. An der Leiche waren Spuren von Folter festgestellt worden, im Brustkorb hatte eine Patrone Kaliber 22 gelegen, die wahrscheinlich im Herz gesteckt hatte. Der fehlende Kopf und die fehlenden Hände hatten eine Identifizierung unmöglich gemacht.

Die Tür ging auf. Nicola Engel und Christian Kröger kamen herein und entschuldigten sich für die Verspätung. Der silberne

Škoda Octavia von Leona Weinert wurde gerade von den Technikern im Kriminallabor des LKA unter die Lupe genommen. Die Pistole, die Bodenstein gestern bei Anne Böhlefeld sichergestellt hatte, war bereits in der Ballistik, und das Prepaidhandy wurde ebenfalls im Labor auf verwertbare Spuren untersucht.

»Ich habe Dennis Weinert und seine Frau überprüft«, meldete sich danach Cem zu Wort. »Die Geschichte mit den Schülerinnen, die er belästigt haben soll, konnte ich noch nicht nachvollziehen, aber weder er noch seine Frau haben Vorstrafen im BZR, sie haben nicht einmal Punkte in Flensburg. Sie haben keine Einträge bei der Schufa, sind nicht verschuldet. Weinert ist bei WhatsApp, aber nicht bei Instagram oder TikTok. Er hat bei Facebook einen Account mit 54 Freunden und einen bei XING, der aber veraltet ist.«

»Auf seinem Smartphone hatte er die Nummer von Lissy Böhlefeld nicht gespeichert«, ergänzte Tariq. »Er hat überhaupt nur 72 Kontakte. Anrufe oder Nachrichten von Schülern haben wir nicht gefunden. Über die Ortungsdienste konnten wir das GPS-Bewegungsprotokoll einsehen. Das bestätigt die Geschichte, die Weinert erzählt hat. Er war zu dem von ihm angegebenen Zeitraum im Stadion.«

Wie befürchtet, hatte es nicht lange gedauert, bis der Lehrer in den sozialen Medien und Online-Portalen aller Zeitungen und Fernsehsender als mutmaßlicher Mörder der sechzehnjährigen Schülerin Larissa B. bezeichnet wurde. Im Netz wurde über das Verhältnis der beiden spekuliert, und innerhalb kürzester Zeit überschlugen sich die Hass-Kommentare gegen den Lehrer, aber auch gegen das getötete Mädchen, das als »Bitch« und »Nutte« verunglimpft wurde. Auch Sara Korbmacher wurde beschimpft. Man verdächtigte sie, den Lehrer aus Rache bei der Polizei angeschwärzt zu haben, weil sie auch in ihn verliebt gewesen sei.

»Das ist eine Katastrophe!« Nicola Engel war bestürzt.

»Es kommt leider noch schlimmer«, kündigte Tariq an und klappte seinen Laptop auf. Das Video von Jörg Böhlefeld vor dem Haus von Weinert war viral gegangen und hatte schon Hunderttausende Klicks bei YouTube und Instagram.

»Es gibt sogar schon GIFs von Jörg Böhlefeld, wie er ›Da wohnt die Drecksau!‹ schreit.«

Unfassbar. Die Leute hatten vor nichts mehr Respekt. Nicht einmal mehr vor dem Schmerz eines Mannes, dessen Tochter ermordet worden war.

»Wenn sich herausstellt, dass Weinert unschuldig ist, dann fliegt uns das hier richtig um die Ohren«, unkte Nicola Engel. »Falls wir keine besseren Beweise finden, müssen wir ihn heute gehen lassen. Oder ihr müsst ihn als Beschuldigten belehren.«

»Wir haben ihn hierbehalten, weil Gefahr im Verzug war«, erinnerte Bodenstein seine Chefin. »Anne Böhlefeld hatte eine Waffe, und vor seinem Haus rotten sich aufgebrachte Leute zusammen. In der Zelle ist er sicherer.«

»Wir überprüfen sein Alibi«, sagte Pia. »Und warten auf die Ergebnisse aus dem Labor. Aber falls sie seine DNA am Mordwerkzeug finden sollten, kriegen wir ganz bestimmt einen Haftbefehl.«

»Gut. Sonst noch was?«

»Unsere IT-Leute haben sämtliche Social-Media-Accounts von Larissa Böhlefeld abgeschaltet, weil die mit Hasskommentaren zugespammt worden sind«, sagte Kai. »Und die von Sara Korbmacher waren heute Morgen auch gesperrt, aber das hat sie wahrscheinlich selbst gemacht.«

»Okay.« Bodenstein trank den letzten Schluck Kaffee. »Machen wir uns an die Arbeit.«

»Moment, ich habe auch noch etwas«, sagte Pia, die ungeduldig gewartet hatte. »Ihr erinnert euch, dass sich Kollege Fritsche von der Bereitschaftspolizei nicht an den Hundespaziergänger erinnern konnte, der angeblich Lissys Leiche gefunden hatte. Der Name war auch nicht im Protokoll vermerkt, und Fritsche war stinksauer, weil ich ihm unterstellt habe, dass er einen Fehler gemacht hat. Aber das hatte er gar nicht.«

»Wieso? Den Namen und die Kontaktdaten eines so wichtigen Zeugen nicht ins Protokoll aufzunehmen, ist ein gravierender Fehler«, fand die Kriminaldirektorin.

»Ich glaube, es hat überhaupt keinen Hundespaziergänger gegeben. Sondern nur einen Anruf über die 110. Ich habe mir die Aufnahme des Notrufs gestern Abend schicken lassen.«

Pia tippte auf ihrem Smartphone herum, bis sie die Audiodatei gefunden hatte, und drückte auf die Play-Taste.

»Hallo, mein Hund hat eben aufm Spaziergang 'ne Leiche gefunden. Zwischen Schwalbach und Sulzbach. Auf dem Weg, der am Bach langführt. Hinter so 'ner Hütte mit so 'ner Marienstatue drin. Da sollten Sie mal nachgucken.«

Einen Moment lang herrschte Stille.

»Fritsche hat gesagt und später zu Protokoll gegeben, die Leiche hätte unter vierzig Zentimeter Schnee gelegen«, sagte Pia.

»Kann ich bezeugen«, warf Christian Kröger ein.

Alle begriffen, was sie meinte.

»Der Anrufer hatte Täterwissen«, sagte Bodenstein.

»Ganz genau.« Pia nickte. »Ich habe mir außerdem die Fotos vom Leichenfundort noch mal genau angeschaut. Der Schnee war schon ziemlich zertrampelt, als Christians Techniker die Fotos gemacht hat. Aber irgendwo hätte man doch die Abdrücke von Hundepfoten sehen müssen.«

»Konnte der Anruf zurückverfolgt werden?«, erkundigte sich Cem.

»Nein. Unterdrückte Nummer.«

»Die Stimme ist verfremdet«, sagte Tariq. »Hundertprozentig.«

Pia spielte die Aufnahme noch einmal vor. Und ein drittes Mal. Sie diskutierten, ob der Anrufer ein Mann oder möglicherweise eine Frau war und mit welcher Software die Stimme verändert worden sein könnte. Hatten sie die Stimme des Täters auf Band? Oder die eines Mitwissers?

»Das sollen Profis analysieren«, beschloss Nicola Engel. »Gut gemacht, Frau Sander!«

»Aber warum hätte der Täter selbst anrufen sollen?«, wunderte sich Tariq.

»Vielleicht wollte er, dass die Leiche schnell gefunden wird«, mutmaßte Cem. »Weil er schlechte Nerven hat.«

»Oder weil er den Eltern die Ungewissheit ersparen wollte. Unter dem Schnee wäre die Leiche nicht so bald gefunden worden«, sagte Bodenstein. Er frohlockte innerlich. War die Stimme auf dem Band das lose Ende eines Fadens, der sie, wenn sie ihn vorsichtig aufwickelten, zum Mörder von Lissy Böhlefeld führen würde?

***

»Ich glaube nicht, dass Dennis Weinert Lissy getötet hat«, sagte Cem. »Er hatte eine Karte für das Fußballspiel geschenkt bekommen und wollte unbedingt dorthin.«

»Vielleicht war es ja auch ganz anders, und Lissy hat ihren Lehrer gestalkt«, meinte Pia.

»Willst du jetzt etwa das Opfer zum Täter machen?«, fragte Cem.

»Absolut nicht«, entgegnete Pia. »Verliebte Mädchen in diesem Alter tun verrückte Dinge. Ich kann mich erinnern, dass ich mit fünfzehn oder sechzehn wahnsinnig in einen Typen aus der Jahrgangsstufe meines Bruders verknallt war. Ich bin manchmal zwanzigmal mit dem Mofa an seinem Haus vorbeigefahren, immer in der Hoffnung, dass er rauskommt und ich so tun kann, als wäre ich zufällig vorbeigekommen.«

»Und? Hattest du Glück?«, wollte Kai leicht amüsiert wissen.

»Wie man's nimmt«, erwiderte Pia. »Bei einer meiner Fahrten habe ich beobachtet, wie ein Mädchen bei ihm aus der Haustür kam, obwohl sie mit dem besten Freund meines Bruders zusammen war. Sie ist ganz verstohlen rausgehuscht. Ich hab's meinem Bruder erzählt und der seinem Kumpel, der daraufhin mit dem Mädchen Schluss gemacht hat. Tja, und die kam dann offiziell mit meinem Schwarm zusammen, und das war's für mich. Pech gehabt.«

»Also, Lissy ist in ihren Lehrer verliebt und erzählt ihrer besten Freundin, sie wäre mit ihm am Park-and-ride-Parkplatz am S-Bahnhof Niederhöchstadt verabredet«, dachte Bodenstein laut nach. »Aber sie geht mit Farwad Mahmoudi schnurstracks an dem Parkplatz vorbei, dreht sich nicht mal um, lässt ihr Handy ausgeschaltet. Das klingt für mich nicht unbedingt nach besessener Verliebtheit.«

»Weil sie in Wirklichkeit gar nicht mit ihm verabredet war«, warf Pia ein. »Das hat sie ihrer Freundin nur erzählt.«

»Warum sollte sie das denn tun?«, fragte Cem.

»Um sich wichtigzumachen? Weil sie sich in ihre Lügen verwickelt hatte und vor ihrer Freundin nicht blöd dastehen wollte?«

»Aber dann ist sie ihm doch begegnet«, spann Bodenstein den Faden weiter. »Zufällig. Als sie von der Flüchtlingsunterkunft nach Hause laufen will. Er will gerade ins Stadion fahren, sieht sie und hält an ...«

»... vorausgesetzt, das war er.«

Bodenstein überhörte Cems Einwurf. Er war aufgestanden und ging im Besprechungsraum hin und her.

»Hätte ich, an Weinerts Stelle, angehalten, wenn mir zufällig irgendeine Schülerin entgegengekommen wäre? Nein. Ich wäre weitergefahren, weil ich es eilig hatte. Also, warum hat Weinert angehalten, hat das Mädchen einsteigen lassen und ist sogar umgekehrt?«

»Vielleicht war er doch scharf auf sie«, sagte Tariq. »Kann doch sein, dass er sich gedacht hat: Ich fahre die Maus schnell nach Hause, und auf dem Weg kann sie mir einen ...«

»Stopp!«, unterbrach Nicola Engel ihn scharf. »Das sind abstruse Spekulationen. Warten Sie die Laborergebnisse vom Fahrzeug und dem Schal ab, und reden Sie dann mit Weinert.«

»Das sind keine Spekulationen! Ich visualisiere mögliche Szenarien«, widersprach Tariq der Kriminaldirektorin. »Jeder weiß, wozu verschmähte Männer fähig sind. Lissy wollte vielleicht nicht dasselbe wie er, es kommt zu einem Disput, sie springt aus dem fahrenden Auto, stürzt dabei unglücklich auf den Hinterkopf, schreit, dass sie ihren Eltern erzählen wird, was er mit ihr vorhatte. Er steigt aus und erdrosselt sie, wirft sie in den Kofferraum und fährt zu dieser Marienstatue.«

»Und schaut sich danach in aller Ruhe ein Fußballspiel an?« Nicola Engel war skeptisch. »Das kann ich mir nicht vorstellen.«

Die Tür ging auf.

»Die Akten von der Staatsanwaltschaft sind gekommen«, verkündete Tanja Gatzke. »Ich mache mich an die Arbeit.«

»Ich helfe dir!« Pia sprang auf.

»Welche Akten?«, fragte Bodenstein.

»Vom Tankstellen-Messerstecher und vom ICE-Schubser«, erwiderte Pia. »Jetzt bin ich gespannt, ob wir hier die Informationen zu den Kollegen vom Ersten Angriff finden, die Kathrin aus unseren digitalen Akten gelöscht hat.«

***

Bodenstein beschloss, Farwad Mahmoudi einen Besuch abzustatten, während seine Kollegen weiterhin Beweise für oder gegen das Alibi von Dennis Weinert suchten und die Soko die unaufgeklärten Altfälle aus der Vermi/Utot-Datenbank mit Kathrins Unterlagen abglich, um Leute ausfindig zu machen, mit denen das Netzwerk möglicherweise in Kontakt getreten war.

Mahmoudi war mittlerweile von der Intensivstation in ein Einzelzimmer in der Privatklinik verlegt worden, wo er besser zu bewachen war als auf einer öffentlich zugänglichen Krankenstation. Der uniformierte Beamte vor der Tür nahm seine Aufgabe ernst und ließ sich Bodensteins Kripoausweis zeigen, bevor dieser eintreten durfte.

Das Zimmer ähnelte einer luxuriösen Hotelsuite mit Parkettfußboden, bodentiefen Fenstern, einer Couchecke, einem Schreibtisch und einer Minibar. Der einzige Hinweis darauf, dass man sich in einem Krankenhaus befand, waren das Krankenbett und die Anschlüsse für medizinischen Sauerstoff und Vakuum in der Wand. Farwad Mahmoudi sah anders aus als auf seinem Fahndungsfoto, jünger und verletzlicher, trotz des Bartes, der ihm in der Zwischenzeit gewachsen war. Die Entführung, die Gefangenschaft im Bergstollen und in dem Käfig im Keller hatten den jungen Mann schwer mitgenommen. Beide Beine und der linke Arm waren verbunden, in seinen Nasenlöchern steckte ein durchsichtiger Sauerstoffschlauch.

»Wie geht es Ihnen?«, erkundigte sich Bodenstein, nachdem er sich vorgestellt und auf einen unbequemen Stuhl neben das Bett gesetzt hatte.

»Ganz gut. Entschuldigen Sie, dass ich im Bett liege. Das ist unhöflich«, erwiderte Mahmoudi in grammatikalisch einwandfreiem Deutsch.

»Das ist schon in Ordnung.« Bodenstein betrachtete das jungenhafte Gesicht des Mannes, den sie in den vergangenen Tagen und Wochen so verzweifelt gesucht hatten. »Ich bin froh, dass Sie am Leben sind.«

»Stimmt es, dass Lissy tot ist?«, wollte Mahmoudi wissen.

»Ja. Das stimmt.« Bodenstein nickte. »Sie ist an dem Abend, als Sie sie getroffen haben, Opfer eines Gewaltverbrechens geworden.«

»Oh nein.« Mahmoudi kämpfte mit den Tränen. »Was ist eigentlich passiert?«

»Das wüsste ich auch gerne«, entgegnete Bodenstein. »Wir wollten Sie vor Tagen schon befragen, haben Sie in Ihrer Wohnung in Eschborn aber nicht angetroffen.«

Farwad Mahmoudi hatte keine Ahnung, weshalb er entführt und gefangen gehalten worden war und warum Anne Böhlefeld auf ihn geschossen hatte. Dass man ihn für Lissys Mörder gehalten hatte, versetzte ihm einen Schock. Bodenstein ließ ihm Zeit, seine Fassung wiederzugewinnen, bevor er ihm einige Fragen stellte.

Tatsächlich waren Lissy und er sich am Abend des 6. Dezember rein zufällig begegnet. Er war mit Bekannten verabredet gewesen, hatte mit ihnen nach Frankfurt fahren wollen und war nur deshalb mit der S-Bahn eine Station weit gefahren, weil es an dem Abend so kalt gewesen war. Lissy hatte sich sehr gefreut, ihn wiederzusehen, er hatte ja über ein Jahr im Gefängnis gesessen. Zwar hatten sie sich geschrieben, aber das war nicht dasselbe. Sie waren zusammen bis zum Flüchtlingsheim gelaufen, dort hatten sie sich noch seine letzte Zigarette geteilt und etwas gequatscht.

»Hat Lissy Ihnen gesagt, ob sie noch etwas vorhatte?«, wollte Bodenstein wissen.

»Sie hat mir gesagt, sie sei verabredet«, erinnerte sich Mahmoudi. »Mit wem, das hat sie nicht gesagt.«

Er habe angeboten, sie zu begleiten, aber das habe sie abgelehnt. Sie hatten sich zum Abschied umarmt, links und rechts auf die Wangen geküsst, dann war Lissy in Richtung Schwalbach gelaufen. Mehr hatte er nicht gesehen, denn seine Bekannten waren aus dem Gebäude gekommen, und man hatte sich herzlich begrüßt.

»Können Sie sich an den Morgen erinnern, an dem Sie entführt worden sind?«, fragte Bodenstein.

»Ich habe erst gar nicht verstanden, dass es eine Entführung war«, sagte Mahmoudi. »Es hat an der Tür geklingelt, da stand eine Frau. Sie hat gesagt, mein Anwalt würde sie schicken, es wäre eilig, die Polizei wäre auf dem Weg. Ich müsste wieder ins Gefängnis. Ich solle dringend in sein Büro kommen. Ich hatte Angst. Und ich habe geglaubt, was die Frau gesagt hat.«

Seiner Beschreibung nach hatte es sich bei der Frau um Vivien Beiswenger gehandelt. Mahmoudi war arglos in ihr Auto gestiegen und von jemandem, der auf der Rückbank gesessen hatte, mit einem Elektroschocker betäubt worden. Im Stollen der Pilzfarm war er wieder zu sich gekommen. Die Entführer hatten immer Sturmhauben und Handschuhe getragen, und Tag und Nacht war unerträglich laute Musik gelaufen. Zu essen hatte es immer dasselbe gegeben: kalten Kartoffelsalat und Würstchen, die er zuerst nicht angerührt hatte, weil er den Verdacht hatte, dass sie Schweinefleisch enthielten. Aber irgendwann war der Hunger stärker gewesen als seine Angst vor einer Strafe Allahs. Mit seinen beiden Mitgefangenen hatte er weder sprechen noch Blickkontakt aufnehmen können, aber er hatte mitbekommen, wie man sie abgeholt hatte. Mahmoudi konnte René Siegel und auch Daniel Radloff gut beschreiben.

Er war schon ziemlich krank gewesen, als sie ihn aus dem Stollen geholt und in den Keller nach Kronberg gebracht hatten: hohes Fieber, entzündete Wunden, höllische Schmerzen. Für einen kurzen Moment waren seine Entführer nachlässig gewesen, vielleicht, weil ihr Opfer so apathisch gewesen war. Sie hatten ihn im Kofferraum eines Mercedes, Modell W124, transportiert.

»Das Auto hatte ein H-Kennzeichen«, erinnerte Mahmoudi sich. »Die letzten beiden Zahlen waren 3 und 5.«

»Sie haben ein Auge für Autos«, stellte Bodenstein fest.

»Ja.« Mahmoudi lächelte schwach. »Ich mag Autos. Ich möchte KFZ-Mechatroniker werden.«

Sein Lächeln machte einem Ausdruck der Besorgnis Platz.

»Wie geht es jetzt mit mir weiter?«

Darauf wusste Bodenstein keine Antwort.

Anwalt Jan Pfefferkorn hatte recht gehabt: Mahmoudis Name und sein Gesicht waren durch die reißerische Berichterstattung der Presse verknüpft mit Asylbetrug, Erschleichen von Leistungen, Vergewaltigung, Mord. Was davon würde an ihm hängen bleiben? Hatte der junge Mann überhaupt noch eine Chance, in Deutschland bleiben zu dürfen?

»Das kann ich Ihnen nicht sagen«, erwiderte Bodenstein bedauernd. »Werden Sie erst mal gesund. Dann sehen wir weiter.«

Er reichte Mahmoudi die Hand, wünschte ihm alles Gute und verließ das Krankenzimmer. Nachdenklich ging er den Flur entlang zum Aufzug. Das Gespräch hatte in ihm ein ungutes Gefühl hinterlassen. War er schuld an Mahmoudis Lage, weil er vorschnell einer Öffentlichkeitsfahndung zugestimmt hatte? Aber was war ihm anderes übrig geblieben? Nein. Es war nicht seine Schuld. Kathrin hatte den Mann entführen lassen, weil er ein verurteilter Vergewaltiger war und sie überzeugt gewesen sein musste, dass er Lissy Böhlefeld umgebracht hatte. Wegen dieser voreiligen Entführung hatten sie keine Chance gehabt, Farwad Mahmoudi als Zeugen zu vernehmen und all das zu erfahren, was er ihm jetzt gerade erzählt hatte.

Die Aufzugtür öffnete sich. Zwei junge Frauen stiegen aus. Eine von ihnen trug einen Hijab. Die andere kam ihm bekannt vor.

»Hallo, Sara«, sagte Bodenstein erstaunt. »Was machst du denn hier?«

»Oh, hallo, Herr Bodenstein«, erwiderte Sara Korbmacher verlegen. »Wir … äh … wir wollten einen Freund besuchen.«

»Einen Freund? Meinst du Farwad Mahmoudi?«

»Hm, ja.«

»Wie kommt ihr darauf, dass er hier ist?«, fragte Bodenstein argwöhnisch.

Die beiden Mädchen tauschten einen kurzen Blick.

»Die Schwester von einer Bekannten arbeitet in der Radiologie«, gab Sara zu. »Sie hat seinen Namen auf dem Patientenbogen gelesen und es ihrer Schwester gesagt, und die hat's mir geschrieben.«

Cem hatte die Krankenhausverwaltung bei Mahmoudis Einlieferung explizit um höchste Diskretion gebeten, und man hatte ihm diese zugesichert. Aber gegen tratschende Radiologie-Assistentinnen war man offenbar machtlos.

»Ihr dürft aber leider nicht zu ihm«, sagte Bodenstein.

»Oh nein«, flüsterte die junge Frau mit dem Hijab entsetzt. In ihren dunklen Augen schimmerten Tränen. »Dann war alles umsonst.«

Bevor Sara sie daran hindern konnte, drehte sie sich um, drückte auf den Rufknopf des Aufzugs, und als dieser nicht sofort kam, lief sie mit gesenktem Kopf zum Treppenhaus.

»Evren, warte doch!«, rief Sara und rannte hinter ihr her. »Lauf doch nicht gleich weg!«

Evren?

Bodenstein setzte sich ebenfalls in Bewegung. Sara hatte ihre Begleiterin eingeholt, hielt sie am Arm fest und redete auf sie ein.

»Sind Sie Evren Öztunali?«, fragte Bodenstein.

»Ja.« Das Mädchen nickte schüchtern.

»Aber … was wollen Sie von Herrn Mahmoudi?« Bodenstein war verwirrt. Farwad Mahmoudi war doch wegen Vergewaltigung von Evren Öztunali verurteilt worden und hatte deswegen über ein Jahr in Untersuchungshaft gesessen. »Wollen Sie sich an ihm rächen?«

Evren starrte auf den Fußboden.

»Das war alles eigentlich ganz anders«, begann Sara schließlich.

»Nein, Sara, nicht!«, rief Evren Öztunali besorgt.

»Wir *müssen* es ihm sagen«, beschwor Sara das Mädchen. »Farwad hat echt genug durchgemacht. Wir finden eine Lösung für euch, ganz sicher.«

»Würdet ihr mich bitte aufklären, um was es hier geht?« Bodenstein verstand kein Wort.

Die Mädchen sahen sich an. Evren Öztunali seufzte.

»Farwad hat mich nicht vergewaltigt«, sagte sie. »Das habe ich nur erzählt wegen meiner Brüder. Die wollten mich in die Türkei bringen und mit einem alten Knacker verheiraten, als sie das von Farwad und mir rausgekriegt haben.«

***

Pia hatte die Papierakten der Staatsanwaltschaft zum Fall des Tankstellen-Messerstechers vor sich auf dem Besprechungstisch ausgebreitet, die digitale Fallakte hatte sie auf ihrem Laptop aufgerufen. Konzentriert verglich sie Satz für Satz des Einsatzberichts, als ihr Handy summte.

»Sander, K11«, meldete sie sich.

»Komm bitte in mein Büro«, sagte Nicola Engel mit gesenkter Stimme am anderen Ende der Leitung. »Und bring Frau Gatzke mit.«

»Okay.« Pia war verwundert. »Mach ich.«

Sie wählte die Nummer von Tanja Gatzke, die sich gleich meldete.

»Wir sollen zur Chefin ins Büro kommen«, sagte Pia. »Sofort.«

»Bin sofort da«, erwiderte Tanja.

Irgendetwas musste passiert sein. Es kam so gut wie nie vor, dass Nicola Engel sie persönlich anrief und zu sich zitierte, das machte normalerweise ihre Assistentin. Pia steckte ihr Smartphone in die Gesäßtasche und ging zum Büro der Kriminaldirektorin am gegenüberliegenden Ende des Flurs. Tanja kam die Treppe hoch.

»Was ist los?«

»Keine Ahnung.«

Die Tür zum Büro stand offen, deshalb sparten sie sich den Umweg über das Vorzimmer. Die Kriminaldirektorin hatte Besuch. Ein Zwei-Meter-Mann in dunklem Anzug mit Krawatte und eine Frau mit silbergrauem Bob, die ein graues Wollkleid und dazu einen extravaganten cognacfarbenen Ledermantel trug, standen vor ihrem Schreibtisch.

»Ah ja, kommen Sie herein, und schließen Sie die Tür.« Nicola Engel winkte sie herein. »Darf ich vorstellen: Herr Philipp Altvater und Frau Friederike Cornelsen vom BKA, Abteilung Interne Ermittlung. Es geht um Markus Burkhardt.«

Die Kriminaldirektorin wies mit einer Handbewegung auf den Konferenztisch, und alle nahmen Platz.

»Dieses Gespräch unterliegt höchster Geheimhaltung«, schickte Altvater voraus. »Wir ermitteln schon seit einer Weile intern gegen Herrn Burkhardt. Bis jetzt hatten wir allerdings nie genügend Beweise, um gegen ihn vorzugehen.«

»Markus Burkhardt hat nach seiner Festnahme seinen Vorgesetzten angerufen«, informierte Nicola Engel Pia und Tanja. »Der hat sofort den Präsidenten des BKA informiert, und der hat wiederum mich angerufen mit der Bitte, Herrn Burkhardt unverzüglich auf freien Fuß zu setzen, denn angeblich war er aus dienstlichen Gründen im BluSky-Lagerhaus.«

»Aus dienstlichen Gründen?«, vergewisserte sich Pia überrascht.

»Angeblich als V-Mann, im Rahmen einer Maßnahme zur Infiltration einer kriminellen Vereinigung«, erwiderte Nicola Engel. Der Unterton in ihrer Stimme ließ erkennen, dass sie dies für unglaubwürdig hielt. »Ich habe der Bitte des Präsidenten nicht entsprochen, weil ich der Überzeugung bin, dass Markus Burkhardt aktives Mitglied dieser kriminellen Vereinigung ist, und das bereits seit 2009 oder früher.«

»Was werfen Sie Burkhardt vor?«, erkundigte sich die BKA-Ermittlerin Cornelsen.

»Menschenraub und Freiheitsberaubung in mehreren Fällen, Bildung einer kriminellen Vereinigung, Beihilfe zum Mord, Mord, Verstoß gegen das Kriegswaffenkontrollgesetz und illegaler Waffenbesitz«, ratterte Nicola Engel herunter. »Der Haftrichter hat den Haftbefehl gegen ihn bestätigt und eine Freilassung gegen Kaution wegen Flucht- und Verdunkelungsgefahr abgelehnt.«

»Können Sie uns präzisere Informationen geben?«, fragte Altvater. »Um welche Art krimineller Vereinigung geht es? Organisierte Kriminalität? Drogen?«

»Verabredung zu Menschenraub, Mord und Anstiftung zum Mord in mindestens elf Fällen.« Die Kriminaldirektorin forderte Tanja Gatzke auf, über das Netzwerk zu berichten, das Selbstjustiz an Straftätern verübte. Die internen Ermittler des BKA hörten schweigend zu, wechselten nur hin und wieder einen Blick.

»Uns liegen detaillierte Pläne zur Ausführung von gezielten Ermordungen vor, die sich mit ungeklärten Mord- und Vermisstenfällen der letzten Jahre decken«, übernahm wieder Nicola Engel. »Waffen aus dem Lagerhaus konnten bereits bei der ballistischen Untersuchung mit einigen dieser Verbrechen in Verbindung gebracht werden. Außerdem haben wir glaubwürdige Zeugenaussagen. Aber Burkhardt und seine Komplizen schweigen. Wir halten es für möglich, dass noch eine Entführung oder ein weiterer Anschlag geplant sind. In diesem Zusammenhang suchen wir nach einem Mann namens Thomas Brunner. Bei ihm handelt es sich um den Bruder unserer am Montag verstorbenen Kollegin Kathrin Fachinger. Wir glauben, dass die beiden dieses Netzwerk gegründet haben. Angeblich ist Brunner 2012 beim Bergwandern in den Alpen verschollen, aber wir haben Hinweise in den sichergestellten Unterlagen gefunden, die nahelegen, dass er noch lebt und möglicherweise mit einer neuen Identität ausgestattet wurde. Markus Burkhardt war beim SEK, ging dann zum BND und war dort unter anderem zuständig für Geiselrückholungen aus Krisengebieten. Thomas Brunner hat bei der Bundeswehr eine Ausbildung zum Präzisionsschützen gemacht, er spricht neben Englisch und Spanisch auch fließend Paschtu und Arabisch. Wir vermuten, dass er nach seinem Ausscheiden bei der GSG 9 im Jahr 2006 für den Bundesnachrichtendienst tätig war und dort mit Markus Burkhardt zusammengearbeitet hat, vielleicht sogar von ihm geführt wurde. Wir halten es auch für möglich, dass Thomas Brunner Markus Burkhardt für sein Selbstjustiz-Netzwerk rekrutiert hat und dass Burkhardt im Jahr 2009 die ehemaligen RAF-Terroristen Dieter Bahr und Sieglinde Dörrlamm mit Genickschüssen hingerichtet hat.«

»Wie bitte?« Altvater hob erstaunt eine Augenbraue. »Wie kommen Sie denn darauf?«

»Markus Burkhardt ist der Sohn von Polizeiobermeister Uwe Burkhardt, der 1977 dem Dienstwagen des nordrhein-westfälischen Innenministers Geleitschutz gegeben hat«, warf Pia ein.

»Bahr und Dörrlamm haben den Innenminister, seinen Fahrer und den Motorradpolizisten erschossen, Markus Burkhardts Vater.«

»Das war uns bisher unbekannt«, räumte Altvater ein.

»Haben Sie sich mit dem BND diesbezüglich in Verbindung gesetzt?«, wollte Friederike Cornelsen wissen.

»Dort mauern sie«, sagte Nicola Engel. »Auf meine offizielle Anfrage habe ich bis jetzt keine Antwort bekommen. Deshalb denke ich, dass Burkhardt Brunner mit zum BKA genommen hat. Markus Burkhardt war bis vor anderthalb Jahren noch bei der Abteilung TE, terroristisch motivierter Extremismus, und Leiter des Referats 43. Es dürfte für Sie nicht besonders schwierig sein, herauszufinden, mit wem er dort zusammengearbeitet hat und ob er jemanden ins Zeugenschutzprogramm gebracht hat. Thomas Brunner und Wolf Sollberg sind die einzigen Mitglieder des Netzwerks, die unseres Wissens noch auf freiem Fuß sind. Brunner war unseren Ermittlungen zufolge an mindestens zwanzig Morden beteiligt. Wenn Sie Brunners aktuelle Identität nicht aufdecken, verhindern Sie damit die Aufklärung von Straftaten. Und möglicherweise machen Sie sich damit der Strafvereitelung im Amt gemäß § 258a StGB schuldig.«

Altvater betrachtete die Kriminaldirektorin aus schmalen Augen und schürzte die Lippen. Pia war wieder einmal beeindruckt, wie präzise ihre Chefin die komplexen Sachverhalte zusammengefasst und gleichzeitig die internen Ermittler einer Bundesbehörde gezwungen hatte, mit ihr zu kooperieren. Die Kollegen Altvater und Cornelsen waren völlig überrumpelt.

»Ich muss telefonieren«, sagte Altvater knapp, stand auf und verließ das Büro.

Seine Kollegin blieb sitzen. Nicola Engel ging zu ihrem Schreibtisch und vertiefte sich in irgendwelche Akten. Tanja Gatzke saß mit verschränkten Armen am Tisch und starrte Friederike Cornelsen an. Pia zog ihr Handy hervor und checkte die Nachrichten. Bodenstein hatte sich nicht gemeldet. Auch sonst gab es nichts Neues.

Die Zeit verstrich. Aus Minuten wurde eine Viertelstunde. Dann eine halbe Stunde. Schließlich kehrte Altvater zurück.

»Thomas Brunner wurde im November 2012 ins Zeugenschutzprogramm des BKA aufgenommen«, teilte er mit. »Mehr konnte ich auf die Schnelle nicht erfahren, aber wir werden die Sache höchst dringlich überprüfen. Wir brauchen allerdings Beweise dafür, dass Brunner kriminell geworden ist. Sonst wird seine Tarnidentität wohl nicht gelüftet.«

Fast hätte Pia die Faust geballt. Sie hatten recht gehabt. Der kurze Triumph verflog aber sofort wieder und machte einer überwältigenden Enttäuschung Platz. Hannelore Fachinger, die rotwangige nette Oma, hatte Nicola Engel und sie eiskalt angelogen.

»Können Sie uns seine DNA oder seine Fingerabdrücke besorgen?«, fragte sie die BKA-Kollegen. »Ich bin sicher, dass wir im Haus seiner Großmutter oder im Antiquitätenlager in Kronberg entsprechende Spuren finden oder sogar schon sichergestellt haben.«

»Wir sehen zu, was wir tun können«, versprach Altvater. Sein Handy summte. Er warf einen Blick aufs Display, entschuldigte sich und ging wieder hinaus. Diesmal kehrte er schneller zurück.

»Wir haben einen Termin beim Präsidenten«, sagte er zu Nicola Engel. »Ihr persönliches Erscheinen würde der Sache sicherlich Nachdruck verleihen.«

Die Kriminaldirektorin zögerte keine Sekunde.

»Frau Gatzke, holen Sie die Unterlagen zu Burkhardt und Brunner. Sie fahren mit mir nach Wiesbaden.«

***

Bodenstein verließ das Krankenhausgebäude und ging hinüber zum Parkhaus. Die Geschichte, die die drei jungen Leute ihm eben erzählt hatten, war so absurd, dass er sie kaum glauben konnte. Eine Notlüge, von panischen Teenagern ersonnen, hatte eine Dynamik entwickelt, mit der keiner der jungen Leute hatte rechnen können. Vielleicht wäre es nie so weit gekommen, wenn sich als Pflichtverteidiger nicht ausgerechnet der prestigesüchtige Dr. Jan Pfefferkorn hätte beiordnen lassen, sondern ein besonnenerer Anwalt. Pfefferkorn hatte sofort die pressewirksame Brisanz dieses Falles – illegal eingereister Asylbewerber aus Afghanistan vergewaltigt fünfzehnjährige Mitschülerin – erkannt und ein Riesending daraus gemacht, bis sich weder der vermeintliche Täter noch das vermeintliche Opfer getraut hatten, den Sachverhalt richtigzustellen. Und auch Sara und Lissy, damals knapp fünfzehn Jahre alt, hatten den Mund gehalten, aus Angst, ihre Freundin Evren könnte von ihrer Familie tatsächlich in die Türkei verschleppt werden. Mahmoudis Verteidiger wäre der Einzige gewesen, der Zweifel am geschilderten Tatablauf hätte bekommen können, aber stattdessen hatte er seinen Mandanten angewiesen zu schweigen. So hatte das Unheil seinen Lauf genommen.

Bodenstein versuchte die grässlichen Bilder aus dem zerstörten Sitzungssaal, die vor seinem inneren Auge aufblitzten, zu verdrängen.

Er ließ den Motor des Dienstwagens an, als sein Telefon klingelte.

»Wo bist du, Chef?«, fragte Kai Ostermann.

»Am Krankenhaus in Bad Soden. Wieso?«

»Pia, Cem, Tariq und ich sind hier. Ich habe dich laut gestellt«, sagte Kai. »Es gibt Neuigkeiten: Lissy Böhlefelds Handy war in Weinerts Auto! Es hat zwischen Mittelkonsole und Beifahrersitz gesteckt. Und es ist seine DNA, die am Schal, an Lissys Oberschenkel, ihrem Jackenärmel, ihrer linken Hand und an ihrem Gesicht gesichert worden ist!«

»Das ist allerdings eindeutig«, sagte Bodenstein. »Noch etwas?«

»Dauerkartenbesitzer bekommen bei Eintracht Frankfurt keine Papiertickets mehr, sondern zum Saisonstart mobile Dauerkarten über die mainaqila-App«, meldete sich Tariq. »Wenn ein Dauerkartenbesitzer seine Karte jemand anderem geben will, muss derjenige auch diese App haben und beim Betreten des Stadions den QR-Code auf seinem Smartphone vorzeigen. So, wie eine Bordkarte beim Fliegen.«

»Aha.«

»Der Vorteil ist, dass man genau nachvollziehen kann, um wieviel Uhr die digitale Eintrittskarte gescannt worden ist.« Tariq machte eine kurze Pause. »Weinert hat erst zur zweiten Halbzeit um 21:15 Uhr das Stadion betreten! Ich habe auch mit Weinerts Kumpel gesprochen. Der hat das bestätigt. Er hatte Weinert übrigens das Video von der Choreo der Fans geschickt. Das hat er also gar nicht selbst gedreht, wie er behauptet hat.«

»Sehr gut«, sagte Bodenstein. »Cem? Hast du etwas erreicht?«

»Ja. Ich habe nach einer Anfrage bei der Geschäftsleitung vom KFC im Gewerbepark Seerose die Telefonnummer von einer Mitarbeiterin bekommen, die zum betreffenden Zeitpunkt am Autoschalter gearbeitet hat«, ertönte Cems Stimme aus dem Lautsprecher. »Sie hat bestätigt, dass Weinert noch spät am Freitagabend im Restaurant gewesen ist. Sie kennt ihn persönlich. Er ist ihr Mathe-Lehrer im Leistungskurs. Er hat mit einem anderen Mann am Tisch gesessen, beide haben Eintracht-Fan-Schals getragen. Weinert hat scharf gewürzte Hähnchenteile, Krautsalat und Pommes gegessen.«

Damit war Weinerts Alibi für diesen Zeitraum bestätigt.

»Und mein Funkzellen-Programm hat funktioniert«, sagte Kai. »Es hat neun Mobilnummern herausgefiltert, die sich am 6. Dezember zwischen den Funkzellen 191937F-271 und 191937F-269 hin- und herbewegt haben. Allerdings war die Nummer von Lissys Handy nicht dabei.«

»Weil es im Flugmodus war.«

»Im Flugmodus sind nur WLAN und Mobilfunkdienste ausgeschaltet, aber nicht das GPS«, erklärte Kai. »Man kann ein Handy trotzdem orten. Ich vermute, sie hatte es aus Versehen ganz ausgeschaltet.«

»Hast du genaue Uhrzeiten für das Handy von Weinert?«

»Ja, selbstverständlich. Um 19:58 Uhr ist seine Nummer von Funkzelle 191937F-271 in die Funkzelle 191937F-269 gewechselt. Er ist also von Schwalbach nach Sulzbach gefahren«

»Hm.«

»Was meinst du mit ›hm‹?«, wollte Kai wissen.

»Welche Funkzelle deckt den Leichenfundort ab?«

»Die 191937F-271.«

»Ganz sicher?«

»Ja, ganz sicher.«

»Was wollte er dann in Sulzbach?«

»Verdammt!« Kais Begeisterung flaute schlagartig ab, als er die Schwäche seiner Theorie erkannte. »Er hätte in der 191937F-271 bleiben müssen.«

»So ist das eher eine Entlastung für Weinert«, sagte Cem.

»Das sehe ich auch so.« Bodenstein fuhr aus dem Parkhaus. »Schau die anderen Handynummern an. Vielleicht ist noch was dabei. Und hol eine richterliche Genehmigung für eine offizielle Funkzellenabfrage ein, damit wir diese Information benutzen können. Ich fahr jetzt zu Frau Weinert. Ihr Alibi wurde überprüft, oder?«

»Sie war auf einem Konzert in der Jahrhunderthalle, zusammen mit drei Arbeitskolleginnen«, meldete sich Tariq. »Um 18:45 Uhr ist sie von einer Arbeitskollegin abgeholt worden, da war ihr Mann noch zu Hause. Sie waren bei einem Italiener essen, das ist bestätigt worden, und Frau Weinert hat ihren EC-Kartenbeleg vorlegen können. Sie hat dann nach Mitternacht ein Taxi nach Hause genommen, auch dafür gibt es eine Quittung.«

Bodenstein bedankte sich bei seinen Mitarbeitern und wollte das Gespräch beenden, aber Pia hatte noch ein Anliegen.

»Ich habe noch was in der anderen Sache«, sagte sie. »Die digitalen Akten sind tatsächlich manipuliert worden. Die fehlenden Infos habe ich in den Originalakten der Staatsanwaltschaft gefunden. Am 17. Januar 2017 war Polizeiobermeister Linus Reschke zum Zeitpunkt des Mordes an Günther Wesenick an der Tankstelle. Nach Dienstschluss, in seinem Privatauto zum Tanken. Absolut zufällig. Das hat er zu Protokoll gegeben.«

»Aha.« Bodenstein musste sich bemühen, den Überblick zu behalten, um welchen ihrer Fälle es gerade ging.

»Auf dem Beifahrersitz saß ein Mann. Er ist auf den Aufnahmen der Überwachungskamera, die der Akte beigefügt sind, deutlich zu erkennen. Und dann war er verschwunden. Sein Name wird allerdings in keinem Protokoll erwähnt. Reschke hatte gerade getankt und ging in den Verkaufsraum der Tankstelle. Als er sah, was da los war, hat er sich hinter einem Regal versteckt, Verstärkung und den Notarzt gerufen.«

»Weiß man, wer der Beifahrer war?«

»Wir haben eine Vermutung. An dem Tag, an dem Saleh Khaveri die Frau und ihren Sohn vor den ICE geschubst hat, waren nämlich Polizeiobermeister Linus Reschke und sein Partner, Polizeihauptmeister Simon Brandt vom 11. Revier, als Erste vor Ort. Offiziell. Erster Angriff.«

»Simon Brandt«, sagte Kai. »Für das Kürzel ›S‹ in Kathrins Unterlagen hatten wir bisher noch keine Entsprechung. S taucht zum ersten Mal 2015 auf, im Zusammenhang mit der Ermordung von zwei minderjährigen Asylbewerbern in Augsburg im September 2016.«

»Du hast den passenden Fall dazu schon in der Datenbank gefunden?« Bodenstein schob das entwertete Parkticket ins Lesegerät, und die Schranke öffnete sich.

»Ja. Eine wirklich üble Geschichte«, antwortete Kai. »Im November 2015 wurde die vierzehnjährige Amelie B. von zwei syrischen Asylbewerbern unter Drogen gesetzt und mehrfach vergewaltigt. Die Täter legten das bewusstlose Mädchen in einer Parkanlage ab und überließen es sich selbst. Amelie ist an einer Überdosis Ecstasy gestorben. Die Täter wurden überführt, weil sie mit ihrer Tat geprahlt und sogar Videos gedreht hatten. Im März 2016 kam es zum Prozess vor der Großen Jugendstrafkammer des Landgerichts Augsburg. Es stellte sich heraus, dass Mohammed K. und Hamid D. eigentlich Marokkaner waren, sie waren im Sommer 2015 mit gefälschten syrischen Pässen als unbegleitete Jugendliche nach Deutschland eingereist. Weil sie laut Pass beide noch nicht volljährig waren, wurden sie wegen Vergewaltigung mit Todesfolge und wegen Mordes zu zehn Jahren Haft verurteilt. Die Anwälte legten Rechtsmittel ein, die Urteile wurden aufgehoben. Ein Mordvorsatz war für die nächsthöhere Instanz nicht erkennbar, der Geschlechtsverkehr fand möglicherweise einvernehmlich statt. Die Täter wurden in zweiter Instanz nur wegen Verstoß gegen das Betäubungsmittelgesetz und unterlassener Hilfeleistung zu sechs Monaten auf Bewährung verurteilt. Sie konnten den Gerichtssaal verlassen. Mohammed K., der in Wirklichkeit anders hieß und viel älter war, wurde in der Presse mit der

Aussage zitiert: ›Was soll denn der ganze Zirkus. Das war doch bloß ein Mädchen.‹ Eine Woche nach der Urteilsverkündung sind beide Männer verschwunden und gelten bis heute als vermisst.«

»Ich erinnere mich an den Fall.« Bodenstein musste heftig auf die Bremse treten, weil die Tür eines Autos, das in einer der Parkbuchten auf der rechten Straßenseite parkte, einfach aufgerissen wurde. Eine junge Frau stieg aus, Handy am Ohr. Als er hupte und den Kopf schüttelte, formte sie mit dem Mund die Worte *Was denn?* und zeigte ihm einen Vogel. Die Leute wurden immer rücksichtsloser. »Der Vater des Mädchens war ein Kollege aus Augsburg.«

»Passt alles«, sagte Kai. »Amelie hieß mit Nachnamen Brandt. Kathrin hat jeden Zeitungsartikel und alles, was sie im Internet dazu gefunden hat, archiviert. Sie hat notiert, wer bei der Aktion dabei war: T, W, K, M, V, S. Und alle Details. Sie haben einen Lieferwagen gemietet, die beiden Männer in einen Klub gelockt und mit GHB bewusstlos gemacht. Sie haben ihnen hohe Dosen Ecstasy intravenös verabreicht und sie sterben lassen, was laut Kathrins Notizen drei Tage gedauert hat.«

»Hat sie auch vermerkt, was sie mit den Leichen gemacht haben?«, wollte Bodenstein wissen.

»Dafür steht wahrscheinlich der Buchstabe V«, vermutete Kai. »Für die Entsorgung der Leichen war wohl auch in diesem Fall Volker Mazanek zuständig.«

Kathrins trockene Berichte über die bis ins Detail geplanten Entführungen, Folterungen und Morde waren kaum zu ertragen. Hinter ihren sachlichen Formulierungen verbargen sich Taten von einer Monstrosität, die den Rahmen des Vorstellbaren sprengte. Jahrelang hatten sie Kathrins Scharfsinn bewundert, ihre Akribie, ihre Hartnäckigkeit, über die sie manchmal gelächelt, die sie aber geschätzt hatten. Niemand von ihnen hatte den Abgrund in ihren Augen gesehen, den Fanatismus, den sie so gut zu kaschieren gewusst hatte. Insgeheim fühlten sie sich alle mitschuldig an all diesen Morden, denn schließlich waren sie Polizisten, geschult darin, Verbrechen zu entdecken.

»Es würde mich übrigens wundern, wenn die Streife, die am

Dienstagabend am Lagerhaus vorbeigefahren ist, eine Routinefahrt gemacht hat«, warf Cem ein. »Ich schätze, das war Komplize Simon Brandt, der im Notfall dafür gesorgt hätte, dass die Luft rein ist.«

»Cem, finde heraus, ob Kollege Reschke heute im Dienst ist«, sagte Bodenstein. »Rede mit ihm. Aber nur mit ihm. Und versucht, an die Dienstpläne vom 11. Revier für den Dienstagabend zu kommen.«

»Wie war's eigentlich bei Mahmoudi?«, erkundigte sich Tariq. »Hast du was Neues erfahren?«

»In der Tat.« Bodenstein nickte und fasste Mahmoudis Bericht über den Abend des 6. Dezember in knappen Worten zusammen. »An dem Tag, als sie ihn von dem Stollen auf der Pilzfarm nach Kronberg in den Keller gebracht haben, waren seine Entführer unaufmerksam, und Mahmoudi konnte das Fahrzeug sehen, bevor sie ihn in den Kofferraum gestoßen haben. Und einen Teil des Kennzeichens.«

»Was war das für ein Auto?«, fragte Tariq.

»Ein Mercedes. Mahmoudi sagte, ein W124.«

»Also ein H-Kennzeichen. Das erhöht die Chancen.«

»Die letzten beiden Ziffern waren eine 3 und eine 5.«

»Ich mache eine Halterabfrage«, sagte Tariq.

»Gut, dann fahre ich jetzt zu Frau Weinert«, sagte Bodenstein. »Wenn ich zurück bin, reden wir mit ihrem Mann.«

»Moment noch!«, rief Pia. »Du solltest wissen, dass zwei Kollegen von der Internen Ermittlung vom BKA vorhin bei der Chefin waren. Sie hat Tanja und mich dazugeholt. Burkhardts Vorgesetzter hat behauptet, er wäre wegen einer verdeckten Ermittlung in dem Lagerhaus gewesen.«

Bodenstein runzelte die Stirn. Schon immer hatte es in der öffentlichen Verwaltung Korruption und Gemauschel gegeben, aber warum wurde Markus Burkhardt von seinem Vorgesetzten gedeckt? War er etwa kein fehlgeleiteter Einzeltäter, sondern womöglich Teil eines Systems? Eine gezielte Infiltration des Bundeskriminalamts durch Kathrin und ihr Netzwerk würden der ganzen Geschichte eine völlig neue Dimension verleihen.

»Was gibt's noch?« Er ahnte, dass das noch nicht alles gewesen war.

»Die Chefin hat die beiden IEs nach Thomas Brunner gefragt«, fuhr Pia fort. »Sie haben erst ein bisschen herumgedruckst, und der eine hat eine halbe Stunde lang telefoniert, bis er mit der Wahrheit rausgerückt ist. Wir hatten den richtigen Riecher: Thomas Brunner ist quicklebendig. Er ist seit 2012 im Zeugenschutzprogramm des BKA. Die Engel und Tanja sind mit nach Wiesbaden gefahren. Wenn es ihnen gelingt, seine Tarnidentität rauszukriegen, dann finden wir ihn.«

Sie klang entschlossen und wütend, und Bodenstein konnte es ihr nicht verdenken. Gegen den hilflosen Zorn, den man jedes Mal verspürte, wenn man belogen wurde, halfen nur Ermittlungserfolge.

»Lasst Burkhardt und Mazanek von der JVA herbringen. Wir werden uns mit den beiden unterhalten.«

Er beendete das Gespräch und fuhr am Kronberger Hang auf die Umgehungsstraße. Von einer Plakatwand, die mitten auf einer Wiese aufgestellt worden war, lächelte ihn Lissy Böhlefeld an, und er schob energisch alle Gedanken an Kathrin, Brunner oder Burkhardt zur Seite. In fünf Tagen war Heiligabend, und bis dahin wollte er diesen Fall aufgeklärt haben. Dennis Weinert erschien ihm als Täter allerdings immer unwahrscheinlicher. Warum hätte der Lehrer das Mädchen umbringen sollen? Was hätte ihn derart in die Bredouille bringen können, dass ihm ein Mord als einzige Lösung erschienen wäre? Und wenn Weinert das Mädchen mit seinem Schal erdrosselt hätte, hätte er diesen dann tatsächlich an der Leiche zurückgelassen?

Bodenstein fuhr am Flüchtlingsheim vorbei, die Niederräder Straße entlang. Hier war Lissy laut Zeugenaussagen in Weinerts Auto gestiegen, mit dem er stadtauswärts unterwegs gewesen war, um zum Stadion zu fahren. Aber er hatte gewendet, war nach Sulzbach gefahren. Am Friedhof und der Geschwister-Scholl-Schule vorbei, im Kreisel rechts abgebogen, vorbei am Wasserwerk und dem Parkplatz der Tennisanlage, die Straße Am Flachsacker entlang und durch den nächsten Kreisel, am Rewe-Markt vorbei und von dort aus nach Sulzbach. Dort hatte sich sein Handy um 19:59 Uhr in die nächste Funkzelle eingeloggt. Um 21:15 Uhr hatte er sich auf seinen Sitzplatz in Block 32 im Stadion gesetzt. In diesen 75 Minuten war er nach Frankfurt gefahren, hatte das Auto auf dem Parkplatz Gleisdreieck geparkt und war von dort aus zu Fuß zum Stadion gelaufen, ein Marsch von ungefähr einer Viertelstunde. Und im Stadion selbst hatte er sicherlich auch noch mal zwanzig Minuten gebraucht, bis er seinen Platz erreicht hatte. Nein, Dennis Weinert hatte eigentlich nicht genug Zeit gehabt, Lissy Böhlefeld zu erdrosseln und ihre Leiche hinter dem Marienbildstock zu drapieren. Aber warum hatte er gelogen?

***

Das Haus der Weinerts wurde regelrecht belagert. Die Besatzung des Streifenwagens hielt die Schaulustigen und die Reporter nur mit Mühe auf Abstand. Obwohl die ganze Nacht über eine Streife vor dem Haus gestanden hatte, war es jemandem gelungen, mit roter Farbe das Wort MÖRDER ans Garagentor zu sprühen. Für die Leute stand fest, dass Dennis Weinert der Mörder von Lissy Böhlefeld war. Letzte Woche waren die Leute allerdings genauso felsenfest von der Täterschaft Mahmoudis überzeugt gewesen.

Bodenstein ging mit großen Schritten auf die Gruppe von Menschen zu. Prompt wurden Handys gezückt, Mikrofone und Fernsehkameras auf ihn gerichtet. Man rief ihm Fragen entgegen.

»Guten Morgen«, sagte er, ließ sich aber auf kein Frage-und-Antwort-Spiel mit der Presse ein. »Es gibt derzeit keine neuen Erkenntnisse. Herr W. wird nicht als Beschuldigter behandelt. Hier gibt es nichts zu sehen. Verlassen Sie sofort diese Straße, wenn Sie kein Anwohner sind, und halten Sie sich von dem Grundstück fern.«

Damit drehte er sich um, ignorierte Fragen und Beschimpfungen, die ihm nachgerufen wurden.

»Ist Frau Weinert zu Hause?«, erkundigte er sich bei den Streifenpolizisten.

»Sie hat auf jeden Fall seit acht Uhr das Haus nicht verlassen«, erwiderte die Polizeimeisterin.

Bodenstein wies sie und ihren Kollegen an, die Straße zu räumen und, wenn nötig, Verstärkung anzufordern.

Er drückte auf die Klingel neben der Haustür, vernahm aber im Innern des Hauses keinen Klingelton. Wahrscheinlich hatte Leona Weinert die Klingel abgestellt. Alle Rollläden waren heruntergelassen, wie er es ihr geraten hatte. Bodenstein klopfte ein paarmal, bis die Tür endlich aufging. Leona Weinert ließ ihn herein. Sie trug dieselbe Kleidung wie am Vortag.

»Ich bin heute nicht arbeiten gegangen«, sagte sie und lachte bitter auf. »Ich weiß nicht mal, ob ich überhaupt noch einen Job habe. Und mein Auto ist ja auch weg! Sie hatten recht. Diese Leute haben die ganze Nacht vor dem Haus herumgehangen. Sie haben geklingelt und gegen die Rollläden geschlagen.«

Sie schüttelte den Kopf, die Arme um ihren Oberkörper geschlungen. »Wo ist mein Mann? Warum durfte ich nicht mit ihm telefonieren? Wieso mussten Sie ihn gestern abführen wie einen Verbrecher? Ist es Ihnen völlig egal, was Sie mit einer solchen Aktion im Leben unbescholtener Bürger anrichten? Mein Mann ist Lehrer! Ein guter Lehrer, beliebt bei seinen Schülern. Jetzt kann er seinen Job an den Nagel hängen, denn irgendetwas von solchen Vorwürfen bleibt immer hängen. Ich werde rechtliche Schritte gegen Sie einleiten!«

Bodenstein ließ die Frau reden, ohne sie zu unterbrechen. Nach dieser Horrornacht musste sie erst mal Dampf ablassen, dafür hatte er Verständnis.

»Uns ist leider nichts anderes übrig geblieben, als Ihren Mann mitzunehmen«, erklärte er, als sie sich etwas beruhigt hatte. »Wir hatten erfahren, dass Frau Böhlefeld im Besitz einer Pistole war, und mussten befürchten, dass sie Ihrem Mann etwas antun würde. Mittlerweile hat sie die Waffe abgegeben.«

»Eine Pistole?« Leona Weinert riss die Augen auf. »Oh mein Gott!«

»Wir haben das Handy von Lissy in Ihrem Auto gefunden, Frau Weinert. Es klemmte zwischen dem Beifahrersitz und der Mittelkonsole. An dem Schal, mit dem Lissy erdrosselt wurde, war die DNA Ihres Mannes. Ebenso an der Kleidung, der Hand und dem

Gesicht des Mädchens. Der Schal hat ihm gehört. Lissy hatte einer Freundin erzählt, Ihr Mann hätte ihr den Schal geschenkt, aber das bestreitet er.«

»Wieso hätte mein Mann ihr einen Schal schenken sollen?« Die Frau des Lehrers umfasste mit einer Hand das Treppengeländer, als suchte sie Halt. Die Loyalität zu ihrem Mann war jedoch unverbrüchlich. »Das kann alles nicht sein. Dennis ist kein Mörder!«

»Hat Ihr Mann Ihnen erzählt, dass Lissy in seinem Auto gesessen hat?«

»Nein.«

»Gestern sagten Sie spontan: ›Nicht schon wieder‹, als wir Ihnen von unserem Verdacht erzählt haben«, sagte Bodenstein. »Meinten Sie damit die Schülerinnen in Lörrach und Straubing?«

»Ja.« Leona Weinert seufzte. »Wir haben uns in beiden Fällen einen Anwalt genommen. Ich kann Ihnen jeweils den kompletten Schriftverkehr zur Verfügung stellen. Beide Male ging die Initiative von den Schülerinnen aus, die sich in meinen Mann verliebt hatten. Das haben sie zugegeben, die Eltern haben ihre Anzeigen zurückgezogen. Die Schülerinnen mussten sich entschuldigen und die Schulen verlassen. Mein Mann hatte überhaupt nichts falsch gemacht. Aber Sie sehen ja: Es bleibt immer etwas hängen, wenn man mit Dreck beworfen wird.«

Sie fuhr sich mit der Hand durchs Haar.

»Und jetzt Lissy. Sie war schlecht in Mathe. Dennis hat ihr geholfen, indem er ihrer Freundin gesagt hat, sie solle ihr bei der Arbeit helfen. Das ist natürlich nicht in Ordnung, aber so ist er eben. Er hat sie öfter mal im Feld und im Arboretum getroffen, wenn er joggen war, hat das zuerst für zufällige Begegnungen gehalten, aber ich habe geahnt, was dahintersteckte.«

Sie blickte auf.

»Lissy war in meinen Mann verliebt«, sagte sie. »Das war mir klar, als Dennis und ich bei ihren Eltern zum Grillen eingeladen waren und sie den ganzen Abend nicht von seiner Seite gewichen ist. Wie sie ihn angeschaut und auf ihn reagiert hat. Ich bin von meinem Naturell her eifersüchtig. Ich habe einen Blick für so was. Mein Mann merkt das leider nicht.«

***

Im Besprechungsraum des K11 roch es wie in einer Pizzeria. Leere Pizzaschachteln türmten sich neben aufgeschlagenen Akten und Laptops, halb vollen und leeren Flaschen, Dosen und Gläsern.

»Chef, der W124 war ein Volltreffer!«, rief Tariq euphorisch, als Bodenstein den Raum betrat. »Das Fahrzeug ist noch immer auf Karl-Heinz Backes zugelassen! Den armen Kerl haben Kathrin und Konsorten posthum ganz schön ausgebeutet. Ihm hat nicht nur das Lagerhaus in Kronberg gehört, sondern auch noch ein Mehrfamilienhaus in der Hostatostraße in Höchst mit Ladengeschäft im Erdgeschoss, das an eine Fitnessstudio-Kette vermietet ist. Die sechs Wohnungen obendrüber sind auch vermietet. Eine der Wohnungen an den Geschäftsführer der Backes Antiquitätenhandels GmbH. Du wirst nicht glauben, wer das ist.«

»Mach's nicht so spannend.« Bodensteins Magen knurrte, und er hätte alles für ein Stück kalte Pizza gegeben, aber alle Schachteln waren leer. Essen zu bestellen war immer Kathrins Ding gewesen, und jetzt, wo sie nicht mehr da war, hatte offenbar niemand an ihn gedacht.

»Er heißt Tobias Baumann«, sagte Tariq. »Und das ist hundertpro ein falscher Name. Wenn Leute eine neue Identität annehmen, behalten sie gerne ihre Initialen – aus Thomas Brunner ist Tobias Baumann geworden, darauf verwette ich meinen Arsch!«

In diesem Moment kam Kriminaldirektorin Nicola Engel herein. Sie rümpfte die Nase, und ihr Blick glitt über den vermüllten Tisch.

»Auch wenn Ihre Ausdrucksweise zu wünschen übrig lässt, Herr Omari, Sie können Ihren Allerwertesten behalten«, sagte sie, und Tariq lief rot an. »Sie liegen nämlich richtig. Tobias Baumann, Antiquitätenhändler aus Frankfurt, ist die Legende von Thomas Brunner, mit der er im Zeugenschutzprogramm ist. Aus welchem Grund er ins Programm aufgenommen wurde, wollte man mir nicht sagen, aber das spielt für unsere Ermittlungen ja sowieso keine Rolle.«

Pia dachte daran, wie leid ihr Kathrins Großmutter getan hatte, als Nicola Engel und sie ihr die traurige Nachricht vom Tod ihrer Enkeltochter überbracht hatten, und heißer Zorn stieg in ihr hoch.

»Diese verlogene alte Plätzchenbäckerin hat uns so was von verarscht!«, explodierte sie. »Das gibt's doch wohl nicht!«

»Ich habe Frau Gatzke direkt zu ihr hingeschickt.« Die Kriminaldirektorin gab nicht zu, dass sie am Montagabend auch Mitgefühl für die alte Dame empfunden hatte. »Sie bringt Hannelore Fachinger her, damit wir uns mit ihr unterhalten können.«

»Dann soll sie auch gleich nach Höchst zu dem Haus fahren, in dem Brunner alias Baumann wohnt«, sagte Bodenstein. »Tariq, ruf sie an und gib ihr die Adresse.«

»An dem Tag, als die Leiche von Lissy Böhlefeld gefunden wurde, hat mich Kathrin abends nach Hause gefahren«, erinnerte Pia sich. »Sie hat einen Anruf bekommen und fast die ganze Fahrt über telefoniert. Ich habe noch einen Witz gemacht, dass sie das einen Punkt und eine Geldstrafe kosten könnte. Sie hatte ihr Telefon im Aschenbecher klemmen, und ich konnte den Namen des Anrufers erkennen. Ich bin mir sicher, den Namen *Tobi* gelesen zu haben.«

»Es gab mehrere Tobis in ihren Kontakten«, bestätigte Kai. »Und alle mit verschiedenen Nummern. Einer mit polnischer Vorwahl, einer mit italienischer und ein dritter Tobi mit holländischer Vorwahl.«

»Das dürften die Nummern der verschiedenen Prepaidhandys sein«, meinte Cem.

»Habt ihr diese Nummern mal mit der Telefonnummer abgeglichen, die in dem Prepaidhandy gespeichert war, das Anne Böhlefeld von Richter Hawelka bekommen hatte?«, wollte Bodenstein wissen.

»Aber natürlich, Chef! Du kennst uns doch.« Kai grinste. »Das war die Tobi-Nummer mit der Vorwahl aus Italien.«

Bodenstein spürte, wie ihm eine Gänsehaut über den Rücken lief. Momente wie diese waren es, die für die vielen Sackgassen, falschen Fährten und die endlosen Stunden staubtrockener Aktenlektüre entschädigten.

»Was gibt es Neues im Fall Larissa Böhlefeld?«, wollte Nicola Engel wissen.

»Frau Sander und ich reden mit Dennis Weinert, sobald der Staatsanwalt da ist«, erwiderte Bodenstein. »Es gibt einige Indizien, die für ihn als Täter sprechen, aber mindestens genauso viele, die ihn entlasten.«

»Gut. Halten Sie mich bitte auf dem Laufenden.« Die Kriminaldirektorin wandte sich zum Gehen. »Räumen Sie diese Müllhalde auf! Und lüften Sie mal kräftig durch.«

Pia folgte ihr zur Tür hinaus.

»Wo gehst du hin?«, fragte Bodenstein sie. »Wir wollen doch jetzt mit Weinert reden.«

»Ich hole deine Pizza«, antwortete sie. »Ich hatte sie in den Backofen getan, damit sie warm bleibt. Der Staatsanwalt ist doch sowieso noch nicht da. Da kannst du auch erst was essen.«

»Stimmt. Ich sterbe vor Hunger. Danke, dass du an mich gedacht hast.« Bodenstein leistete seinen Kollegen insgeheim Abbitte.

»Logo.« Pia ging in die Teeküche, und er folgte ihr. Sie holte die Pizzaschachtel aus dem Backofen und drückte sie ihm in die Hand. »Die Nummer 37 mit Rucola und extra Mozzarella.«

Sie gingen in sein Büro. Bodenstein stellte die Schachtel auf seinen Schreibtisch, klappte sie auf und nahm sich ein Stück heraus. Es hatte genau die richtige Temperatur. Der Käse war leicht geschmolzen und zog Fäden, der Boden war herrlich kross.

»Weinert ist nicht unser Mann, oder?« Pia lehnte mit verschränkten Armen an der Tür und sah ihm ungeniert beim Essen zu. Sie trommelte mit ihren Fingern auf ihren Oberarmen, als würde sie Klavier spielen.

»Nein, ich fürchte, er war es nicht. Ich sehe bei ihm kein Motiv. Bei seiner Frau schon eher.« Bodenstein klappte ein Pizzastück zusammen und schob es sich in den Mund. Öl lief ihm übers Kinn und tropfte auf die Schreibtischplatte. Gut, dass Nicola Engel das nicht sah. »Leona Weinert hat zugegeben, eifersüchtig zu sein. Und dass es nicht das erste Mal ist, dass ihr Mann wegen einer verliebten Schülerin Ärger hat. In Straubing und Lörrach war Weinert das Opfer verliebter Schülerinnen. Frau Weinert wollte mir die Unterlagen mitgeben.«

»Sie hat ein sehr gutes Alibi«, erinnerte Pia ihn.

»Ich weiß«, sagte Bodenstein kauend. »Du machst mich ganz nervös mit deinem Gezappel.«

»Tut mir leid.« Pia versteckte ihre Hände hinter dem Rücken. »Ich bin nur so wahnsinnig wütend! Ich wünschte, ich würde Kathrin noch ein einziges Mal in die Finger kriegen. Wie konnte sie uns so hintergehen? Was waren wir all die Jahre für sie? Irgendwelche Idioten?«

»Ich kann dich verstehen«, sagte Bodenstein. »Mir geht es auch so. Aber wir müssen jetzt einen kühlen Kopf bewahren. Komm, setz dich hin. Lass uns noch einmal die Chronologie des Freitagabends durchgehen.«

Pia atmete tief durch und nahm auf einem der Stühle an dem kleinen Besprechungstisch neben der Tür Platz.

»Lissy hat um 19:22 Uhr ihr Handy ausgeschaltet. Ein paar Minuten später muss sie Mahmoudi getroffen haben, der die Treppe vom Bahnsteig runtergekommen ist«, rekapitulierte sie. »Ihrer Freundin Sara hat sie erzählt, Weinert würde auf dem Parkplatz auf sie warten, aber sie ist mit Mahmoudi geradeaus weiter zur nächsten Unterführung gegangen, ohne sich umzuschauen, wie sie es vielleicht gemacht hätte, wenn sie mit ihm gerechnet hätte.«

»Warum hat sie ihr Handy ausgeschaltet?«

»Angeblich hat sie immer ihr Handy in den Flugmodus geschaltet, wenn sie wegen irgendetwas sauer war. Aber nie für lange. Vielleicht hat sie es wegen der anderen Mädchen gemacht.« Pia schnalzte mit der Zunge. »Die hätten das aber gar nicht gemerkt.«

»Unter Umständen doch.« Bodenstein glänzte mit seinem Fachwissen über die Social-Media-Gepflogenheiten von Jugendlichen. »Wenn das Handy ausgeschaltet ist, wird der Avatar auf der SnapMap nicht mehr aktualisiert.«

»Du weißt ja Sachen.« Pia grinste. »Sophia sei Dank.«

»Vielleicht hatte sie es aber doch wegen Weinert ausgeschaltet. Damit der sie nicht anrufen konnte, weil sie keine Lust mehr auf das Treffen mit ihm hatte«, spielte Bodenstein den Advocatus diaboli.

»Aber weshalb steigt sie dann zwanzig Minuten später in sein Auto?«

»Stimmt. Das ergibt keinen Sinn.« Bodenstein klappte die Pappschachtel zu und wischte sich die Finger an einem Papiertaschentuch ab. »Es hatte vielleicht gar nichts mit Weinert zu tun, und sie hat das Handy nur ausgeschaltet, um ihren Freundinnen zu zeigen, dass sie verärgert war.«

»Warum auch immer«, sagte Pia. »Wir werden es wohl nicht mehr rausfinden.

»Weiter im Zeitplan. Gegen 19:35 Uhr waren Mahmoudi und Lissy am Flüchtlingsheim und haben geraucht. Dabei wurden sie von der Zeugin gesehen, die vom Einkaufen kam.«

»Um 19:50 Uhr haben zwei Anwohner unabhängig voneinander den hellen Kombi beobachtet, in den Lissy eingestiegen ist. Um 19:59 Uhr hat sich Weinerts Handy dann in die Funkzelle in Sulzbach eingewählt.«

»Er hätte also ziemlich genau neun Minuten Zeit gehabt, Lissy zu erdrosseln und ihre Leiche hinter dem Marienbildstock abzulegen.«

»Er war's nicht.« Bodenstein faltete die leere Pizzaschachtel zusammen und stopfte sie in seinen Papierkorb. »Komm, holen wir Cem und den Staatsanwalt und hören uns an, was Weinert zu sagen hat.«

***

Die Nacht im Polizeigewahrsam hatte bei Dennis Weinert deutliche Spuren hinterlassen. Der Verlust von Selbstbestimmung und Freiheit, die Ungewissheit, wie lange dieser Zustand andauern würde – das machte etwas mit fast jedem Menschen. Nur die ganz Abgebrühten mit Knasterfahrung juckte es nicht. Dennis Weinert war nicht abgebrüht. Er saß da wie ein Häufchen Elend, all das jungenhaft Lockere war verschwunden.

Damon, dachte Bodenstein. Aus Neugier hatte er die Figur der Serie gegoogelt und konnte keine große Ähnlichkeit feststellen. Aber Lissy Böhlefeld hatte etwas von Damon in ihrem Lehrer gesehen; sie war geradezu besessen gewesen von ihm, einem attraktiven Mann, der nett zu ihr gewesen war. Wenn er sich tatsächlich auf eine Affäre mit dem Mädchen eingelassen hatte, war er ein Mistkerl und hatte sich strafbar gemacht, war er jedoch unschuldig, konnte man ihn bemitleiden. Plötzlich fiel Bodenstein ein, wie er vor vielen Jahren blind in eine Falle getappt war, die ihm eine Frau gestellt hatte. Das hätte ihn damals seinen Job und seine Ehe kosten können.

Dennis Weinert wurde von Pia darüber belehrt, dass er nicht mehr als Zeuge, sondern als Verdächtiger vernommen wurde und nichts sagen musste, womit er sich selbst belasten würde. Oberstaatsanwalt Rosenthal wies ihn darauf hin, dass er das Recht auf einen Anwalt habe, aber Weinert lehnte ab. Er sei unschuldig und habe Lissy nichts angetan, beteuerte er.

Die Vernehmung fand diesmal nicht in Pias Büro statt, sondern in einem der fensterlosen Vernehmungsräume mit niedriger Decke und nackten Wänden, und das Gespräch wurde aufgezeichnet. Pia und Cem führten die Vernehmung, Rosenthal und Bodenstein saßen auf der anderen Seite des venezianischen Spiegels und beobachteten, wie Weinerts Gesicht immer blasser wurde, als er hörte, was man gegen ihn zusammengetragen hatte: Seine DNA an Lissys Kleidung, am Schal, an ihrer Hand und ihrem Gesicht. Ihr Smartphone neben dem Beifahrersitz des Dienstwagens seiner Ehefrau. Die fehlende Stunde in seinem Alibi, für die es keine Erklärung gab. Das Video von der Choreografie der Eintracht-Fanklubs zu Beginn des Spiels, das ihm sein Bekannter zugeschickt hatte. Die entlastenden Fakten ließen sie noch unerwähnt.

»Sie waren gar nicht um 19:45 Uhr im Stadion, sondern erst um 21:15 Uhr, kurz vor dem Anpfiff der zweiten Halbzeit«, sagte Pia. »Was haben Sie in dieser Zeit gemacht?«

Keine Antwort.

»Hatten Sie eine Beziehung mit Larissa Böhlefeld?«, fragte Cem. »Haben Sie das Mädchen geküsst?«

»Nein.«

»Waren Sie am Abend des 6. Dezember mit ihr verabredet?«

»Nein!«

»Wir wissen, dass Sie bereits in der Vergangenheit mit Schülerinnen angebandelt haben, was aber jedes Mal außergerichtlich gelöst wurde.«

Dennis Weinert rieb sich mit beiden Händen das Gesicht und fuhr sich durchs Haar. Er wirkte verzweifelt.

Es war ein Märchen, dass Beschuldigte urplötzlich ein Geständnis ablegten, um ihr Gewissen zu erleichtern. Entweder sie schwiegen eisern, oder sie stritten alles ab.

Weinert entschloss, weiterhin alles abzustreiten.

»Ich hatte nichts mit Lissy«, sagte er. »Sie war meine Schülerin, die Tochter unserer Vermieter und des Chefs meiner Frau! Lissy und ich sind uns hin und wieder zufällig begegnet, wenn ich joggen und sie mit den Tierheim-Hunden unterwegs war. Dann haben wir immer kurz geredet. Dabei ist es aber niemals zu irgendwelchen Übergriffigkeiten gekommen. Ich habe Lissy nicht geküsst und nicht angefasst, weder auf der Klassenfahrt in Berlin noch sonst irgendwann.«

Er holte tief Luft, hielt sie einen Moment an und stieß sie wieder aus. Cem und Pia warteten darauf, dass er weitersprach. Es gab keinen schlimmeren Fehler bei einer Vernehmung, als aussagewillige Beschuldigte zu unterbrechen.

»Ich hatte für den Freitagabend zwei Karten für das Heimspiel der Eintracht geschenkt bekommen. Eine Karte habe ich Andreas Fischer, einem Freund, geschenkt. Er ist mit der Straßenbahn direkt vom Büro hingefahren, ich bin mit dem Auto gefahren. Ich bin erst etwas später ins Stadion gekommen, weil ich tatsächlich mit Lissy verabredet war. Sie hatte mir am Morgen in der Schule gesagt, sie müsse dringend mit mir sprechen, ich sei der einzige Mensch, dem sie das erzählen könne. Das war mir unangenehm, ich wollte sie höflich abwimmeln, aber sie hat nicht lockergelassen.« Weinert seufzte. Trank einen Schluck Wasser. »Ich hatte schon zweimal Schwierigkeiten, weil ich zu nett zu Schülerinnen war und die das falsch interpretiert hatten. Deshalb war ich vorsichtig. Ich sagte zu Lissy: O.k., dann heute Abend, bevor ich ins Stadion fahre. Um 19:30 Uhr bei uns vor dem Haus. Ich habe aber nur zehn Minuten Zeit, denn ich muss ins Stadion. Um 19:30 Uhr war sie nicht da. Ich habe noch ein paar Minuten gewartet, dann bin ich losgefahren. In der Niederräder Straße kam sie mir entgegen. Ich habe angehalten, kurz mit ihr durchs Fenster auf der Beifahrerseite gesprochen. Sie war ganz verfroren, da habe ich ihr angeboten, sie nach Hause zu fahren, damit sie mir auf der Fahrt ihr Anliegen erzählen könnte. Es war kein großer Umweg für mich auf dem Weg ins Stadion.«

»Warum haben Sie uns das nicht gestern schon erzählt?«, wollte Cem wissen.

»Das war ein Fehler«, gab Dennis Weinert offen zu. »Aber ich hatte einfach Angst, dass genau das passieren würde, was jetzt passiert ist, nämlich dass man mich mit Lissys Tod in Verbindung bringen würde.«

»Wieso?«

»Weil ich sie im Auto mitgenommen habe!«

»Was hat sie Ihnen auf der Fahrt denn erzählt?«

»Gar nichts! Sie hat nur Andeutungen gemacht, aus denen ich nicht schlau geworden bin. Ich habe ihr gesagt, sie müsse mir schon sagen, was sie bedrückt, denn sonst könne ich ihr nicht helfen. Sie sagte, das gehe nicht so zwischen Tür und Angel. Und ich müsse ja jetzt ins Stadion, und dann würde sie es mir ein anderes Mal erzählen, wenn ich mehr Zeit hätte. Sie wollte, dass ich am Ortseingang von Sulzbach anhalte. Von dort aus sind es nur ungefähr fünfzig Meter bis zum Haus ihrer Eltern. Ich habe angehalten, aber sie ist nicht sofort ausgestiegen. Sie wollte mich umarmen, dabei muss ihr wohl das Handy aus der Tasche gerutscht sein. Ich habe ihren Annäherungsversuch abgewehrt und gesagt, dass ich das nicht möchte. Wir könnten reden, aber nicht mehr. Daraufhin ist sie weinend aus dem Auto gesprungen und weggelaufen, ohne sich noch einmal umzudrehen.«

»Das sollen wir Ihnen glauben?«

»Ja. Genau so war es. Und ich mache mir gewaltige Vorwürfe, dass ich ins Stadion gefahren bin, statt mir Zeit für sie zu nehmen. Aber in dem Moment dachte ich, sie ist halt ein bisschen in mich verliebt und wollte meine Aufmerksamkeit. Ich habe seit Jahren mit Teenagern zu tun. Das wenigste von dem, was sie tun, ist rational.«

Pia präsentierte ihm die Zettel und die Schulhefte, die Bodenstein von Anne Böhlefeld bekommen hatte.

»Sie war mehr als nur ein bisschen in Sie verliebt, Herr Weinert.«

Weinert biss sich auf die Unterlippe und schüttelte den Kopf. Ihm traten Tränen in die Augen.

»Es tut mir so leid«, beteuerte er. »Wirklich. Und ich zerbreche mir den Kopf darüber, was an dem Abend passiert ist. Sie hatte doch nur noch fünfzig Meter zu laufen!«

* * *

Auch auf mehrfaches Klingeln hin hatte Hannelore Fachinger nicht die Tür geöffnet, und die Schlagläden vor den Fenstern waren geschlossen, deshalb hatte Tanja Gatzke bei den Nachbarn geklingelt und erfahren, dass die alte Dame verreist war. Über Weihnachten in die Sonne, hatte sie erzählt und ihnen den Haustürschlüssel gegeben, für den Fall, dass sie nicht zurückkomme. In ihrem Alter müsse man schließlich jederzeit damit rechnen. Tanja hatte sich den Schlüssel geben lassen und das Haus inspiziert.

»Alles war ordentlich aufgeräumt«, berichtete sie. »Kühlschrank und Tiefkühltruhe abgetaut, leer und ausgeschaltet. Die Heizung auf 1 gestellt. Die Kleiderschränke leer. Betttücher über den Möbeln.«

»Es würde mich nicht wundern, wenn sie sich mit ihren Enkeln einen schönen Lebensabend unter Palmen machen wollte«, sagte Tariq. »Wahrscheinlich sitzt sie irgendwo in der Sonne und schlürft einen Cocktail, zusammen mit Thomas-Tobias und Wolf Sollberg.«

»Ich fürchte, du hast recht«, sagte Pia frustriert. »Aber auf den Rest ihrer Bande können sie lange warten.«

»Thomas Brunner muss geahnt haben, dass einer von uns irgendwann in der Hostatostraße aufkreuzen würde«, fuhr Tanja fort. »Er hat im Fitnessstudio einen Briefumschlag für uns hinterlegt.«

Sie holte einen wattierten braunen Umschlag, der an das K11 Hofheim adressiert war und in einem Asservatenbeutel steckte, aus ihrer Schultertasche und leerte den Inhalt auf den Tisch. Reisepass, Personalausweis, Führerschein, EC- und Kreditkarten auf den Namen Tobias Baumann.

»Er hat damit gerechnet, dass das BKA seine Legende preisgeben würde, deshalb hat er sich aus dem Staub gemacht«, sagte Bodenstein. »Aber unter welchem Namen ist er jetzt unterwegs?«

»Er war für den BND in heiklen Auslandsmissionen tätig«, entgegnete Nicola Engel. »Er wird einen ganzen Haufen falscher Pässe haben.«

Pia griff nach dem Reisepass und betrachtete das Foto des Mannes, den Kathrin nie erwähnt hatte. Wie seine Schwester hatte auch Thomas Brunner ein androgynes Gesicht mit klaren Zügen. Dunkelblondes, bereits leicht schütteres Haar, blaue Augen, ein breiter Mund mit vollen Lippen. Ein hübscher Mann, den man sich gut als netten Familienvater, als Bankangestellten oder Versicherungsmitarbeiter vorstellen konnte, aber nicht als Profikiller.

Das Telefon auf dem Besprechungstisch klingelte. Der PvD teilte mit, dass die Untersuchungshäftlinge Mazanek und Burkhardt eingetroffen waren.

»Oh ja!« Pia sprang von ihrem Stuhl auf. »Ich bin gerade in Stimmung, dem Bestatter so richtig auf den Zahn zu fühlen.«

»Und ich Burkhardt«, sagte Kai. »Wir müssen uns beeilen, bevor ihre Anwälte auftauchen.«

»Das übernehmen Frau Gatzke und ich«, sagte die Kriminaldirektorin.

»Nein«, sagte Pia entschieden. »Das ist etwas Persönliches. Kathrin hat uns, ihre Kollegen, hintergangen. Wir fühlen uns mitschuldig, weil wir nicht mitbekommen haben, was sie getan hat.«

»Deshalb können wir das jetzt noch nicht anderen überlassen«, sagte Cem.

»Und wir wollen rausfinden, warum Mazanek, Burkhardt und Beiswenger so eisern schweigen, wo Brunner und Sollberg sind und ob sie noch etwas vorhaben«, ergänzte Kai.

»Wir haben noch eine kleine Chance, sie zu erwischen«, stimmte Bodenstein seinen Kollegen zu. »Sie sind Fanatiker. Sie müssen das zu Ende bringen. Sicher haben sie irgendeinen Ehrenkodex. Wenn sie ihren Prinzipien treu bleiben, dann müssten die Eltern von Larissa Böhlefeld den Mörder ihrer Tochter eigenhändig töten oder zumindest seiner Hinrichtung beiwohnen.«

»Glaubst du, dass sie darauf warten, bis wir den Mörder ermittelt haben?« Nicola Engel vergaß, ihn zu siezen, wie sie es normalerweise tat, wenn andere Leute dabei waren.

»Das halte ich zumindest für möglich«, erwiderte Bodenstein. »Und deshalb muss Dennis Weinert auch so lange in unserem Gewahrsam bleiben, bis wir Brunner, Sollberg und Simon Brandt haben. Eine andere Möglichkeit wäre, dass sie ihre Komplizen befreien und sich mit ihnen zusammen absetzen wollen. Falls Mazanek oder Burkhardt irgendetwas wissen, werden wir es jetzt aus ihnen rausholen. Und dazu sind alle …«

»Stopp!«, unterbrach ihn die Kriminaldirektorin und stand auf. »Ab jetzt möchte ich nicht mehr informiert werden. Die Vernehmungen werden nicht aufgezeichnet. Keine Aktenvermerke. Kommen Sie, Frau Gatzke. Wir gehen.«

Damit ging sie hinaus, gefolgt von der neuen Kollegin, die die Tür hinter sich schloss.

»Kai, du redest mit Burkhardt. Pia und Cem, ihr nehmt Volker Mazanek in die Mangel.« Bodenstein blickte in die Runde und sah die Entschlossenheit in den Mienen seiner Kollegen. »Er ist das schwächste Glied der Kette. Setzt ihn unter Druck.«

»Wie weit sollen wir gehen?«, wollte Cem wissen.

»So weit wie nötig«, sagte Bodenstein mit gesenkter Stimme. »Ich will das hier und heute zu Ende bringen. Und ich will Kathrins Bruder kriegen. Er darf nicht davonkommen mit all diesen Morden. Habt ihr alle Informationen, die ihr braucht, parat?«

Alle nickten. Sie wussten, um was es ging und dass sie nur noch diese eine Chance hatten.

***

Pia legte Volker Mazanek Fotos hin, die seine Hunde in Tierheimboxen zeigen. Er saß in einem unbenutzten Büro mit vergitterten

Fenstern im Erdgeschoss, Markus Burkhardt unten in einem der Vernehmungsräume.

»Junior und Thiago haben beide den Wesenstest nicht bestanden. Wenn Sie verurteilt werden und für Jahre ins Gefängnis müssen, werden die Hunde schlimmstenfalls eingeschläfert.«

Volker Mazanek begann zu zittern, seine Augen füllten sich mit Tränen. Pia hätte gerne auf Tricks wie diesen verzichtet, aber die Hunde waren Mazaneks Achillesferse und damit das beste Druckmittel. In Wirklichkeit hatten beide Hunde den Wesenstest bestanden, ihnen ging es gut.

»Wir haben einen Durchsuchungsbeschluss für Ihr Bestattungsunternehmen und Ihre Privatwohnung.« Cem saß Mazanek am Tisch gegenüber, während Pia in dem kleinen Raum hin und herging, mal hinter und mal neben ihm stand, was ihn, wie beabsichtigt, irritierte. »Wir werden Ihr Büro und Ihre Privaträume durchsuchen, und wir werden jede einzelne Kremierung der vergangenen Jahre auf Dauer und Temperatur überprüfen. Zwei Leichen brennen länger als nur eine. Wir werden herausfinden, welcher Mitarbeiter des Krematoriums Ihr Komplize gewesen ist. Von dem Imageschaden, der dadurch entsteht, wird sich Ihr Unternehmen nicht mehr erholen.«

Mazaneks Blick schweifte durch den Raum. Sein Adamsapfel hüpfte auf und ab. Mit der linken Hand rieb er seinen Oberschenkel.

»Wir haben Markus Burkhardt und Vivien Beiswenger im Lagerraum in Rödelheim festgenommen, als sie gerade Waffen und Unterlagen wegschaffen wollten.« Pia hatte sich dicht an Mazaneks Ohr gebeugt, und er zuckte erschrocken zusammen. »Wir haben Aktenordner gefunden mit Kathrins Aufzeichnungen. Sie hat über sämtliche Aktionen Ihrer Organisation Buch geführt. Mit Namensvermerken.«

Der Bestatter schloss die Augen. Sein Mund zuckte.

»Herr Mazanek, wir wissen alles. Wir wissen, wie viele Leichen Sie illegal entsorgt haben. Ihre ›Freunde‹ haben Sie für ihre Zwecke ausgenutzt. Sie konnten nicht ablehnen, weil sie Ihnen 2008 geholfen hatten, Ihren Vater und seine Kinderschänderfreunde umzubringen. Seien Sie jetzt nicht dumm. Schweigen ist falsch verstandene Loyalität. Und eigentlich wollen Sie doch nach Hause. Zu Ihren Hunden. Sie sind ein begnadeter Hundetrainer. Hunde ausbilden ist Ihre Leidenschaft. Das wollen Sie doch weiterhin machen. Oder wollen Sie lieber zehn Jahre oder mehr im Gefängnis sitzen, während Ihre Freunde sich die Sonne auf den Bauch scheinen lassen?«

Schweigen. Mazanek kämpfte mit sich.

»Hawelka und Kathrin sind tot«, zählte Cem auf. »Vivien Beiswenger und Markus Burkhardt können wir vielleicht nichts nachweisen. Wolf Sollberg und Thomas Brunner sind untergetaucht.«

Der Bestatter reagierte nicht bei der Nennung des letzten Namens. Es schien ihn nicht zu überraschen, dass die Polizei wusste, dass Thomas Brunner lebte.

»Sie werden der Einzige sein, der vor Gericht stehen und sich für mehr als zwanzig Morde verantworten muss. Man wird Sie zur Höchststrafe verurteilen. Lebenslänglich. Das sind in Deutschland fünfzehn Jahre, bei guter Führung. Selbst wenn Ihre Hunde nicht eingeschläfert werden: Bis Sie aus dem Knast kommen, sind sie längst tot.«

»Wie viel Uhr ist es?« Es war das erste Mal, dass Mazanek die Zähne auseinanderbekam.

»Warum wollen Sie das wissen?«

Volker Mazanek verzog gequält das Gesicht und zuckte die Schultern.

»Herr Mazanek, helfen Sie uns. Beantworten Sie unsere Fragen.« Cem beugte sich vor. Sein Tonfall war bittend. »Dann wird der Staatsanwalt die Anklage wegen Beihilfe zum Mord möglicherweise zurückziehen und Sie dürfen nach Hause.«

Diese Aussicht war verlockend.

»Was wollen Sie denn von mir wissen?«, fragte Mazanek. An seinen Anwalt dachte er nicht. Und Cem und Pia wiesen ihn nicht darauf hin. Nichts von dem, was sie jetzt zu erfahren hofften, würde jemals vor Gericht erwähnt werden. Aber bevor Pia die nächste Frage stellen konnte, klopfte es an der Tür, und Tanja Gatzke steckte ihren Kopf herein.

»Sorry, dass ich störe. Es ist wichtig.«

Pia ging zu ihr hinaus in den Flur.

»Die Info kam gerade rein.« Tanja grinste und reichte Pia einen Zettel. »Und aus der Ballistik und dem Labor gibt es auch hervorragende Neuigkeiten.«

***

Markus Burkhardt war aus anderem Holz geschnitzt als Bestatter Mazanek, aber auch an ihm waren die letzten Tage nicht spurlos vorbeigegangen. Es hatte ihm einen Dämpfer verpasst, dass seine Verbindungen zum BND und BKA ihn nicht vor der U-Haft bewahrt hatten.

»War mir klar, dass sie dich schicken«, sagte er zur Begrüßung, als Kai den Vernehmungsraum betrat und ihm gegenüber Platz nahm. »Die guten, alten Zeiten beim SEK, was? Du und Behnke und ich, das Dreamteam.«

»Ich komme ganz sicher nicht mit Sprüchen von alter Kameradschaft. So was ist dir doch sowieso egal«, antwortete Kai, legte einen Schnellhefter vor sich auf den Tisch und richtete ihn akkurat an der Tischkante aus. »Einer, der über Jahre hinweg alles verrät, was unseren Job ausmacht, den packt man nicht mehr bei seiner Ehre. Der hat nämlich keine.«

Burkhardt schnaubte verächtlich.

»Wir wissen, dass du die Mörder deines Vaters erschossen und noch eine ganze Menge anderer Verbrechen begangen hast, wenn man Kathrins Unterlagen glauben kann. Und das tun wir. Wir kannten ihre Arbeitsweise. Sie war in allem, was sie getan hat, extrem akkurat. Und sie war so dumm oder so eitel, ihre Mordpläne aufzuheben. Es war ein Kinderspiel, sie mit der Vermi/Utot-Datenbank abzugleichen. So leicht hat es mir echt noch kein Verbrecher gemacht.«

Burkhardt bemühte sich um ein ausdrucksloses Gesicht, aber Bodenstein konnte von seinem Platz hinter der Scheibe aus erkennen, dass Kais Worte Wirkungstreffer waren.

Es klopfte an der Tür, und Pia betrat den Nebenraum. Sie war außer Atem und ganz rot im Gesicht vor Aufregung.

»Hannelore Fachinger ist heute um 6:35 Uhr nach San José, Costa Rica, geflogen«, keuchte sie. »Zwei Passagiere, die auf denselben Flug gebucht waren, sind allerdings nicht erschienen: Wolfgang Sebring und Tobias Baumann.«

»Sollberg und Brunner.« Bodenstein begriff sofort.

»Wir haben Mazanek mitgeteilt, dass wir ihr Exit-Szenario kennen. Daraufhin hat der geredet wie ein Wasserfall.« Pia grinste. »Simon Brandt ist S aus Kathrins Aufzeichnungen. Brunner, Sollberg und er fliegen heute Abend mit einem Privatjet von *FPG*, einem Flugzeugcharterunternehmen, vom Frankfurter Flughafen aus nach Paris und von dort aus weiter nach Costa Rica. Sie haben dort schon vor Jahren Grundstücke und Häuser gekauft.«

»Tse«, machte Bodenstein. »Costa Rica!«

»Und, hier, das kommt aus der Ballistik und dem Labor.« Pia hielt ihm einen Zettel hin, den er überflog.

»Das müssen wir sofort Kai sagen.« Bodenstein und Pia verließen den Raum, er klopfte an die Tür des Vernehmungsraumes und öffnete sie. Kai kam hinaus auf den Flur, und Pia teilte ihm die Neuigkeiten mit.

»Nicht zu fassen.« Kai schüttelte den Kopf. »Ich kenne die Geschichte von Armin Buchholz aus Kathrins Aufzeichnungen. Er ist der Gründer und Inhaber von *FPG*. Seine Tochter Verena ist 2005 auf dem Rückweg vom Museumsuferfest vergewaltigt und in den Main gestoßen worden und dann ertrunken. Ihr Mörder wurde verurteilt, aber nur wegen sexueller Nötigung mit Todesfolge zu fünf Jahren. 2012 kam er aus dem Gefängnis und ist kurze Zeit später verschwunden.«

»Und der Privatjet ist der Gefallen, den Buchholz ihnen dafür tun muss«, vermutete Bodenstein.

»Außerdem gibt es noch wirklich gute Nachrichten aus der Ballistik«, fuhr Pia fort. »Bei den Waffen, die wir im Lagerhaus sichergestellt haben, war das Gewehr dabei, mit dem Daniel Radloff erschossen worden ist. Und die Pistole, mit der die Ex-RAF-Terroristen Bahr und Dörrlamm exekutiert wurden, eine Walther P1 mit herausgefeilter Seriennummer.«

»Perfektes Timing.« Kai war erfreut. »Danke.«

»Moment«, hielt Pia ihn zurück. »Es wird noch besser. Am Verschluss der P1 und an einem der Nachtsichtgeräte wurde Genmaterial von Burkhardt festgestellt.«

»Oh Mann!« Kai grinste. »Manchmal muss man auch mal Glück haben.«

Er kehrte zurück in den Vernehmungsraum, trat an den Tisch, blieb aber stehen.

»Erinnerst du dich, wie wir früher immer Filme geguckt haben, wenn wir Bereitschaft hatten?«, fragte er Burkhardt. »Ich weiß noch, wie du auf *Heat* abgefahren bist. Robert De Niro und Al Pacino. *Du darfst dich niemals an etwas hängen, was du nicht innerhalb von 30 Sekunden problemlos wieder verlassen kannst, wenn du merkst, dass dir der Boden unter den Füßen zu heiß wird.* Den Satz fandest du damals toll. Das weiß ich noch.«

»Was soll die Scheiße, Ostermann?«, fuhr Burkhardt auf.

»Neil McCauley hat den Privatjet am Ende verpasst, weil er unbedingt noch Waingro abknallen wollte.«

»Gibt es einen Grund, warum du mir diesen Mist aufs Ohr drückst?«

»Ich weiß nicht. Gibt es einen?« Kai sah Burkhardt an, aber der antwortete nicht und wich seinem Blick aus.

Kai griff nach dem Schnellhefter und entnahm ihm einige Fotos, die Krögers Leute von der Durchsuchung von Burkhardts Wohnung mitgebracht hatten.

»Die kleine Carlotta«, sagte er und warf die Fotos auf den Tisch, mit gerade so viel Schwung, dass einige von ihnen auf Burkhardts Schoß rutschten. »Wenn du aus dem Knast kommst, ist sie wie alt? Mitte dreißig?«

Burkhardt lief rot an.

»Du wirst so bald keinen Geburtstag mehr mit ihr feiern. Nicht ihr Abitur. Wirst nicht ihren ersten Kerl sehen. Weil du im Knast sitzen wirst, Burkhardt. Lebenslänglich. Besondere Schwere der Schuld. Mindestens zwei Morde hast du auf dem Gewissen.« Kai stützte seine Hände auf die Stuhllehne. »Hättest du Carlotta eigentlich nach Costa Rica mitgenommen?«

Ein Tiefschlag, den Burkhardt nicht so einfach wegsteckte.

»Was willst du, Ostermann?«, flüsterte er heiser.

»Die Staatsanwaltschaft wollte dir einen Deal anbieten«, erwiderte Kai. »Kennst das ja. Milderes Strafmaß gegen Informationen. Aber eigentlich kannst du uns gar nichts mehr erzählen, was wir nicht schon wissen.«

Er stand auf und nahm die Mappe. Die Fotos ließ er liegen.

»Du glaubst doch wohl nicht, dass ich auf eure billigen Psychospielchen reinfalle!«, höhnte Burkhardt. »Kinderfotos! Getuschel auf dem Flur! Lächerlich!«

»Findest du?« Kai zuckte die Schultern. »Frau Böhlefeld hat Mahmoudi übrigens nicht erschossen. Sie hat uns die Glock, die Hawelka ihr dafür gegeben hatte, ausgehändigt. Mahmoudi ist unschuldig, er hat ein Alibi. Hätte Kathrin ihn nicht entführen lassen, hätten wir wohl bis heute noch keinen blassen Schimmer von eurem Selbstjustiz-Klub. Alle würden noch leben, bis auf eure Opfer natürlich. Dumm gelaufen.«

»Um mir das zu sagen, vergeudest du Steuergelder und lässt mich aus dem Knast herkarren?« Burkhardt grinste verächtlich. Aber seine Überheblichkeit war nur noch Fassade, er lag längst angezählt am Boden. »Ich habe echt gedacht, eure Truppe Dorfpolizisten hätte mehr drauf als das.«

Kai betrachtete den Mann, der vor vielen Jahren ein Kamerad gewesen war, dem er bei den gefährlichsten Einsätzen bedenkenlos sein Leben anvertraut hatte. Er hatte damals nicht den Eindruck gehabt, als ob Burkhardt vom Mord an seinem Vater traumatisiert gewesen wäre, aber man konnte einem anderen Menschen nicht hinter die Stirn gucken. Wahrscheinlich hätte Burkhardt mit dem Trauma gelebt, wie es viele Leute tun, aber dann hatte er verhängnisvollerweise Thomas Brunner kennengelernt und die Seiten gewechselt.

»Die Interne Ermittlung ist dir und deinem Chef auf den Fersen«, sagte Kai. »Es wird sie interessieren, dass wir im Lagerhaus die Walther P1 sichergestellt haben, mit der Dieter Bahr und Sieglinde Dörrlamm hingerichtet worden sind. Und das Gewehr, mit dem Daniel Radloff erschossen wurde. Sie werden mit all den Leuten sprechen, denen ihr eingeredet habt, sie müssten Vergeltung üben. Kathrin hat ja alles genau dokumentiert, mit Adressen und Telefonnummern. Die brave Sekretärin vom Klub der Monster.«

Markus Burkhardt ballte die Hände zu Fäusten und biss die Zähne aufeinander, dass seine Kiefermuskulatur zitterte. Er war es nicht gewohnt, unterlegen zu sein. Sein Leben lang hatte er das Sagen gehabt, doch jetzt dämmerte ihm, dass er sich aus dieser Situation nicht mehr herauslavieren konnte.

»Ach ja.« Kai tat so, als ob ihm gerade etwas einfiel. »Im Labor haben sie an der P1 und an einem Nachtsichtgerät genetisches Material von dir gesichert. Bist wohl schlampig geworden auf deine alten Tage.«

Er gab Bodenstein und Pia hinter der Scheibe mit einem Kopfnicken zu verstehen, dass er fertig war.

»Hannelore Fachinger ist übrigens heute Morgen allein nach Costa Rica geflogen. Wir haben euch alle, Burkhardt. Und dank Kathrins Archiv wissen wir, was ihr getan habt. Deine guten Freunde beim BKA oder beim BND haben dich schon fallen gelassen wie eine heiße Kartoffel. Du bist ein Krimineller. Ein Mörder. Mit dir will keiner mehr was zu tun haben.«

»Fick dich, Ostermann«, knurrte Burkhardt mit heiserer Stimme.

»Fick dich doch selbst, Burkhardt«, erwiderte Kai gelassen. »Der Dorfpolizist wünscht dir noch ein schönes Leben.«

***

Es war kurz vor sieben, als sie sich im Besprechungsraum zusammenfanden. Jemand hatte die Pizzaschachteln entsorgt und durchgelüftet, auf dem Tisch stand eine Schale mit Zimtsternen, Mandarinen und Christstollen.

»Alles besser als die Verbrecher-Plätzchen«, sagte Pia und nahm sich eine Mandarine. »Wem verdanken wir das hier?«

»Keine Ahnung«, sagte Tariq. »Ich tippe auf die Neue. Wäre cool, wenn sie bleiben würde.«

»Etwa wegen der Mandarinen und Zimtsterne?«, neckte Cem ihn.

»Nee. Sie ist okay.«

»Finde ich auch«, sagte Pia.

Sie hätten längst Feierabend machen können, aber keiner von ihnen wollte nach Hause fahren. So saßen sie um den Tisch herum, erschöpft bis in die Knochen und gleichzeitig angespannt. Tariq spielte zur Ablenkung ein Geschicklichkeitsspiel auf seinem Handy. Cem aß Mandarinen, Kai tippte wie immer auf seinem Laptop herum. Pia hatte ihren Stuhl umgedreht und starrte die Whiteboards an, und Bodenstein saß da, die Hände über dem Bauch gefaltet und die Augen geschlossen.

Kriminaldirektorin Nicola Engel war in Begleitung von Tanja Gatzke zum Flughafen gefahren. Man hatte die Angaben von Volker Mazanek, der schon am Mittwochmorgen von seinem Anwalt instruiert worden war, bis Donnerstag 22:00 Uhr den Mund zu halten, überprüft und festgestellt, dass tatsächlich am General Aviation Terminal, dem Bereich für Privatflugzeuge auf dem Frankfurter Flughafen in der Cargo City Süd, ein Jet von *FPG* bereitstand und einen Slot für 21:40 Uhr hatte. Der Flug sollte nach Paris gehen, aber bisher hielten sich nur zwei der drei avisierten Passagiere in der Lounge von *FPG* auf. Nach der Beschreibung einer Servicemitarbeiterin handelte es sich um Wolf Sollberg und Simon Brandt. Nicola Engel hatte ein SEK angefordert und sich mit den Verantwortlichen des Flughafenbetreibers in Verbindung gesetzt. Um eine Verfolgungsjagd quer übers Vorfeld wie vor zwei Jahren zu vermeiden, würde man, sobald Brunner aufgetaucht war, unauffällig die Lounge abschließen, das Personal in Sicherheit bringen und den Bereich ringsum weiträumig abriegeln lassen.

Vom Team des K11 hatte keiner mitfahren wollen. Es war ihnen gelungen, eine der schlimmsten Mordserien, die es in Deutschland je gegeben hatte, aufzuklären. Für die Festnahme am Flughafen wurden sie nicht mehr gebraucht. Aber natürlich wollte jeder von ihnen wissen, wie die Sache ausging und ob es gelingen würde, die letzten drei Täter zu schnappen.

»Volker Mazanek hatte nicht vor, mit nach Costa Rica zu kommen.« Cem schälte bedächtig eine Mandarine. »Er ist echt eine arme Sau und hat eine Todesangst vor Brunner.«

»Er hat keine kriminelle Energie«, bestätigte Pia. »Burkhardt und Kathrin haben seine Loyalität brutal ausgenutzt. Gib mir noch eine Mandarine, bitte.«

»Geschält oder ungeschält?«

»Ungeschält.«

Cem warf ihr eine zu, und sie fing sie aus der Luft.

»Er hat niemanden umgebracht, das ist schon mal der wichtigste Unterschied zu den anderen«, sagte Bodenstein, ohne die Augen zu öffnen.

»Richtig«, erwiderte Cem. »Sie haben ihn immer wieder damit erpresst, was er ihnen schuldet. Er musste ihnen nicht nur einen Gefallen tun, sondern Dutzende. Über Jahre hinweg. Wenn etwas zu erledigen war, musste er hinkommen, meistens mitten in der Nacht, mit zwei Hunden, einem Leichenwagen und einem leeren Sarg. Angeblich hat er nie gewusst, wie das Opfer hieß und was es getan hatte.«

»Das glaube ich ihm sogar.« Pia hatte ihre Mandarine geschält. Sie liebte den Duft, der den ganzen Raum erfüllte und an ihren Fingern hing.

Während Pia, Cem und Kai mit Mazanek und Burkhart beschäftigt gewesen waren, hatte Tariq mit Polizeioberkommissar Linus Reschke vom 11. Revier aus Frankfurt gesprochen. Dessen Kollege Simon Brandt, der zufälligerweise seit heute Urlaub hatte, hatte sich vor drei Jahren aus Bayern nach Hessen tauschen lassen. Er war ein zuverlässiger Kollege, aber kein Kumpel. Redete nie über sein Privatleben. Kampfsportler, trainierte bei *Fight Smart* in Höchst, sicher nicht zufällig derselbe Klub, in dem Kathrin als Trainerin gearbeitet und Konstantin Hawelka kennengelernt hatte. Brandt hatte keine Freundin, war aber verheiratet gewesen.

POK Reschke hatte bestätigt, dass er Dienstagnacht zusammen mit Brandt Streife gefahren war. Unter anderem durch die Gewerbegebiete in Rödelheim und Sossenheim.

»Ich konnte jetzt alle Mobilnummern, die mein Programm herausgefiltert hat, identifizieren. Bis auf eine«, sagte Kai in diesem Moment. »Damit mir der Provider die Daten des Rufnummerninhabers mitteilt, brauche ich allerdings erst die richterliche Genehmigung.«

»Ruf die Nummer doch einfach mal an«, schlug Tariq vor.

»Was glaubst du, was ich getan habe, Schlaumeier?«, erwiderte Kai.

»Vielleicht solltest du nicht mit unterdrückter Nummer anrufen«, schlug Cem vor. »Viele Leute gehen bei unbekannten Anrufern nicht dran, weil sie glauben, es sind Betrüger oder wir, die Bullen.«

»Gib mir mal die Nummer«, sagte Pia. »Ich rufe an.«

»Ich schick sie dir.« Kai hantierte mit seinem Smartphone herum. »Hast du AirDrop eingeschaltet?«

»Nein, habe ich nicht«, erwiderte Pia und dachte an die selbstbewusste Marcella mit den bunten Fingernägeln. »Ich bin der altmodische Stift-und-Papier-Typ.«

Kai zog die Augenbrauen hoch, notierte die Nummer auf einem Zettel und schob ihn Pia hin, die in ihrem Smartphone die Anrufer-ID aktivierte, damit ihre Nummer angezeigt wurde.

Der Ruf ging hin, aber auch bei ihr nahm niemand ab.

»Gibt es eigentlich schon ein Ergebnis der Stimmenanalyse von der Notruf-Aufnahme?« Bodenstein schlug die Augen auf.

»Oh ja, gibt es. Hab ich gar nicht mehr dran gedacht!« Tariq sprang auf, als hätte ihm jemand heißes Wasser übergegossen, und schoss davon. Ein paar Sekunden später war er wieder da mit seinem Laptop unterm Arm. Er reichte Pia die Expertise des Technikers. Sie überflog das Blatt.

»Das ist die Stimme einer Frau«, sagte sie erstaunt. »Sie ist mit Hilfe einer App verändert worden.«

Tariq hatte unterdessen auf seinem Laptop die Datei gefunden, die der Techniker geschickt hatte, und sie lauschten aufmerksam der Nachricht, die nun ihren Originalklang hatte.

»Hallo, mein Hund hat eben aufm Spaziergang 'ne Leiche gefunden. Zwischen Schwalbach und Sulzbach. Auf dem Weg, der am Bach langführt. Hinter so 'ner Hütte mit so 'ner Marienstatue drin. Da sollten Sie mal nachgucken.«

»Das ist auf jeden Fall nicht Leona Weinert«, sagte Bodenstein.

»Eine Frau zwischen fünfundzwanzig und vierzig«, las Pia die Analyse des Stimmexperten vom LKA vor. »Leichte hessische Färbung. Monotone und nasale Sprechweise.«

Sie hörten sich noch einige Male die Aufnahme an, überlegten hin und her, kamen aber auf keine durchschlagende Idee.

»Ich muss euch eine unglaubliche Geschichte erzählen«, sagte Bodenstein in das entstandene Schweigen. »Über Farwad Mahmoudi und Evren Öztunali, sein angebliches Vergewaltigungsopfer.«

»Wieso *angeblich*?«, fragte Cem.

»Die beiden haben sich in der Schule kennengelernt und unsterblich ineinander verliebt. Sie konnten sich nur heimlich treffen, weil die junge Frau aus einer sehr traditionellen Familie stammt, die eine Beziehung zu einem afghanischen Flüchtling niemals tolerieren würde.«

Bodenstein fiel es noch immer schwer zu glauben, welch irrsinnige Geschichte die vier jungen Leute ersonnen hatten.

»Lissy Böhlefeld war eine Freundin von Evren. Sie waren zusammen in der Grundschule gewesen und auf der Alexander-von-Humboldt-Schule, bis Evren nach der achten Klasse auf die Realschule wechseln musste. Mahmoudi, der ja behauptet hatte, sechzehn Jahre alt zu sein, kam in ihre Klasse. Lissy und Sara Korbmacher haben Evren und Mahmoudi häufig Alibis gegeben, damit sie sich treffen konnten. Oft bei Korbmachers zu Hause, weil Saras Eltern beide berufstätig sind.«

Evrens Brüder waren ihrer Schwester auf die Schliche gekommen. Die Schwester eines Freundes hatte das Liebespaar zufällig auf einem Kinderspielplatz beobachtet, Evren war in Panik davongelaufen und von einem Auto angefahren worden. Noch im Krankenhaus hatten die Brüder der Sechzehnjährigen angedroht, sie auf der Stelle in die Türkei zu bringen, in ein Dorf nahe der armenischen Grenze, wo man sie mit einem Bekannten eines Onkels verheiraten würde, der darüber hinwegsehen würde, dass seine Braut keine Jungfrau mehr war. In ihrer Angst hatte Evren behauptet, sie sei vergewaltigt worden. Mahmoudis Namen hatte sie ihren Brüdern verschwiegen, aber sie hatten ihn trotzdem herausgefunden und geschworen, ihn zu töten. Lissy und Sara hatten Farwad davon überzeugt, dass es die beste Lösung sei, sich der Polizei zu stellen und die Vergewaltigung zu gestehen, um in U-Haft zu kommen, wo er in Sicherheit sein würde.

»Das ist ja unfassbar.« Cem war erschüttert. »Die Anklage wegen sexueller Nötigung, dieser endlos lange Prozess, die teuren Gutachten, achtzehn Monate U-Haft – das alles, weil das Mädchen Angst vor einer Zwangsheirat hatte?«

»Ja.« Bodenstein nickte. »Und weil ihre Brüder Mahmoudi umbringen wollten.«

»So was gibt's doch gar nicht«, sagte Tariq. »Wer geht denn freiwillig wegen eines Verbrechens, dass er nicht begangen hat, in den Knast?«

»Jemand, der keine andere Perspektive hat«, erwiderte Bodenstein. »Das Absurdeste daran ist, dass Richter Hawelka wegen Mahmoudi so verzweifelt war, dass er sich und fünf andere Menschen umgebracht hat. Dabei hat Farwad Mahmoudi weder vergewaltigt noch gemordet.«

»Daran ist Kathrin schuld gewesen«, sagte Tariq düster. »Hätte sie Mahmoudi nicht entführen lassen, würden alle heute noch leben. Wir hätten Mahmoudi vernommen und sein Alibi festgestellt. Hawelka hätte keinen erweiterten Suizid begangen ...«

»... und wir hätten nie von der geheimen Organisation erfahren«, fiel Kai ihm ins Wort. »Sie hätten noch Jahre weitergemordet, und Kathrin hätte irgendwann alle Beweise vernichtet und sich nach Costa Rica abgesetzt.«

Darauf wusste niemand etwas zu erwidern.

Pia drückte auf die Wiederwahltaste ihres Handys. Zuerst ertönte ein Freizeichen, dann der Besetztton.

»Was ist das denn?«, wunderte sie sich und wählte erneut. »Erst Freizeichen, dann besetzt?«

»Der Rufnummerninhaber hat deine Nummer blockiert«, klärte Tariq sie auf. »Das klingt dann so.«

»Aha.« In Pias Kopf arbeitete es. Ihr Gehirn begann die Bruchstücke von Informationen zusammenzusetzen, und ihr Puls beschleunigte sich, als sie spürte, dass sie der Lösung des Rätsels ganz nahe war. »Und warum sollte jemand …?«

Im Flur wurden Stimmen laut. Schritte näherten sich. Wenig später betraten Tanja Gatzke und Nicola Engel den Besprechungsraum. Beide sahen nicht besonders glücklich aus.

»Und? Wie ist es gelaufen?«, erkundigte sich Bodenstein.

»Sollberg und Brandt haben keine Gegenwehr geleistet«, antwortete die Kriminaldirektorin. »Aber Thomas Brunner ist nicht aufgetaucht.«

»Scheiße«, sagte Cem aus tiefstem Herzen. »Der hat sich auf einem anderen Weg abgesetzt.«

»Oder er hat noch etwas vor«, sagte Pia.

»Wie auch immer. Die Sache ist für uns erledigt und jetzt Angelegenheit des LKA«, teilte Nicola Engel mit und blickte von einem zum anderen. »Sie haben eine beispiellose Mordserie aufgeklärt. Das ist Ihr Verdienst, Herrschaften. Sie dürfen ruhig ein bisschen stolz auf sich sein.«

»Ich wäre stolz auf mich, wenn ich eher gemerkt hätte, was Kathrin da treibt.« Kai fasste in Worte, was sie alle dachten. »Mir wäre es lieber, sie würde noch leben und müsste für den Rest ihres Lebens ins Gefängnis, um für das, was sie getan hat, zu büßen.«

»Und solange Brunner flüchtig ist, ist gar nichts erledigt«, sagte Tariq. »Der bringt es fertig und befreit seine Komplizen. Außerdem wird es Jahre dauern, bis einer von denen wirklich angeklagt wird.«

»Herrje, was ist denn das für eine negative Einstellung!« Die Kriminaldirektorin schüttelte ärgerlich den Kopf. »Sie haben erreicht, dass man sehr viele ungeklärte Todes- und Vermisstenfälle aufklären wird. Ja, sicher, es wird viele Leute eine lange Zeit beschäftigen, aber daraus werden Strafverfahren resultieren, die für viel Aufsehen sorgen werden.«

»Und wenn schon.« Kai zuckte die Schultern und klappte seinen Laptop mit einem Knall zu. »Ich fahre nach Hause. Ich brauche mal wieder etwas Schlaf.«

»Ich auch«, sagte Cem. »Meine Frau weiß schon gar nicht mehr, wie ich aussehe.«

»Dann machen wir für heute Feierabend.« Bodenstein nickte. »Den haben wir uns verdient. Danke, Leute! Und bis morgen.« Er wandte sich an Nicola Engel. »Haben Sie einen Moment?«

Die Kriminaldirektorin nickte, und beide verschwanden in Bodensteins Büro. Pia packte ihre Sachen zusammen und warf den Berg Mandarinenschalen in den Mülleimer der Teeküche. Die Synapsen in ihrem Gehirn sprühten Funken. Die Mobilnummer, die zwischen den Funkmasten von Sulzbach und Schwalbach hin- und hergewechselt war, genau zur mutmaßlichen Tatzeit. Die weibliche Stimme, die den Hinweis auf den Leichenfundort gegeben hatte. Und auf einmal, ohne jede Vorwarnung, rauschte ein so heftiger Adrenalinstoß durch ihren Körper, dass ihre Hände zitterten. In jeder Ermittlung gab es irgendwann diesen einen Moment, in dem plötzlich alles klar wurde und man begriff, dass man schon die ganze Zeit alle Details gekannt, sie nur nicht in den richtigen Zusammenhang gebracht hatte.

Entschlossen klopfte sie an die Tür von Bodensteins Büro. Ihr Chef hatte eine Flasche Rum in der Hand, Nicola Engel zwei Gläser.

»Trinkst du einen mit?«, fragte die Kriminaldirektorin.

»Nein danke«, lehnte Pia ab. »Wir müssen zu Sara Korbmacher fahren, Chef. Und zwar jetzt gleich.«

»Warum?«, wollte Bodenstein wissen.

»Weil ich glaube, dass sie die Mobilnummer, die Kai nicht identifizieren konnte, in ihrem Handy eingespeichert hat.«

***

Es war kurz nach elf, als Pia auf die Fernbedienung drückte, um das Garagentor zu öffnen. Im Haus brannte Licht. Ihre Augen tränten vor Müdigkeit, und beim Gähnen renkte sie sich beinahe den Kiefer aus.

Sara Korbmacher hatte bereitwillig die Mobilnummer, die Kais illegales Funkzellenprogramm aus Hunderten von Nummern herausgefiltert hatte, in ihr Smartphone eingetippt, und auf dem Display war der Name erschienen, den Pia vermutet hatte.

Aber die Euphorie, die sie sonst nach einem Durchbruch bei

einer langwierigen Ermittlung erfasste, war ausgeblieben, und Bodenstein war es nicht anders ergangen. Sie hatten nur Indizien, keine handfesten Beweise.

Pia stieg aus dem Auto und öffnete die Tür, die von der Garage ins Haus führte. Weihnachtsmusik drang an ihre Ohren und der Duft von Gebratenem in ihre Nase. Beck's kam um die Ecke geschossen, die Ohren vor Freude angelegt, und sprang überschwänglich an ihr hoch.

»Na, hier ist ja richtige Weihnachtsstimmung!« Pia musste lächeln. Sie hängte ihre Jacke an die Garderobe und streifte die Stiefel von den Füßen.

»*Rockin' around the Christmas tree, have a happy holiday.*« Christoph kam aus dem Wohnzimmer getanzt, in einer Hand ein Weinglas, in der anderen eine Lichterkette. »Hab ich doch richtig gehört! Hilfe naht!«

Er breitete die Arme aus, und Pia schmiegte sich an ihn und erwiderte seinen Begrüßungskuss. »Was machst du da gerade?«

»Ich habe den Weihnachtsbaum geschmückt«, erwiderte Christoph. »Und es ist mir auch wirklich gut gelungen. Aber dann ist mir eingefallen, dass er mit Lichterketten besser aussehen würde.«

»Du hast einen Weihnachtsbaum besorgt?«

»Allerdings! Und was für einen schönen!«

Pia legte ihren Rucksack auf die Treppe und folgte ihrem Mann neugierig in den Wintergarten. Dort stand eine prächtige Nordmanntanne, wunderbar geschmückt mit goldenen und roten Christbaumkugeln, roten Schleifen und allerhand Christbaumschmuck. Die Lichterketten hatten ganz unten in der Weihnachtskiste gelegen, deshalb hatte Christoph sie vergessen.

»Ich habe übrigens nicht nur den Baum besorgt, sondern auch alle Geschenke«, sagte er stolz. »Ich hab's so gemacht, wie du es vorgeschlagen hattest: einfach meine Töchter gefragt, und die haben mir sofort zig Links zu Onlineshops geschickt. War eine Stunde Arbeit.«

»Echt? Du hast das allein hingekriegt?« Pia war beeindruckt.

»Na ja. Nicht direkt.« Christoph grinste entwaffnend. »Aber ich habe zumindest die Mails weitergeleitet. Unsere Praktikantin hat dann den Rest gemacht. Hey, wie geht's dir? Du siehst k. o. aus.«

»Frag nicht. Es ist ein furchtbarer Fall«, seufzte Pia. »Was trinkst du da?«

»Einen französischen Roten. Nicht unbedingt der Brüller, aber ich hab ihn für die Soße gebraucht. Magst du trotzdem ein Glas?«

»Auf jeden Fall. Und was duftet so gut?«

»Rehrücken in Rotweinsoße. Testlauf für den Ersten Feiertag.« Christoph lächelte. »Ich mache dir einen Teller zurecht.«

»Und ich sorge dafür, dass unser Weihnachtsbaum auch anständig beleuchtet ist.« Pia nahm ihm die verhedderte Lichterkette aus der Hand, gab ihm noch einen Kuss und ging in den Wintergarten. Es würde nicht so hübsch aussehen, wenn sie die Lichterketten über den Christbaumschmuck hängte, aber im Dunkeln würde das niemand bemerken.

In der Küche klapperte Christoph mit Geschirr und Besteck, und Pia hörte ihn mit dem Hund reden. Andy Williams sang über *the most wonderful time in the year*, und Pia kamen die Tränen, weil sie Christoph enttäuschen musste. Sie würde ihn vermissen, und ihre vertraute Zweisamkeit würde ihr ganz schrecklich fehlen, aber sie konnte unmöglich ein Jahr Urlaub von ihrem Job nehmen und mit ihm nach Namibia gehen, wo sie nichts zu tun hatte. Nein, das stimmte nicht ganz. Natürlich hätte sie gekonnt, wenn sie unbedingt gewollt hätte. Die Wahrheit war jedoch, dass sie kein ganzes Jahr in der afrikanischen Wildnis leben wollte. Nicht einmal ihrem Ehemann zuliebe.

»Kommst du?«, rief Christoph aus der Küche.

»Ja!« Pia zwinkerte die Tränen weg und legte die entwirrte Lichterkette auf das Sofa im Wintergarten.

Freitag, 20. Dezember

Wieder einmal riss das penetrante Summen ihres Handys Pia aus tiefem Schlaf.

»Ja?«, meldete sie sich verschlafen und blinzelte, um die Zahlen zu erkennen, die ihr Funkwecker an die Decke projizierte. 2:04 Uhr!

»Pia!«, zischte jemand in ihr Ohr. »Hier ist ein Einbrecher! Ich habe ihn im Kühlhaus eingesperrt. Kannst du herkommen? Sofort?«

»Wer ist denn da?«, krächzte sie schlaftrunken.

»Ich bin's. Henning.«

»Moment.« Pia schlug die Bettdecke zurück und wankte hinüber ins Badezimmer, um Christoph nicht zu wecken. Sie schloss die Tür und setzte sich auf den Rand der Badewanne.

»Was ist los, Henning?«

»Ich bin überfallen worden, in meiner Wohnung!«, flüsterte er. »Ich habe noch am Schreibtisch gesessen, und da steht plötzlich eine vermummte Gestalt hinter mir und hält mir eine Pistole an den Kopf.«

»Wo bist du jetzt?«

»Im Institut. Im Flur. Vor dem Hörsaal. Der Typ hat mich gezwungen, mit ihm runter ins Kühlhaus zu gehen. Er wollte die Leiche von Kathrin Fachinger haben!«

»Was?« Jetzt war Pia hellwach. »Wieso?«

»Keine Ahnung. Er wollte, dass ich ihr die Augäpfel entferne und sie ihm gebe.«

»Wo ist der Mann jetzt?«

»Ich habe ihm die Kühlfachtür gegen den Kopf geschlagen. Er

ist umgefallen wie ein nasser Sack und hat sich nicht mehr gerührt. Und dann habe ich ihn im Kühlhaus eingesperrt.«

»Das ist doch schon mal gut.« Pia versuchte, ihr Gehirn in Fahrt zu bringen. Das Kühlhaus im Keller der Rechtsmedizin hatte keine Fenster, dafür eine massive Tür, die von außen verriegelt werden konnte. Wer auch immer dort eingesperrt war, konnte sich nicht selbst befreien. Und frostige sieben Grad Celsius waren für einen lebenden Menschen sehr schnell recht unangenehm.

»Wo ist die Pistole?«

»Was meinst du?«

»Du hast doch gesagt, er hat dir eine Pistole an den Kopf gehalten.«

»Ja, stimmt. Verdammt, ich weiß nicht, wo das Ding ist. Es ging alles so schnell. Wahrscheinlich hat er sie noch.«

Das war nicht gut. Die Ausbruchssicherheit des Kühlhauses, die ihr eben noch als Vorteil erschienen war, wurde nun zu einem Nachteil. Es gab keine Möglichkeit, den Mann überraschend zu überwältigen. Wenn er wieder zu sich gekommen war, konnte er auf jeden schießen, der die Tür öffnete.

»Okay, Henning, ich komme, so schnell ich kann. Ruf die 110 an. Die sind noch schneller da als ich.«

»Herrgott, Pia! Und was, wenn der Kerl tot ist?« Henning flüsterte wieder. »Dann übernimmt die Kripo aus Frankfurt!«

»Das werden sie sowieso tun.« Pia zog sich mit einer Hand, das Handy am Ohr, den Schlafanzug aus. »Wenn mich nicht alles täuscht, ist der Mann in deinem Keller Thomas Brunner, Kathrins Bruder. Und der ist gefährlich.«

»Na, das baut mich doch jetzt richtig auf«, erwiderte Henning und klang schon wieder etwas mehr wie er selbst.

»Tu einfach, was ich dir sage, und geh auf keinen Fall da runter. Ich lege jetzt auf und ziehe mich an.«

»Ja, ist gut. Aber beeil dich!«

»Natürlich.«

Pia schlüpfte in die Klamotten, die sie vor ein paar Stunden ausgezogen hatte, und versuchte gleichzeitig, Bodenstein zu erreichen, aber der ging nicht an sein Telefon. Dann wählte sie die

Nummer von Nicola Engel, die sich nach dem dritten Klingeln meldete. Pia erklärte ihr rasch den Sachverhalt.

»Wir haben da nichts verloren. Das ist Sache der Frankfurter Kollegen.«

»Das weiß ich«, entgegnete Pia mit gesenkter Stimme. »Aber wenn der Typ Thomas Brunner ist – und das ist er ganz sicher –, will ich den nicht den Frankfurtern überlassen! Und du sicher auch nicht.«

Damit hatte sie den Ehrgeiz ihrer Chefin geweckt.

»Du hast recht. Ich rufe den Kollegen Scheller an.« Wie üblich traf die Kriminaldirektorin eine schnelle Entscheidung. »Er hat mir seine Handynummer gegeben, als wir in Hawelkas Haus waren.«

»Okay. Soll ich dich abholen?«

»Nein. Ich bin noch im Büro. Ich kann in zwanzig Minuten am Institut sein.«

Pia hinterließ Christoph eine Nachricht an der Küchentafel, versüßte Beck's Enttäuschung darüber, schon wieder zurückbleiben zu müssen, mit einer Handvoll Leckerli und eilte in die Garage.

Die Straßen lagen wie ausgestorben da. Kein einziges Auto begegnete ihr, und selbst auf der Autobahn war nichts los. Warum wollte Brunner die Augäpfel seiner toten Schwester haben? War er ein kranker Psychopath, oder war sein seltsames Ansinnen Ausdruck pervertierter Geschwisterliebe? Wollte er ein Stück von ihr mitnehmen nach Mittelamerika?

Pia fuhr am Westkreuz Frankfurt auf die A5 und gab Gas. Für die hell erleuchtete Frankfurter Skyline zu ihrer Linken hatte sie keinen Blick. Sie nahm es Kathrin persönlich übel, dass sie sie davon abhielt, sich auf ihren eigentlichen Fall zu konzentrieren. In den letzten Tagen war so viel auf sie eingeprasselt, dass sie nur damit beschäftigt gewesen war, hektisch Aufgaben abzuarbeiten, um nicht völlig die Kontrolle zu verlieren. Ihre Mutter, Christophs Namibia-Pläne, der Schock über den furchtbaren Tod von Kathrin und die erschütternden Erkenntnisse über ihr Doppelleben, die Sorge um Bodenstein und dazu noch eine Mordermittlung – der Stress hatte ihren Kopf völlig blockiert. Aber jetzt sah sie plötzlich ganz klar. Und auf einmal befiel sie ein eigenartiges Gefühl, wie eine dunkle Vorahnung.

Sie hatte das Bedürfnis, Christoph zu sagen, wie sehr sie ihn liebte. Die Nachricht in der Küche durfte nicht das Letzte sein, das sie ihm hinterlassen hatte. Mit dem Handy in der Hand fuhr sie an der Abfahrt Niederrad ab, rauschte die Uferstraße mit hundert statt der erlaubten siebzig Stundenkilometer entlang und wurde am Theodor-Stern-Kai prompt geblitzt, aber das kümmerte sie nicht. Ihr ungutes Gefühl verstärkte sich, je näher sie dem Institut für Rechtsmedizin kam. Hatte Kathrin auch so empfunden, als sie mit Bodenstein in den Gerichtsaal gegangen war, oder hatte sie es gar nicht in Erwägung gezogen, dass sie an diesem Tag sterben könnte?

Ihr Handy klingelte. Es war Nicola Engel. Pia nahm das Gespräch entgegen, und dann hatte sie keine Gelegenheit mehr, Christoph eine Nachricht zu schicken.

***

Bodenstein wachte um zwanzig nach drei morgens auf und versuchte erst gar nicht, wieder einzuschlafen. Er stand auf, zog eine Fleecejacke über seinen Schlafanzug und machte sich in der Küche einen Kaffee. Das ohrenbetäubende Rasseln des Mahlwerks würde Sophias komatösen Teenager-Schlaf nicht stören, darum musste er sich nicht sorgen. Er schlüpfte in seine lammfellgefütterten Halbstiefel und trat hinaus auf die Terrasse, die sein Bruder vor einigen Jahren auf Wunsch der Vormieter angebaut hatte. In eine der Wolldecken gehüllt setzte er sich auf seine Polyrattan-Couch, nahm einen Schluck Kaffee und wartete darauf, dass sich seine Augen an die Dunkelheit gewöhnten. Eine Kaltfront hatte die Temperaturen wieder unter den Gefrierpunkt gedrückt. Es war völlig windstill und die Luft klar wie Glas. Ein Käuzchen rief. Irgendwo tiefer im Wald war eine Rotte Wildschweine unterwegs, schnaubend und grunzend durchwühlten sie den Boden nach Essbarem. Im Unterholz auf der anderen Seite des Baches, der unter einer feinen Eisschicht nur noch leise gluckerte, knisterte es, und Bodenstein sah ein Paar Augen grünlich schillern. Ein Fuchs oder ein Marder auf der Jagd. Die Geräusche des nächtlichen Waldes waren ihm von Kindesbeinen an vertraut und erschienen ihm weniger bedrohlich als das Frankfurter Bahnhofsviertel bei Nacht. Die Tieraugen verschwanden wieder im Gehölz, und Bodenstein nahm einen Schluck Kaffee.

Erst jetzt fiel ihm auf, dass der Tinnitus verschwunden war. Und das Frösteln, das ihn seit Montag gequält hatte, war weg! Offenbar ein Zeichen, dass seine Psyche auch ohne Hilfe von außen mit den Ereignissen fertigwurde. Er hätte sowieso mit keinem Therapeuten darüber gesprochen, denn solche Gespräche bargen das nicht unerhebliche Risiko einer Re-Traumatisierung, und das war das Letzte, was er jetzt brauchte.

Der Fallkomplex des Selbstjustiz-Netzwerks war in die Verantwortlichkeit anderer gewandert, und sie würden alle damit abschließen müssen. Niemand konnte ihnen einen Vorwurf machen, dass sie Kathrin nicht durchschaut hatten.

Morgen, nein, heute um elf Uhr fand die Trauerfeier für Lissy Böhlefeld in der Evangelischen Kirche in Sulzbach statt, mit anschließender Beisetzung. Und noch immer wussten sie nicht, wer das Mädchen getötet hatte.

Ihm wurde kalt, und er ging zurück in die Wohnung. Sein Handy hing am Ladekabel, das Display leuchtete in der Dunkelheit. Er tippte es an. Drei Anrufe in Abwesenheit. Vier neue Nachrichten. Von Pia und Nicola. Irgendetwas musste passiert sein. Er zog das Ladekabel ab, ging in die Küche und hörte sich die Sprachnachrichten an.

***

»Die SEKs aus Mühlheim, Lich und Mainz-Kastel sind im Einsatz. Wir müssten auf das aus Kassel warten.« Hauptkommissar Lutz Scheller schüttelte den Kopf. Nicola Engel wäre es anders lieber gewesen, aber dann musste es eben ohne SEK gehen. Es gab keine Möglichkeit, mit dem Mann im Leichenkühlhaus zu kommunizieren, die mehrfach gedämmte und mit Leichtmetall verkleidete Tür und die ständig laufenden Ventilatoren im Innern machten ein Gespräch unmöglich. Der Zugriff würde hochgefährlich sein, denn man musste damit rechnen, dass der Einbrecher wieder bei Bewusstsein war und von der Schusswaffe Gebrauch machen würde.

Henning saß der Schreck in den Gliedern. Er tat Pia leid, wie er blass und verstört an der mit Holzpaneelen verkleideten Wand des Hörsaals lehnte. Ein Überfall in den eigenen vier Wänden und dann noch durch einen vermummten Bewaffneten war ein Albtraum.

»Ich habe mich in der Hausmeisterwohnung immer so sicher gefühlt«, sagte Henning. »Wer glaubt denn schon, dass jemand hier einbricht und mich mit einer Waffe zwingen will, eine Leiche zu sezieren?«

In der Vergangenheit hatten sich schon mal angetrunkene Studenten, die den Nervenkitzel gesucht hatten, Zutritt zum Leichenkühlhaus verschafft, aber einen bewaffneten Einbrecher hatte es noch nie gegeben.

Scheller bat Henning, noch einmal genau den Ablauf der Ereignisse zu schildern. Der Beweggrund des Mannes erschien auch ihm schleierhaft.

»Er ist kein Perverser«, mischte sich Pia in die Diskussion ein. »Ich glaube, er braucht die Augäpfel für einen Iris-Scan.«

»Aber wie soll das denn funktionieren?«, entgegnete Henning entgeistert. »Die Frau ist seit Montag tot!«

»Das weiß er vielleicht nicht. Oder er ist verzweifelt, weil er ohne das Muster von Kathrins Iris nicht an irgendwelche wichtigen Dinge kommt.«

»Er wird wissen, dass Sollberg und Brandt gestern Abend festgenommen wurden«, sagte Nicola Engel.

»Ganz sicher.« Pia nickte und checkte ihren WhatsApp-Chat. Ah! Endlich waren die grauen Häkchen unter den Nachrichten an Bodenstein blau geworden. Er hatte sie gelesen.

Auf dem Parkplatz des Instituts waren Streifenwagen, Rettungswagen und ein Überfallkommando eingetroffen. Eisige Luft wehte durch die offen stehende Eingangstür in den Flur.

»Wir müssen den Mann da rausholen«, entschied Lutz Scheller. »Bei der Temperatur überlebt er nicht mehr lange.«

Henning hatte eine Skizze des Leichenkühlhauses im Hörsaal an die Tafel gezeichnet. Es war ein übersichtlicher quadratischer Raum, in dem man sich höchstens hinter den ausgezogenen Schubladen der Kühlfächer verstecken konnte.

Ohne große Worte wurde bestimmt, wer die Aktion durchführen sollte. Die vier ausgewählten Kollegen setzten Titanhelme auf, einer hatte einen ballistischen Schutzschild, der dem Beschuss mit Faustfeuerwaffen standhielt.

»Wer geht mit nach unten?«, fragte Scheller und sah Henning an. »Sie, Professor?«

»Ich«, bot Nicola Engel an.

»Nein, ich«, sagte Pia zu ihrer Chefin. »Ich kenne mich da unten genauso gut aus wie Professor Kirchhoff.«

»Aber, Pia, das kann ich doch nicht …«, begann Henning.

»Das hier ist ein Polizeieinsatz«, unterbrach sie ihren Ex-Mann und lächelte etwas. »So was mache ich beruflich.«

Sie besprachen kurz das Vorgehen, dann folgte Pia den vier Kollegen die Treppe hinunter in den Keller. Sie trug eine schusssichere Weste und hielt ihre Dienstwaffe in beiden Händen.

»Da vorne geradeaus und dann in den ersten Flur links«, kommandierte sie mit gedämpfter Stimme. Das Adrenalin hatte jede Müdigkeit vertrieben. Pia musste zugeben, dass sie Gefallen an diesen Einsätzen fand, obwohl sie eigentlich ein bisschen zu alt dafür war, nachts durch Gebäude zu schleichen, um bewaffnete Verbrecher zu überwältigen. Sie lotste die Kollegen zielsicher durch die deckenhoch gefliesten Flure bis zur massiven Tür des Leichenkühlhauses, die mit einem Drehhebel zu öffnen war. Pias Herz hämmerte vor Aufregung. Ihre Aufgabe war es, den Hebel zu betätigen, die Tür zu öffnen und dahinter in Deckung zu gehen.

Ein Blickwechsel, ein Nicken. Zugriff!

Pia steckte ihre Dienstwaffe ins Holster, packte den Drehhebelgriff mit beiden Händen, schob ihn nach links und zog gleichzeitig. Die Tür bot aufgrund der Gummilippen etwas Widerstand, öffnete sich dann aber mit einem saugenden Geräusch. Im nächsten Moment krachte von innen etwas Schweres gegen die Tür, die, anders als beabsichtigt, ganz aufflog und Pia gegen die Wand drückte. Ein Schuss krachte und gleich darauf noch zwei, und der Kollege mit dem Schutzschild ging zu Boden. Die anderen Kollegen warfen sich der Länge nach hin und krochen an die Wand. Pia schob die Tür von sich weg, aber der Polizist mit dem Schutzschild verhinderte, dass sie die Tür wieder ganz schließen konnte. Sie konnte nicht erkennen, ob er getroffen war oder nicht, und der Einbrecher schoss weiter. Wandfliesen splitterten.

»Rückzug!«, zischte sie den Kollegen mit dem Schutzschild an, aber er reagierte nicht. Sie schaute nach rechts und begegnete dem Blick eines jungen Kollegen, las nackte Angst darin. Mit dieser Truppe war die Schlacht kaum zu gewinnen.

»Zieh ihn aus dem Weg!«, wies sie ihn flüsternd an. »Sonst kann ich die Tür nicht zumachen.«

Wie viel Schuss hatte der Einbrecher noch übrig? Falls es sich um Brunner handelte, wovon sie ausging, benutzte er wahrscheinlich eine Glock 19. Er hatte siebenmal geschossen, also hatte er noch zwölf Patronen im Magazin.

»Los jetzt!«, schnauzte sie den jungen Kollegen an, aber der war wie gelähmt vor Angst. »Dann komm hierher. Hinter die Tür.«

Pia packte ihn am Arm, zog ihn zu sich und drängte ihn in die sichere Ecke zwischen Tür und Wand. Sie zog ihre Dienstwaffe aus dem Schulterholster und wünschte sich Cem her, Nicola oder Bodenstein, Leute, denen sie vertrauen konnte, nicht diese verstörten Jungen, die für eine solche Situation noch weniger ausgebildet waren als sie selbst.

»Thomas Brunner! Oder Tobias Baumann, wenn Ihnen das lieber ist«, rief sie laut. »Ich bin eine Kollegin von Kathrin. Geben Sie auf, und kommen Sie raus, Hände über dem Kopf. Ihre Waffe schieben Sie mit dem Fuß zuerst durch die Tür.«

Keine Antwort.

»Falls Sie Kathrins Augäpfel für einen Iris-Scan brauchen, das können Sie vergessen! Dazu ist sie schon zu lange tot!«

Wieder keine Antwort.

»Was machst du da?«, flüsterte der Kollege neben ihr.

»Ihn beschäftigen«, flüsterte sie zurück.

Erleichtert erkannte sie, dass sich der Kollege hinter dem

Schutzschild regte. Er blickte sie fragend an, und Pia überlegte fieberhaft, was sie tun sollte. Ein Zugriff ohne jeden Schutz wäre lebensmüde. Sie musste ihre Kollegen und sich in Sicherheit bringen und deshalb an dieser Stelle abbrechen.

»Kannst du was sehen?«, flüsterte sie dem jungen Mann hinter dem Schutzschild zu. »Hat er Kühlfächer rausgezogen?«

Ein Nicken war die Antwort.

»Okay. Wenn ich ›Jetzt!‹ sage, wirfst du dich so weit nach hinten, wie du kannst, und wir schließen sofort die Tür.«

Nicken.

»Jetzt!«

Pia stemmte sich mit aller Kraft gegen die schwere Tür, die zwei Kollegen, die neben ihr standen, halfen dabei, und gemeinsam gelang es ihnen, die schwere Bahre, die Brunner als Rammbock benutzt hatte, zurückzuschieben und die Tür zu schließen.

Ein paar Sekunden lang schloss Pia die Augen. Das war gründlich schiefgegangen. Brunner würde auf jeden schießen, der die Tür öffnete. Sie mussten sich eine andere Strategie überlegen.

***

Um 6:00 Uhr war das ganze Team anwesend, abgesehen von Pia und Nicola Engel, die sich noch immer in der Rechtsmedizin aufhielten.

Eine fieberhafte Geschäftigkeit ergriff jeden, nachdem Bodenstein ihnen Pias Verdacht erläutert und erklärt hatte, wonach sie suchen sollten. Er fragte sich, weshalb sie nicht viel eher auf diese Idee gekommen waren. Aber vielleicht hatte sie die Selbstjustiz-Geschichte einfach zu sehr in Anspruch genommen, und oft übersah man ja gerade das Naheliegende.

Kai telefonierte mit dem Mobilfunkbetreiber, um sämtliche Verkehrsdaten der betreffenden Mobilfunknummer zu bekommen. In Fällen wie diesem griff der Richtervorbehalt; sie würden die richterliche Genehmigung nachreichen. Laut Kais Funkzellenabfrage war die Nummer am 6. Dezember um 20:32 Uhr von Funkzelle 191937F-269 in die 191937F-271 gewechselt, war also von Sulzbach nach Schwalbach gefahren. Um 20:48 Uhr hatte sie sich in die Funkzelle 192001F-205 eingewählt, die einen Bereich in Niederhöchstadt abdeckte, zu dem auch der S-Bahnhof gehörte. Um 21:17 Uhr war sie wieder in der Funkzelle in Schwalbach gewesen, bis sie um 22:34 Uhr in die Sulzbacher Funkzelle gewechselt war.

Cem durchsuchte die Fall- und Spurenakten nach Hinweisen, die ihren Verdacht untermauern konnten, und Tariq hatte aus der Soko-Zentrale alle Hinweise geholt, die im Zuge der Plakataktion in den letzten Tagen eingegangen waren. Es war ein ganzer Stapel. Nur die Hinweise, die die Kollegen der Soko

für relevant gehalten hatten, waren ans K11 weitergeleitet worden. Ein Fehler, wie sich nun herausstellte, denn ein Hundespaziergänger – gelobt seien die Hunde, die bei jedem Wetter rausmussten – hatte gegen halb elf am Abend des 6. Dezember einen roten Kleinwagen beobachtet, der trotz des starken Schneefalls mit hoher Geschwindigkeit aus Richtung des Tierheims gekommen und nach links in die Straße Am Erlenborn eingebogen war, wobei der Fahrer um ein Haar die Kontrolle über sein Fahrzeug verloren hätte und gegen den gegenüberliegenden Bordstein geprallt war.

Bodenstein wartete angespannt auf Nachrichten aus der Rechtsmedizin. Er war davon ausgegangen, dass ein SEK vor Ort wäre, um Brunner aus dem Kühlhaus zu holen, aber dem war nicht so. Ein erster Zugriffsversuch war gescheitert, jetzt musste ein neuer Plan her. Da er im Moment nirgendwo helfen konnte, setzte er sich an seinen Schreibtisch und nahm sich das Posteingangskörbchen vor, in dem sich in den letzten Tagen einiges angesammelt hatte. Zuoberst lag ein dicker brauner DIN-A4-Umschlag mit dem Poststempel der Justizbehörden Frankfurt. Bodenstein setzte seine Lesebrille auf. Die Adresse war handgeschrieben, was bei offizieller Post vom Gericht eher ungewöhnlich war. An ihn persönlich adressiert und abgestempelt am 16. Dezember. Am Tag des Selbstmordattentats.

Er zögerte einen Augenblick, dann griff er nach einem Brieföffner und schlitzte den Umschlag auf. Ein notariell beglaubigtes Testament kam zum Vorschein. Eine Excel-Liste in einer Klarsichthülle. EC- und Kreditkarten. Und ein handschriftliches

Schreiben. Bodenstein überlief ein kalter Schauer. Schon einmal hatte er den Brief eines Toten erhalten, der zu feige gewesen war, weiterzuleben und für die Konsequenzen seines Tuns einzustehen. Am liebsten hätte er ihn ungelesen in den Reißwolf gesteckt, aber unter Umständen konnte der Inhalt des Schreibens zur Aufklärung von Verbrechen beitragen. Widerwillig machte er sich an die Lektüre.

Sehr geehrter Herr von Bodenstein,

ich muss meinem Leben ein Ende setzen, denn ich kann mir selbst nicht mehr trauen. Ich bin zu allem Möglichen, auch dem Schlimmsten, fähig, wenn es die (äußeren) Umstände einfordern. Seit dem Tod meiner Familie bin ich selbst zu einem dieser Monster geworden, die ich früher verurteilt habe. Gut und Böse haben für mich schon lange nichts mehr mit dem Grundgesetz oder dem Strafgesetzbuch zu tun. Ich will mein Tun nicht entschuldigen und nicht relativieren, ich halte mich nicht für einen Verführten. Die anderen haben mich nur in dem Glauben bestärkt, dass mein eigener Moralkodex etwas Allgemeingültiges sei. Der Blickwinkel, aus dem ich die Welt sehe, hat sich verschoben, aber ich bereue nichts von dem, was ich getan habe. Ich werde so lange Leute töten, die sich schuldig gemacht und ihre Taten nie bereut haben, bis jemand meinem monströsen Tun Einhalt gebietet. Und da das offenbar niemandem gelingt, werde ich es heute selbst tun.
Hochachtungsvoll, Konstantin Hawelka

In seinem Testament vermachte Hawelka sein Vermögen ironischerweise dem Weißen Ring für Opfer von Straftaten und hatte einen Richterkollegen zum Testamentsvollstrecker bestimmt.

Bodenstein traute seinen Augen kaum, als er die fünfzehnseitige Excel-Liste überflog. Hawelka hatte die ganze Bande verraten. Er hatte jede Aktion noch genauer beschrieben, als Kathrin es getan hatte: Wer was gemacht hatte, welche Waffen benutzt wurden, wer behilflich war, um an Informationen oder die späteren Opfer heranzukommen. Diese Informationen würden den Kollegen vom LKA erheblich helfen.

Eine Liste mit Konten, Bankschließfächern, Kontoauszüge und eine exakte Vermögensaufstellung vervollständigten das Bild. Hawelka war ein gründlicher Buchhalter gewesen. Das Barvermögen der Bande, die nicht immer altruistisch gehandelt, sondern doch viele Racheaktionen gegen hohe Geldbeträge organisiert hatte, belief sich auf knapp zwei Millionen Euro. Nun wussten sie, wozu Thomas Brunner so dringend die Augäpfel seiner Schwester gebraucht hätte.

***

Techniker aus dem Polizeipräsidium hatten den Ventilator abgeschaltet und vom Parkplatz aus eine Kameraoptik und ein Mikrofon durch den Schacht bis ins Leichenkühlhaus geschoben. Ein Zelt war errichtet worden, um sie vor neugierigen Blicken zu schützen, denn obwohl das Gebiet rings um das Institut weiträumig abgeriegelt worden war, konnten Kamerateams aus umliegenden Wohnhäusern oder mittels Drohnen das Geschehen filmen. Nach kurzer Diskussion hatte Nicola Engel die Verhandlungsführung übernommen, weil sie – neben Pia – am besten mit dem Fall vertraut war.

Die Abschaltung des Ventilators ließ die Temperatur im Leichenkühlhaus ansteigen, und auf dem Monitor konnten sie erkennen, dass der Einbrecher seine Strumpfmaske abgenommen hatte. Es handelte sich zweifelsfrei um Thomas Brunner, und er hatte begriffen, dass es aus dieser Situation keinen Ausweg gab. Auf Hawelkas Dokumente, die Bodenstein mit einer Streife geschickt hatte, reagierte er nicht, auch nicht auf die Information, dass er die Augäpfel seiner Schwester gar nicht gebraucht hätte, um den Tresor zu öffnen. Das war offenbar nur ein Scherz gewesen, den sich Hawelka und Kathrin erlaubt hatten, auf den Brunner aber hereingefallen war. Er war kein gerissener Terrorist, die Planung der Verbrechen hatte er anderen überlassen. Brunner war ein Soldat, der, ohne zu zögern, Befehle ausführte, und deshalb der Vollstrecker der Bande gewesen.

»Ich habe Kathrin gestern obduziert«, sagte Henning zu Pia. Sie standen in einer Ecke des Zeltes und verfolgten das Geschehen im Leichenkühlhaus über den Monitor. »Sie war im dritten Monat schwanger.«

»Was?«, fragte Pia ungläubig. »Von wem denn?«

»Nach allem, was ich mitbekommen habe, würde ich jetzt mal annehmen, dass Hawelka der Vater war«, antwortete Henning, der sich von seinem nächtlichen Schrecken wieder erholt hatte und die Geschehnisse ringsum als Recherche für einen seiner nächsten Krimis betrachtete.

Kathrins Großmutter hatte das Land verlassen, ohne sich darum zu kümmern, was mit der Leiche ihrer Enkeltochter passierte, und auch Thomas Brunner würde das nicht tun können. Auch bei Konstantin Hawelka hatten sich bisher keine bestattungspflichtigen Angehörigen ermitteln lassen. Irgendwann würde das zuständige Gesundheitsamt ordnungsbehördliche Bestattungen anordnen, in einem anonymen Grab.

»Für Ihre Großmutter wird es in Costa Rica nicht sehr angenehm sein, so ganz allein«, sagte Nicola Engel gerade zu Thomas Brunner. »Außer ihr ist es ja niemandem von Ihrer Bande gelungen, sich abzusetzen. Kathrin Fachinger ist tot. Konstantin Hawelka ist tot. Volker Mazanek, Vivien Beiswenger, Simon Brandt, Wolf Sollberg und Markus Burkhardt sind in U-Haft. Und Sie werden hier auch nicht als freier Mann hinausspazieren.«

Pia las eine Nachricht, die Christoph ihr geschrieben hatte. Das Flugzeug von Annika, Jared und Lilly würde mit etwas Verspätung um 14:30 Uhr landen. Sie schrieb ihm zurück, dass sie leider noch nicht absehen konnte, ob sie mit zum Flughafen fahren könne oder nicht. Den Einsatz von heute Nacht würde sie ihm auf jeden Fall verschweigen, und sie hatte Henning angedroht, nie wieder ein Wort mit ihm zu wechseln, sollte er jemals diese Szene in einem seiner Krimis erzählen.

In dem Moment ertönte ein dumpfer Knall.

»Das darf doch wohl nicht wahr sein!«, stieß Nicola Engel hervor. »Verdammt!«

»Scheiße!«, stöhnte Hauptkommissar Scheller.

»Oh Gott!«, murmelte Henning. »Das habe ich ja noch nie live gesehen.«

Pia blickte von ihrem Smartphone auf den Monitor. Thomas Brunner lag am Boden, in seiner Hand die Pistole. Um seinen Kopf bildete sich eine Blutlache.

***

Die Kirchenglocken läuteten. In einer Viertelstunde sollte die Trauerfeier für Larissa Böhlefeld beginnen. Auf dem Platz an der Linde, zwischen dem Bürgerhaus und der evangelischen Kirche, drängten sich die Menschen, und natürlich fehlten auch bei diesem Ereignis die Vertreter der Presse und die Ü-Wagen der Fernsehsender nicht. Direkt vor den Kirchentüren hatten die Ehrenamtlichen der Kirchengemeinde Bauzäune mit blickdichten Folien aufgestellt, um den Trauernden wenigstens etwas Privatsphäre zu verschaffen, und Bodenstein hatte dafür gesorgt, dass uniformierte Kollegen die Freiwillige Feuerwehr des Ortes dabei unterstützten, die neugierige Menge von der Kirche fernzuhalten.

Pia war direkt von Frankfurt aus nach Hause gefahren, um zu duschen und frische Kleider anzuziehen, bevor sie sich mit Bodenstein auf einem Supermarktparkplatz in Bad Soden getroffen hatte, um mit ihm nach Sulzbach zu fahren. Nun standen sie am Rande des Platzes und beobachteten die Leute, die in die Kirche gingen. Viele Schüler und Schülerinnen, aber auch Erwachsene strömten ins Innere der Kirche. Der Direktor und einige Lehrer der Alexander-von-Humboldt-Schule waren dabei, der Sulzbacher Bürgermeister, Gewerbetreibende aus dem Ort und Leute vom Tierheim. Professor Sharityar, der Pflegevater von Farwad Mahmoudi, in Begleitung einer dunkelhaarigen Frau, der Ähnlichkeit nach die Mutter von Jörg Böhlefelds älterer Tochter.

Pias Verdacht hatte sich bestätigt. Der Mobilfunkbetreiber hatte Kai den Inhaber der Mobilfunknummer mitgeteilt. Das Alibi war schwach und nicht nachprüfbar, und auch das Auto passte zu der Beschreibung des Zeugen. Um kein Aufsehen zu erregen, würden sie mit der Festnahme bis nach der Beisetzung warten. Sie betraten als einige der Letzten die Kirche, blieben in der Nähe der Tür stehen. Zwischen dem Altar und einem beeindruckend großen Weihnachtsbaum stand der schlichte weiße Sarg, geschmückt mit einem prächtigen Bukett aus rosa Rosen. Links und rechts standen Kränze auf Gestellen, und Blumengestecke mit Schleifen bedeckten den Boden. Neben dem Sarg befand sich ein großes Foto von Lissy mit einem Trauerflor, ein anderes als das, das ihnen Anne Böhlefeld für die Plakate gegeben hatte.

Pünktlich um elf Uhr ging es los. Das Gotteshaus war bis auf den letzten Platz gefüllt, viele Leute mussten stehen.

Der Schulchor stimmte ein sentimentales Lied an – *Ich würd dich gern besuchen* von Unheilig –, und viele Trauergäste schluchzten und schnäuzten sich in Taschentücher.

Pia lehnte mit geschlossenen Augen neben Bodenstein an der Wand. Jede Zelle ihres Körpers war erschöpft. Sie musste sich anstrengen, um der Versuchung zu widerstehen, sich einfach auf den kalten Kirchenboden zu legen und zu schlafen. Heute würde Christophs australische Verwandtschaft anreisen und morgen seine älteste Tochter aus Hamburg mit Familie. In vier Tagen war Heiligabend, und sie hatte weder Geschenke für Christoph noch für ihre Mutter.

»Guck mal«, riss Bodensteins Stimme sie aus ihren trüben Gedanken.

»Was denn?« Pia öffnete die Augen.

Durch den Mittelgang der Kirche schritt ein Mädchen direkt auf den Altar zu, vor dem die vier Freundinnen von Lissy Böhlefeld ans Mikrofon getreten waren. Es trug eine knallblaue Perücke, glatt und glänzend wie ein Helm, und durch die Kirche ging ein Raunen, als das Mädchen den Mantel von den Schultern fallen ließ und das Kostüm enthüllte, das es darunter trug: Einen hautengen silbernen Anzug mit einem badeanzugartigen Oberteil, das die Hüften freiließ, schwarze Motorradstiefel und Pistolenhalfter links und rechts an den Oberschenkeln. Sie ging entschlossen die Stufen hoch zum Altar, kümmerte sich weder um empörtes Geflüster noch um leises Gekicher aus Richtung der Jugendlichen.

»Das ist Sara Korbmacher.« Bodenstein erkannte die junge Frau. »In ihrem Cosplay-Outfit.«

»Wie cool ist das denn!« Pia ging auf die Zehenspitzen, um über die Köpfe der Leute einen Blick auf das Manga-Mädchen zu erhaschen, das die anderen Mitschülerinnen einfach zur Seite gedrängt und das Mikrofon in die Hand genommen hatte.

»Lissy«, sagte sie, und ihre Stimme hallte durch die Kirche. »Ich vermisse dich. Du bist meine allerbeste Freundin gewesen, und wir wollten noch so viel zusammen machen. Ich habe extra für dich dein Motoko-Kusanagi-Outfit angezogen. Dein neues Kostüm für nächstes Jahr habe ich schon fast fertig, damit wollte ich dich zu Weihnachten überraschen.«

Niemand tuschelte oder schluchzte mehr. Es herrschte atemlose Stille.

»Sie hat irgendetwas vor.« Bodenstein war alarmiert. »Komm mit. Beeil dich!«

Er ging zum rechten Seitengang und drängte sich durch die dicht stehenden Leute. Pia folgte in seinem Fahrwasser.

»Ich werde dich nie vergessen, auch wenn ich hundertdrei werden sollte und du nur sechzehn werden durftest, weil dich jemand ermordet hat, Lissy, und damit all deine und unsere Pläne zerstört hat. Du bist tot, und deshalb muss ich allein das tun, was du nicht mehr tun kannst, nämlich allen Leuten sagen, wer dich umgebracht hat.«

»Ach du Scheiße!«, stieß Pia hervor und setzte sich in Bewegung, aber Anne Böhlefeld war schneller. Lissys Mutter riss dem Mädchen die blaue Perücke vom Kopf.

»Was fällt dir ein, Lissys Trauerfeier zu stören!«, zischte sie zornig. »Ich hatte dir verboten hierherzukommen! Verschwinde! Sofort!«

Sara Korbmacher starrte sie fassungslos an. Sie zitterte am ganzen Körper, ihre Augen füllten sich mit Tränen.

»Aber ich weiß, wer Lissy …«

»Halt den Mund!«, fiel Anne Böhlefeld ihr drohend ins Wort. »Mein Kind ist tot, und du machst ihre Trauerfeier zu einem Affentheater! Du hast hier nichts verloren. Verschwinde endlich!«

Die letzten Worte schrie sie dem Mädchen ins Gesicht. Sara brach in Tränen aus und drängte sich blindlings durch die Menschen, die aufgestanden waren und im Mittelgang standen. Bodenstein und Pia folgten ihr.

»Lassen Sie uns weitermachen«, sagte Anne Böhlefeld zum Pfarrer. Sie ging wieder die Stufen hinunter und setzte sich auf ihren Platz.

Der Pfarrer trat ans Mikrofon und räusperte sich; die Leute setzten sich wieder.

Pia bekam Sara Korbmacher am Arm zu fassen, gerade als das Mädchen die Kirchentür aufstieß.

»Lassen Sie mich los!«, schrie sie wütend.

»Nein!« Pia hinderte sie daran, ins Blickfeld der Schaulustigen hinter den Bauzäunen mit den Sichtschutzfolien zu laufen. Bodenstein winkte einen der uniformierten Kollegen herbei.

»Was sollte dieser Auftritt?«, herrschte er das Mädchen an. »Was hattest du vor?«

»Ich glaube, Onkel Jonas hat Lissy umgebracht!«, erwiderte Sara heftig.

»Da irrst du dich. Zum zweiten Mal, übrigens.«

»Und wenn schon!« Sara Korbmacher starrte ihn mit funkelnden Augen an. »Lissy war meine beste Freundin, und ihre blöde Mutter verbietet mir, zu ihrer Trauerfeier zu kommen! Das ist ja wohl das Letzte! Das lasse ich mir nicht gefallen!«

Da wurde Bodenstein klar, dass die wahre Antriebskraft für diesen beschämenden Auftritt gekränkte Eitelkeit gewesen war. Es interessierte das Mädchen nicht die Bohne, dass sie vor den Augen der versammelten Kirchengemeinde die Gefühle der trauernden Eltern verletzt hatte. Der Anblick des halb nackten Mädchens mit blauen Haaren in der Kirche würde sich auf ewig in das kollektive Gedächtnis des Örtchens einbrennen und Gesprächsstoff für Jahre bieten. Sicher hatte irgendjemand diese Szene mit seinem Handy gefilmt. In Situationen wie dieser wünschte Bodenstein sich, er wäre kein Polizist geworden, sondern Landwirt oder Förster wie sein Bruder und müsste sich mit Borkenkäfern und rücksichtslosen Mountainbikern herumärgern statt mit Menschen, die andere Menschen umbrachten und verletzten. Die dunklen Abgründe, in die er immer wieder schauen musste, verdüsterten sein Leben auf subtile Weise.

»Fahrt die junge Dame bitte nach Hause«, sagte er zu dem Kollegen. »Übergebt sie an ihre Eltern. Sollten die nicht zu Hause sein, bringt sie nach Hofheim zur RKI. Und geht bitte außen um die Kirche herum. Ich will nicht, dass man sie sieht.«

»Geht klar.« Der Streifenkollege nickte.

»He, was soll das?« Sara wehrte sich gegen Pias Griff. »Das ist Freiheitsberaubung! Ich gehe mit auf den Friedhof! Das lasse ich mir nicht verbieten!«

»Doch. Ich verbiete es dir«, entgegnete Bodenstein. »Du wirst diese Leute nicht noch einmal stören. Die Kollegen bringen dich jetzt nach Hause.«

»Fuck!«, zischte Sara zornig. »Ihr Scheißbullen! Ich zeige euch an! Mein Vater ist Anwalt!«

»Na, dann kann er dir ja erklären, dass das, was du dir da eben geleistet hast, strafbar ist.« Bodenstein wandte sich ab. Pia und er gingen zurück in die Kirche, die uniformierten Kollegen führten Sara Korbmacher ab.

Die Trauerfeier war vorbei. Vom Band lief *Time To Say Goodbye,* die Mitarbeiter des Bestattungsunternehmens rollten den weißen Sarg durch die Seitentür hinaus, um ihn zum Friedhof zu transportieren. Familie und Freunde der Böhlefelds nahmen die Eltern in ihre Mitte und führten sie hinaus.

»Was machen wir jetzt?«, erkundigte sich Pia.

»Wir warten am Friedhof, bis die Beerdigung vorbei ist«, erwiderte Bodenstein.

Die Kirche hatte sich geleert. Sie traten hinaus ins Freie. Leichter Schneefall hatte eingesetzt. Schaulustige und Medienvertreter waren verschwunden. Bis auf zwei Streifenwagen und den Dienstwagen, mit dem Cem und Tariq gekommen waren, war der Platz menschenleer. Sie besprachen mit den beiden und den Kollegen von der Schutzpolizei das weitere Vorgehen. Der Friedhof am Ortsrand von Sulzbach hatte zwei Ausgänge. Bodenstein und Pia würden an der Trauerhalle warten, Cem und Tariq auf dem Parkplatz an der Mühlstraße Posten beziehen. Je ein Streifenwagen würde in der Nähe sein, die Besatzung jederzeit bereit, einzugreifen.

Bodenstein und Pia holten ihren Dienstwagen vom Parkplatz hinter dem Bürgerhaus und fuhren die kurze Strecke bis zur Trauerhalle am östlichen Ende des Friedhofs.

»Da drüben steht das Auto!« Pia wies auf einen roten Peugeot.

»Ruf Christian an«, sagte Bodenstein. »Er soll den Abschleppwagen schicken.«

Pia telefonierte.

Der Schneefall wurde dichter. Im Auto war es kalt.

»Hast du schon darüber nachgedacht, ob du mit Christoph nach Namibia gehen wirst?« Bodenstein betätigte die Scheibenwischer.

»Noch nicht so richtig«, erwiderte Pia und seufzte. »Ich muss zuerst eine Lösung für meine Mutter finden. Möglicherweise hat Henning eine.«

»Dein Ex-Mann?« Bodenstein hob skeptisch eine Augenbraue.

»Ja. Er hat eine Tante, die von ihren Kindern in ein Altersheim gesteckt worden ist. Vielleicht könnten wir aus dem Haus meiner Mutter eine Senioren-WG machen.«

Pia rechnete schon mit einer Bemerkung, aber Bodenstein sagte nur »Aha. Klingt gut«, und ließ den Motor an, weil die Scheiben beschlugen. »Hast du denn Lust dazu, ein ganzes Jahr irgendwo in der Wildnis herumzusitzen?«

»Ich dachte erst, nein.« Pia musste lächeln. »Aber so eine Chance kriegt man nicht zweimal im Leben. Und ich würde ja nicht nur herumsitzen.«

»Ein Jahr ist schnell herum«, sagte Bodenstein. »Ich würde es tun, an deiner Stelle.«

»Aber dann hättest du nur noch Kai, Cem und Tariq«, gab Pia zu bedenken.

»Na ja. So, wie es aussieht, würde Frau Gatzke unser Team gerne dauerhaft verstärken.«

»Ach wirklich? Das wäre ja super.« Pia war überrascht. Und erleichtert. Sie hätte das Gefühl gehabt, ihre Kollegen im Stich zu lassen, nachdem das Team durch Kathrins Tod ohnehin dezimiert war. »Ich finde, sie passt gut zu uns.«

»Ja, das denke ich auch.«

Ein knallgelber Abschleppwagen bog in die schmale Straße ein.

»Oh, der ist ja fix.« Bodenstein und Pia stiegen aus und gingen an den Autos vorbei, die entlang der Friedhofsmauer geparkt waren. Sie zeigten dem Fahrer des Abschleppdienstes das Auto, das ins Kriminallabor nach Wiesbaden gebracht werden sollte.

»Warten Sie noch einen Moment mit dem Aufladen«, wies Bodenstein den Mann an.

Die ersten Trauergäste verließen den Friedhof, wischten die Tränen ab, gingen zu Fuß davon oder zu ihren Autos. Für sie ging das Leben weiter. Sie würden zu Mittag essen, Besorgungen fürs Wochenende oder die letzten Weihnachtseinkäufe machen, heute Abend vielleicht auf den Weihnachtsmarkt oder ins Kino gehen. Für Larissas Eltern aber würde nie mehr etwas so sein wie vor dem 6. Dezember, erst recht nicht nach dem heutigen Tag. Heute musste Bodenstein eine Familie, die vom Schicksal ohnehin schon schwer mitgenommen war, völlig zerstören.

Jörg und Anne Böhlefeld kamen als Letzte, begleitet von ihrer Familie. Anne Böhlefelds Mutter und ihrer Schwester mit Mann. Dahinter mit etwas Abstand Jonas Böhlefeld, seine Frau und Tochter. Ylva und zwei junge Männer, möglicherweise Cousins, bildeten die Schlusslichter.

Bodenstein und Pia warteten am Eingangstor. Selten war ihnen eine Festnahme so schwergefallen wie die, die sie jetzt vornehmen mussten. Natürlich hätten sie das auch an einem anderen Ort oder zu einem späteren Zeitpunkt tun können, aber nach allem, was in den letzten Wochen schiefgegangen war, wollten sie kein Risiko eingehen.

Anne Böhlefeld hob den Kopf und blickte Bodenstein aus geröteten Augen verärgert an.

»Wir haben gerade unsere Tochter beerdigt. Können Sie uns nicht wenigstens heute in Ruhe lassen?«

»Leider nein«, erwiderte Bodenstein bedauernd. »Es tut mir leid. Aber wir wollen nicht zu Ihnen.«

»Zu wem denn dann?«

Bodenstein blickte Ylva Sharityar an. Sie war noch schöner, als er sie in Erinnerung gehabt hatte, mit ihrem ebenmäßigen Gesicht, dem Schmollmund und der dunklen Lockenpracht, die unter der schwarzen Mütze hervorquoll. Ihr Blick begegnete seinem, dann huschte er über den Streifenwagen vor dem Friedhofstor zu dem Abschleppwagen, der gerade ihren roten Peugeot auflud.

»Ylva Sharityar«, wandte Bodenstein sich an die ältere Tochter von Jörg Böhlefeld, »ich nehme Sie fest wegen des Verdachts, am Abend des 6. Dezember Ihre Schwester Larissa getötet zu haben.«

Für eine kurze Schrecksekunde vergaß Ylva, die trauernde Tochter und Schwester zu spielen.

»Sie spinnen wohl! Ich habe doch meiner Schwester nichts getan! Wie kommen Sie denn auf so was?«

Er sah die Berechnung in ihren Augen, weder Schuldgefühle noch Bedauern, sondern nur die panische Überlegung, welche Unaufmerksamkeit die Polizei auf ihre sorgfältig verwischte Fährte geführt haben mochte und wie sie sich herausreden konnte.

Die beiden Schutzpolizisten waren ausgestiegen und warteten am Tor. Jonas Böhlefeld war stehen geblieben und hatte sich umgedreht. Ebenso Annes Mutter und Schwester, der Schwager, die Cousinen und Cousins.

Jörg Böhlefeld hatte die Hand seiner Frau losgelassen und starrte seine ältere Tochter fassungslos an.

»Sie haben das Recht auf einen Anwalt. Sie müssen nichts sagen, was Sie selbst belastet«, fuhr Bodenstein fort.

»Kommen Sie bitte mit.« Pia trat hinter die junge Frau, zog ihre Arme nach hinten und ließ die Handschellen um ihre Handgelenke schnappen.

»Hey, was soll das?«, fuhr Ylva sie an. »Ich hab überhaupt nichts gemacht! Papa! Du musst mir glauben! Bitte!«

Jörg Böhlefeld sah die junge Frau noch immer an. Das Kind, das er zwar nicht gewollt, aber trotzdem lieb gewonnen hatte.

»Papa!«, bettelte Ylva um Verständnis. Tränen rannen ihr über das Madonnengesicht. »Glaub mir doch! Ich war's nicht! Ich hab Lissy lieb gehabt!«

»Hast du nicht«, antwortete Jörg Böhlefeld mit erstickter Stimme. »Du bist immer neidisch auf sie gewesen. Dabei hast du alles von mir bekommen, was du haben wolltest.«

»Gehen wir, Frau Sharityar.« Pia legte der jungen Frau die Hand auf die Schulter und wollte sie weiterschieben, aber sie sperrte sich.

Anne Böhlefeld ergriff die Hand ihres Mannes.

»Lass uns gehen«, sagte sie sanft. »Komm.«

»Papa!«, schluchzte Ylva verzweifelt. »Papa! Es tut mir so leid!«

Jörg Böhlefeld wandte den Blick von ihr ab.

»Ja«, sagte er zu seiner Frau. »Lass uns gehen.«

Er hakte sich bei ihr unter und ging davon, ohne sich noch einmal nach Ylva umzusehen.

***

Noch am gleichen Nachmittag gestand Ylva Sharityar, dass sie am Abend des 6. Dezember 2019 ihre Halbschwester erdrosselt hatte.

Es hatte sich genau so abgespielt, wie Pia vermutet hatte: Lissy hatte schnell bemerkt, dass sie ihr neues iPhone verloren hatte, nachdem sie aus dem Auto ihres Lehrers ausgestiegen war. Da ihre Eltern nicht zu Hause gewesen waren, war Lissy zu Ylva gegangen und hatte sie gebeten, sie nach Niederhöchstadt zur S-Bahn-Station und zum Flüchtlingsheim nach Schwalbach zu fahren, um dort nach ihrem Handy zu suchen. Ylva hatte zunächst keine Lust gehabt, aber ihre Schwester war so außer sich gewesen, dass sie schließlich ihrem Drängen nachgegeben hatte. Auf der Fahrt nach Schwalbach hatte Lissy ihr erzählt, dass sie Farwad Mahmoudi getroffen und mit ihm geredet hatte. Darüber war zwischen den Schwestern ein Streit entbrannt, denn Ylva nahm es Mahmoudi übel, dass er das Vertrauen ihrer Familie ausgenutzt hatte. Ihr Zorn war in Hass umgeschlagen, als sie ganz beiläufig von ihrer Schwester erfahren hatte, dass Mahmoudi und sein vermeintliches Vergewaltigungsopfer in Wirklichkeit ein Liebespaar waren – und das schon damals, als er noch bei ihrer Familie gewohnt und sie sich selbst Hoffnungen auf ihn gemacht hatte. Ylva hatte sich nicht ganz zu Unrecht von Lissy hintergangen gefühlt, das hatte sie ihrer Schwester vorgeworfen. Ein Wort hatte das andere ergeben. Bis Ylva gekränkt und zornig auf den Parkplatz an den Tennisplätzen gefahren war und Lissy aufgefordert hatte, sofort auszusteigen. Als diese sich geweigert hatte, war sie selbst ausgestiegen und hatte ihre Schwester unsanft aus dem Auto gezerrt.

»Ich erzähle Papa, dass du überhaupt nicht mehr studierst und zum zweiten Mal durchs Examen gefallen bist«, hatte Lissy ihr gedroht. »Dann kriegst du kein Geld mehr, und das Auto gehört mir, wenn ich meinen Führerschein mache!«

»Mach das, du blöde kleine Petze!«, hatte Ylva zornig erwidert. »Dann erzähle ich deiner Mutter, dass du dich mit Farwad getroffen hast. Und dass du in euren Lehrer verknallt bist. In den schnuckeligen Herrn Weinert!«

Lissy hatte sich mit einem Wutschrei auf ihre Schwester gestürzt, aber Ylva hatte sie abgewehrt und ihr dabei unabsichtlich einen so heftigen Stoß versetzt, dass Lissy unglücklich gestürzt und mit dem Hinterkopf auf die Kante des gepflasterten Parkplatzes geprallt war. Sie hatte fast augenblicklich das Bewusstsein verloren, aber anstatt Hilfe zu holen, hatte Ylva ihre Schwester in eine Decke gewickelt, in den Kofferraum ihres Autos geladen und war durch den stärker werdenden Schneefall zum Tierheim gefahren. Dort hatte sie sie eigentlich ablegen wollen, aber Lissy war wieder zu sich gekommen, und Ylva, außer sich vor Zorn und in Angst, ihr Vater könnte die Zahlungen an sie einstellen, hatte die Schwester mit ihrem Schal erdrosselt und später hinter dem Marienaltar abgelegt.

***

Sie saßen im Besprechungsraum. Vor den Fenstern war es schon dunkel. Obwohl sie zwei aufsehenerregende Ermittlungen zu einem erfolgreichen Ende gebracht hatten, war keiner von ihnen in Feierlaune.

Dank Kathrins Unterlagen und der Excel-Tabellen von Richter Hawelka konnten die Kollegen des LKA alle Taten und jede Verbindung der Selbstjustiz-Bande verfolgen.

»Was für banale Gründe eigentlich, jemanden umzubringen, oder?«, sagte Tariq.

»Die Gründe wirken nur auf uns Außenstehende banal«, wandte Bodenstein ein. »Ylva Sharityar hat sich ihr ganzes Leben lang zurückgesetzt gefühlt.«

»Kein Wunder! Ihr Vater spricht von ihr als ›Unfall‹!« Pia schüttelte den Kopf. »Lissy hatte in ihren Augen ein Luxusleben als verwöhntes Einzelkind, Ylva musste alles mit ihren vier Halbgeschwistern teilen. Lissy hat im Ausland gelebt, tolle Urlaube gemacht, jeden Wunsch erfüllt bekommen. Ich kann nachvollziehen, warum Ylva neidisch war.«

»Ja, ihre Gründe sind nur allzu menschlich«, bestätigte Bodenstein. »Bei ihr hatte sich so viel Zorn und Frust aufgestaut, dass sie die Tötungshandlung nicht mehr abbrechen konnte. Dabei hätte sie zur Besinnung kommen können, als sie ihre Schwester in den Kofferraum geworfen hat.«

»Lissy war so schwer verletzt, sie wäre auf jeden Fall gestorben«, sagte Pia.

»Aber dann wäre es ein Unfall mit Todesfolge gewesen«, antwortete Cem. »Jetzt ist es Mord. Vielleicht Totschlag, wenn sie Glück hat.«

Pia seufzte und stand auf. »Ich glaube, ich schreibe den Bericht erst morgen. Oder am Montag.«

»Ich fahre nach Hause und schlafe bis morgen Mittag um zwölf.« Tariq gähnte und streckte sich.

»Beste Idee.« Cem und Kai schlossen sich ihm an.

»Und was ist mit dir?«, fragte Pia ihren Chef. »Hast du was Schönes vor am Wochenende?«

»Weihnachtsfeier im Reitstall auf Gut Bodenstein.« Er lächelte. »Ich darf Hindernisstangen schleppen und, wenn ich Glück habe, am Glühwein-Stand arbeiten.«

»Klingt doch gut.« Pia grinste, wurde aber gleich wieder ernst. »Hast du mit deiner Familie über die Sache mit Kathrin gesprochen?«

»Nur mit Cosima. Besser so. Sie würden mich in Watte packen, wenn sie es wüssten.«

Pia zog ihre Jacke an und ergriff ihren Rucksack. Bodenstein schlüpfte in seinen Mantel, streifte die von oben bis unten vollgeschriebenen Whiteboards mit einem kurzen Blick und machte dann das Licht im Besprechungsraum aus. »Und was macht ihr am Wochenende?«

»Christophs Töchter sind da.« Sie gingen den Flur entlang. »Und ich weiß jetzt, was ich Christoph schenke.«

Bodenstein verstand und wies mit dem Kopf auf Nicolas Bürotür.

»Hast du schon mit ihr gesprochen?«

»Noch nicht.« Pia blieb stehen. »Aber das könnte ich ja eigentlich jetzt tun.« In dem Moment ging die Tür auf. Tanja Gatzke kam heraus.

»Schönen Abend!«, wünschte Pia ihr und Bodenstein. »Und ein schönes Wochenende!«

»Danke, gleichfalls!« Tanja hob lächelnd die Hand.

»Willst du zu mir?« Nicola Engel saß hinter ihrem Schreibtisch.

»Ja. Hast du eine Minute?«

»Natürlich. Komm rein. Was gibt's?«

Pia holte tief Luft.

»Ich möchte meinen Mann nach Namibia begleiten«, sagte sie entschlossen. »Für ein Jahr. Ab Februar.«

»Ein Sabbatical.« Nicola setzte die Lesebrille ab und legte den Kopf schief. »Aha.«

»Ich weiß, der Zeitpunkt ist ungünstig, jetzt, wo Kathrin nicht mehr da ist«, druckste Pia herum. »Aber wenn kein ganzes Jahr geht, dann vielleicht ein halbes?«

»Wieso nicht?« Nicola Engel schmunzelte. »Das K11 ist wieder komplett. Frau Gatzke hat mir gerade mitgeteilt, dass sie gerne bei uns bleiben würde.«

»Ach!« Pia grinste. »Das ist ja super!«

»Das finde ich auch.« Nicola Engel setzte ihre Lesebrille wieder auf. »Ist sonst noch etwas?«

»Nein. Das war's. Schönen Abend!«

»Den wünsche ich dir auch«, erwiderte die Kriminaldirektorin. »Ach, Pia?«

»Ja?«

»Mach bitte die Tür hinter dir zu.«

Pia schloss die Tür und machte sich auf den Weg nach unten. Noch vier Tage bis Weihnachten. Als sie aus dem Treppenhaus trat, sah sie ihre Kollegen im Flur stehen – Bodenstein, Cem, Tariq, Kai und Tanja.

»Was macht ihr denn noch hier?«, fragte sie überrascht.

»Wir wollten noch was trinken gehen«, sagte Kai. »Eine Weihnachtsfeier hatten wir ja nicht.«

»Kommst du mit?«, fragte Cem.

Pia musste lächeln. Kathrins Verrat hätte das Team zerstören können, aber er hatte das Gegenteil bewirkt.

»Ja«, sagte sie. »Klar komme ich mit.«

ENDE

Danksagung

An dieser Stelle danke ich meinen wunderbaren Schwestern Claudia Cohen und Camilla Altvater fürs Probelesen in allen Stadien der Entstehung dieses Buches, für ihre hilfreichen Anmerkungen, das ausführliche Brainstorming, wenn es mal gehakt hat und ich vor lauter Bäumen den Wald nicht mehr gesehen habe. Euch widme ich diesen elften Taunuskrimi, liebe Schwestern! Seit unserer gemeinsamen Kinderzeit lest ihr meine Geschichten und unterstützt mich, wo ihr könnt. Danke!

Ich danke meiner Freundin Cäddy, Catrin Runge, für sorgfältiges Lesen des Manuskripts und ihre fachliche Beratung. Mögliche Fehler in der Darstellung juristischer Sachverhalte liegen allein bei mir.

Ich danke Björn Schümann für die sachkundige Führung durch die Gebäude der Frankfurter Gerichtswelt, Herrn Polizeipräsident Stefan Müller und seiner Frau für hilfreiche Details über Geisellagen und die Polizeiarbeit, die mein Buch authentischer machen, meiner lieben Schulfreundin und Nachbarin Anne Böhlefeld, die mir ihren Namen zur Verfügung gestellt hat. Tanja Gatzke danke ich nicht nur für ihren Namen, sondern für ihre Unterstützung. Danke an Philipp Altvater, Marco Wesenick und Turgay Karaman dafür, dass sie mir auch ihre Namen zur Verfügung gestellt haben, und danke an die Geschäftsführung und Belegschaft von Blu Sky Lager dafür, dass ich die Location in meinem Roman nutzen darf. Danke an Zoé Knöß für hilfreiche Infos über Social Media, aktuelle Jugendtrends und -ausdrücke und über das Schülerleben heutzutage. Ich danke Gabi und Susanne Belotti, dass ich ihre Taunus-Apotheke, in der sie vor vielen Jahren meine ersten Bücher verkauft haben, erwähnen darf.

Ein großer, großer Dank an meine Lektorin Marion Wichmann für ihre Geduld, die wunderbare Zusammenarbeit und die richtigen Worte zur rechten Zeit. Dem Ullstein Verlag und all seinen Mitarbeiterinnen und Mitarbeitern für ihr Vertrauen, ihre Unterstützung und ihre Zuneigung für Bodenstein, Pia und alle anderen.

Ich danke meiner Agentin Andrea Wildgruber für ihre Freundschaft, den Rückhalt und das Vertrauen.

Und natürlich danke ich meinem Mann Matthias Knöß.

Bad Soden, den 9. September 2023

Quellennachweise:

bpb Bundeszentrale für politische Bildung
»Migration und Kriminalität – Erfahrungen und neuere Entwicklungen« von Christian Walburg am 25.9.2020

www.mediendienst-integration.de
Kriminalität in der Einwanderungsgesellschaft

European Commission, 8. Februar 2018
»Der Flüchtlingszuzug nach Deutschland und seine Auswirkungen auf die Kriminalität«

Bundeskriminalamt
Bundeslagebild zur Kriminalität im Kontext von Zuwanderung – Kernaussagen 4/2017

Rechtsmedizin – Grundwissen für die Ermittlungspraxis
Wirth/Strauch, Kriminalistik Verlag Heidelberg, 2., neu bearbeitete Auflage, 2006

»Wenn Deutschland so scheiße ist, warum sind Sie dann hier?«
Stephan Zantke, Riva 2020

Polizei- und Kriminalpsychologie
Britta Sticher, Verlag für Polizeiwissenschaft Dr. Clemens Lorei, 2007

Wo unsere Justiz versagt
Thorsten Schleif, Riva 2022

Inside Strafverteidigung
Burkhard Benecken und Hans Reinhardt, Benevento 2021

Urteil:Ungerecht
Thorsten Schleif, Riva 2019

Rechtsstaat am Ende: Ein Oberstaatsanwalt schlägt Alarm
Ralf Knispel, Ullstein 2021

https://www.haufe.de/recht/kanzleimanagement/verfahrensdauer-angeklagte-haeftlinge-aus-u-haft-entlassen_222_571620.html